순죄자

순죄자

1판 1쇄 발행 2021년 1월 27일 | **1판 2쇄 발행** 2021년 2월 26일

지은이 레이미 | **옮긴이** 박소정

책임편집 민현주 | **디자인** 박진범 | **제작** 송승욱 | **발행인** 송호준

발행처 블루홀식스 | **출판등록** 2016년 4월 5일 제2016-000100호

주소 경기도 파주시 회동길 483-1 | **전화** (031)955-9777 | **팩스** (031)955-9779

이메일 blueholesix@naver.com

ISBN 979-11-89571-40-5 (03820)

정가 18,000원

순죄자

殉罪者

레이미 장편소설 _ 박소정 옮김

블로홈 6

차례

일러두기

——

본문의 주는 전부 독자의 이해를 돕기 위한 옮긴이 주입니다.

내가 한 가지 두려워하는 것이 있다면
그것은 내 고통이 무의미해지는 것이다.

— 표도르 도스토옙스키

고백

하얗다.

화장실 벽에 비닐을 붙이면서 그는 온통 이 생각뿐이었다. 타일이 원래 이렇게 하얬나?

그가 화장실 벽을 주의 깊게 본 건 이번이 처음 같았다. 매일 세수하고 양치하며 볼일을 보던 이 장소가 왠지 낯설게 느껴졌다. 물론 이유가 없는 건 아니었다. 수건, 양치도구, 샴푸와 각종 화장품이 전부 종이 상자에 담겨 세면대가 휑했고, 거울마저 비닐로 한 겹 덮여 있었기 때문이다.

문득 고개를 들어 거울에 비친 자신을 보았다. 반투명한 거울에 비친, 땀으로 젖은 얼굴을 마주치자 재빨리 고개를 돌렸다.

저건 내가 아냐.

두 평 남짓한 비좁은 화장실이었지만, 비닐로 완전히 막는 건 쉬운 일이 아니었다. 다행히 가장 힘든 부분은 작업을 마쳤다. 그는 두 겹으로 비닐에 싸인 욕조를 바라보았다. 기존 하수관이 제거되고 새 하수관이 배수구에 꽂혀 있었다. 하수구 주변도 마찬가지로 비닐 처리가 되어 있었는데 비닐이 하수관 안에 들어가 있어 물이 빠질 수 있었다.

완벽해. 그가 중얼거렸다.

화장실 천장을 살폈다. 천장등 불빛 때문에 아크릴판이 눈부실 정도
로 새하얬다. 눈을 가느스름하게 뜨고 있던 몸이 한 번 휘청거렸다.

그를 짓누르는 정신적 압박감 때문에 한층 피로해졌다. 순간의 무력
감으로 자신의 결심이 살짝 흔들렸다.

안 돼! 남자는 주의를 딴 데로 돌리려고 애쓰며 세차게 고개를 흔들
었다.

그게 저렇게까지 높이 튈까?

잠시 망설이다가 아까부터 욱신대는 허리를 억지로 펴며 까치발을
들었다. 그러고는 비닐 한 조각을 잡아당겨 천장 쪽으로 손을 뻗었다.

몇 분 뒤, 욕조에서 나와 세면대를 짚고 거울 앞에 서서 가쁜 숨을
몰아쉬었다.

화장실 전체가 비닐로 덮였다. 밝고 깨끗했던 벽은 이제 더 이상 빛
을 반사할 수 없었다. 그는 흐릿하고 차가운 빛 덩이에 뒤덮였다. 마치
꿈속에 있는 것처럼 비현실적이었다.

좋네. 허무감은 그에게 용기를 주었다. 예전에는 상상조차 해본 적
없는 일을 앞두고 있었기 때문이다.

호흡이 어느 정도 안정되자 PVC 장갑만 낀 채 옷을 전부 벗었다.

입었던 옷을 돌돌 말아 세면도구가 든 종이 상자에 던져 넣고는 거
실로 나갔다.

비닐로 덮인 소파에는 테이프로 손발이 묶인 나체의 여자가 있었다.

여자는 죽은 듯이 아무런 미동도 없었다.

몸을 숙여 여자의 목덜미에 가볍게 손가락을 갖다 대었다. 하지만

장갑을 낀 손가락으로는 뚜렷한 움직임을 느낄 수 없었다. 이번에는 여자의 코 쪽으로 팔을 가까이 가져갔다. 뜨겁고 습한 숨결이 느껴졌다.

안심이 되기도 하고 두렵기도 했다. 안심한 이유는 여자가 살아 있어서였다. 계획대로 모든 일을 완수하려면 그래야 했으니까. 두려운 이유는 가장 힘든 단계가 남았기 때문이다.

그는 허리를 굽혀 여자를 가로안았다. 정신을 잃은 여자는 생각보다 훨씬 무거웠다. 뜬금없이 '묵직하다'는 단어가 떠올랐다. 그 순간 그의 감정은 바닥을 쳤다.

그제야 자신이 무슨 짓을 하고 있는지 똑똑히 깨달았다.

똑같은 일. 똑같은 밤. 그는 1년 전 느꼈던 기분과 감정을 헤아렸다.

해보자. 내가 지금 안고 있는 건 떨고 있는 사람의 몸이 아니다. 체온, 혈관, 뼈, 근육이 있는 사람의 몸도, 누군가의 딸, 아내, 엄마도 아니다. 그냥 마음대로 가지고 놀아도 되는 장난감이다. 분해할 수 있는 장난감.

그의 입꼬리가 순간 차갑게 경직되었다. 그래, 이렇게 하는 게 맞아.

여자를 욕조에 내려놓았을 때 이미 진이 다 빠진 상태였다. 인사불성이던 여자는 화장실로 옮겨지는 동안 의식이 조금 돌아와 있었다. 여자는 본능적으로 두 다리를 바짝 오므리며 희미하게 눈을 떴다.

그는 여자의 눈을 똑바로 쳐다볼 엄두가 나지 않았다. 대신 화장실 구석에 있는 뚫어뻥을 들더니 콘돔 하나를 뜯어 손잡이에 씌웠다.

이는 반드시 완성해야 하는 부분이자 그가 지금껏 해내지 못한 것이었다. 오늘 밤에 벌써 수차례 시도했지만 계속 실패하는 바람에 이 방법을 쓸 수밖에 없었다.

어느새 정신을 차린 여자는 공포에 질려 주변을 둘러보았다. 필사적으로 발버둥 치며 일어서려고 애썼다. 하지만 손발이 묶여 있어 할 수 있는 거라고는 욕조 한구석으로 몸을 웅크리는 게 전부였다.

여자는 뚫어뻥을 들고 다가오는 그를 보자 두렵기도 하고 의심스럽기도 했다. 미친 듯이 고개를 흔드는 여자의 두 눈에는 어느새 눈물이 가득 고였고, 테이프로 봉해진 입에서는 알아들을 수 없는 '웅웅' 소리가 새어나왔다.

뚫어뻥을 쥐고 여자 앞에서 무릎을 꿇었다. 당황해서 어쩔 줄 모르던 그는 맨 먼저 공포에 질린 여자를 달래야겠다는 생각부터 했다.

"미안해……. 너무 고통스럽게 하지는 않을게."

고개를 반쯤 숙이고 마치 자신을 위로하듯 말했다.

그 말뜻을 전혀 이해할 수 없는 여자는 미친 듯이 뒤로 물러섰다. '웅웅' 소리는 어느새 절박하고 무거운 비명으로 변해 있었다. 여자는 그가 다가오지 못하도록 온 힘을 다해 발길질을 해댔다.

여자의 다리는 길고 가늘었다. 피부가 하얘서 발등의 푸르스름한 혈관이 도드라져 보였고, 발톱은 자줏빛으로 물들어 있었다.

그는 눈을 감고 맹렬하게 뛰는 심장을 진정시키려 애썼다. 하지만 뇌에서 무언가가 피부를 뚫고 나올 것처럼 관자놀이가 계속해서 쿵쿵 울렸다.

한데 뒤섞인 수많은 장면. 살 떨리고 숨 막히게 하는 냄새들. 그의 뇌는 과부하가 걸린 컴퓨터처럼 마지막으로 한 가지 지령을 내렸다.

미안해.

그는 눈을 번쩍 뜨고 여자의 무릎을 잡더니 힘껏 두 다리를 벌렸다.

미안해.

자정이 지나자 기온이 뚝 떨어졌다.

북쪽에 위치한 이 도시는 늦가을이면 거리마다 낙엽이 가득했고, 싸늘한 공기 속에 월동채소들의 싱그러운 향이 썩은 내와 뒤섞여 풍겼다. 대로에는 인적이 드물었는데, 특히 이 시간대에는 더했다.

그는 온몸이 경직된 채 운전석에 앉아 앞쪽을 바라보았다. 핸들을 잡은 손의 마디마디가 선명하게 드러났다. 라디오에서는 천바이창陳百強의 〈Just Loving You〉가 흘러나왔다.

비좁은 운전석을 음악으로 가득 채워야 했다. 귓속을 가득 채울 수만 있다면 무엇이든 상관없었다. 그렇게라도 하지 않으면 트렁크 속 검정 비닐봉투에서 나는 소리가 들리고 말 터였다.

피부를 가르던 소리, 붉은 피가 쏟아져 나오던 소리, 톱으로 뼈를 자르던 소리……. 마지막에 여자의 목구멍에서 오래도록 나오던 신음 소리까지.

청젠城建 화원 근처 풀숲. 난윈허南運河 수로. 베이후北湖 공원의 인공 호수. 둥장제東江街 중심 녹지대. 난징베이제南京北街와 쓰퉁차오四通橋 합류 지점 쓰레기통.

검정 비닐봉투를 전부 처리하고 나니 어느새 새벽 4시였고 기온은 더 떨어졌다. 이 도시에서 누군가 깨어날 기미는 전혀 보이지 않았다.

그는 어둡고 외진 곳에 차를 세우고 트렁크를 살폈다. 피 묻은 흔적이 없는 걸 보니 비닐봉투를 제대로 잘 싸맨 것 같았다. 하지만 냄새는 여전히 가시질 않아 영하의 날씨에도 선명하게 느껴졌다. 트렁크에 머리를 들이밀고 유심히 냄새를 맡던 그는 갑자기 헛구역질을 해댔다. 그러고는 비틀거리며 길가로 뛰어가 전봇대를 잡고 요란하게 속을 게워냈다.

하루 종일 먹은 게 거의 없어서인지 전날 먹은 음식과 위액만 나왔다. 더는 게워낼 게 없을 정도로 위가 텅 비었지만 계속해서 속이 울렁거렸다. 전봇대에 기대어 입가에 침을 늘어뜨린 채 마치 개처럼 숨을 헐떡거렸다.

한참이 지나 겨우 몸을 일으켜 차까지 비틀대며 걸어갔다. 트렁크를 닫고 운전석에 올라 시동을 걸었다.

날이 밝기 전 가장 어두운 시각, 차를 타고 동쪽으로 질주했다. 하늘은 아직 동틀 기미가 보이지 않았다. 저 멀리 보이는 건 칠흑 같은 빌딩 숲 너머 더욱 짙은 어둠뿐이었다. 마치 거대한 어둠의 장막이 결말을 알 수 없는 연극을 감추고 있는 것만 같았다.

자그마한 붉은 등 하나가 끝없는 어둠 속에서 빛났다. 갑자기 무슨 생각이 들었는지 그는 속력을 늦추었다.

붉은 등불 아래로 진갈색 나무문에 '화이허제淮河街 파출소'라는 글자가 또렷하게 보였다. 불이 켜진 유리창에는 물기가 가득해 책상에 앉아 있는 사람 형체가 보일 듯 말 듯했다.

액셀에서 살짝 발을 떼자 차가 미끄러지듯 천천히 파출소 입구를 지나갔다.

화이허제 파출소 당직 경찰은 전화기 앞을 지키며 책상에 엎드려 졸고 있었다. 그는 내일 아침 일찍 도시 전체를 뒤흔들 살인 사건이 터질 거라는 걸 전혀 알지 못했다. 그 시각 파출소 입구를 지나던 검은색 차량 운전자가 자신을 응시하며 소리 없이 이렇게 말하고 있을 줄은 더더욱 알지 못했다.

날 잡아.

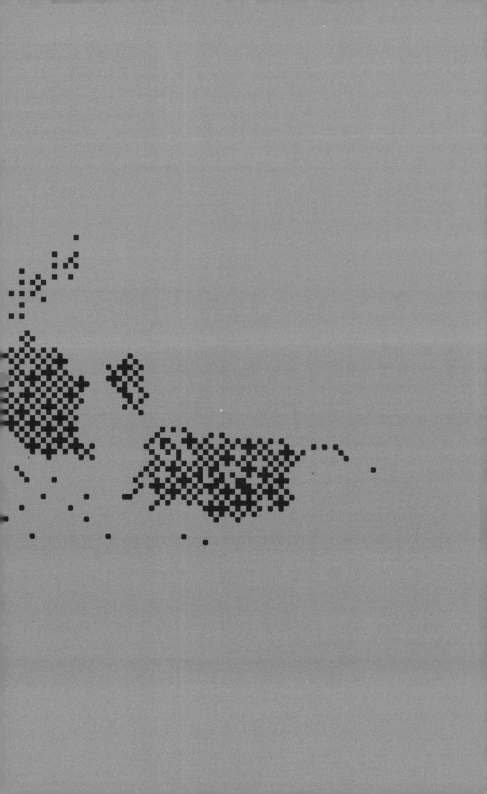

제1장

첫 만남

차체가 진동하며 멈춰 섰다.

웨이중魏炯은 이어폰을 빼고 백팩을 들었다. 다른 사람들도 하나둘 꿈틀대더니 내릴 준비를 했다. 일사분란하게 움직이는 사람들을 보면서 몸만 앞으로 숙인 채 계속 앉아 있었다. 사람들이 거의 다 빠졌을 즈음 천천히 차에서 내렸다.

공터에 모인 사람들은 담소를 나누며 호기심 가득한 눈으로 주변을 둘러보았다. 키 큰 남학생 한 명이 가방에서 몇 겹으로 접어둔 붉은 천을 꺼내 쫙 펼쳤다. 'C시 사범대학교 홍주紅燭 자원봉사대'라는 흰색 글씨가 적힌 기다란 플래카드였다.

포니테일 머리에 목소리가 까랑까랑한 여학생이 카메라를 들고 자원봉사자들을 줄 세웠다.

"다들 가운데로 좀 붙어요……. 키 큰 남학생이 중간에 서고…… 플래카드는 땅에 끌리지 않게 하고요. 거기 학생, 여기 보세요!"

웨이중은 단체 사진 대열 끝에 서서 뒤쪽 3층짜리 건물을 쳐다보았다. 옆에 있는 남학생이 툭 치자 그제야 여학생이 부른 '학생'이 자신이었다는 걸 알아차렸다.

포니테일 여학생은 눈을 한번 흘기더니 카메라를 들었다.

"하나, 둘…… 셋!"

"김치!"

점심시간이라 3층 건물에서는 이것저것 뒤섞인 희한한 냄새가 퍼졌다. 밥, 마늘, 감자, 배추 냄새가 느껴졌는데, 그 외에 또 다른 무언가가 있는 것 같았다. 이런 평범한 식재료를 섞어 만든 끈적한 질감이 불쾌할 정도로 무겁게 몸을 짓눌렀다.

정체는 알 수 없었지만 그 무게감을 뚜렷하게 느낄 수 있었다. 갑 티슈 하나만 들고 있었는데도 이상하게 손발이 점점 저려 왔다.

포니테일 여학생은 한 할머니의 식사를 도왔다. 파킨슨병을 앓고 계신지 할머니의 머리가 계속 흔들렸다. 포니테일 여학생이 서툰 바람에 할머니에게 떠먹인 음식물 대부분이 옷깃으로 떨어졌다. 웨이중의 역할은 티슈로 할머니 입을 닦아 드리는 것이었다. 어쩌다 한눈을 팔기라도 하면 어김없이 포니테일 여학생이 짜증을 내며 재촉했다. 겨우 할머니가 식사를 마쳤을 때는 티슈가 전부 동이 난 상태였다. 그런데도 포니테일 여학생은 스스로에게 만족스러운 듯 빈 그릇을 한쪽에 치워놓고 할머니에게 말했다.

"할머니, 물 좀 더 드세요. 저기요, 뭐 하고 있어요?"

"네?"

웨이중은 정신을 차리고 얼른 물 한 잔을 가져왔다.

포니테일 여학생은 물컵을 할머니 입가에 가져가다가 뒤돌아서 웨이중을 보더니 미간을 찌푸렸다.

"그러지 말고 가서 어르신들 말동무나 해 드리세요."

할머니 가슴 앞쪽으로 물이 졸졸 흐르는 것도 모르고 포니테일 여학생이 말했다. 웨이중은 후련하다는 듯이 고개를 끄덕였다.

3층 건물에 방이 70개 정도 되는 단풍 양로원에는 백 명이 넘는 노인이 머물렀다. 양로원은 원래 점심시간이 가장 분주한데, 봉사자들 덕에 모처럼 여유가 생긴 간병인들은 삼삼오오 모여 수다를 떨었다. 의욕이 넘치는 봉사자들은 각 방에 한두 명씩 들어가 청소를 하며 어르신들과 담소를 나누었다.

웨이중은 문 열린 방들을 지나가다 가끔 봉사자와 노인들이 나누는 대화를 듣기도 했다. 연세가 어떻게 되는지, 겨울에 춥지는 않은지, 양로원 밥은 맛있는지와 같은 내용이었다. 그런데 얼마 지나지 않아 대화가 거의 천편일률적이며, 봉사자들 대부분이 화젯거리를 찾는 데 어려움을 겪고 있다는 걸 알게 되었다. 오히려 노인들이 대화에 더 흥미를 보였는데, 방마다 장광설을 늘어놓는 노인과 미소를 띠고 경청하는 봉사자들을 볼 수 있었다.

조금 싫증이 나기 시작하자 양로원에 들어올 때 느낀 그 묵직한 무언가의 정체를 알게 되었다.

외로움, 그리고 다가올 죽음에 대한 두려움이었다.

웃음소리로 가득한 방들을 지나칠수록 발걸음이 더욱더 무겁게 느껴졌다. 이런 게 무슨 의미가 있는지 알 수 없었다. 저마다 무언가를 증명하려고 애쓰는 것 같았다. 노인들은 자신들의 기억이 또렷하고 활력이 넘친다는 것을, 봉사자들은 스스로가 온정이 넘친다는 것을 보여 주려는 것 같았다. 물론 이 시간이 지나면 각자 본인의 일상으로 돌아가겠지만 말이다. 노인들은 또다시 얼마 남지 않은 자신의 인생을 헤아리고, 봉사자들은 청춘을 허비하며 불확실한 미래를 향해 달려갈 것이다. 그렇게 서로가 그저 스쳐 지나가는 사이가 될 터였다.

어느새 복도 끝에 다다랐다. 고개를 들어 보니 제일 끝 방의 문이 굳게 닫혀 있었다.

사람이 없나? 아니면 여기엔 봉사자가 없는 건가?

웨이중은 입구에 앉아 담배를 피우는 남자 간병인을 쳐다보았다. 간병인은 웨이중에게 손짓 하더니 방문을 가리켰다.

안에 누군가 있다는 뜻이었다.

좋았어. 웨이중은 정신을 가다듬었다. 내가 오늘 '봉사'해야 할 분이구나.

가볍게 노크하자 문 너머로 목소리가 들렸다.

"들어와요."

문이 열리자 눈부신 햇살과 진한 고기향이 웨이중을 반겼다.

1인실이었는데 왼편 벽에 1인용 침대가 있고 오른편에는 나무 테이블이 있었다. 테이블에는 하드커버 노트가 펼쳐져 있고 그 옆에서 작은 전기솥이 부글부글 끓고 있었다. 단출하지만 깔끔하고 질서 정연했다. 너저분하고 정신없는 다른 방들과는 차원이 달랐다.

오후 햇살이 창문을 통해 아낌없이 쏟아져 들어왔다. 거대한 빛 무리 안에서 휠체어를 탄 나이든 노인이 천천히 뒤로 돌아 살짝 고개를 숙이더니 안경 너머로 웨이중을 보았다.

웨이중은 문틀에 손을 기대고 있었는데 순간 어찌할 바를 몰랐다. 역광이라 노인의 얼굴이 잘 보이지 않았지만 눈빛에서 강렬한 카리스마가 느껴졌다.

우물쭈물하다가 노인의 시선을 피하며 말했다.

"안녕하세요."

"어서 와요."

노인은 웃으며 대답하고는 보던 책만 계속 보았다.

웨이중은 잠시 망설이다가 방으로 들어가 재차 방을 둘러보는 척했다. 침대 옆에 걸려 있는 걸레가 눈에 들어왔다. 잘됐다 싶어 걸레를 집어 책상을 닦기 시작했다. 몇 번 걸레질을 하다 보니 얼굴이 비칠 정도로 테이블이 이미 반질반질하다는 걸 알게 되었다. 방은 청소할 필요가 없을 정도로 깨끗했다.

외롭지도 않고 옆에 있어 줄 사람이 부족하지도 않은 분인가 보네. 기왕 안으로 들어온 이상 멍하니 있을 수만은 없었다.

"저…… 책 읽고 계셨나 봐요?"

"응."

그는 고개도 들지 않았다. 웨이중은 머쓱해져 작은 소리로 물었다.

"저기…… 제가 뭐 도와드릴 일 없을까요?"

"어?"

노인이 눈썹을 치켜 올렸다.

"내가 어디 도움이 필요한 사람처럼 보여?"

말문이 막힌 웨이중은 머뭇거리다가 고개를 흔들더니 웃음을 터뜨렸다.

웨이중에게 전염되기라도 한 듯 노인도 웃기 시작했다. 노인은 책을 덮어 침대에 던져 놓고 안경을 벗으며 김이 펄펄 나는 전기솥을 가리켰다.

"국 좀 떠 줄래?"

웨이중은 잽싸게 책상 옆으로 가 전기솥의 뚜껑을 열었다. 순간 열기가 확 올라오면서 안경알에 김이 서렸지만 솥에서 끓고 있는 게 닭고기, 화자오花膠, 말린 생선 부레, 표고버섯이라는 것쯤은 분간할 수 있었다.

"그릇은 아래 찬장에 있어."

웨이중은 쭈그리고 앉아 국그릇과 숟가락을 꺼냈다.

"아직 식사 안 하셨어요?"

"식당 밥이 밥인가?"

노인은 몹시 못마땅한 말투였다.

웨이중은 얼른 국을 담아 조심스럽게 그릇을 건넸다. 노인은 그릇에서 전해지는 온기를 만끽하기라도 하듯 두 손으로 그릇을 받쳤다.

"한 그릇 줄까?"

"예? 아뇨, 괜찮습니다. 배가 안 고파서."

웨이중은 놀라며 고개를 흔들었다.

"맛있는 음식을 앞에 두고 할 소리는 아닌 것 같은데."

반박은 용납하지 않는다는 표정으로 노인이 전기솥을 가리켰다.

"먹어 봐."

몇 분이 지나고 노인과 웨이중은 햇빛이 쏟아지는 방 안에서 닭국을 홀짝였다.

"어때?"

국이 뜨거워서 노인의 얼굴이 불그스레해졌다. 두 눈에 습기가 가득해지자 눈빛이 한층 부드러워 보였다.

"맛있습니다."

웨이중의 얼굴에도 땀이 나면서 안경이 자꾸만 흘러내렸다.

"솜씨가 좋으시네요."

그제야 웨이중은 노인을 유심히 살펴보았다.

나이는 60대 정도로 각진 얼굴에 강해 보이는 인상이었다. 두 볼에는 벌써 검버섯이 나 있었고, 눈썹은 짙은 데다 눈빛이 살아 있었다. 하얗게 센 머리카락을 뒤통수까지 빗어 넘겼는데, 푸석푸석했지만 상당히 정갈했다. 회색 울 카디건 안에 검은색 라운드 칼라 셔츠를 입었고, 하반신에는 갈색 양털 담요를 덮고 있어 다리가 보이지 않았다.

"닭고기가 별로야. 육계가 확실해."

노인이 입으로 문 쪽을 가리켰다.

"밖에 있는 저 친구한테 토종닭 좀 사달라고 돈을 줬더니만 이 따위 걸 가져왔다니까."

"여기서 밥도 해 먹을 수 있어요?"

"돈 내면 돼."

노인은 그릇을 내려놓더니 자기 침대를 가리켰다.

"베개 밑에 한번 봐봐."

베개를 들춰보고 순간 놀랐다. 베개 밑에 담배 한 갑이 있었다.

"양로원……에서 담배 펴도 돼요?"

"내 방에서 피는데 뭐. 다른 사람한테 피해 주는 것도 아니고."

노인은 능숙하게 담배 하나를 꺼내고는 물었다.

"필래?"

웨이중이 얼른 손을 저었다.

"아뇨, 전 비흡연자라."

이번에는 노인도 고집부리지 않고 담배 피우는 데 몰두했다. 한 개비를 다 태운 그는 창턱에 있는 철제 깡통에 꽁초를 던져 넣었다.

"이름이 어떻게 돼?"

"웨이중입니다."

"대학은?"

"사범대요……. 3학년입니다."

"과는?"

"법학과요."

"그래?" 노인이 눈썹을 으쓱했다.

"형법은 배웠고?"

"네, 1학년 때 배웠습니다."

웨이중이 조금 긴장하며 대답했다.

노인은 고개를 끄덕이며 잠시 생각하더니 물었다.

"그럼 혹시 추소시효追訴時效, 이미 기소되어 재판을 받고 있는 피고인의 다른 범죄를 법원에 추가로 기소하는 일가 뭔지 설명해 줄 수 있나?"

"추소시효요?" 갑작스러운 질문에 어리둥절해졌다.

"그건 왜……."

"긴장할 거 없어. 시험 보는 거 아니니까. 그냥 좀 궁금해서 그래."

노인이 웃으며 말했다.

웨이중은 진지하게 기억해내려 애썼지만 형법 원문을 완벽하게 외우는 건 불가능했다. 그래서 대강 '추소시효'의 뜻을 설명했다.

노인은 한 글자라도 놓칠세라 굉장히 집중해서 들었다. 마치 기말고사 시험 범위를 공지하는 교수님을 보던 자신을 보는 것 같았다.

하지만 웨이중의 어눌한 설명을 다 듣더니 노인은 기분이 축 처진 듯했고, 반짝이던 눈도 서서히 빛을 잃어갔다. 그는 말없이 앉아 또다시 담배에 불을 붙였다.

"그럼 사람을 죽여도……, 20년이 지나면 아무 일도 없던 게 된다는 건가?"

노인은 생각에 잠긴 듯 아득한 담배 연기를 보았다.

"아뇨."

웨이중이 얼른 손을 내저었다.

"계속 추소할 수는 있었던 것 같은데, 추소 비준 기관이 최고인민법원인지 검찰원인지는 잘……."

"어?" 노인의 안색이 살짝 부드러워졌다.

"젊은 친구가 공부를 착실히 안 한 모양이네."

웨이중의 얼굴이 빨갛게 달아올랐다. 그가 난처해하는 모습을 보더니 노인이 웃음을 터뜨렸다.

"괜찮아, 괜찮아. 다음에 다시 알려 줘."

노인은 기침이 나올 정도로 웃더니 순간 떠오른 듯이 물었다.

"그런데 여긴 무슨 일로 왔어? 자원봉사?"

"네."

웨이중이 잠시 머뭇거렸다.

"그게…… 사회 실천 수업 때문이기도 해요. 봉사 시간을 채워야 하거든요. 10시간이요."

노인이 시간을 확인했다.

"그럼 오늘 온 건……."

"3시간 정도 될 거예요."

웨이중이 대충 계산해 보더니 말했다.

"두 번은 더 와야 해요."

"잘됐네." 노인이 웃으며 말했다.

"저기, 다음에 올 때 내 부탁 하나만 들어줄 수 있을까?"

"말씀하세요."

노인은 주머니에서 백 위안 뭉치를 꺼내더니 세 장을 세서 웨이중에게 건넸다.

"켄트KENT 담배 한 보루만 사다 줘." 노인이 웨이중에게 눈을 찡긋하며 말했다.

"가방에 넣어서. 간병인한테 들키지 않게."

"켄트요? 어떻게 생긴 건데요?"

웨이중이 돈을 받으며 물었다.

"흰색 포장지에 KENT라고 써 있어."

노인이 담뱃갑을 흔들어 보였다.

"훙타산紅塔山, 중국 유명 담배은 영 내 입맛에 안 맞아서 말이야."

"아…… 알겠습니다. 올 때 거스름돈도 같이 드릴게요."

웨이중이 돈을 주머니에 넣으며 말했다.

"됐어."

노인이 손을 저었다.

"지금 켄트가 얼마 하는지도 모르는데 뭐. 남으면 수고비로 해."

노인은 굽히지 않았다.

"심부름 해 주는데 수고비라도 챙겨 줘야지."

웨이중이 뭔가 말하려는데 문이 열리는 소리가 들렸다. 한 남학생이
벌컥 방으로 들어오더니 손을 흔들었다.

"어이, 집합하래."

웨이중은 알겠다고 하며 자리에서 일어나 가방을 들었다.

"그럼…… 전 이만 가보겠습니다. 쉬세요."

웨이중이 노인에게 몸을 굽혀 인사했다.

"그래."

노인이 차분한 표정으로 웨이중을 바라보았다.

"'추소시효' 알아오는 거 잊지 마. 내가 부탁한 물건도."

웨이중은 멋쩍게 웃으며 허리 굽혀 인사하더니 입구로 걸어갔다. 그
는 갑자기 뭔가 떠오른 듯 입을 열었다.

"아, 저기……."

"지첸쿤紀乾坤이야, 내 이름. 그냥 편하게 라오지老紀. 중국에서는 성 앞에 나이가 적
으면 샤오(小), 나이가 많으면 라오(老)를 붙여 친근하게 부른다라고 불러."

노인이 무덤덤한 얼굴로 말했다.

제2장

경찰

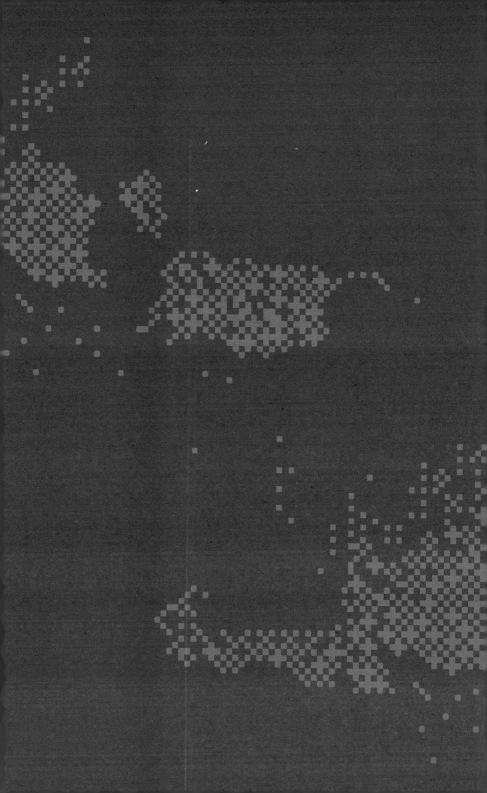

1991년쯤 지어진 시위안쥔西園郡 단지는 당시 C시에서 몇 안 되는 고층 주택 단지였다. 하지만 십여 년이 흘러 주변에 빌딩들이 들어서면서 시위안쥔은 더 이상 눈에 띄지 않았다. 지어졌다 하면 몇십 층 되는 고층 건물들 사이에서 15층밖에 안 되는 시위안쥔은 보잘것없었다. 2007년 이후 입주자들이 관리비를 잘 납부하지 않아 시위안쥔 주택 단지 관리 회사가 철수 당하면서 이곳은 완전히 버려진 지역이나 다름없게 되었다. 단지 상태를 보면 '버려졌다'는 말이 딱 들어맞았다.

울퉁불퉁한 아스팔트 도로, 심하게 부서진 통로, 오물이 가득 쌓인 쓰레기통, 아무렇게나 주차된 자동차, 오랫동안 다듬지 않아 길게 자란 잔디.

이런 것들을 '버리고' 간 사람들 중에는 단지 주민들도 있었다. 여력이 되는 집주인들은 더 좋은 곳으로 진작 이사를 갔고, 살던 집은 팔거나 세를 놓았다. 이 근처에는 시에서 가장 큰 일용잡화 도매 시장이 있어서 단지 내 주택을 빌려 창고로 쓰는 상점들이 많았다. 이로 인해 단지 구성원이 다양해지고 외부에서 유입된 인구와 유동 인구가 높은 비중을 차지했다. 그래서인지 이곳은 오랫동안 각종 치안 문제와 형사 사건이 빈번하게 발생하는 우범 지대로 유명했다.

　우뚝 솟은 빌딩을 바라보며 두청杜成은 답답한 듯 '후' 하고 담배 연기를 내뱉었다.

　한겨울이라 저녁 7시가 조금 넘었는데도 어두컴컴했다. 담 하나를 사이에 두고 대로는 불빛으로 환했지만, 시위안췬 단지 안쪽은 활기가 전혀 없었다. 가로등은 대부분 망가졌고, 몇몇 창문에서 나오는 불빛이 그럭저럭 건물 앞 통로를 비추었다. 드문드문한 불빛 덕분에 단지가 칠흑같이 어둡지는 않았지만 오히려 더 스산했다.

　두청은 꽁초를 바닥에 던져 발로 비빈 뒤 옆에 있는 청년에게 물었다.

　"여기가 확실해?"

　"네."

　가오량高亮이 물고 있던 담배를 빼고 어느 건물을 가리켰다.

　"4동 2구역이요."

　"상세 주소는 모르고?"

　가오량은 두청을 힐끗 보더니 차량 뒷좌석에서 검은 가방을 꺼내 4동 쪽으로 걸어갔다.

　두청이 급히 뒤를 따랐다.

　가오량은 위치 추적기를 어깨에 메고 복도에 섰다. 안테나를 꺼내 주파수를 확인하더니 오른편을 가리켰다.

　"3호예요."

　"몇 층인데?"

　두청이 또 물었다.

　"그건 몰라요." 가오량은 가방을 정리하며 말했다.

　"다른 볼 일 없으시죠? 그럼 저 먼저 갑니다."

　"잠깐만."

두청은 마음이 조급해졌다.

"여기 15층짜리 건물이잖아. 난 층마다 다니면서 못 해."

"그럼 어떡합니까? 위치 추적기는 수직 신호밖에 잡질 못하는데."

가오량이 짜증스러운 듯이 말했다.

"나 속일 생각 마."

두청이 웃으며 위치 추적기에 있는 주파수 표시등을 가리켰다.

"신호원에 가까워지면 빠르게 깜빡이잖아."

"이런!" 가오량이 눈을 크게 떴다.

"설마 저더러 한 층씩 다 뒤지란 말씀은 아니시죠? 15층이라고요!"

"같이 엘리베이터 타고 올라가서 꼭대기부터 내려오면 돼."

두청은 가오량의 어깨를 툭툭 치더니 반쯤 남은 담뱃갑을 그의 주머니에 넣었다.

"같이 가 줄게. 놈이 15층에 숨어 있으면 힘 안 들이고 좋잖아."

말하면서 두청은 가오량을 엘리베이터 안으로 밀어 넣었다. 가오량은 무척 못마땅한 표정을 지으며 문이 닫히자마자 불만을 쏟아냈다.

"연세도 있으시면서 뭘 그렇게까지 열심히 하세요?"

두청은 15층을 누르더니 뒤돌아서 히죽 웃었다.

"이러는 것도 몇 년 안 남았다. 도와주는 거라고 생각해."

가오량은 두청을 가만히 보았다. 30년 넘게 경찰로 살아온 그의 몸은 어느새 제법 살이 붙었다. 낡은 회색 점퍼 사이로 살이 삐져나와 꼭 튜브 같았다. 하얗게 센 머리카락은 마구 헝클어졌고 얼굴에는 주름이 가득한 그가 자신의 비위를 맞추느라 애쓰고 있었다. 괜히 마음이 짠해진 가오량은 몇 마디 구시렁대다 그냥 입을 닫았다.

두청은 바뀌고 있는 엘리베이터의 층수를 계속 주시했다.

15층에 도착하자 두청은 가오량에게 앞으로 가라고 손짓했다. 그리고 자신은 그 뒤를 바짝 쫓으며 주파수 표시등에 시선을 고정했다.

두 사람은 어두컴컴한 복도를 천천히 걸어갔다. 이미 심하게 마모되어 모래처럼 보이는 시멘트 바닥은 걸을 때마다 바스락 소리가 났다. 최대한 조심스럽게 세 집을 탐지했지만 주파수 표시등에 뚜렷한 변화는 없었다.

두청은 가오량의 소매를 잡아당기더니 뒤돌아 소방 통로로 걸어갔다.

다섯 층을 연달아 내려가 봤지만 신호는 잡히지 않았다. 두청은 벌써 가쁜 숨을 몰아쉬었고, 이마에는 미세하게 땀방울이 올라왔다. 가오량은 두청에게 속삭이듯 물었다.

"좀 쉬었다 갈까요?"

두청은 깊어서 바닥이 보이지도 않는 계단통을 가리키며 말했다.

"아니, 그냥 가."

가오량은 가볍게 한숨을 쉬었다.

"어르신은 그냥 쉬고 계십시오. 신호 잡히면 바로 알려 드릴게요."

"그럼 너무 미안한데."

"마음에도 없는 소리 마시고요."

가오량은 이미 위치 추적기를 들고 계단통 쪽으로 걸어가고 있었다.

"나중에 밥 사세요."

두청은 웃으며 벽에 등을 기댔다. 담배를 꺼내려고 주머니를 더듬었지만 아무것도 없었다. 방금 전 가오량에게 남은 담배를 준 것이다. 두청은 입맛을 다시며 이마를 닦았다. 땀에 젖어 차가운 셔츠가 몸에 달라붙자 기분이 영 찝찝했다.

"망할 놈의 자식들."

두청이 작은 소리로 욕을 뱉었다.

"잡으면 절대로 가만 안 둬!"

이틀 전, 지국 형사경찰 대대는 찜질방을 기습해 마약 흡입자 몇 명을 현장에서 체포했다. 그중 한 명이 라오쓰老四라는 사람에게 메스암페타민(필로폰)을 샀다고 진술했다. 경찰은 라오쓰가 마약을 제조하고 판매할 가능성이 크다고 보고, 확보한 핸드폰 번호로 시위안쥐 단지 안에 마약 은닉 장소가 있을 거라고 판단했다.

정확한 장소를 찾아야 했다. 자칫하면 마약범의 신병과 마약 둘 다 확보하기 어려워지기 때문이었다.

두청은 천천히 호흡을 가다듬었다. 긴장이 풀리자 배가 또 살살 아파왔다. 배를 대충 문지르니 통증이 조금 가라앉는 것 같았다.

나이가 드니 성한 구석이 하나도 없구나. 그래도 오늘 밤에는 제발 아무 문제 일으키지 말아다오.

이런저런 생각에 잠겨 있는데 계단통 쪽에서 미세하게 '쉬쉬'거리는 소리가 들렸다.

소리가 난 쪽을 보자 검은 그림자 하나가 방화문 뒤에서 몸을 반쯤 내밀며 두청에게 손짓했다.

"선배님, 빨리요!"

"8층이야?"

"네, 8층 3호요."

가오량이 위치 추적기를 가리켰다. 주파수 표시등이 빠르게 깜빡였다.

두청은 가오량에게 소리 내지 말라고 주의를 준 뒤 조심스럽게 3호 문 앞까지 걸어갔다. 문에 귀를 갖다 대고 동태를 살피다가 주변을 둘러보았다. 입구에 있는 쓰레기봉투 두 개에 그의 시선이 멈추었다.

핸드폰을 꺼내 플래시를 켜고 쓰레기봉투를 비췄다. 가오량은 위치 추적기를 내려놓고 쭈그려 앉아 쓰레기봉투를 천천히 열었다.

'톈밍天明 제약'이라고 적혀 있는 흰색 비닐봉투에는 생활쓰레기가 담겨 있었다. 가오량은 기다란 핀셋을 꺼내 봉투 안을 구석구석 뒤적였다. 얼마 안 있어 마트 영수증 한 개, 톈밍 제약 출고증, 모 브랜드의 캡슐 감기약 상자 조각, 도시락 두 개, 젓가락 몇 개를 골라냈다.

두청은 찬찬히 물건들을 본 다음 도로 봉투에 넣어 원래대로 묶어 놓으라고 가오량에게 지시했다.

"철수하자."

어둠 속에서 두청의 두 눈이 반짝였다.

"여기였네요. 감사합니다."

두 사람은 6층까지 내려가 엘리베이터를 타고 다시 1층으로 내려갔다. 단지를 나온 두청은 길가에 주차해 둔 차량들 쪽으로 걸어가 검정색 뷰익BUICK SUV 차문을 열었다. 조수석에 있는 검정 가죽재킷 차림의 청년이 그에게 물었다.

"어떻게 됐어요?"

"4동 2구역 8층 3호, 오른쪽 집이야."

두청이 짧게 대답한 뒤 가오량에게 말했다.

"고생했어. 다른 사람 시켜서 집에 데려다주라고 할게."

"제 걱정은 마시고 어르신 몸이나 좀 챙기세요."

두청이 웃으며 힘겹게 차에 올랐다.

"우리 예상이 맞았어. 캡슐 감기약에서 필로폰을 추출한 거야."

두청은 배를 누르며 숨을 헐떡였다.

"최소 두 명이야."

"네."

검정 가죽 재킷 청년이 뒷좌석을 보았다. 비쩍 마른 노랑머리 청년이 사복 경찰 두 명 사이에서 고개를 숙인 채 어깨를 움츠렸다. 수갑이 채워진 두 손이 부들부들 떨렸다.

"어떻게 해야 하는지 알지?"

노랑머리 청년이 연신 고개를 끄덕였다. 두청이 그를 한번 보더니 검정 가죽 재킷에게 물었다.

"전량, 아니 장 팀장. 뭘 어쩌려고?"

장전량張震梁이 노랑머리 청년을 가리켰다.

"저 친구가 판매책한테 전화해서 필로폰 산다고 할 거예요. 저흰 입구에 숨어 있다가 문이 열리는 즉시 체포할 거고요. 그러면 물건도 확보할 수 있어요."

두청은 말없이 눈을 내리깔고 생각에 잠겼다. 다시 고개를 들었을 때 계기판에 담배 한 갑이 있는 걸 보고 한 개비를 꺼내 불을 붙였다.

장전량이 얼른 확인받고 싶어 물었다.

"왜요? 별로예요?"

두청은 연기를 뱉으며 입을 열었다.

"핸드폰 위치가 8층으로 잡히니까 놈도 아마 거기 있을 거야. 그런데 마약을 제조하면 연기도 나고 냄새도 났을 텐데, 이 자식들은 들키는 게 무섭지도 않나?"

"체포만 하면 다른 문제는 저절로 다 해결될 거예요."

장전량이 손을 흔들며 말했다. 이어서 무전기를 들고 짧게 명령했다.

"8층 3호로 올라와."

두청은 고개를 돌려 창밖을 보았다. 청년 몇 명이 뒤에 있는 차에서 뛰어내려 후다닥 4동 2구역으로 들어갔다.

장전량은 복도로 사라지는 청년들을 지켜보았다. 몇 분 후, 무전기에서 낮게 깔린 남자 목소리가 들렸다.

— 체포팀 준비 완료.

장전량이 무전기를 들었다.

"이따가 다들 민첩하게 움직여."

그는 주머니에서 핸드폰 하나를 꺼내 노랑머리 청년에게 들이밀었다.

"수작 부렸다간 알아서 해. 평생 손가락 빨고 살게 해 줄 테니까."

노랑머리 청년이 고개를 들더니 대꾸하기도 전에 늘어져라 하품부터 했다.

"제…… 제가 무슨 배짱으로 그러겠어요?"

그는 핸드폰을 받아들고 통화 목록에서 번호 하나를 골라 전화를 걸었다.

경찰들은 숨죽이고 노랑머리 청년을 가만히 지켜보았다.

마침내 전화가 연결되었다.

"여보세요? 형, 저예요……. 지금 다위大魚 호텔인데 물건 좀 갖다 달라고요……."

노랑머리 청년이 또다시 하품을 했다.

"더는 못 버틸 것 같아요……. 네, 3백 위안짜리."

노랑머리 청년이 전화를 끊고 핸드폰을 반납하며 말했다.

"30분 뒤에 온대요."

두청이 웃었다.

"자식, 연기 좀 하네."

장전량이 차 문을 열고 무표정한 얼굴로 말했다.

"단단히 중독됐구먼."

장전량은 차에서 내려 곧장 2구역으로 향했다. 두청도 얼른 따라 내려 바짝 뒤쫓아 갔다.

입구에 도착하자 장전량이 뒤돌아서 물었다.

"왜 따라오세요?"

"왜냐니? 범인 잡으려고 그러지."

두청이 어리둥절해하며 말했다.

"관두세요. 몸도 예전 같지 않으신데. 차에 가 계세요."

장전량이 손을 흔들었다.

순간 두청의 낯빛이 어두워졌다. '내가 경찰 됐을 때 엄마 배 속에도 없던 자식들이!'라는 속엣말이, "그래, 다들 몸조심하고"라는 말로 바뀌어 입 밖으로 튀어나왔다.

'자식들'이 건물 안으로 들어가자 두청은 주위를 살폈다. 그러고는 건물 귀퉁이에서 바지춤을 풀고 소변을 보았다.

볼일을 끝내자 갑작스러운 한기에 몸이 부르르 떨렸다. 천천히 옷을 추스르고 차로 돌아와 담배를 꺼냈다. 그때, 캄캄한 통로 끝에서 '사사삭' 하고 발소리가 들리더니 어둠 속에서 검은 그림자가 어른거렸다.

두청은 본능적으로 라이트를 껐다.

뒷좌석에 있는 경찰 두 명이 약속이나 한 듯 '어?' 소리를 내더니 금세 조용해졌다.

차 문을 잠근 뒤 담배에 불을 붙여 점점 선명해지는 검은 그림자를 주시했다.

키가 170센티미터 정도 되는 남자가 오른손에 커다란 비닐봉투를 들고 있었다. 그는 어둠 속에서 번쩍하는 불꽃을 보고 머뭇거리더니 4동 2구역을 향해 잰걸음으로 걸어갔다.

두청은 망설이지 않고 건물 안으로 뒤따라 들어갔다.

남자는 미행이 붙었다는 걸 눈치챘지만 뒤돌아보지 않고 곧장 엘리베이터 앞으로 걸어갔다. 엘리베이터는 8층에 있었다. 남자는 순간 멈칫하다가 올라가는 버튼을 눌렀다.

몇 초 후 엘리베이터가 도착했다.

문이 열리자 남자가 먼저 엘리베이터 안으로 들어갔다. 두청은 꽁초를 버리고 뒤따라 들어갔다. 카키색 군용 코트를 입은 남자는 반쯤 고개를 숙이고 있어 뻣뻣하고 짧은 머리카락만 보였다. 문이 닫히자 남자의 손이 높은 층수 버튼 근처에서 잠시 방황하더니 이내 10층을 눌렀다. 두청은 남자 뒤쪽에서 손을 뻗어 15층을 눌렀다.

순간 남자가 호흡을 멈추는 게 느껴졌다. 엘리베이터가 올라가기 시작했다.

비좁고 폐쇄된 공간에서 각종 해괴한 냄새들이 스멀스멀 올라왔다. 두청은 남자가 들고 있는 비닐봉투를 힐끔 보았다. 폴리에틸렌 도시락통 두 개에서 열기가 나와 비닐봉투 안쪽에 얇은 수증기막이 생겼다. 코를 벌름거리며 냄새를 맡았다. 손을 허리춤에 가져가 몰래 총자루를 풀었다.

엘리베이터가 8층을 지나는데 갑자기 시끄러운 소리가 났다. 몸싸움 하는 소리, 방범용 철문이 벽에 부딪히는 소리, 누군가가 '꼼짝 마' 하고 크게 외치는 소리가 뒤섞여 들렸다.

두청은 살짝 눈살을 찌푸렸다. 엘리베이터 안에서도 소리가 들렸다. 남자의 손에 들린 비닐봉투가 바스락거렸다.

남자가 마침내 고개를 들더니 엘리베이터 층수를 노려보았다. 갑자기 호흡이 거칠어지면서 숫자 10이 나타나자마자 문 앞에 바짝 붙어 섰다. 문이 열리는 동시에 남자는 엘리베이터에서 내렸다.

문이 닫히고 엘리베이터가 다시 움직였다. 얼른 11층을 눌렀다. 11층에 도착하자마자 재빨리 뛰어나가 소방 통로를 따라서 아래층으로 내려갔다. 계단참에 막 도착했을 때 두청의 핸드폰이 울렸다.

아래층으로 내려가면서 전화를 받자 장전량의 목소리가 들렸다.

— 한 놈이고, 물건은 2그램이 좀 안 돼요. 마약 제조 도구는 안 보였고요.

장전량이 가쁜 숨을 내쉬며 말했다.

— 무슨 일 있으세요?

두청은 10층 방화문 앞에 도착해 조심스럽게 문틈으로 상황을 살폈다. 엘리베이터 앞에서 남자가 비닐봉투를 왼손으로 옮겨 쥔 뒤 오른

손으로 내려가는 버튼을 계속 눌렀다.

두청이 목소리를 낮춰 말했다.

"지금 10층인데, 빨리 와서 좀 도와줘."

전화를 끊은 뒤 방화문을 열고 나갔다.

발소리를 듣고 남자가 고개를 획 돌렸다. 두청을 발견한 그는 미친 듯이 버튼을 눌렀다.

"손에 든 거 다 내려놓고 뒤로 돌아."

두청은 조심스럽게 다가가면서, 한 손으로는 남자를 가리키고 다른 한 손으로는 허리에 찬 총자루를 꼭 쥐었다.

"손 들어!"

남자는 아랑곳하지 않고 엘리베이터 문만 뚫어지게 쳐다보았다.

두청은 재빨리 다가갔다. 손가락이 남자의 어깨에 닿는 순간 엘리베이터 문이 열렸다. 남자는 폭주하며 두청에게 비닐봉투를 던지더니 엘리베이터 안으로 비집고 들어갔다.

두청은 잠시 방어하다가 총을 꺼내 남자를 겨누었다.

"당장 내려, 어서!"

남자는 엘리베이터 안 스테인리스 벽에 기대고 서서 온몸을 떨었다. 두 눈을 부릅뜨고 두청이 들고 있는 총을 뚫어져라 쳐다보았다.

엘리베이터 문이 닫히려 하자 두청은 욕을 내뱉으며 엘리베이터 안으로 뛰어들었다. 남자가 머리를 들이밀며 두청의 복부를 가격했다. 순간 숨이 턱 막히면서 두청의 얼굴이 창백해졌다. 한 손으로는 엘리베이터 문을 꽉 붙들고 총을 든 다른 한 손으로는 되는대로 층수 버튼을 눌렀다. '9', '8', '6' 버튼에 순서대로 불이 켜지다가 삐걱 소리를 내며 엘리베이터 문이 닫혔다.

엘리베이터가 내려가면서 일시적으로 머리로 피가 확 쏠리자 잠시 현기증을 느꼈다. 총을 든 손을 높이 들고 다른 손으로 있는 힘껏 남자를 밀어냈다. 둘 사이에 약간의 공간이 생기자 엘리베이터 문에 등을 대고 남자를 발로 걷어찼다.

그 바람에 남자는 반대편 스테인리스 벽에 부딪혔지만 곧 다시 달려들어 총을 뺏으려 했다. 몇 차례 혈투로 진이 다 빠졌지만, 남자는 미친 짐승처럼 끊임없이 괴성을 질렀다.

남자의 입가에 미세한 흰 거품이 일어나는 걸 똑똑히 보면서 한 가지 생각뿐이었다. 무슨 일이 있어도 총은 절대로 빼앗기면 안 되겠다는 생각.

남자는 점점 더 거칠어졌다. 그는 두청의 손에서 죽기 살기로 총을 빼내려고 애썼다. 두청은 다급한 마음에 탄창 고정 버튼을 풀었다. '딸깍' 소리와 함께 탄창이 바닥으로 떨어졌다. 남자는 순간 멍해졌다. 두청은 등 뒤가 휑한 느낌이 들면서 뒤로 자빠졌다.

엘리베이터 문이 열린 것이다. 9층이었다.

눈앞에 여러 사람이 지나가고, 자신을 덮친 남자가 누군가에게 붙들려 제압되었다. 이 모든 일이 순식간에 일어났다. 구두를 신은 발들이 두청의 얼굴과 몸 위에서 연속으로 부딪혔다. 그는 그런 걸 신경 쓸 겨를이 없었다. 몸에 힘이 쭉 풀리더니 내내 목에 걸려 있던 숨이 갑자기 밖으로 터져 나왔다.

바닥에 누워 폐가 찢어질 듯 심하게 기침을 해댔다. 한참 뒤에 두청은 팔꿈치로 바닥을 짚어 일어나려고 애쓰면서 위쪽을 가리켰다.

"15층이야."

"응, 그래 알았어……. 분석 좀 서둘러 줘. 금방 들어갈게."

전화를 끊은 장전량의 안색이 어두웠다. 그는 병상에 누워 있는 두청을 바라보다 조용히 말했다.

"이 새끼들이 머리를 좀 썼더라고요. 집 두 채를 빌려서 8층에서는 생활하고 15층에서는 마약을 제조했어요. 그나저나 15층인 건 어떻게 아셨어요?"

두청은 똑바로 누웠다. 베개가 없어서 머리가 뒤로 기울어졌는데, 목 부분에 늘어진 피부가 쏠려 얼굴이 더 동그랗게 보였다.

"냄새를 맡았어. 그놈 옷이랑 머리카락에서 시큼한 냄새가 나더라고." 두청이 손가락 두 개를 내밀었다.

"엘리베이터에서는 15층을 누르려는 게 확실해 보였고."

장전량이 두청의 손가락 사이에 담배를 끼운 뒤 불을 붙여 주었다.

"꼭대기 층은 창문을 열어놓으면 연기나 냄새가 바람에 날아가잖아. 그래서 아무도 발견 못 했던 거지."

장전량은 거리낌 없이 담배를 피우는 두청을 보면서 돌연 목소리를 높였다.

"대체 무슨 배짱으로 혼자 가신 거예요! 저희가 한발 늦었으면 그 자식이 총 뺏어다가 사부님 쏘고도 남았다고요!"

"괜찮아." 두청이 웃었다.

"탄창을 미리 빼 놔서 총알도 없었어."

장전량이 쓸쓸하게 웃었다.

"저 좀 그만 괴롭히세요 진짜……"

"저기요, 담배 끄세요!" 흰 가운을 입은 중년 남자 의사가 다가왔다.

"여기 금연 구역입니다."

장전량은 잽싸게 일어나 두청이 물고 있는 담배를 바닥에 던져 발로 비비고는 경찰증을 보이며 말했다.

"동료가 부상을 당했는데 얼른 좀 봐 주세요."

의사가 재빨리 다가왔다.

"다친 데가 어딥니까?"

"배를 좀 부딪쳤습니다."

두청이 몸을 일으키려고 애썼다.

"별것 아닙니다."

"누우세요, 얼른."

의사가 두청의 외투를 벗기고 셔츠를 젖히더니 배를 눌러보았다.

"아파요?"

"아뇨. 글쎄 괜찮다니까요. 굳이 병원에 가자고 고집들을 부려서."

"여기는요?"

"괜찮아요. 아이고!"

두청이 갑자기 큰 소리를 내며 공처럼 몸을 움츠렸다. 깜짝 놀란 장
전량이 옆에서 한마디 했다.

"선생님, 살살 좀……."

의사는 그 말에 꿈쩍도 않고 두청의 배를 이리저리 눌러댔다. 두청
은 너무 아파서 말이 다 안 나올 지경이었다.

의사의 표정이 점점 어두워졌다. 한참을 살피다가 잠시 고민하더니
장전량에게 말했다.

"이 분 모시고 저 따라오세요!"

제3장

둔
]

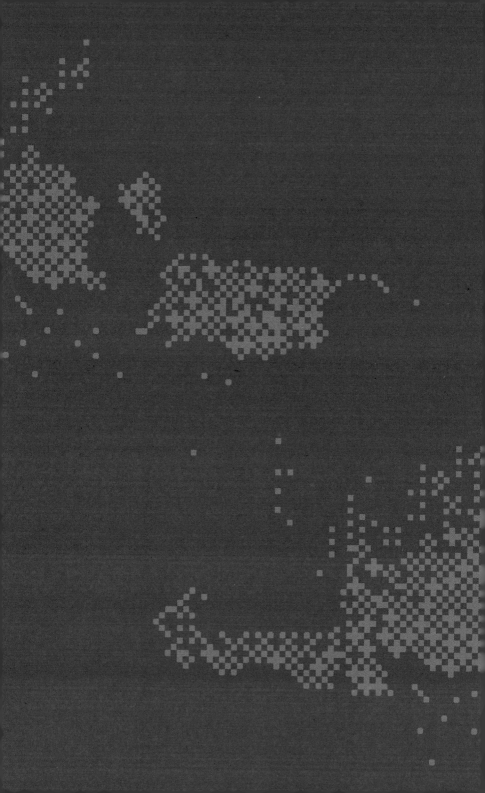

수업 종료를 알리는 종소리가 울렸다. 청산유수처럼 말을 쏟아내던 멍盟 교수는 잠시 하던 말을 멈출 수밖에 없었다. 그는 중간에 설명을 끝내야 하는 기분을 아주 싫어했다. 하지만 그가 강의하는 과목은 '형법학'이지 평서評書, 중국전통연극가 아니기 때문에 뒷이야기를 궁금하게 만들어도 소용이 없었다. 무엇보다 그를 더 언짢게 하는 건 벌써 가방을 챙기며 금방이라도 튀어 나갈 준비를 하는 학생들이었다. 멍 교수는 가만히 학생들을 지켜보았다. 눈치 빠른 학생들은 다시 얌전히 자리에 앉았고, 개중 몰래 도망가던 친구를 붙잡는 학생도 있었다.

길고 긴 종소리가 그치자 멍 교수는 목청을 가다듬고 누범累犯의 형사 책임에 대해 계속 설명했다. 마지막으로 각자 집에 가서 형법 수정안(8)에서 누범에 대한 개정 내용을 살펴보라고 말한 뒤 손을 흔들며 수업을 마쳤다.

멍 교수가 멀티미디어 설비를 끈 뒤 다시 고개를 들었을 때 교실에는 이미 아무도 없었다.

학기의 절반이 지났는데도 수업 후 질문하러 남는 학생은 극히 드물었다. 기말고사 전이나 되어야 학생들의 학습 의욕에 불을 지필 수 있었다. 멍 교수는 가방을 집어 들며 오후 쉬는 시간에 배드민턴이나 수영을 하러 가야겠다고 생각했다. 막 교실을 나가려는데 다소 겁먹은 듯한 목소리가 들렸다.

"저, 교수님."

"어?"

아웃도어 점퍼와 청바지를 입은 남학생이 앞에 서 있었다. 가방을 비스듬히 멘 그의 이마에 땀이 송골송골 맺혔다.

"무슨 일이지?"

"질문이 있습니다."

남학생은 가방에서 형법학 교재를 꺼내 접혀 있던 페이지를 펼쳐 들었다.

"추소시효에 관한 건데요."

"아직 거기까지 진도 안 나갔는데."

멍 교수가 교재를 받아들며 물었다.

"예습하는 건가?"

"전 3학년입니다. 예전에 가르쳐 주신 내용이에요."

남학생이 멋쩍은 듯 머리를 긁적였다.

"그때 공부를 열심히 안 했나 봐?"

멍 교수는 안경 너머로 그 남학생인 웨이중을 쳐다보며 놀리듯이 말했다. 웨이중의 얼굴이 순간 빨갛게 달아올랐다. 멍 교수의 얼굴에 웃음꽃이 피었다. 선생이라면 누구나 열심히 공부하는 학생이 기특하기 마련이니까. 멍 교수는 가방을 내려놓고 담배에 불을 붙인 뒤 추소시효의 기한, 중단, 연장에 대해 쭉 설명했다. 진지하게 듣던 웨이중은 잠시 뜸을 들이다 물었다.

"그러니까 입건되기만 하면 추소시효가 무기한 연장될 수 있다는 말씀이시죠?"

"그렇지. 추소시효 제한이 없는 거나 마찬가지야."

멍 교수는 담배에 새로 불을 붙였다.

"과목 시험도 통과했으면서 왜 이런 걸 물어? 사법고시 준비하려고?"

"네? 아, 네."

멍 교수가 입에 문 담배를 넋 놓고 바라보던 웨이중이 순간 멈칫하다가 대답했다.

"79년도 형법이랑 97년도 형법에서 추소시효 내용이 좀 다르긴 한데, 폐기된 형법에 관해서는 사법고시에 나오지 않으니까 군이 설명하진 않겠네."

"네. 감사합니다, 교수님."

웨이중은 조심스럽게 교재를 가방에 넣고 허리를 굽혀 인사하고는 서둘러 자리를 떴다.

식당에서 점심 식사를 마친 웨이중은 '홍주 자원봉사대' 단체 채팅방에 들어가 집합 시간과 장소를 다시 한번 확인했다. 오후 1시 반, 도서관 앞. 시계를 보니 아직 한 시간 정도 남았다. 식판을 반납하고 교문을 나섰다.

사범대는 시내에서 멀지 않은 곳에 있었는데, 교문 앞이 시내의 주간선도로이고 바로 맞은편에는 '스타몰'이라는 대형 쇼핑몰이 있었다. 웨이중은 비흡연자라 어디서 담배를 파는지 관심이 없었다. 그런데 막상 사려고 보니 지첸쿤이 부탁한 켄트 담배는 캠퍼스 내 매점에서는 살 수가 없었다. '스타몰' 북쪽에 있는 빙과점 옆에 '술, 담배'라고 적힌 가게가 있었다는 게 생각나 밑져야 본전이라는 심정으로 그곳을 찾아갔다.

가게 안에 들어서자마자 눈이 다 어지러웠다. 카운터 뒤쪽으로 천장까지 닿는 높다란 진열대에 담배가 가득 진열되어 있었다. 컴퓨터로 포커 게임을 하고 있던 가게 주인은 손님이 들어오는 걸 확인하고도 고개도 들지 않고 물었다.

"뭐 드릴까?"

"켄트 있어요?"

"켄트?"

주인은 그제야 고개를 들고 웨이중을 살펴보았다. 연초전매국煙草專賣局. 중국에서 담배 시장을 관리하는 기관에서 은밀히 조사 나온 사람 같지는 않았다.

"몇 밀리그램짜리?"

"그게 뭔데요?"

웨이중은 무슨 영문인지 몰라 되물었다.

"타르 함량."

주인이 자리에서 일어났다.

"심부름 왔어요?"

"네."

"1, 4, 8밀리그램 이렇게 있는데."

주인은 카운터에 두 손을 올리고 생각했다. 자식, 교수님한테 잘 보이려고 선물 사 왔구먼.

"뭐가 어떻게 다른 건데요?"

"타르 함량이 낮을수록 순하고 부드러워요. 높을수록 맛이 세고."

주인은 자세히 설명하는 게 귀찮았다.

백발의 지첸쿤을 생각하면 '센 맛'은 안 되겠다 싶어 1밀리그램짜리로 달라고 했다. 주인은 카운터 밑에서 종이 상자 하나를 꺼냈다.

"한 보루에 120위안인데, 몇 개 드릴까?"

"두 보루요." 웨이중이 지갑을 꺼냈다.

"영수증 끊어 주세요."

"영수증?"

주인이 담배를 꺼내다 말고 멈췄다.

"이건 전매회사 담배가 아니라서 영수증 못 끊어 주는데."

"네?"

"수입 담배라고요." 주인은 자신이 담배의 '담'자도 모르는 손님을 만났다는 걸 깨달았다.

"여긴 면세 담배 팔아요. 외국에서 몰래 들여온 거. 영수증 취급 안 하는 데라고."

웨이중은 주인의 말을 완전히 이해하지는 못했지만, 그가 하는 일이 떳떳하지 못하다는 걸 직감했다.

"가짜는 아니겠죠?"

"진품이 확실하다니까! 안심하고 펴도 돼요. 아무 문제 없어."

주인이 손을 내저으며 말했다.

"심부름이라 영수증이 꼭 있어야 하는데요."

"부탁하신 분이 평소에 이 브랜드로 피시나? 그럼 얼만지 아실걸."

모르시는데. 웨이중은 속으로 중얼거렸다.

"115위안. 전매점은 여기보다 훨씬 비싸요."

주인이 웨이중을 붙잡으며 말했다. 웨이중은 고개를 저으며 '죄송합니다' 하고 인사한 뒤 가게를 나섰다.

거리로 나와 핸드폰을 꺼내 바이두百度. 중국 최대 포털사이트 지도를 켰다. 가장 가까운 담배 전매점이 구이린루桂林路에 있었는데 버스로 두 정거장 거리였다.

가방을 정리한 뒤 버스 정류장으로 향했다.

담배 전매점에서는 한 보루에 150위안으로 확실히 이전 가게보다 비쌌다. 하지만 품질 보장도 되고 영수증도 끊어 주었다. 고민 끝에 두 보루를 사기로 했다. 그러려면 차비를 제 돈으로 내야 했는데, 웨이중은 돈 몇 푼에 연연하는 사람이 아니었다.

1밀리그램짜리와 4밀리그램짜리 각 한 보루씩 구매했다. 이렇게 하면 취향에 따라 고를 수 있을 거라 생각한 것이다. 그런데 담배 부피가 생각보다 커서 가방에 잘 들어가지 않았다. 웨이중은 따로 검정 쇼핑백을 사서 조심스럽게 담배를 담아 가게 문을 나섰다.

벌써 오후 1시 10분이었다. 부랴부랴 버스 정류장에 도착했다. 몇 분 후 정류장에 들어서는 버스가 보였다. 평소보다 승객이 많지 않은 데다 때마침 한 명이 하차해 자리가 생겼다. 빈자리에 앉아 쇼핑백을 안아 들고 길게 숨을 내쉬었다.

버스가 출발하고 차 안을 둘러보다가 누군가 자신을 뚫어지게 보고 있는 걸 알아차렸다.

대학 동기 웨샤오후이岳筱慧가 하차 문 난간 쪽에 서서 웃는 얼굴로 손을 흔들었다.

얼른 미소로 화답하다가 웨샤오후이가 쇼핑백을 여러 개 들고 있는 걸 보고 자기 자리에 앉으라고 손짓했다.

웨샤오후이는 사양하지 않고 자리로 와서 앉았다.

"고마워!"

웨샤오후이는 쇼핑백을 가슴 앞으로 안더니 손바닥에 생긴 붉은 자국을 보았다.

"무거워서 죽는 줄 알았네."

"이걸 다 산 거야?"

"응."

웨샤오후이는 짧은 흰색 패딩과 청바지 차림에 단화를 신었다. 목에는 귤색 목도리를 하고 긴 머리는 포니테일로 묶은 채였다.

"충칭루重慶路에서 세일을 하더라고."

웨이중은 웨샤오후이가 안고 있는 쇼핑백을 살펴보았다. 전부 학생에게 어울릴 법한 중저가 브랜드 옷들이었다. 웨샤오후이가 웨이중이 들고 있는 쇼핑백을 보며 말했다.

"들어줄게."

"아냐, 괜찮아. 엄청 가벼워."

웨이중이 사양하며 말했다.

"이리 줘."

웨샤오후이는 웨이중의 쇼핑백을 자기 쇼핑백 위에 올리더니 궁금한 듯 안쪽을 힐끔 보았다.

"너 담배 펴?"

"아니, 그게…… 친구가 부탁해서."

"조심해. 그렇게 기숙사 들어갔다가는 백 퍼센트 사감한테 걸린다."

웨샤오후이가 미소 지으며 말했다.

"걱정 마."

웨이중도 따라 웃었다.

버스가 스타몰 앞에 서자 두 사람은 차에서 내렸다. 웨이중은 자기 쇼핑백을 다시 받아들면서 웨샤오후이의 쇼핑백도 같이 들어 주었다.

"고마워."

두 사람은 붐비는 인파를 따라 횡단보도를 건넜다. 목도리 끝을 잡아 계속 흔드는 웨샤오후이의 모습이 한결 편안해 보였다.

교문을 들어서자 저 멀리 도서관 입구에 버스 한 대가 서 있는 것이 보였다.

"미안, 기숙사까지는 못 들어다 주겠다."

"괜찮아." 웨샤오후이는 손을 내밀었다.

"이리 줘."

"아직은 괜찮아." 웨이중이 턱으로 도서관 쪽을 가리켰다.

"저기까지는 들어 줄 수 있어."

웨샤오후이가 웨이중이 가리키는 쪽을 쳐다보았다.

"홍주 자원봉사대?"

"응. 사회 실천 수업 때문에."

"어디로 가는데?"

"양로원. 넌?"

"유기 동물 보호소. 고양이나 개, 이런 동물을 좋아하거든." 웨샤오후이가 눈을 가늘게 뜨며 웃더니 뭔가 생각난 듯 머리를 탁 쳤다.

"이런! 고양이 사료 사는 걸 깜빡했네."

"그럼 어떡해?"

"됐어. 내일 오전에 몰래 나가서 사지 뭐."

웨샤오후이가 대수롭지 않다는 듯 말했다.

"오전에? 토지법 수업 있잖아."

"괜찮아. 룸메이트한테 대리 출석 부탁하면 돼."

어느새 버스가 있는 곳까지 도착했다. 버스 근처에서 이야기를 나누던 몇몇 봉사자들이 호기심 어린 눈으로 두 사람을 쳐다보았다. 웨이중은 못 본 체하며 쇼핑백을 다시 웨샤오후이에게 돌려주었다.

"고마워!" 웨샤오후이가 살갑게 손을 흔들었다.

"내일 오전에 나 안 보여도 놀라지 마."

"알았어."

웨이중은 웨샤오후이와 인사한 뒤 버스에 올랐다. 창가 쪽 자리에 앉아 점점 멀어지는 그녀의 뒷모습을 바라보았다.

1시 반. 자원봉사대원들을 가득 태운 버스가 출발했다. 흔들리는 버스를 따라 웨이중의 몸도 흔들리면서 무릎에 올려둔 검정 쇼핑백이 바스락 소리를 냈다.

담배를 기다리고 계시려나?

이런 생각이 들자 왠지 모르게 사료를 향해 달려드는 고양이들이 떠올랐다.

오늘 봉사 업무는 양로원 청소였다. 포니테일 여학생이 봉사자들에게 업무를 분담해 주었다. 여학생들은 주로 테이블, 의자, 유리창 닦기를, 남학생들은 바닥 닦기나 쓰레기 수거 같은 힘쓰는 일을 배정받았다.

웨이중은 다른 남학생 몇 명과 함께 2층 바닥 청소를 맡았다. 대걸레를 받은 후 지첸쿤의 방을 먼저 찾아갔다.

실내는 여전히 깨끗했고 햇빛이 충분히 들어와 환했다. 간병인 장하이성張海生은 바닥을 닦고 있었고, 지첸쿤은 지난번처럼 창가에 앉아 책을 읽고 있었다. 웨이중을 보더니 지첸쿤이 웃으며 안경을 벗었다.

"왔어?"

"네. 어르신, 부탁하신 물건이에요."

웨이중이 쇼핑백을 들어 보이며 말했다.

"지난번에 내가 말하지 않았나? 그냥 라오지라고 부르라니까." 지첸쿤이 손을 내밀었다.

"어디 좀 보자."

웨이중은 쇼핑백을 지첸쿤에게 건네주었다. 지첸쿤은 한 보루를 꺼내 자세히 들여다보았다.

"포장이 이렇게 변했구나……."

지첸쿤은 포장지를 뜯어 냄새를 맡았다.

"그래, 이 냄새야."

장하이성은 자리에서 일어나 대걸레를 꼭 쥔 채 지첸쿤이 들고 있는 담배와 웨이중을 차례대로 쳐다보았다.

"그럼 전 일하러 가볼게요."

웨이중이 지첸쿤에게 대걸레를 들어 보이며 말했다.

"쉬엄쉬엄 해."

"네."

지첸쿤이 휠체어에서 몸을 구부렸다.

"이따가 또 와."

"그럴게요."

웨이중이 뒤돌아서 방을 나갔다. 문이 닫히는 순간 장하이성이 계속 자신을 쳐다보고 있다는 걸 알아차렸다.

두 개 층 바닥을 닦고 나니 그제야 마음이 편안해졌다. 담배를 들고 양로원에 들어설 때 흥분도 되고 긴장도 되었다. 반입 금지 물품을 직접 '구매자'의 손에 넘겨주는 건, 아무리 생각해도 은밀한 거래를 하는 느낌이 났기 때문이다.

담백한 음식만 먹던 사람이 가끔씩 맵고 얼얼한 사천요리를 먹으면 모공이 확장되면서 땀이 쭉 나고 개운하지 않던가.

마약이라도 판매한 것 같은 그런 기분이었다.

웨이중은 속으로 웃었다. 범죄 심리학 시간에 사람을 '중독'시키는 범죄가 있다는 교수님의 말이 이해가 되었다. 규칙을 어기는 행동은 확실히 쾌감을 주었다. 특히 20년 넘게 규칙을 잘 지키며 살아온 웨이중에게는 더욱 그러했다.

부지런히 청소하자 양로원이 깨끗해졌다. 마지막 쓰레기를 처리한 뒤 봉사자들은 또다시 삼삼오오 방으로 돌아가 노인들의 말벗이 되었다. 웨이중은 곧장 지첸쿤의 방으로 향했다.

장하이성은 의자에 앉아 지첸쿤과 마주 보며 담배를 피우고 있었다. 창턱 위에는 잼 병 속에 꽁초 몇 개가 둥둥 떠 있었는데, 반쯤 담긴 물이 황갈색으로 변해 있었다.

지첸쿤이 웨이중을 불러다 앉혔다. 장하이성은 웨이중을 힐끔 보고 인상을 찌푸리더니 반쯤 남은 꽁초를 집으며 말했다.

"이 담배도 별론데요. 맛이 밍밍해요."

지첸쿤은 희미한 미소만 짓고 대답하지는 않았다.

"주전자에 다훙푸大紅袍, 고급 우롱차로 '차의 왕'이라고 불린다. 있어. 방금 우린 거야."

지첸쿤은 웨이중을 바라보며 서랍을 가리켰다.

"그 안에 종이컵 있으니까 알아서 따라 마셔."

웨이중은 고맙다고 말한 뒤 서랍에서 종이컵을 꺼냈다. 먼저 지첸쿤 옆에 있는 찻잔에 차를 가득 따랐다.

"드실래요?" 웨이중이 장하이성에게 물었다.

"아이고, 고마워라!"

장하이성은 웨이중이 자신에게 차를 줄지 몰랐는지 들고 있는 종이 컵을 얼른 건넸다.

"좋은 차니까 저도 좀 마실게요."

장하이성에게 차를 따라주고 나서 그제야 웨이중은 자기 종이컵도 반쯤 채워 홀짝였다.

어느 순간 다들 자리에 앉거나 서서 말없이 차를 마셨다.

차가 배 속으로 들어가자 지첸쿤은 만족스러운 듯 가볍게 한숨을 내쉬며 물었다.

"어때?"

"좋은데요." 웨이중은 종이컵에 담긴 황금색 찻물을 자세히 들여다 보았다.

"차에 대해 잘 모르지만 정말 맛있네요."

"라오지 방에는 죄다 좋은 것밖에 없어."

장하이성이 껄껄 웃자 담배로 누레진 치아가 드러났다.

지첸쿤은 애매한 표정으로 장하이성에게 말했다.

"여기서 더 볼 일 있나?"

"네?" 순간 장하이성은 당황해 남은 차를 단숨에 들이켠 뒤 머쓱해하며 말했다.

"그럼 전 나가보겠습니다. 얘기들 나누세요."

장하이성이 대걸레를 들고 밖으로 나갔다.

지첸쿤과 웨이중 두 사람만 남았다. 지첸쿤은 켄트 담배 한 개비를 꺼내 들며 말했다.

"고마워." 그는 담배에 불을 붙인 뒤 크게 한 모금 빨아들였다.

"몇 년 만에 피는 거야."

"담배 좀 줄이세요." 웨이중이 일깨우듯 한마디를 던졌다.

"건강에 안 좋아요."

"괜찮아. 참, 영수증 봤어." 지첸쿤이 웃었다.

"3백 위안 준 걸로 담배 사는 데 다 쓴 거지? 차비는 어쩌고?"

"2위안밖에 안 되는데요 뭐. 괜찮아요."

웨이중이 손을 내저으며 말했다.

"그래, 2위안 가지고 서로 사양할 필요는 없겠지."

지첸쿤도 더는 고집부리지 않았다.

"'추소시효'는? 확실히 알아 왔어?"

"네. 20년이 지나도 확실히 추소할 필요가 있다고 판단되면 서면으로 최고인민검찰원에 비준을 요청한 다음 계속 추소할 수 있어요."

웨이중은 이어서 추소시효의 연장과 중단에 대해 차근차근 설명했다. 지난번처럼 지첸쿤은 굉장히 집중해서 들었다. 듣는 내내 담배를 피우다 보니 비좁은 방 안이 금세 뿌연 연기로 뒤덮였다.

"그러니까 일단 입건되면……."

지첸쿤은 듣다가 잠시 망설이더니 혼잣말을 했다.

"추소시효가 상관없어지는 거네."

"네." 웨이중은 말하다 흥이 났는지 지식을 조금 과시하기로 했다.

"그런데 79년 형법이랑 97년 형법에서 다루는 추소시효 내용이 조금 달라요."

"어떻게 다른데?"

지첸쿤이 바로 이어서 물었다.

지첸쿤의 질문에 웨이중은 순간 당황해 한참을 버벅거리다가 결국 모른다고 순순히 인정했다.

그러자 지첸쿤의 표정이 안 좋아졌다. 그는 힘겹게 휠체어를 밀며 침대 옆으로 가 작은 책장을 향해 손을 뻗었다. 어떤 책을 꺼내려는 것 같았는데, 손이 책에 닿질 않았다. 온 힘을 다해 팔을 뻗다가 균형을 잃어 휠체어도 위태롭게 기울어졌다.

웨이중이 얼른 다가가 휠체어를 붙잡았다.

"무슨 책인데요? 제가 꺼내 드릴게요."

"붉은 표지로 된 거, 형법전."

지첸쿤의 말투가 꽤 매서웠다.

웨이중은 지첸쿤이 말한 법전을 꺼내 건넸다. 지첸쿤은 거의 뺏다시피 법전을 가져가 다급하게 펼쳐보았다.

책 목차만 확인하고 침대 위로 던진 뒤 또다시 책장을 가리켰다.

"저기 노란 표지로 된 두꺼운 책 좀."

웨이중의 학교에서 사용하는 교재였다.

지첸쿤은 이번에도 목차를 확인한 뒤 재빨리 어떤 페이지를 펼쳐 자세히 읽기 시작했다.

그는 웨이중의 존재를 까맣게 잊기라도 한 듯 형법 교재에서 정보를 찾는 데 집중했다. 웨이중은 안절부절못하며 책장을 쳐다보았다.

책장이라고 하기는 했지만 사실은 침대 옆에 세워 둔 옷칠한 나무 판때기에 불과했다. 그 위에는 각종 서적이 가지런히 꽂혀 있었고 양쪽 끝은 북엔드로 고정되어 있었다.

책장을 훑어보다가 지첸쿤의 독서 취향이 특이하다는 것을 알게 되었다. 가볍게 읽을 수 있는 책은 거의 없고 죄다 법률, 범죄학, 범죄 수사 분야 교재와 전문 서적들이었다.

취향 참 독특하시네. 뭐 하던 분이신지 모르겠어. 나이도 많고 몸도 안 좋으신 분이 왜 하필 이런 책들을 좋아하시는 걸까. 웨이중은 속으로 중얼거렸다.

난데없는 한숨 소리에 정신을 차리고 고개를 돌렸다. 지첸쿤이 턱하고 책을 덮더니 인상을 있는 대로 찌푸렸다.

"79년 형법에는 없는 내용인데……"

지첸쿤이 돌연 씁쓸하게 웃었다.

"하긴 97년 형법을 적용한 지 벌써 20년이 다 되어 가는데 누가 지금까지 예전 법률을 검토하겠어?"

"저…… 그런데 이걸 왜 이렇게까지 알아보시는 거예요?" 내내 궁금했던 질문을 입 밖으로 내뱉었다.

"설마 사법고시 볼 생각은 아니시죠?"

"하하, 당연히 아니지. 조금 관심이 있는 것뿐이야."

지첸쿤이 호탕하게 웃으며 말했다.

그럴 리가. 웨이중의 의문은 더 커져 갔다. 단순히 흥미 때문이라면 이렇게까지 절실해하지 않았을 것이다.

"저기 말이야." 지첸쿤이 할 말을 가다듬었다.

"부탁이 있는데, 혹시……."

"79년 형법 조문을 보고 싶으신 거죠?" 웨이중이 핸드폰을 꺼냈다.

"어려운 일도 아니에요."

지첸쿤은 웨이중이 핸드폰으로 인터넷에 접속하는 모습을 놀란 눈으로 지켜보았다. 웨이중은 화면을 위아래로 움직이더니 지첸쿤에게 핸드폰을 건넸다. 액정에 글자가 빼곡하게 적혀 있었다.

제4장 제8절 제77조.

지첸쿤은 핸드폰을 조심스럽게 눈앞으로 가져갔다. 안경을 벗어도 글자가 뚜렷하게 보이지 않았다.

"제가 봐 드릴게요."

웨이중이 핸드폰에 적혀 있는 글자를 읽었다.

"제77조. 인민법원, 인민검찰원, 공안 기관…… 아, 이 부분은 확실히 수정됐네요……. 강제 조치를 취한 이후에 조사나 재판을 피할 경우, 추소 기한의 제한을 받지 아니한다."

"그래." 지첸쿤은 순간 뭔가를 알아차린 듯 말했다.

"79년 형법은 '강제 조치를 취한 이후'이고 97년 형법은 '사건이 수리된 이후'네, 그치?"

"네, 맞아요."

"만약 97년 이전에 사건이 일어났다면 말이야. 예를 들면 살인 사건이라든지. 79년 형법과 97년 형법 중에 어느 쪽을 적용해야 할까?"

지첸쿤이 천천히 말했다.

웨이중은 당황했다.

"그건…… 형법 소급력에 관한 문제인데요."

"맞아."

지첸쿤의 대답은 깔끔하고 명쾌했으며 눈에는 기대감으로 가득 차 있었다.

뭐지 이거? 웨이중이 속으로 쓴웃음을 지었다. 어느새 자원봉사가 형법시험으로 변한 것이다! 그것도 구술시험이라니!

"형법 소급력 문제에서 중국은 '오래된 법률과 형량이 적은 쪽을 따른다'는 원칙을 채택해요."

웨이중은 배운 내용을 기억하려고 애썼다.

"이 원칙에 따른다면 79년 형법을 적용해야겠죠."

"형량이 적은 쪽을 고려한다면?"

"그건……." 웨이중이 고민하다가 대답했다.

"79년 형법에 따르면 범죄자는 강제 조치를 당한 이후라야만 추소 시효의 제한을 받지 않아요. 그런데 97년 형법에 사법 기관이 사건을 수리하기만 하면 추소시효의 제한을 받지 않는다고 되어 있어요. 둘을 비교하면 79년 형법이 아무래도 범죄자에게는 더 유리하겠죠?"

지첸쿤은 잠시 생각하더니 천천히 고개를 끄덕였다.

"그렇겠네."

"그러니 79년 형법을 적용해야 해요."

"강제 조치를 당한다라……." 지첸쿤의 안색이 다시 어두워졌다. 그는 아득하고 불안한 눈빛으로 계속 중얼거렸다.

"만약 범인을 못 잡았으면?"

"그럼 제한이 있겠죠. 살인 사건 같은 경우는 20년이 지나면 추소를 안 해요."

웨이중은 지첸쿤이 앞에서 '예를 들면'이라고 한 말을 떠올렸다.

"최고인민검찰원이 있잖아?"

지첸쿤이 곧바로 질문을 던졌다.

"네? 아, 네네, 맞아요."

웨이중은 얼굴을 붉히며 얼른 말을 바꾸었다.

"최고인민검찰원에서 추소할 필요가 있다고 판단하면 계속 추소할 수 있어요."

"당연히 필요하지! 사람을 죽였는데."

지첸쿤이 상기된 말투로 답했다.

순간 웨이중이 식겁해 지첸쿤을 보았다.

지첸쿤은 자신의 반응이 과했다는 걸 깨달았다.

"살인이 어디 보통 일이야? 안 그래?"

웨이중이 고개를 끄덕였다.

"하하." 지첸쿤이 웃으며 얼른 수습하기 시작했다.

"방금 그거, 핸드폰으로 찾았어?"

"네."

"기술이 정말 많이 발전했네. 세상 참 편리해졌어." 지첸쿤이 놀란 듯 혀를 차며 말했다.

"난 도통 따라잡지를 못하겠다."

"스마트폰도 돼요. 소형 컴퓨터나 다름없거든요."

웨이중이 대답했다.

"그래. 대충 몇 시쯤 출발해?"

지첸쿤이 고개를 돌려 창밖을 보았다.

웨이중이 시간을 확인했다.

"4시 반이요."

"그래? 아직 시간 좀 있네."

지첸쿤이 웨이중을 보며 웃었다.

"오늘 날씨도 좋은데 나가서 바람 좀 쐴까?"

양로원 뜰은 규모도 작고 흙 땅이 대부분이었다. 뜰에 나무 몇 그루가 있었는데 잎이 전부 떨어져서 어떤 나무인지 알 수 없었다. 휠체어가 다닐 수 있는 길은 붉은 벽돌이 깔린 산책로 몇 군데밖에 없었다.

상황이 이러해도 지첸쿤은 무척 즐거워 보였다. 그는 웨이중의 도움을 받아 패딩 코트를 입고 모자와 목도리까지 장착했다. 무릎에 담요까지 덮어 따뜻하게 문을 나섰다.

한편 웨이중은 휠체어를 미는 게 처음인 데다 산책로도 울퉁불퉁해 처음에는 우왕좌왕했다. 지첸쿤을 바닥으로 밀어 버릴 뻔한 적이 한두 번이 아니었다.

안절부절못하는 웨이중에 비해 지첸쿤은 아주 만족해하는 모습이었다. 그때 마침 해가 지고 있었는데, 양로원 주변에는 고층 건물이 없어 햇빛이 여전히 뜰 안을 가득 비추었다. 실눈을 뜨고 황금빛 태양을 바라보던 지첸쿤은 차고 건조한 공기를 크게 들이마셨다. 한껏 도취된 듯한 표정이었다.

"정말 오랜만에 나와 본다."

"그래요?"

산책로 끝에 도착하자 웨이중은 있는 힘껏 휠체어 방향을 틀어 왔던 길로 다시 걸어갔다.

"여기 몇 년이나 계셨어요?"

"18년."

"그럼 어느 정도 적응되셨겠네요?"

"뭐, 그럭저럭." 지첸쿤이 옆에 있는 나무를 바라보며 말했다.

"저건 복숭아나무인데 봄 되면 복사꽃이 잔뜩 피어서 정말 예뻐. 받아들일 수 있는 건 견디고, 받아들이기 힘든 건 그냥 내가 하고 싶은 대로 하면서 지내."

웨이중은 방에 있던 전기솥과 담배를 떠올리며 웃었다.

"가족분들은…… 여기 자주 오세요?"

"없어, 가족." 지첸쿤이 아무렇지 않게 대답했다.

"자식은 없고 아내는 일찍 세상을 떠났거든."

"네?"

웨이중이 걸음을 멈췄다가 다시 휠체어를 밀며 앞으로 걸어갔다.

"죄송해요."

"죄송할 것 없어." 지첸쿤이 껄껄 웃었다.

"난 내가 남들과 다르단 생각은 안 해."

"맞아요." 웨이중이 잠시 생각하다 이어서 말했다.

"조금 외롭기는 하시죠?"

"북적거리는 걸 경험해 본 사람이면 누구나 외로움을 느끼지."

지첸쿤은 한데 모여 수다를 떨거나 혼자 걷는 노인들을 보았다.

"혼자 지낸 지 너무 오래돼서 그런지 이젠 익숙해. 그리고……."

노인들에게 머물던 그의 시선이 다른 곳으로 이동했다.

"저 사람들이 외로움이 뭔지 어떻게 알겠어."

웨이중은 순간 무슨 말을 해야 할지 몰랐다. 지첸쿤은 회상에 잠긴 듯 휠체어에 몸을 웅크린 채 아무 말이 없었다. 침묵 속에서 또 한 번 산책로 끝에 다다랐다. 웨이중이 다시 돌아가려고 하자 지첸쿤이 입을 열었다.

"입구로 가자."

웨이중은 고개를 끄덕이며 양로원 정문으로 곧장 이어지는 길을 향해 휠체어를 밀었다.

양로원 문 앞에는 작은 도로가 있었다. 비좁지만 사람과 차로 붐벼서 꽤나 번화했다. 채소 장수가 외치는 소리, 지나가는 사람들이 웃고 떠드는 소리, 자동차 경적 소리가 끊임없이 귓가에 맴돌았다. 튀김꼬치, 군고구마, 통옥수수 향까지 더해져 철문 너머 양로원에 비해 훨씬 사람 사는 냄새가 났다.

녹슬어 군데군데 얼룩진 철문 앞에 도착해 빗장을 열었다. 빗장은 얼음장처럼 차가웠다. 빗장이 반쯤 열렸을 때 큰 소리가 들렸다.

"저기요! 지금 뭐 하시는 겁니까?"

문 옆 경비실에서 경비원이 몸을 반쯤 내밀고 잔뜩 경계하는 얼굴로 웨이중을 노려보았다.

"네? 저 그게…… 나가서 좀 돌다가 오려고요."

"안 돼요!" 경비원은 뜨거운 김이 올라오는 커다란 텀블러를 들고 있었다.

"여기 계신 분들은 함부로 밖에 못 나가요."

"입구에만 있는 것도 안 돼요?"

"글쎄 안 된다고요!" 경비원은 추운지 어깨를 움츠렸다.

"그러다가 사고라도 나면 누가 책임집니까? 돌아가세요."

내내 말이 없던 지첸쿤이 입을 열었다.

"됐어. 그냥 여기 있자."

경비원은 도로 경비실에 들어갔다. 웨이중은 지첸쿤의 뒤에 서서 문 너머 도로를 말없이 바라보았다.

지첸쿤은 그저 앞만 바라보며 이따금 코만 킁킁거렸다. 웨이중은 지첸쿤의 시선을 따라 앞쪽을 보았다. 하지만 다양한 색깔의 비닐봉투로 가득 채워져 있는 쓰레기통이 그다지 특별해 보이지는 않았다. 다만 늙고 축 가라앉은, 심지어 부패하는 듯한 기운이 지첸쿤의 몸에서 천천히 뿜어져 나왔다. 지첸쿤은 눈빛이 날카롭고 입담이 좋으며 담배를 굉장히 많이 피우고 국 끓이는 솜씨가 일품이었다. 그런데 햇살 속에 앉아 있는 그의 모습은 한껏 위축되어 보였다.

지첸쿤이 쓰고 있는 연회색 털모자를 내려다본 웨이중은 몸에서 수분이 빠져나가는 듯한 기분을 느꼈다.

빠져나가는 것은 수분이 아니라 시간이었다. 지첸쿤의 방에서 시간은 젤리처럼 선명하고 투명했지만, 그저 멈춘 채 그의 기억을 두 평 남짓한 공간 안에 박제시켰다. 덕분에 지첸쿤은 그동안 여유롭게 스스로 즐거움을 찾고 다른 사람들의 눈은 신경 쓰지 않았다. 그런데 이 젤리는 일단 속세의 때가 묻으면 시간의 강물 속으로 빠르게 녹아 사라져 버렸다. 멈춘 듯 보였던 시간이 제대로 흐르면서 그를 한층 더 움츠러들게 한 것이다.

웨이중은 마음이 약해졌다.

지첸쿤이 길게 숨을 내쉬었다.

"이 정도면 충분해." 그는 몸을 돌려 웨이중을 올려다 보았다.

"돌아가자." 지첸쿤은 이전의 온화하고 평온한 눈빛으로 돌아와 있었다.

"이제 됐어."

무엇이 다 됐다는 건지 알 수 없었지만, 웨이중은 지첸쿤의 바람대로 휠체어를 돌려 천천히 건물 쪽으로 걸어갔다.

입구에 도착하자마자 봉사자들과 마주쳤다. 웨이중의 가방을 들고 있는 포니테일 여학생이 따지듯이 물었다.

"어디 갔다 이제 와요?"

"아, 내가 이 친구한테 산책 좀 시켜 달라고 부탁했어."

지첸쿤이 대신 답했다.

여학생은 지첸쿤을 보며 어색하게 미소 짓더니 웨이중의 품 안에 가방을 찔러 넣었다.

"됐으니까 얼른 갑시다. 버스가 한참 기다렸다고요."

웨이중은 고개를 끄덕이며 지첸쿤에게 말했다.

"방까지만 모셔다 드릴게요."

"괜찮아."

지첸쿤이 입구에서 담배를 피우고 있는 장하이성을 가리켰다.

"저 친구도 있으니까 넌 얼른 가 봐. 괜히 다른 사람들 기다리게 하지 말고."

"네."

장하이성이 무표정하게 두 사람을 바라보고 있었다.

"저기……." 지쳰쿤이 웨이중의 눈을 바라보며 살짝 미소 지었다.

"앞으로 한 번은 더 오는 거지?"

봉사자들이 삼삼오오 웨이중을 밀치고 지나갔다. 웨이중은 백팩을 어깨에 걸치고는 웃으며 답했다.

"그럴게요."

제4장

오래된
사건

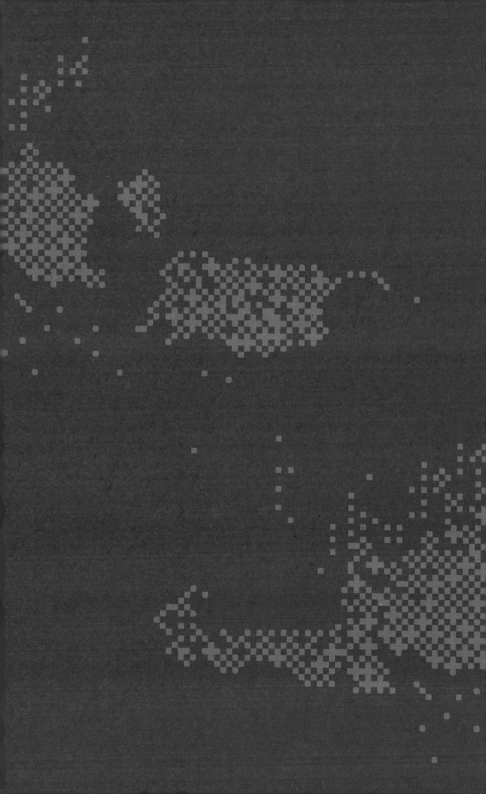

환자복 차림의 두청은 양반다리를 하고 침대에 앉아 있었다. 그는 상사와 동료들이 심각한 표정으로 침대 옆에 서 있는 걸 보고 피식 웃었다.

"왜들 이래?" 두청이 침대에서 일어났다.

"왜 다들 서서 이러냐고. 부국장님, 앉으세요."

"움직이지 말고 그냥 가만히 있어. 누워서 푹 쉬어."

돤훙칭段洪慶 부국장이 얼른 두청의 어깨를 누르며 말했다.

"쉬긴 뭘 쉽니까." 두청은 분하기도 하고 우습기도 했다.

"마약 밀매상 놈들은 잡았어요?"

"잡았어, 잡았다고."

돤훙칭은 두청을 침대에 눕힐 정도로 손에 힘을 주었다.

"그러니까 안심하고 푹 쉬어. 병원비 걱정은 하지 말고. 필요한 거 있으면 분국에다 바로 얘기해."

두청은 마지막 말을 듣더니 눈을 끔뻑거리며 물었다.

"진짜 그래도 돼요?"

"그럼! 나만 믿어."

둬훙칭이 손을 흔들며 말했다.

"그럼 일단 담배 하나만 주세요."

두청이 벌떡 일어나더니 손가락 두 개를 내밀었다.

순간 놀란 둬훙칭은 웃으며 누군가를 가리켰다.

"너, 가서 망 좀 보고 있어!"

가오량은 나가려다 다시 돌아오더니 절반 정도 남은 중난하이中南海,

중국 담배 브랜드 한 갑을 두청 옆에 던졌다.

"의사 오면 바로 알려 드릴게요."

가오량은 담배를 가리키며 두청에게 무슨 말을 해야 할지 모르는
듯 더듬거렸다.

"선배님……은 몇 개…… 더 피시고요."

"좋지."

두청은 벌써 담배 한 개비를 꺼내 입에 물었다.

그러자 장전량이 얼른 다가가 담배에 불을 붙여 주었다.

"젠장, 답답해서 죽는 줄 알았네."

두청이 힘껏 한 모금을 빨아들였다.

"고마워. 장 팀장."

"그냥 전량이라고 부르세요."

장전량의 목소리에는 울음이 섞여 있었다.

"이게 다 제 잘못입니다. 좀 더 일찍 병원에 모시고 왔어야 했는데."

"자식, 어디까지 가려고 그래?"

두청이 전혀 개의치 않는다는 듯 손을 흔들었다.

"너랑 아무 상관없어. 이 나이쯤 되면 몸에 무슨 문제가 생겨도 전혀
이상할 게 없다고."

"아닙니다. 제가 잘 챙겨 드리질 못해서……. 15층을 왔다 갔다 고
생만 시켜드리고."

장전량의 입술이 떨렸다.

"됐어, 됐으니까 자네 감정이나 좀 추슬러. 자네 사부는 멀쩡히 살아 있으니까."

돤훙칭이 장전량에게 눈을 흘겼다.

두청이 담배 한 개비를 다 태운 걸 보고 돤훙칭은 얼른 주머니에서 쑤옌[蘇煙, 장쑤(江蘇)성에서 생산되는 고급 담배] 한 갑을 꺼냈다.

"내 꺼 펴."

두청은 사양 않고 담배를 꺼내 불을 붙이더니 동료들에게 손을 흔들며 말했다.

"그렇게 서 있지들 말고 편하게 앉아."

동료들은 제각기 대답하더니 병실에 있는 다른 두 침대에 자리를 잡고 앉았다. 돤훙칭은 의자를 가져와 두청의 침대 옆에 앉았다. 장전량은 침대 머리맡에 기대 안쓰러운 눈빛으로 두청을 바라보았다.

한 사람이 담배를 피우자 병실 안이 금세 연기로 뿌예져, 다른 누군가가 일어나 창문을 열었다.

돤훙칭은 잠시 망설이다 나즈막이 물었다.

"이제 어쩔 생각이야?"

두청은 담배 한 대를 다 태우고 만족스러운 듯 입맛을 다시더니 무릎을 톡톡 두드렸다.

"퇴원하고 집에 가야죠."

"안 돼요, 사부님." 장전량이 처음으로 반대하고 나섰다.

"제대로 치료 받으세요. 여기서 힘들면 베이징이나 상하이에 가셔서라도…… 치료비는 걱정하지 마세요. 제가 있잖아요."

"하하, 고맙지만 마음만 받을게."

두청이 장전량을 토닥였다.

"의사가 알아듣게 설명했잖아. 원래 당뇨가 있는 상태에서 간에 문

제가 터진 거라고. 간을 치료하면 신장이 망가지고 신장을 치료하면 간이 끝장나는 거야. 어느 쪽도 치료하긴 힘들어."

"안 돼!" 돤훙칭이 고개를 흔들었다.

"그냥 내 말 듣고 병원에서 얌전히 수술 받을 준비나 해. 비용은 국가에서 댈 테니까."

"됐습니다. 아무 의미 없어요." 두청은 자신의 몸을 긋는 시늉을 했다.

"지금 이 나이에 몸에 칼 대고 방사선 치료니 약물 치료니 받으면 감당이 되겠습니까? 멀쩡한 사람도 괴로워서 죽으려고 하는 마당에. 괜히 헛돈 쓰는 거라고요."

"그럼 꾸역꾸역 계속 버틸 셈이야? 잔소리 말고 그냥 내가 시키는 대로 해."

돤훙칭이 눈을 부릅뜨며 말했다.

"저는 아무렇지도 않아요."

두청이 두 손을 펼쳐 보였다.

"며칠 전에도 여기저기 팔팔하게 뛰어다닌 거 모르세요? 평생 형사로 밥 벌어 먹고산 사람한테 병원에만 짱 박혀 있으라뇨! 전 못합니다!"

"잔말 말고 일단 며칠 쉬었다가 다시 얘기해."

돤훙칭이 손을 흔들었다.

두청이 좀 더 해명하려는 찰나, 가오량이 부리나케 뛰어 들어왔다.

"의사 왔어요, 의사!"

경찰들이 신속하게 창문을 열어 담배 연기를 없앴다.

곧바로 의사가 병실로 들어왔다. 들어오자마자 코를 킁킁대던 의사의 미간이 구겨지기 시작했다.

"웬 사람이 이렇게 많아요?"

의사는 병실에 있는 경찰들을 불만스럽게 훑어보았다.

"담배까지 피시고. 두청 씨, 목숨이 아깝지 않으신가 봐요?"

"딱 한 대 폈어요."

두청은 실없이 웃으며 장전량에게 눈짓했다.

장전량은 꽁초가 담긴 생수병을 등 뒤로 숨겼다.

"다들 나가세요, 얼른!"

의사가 성가시다는 듯이 손을 휘저었다.

돤훙칭이 자리에서 일어나 의사에게 웃으며 말했다.

"수고가 많으십니다."

돤훙칭은 한마디 던진 뒤 고개를 돌려 두청을 보았다.

"푹 쉬고 있어. 몰래 내빼면 꼼짝 못 하게 가둘 줄 알아."

두청은 간호사가 혈압을 잴 수 있도록 옷소매를 걷었다.

"병원에 있는 거랑 감금당하는 거랑 뭐가 다릅니까?" 돤훙칭은 말없이 손가락을 내밀며 경고하듯 두청을 가리켰다.

"알았어요, 알았어. 시키는 대로 할게요. 됐죠?"

두청이 어쩔 수 없다는 듯이 말했다.

안색이 조금 누그러진 돤훙칭이 다른 경찰들에게 나가라는 신호를 보냈다. 경찰들은 하나둘 두청에게 인사를 건넸다. 장전량이 두청에게 다가와서 말했다.

"내일 또 뵈러 올게요."

"오지 마. 사건부터 처리하고 다시 얘기해. 가 봐."

두청이 휘휘 손을 저었다.

장전량은 두청의 어깨를 툭툭 치고는 돤훙칭을 따라 병실을 나섰다.

두청은 다시 침대에 누워 의사에게 얌전히 몸을 맡겼다.

혈압과 체온을 재고 수액을 맞았다. 두청은 정신이 딴 데 팔려 건성으로 대답하면서 의사가 일러주는 주의사항을 들었다.

의사와 간호사가 나가고 병실에 혼자만 남았다. 이불 속에서 몸을 웅크린 채 수액관에서 떨어지는 약을 뚫어지게 보았다.

한참을 누워 있는데 오른쪽 어깨에서 딱딱한 무언가가 느껴졌다. 반쯤 남아 있던 중난하이였다. 몸을 일으켜 문 쪽을 살핀 후 담배에 불을 붙였다.

연기가 하늘하늘 피어올랐다. 실눈을 뜨고 하늘색 연기가 눈앞에서 흩어지는 것을 지켜보았다.

죽는다.

갑작스러운 소식이었지만 두렵지는 않았다.

30년 넘게 경찰로 살면서 생사의 문턱을 넘나든 게 한두 번이 아니었다.

1988년 가정 폭력 사건을 처리할 때 가해자 남편이 갑자기 휘발유에 불을 붙였다.

1997년 시에서 가장 규모가 큰 조직 폭력배 소탕 작전을 벌일 때 5연발 엽총에 맞았다.

2002년 강도를 체포하는 과정에서 용의자와 함께 고가도로 아래로 추락했다.

2007년 모 상업 은행에서 인질을 구출할 때 몸에 폭약을 장착한 납치범을 상대했다.

……

이번에는 피할 수 없었다.

두청의 입꼬리가 살짝 올라갔다. 죽는 건 두렵지 않았다. 23년 전에 이미 죽은 거나 마찬가지였으니까.

그에게 죽음은 오랫동안 갈망해 온 귀로歸路였다.

강의실에 들어간 웨이중은 눈에 띄지 않는 자리를 골라 앉더니 아직 따뜻한 더우장豆漿, 우리나라의 콩국과 비슷하며 중국인들이 아침 식사로 자주 먹는다을 꺼내 몰래 마시기 시작했다. 8시가 지나자마자 작고 통통한 단발머리 여교수가 강단에 올라갔다. 웨이중은 빨대를 입에 문 채 토지법 교재를 꺼냈다. 책표지를 보는 순간 갑자기 뭔가가 떠올랐다.

아니나 다를까 웨샤오후이가 보이지 않았다.

진짜 수업 쨌네. 웨이중은 속으로 웃었다. 토지법을 강의하는 왕王 교수는 학생들 사이에서 '토지신의 부인'으로 불리는데, 법학과에서 무자비하기로 유명했다. 피도 눈물도 없이 F학점을 날리는 데다 매번 꼭 출석을 불렀기 때문이다. 세 번 결석한 학생은 그 자리에서 즉시 시험 응시 자격이 박탈되었다.

예상대로 토지신의 부인은 차를 한 모금 마시더니 느긋하게 출석을 부르기 시작했다.

강의실 여기저기서 대답하는 소리가 들리자 웨이중은 이상하게 긴장이 되었다. 웨샤오후이가 룸메이트한테 대리 출석을 부탁했다고 했지만 어떤 식으로 할지는 몰랐기 때문이다.

토지신의 부인이 웨샤오후이의 이름을 불렀다. 뒷줄에서 답답한 목소리로 '네' 하는 소리가 들렸다.

웨이중은 소리가 난 쪽을 쳐다보았다. 긴 머리 여학생이 교재로 얼굴을 가린 채 방금까지 입을 막고 있던 손을 내려놓았다.

토지신의 부인이 의심스러운 듯 고개를 들었다.

"웨샤오후이가 누구야, 일어나 봐."

긴 머리 여학생은 더는 대답할 엄두를 못 내고 고개를 숙인 채 입을 다물었다. 강의실 여기저기에서 웃음소리가 들렸다.

토지신의 부인이 정색하며 말했다.

"방금 대답한 사람 누구야?"

긴 머리 여학생은 시치미를 떼며 주위 학생들을 따라 두리번거렸다. 웨이중은 속으로 생각했다. 대리 출석은 무슨. 망했네.

아무도 자수하지 않았지만 토지신의 부인은 딱히 따질 생각이 없는지 웨샤오후이의 이름 옆에 결석 표시를 했다.

"웨샤오후이, 한 번 결석이야." 토지신의 부인이 안경 위쪽으로 눈을 부릅떴다.

"대리 출석해 주는 사람도 똑같이 결석 처리할 줄 알아!"

출석 체크가 끝난 뒤 수업이 시작되었다. 토지법은 원래 지루한 과목이기도 했지만 토지신의 부인이 거의 교재를 읽다시피 해서 더더욱 지루했다. 십여 분을 꾸역꾸역 듣다가 결국 딴 생각을 하기 시작했다.

처음에는 웨샤오후이의 결석에 대해서 생각했다. 토지신의 부인한테 몇 번이나 걸린 건지, 시험 응시 자격이 있기는 한 건지 알 수 없었다.

그다음에는 웨샤오후이가 수업을 빠지면서까지 사러 간 고양이 사료, 유기 동물 보호소에 있는 고양이와 개들을 떠올렸다.

이어서 사회 실천 수업 과제, 3층 건물과 지첸쿤을 생각했다.

지첸쿤이 떠오르자 웨이중은 한 손으로는 턱을 괴고 다른 한 손으로는 볼펜을 만지작거리며 창밖을 바라보았다. 오늘 날씨는 햇빛이 없고 어두침침했다. 강의실 밖 모든 것들이 제 빛을 잃어 흑백사진처럼 보였다. 잎이 다 떨어진 나무들, 어두운 강의실 건물들이 희미한 안개에 뒤덮여 생기라고는 전혀 찾아볼 수 없었다.

노인들에게 가장 힘든 계절이 겨울이라고 한다. 그 이유는 첫째, 심뇌혈관 질환 위험이 증가하기 때문이고, 둘째, 창밖 풍경이 전부 시들어 쓸쓸해 인생의 황혼에 접어드는 노인에게는 생의 마지막에 가까워지는 느낌을 주기 때문이다. 웨이중처럼 젊은 사람도 기운이 빠지는데, 지첸쿤처럼 외롭고 의지할 데 없는 노인이야 말할 것도 없었다.

지금 라오지 방도 이렇게 무겁고 칙칙하려나?

가볍게 한숨을 내쉬며 교재를 읽고 있는 '토지신의 부인'을 바라보앉지만 마음이 영 잡히질 않았다.

웨이중은 지첸쿤이 안쓰러웠다. 지첸쿤은 햇볕을 쬐고, 책을 읽고, 담배를 피웠다. 혼자 밥을 하고, 아무 쓸모가 없는데도 법률적인 문제들을 물어보았다. 얼마 남지 않은 시간 속에서 힘겹게 운명과 맞서고 있는 것이었다. 죄수 같은 생활을 하면서도 희망의 꽃을 피우기 위해 애썼다. 그 꽃이 홀로 자라 기쁘게 피어나고 선명한 빛깔과 그윽한 향기를 내뿜으며 스스로를 설득했다. 자신은 늙지 않았다고. 비록 걸을 수 없고 철문 뒤에서 세상을 바라볼 수밖에 없어도 자신은 여전히 이 세상의 일부라고 말이다.

웨이중은 하루 종일 보이지 않던 웨샤오후이를 저녁 식사 시간이 다 되어서야 식당에서 볼 수 있었다.

비록 지친 모습이었지만 기분은 좋아 보였다. 배식 받으려고 줄을 서 있는데, 웨샤오후이가 웨이중을 발견하고는 웃으며 손을 흔들었다.

웨샤오후이가 비닐봉투 몇 개를 들고 다가오더니 웨이중 맞은편에 털썩 주저앉았다.

"힘들어 죽겠다."

"고양이랑 개들 보러 갔었어?"

웨샤오후이는 차가운 홍차 한 병을 따서 절반 정도를 단숨에 마셨다.

"응." 웨샤오후이가 홍차 한 병을 또 꺼내서 웨이중에게 건넸다.

"이거 마셔."

"고마워." 웨이중이 식판을 옆으로 치웠다.

"밥은 먹었어?"

"응. 고양이랑 같이."

웨샤오후이가 웃으며 말했다.

"하하." 웨이중은 따라 웃더니 웨샤오후이의 옷소매를 가리켰다.

"그런 것 같네."

웨샤오후이는 자신의 옷소매를 보더니 흰색과 회색이 섞인 고양이 털을 떼어냈다.

"아메리칸 쇼트헤어 고양이인데 엄청 귀여워. 애교도 많고." 웨샤오 후이가 갑자기 입을 삐죽거렸다.

"주인이 진짜 못됐어."

"앞으로 몇 번 더 가야 해?"

"한 번." 웨샤오후이가 한숨을 내쉬었다.

"사회 실천 수업 과제는 거의 끝나 가. 넌?"

"나도. 한 번만 더 가면 돼."

"양로원은 되게 지루하지?"

웨샤오후이가 또 홍차 한 모금을 마셨다.

"어르신들이랑 할 얘기가 뭐 있겠어?"

"꼭 그렇지만은 않아. 엄청 재밌는 분도 계시거든."

웨이중은 지첸쿤을 떠올렸다.

"그래? 어떤 분인지 얘기 좀 해 봐."

웨샤오후이가 흥미롭다는 듯 말했다.

웨이중은 잠시 생각하더니 지첸쿤을 간략하게 묘사했다. 웨샤오후 이는 진지하게 들으면서 가끔씩 웃기도 했다.

"그 연세에 학구열이 대단하시다. 개성 있으시네." 웨샤오후이가 눈을 깜빡이며 물었다.

"얼굴도 잘생기셨지?"

"괜찮게 생기셨어."

웨이중이 솔직하게 대답했다.

"하하, 한번 뵙고 싶다."

"다음에 같이 가자."

"안 돼." 웨샤오후이가 고개를 흔들었다.

"보호소에 가 봐야 하거든. 콩이 약 좀 사다 줘야 해, 피부병이 있어서."

"콩이?"

"아까 말한 아메리칸 쇼트헤어 말이야. 이름이 콩이야."

웨샤오후이가 웃으며 말했다.

"또 수업 빠지려고?" 웨이중도 웃었다.

"오늘 너, 토지신의 부인한테 벌써 한 번 걸렸어."

"괜찮아." 웨샤오후이가 머리카락을 획 하고 뒤로 넘겼다.

"아직 두 번 남았잖아. 오늘 내 룸메이트 웨웨月月가 많이 놀랐겠다."

웨이중은 긴 머리 여학생을 떠올렸다.

"하하, 하마터면 공범 될 뻔했어."

"그러게." 웨샤오후이가 비닐봉투 안에 들어 있는 커다란 닭 다리를 툭툭 치며 말했다.

"그래서 위로 좀 해 주려고."

"동물들 때문에 그렇게 마음이 안 놓여?"

"응. 네가 걔네들 눈빛을 못 봐서 그래. 쓰다듬고 안아 주길 바라는 눈빛이라니까." 웨샤오후이의 눈에 눈물이 그렁그렁했다.

"어떤 강아지는 세 번이나 버려졌는데도 사람들 볼 때마다 아양을 떨어. 내가 돌아가려고 하면 멀리까지 쫓아 나오고."

웨이중은 철문 앞에 앉아 있던 지첸쿤이 떠올랐다.

"불쌍하다."

"내 말이."

웨샤오후이가 들고 있는 비닐봉투를 만지작거렸다.

"사회 실천 수업 끝나도 또 가고 싶어."

"왜?"

"누군가 나를 필요로 하고 의지하는 느낌이 좋아서."

웨샤오후이가 웨이중의 눈을 바라보면서 입가에 옅은 미소를 지었다.
웨이중도 웨샤오후이를 바라보았다.

"나중에 좋은 엄마 되겠다."

"하하, 너무 멀리 가는 거 아냐?" 웨샤오후이는 홍차 뚜껑을 열어 천
천히 흔들었다.

"동물들은 참 온순하고 단순해. 버려지고 상처받았으면서 사람을 절
대적으로 믿는다니까. 사람보다 동물들이랑 같이 있는 게 더 나아."

웨샤오후이는 어느새 병에 들어 있는 홍차를 다 마셔 버렸다.

"사람은 너무 무섭거든."

두청은 국장실 문을 두어 번 노크한 뒤 안으로 들어갔다. 책상에 앉
아 통화 중이던 돤훙칭은 벽 쪽 소파를 가리키며 앉으라고 손짓했다.

두청은 거리낌 없이 자리에 앉아 책상에 있던 담배를 집어 피우기
시작했다. 돤훙칭은 서둘러 통화를 끝낸 뒤 인상을 찌푸리며 말했다.

"거 참 말 안 듣네."

두청은 실실 웃기만 했다. 돤훙칭이 두청 옆으로 와 그의 어깨에 냅
다 주먹을 날렸다.

"감금을 당해 봐야 정신을 차리지!"

웃으며 피하던 두청은 담배를 건넸다. 두 사람은 아무 말도 없이 앉
아서 담배만 피웠다. 한 개비를 다 태우고 일어난 돤훙칭은 차를 우려
서 두청 앞에 내려놓았다.

"방금 베이징에 있는 동기한테 연락한 거야. 큰 병원에서 일하니까
방법 좀 생각해 달라고."

두청은 찻잔을 들고 찻물에 떠 있는 찻잎을 후 하고 불더니 조심스
럽게 한 모금 마셨다.

"부국장님, 우리가 알고 지낸 지 얼마나 됐죠?"

"27년. 27년하고도 4개월."

돤훙칭이 즉각 대답했다.

"하! 뭐가 그렇게 정확해요?"

두청이 놀란 듯 물었다.

"며칠 동안 네 생각밖에 안 했으니까 그렇지."

돤훙칭이 정색을 하며 말했다.

두청이 또 웃었다.

"그렇게 오랫동안 같이 지냈는데 아직도 절 모르세요?"

"두청, 지금은 그런 억지 부릴 때가 아니야." 돤훙칭의 말투가 누그러졌다.

"방법을 한번 생각해 보자. 지금은 기술도 많이 발전했고……."

"소용없어요. 의사가 분명히 말했잖아요. 길어야 1년이라고."

"그렇다고 마냥 이렇게 버티고 있을 순 없잖아?"

"어차피 살날도 얼마 안 남았는데 왜 군이 사서 그런 고생을 해요?"

돤훙칭이 갑자기 웃었다.

"너 인마, 죽는 게 무섭지도 않아?"

"무서워한다고 뭐가 달라지나요. 차라리 하고 싶은 일을 더 하는 게 낫지."

두청이 편안한 자세로 소파에 앉아 차를 홀짝거렸다.

"말해 봐. 그래서 네가 하고 싶은 게 뭔데?"

돤훙칭이 똑바로 앉아 두청을 뚫어져라 쳐다보았다.

"조사하고 싶은 사건이 있어요." 두청이 찻잔을 내려놓고 돤훙칭을 마주 보았다.

"부국장님도 아시는 사건이에요."

돤훙칭은 놀랐다가 금방 괴로운 표정을 지었다.

"젠장! 또 시작이네." 그는 눈앞에서 성가신 것을 쫓아내기라도 하듯 힘껏 손을 흔들었다.

"이제 그만 좀 해."

"아뇨." 둬청의 얼굴에서 미소가 점점 사라졌다.

"그 사건을 제대로 조사하지 않으면 그만둘 수 없어요."

"너 진짜 제 정신이야?" 돤훙칭의 언성이 높아졌다.

"올해 네 나이가 몇이냐?"

둬청은 말없이 돤훙칭을 쳐다보았다.

"말 안 해? 좋아, 그럼 내가 대신 말해 줄게. 너 쉰여덟이야. 퇴직하려면 아직 2년이나 더 남았다고."

돤훙칭은 입구 쪽을 바라보더니 최대한 언성을 낮추려고 애썼다.

"그렇게 오래 일해 놓고, 남들 팀장 될 때 넌 과장 직함 하나 못 달았지. 왜겠어? 정말 몰라?"

"압니다."

둬청이 눈썹을 치켜세웠다.

"그래서 큰 사건 하나 해결하고 싶어요. 죽기 전에라도 승진하게."

"해결은 무슨, 얼어 죽을!" 돤훙칭은 결국 분통을 터뜨렸다.

"사건 종결된 지가 벌써 20년도 넘었어. 범인이 죽은 마당에 조사는 무슨 얼어 죽을 놈의 조사야!"

"제 대답은 같아요. 그놈은 범인이 아닙니다."

둬청이 차분한 표정으로 돤훙칭을 보았다.

"우리가 엉뚱한 놈을 잡은 거라고요."

"그만, 그만! 이제 그 얘긴 그만해." 돤훙칭이 손을 휘저으며 자리에서 일어났다.

"오늘부터 장기 휴가 줄 테니까 어디 가지 말고 얌전히 있어!"

"네." 둬청도 더는 치근거리지 않고 꽁초를 눌러 껐다.

"아무튼 나중에 다시 부국장님 찾아올 겁니다."

돤훙칭이 인상을 찌푸리며 두청을 보았다.

"월급이랑 보너스는 원래대로 나갈 거야. 그리고 전량이랑 그쪽 팀원들한테 자네 좀 잘 보살펴 주라고 얘기해 둘게."

"됐어요." 두청은 고개를 흔들며 입구로 걸어갔다.

"이제 곧 연말이라 일이 많잖아요. 본인들 일하기도 바쁠 텐데 뭐 하려요. 전 혼자가 편해요."

문을 열자마자 돤훙칭이 두청을 불러 세웠다.

"두청." 돤훙칭의 표정이 무척 복잡해 보였다.

"잘, 그리고 즐겁게 보내…… 올 한 해."

두청은 그를 잠시 바라보더니 웃었다.

"그럴게요."

두청은 국장실에서 나와 곧장 엘리베이터를 탔다. 아는 얼굴들을 마주치지 않으려고 애썼다. 자신의 병세에 대해 설명하고 싶지도 않고 위로의 말을 듣고 싶지도 않았기 때문이다.

30분 후 집에 도착했다. 문을 여는 순간 먼지와 함께 곰팡이 냄새가 얼굴을 덮쳤다. 작게 욕을 내뱉고는 코를 킁킁거리며 주방으로 향했다.

솥 안에 있던 계란면에 푸른곰팡이가 피었다. 면을 쓰레기통에 버린 뒤 솥을 깨끗하게 씻었다. 냉장고에서 말라비틀어진 파를 꺼내 총총 썰고 솥을 달궈 기름을 부었다. 그 안에 썰어둔 파를 넣는 순간 '화르륵' 하고 연기가 솟아오르면서 먼지로 뒤덮여 있던 작은 집에 생기가 감돌았다.

몇 번을 더 볶다가 물을 붓고 뚜껑을 덮었다.

물이 끓는 동안 청소를 시작했다. 식탁을 깨끗하게 닦자마자 간 부위가 찌릿찌릿 아파 왔다. 식은땀을 흘리며 서랍장 위에 있는 액자를 깨끗하게 닦은 다음 식탁 옆에 앉아 가쁜 숨을 몰아쉬었다.

잠시 후 솥에서 보글보글 소리가 들리더니 김이 팔팔 뿜어져 나왔다. 달걀 하나와 마른 국수를 솥에 넣고 끓였다.

간단하게 점심을 때우고 담배를 피우자 혈색이 돌아왔다. 침실로 들어가 옷장에서 천으로 된 구식 옷상자를 꺼내 식탁까지 들고 왔다. 먼지를 대충 닦고 자물쇠를 열었다.

누렇게 색이 바랜, 낡은 크라프트지 파일 몇 개가 들어 있었다. 사진과 문서 사본도 무더기로 있었는데 역시나 먼지가 잔뜩 쌓여 있었다.

파일 하나를 꺼내 흔들자 먼지 덩어리가 후두둑 떨어졌다. 오후의 햇빛이 철제 창문 난간을 통해 실내를 비추며 얼룩덜룩한 빛기둥을 형성했다. 햇빛 속에서 세세한 먼지들이 사방으로 흩어지면서 식탁 위에 살포시 내려앉았다.

파일에 적힌 색이 바랜 검은색 잉크 글씨를 차분한 표정으로 바라보았다.

11. 9. 연쇄 강간 토막살인 사건, 1990년.

제5장

인간 세상

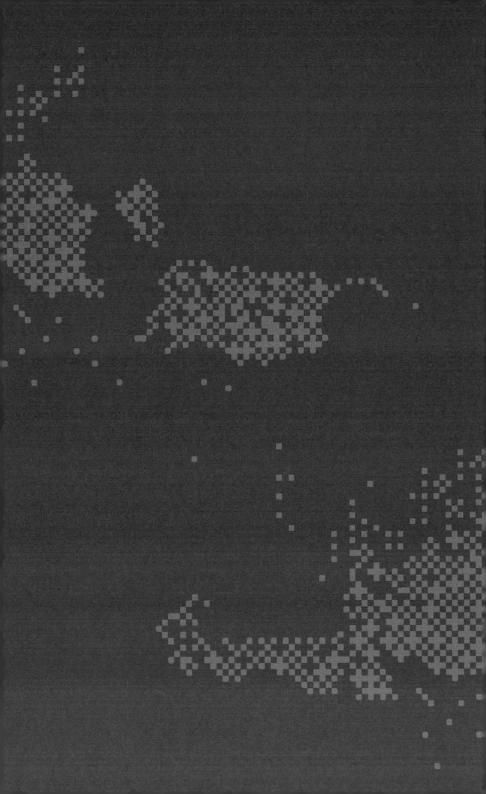

뤄사오화略少華는 복도 벽면에 적힌 숫자 '3'을 쳐다보았다. 이마에 땀이 차오르는 게 느껴졌다. 난간을 붙잡고 잠시 숨을 고른 뒤 계속해서 계단을 올라갔다.

5층 집 입구에 도착해 조심스럽게 철문을 열었다. 아무도 모르게 거실로 들어가 장바구니를 식탁에 올려놓았다. 두 침실 문은 아직 굳게 닫혀 있었다. 어쩌다 희미하게 코 고는 소리가 들렸다. 식탁 옆에 앉아 숨을 고르며 벽시계를 보았다.

새벽 5시 25분. 칠흑같이 어둡던 하늘이 서서히 밝아왔다. 호흡이 어느 정도 안정되자 주방 찬장에서 흰 접시를 꺼내 식탁으로 가져 왔다. 장바구니에 들어 있는 비닐봉투를 열자 유탸오油條, 밀가루 반죽을 기름에 튀긴 중국식 빵의 고소한 냄새가 확 올라왔다. 유탸오를 접시에 가지런히 담고 더우장을 꺼내 빨대를 꽂았다. 다시 주방으로 돌아와 채소들을 냉장고에 넣었다. 모든 일을 끝내고 다시 시계를 확인했다. 5시 40분.

가족들은 아무리 빨라도 6시는 되어야 일어났다. 식탁에 앉아 조용하게 라디오를 들었다.

날이 서서히 밝아오고 차 소리와 사람들의 말소리가 갈수록 선명해졌다. 스모그 때문에 도시 전체가 짙은 연기로 뒤덮였다. 6시가 되자마자 딸 방에서 경쾌한 알람 소리가 들렸다. 몇 분 후 딸 뤄잉駱瑩이 잠옷 차림으로 우당탕 걸어 나오며 뤄사오화에게 인사하고는 화장실로 들어갔다. 뤄사오화는 유탸오와 더우장을 덜어 아내가 있는 침실로 들어갔다.

아내 진펑金鳳은 침대에 누워 돋보기를 쓴 채 책을 보고 있었다. 뤄사오화를 보고 일어나려고 하자 그가 그녀의 어깨를 누르며 말했다.

"누워 있어."

뤄사오화는 침대 협탁에 접시를 내려놓더니 진펑의 머리를 쓰다듬었다.

"더우장이 별로 안 따뜻하네. 좀 데워 줄까?"

"괜찮아." 진펑이 더우장을 한 모금 마셨다.

"왜 이렇게 일찍 일어났어?"

"잠이 안 와서."

뤄사오화는 침대 옆에 앉아 유탸오를 먹기 좋은 크기로 뜯으며 대답했다.

"또 악몽 꿨어?"

진펑이 뤄사오화의 손 위에 자신의 손을 포갰다.

뤄사오화는 대답 없이 고개만 끄덕였다.

"다음에 또 그렇게 일찍 나갈 거면 나 깨워." 진펑이 뤄사오화의 손등을 가볍게 쓰다듬었다.

"눈 떴을 때 당신 안 보이면 이상하게 마음이 허전해."

뤄사오화는 알겠다며 진펑을 보고 웃었다.

"얼른 먹어. 난 가서 애들 좀 볼게."

좁은 구식 투룸 집이 금세 다양한 소리로 가득 차기 시작했다. 아침 뉴스 소리, 세수할 때 나는 물소리, 후루룩 더우장 마시는 소리, 드라이기 소리, 변기 물 내리는 소리, 뤄잉이 아들 샹춘후이向春暉를 재촉하는 소리.

뤄사오화는 주방과 식탁을 오가며 바쁘게 움직이면서도 딸과 외손자에게서 한시도 눈을 떼지 않았다. 뤄잉이 이혼한 뒤로 뤄사오화는 뤄잉과 손자까지 챙겼다. 하지만 그는 이 상황이 오히려 즐거웠다. 30년 넘게 경찰로 일하느라 아내와 딸에게 그동안 못 해 준 것을 퇴직한 지금은 해 줄 수 있어서였다.

시곗바늘이 7시를 가리켰다. 딸과 외손자는 벌써 아침밥을 다 먹고 세수와 양치까지 마친 상태였다. 그렇게 분주했던 아침 시간이 지나가고 뤄사오화가 식탁에 앉아 유탸오를 한입 물던 그때 핸드폰 알림음이 들렸다. 핸드폰을 집어 들어 메시지를 확인한 순간 멍해졌다. 현관에서 신발을 갈아신는 뤄잉을 불러 세웠다.

"잉아, 오늘은 애 택시 태워 학교 보내." 뤄사오화가 입에 있는 유탸오를 간신히 삼킨 뒤 말을 이었다.

"차를 좀 쓸 데가 있어서."

조금 놀란 듯한 뤄잉이 고개를 돌리며 말했다.

"제가 모셔다 드릴게요."

"됐어."

뤄사오화의 목소리는 단호했다.

뤄잉은 가볍게 한숨을 내쉬었다. 그녀에게 익숙한 아버지의 모습이었다. 안 그래도 말수가 적은데 업무에 관해서는 더더욱 입을 닫았다. 인자한 눈빛과 부드러운 말투에 수다스럽던 노인네의 모습은 어느새 단단한 겉껍질에 가려져 보이지 않았다.

뤄잉은 그 겉껍질이 어떤 것인지 훤히 꿰고 있었다. 지금 자신이 아버지를 끌어낼 수 없다는 것도 잘 알았다. 뤄잉은 이유를 묻지 않고 차 키를 식탁에 올려놓은 뒤 아들 샹춘후이와 집을 나섰다.

뤄사오화는 문이 닫히는 소리를 듣고 나서야 다시 핸드폰을 들었다. 메시지를 여러 번 살펴본 후 천천히 아침 식사를 마쳤다.

설거지를 마치고 진평의 약을 챙겼다. 그리고 그녀가 잠드는 모습을 바라보다 옷을 입고 문을 나섰다.

핸들을 잡은 지 오래되었는데도 본능적으로 능숙한 동작이 나오자 시동을 거는 순간 살짝 기분이 들떴다. 짙은 남색 산타나SANTANA가 러시아워로 붐비는 차량 행렬에 들어설 때, 권총집이 잘 채워져 있는지 확인하려고 습관적으로 허리춤을 더듬거리기까지 했다.

하지만 아무것도 없었다. 마음이 쿵 내려앉았다. 지금 그가 가려는 곳은 경찰로 살아온 자신의 삶과 연결하고 싶지 않은 장소였다.

하지만 이 세상에는 자신이 원하든 원하지 않든 쉽게 벗어날 수 없는 일들이 많다.

남몰래 이를 악문 뤄사오화는 안개 속을 헤쳐 서쪽 교외로 내달렸다.

교외에 있는 안캉安康, 평안하고 건강하다는 뜻 병원은 생긴 지 벌써 30년 정도 되었다. 도심에 있는 거창한 대형 병원들과 달리, 안캉 병원의 외관은 폐허나 다름없는 시골 학교에 더 가까웠다. 뤄사오화는 흙길 옆에 차를 세운 뒤 녹슬어 얼룩진 카키색 병원 철제 난간을 멀리서 바라보았다. 해는 이미 떠 있었지만 안개는 완전히 사라지지 않은 상태였다. 안캉 병원은 아침 식사 시간인지 뜰에서 피어오른 수증기가 안개와 뒤섞여 사람과 사물이 흐릿하게 보였다. 뤄사오화는 차창을 반쯤 내리고 담배에 불을 붙인 뒤 안개에 둘러싸인 병원을 주시했다.

지난 20여 년 동안 거의 한 달에 한 번씩 이곳을 찾았다. 안캉이라는 말 그대로 환자들이 평안하고 건강할 수 있으면 좋겠네. 담배를 눌러 끈 뒤 손목시계를 확인했다. 오전 8시 25분. 차창을 끝까지 내려 찬 공기를 마셨다. 찬 기운에 몇 번 몸서리를 치고 나니 정신이 확 들었다. 그는 운전석에 몸을 움츠린 채 온 신경을 집중해 병원 입구를 쳐다보았다.

십여 분 뒤, 철문 뒤편의 짙은 안개 속에서 덜그럭거리는 소리가 들리고 뒤이어 한 사람이 모습을 드러냈다. 비틀거리며 느린 걸음으로 걷는데, 두려움으로 가득 차서 뭔가를 망설이는 것처럼 보였다.

몸을 일으켜 눈을 크게 뜨고 그 사람을 지켜보았다.

짙은 안개 속에서 그의 윤곽이 선명해졌다. 키가 175센티미터 정도 되는 남자로 나이는 오십 대 전후로 보였고, 마른 체형에 뻣뻣한 머리카락이 어수선하게 흐트러졌다. 솜저고리 차림으로 커다란 검은색 여행 가방을 오른쪽 어깨에 멨다. 왼손에는 에나멜 세숫대야가 든 그물망이 들려 있었는데, 그 안에서 세면도구 등이 달그락 소리를 내고 있었다.

순간 목구멍이 턱 막히는 것 같았다. 그놈이다. 틀림없어.

입구에 다다른 남자는 눈앞에 있는 철제 난간문을 어찌해야 좋을지 모르는 것 같았다. 다행히 키가 작고 퉁퉁한 경비원이 금방 경비실에서 나왔다. 경비원을 보고 뒤로 몇 걸음 물러난 남자는 언제라도 머리를 감싸고 쭈그려 앉을 것처럼 한껏 움츠러들었다. 경비원이 남자에게 다가가더니 뭔가를 물었다. 남자는 여행 가방을 내려놓고 주머니에서 종이 한 장을 꺼냈다. 경비원은 대충 한 번 훑어보더니 철문을 열어 주었다. 남자는 열린 철문 틈에 시선을 고정한 채 꿈쩍도 하지 않았다. 건디다 못한 경비원이 손을 흔들자 남자는 그제야 잔뜩 긴장한 채 문을 나섰다.

남자의 등 뒤로 철문이 잠겼다. 문 앞에 선 남자는 눈에 보이는 모든 것이 낯설기라도 한 듯이 주위를 천천히 둘러보았다. 잠시 후 남자는 비틀거리며 버스 정류장으로 향했다.

뤄사오화은 머릿속이 새하얘져 아무 생각도 나지 않았지만 눈은 남자를 따라 기계적으로 움직였다. 남자는 고개를 들어 버스 정류장 표지판을 열심히 보았다.

금세 목적지를 정한 듯 조용히 버스를 기다렸다. 안개는 이미 흩어지고 없어져 남자의 얼굴이 선명하게 드러났다.

뤄사오화는 꽁꽁 언 손으로 손잡이를 돌려 차창을 닫은 뒤 멀리 있는 남자를 주시했다.

몸은 많이 여위었고 뻣뻣하고 헝클어진 머리카락은 태반이 하얗게 변했다. 얼굴 주름은 칼자국처럼 날카로웠고, 생기 없는 두 눈에서는 어떠한 감정도 느껴지지 않았다.

뤄사오화는 슬며시 주먹을 꼭 쥐었다. 무거운 한기가 서서히 온몸을 파고드는 것 같았다.

낡은 버스 한 대가 길가에 멈춰 서자 남자는 차에 올랐다. 버스는 검은 연기를 내뿜더니 삐걱삐걱 소리를 내며 움직였다.

온몸이 철판처럼 굳어 있는 자신을 발견한 뤄사오화는 버스 뒤를 따라갔다.

운전석도 바깥만큼 차가웠다. 몸을 부들부들 떨며 두 손으로 핸들을 꼭 쥔 채 앞에 있는 버스를 죽일 듯이 노려보았다. 손목을 들어 시간을 확인했다.

1월 7일, 오전 9시 1분.

악마가 인간 세상으로 돌아온 것이다.

버스가 시내로 진입하고 남자는 신화新華 서점 빌딩에서 내려 다른 버스로 갈아탔다. 미행당한다는 것을 전혀 모르는 듯 창가 자리에 앉아 거리 풍경을 말없이 바라보았다.

30분 뒤 남자는 싱화베이제興華北街에서 내려 뤼주綠竹 조미료 공장 정문으로 들어갔다. 뤄사오화는 공장 근처에 차를 세운 뒤 운전석에 앉아 그의 일거수일투족을 지켜보았다.

경비실에서 남자는 경비원과 대화 몇 마디를 주고받았다. 그와 연배가 비슷해 보이는 경비원은 남자를 수상해하는 듯했지만 남자의 부탁대로 전화를 걸어 주었다. 남자는 시종일관 무표정한 얼굴로 꼿꼿하게 서 있었다. 몇 분 뒤 청회색 패딩을 입은 청년이 부랴부랴 와서 잠시 이야기를 나누더니 남자와 함께 경비실을 벗어났다.

그때가 두 시간 정도 지났을 때였지만 뤄사오화는 조급해하지 않았다. 남자의 목적지를 이미 예상했고, 다음으로 갈 곳이 어디인지도 알았다. 덕분에 다음 행동을 계획할 충분한 시간을 벌었다. 하지만 마음은 여전히 심란했다. 너무 갑작스러운 소식이었다. 남자가 이 시기에 퇴원할 줄은 전혀 예상하지 못했던 것이다. 남자와 그와 관련된 일을 안캉 병원에 영원히 봉인할 수 있을 것이라고, 자신은 공을 세우고 은퇴해 천수를 누릴 수 있을 것이라고 생각했다. 하지만 남자의 갑작스러운 등장으로 자신이 설계한 미래가 산산이 부서지고 말았다. 뤄사오화는 경찰복을 벗은 이래 처음으로 무력감을 느꼈다.

어떡하지? 높다란 철문이 사라졌으니 이젠 어떻게 그를 옭아매야 할까?

이런저런 생각에 잠겨 있는 사이 공장 철문이 열리고 회색 봉고차가 빠르게 지나갔다. 뤄사오화는 차량 뒷좌석 가운데에 앉아 있는 남자를 발견하고는 허둥지둥 시동을 켜 봉고차 뒤를 쫓았다.

봉고차는 뤼주위안綠竹苑 단지 안에 있는 아파트 앞에 멈춰 섰다. 뤄사오화는 더 이상 바짝 따라붙지 않았다. 이 아파트 단지를 훤히 꿰고 있는 데다 뤼주 조미료 공장 물류부서 간부들이 남자를 22동 4구역 501호로 데리고 가는 중이라는 걸 알고 있었기 때문이다. 이곳은 남자의 아버지가 당시 조미료 공장에서 받은 복지 주택이자 그의 부모가 남긴 유일한 유산이었다. 그가 입원 치료를 받는 동안 이 부동산은 조미료 공장이 대신 관리했다. 약 30분 후 봉고차는 남자를 태우지 않은 채 단지를 벗어났다. 뤄사오화는 서서히 단지로 진입한 뒤 22동 건물 앞에서 멈춰 섰다.

4구역 501호. 뤄사오화는 손쉽게 해당 창문을 찾아냈다. 창문이 활짝 열려 있어서 두꺼운 회색 커튼이 찬바람에 끊임없이 흔들렸다. 창문을 뚫어지게 바라보면서 핸드폰을 꺼내 어딘가로 전화를 걸었다.

수화기 너머에서 한 남자의 목소리가 들렸다.

— 뤄 경관님.

"차오볘 선생님, 오늘 아침에 보내 주신 문자 받았습니다."

뤄사오화는 남자의 이름을 입 밖으로 꺼내는 게 내키지 않은 듯 잠시 말을 멈추었다.

"린궈둥林國棟 말입니다."

— 아, 벌써 퇴원했을 거예요. 확인해 볼게요.

차오 선생은 상당히 지친 듯한 목소리였다.

"그러실 필요 없습니다. 퇴원하는 것 봤어요."

잠시 침묵이 이어졌다. 참다못한 차오 선생이 먼저 입을 열었다.

— 왜요, 무슨 문제 있습니까?

"문제요?" 뤄사오화는 순간 말을 잃었다.

"그자가…… 완치됐다고 확신하십니까?"

— 그, 그야 물론이죠.

차오 선생이 갑자기 말을 더듬었다.

— 그래도 정기적으로 병원에 와서 검사를 받아야…….

"그러니까 그놈이 더 이상 문제를 일으키지 않는다는 보장은 할 순 없다, 이 말입니까?"

뤄사오화가 참지 못하고 차오 선생의 말을 끊었다.

— 경관님, 다른 병과 달리 정신병 환자 치료는 명확한 매개 변수와 지표가 있어요.

차오 선생의 말투가 강경해졌다.

— 완치가 힘들고 재발률이 높다는 게 정신병의 특징이라고요.

"지난달에는 계속 치료해야 할 것 같다고 했잖습니까!"

차오 선생이 한숨을 내쉬었다.

— 그게, 설명하자면 좀 깁니다.

"말씀해 보세요."

— 나중에요. 지금은 제가 좀 바빠서요. 언제 한번 오세요. 자세히 설명 드리겠습니다.

차오 선생은 머뭇거리다가 떠보듯이 물었다.

— 제가 알기론 경관님이 린궈둥 환자의 가족은 아니시던데, 왜 그렇게까지 신경을 쓰십니까? 주朱 선생님이 퇴직하시기 전에…….

뤄사오화는 의사의 말이 끝나기도 전에 전화를 끊어 버렸다.

어쨌든 린궈둥은 이미 사회에 복귀했고, 이는 피할 수 없는 현실이었다. 몇십 년 동안의 형사 생활로 뤄사오화는 많은 것을 배웠다. 그중 하나가 바로 어떤 일에든 허황된 환상을 품지 말라는 것이었다. 뤄사오화는 이미 최악의 시나리오를 세워 두었고, 그게 현실이 되지 않도록 최선을 다하는 것이 바로 그가 해야 할 일이었다.

차에 시동을 걸었다. 경찰일 때는 누릴 수 있었던 각종 편의와 권력이 이제는 통하지 않는다는 것을 잘 알았다. 그래서 미리 준비를 해야 했다.

하지만 뤄사오화는 알지 못했다. 단지를 나서던 그때, 4구역 501호 창문 앞에서 린궈둥이 그와 그의 짙은 남색 산타나를 가만히 지켜보며 옅은 미소를 지었다는 것을.

제6장

친구

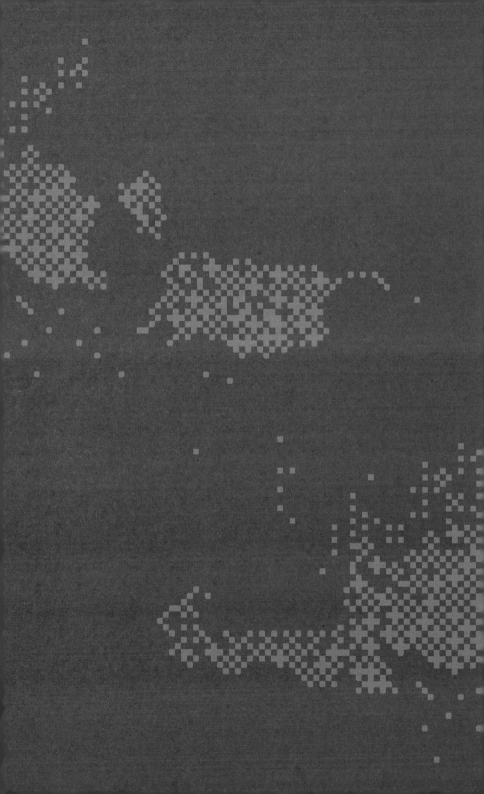

지쳰쿤은 방에 없었다.

웨이중은 의자 등받이에 걸레를 널어놓은 뒤 방에서 지쳰쿤을 기다려야 하나 고민했다. 그러던 중 장하이성이 대걸레를 들고 들어오다 웨이중을 발견하고는 놀라서 멈춰 섰다.

"라오지는?"

"모르겠어요. 저도 방금 와서요."

웨이중은 솔직하게 대답했다.

"이 노인네는 대체 어딜 그렇게 싸돌아다니는 거야." 장하이성은 웨이중을 흘겨보더니 물었다.

"여긴 왜 또 왔어?"

"네? 자원봉사 하러 왔죠."

웨이중은 장하이성의 시선을 피하며 대답했다.

"너한테 또 뭐 사 달라고 부탁하시든?"

"아뇨."

장하이성의 안색은 전보다 조금 부드러워졌지만 말투는 여전히 쌀쌀맞았다.

"다른 방에 가 봐. 바닥 닦아야 하니까."

그는 대걸레로 아무렇게나 문지르기 시작했다. 미처 자리를 비키지 못해 대걸레에 발이 몇 번 부딪히자 웨이중은 얼른 방을 나왔다.

이번이 마지막 사회 실천 수업이었다. 어떻게든 지쳰쿤과 마지막 인사를 해야 할 것 같았다. 너무 격식을 차릴 필요는 없겠지만 그래도 유종의 미는 거두고 싶었다. 그런데 같은 층 전체를 다 돌아봤지만 지쳰쿤은 보이지 않았다. 장하이성에게 물어볼까 하다가 관두기로 했다. 이유는 두 가지였다. 하나는 장하이성도 지쳰쿤이 어디 있는지 모르는 것 같았고, 또 하나는 장하이성의 태도로 봤을 때 알아도 가르쳐 주지 않을 것 같았기 때문이다.

관두자. 살면서 만나는 수많은 사람 중 한 명일 뿐이야. 만남이 있으면 헤어짐도 있는 법이지. 그냥 순리에 맡기자.

말은 이렇게 해도 왠지 헛헛했다. 다른 누군가를 찾아가 대화를 나눌 생각도 없었다. 다른 봉사자들이나 도와주자 싶어 걸레를 집어 들었다.

1, 2층에 있는 침실을 연달아 청소한 뒤 3층으로 올라갔다. 끊임없이 사람들이 오가는 아래층에 비해 훨씬 한적하고 조용했다. 복도에 막 들어서다가 어느 침실 문 옆에서 두리번거리고 있는 사람을 발견했다.

지쳰쿤이었다.

웨이중은 반가운 마음에 성큼성큼 다가갔다.

"라오지!"

자신을 부르는 소리에 고개를 돌린 지쳰쿤은 웨이중을 보더니 밝게 미소 지었다.

"왔어?"

"네. 뭐 하고 계셨어요?"

웨이중은 지첸쿤 곁으로 다가가 침실 쪽을 보았다.

지첸쿤의 방과 구조가 똑같은 1인실이었는데, 커튼이 쳐져 있어 어둑어둑하고 실내 온도도 좀 낮았다.

어떤 사람이 침대에 누워 머리만 빼놓은 채 온몸에 이불을 덮고 있었다. 흐트러진 회백색 머리카락을 보니 60세 정도 되는 여자 같았다.

"저분은?"

"친秦 씨인데 이름은 잘 몰라."

지첸쿤은 생각에 잠긴 듯 여자를 보았다.

"혹시…… 주무시고 계신 건가요?"

웨이중이 목소리를 낮추어 말했다.

"맞아. 거기다가 깨어나기 힘든 상태고."

"네?" 웨이중의 눈이 휘둥그레졌다.

"그런데…… 여기서 뭐 하고 계세요?"

지첸쿤은 말없이 웃으며 턱으로 앞쪽을 가리켰다.

"가서 커튼 좀 걷어 줘."

잠시 망설였다. 깊이 잠들어 있기는 해도 친 씨의 사적인 공간이었기 때문이다. 커튼만 걷는 건 괜찮지 않을까. 웨이중은 복도를 살피더니 방으로 들어갔다.

방에 들어서자마자 이상한 냄새가 느껴졌다. 웨이중은 코를 킁킁거리며 창가로 가 커튼을 젖혔다.

오후 햇살이 순식간에 쏟아져 들어오면서 여자의 얼굴이 선명하게 보였다. 젊었을 때 미인 소리 깨나 들었을 것 같은 외모였다. 단정한 이목구비에 피부도 매끄러웠다.

웨이중이 뒤를 돌자 지첸쿤과 눈이 마주쳤다. 그도 웨이중을 보고 있던 것이다.

"냄새나지?"

"네."

웨이중이 미간을 찌푸렸다. 참기름이 섞인 듯한 불쾌한 냄새였다.

지첸쿤은 휠체어를 타고 천천히 방으로 들어왔다. 실내 장식을 훑어보며 가끔 코를 벌름거리던 그는 이내 깊이 잠들어 있는 여자에게로 시선을 옮겼다.

웨이중도 어디서 냄새가 나는지 찾아보았다. 그런데 한눈에 다 들어올 정도로 조그마한 방 안에는 먹다 남은 음식 같은 건 없었다. 웨이중과 지첸쿤의 시선이 서로 마주쳤다.

지첸쿤은 침대 가까이 와서 냄새를 맡았다. 순간 그의 안색이 안 좋아졌다.

"여기였네." 지첸쿤이 깊이 잠든 여자를 가리켰다.

"몸에서 나는 냄새였어."

웨이중은 의아했다. 무슨 치료길래 참기름이 필요하지?

"저기서 컵 좀 갖다 줄래?"

웨이중은 지첸쿤이 가리킨 쪽으로 향했다. 침대 맞은편 나무 탁자 위에 유리컵이 있었는데, 희뿌연 물이 반쯤 들어 있었다.

지첸쿤에게 물컵을 건넸다. 지첸쿤은 혼탁한 물을 자세히 살펴보더니 냄새를 맡았다. 그러다 물을 찍어 맛을 본 뒤 퉤 하고 뱉어 버렸다.

"됐어."

그는 주머니에서 손수건 하나를 꺼내 컵 표면을 쓱쓱 닦고는 손수건으로 컵을 감싸 쥔 채 웨이중에게 건넸다.

"이대로 제자리에 갖다 놔."

웨이중은 지첸쿤의 말을 따랐지만 의심은 갈수록 커져만 갔다.

"라오지, 지금 이게……."

"별것 아니야." 지첸쿤은 고개를 들어 웃어 보였지만, 눈빛에서는 왠지 모르게 분노가 느껴졌다.

"나 좀 방에 데려다줘."

웨이중은 휠체어를 밀면서 적막한 복도를 천천히 걸어갔다. 닫혀 있
거나 열려 있는 방문들을 보며 낮은 소리로 물었다.

"여기 사는 분들은 어떤 분들이세요?"

"응?" 지쳰쿤은 잠시 딴생각을 하고 있던 것 같았다.

"오랫동안 병상에 누워 있던 사람들이지. 자주 나갈 필요가 없어서
3층에 배정된 거야."

웨이중은 휠체어 손잡이를 보더니 문득 뭔가 떠올랐다.

"참, 그런데 여긴 어떻게 올라오셨어요?"

"머리를 좀 썼지."

지쳰쿤은 길게 얘기하고 싶지 않은 듯했고, 웨이중도 눈치껏 입을
다물었다.

계단 앞에 도착해 어떻게 하면 지쳰쿤을 1층까지 데리고 갈 수 있
을지 고민했다. 지쳰쿤은 웨이중이 곤혹스러워하는 걸 보더니 웃으며
말했다.

"날 먼저 업고 내려가."

아무래도 그 방법밖에 없을 것 같았다. 웨이중은 지쳰쿤 앞에서 뒤
돌아 몸을 낮추었다. 지쳰쿤이 목에 손을 두르자 그의 허벅지를 붙잡
고 벌떡 일어났다.

생각보다 무거웠다. 1층으로 내려가는데 허리와 무릎에서 상당한
압박감이 느껴졌다. 얼마 안 가 이마에는 송골송골 땀방울이 맺혔고
호흡도 거칠어졌다.

"힘들면 내려놔도 돼. 잠깐 쉬었다 가지 뭐."

귓가에서 지쳰쿤의 목소리가 들렸다.

"괜찮아요."

웨이중은 형편없는 체력을 부끄러워하며 이를 악물고 한 걸음씩 계단을 내려갔다. 1층에 도착하자 또 한 번 난관에 부딪혔다. 라오지를 어디에 내려두지? 차가운 바닥에 내려둘 수는 없는 노릇이었다.

"계단 손잡이 있는 데 내려 줘."

웨이중은 지첸쿤의 말대로 했다. 지첸쿤은 손잡이에 비스듬히 기댄 채 두 손으로 철제 난간을 꼭 쥐었다. 두 다리는 힘없이 바닥에 닿아 있기만 했다.

"됐으니까 가서 휠체어 가지고 와." 지첸쿤은 한마디 덧붙였다.

"조심해. 꽤 무겁거든."

이마에 난 땀만 닦고 곧장 3층까지 뛰어올라가 간신히 휠체어를 가지고 내려왔다. 지첸쿤은 힘겨운 자세로 난간에 엎드려 있었는데, 그 모습이 마치 버려진 낡은 옷더미 같았다. 웨이중이 내려오는 소리를 듣고 고개를 든 지첸쿤의 눈에는 기대감과 함께 미안함이 담겨 있었다.

"고생했다."

웨이중은 지첸쿤이 힘겹게 버티고 있었다는 걸 알았다. 두 팔로만 온몸의 체중을 버티고 있어 금방이라도 쓰러질 듯했다. 재빨리 지첸쿤을 부축해 휠체어에 앉혔다.

담요까지 덮어 주고 웨이중이 허리를 펴자 두 사람은 긴 한숨을 내쉬었다. 지첸쿤은 웨이중의 등을 토닥였다.

"방으로 가자. 차 마시면서 좀 쉬자고."

방에 도착하니 지첸쿤의 침대에서 분주한 장하이성이 보였다. 그는 두 사람이 들어오는 걸 보고 들고 있던 베개를 툭툭 쳐서 침대 머리맡에 두었다. 얼핏 침대를 정리하는 것 같았지만 분명 무언가를 찾고 있었다.

"오셨어요? 누워서 좀 쉬실래요?"

장하이성이 침대를 가리켰다.

"괜찮아."

지첸쿤은 웨이중에게 창문 앞까지 휠체어를 밀어달라고 손짓했다.

"어디 갔다 오셨어요? 얼마나 걱정했다고요."

"그냥 여기저기 좀 둘러 봤어."

지첸쿤은 장하이성 쪽은 보지 않고 뒤돌아서 웨이중을 보았다.

"저기 찬장 열어 보면 안에 찻잎 있을 거야. 우려서 같이 마시자."

두 사람을 지켜보던 장하이성은 "그럼 얘기 나누세요"라는 말만 남기고는 씩씩거리며 나갔다.

오늘 마신 차는 향이 고급스럽고 맛이 깔끔했다. 뜨끈한 차가 들어가자 두 사람의 호흡이 점차 안정되었다. 땀을 어느 정도 식힌 웨이중은 편안하게 테이블에 기대어 차를 홀짝였다.

지첸쿤은 켄트 담배를 꺼내 피웠다. 좁은 방을 채운 희뿌연 연기가 차향과 뒤섞여 나른하고 편안해졌다. 웨이중은 문득 3층에 있던 여자가 떠올랐다.

"그 할머니가…… 친구분이신 거예요?"

웨이중이 떠보듯 물어보았다.

"딱히." 지첸쿤이 고개를 흔들었다.

"성이 친 씨라는 것밖에 몰라."

"그런데 왜……."

"나중에 천천히 다 얘기해 줄게." 지첸쿤이 웃었다.

"오늘은 몇 시에 가?"

"이제 곧 가요." 웨이중이 시간을 확인했다.

"원장님한테 가서 평가서를 작성해야 해요."

"평가서?"

"네." 웨이중은 종이컵을 내려놓고 일어나 지첸쿤의 눈을 똑바로 바라보았다.

"이번이 마지막 사회 실천 수업이에요."

"그러니까…… 이제 안 온다는 뜻이야?"

"꼭 그런 건 아니에요." 웨이중은 지첸쿤의 실망하는 얼굴을 보고 마음이 약해졌다.

"수업 없을 때 또 뵈러 올게요."

"안 그래도 돼."

지첸쿤은 고개를 숙여 담요에 묻은 먼지를 털었다.

"나 같은 늙은이 때문에 괜히 시간 낭비하지 마."

"아니에요." 웨이중이 난처한 듯 머리를 긁적였다.

"라오지는 재미있는 분이에요……. 같이 대화하면 즐겁고 좋아요."

"내가 재밌어? 하하하. 지금까지 살면서 들은 얘기 중에 최고의 칭찬이네."

지첸쿤이 놀란 듯 눈을 크게 뜨더니 큰 소리로 웃기 시작했다.

"진짜예요. 다른 노인분들과는 좀 다른 것 같거든요."

"하하." 왠지 모르게 지첸쿤의 눈빛이 조금 어두웠다.

"당연히 다르지."

지첸쿤은 창밖을 보았다. 얼굴 반쪽이 서서히 지는 태양빛에 금빛으로 물들고, 다른 반쪽은 그늘 속에 묻혔다. 마치 희망과 깊은 쓸쓸함이 공존하는 복잡한 표정처럼 보였다.

그런 지첸쿤을 바라보며 웨이중은 이상하게 마음이 아팠다. 실내가 너무 조용해서 두 사람의 숨소리가 분명하게 들렸다. 한쪽은 힘 있고, 다른 한쪽은 무력했다. 한쪽은 가빴고 다른 한쪽은 길게 이어졌다. 한쪽은 근심이 가득했고 다른 한쪽은 흐리멍덩했다. 한쪽은 아직 가치 있는 무언가를 움켜쥐려고 애썼고, 다른 한쪽은 서서히 펼쳐지는 미래를 신기한 듯 마주했다.

한참 있다가 지첸쿤이 뒤돌아서 웨이중을 보고 웃었다.

"다시 볼 수 있을지는 모르겠지만 어쨌든 만나서 반가웠어, 웨이중."

"저도요, 라오지."

웨이중도 웃음으로 화답했다.

"내가 널 평가할 수 있으면 정말 좋겠다." 지첸쿤이 눈썹을 찡긋하며 다정하면서도 교활한 눈빛을 보냈다.

"불합격 주려고."

"네?"

웨이중이 놀라 눈을 크게 떴다.

"재수강해서 여기 다시 오게 만드는 거지."

"하하! 또 뵈러 올게요."

웨이중이 웃었다.

"진짜?" 지첸쿤이 사뭇 진지해졌다.

"나이 든 사람 속이면 못 써."

"당연하죠."

"사실 도와줬으면 하는 일이 있어."

"말씀하세요." 웨이중은 침대 머리맡에 있는 담뱃갑을 힐끔 살폈다. 벌써 담배 한 보루의 절반이 비었다.

"이번에도 담배예요?"

"아니. 나랑 저 친구가 무슨 관계인지 알지?"

지첸쿤이 문 쪽을 보더니 목소리를 낮추었다.

"네. 저분이 간병인이잖아요?"

웨이중이 영문을 모르겠다는 듯이 말했다.

"그냥 간병인이 아니야. 내가 왜 여기서 지내는지 궁금하지?"

지첸쿤이 쓸쓸하게 웃었다.

웨이중은 진지한 눈빛으로 자세를 바로 하더니 고개를 끄덕였다.

"난 원래 엔지니어였어. 결혼도 했었는데 20년쯤 전에 아내가 세상을 떠났지."

지쳰쿤은 담배에 불을 붙인 뒤 천천히 빨아들였다.

"자식이 없어서 몇 년을 쭉 혼자 살았어. 그러던 어느 날 크게 교통사고를 당했고."

지쳰쿤은 자신의 다리를 툭툭 쳤다.

"그 일로 두 다리가 망가졌고 1년 반을 혼수상태로 있었어."

눈 하나 깜빡하지 않고 지쳰쿤을 바라보던 웨이중의 미간이 살짝 찌푸려졌다.

"다행히 그 당시에는 노조가 꽤 일을 잘했지. 지금처럼 봄놀이나 체육대회 같은 것만 계획하지 않았어." 지쳰쿤이 천천히 말을 이어갔다.

"노조가 나 대신 소송을 걸어 줬는데, 승소해서 상대에게 거액의 보상금을 받아냈어. 자식도 없고 다른 가족도 없어서 그런지 깨어나 보니까 회사에서 나를 여기로 보냈더라고."

"그럼 그 뒤로 쭉 양로원에서 지내신 거예요?"

"응." 지쳰쿤이 담뱃재를 떨었다.

"원래 살던 집은 세 주고 몇 년 전에 조기 퇴직했어. 집세, 월급에 보상금까지 있어서 나름 여유 있게 지내고 있지. 다른 사람들 눈엔 내가 엄청 돈 많은 노인네로 보일 거야."

웨이중이 웃었다.

"다른 건 몰라도 드시는 차는 확실히 좋더라고요."

지쳰쿤도 웃었다.

"내가 다리는 불편하지만 그렇다고 남은 인생을 어영부영 보내고 싶지는 않거든. 그러다 보니 물건 살 일 있으면 장하이성한테 부탁할 수밖에 없었어. 눈치챘겠지만 그 친구 손버릇이 썩 좋지 않아."

웨이중이 고개를 끄덕였다. 그동안 장하이성이 왜 그렇게 자신을 삐딱하게 대했는지 알 것 같았다. 지첸쿤이 웨이중에게 부탁하면 그는 더 이상 장부를 속여 이득을 챙길 수 없게 되기 때문이다.

"이제 더는 저 친구를 믿을 수가 없어."

지첸쿤은 꽁초를 깡통 안에 버렸다.

"내가 아무리 돈이 많아도 마냥 이렇게 돈이 새는 걸 감당하기는 힘들어. 몇 년을 더 살 수 있을지는 모르겠지만, 말년에 무일푼 늙은이로 전락하고 싶지는 않아."

"걱정 마세요. 제가 도와드릴게요."

웨이중은 조금의 주저함도 없이 말했다.

"내가 너무 귀찮게 하는 거 아니야?"

지첸쿤의 표정이 간절해 보였다.

"아니에요."

웨이중은 이미 막중한 임무라도 맡은 듯 호탕한 모습이었다.

"너무 그렇게 예의 차리실 필요 없어요."

"그럼 한 가지 부탁이 있는데."

"말씀하세요."

"내가 주는 사례금은 꼭 받아."

"아뇨. 제가 도와드리고 싶어서 그런 거예요. 사례금 같은 건 필요 없어요."

웨이중이 단호하게 고개를 저었다.

"내가 매번 번거롭게 하는데 그거라도……"

"아이, 진짜 괜찮다니까요."

웨이중은 지첸쿤의 어깨를 지그시 누르면서 그의 눈을 바라보았다.

"라오지, 우리 친구 맞죠?"

"물론이지. 너만 날 귀찮아하지 않는다면 말이야."

지첸쿤의 눈빛이 부드러워졌다.

"그럼 사례금 얘기 같은 건 꺼내지 마세요."

"알았어. 그래도 교통비 정도는 주게 해 줘."

지첸쿤이 웨이중의 손을 꼭 잡으며 말했다.

"괜찮아요, 얼마 되지도 않는데."

"아니, 받아!"

웨이중은 한발 물러서기로 마음먹은 듯 고개를 끄덕였다.

지첸쿤는 입가에 미소를 띠며 웨이중의 손을 맞잡았다.

"고마워. 나 같은 늙은이 때문에 고생이 많네. 정말 고마워."

지첸쿤의 눈에 눈물이 차올랐다.

"그럼 저 합격 주실 거죠?"

웨이중이 눈을 찡긋했다.

지첸쿤은 당황하더니 이내 웃음을 터뜨렸다.

뜰에서 산책 중이던 노인들은 갑작스러운 웃음소리에 놀라 1층 끝 방 창문 쪽을 보았다. 노인과 청년이 마주 보며 즐겁게 웃고 있었다.

제7장

방문

1

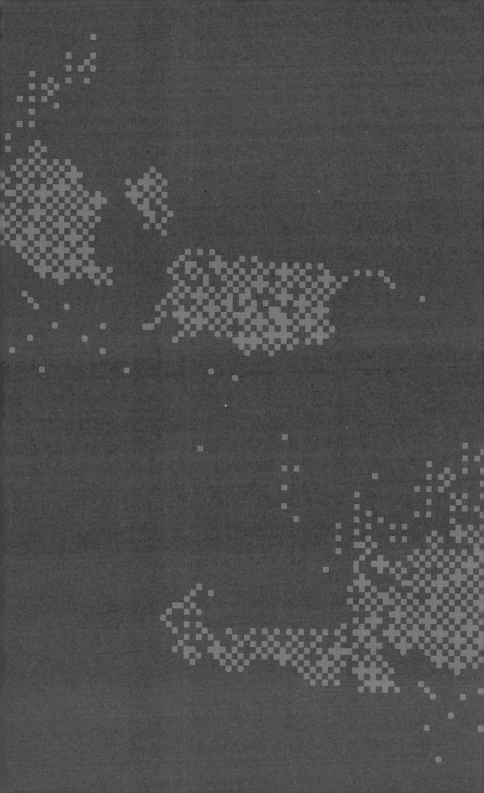

11. 9. 살인 사건 사체 유기 현장 분석

사건 요약

1990년 11월 9일 오전 8시 40분경, 톄둥취鐵東區 쑹장제松江街와 민주루民主路 합류점 이남 2백 미터 지점의 녹지대 안에서 검정 비닐봉투에 싸인 오른쪽 종아리와 오른발(발견된 순서대로 번호를 매김, 1호), 네 조각으로 잘린 오른팔과 왼팔(2호)을 발견함. 11월 10일 오전 7시 30분경, 난윈허南運河 남쪽 연안에 있는 허완河灣 공원에서 동쪽으로 4백 미터 떨어진 곳에서 검정 비닐봉투에 싸인 여성의 몸통(3호)을 발견함. 같은 날 오후 3시 50분경, 청둥城東 쓰레기소각장에서 검정 비닐봉투에 싸인 머리(4호)와 왼쪽 허벅지(5호)를 발견함. 같은 날 저녁 8시 10분경, 시 정형외과 병원 남측 담벼락 밑에서 검정 비닐봉투에 싸인 오른쪽 허벅지(6호), 왼쪽 종아리와 왼발(7호)을 발견함.

현장 감식 상황

1990년 11월 9일 오전 9시 20분경 현장 감식: 톄둥취 쑹장제와 민주루 합류점 이남 2백 미터 지점의 녹지대 안에서 검정 비닐봉투가 발견되었는데, 손잡이 부분이 십자 모양으로 단단히 묶여 스카치테이프로 봉해져 있었다. 봉투 안에는 사람의 오른쪽 종아리, 오른발, 오른팔과 왼팔이 들어 있었다. 소량의 혈액을 제외하고는 봉투 안에 다른 내용물은 없었다. 봉투 겉면에 인쇄된 글씨는 없었고, 봉투와 스카치테이프에서 지문은 발견되지 않았다.

1990년 11월 10일 오전 8시 20분 현장 감식: 난윈허 강바닥으로부터 남쪽 연안에 가까운 진흙 속에서 검정 비닐봉투에 싸인 물건을 발견했다. 허완 공원에서 약 4백 미터 떨어진 위치였다. 검정 비닐봉투 두 개를 중간에 스카치테이프를 붙여 연결해 밀봉한 것이었다. 봉투에는 여성의 몸통 한 구만 들어 있고 옷은 없었다. 봉투 겉면에 인쇄된 글씨는 없었고, 지문은 발견되지 않았다.

1990년 11월 10일 오후 4시 40분 현장 감식: 청둥 쓰레기소각장 제4소각로 동쪽에서 검정 비닐봉투 두 개가 발견되었다. 손잡이 부분이 십자 모양으로 단단히 묶여 있고 두 봉투 입구가 스카치테이프로 같이 봉해져 있었다. 봉투 안에는 머리, 왼쪽 허벅지가 들어 있었다. 머리가 담겨 있던 검정 비닐봉투는 찢어져 있었고 안에서 진흙이 소량 발견되었다. 봉투 겉면에 인쇄된 글씨는 없었고, 지문은 발견되지 않았다.

1990년 11월 10일 오후 8시 50분 현장 감식: 시 정형외과 병원 남측 담벼락 밑, 퇀제루團結路 어귀에서 2백 미터 정도 떨어진 곳에서 검정 비닐봉투 하나가 발견되었다. 손잡이 부분이 십자 모양으로 단단히 묶여 스카치테이프로 봉해져 있었다. 봉투 안에는 오른쪽 허벅지, 왼쪽 종아리, 왼발이 들어 있었다. 봉투 겉면에 인쇄된 글씨는 없었고, 지문은 발견되지 않았다.

검시 상황

1호 사체 조각은 오른쪽 종아리와 오른발이었다. 오른쪽 종아리는 길이가 40센티미터, 둘레는 38센티미터로 정강뼈 부위에서 절단되었다. 잘린 부위에 피부판skin flap, 상피, 진피, 피하조직을 포함한 피부의 전층으로 이루어진 피부층이 보이고 슬개골이 붙어 있었다. 뼈 표면에 절흔切痕 두 개가 발견되었고 표피는 벗겨져 있었다.

2호 사체 조각은 오른팔과 왼팔인데 총 네 조각으로 나뉘어 있었다. 오른쪽 팔뚝은 길이가 40센티미터로 팔꿈치 관절 안쪽에서 절단되었다. 주두olecranon, 팔꿈치머리 부분에 두 군데 피부판이 보이고 잘린 부위가 가지런한 편이었으며, 요골Radius, 아래팔 바깥쪽에 있는 뼈에 절흔 두 개가 있었다. 손톱 길이는 2밀리미터, 손바닥과 손등에 살짝 부딪힌 흔적이 있고, 손바닥 크기는 15.6센티미터×9.1센티미터였다. 오른쪽 위팔의 길이는 31센티미터로 상완골두head of humerus, 위팔뼈머리부분에서 절단되었다. 잘린 부위에 피부판이 네 군데 보이고, 뼈 표면에 잘린 흔적은 발견되지 않았다. 오른쪽 위팔 안쪽으로 5센티미터×3센티미터 크기의 피하 출혈이 있었다.

3호 사체 조각은 몸통으로 길이는 78센티미터였다. 몸통 상단은 4번과 5번 경추에서 절단되었고, 관절면에 절흔이 보였다. 하단은 좌우 서혜부inguinal region, 아랫배와 허벅지 사이에서, 좌우 어깨는 견관절 부분에서 절단되었다. 잘린 부위가 가지런하지 않고, 상처벽에서는 피부판이 여러 군데 보였다. 늑골과 흉골 골절은 없었고, 질좌상과 질열상을 입었다. 질에 면봉을 넣어 검사해 본 결과 정액은 검출되지 않았다.

4호 사체 조각은 머리였다. 검은색 긴 웨이브 헤어로 길이는 47센티미터였다. 머리는 4번과 5번 경추 사이에서 절단되었고 길이는 22센티미터이며 구강 점막 손상이 있었다. 오른쪽 목 부분에 피하 출혈이 있었는데, 목이 졸려서 생긴 것으로 추정되었다.

5호 사체 조각은 왼쪽 허벅지로, 길이는 30센티미터이고 둘레는 50센티미터였다. 상단은 대퇴골에서, 하단은 대퇴골 아래 관절면에서 절단되었다. 위아래 상처 표면에 피부판이 여러 개 보였고, 잘린 부위의 피부 가장자리가 비교적 가지런했다.

6호 사체 조각은 오른쪽 허벅지로 길이는 32센티미터, 둘레는 52센티미터였다. 상단은 대퇴골에서, 하단은 대퇴골 아래 관절면에서 절단되었다. 위아래 상처 표면에 피부판이 여러 개 보였고, 잘린 부위의 피부 가장자리는 고르지 않고 거칠었다.

7호 사체 조각은 왼쪽 종아리와 왼발이었다. 왼쪽 종아리의 길이는 41센티미터, 둘레는 39센티미터로 정강뼈에서 절단되었다. 잘린 부위에 피부판이 여섯 군데 보이고 슬개골이 붙어 있었으며, 뼈 표면에 절흔 세 개가 있었다.

상기 사체 조각들은 여성 시신 한 구로 맞춰지고, 전부 동일인의 것으로 확정할 수 있었다.

사망 원인

검시 결과 피해자의 사인은 경부 압박에 의한 질식사였다.

사망 추정 시각

훼손된 피해자 사체가 부패되지 않았다는 점과 피해자의 위 내용물의 소화 상태를 종합해 분석한 결과, 사망 시각은 사건 발생 17시간 정도로 추정되었다.

개체 식별

피해자의 피부 광택도, 피부 탄력, 치골 결합을 보면 30세 정도로 추정되었다. 피해자의 양손 손톱은 가지런히 정리되어 있었고, 손바닥과 손가락이 매끈한 걸로 보아 육체노동자는 아니었다.

범행에 사용된 흉기

법의학자가 검사한 바에 따르면, 각 사체 조각은 잘린 부위의 피부 가장자리가 가지런하고 상처 벽은 매끈했으며, 상처 구멍 안에 조직 간 공백tissue bridge은 보이지 않았다. 일부 열창裂創에서 칼로 끌어당긴 흔적이 보였는데 생활반응vital reaction은 나타나지 않았다. 이는 날카로운 흉기를 사용해 피해자를 살해하고 사체를 훼손했을 것이라는 예상에 부합했다.

범인 수

모든 사체 조각의 손상 면에서 동일한 유형의 분산과 분포 특징이 나타났다. 손상 부위들을 보면 범인이 날카로운 흉기 하나로 범행을 저질렀고 사체 훼손 수법이 미숙하다는 것을 알 수 있다. 한 사람이 살해부터 사체 훼손까지 전 과정을 완성했으며 초범일 가능성이 컸다. 시신 유기 현장을 분석해 보면, 용의자는 교통수단이 있는 상태에서 여러 지역에 나누어 사체를 유기했을 것으로 추정되나, 각 시신 조각들은 어느 정도 무게가 있기 때문에 공범이 있을 가능성도 배제할 수 없다.

현장 물증 분석

사체 조각은 모두 검정 비닐봉투에 담겨 스카치테이프로 밀봉되어 있었다. 봉투에는 글씨가 인쇄되어 있지 않아 출처를 알아낼 수 없었다. 치수로 따지면 검정 비닐봉투의 크기는 47센티미터×35센티미터였다. 피해자는 옷을 입지 않은 채였고, 신분을 증명할 수 있는 다른 물건도 없었다.

용의자 프로파일링

용의자는 칼로 사체를 토막 냈다. 주요 관절 부위를 절단했지만 수법이 미숙한 것으로 보아 해부학 상식을 어느 정도 갖춘 초범일 확률이 높다. 모든 사체 조각은 단단히 밀봉되어 있었고, 지문과 머리카락은 발견되지 않았으며, 피해자 체내에서도 다른 생물학적 증거를 찾아내지 못했다. 이를 통해 용의자는 성격이 꼼꼼하고 수사에 혼선을 주는 능력을 어느 정도 갖추고 있으며 혼자 살 가능성이 크다는 것을 알 수 있다. 사체를 유기한 장소가 분산되어 있다는 점에서 용의자는 교통수단을 가지고 있고 운전이 가능하다. 각 사체 조각들은 어느 정도 무게가 있고 피해자의 몸에 저항흔이 별로 없다는 점으로 미루어 볼 때 용의자는 청장년 남성일 가능성이 크다. 그렇기 때문에 짧은 시간 안에 피해자를 제압하고 강간과 살인을 저지를 수 있었던 것이다.

조사 진전 상황

사체 확인 공고를 낸 다음 날, 1990년 11월 12일 10시 30분경 해당 시에 거주하는 원젠량温建良이 분국을 찾아와 사체를 확인하고, 피해자가 자신의 아내인 장란張嵐(여, 33세, 톄둥취 핑장루[平江路] 87번지 오토바이 공장 직원 사택 48동 443호에 거주, 슬하에 아들 하나가 있음)임을 확인했다. 피해자 장란은 11월 7일 저녁, 퇴근 후 동창 모임에 갔다가 행방불명되었다. 11월 8일 아침, 남편 원젠량이 관할 파출소에 신고했다. 당시 사건 처리 담당 경찰은 마젠馬健, 뤄샤오화, 두청 세 사람이었다.

복사 용지를 들고 열람실에 들어간 두청은 비어 있는 책상에 자료들을 올려놓았다. 해당 시의 1990년 지도였다. 시 기록보관소에서 일하는 친구를 찾아가 지도를 확대 인쇄했다. 몸을 구부린 채 오래된 지도를 뚫어지게 보았다. 한때 너무 익숙했지만 도시가 발전하면서 지금은 사라지고 없는 표지들이었다. 2013년판 지도와 1990년판 지도를 일일이 대조해 보았다. 가끔 빨간 사인펜으로 최신판 지도에 표시를 했다. 30분쯤 지나자 최신 지도에는 빨간색 동그라미가 가득했고, '11. 9.' 같은 글씨들이 옆쪽에 적혀 있었다.

쑤시고 아픈 허리를 펴고 손목시계로 시간을 확인했다. 가방에 있던 약병에서 두 알을 꺼내 입에 머금고는 다시 가방을 들추었다. 물을 안 가져온 걸 알아차리고는 욕을 내뱉더니 부랴부랴 기록보관소를 나왔다.

보관소 밖에 있는 슈퍼마켓에서 물을 사 단숨에 들이켰다. 입에 있던 약이 이미 다 녹아서 입안이 씁쓸했다. 인상을 쓰며 입을 헹군 뒤 물을 뱉으려다가 그냥 삼켜 버렸다.

진실을 밝혀낼 때까지 살 수 있을지 자신이 없었다. 하는 데까지 해 보자.

정오가 다 된 시각, 두청은 차에 돌아와 지도를 다시 한번 살펴보았다. 마지막으로 목적지를 정한 뒤 차를 몰았다.

스모그로 뿌연 날씨였다. 북쪽에 있는 도시라 입동이 지나면 파란 하늘과 흰 구름을 보기 힘들었다. 중앙난방을 위해 엄청난 양의 석탄을 때다 보니 회색빛 얇은 층이 공기 중에 둥둥 떠다녔다. 거리에는 차가 많지 않았다. 희뿌연 하늘, 단조로운 색깔의 건물과 사람들을 바라보며 무표정하게 핸들을 꺾었다.

궁인루工人路에 들어서자 우측으로 눈부신 흰색 강변이 나타났다. 그곳은 난원허였다. 마음이 동해 발에 힘을 주며 강변길을 따라 달려갔다.

원허 남쪽 연안의 커다란 공터가 두청의 시야에 들어왔다. 이곳은 과거에 허완 공원이라고 불렸는데, 2012년에 공원이 철거되고 그 자리에 절이 들어서면서 지금은 진딩쓰金頂寺 관광지가 되었다.

길가에 차를 대고 돌계단을 따라 아래로 내려갔다. 얼음과 서리가 낀 메마른 잔디밭을 조심스럽게 가로질러 강가에 도착했다.

돌다리, 비를 피할 수 있는 정자, 푸른 등나무로 가득하던 긴 회랑은 이제 없어졌지만, 그때 있던 거목은 여전히 그 자리를 지키고 있었다. 약간 숨이 차올라 굵은 나무 기둥에 손을 기댄 채 발아래 강바닥을 바라보았다.

지금은 갈수기라 강물이 많이 줄어 진흙 강바닥과 물살에 흔들리는 수초들이 보일 정도였다. 살얼음이 언 부분도 있고, 아직 얼지 않은 부분에서는 산뜻한 햇빛 아래 수증기가 피어오르고 있었다.

강물 속을 이리저리 둘러보던 두청의 시선이 마침내 어느 진흙 위에 멈춰 섰다.

11. 9. 살인 사건에서 3호 사체 조각이 발견된 장소였다. 두청은 지금까지도 당시 상황을 똑똑히 기억하고 있었다. 두 개를 테이프로 붙여 하나처럼 만든 진흙투성이 검정 비닐봉투를 열었을 때, 마졘의 입에서 '젠장'이란 두 글자가 툭 튀어나왔다.

당시 두청과 동료들은 올리브색 제복 차림이었는데, 젊어서 밤을 새우고도 쌩쌩하게 체포 업무를 수행할 수 있었다. 신입을 풋내기라고 부르는 노경찰에게 반항을 하기도 했다. 오토바이를 타고 곳곳을 열심히 돌아다녔고, 모든 범죄자를 끔찍하게 혐오했다.

23년이 지나 같은 장소에서, 젊었을 때 같이 일한 동료들과 마주했던 사건을 떠올리자 순간 마음이 따뜻해졌다.

하지만 그 따스함도 순식간에 사라졌다. 시커먼 진흙땅을 뚫어지게 응시했다. 뤄사오화가 구두를 벗고 바지 밑단을 걷은 채 검정 비닐봉투를 뭍으로 잡아당기는 장면이 눈앞에서 펼쳐지는 것 같았다. 사실 여성의 몸통 사체를 처음 봤을 때는 공포나 혐오가 느껴지지 않았다. 머리와 사지가 사라진 몸통만 보고는 사람의 몸일 것이라고 생각할 수 없기 때문이다. 시간이 지나서야 그것의 정체를 깨달았다.

이어지는 감정은 분노였다.

대체 어떤 심경이었길래 한 여자의 몸을 이토록 산산조각 낼 수 있단 말인가?

범인이 눈앞에 있었다면 그의 머릿속을 보기 위해 뇌를 끄집어내려고 했을 것이다.

당시 오랜 동료들도 자신과 같은 생각을 했을 것이라 믿었다.

하지만 그들은 바로 이 사건 때문에 사이가 틀어져 원수지간이 되고 말았다.

담배에 불을 붙인 뒤 두 눈을 감고 긴장을 풀기 위해 애썼다. 이곳은 여성의 몸통이 유기된 장소였다. 그렇다면 아무리 오랜 시간이 지났다고 해도 어떤 흔적이 남아 있을 게 분명했다. 두청은 그 냄새를 붙잡고 싶었다. 23년 전 그날 밤으로 돌아가서 놈의 얼굴을 똑똑히 보고 손목에 수갑을 채우고 싶었다.

"거기, 이봐요!"

눈을 뜨고 고개를 돌려 보니, 한 미화원이 빗자루와 쓰레받기를 들고서 두청을 바라보고 있었다.

"여기서 볼일 보시면 안 돼요!"

30분 후, 톄둥취에 있는 완다萬達 스퀘어 문 앞에 차를 세운 뒤, 눈앞에 있는 4층짜리 쇼핑몰을 살폈다. 마침내 쇼핑몰 입구 쪽에서 '핑장루 87번지'라고 적힌 문패를 발견했다. 조수석에 있는 크로스백에서 1990년판 지도를 꺼냈다. 핑장루 87번지 오토바이 공장 직원 사택 위치에 빨간 사인펜으로 X자 표시를 한 뒤 차를 타고 자리를 이동했다.

오후 2시 15분, 두청은 이미 오토바이 공장(지금은 '북방 오토바이 제조 그룹'으로 개명됨) 인사과 사무실에 앉아 있었다. 직원은 파일을 찾아보더니 두청을 이·퇴직 사무실로 안내했다.

그곳에서 11. 9. 살인 사건 피해자 장란의 남편 원젠량이 2년 전 퇴직하고 지금은 어디에 살고 있는지 모른다는 이야기를 들었다. 하지만 그의 핸드폰 번호는 알아낼 수 있었다. 두청은 수첩에 번호를 적은 뒤 감사 인사를 하고 나왔다.

공장 입구 쪽 노점에서 서우좌빙手抓餅, 중국식 토스트을 산 두청은 차에 앉아 크게 베어 먹으며 원젠량에게 전화를 걸었다. 몇 초 후, 수화기 너머로 낮게 깔린 남자의 음성이 들렸다.

— 여보세요?

"안녕하세요." 두청이 입안에 든 음식물을 얼른 삼키고 물었다.

"원젠량 씨 되십니까?"

― 그런데요, 누구시죠?

"톄둥鐵東 분국 소속 두청이라고 합니다."

― 분국이요?

원젠량이 다소 주저하며 물었다.

― 경찰이세요?

"네."

― 무……무슨 일 때문에 그러시죠?

"원젠량 씨께 여쭤보고 싶은 게 있어서요.

― 뭘 말이죠? 뭘 물어보고 싶은데요?"

원젠량이 추궁하듯 물었다.

"공적인 일은 아니고요. 그냥 개인적으로 얘기를 좀 나누고 싶어서 연락드렸습니다."

― 됐어요. 모르는 사람이랑 할 얘기 없습니다.

원젠량이 단칼에 거절했다.

"아내분과 관련된 일입니다." 두청이 잠시 멈추었다가 덧붙였다. "제가 당시 사건을 처리했던 담당자 중 한 명입니다."

― 네?

원젠량은 적잖이 놀란 눈치였다.

― 그래서 하고 싶은 얘기가 뭡니까?

"만나 뵙고 말씀드려도 될까요?"

원젠량은 한참을 망설이더니 대답했다.

― 그러시죠.

"거기 주소가 어떻게 됩니까?"

문이 열리자 원젠량은 두청을 알아보았다.

"얼굴 보니 기억나네요. 그때는 지금보다 더 건장하고 머리숱도 많으셨는데."

두청이 웃었다.

"벌써 20년도 더 지났는데요. 지금은 늙은이가 다 됐습니다."

원젠량도 많이 늙어 있었다. 예전에는 3 대 7 가르마였는데 지금은 가지런히 빗어 넘긴 올백 머리였다. 뱃살 때문에 꼭 끼는 회색 울 카디건과 짙은 남색 양모 바지를 입고 면 슬리퍼를 신은 모습이 딱 봐도 퇴직하고 집에서 편하게 노년을 보내는 노인 같았다.

원젠량은 두청을 거실로 안내하며 소파에 앉으라고 말했다. 그가 차를 준비하러 간 사이 두청은 방 세 칸과 응접실 두 칸 구조인 집 안을 둘러보았다. 원젠량이 아들과 같이 꽤 풍족하게 지낸다는 걸 알 수 있었다. 베란다에는 새장이 걸려 있고, 거실 구석에는 긴 테이블이 놓여 있었다. 그 위에 지필연묵이 있는 걸로 보아 퇴직 후 취미생활로 하는 것 같았다. 전체적으로 현재 평온한 삶을 보내고 있다는 걸 알 수 있었다.

원젠량은 차 두 잔과 함께 담배 한 갑도 챙겨왔다.

"담배 피우시던 게 생각나서." 원젠량이 담배 한 개비를 꺼내 두청에게 건넸다.

"지금이라도 감사 인사를 드려야겠네요. 빨리 범인을 잡아 주신 덕분에 집사람 한을 풀었습니다."

"아닙니다." 두청이 억지로 웃어 보였다.

"할 일을 한 것뿐인데요. 어떻게 지내시나요?"

"그런대로 살 만합니다. 그 사람 그렇게 보내고 재혼했거든요. 어쩔 수 없었어요. 애가 너무 어려서 누군가 보살펴 줘야 했으니까요."

"그럼……."

두청이 주위를 빙 둘러보았다.

"헤어졌습니다."

원젠량이 쓸쓸하게 웃었다.

"죽은 집사람이 늘 제 마음에 남아 있었어요. 병이나 다른 예기치 못한 사고였다면……. 교통사고로 그렇게 된 거라면 이렇게까지 마음에 걸리지는 않았을 겁니다. 그런데 그게 아니라……. 재혼한 아내는 결국 못 견디고 저랑 갈라섰어요."

두청도 듣다 보니 마음이 안 좋아져 말없이 담배만 피워댔다.

"그런데……." 원젠량이 두청의 안색을 살피며 말을 이었다.

"무슨 얘길 하려고 절 찾아오신 거죠?"

"장란 씨에 관한 일입니다." 두청은 잠시 생각하더니 말했다.

"장란 씨에 대한 것 전부요."

"왜요? 범인은…… 이미 사형되지 않았습니까?"

"그게 말입니다. 현재 저희가 중요한 사건들을 모아 정리하는 작업을 하고 있는데요. 경험을 총정리하고 범죄예방 능력을 높이려는 겁니다. 간단히 말씀드리자면 장란 씨가 왜 살해되었는지를 확실하게 하려는 거죠."

"아, 네."

원젠량의 안색이 점점 어두워졌다. 수심이 가득한 표정 때문인지 한층 더 나이가 들어 보였다.

"무례한 부탁인 거 압니다. 잔인한 부탁일 수도 있고요. 시간도 많이 흘렀는데 괴로웠던 기억을 다시 떠올려야 하니까요. 하지만……."

두청이 의기소침한 말투로 말했다.

"괜찮아요. 이해합니다."

원젠량은 고개를 들더니 억지로 미소 지었다.

"나중에라도 이런 비극을 근절할 수 있다면 그 사람의 죽음이 헛되지 않게 되는 거잖아요, 아닙니까?"

원젠량의 말에 따르면 장란은 착하고 밝은 성격에 사람들과 대화하는 걸 좋아했으며, 누군가와 원한을 맺은 적이 없었다. 또 보통 여자들처럼 잘 꾸미고 예쁜 옷을 좋아했다.

"전 지금도 그날 아내가 어떤 모습이었는지 기억나요." 시종일관 창밖을 바라보던 원젠량은 느릿느릿 말을 이어갔다.

"동창회에 간다면서 한껏 더 꾸몄었죠. 검은색 모직 코트, 자홍색 터틀넥 스웨터, 청바지를 입고 앵클부츠를 신었는데, 온몸에서 향기가 났어요. 그때는 제가 놀리면서……."

고개를 돌린 원젠량은 미소를 띠고 있었지만 눈시울이 붉어지고 있었다.

"나이 들어서 그러고 나가면 보기 흉하다고 놀렸죠." 원젠량이 고개를 떨구며 말을 이었다.

"그런데 지금 생각해 보니까 당시 그 사람 나이가 고작 서른셋이더라고요. 참 젊었는데……."

헤어질 무렵 원젠량은 누렇게 뜬 두청의 안색과 땀으로 젖은 두 뺨을 보더니 걱정스러운 듯 몸 상태를 물었다. 두청은 자신의 건강에 관해서는 오래 말하고 싶지 않아 서둘러 인사를 하고 나왔다. 차로 돌아와 핸들에 몸을 기대자 간 부위의 통증이 갈수록 심해졌다. 크로스백에서 약을 찾아 물과 함께 삼켰다. 그리고 수첩에 원젠량과의 대화 내용을 정리했다.

두청은 이번 방문이 그다지 큰 의미가 없다는 걸 알고 있었다. 23년 만에 들은 유가족의 진술에서는 쓸 만한 단서를 얻기가 힘들었기 때문이다. 하지만 그건 두청이 현재 할 수 있는 유일한 일이었다. 그는 자신의 감각을 깨워 원젠량과의 대화 내용을 자신이 기억하는 내용과 연결해야 했다. 그래야 조각난 단서들을 하나로 엮어서 추적해 나갈 수 있었다.

무엇보다 이제 그에게 남은 시간이 얼마 없었다.

제8장

미행

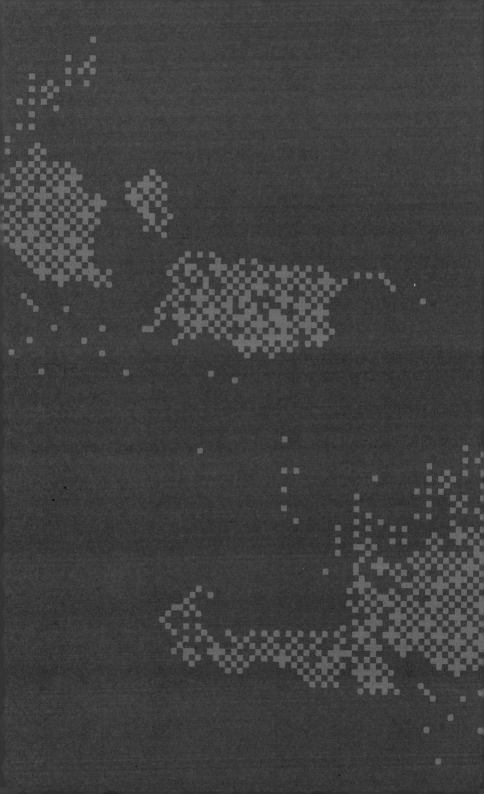

뤄사오화는 멀리서 린궈둥이 건물 입구를 나서는 것을 확인한 뒤, 얼른 망원경을 내려놓고 운전석에 숨어 그를 감시했다.

린궈둥은 퇴원 당일 입었던 것과 같은 옷차림이었고, 손에는 검정 비닐봉투 한 개가 들려 있었다. 그는 천천히 걸어가 길가에 있는 쓰레기통에 봉투를 던졌다. 그러고는 두 손을 상의 주머니에 찔러 넣은 뒤 주위를 둘러보았다. 그렇게 몇 분을 있다가 볼을 긁적이더니 단지 정문으로 걸어갔다.

뤄사오화는 조수석에 둔 검은 배낭에 망원경을 집어넣었다. 배낭 안이 꽉 차 있어서 주머니 안에 있는 물병, 반쯤 남은 빵, 시커먼 몽둥이 하나가 보였다.

몽둥이를 주시했다. 신축식 경찰봉이었다.

부디 이걸 사용할 일이 없었으면. 뤄사오화의 눈에 마침 단지 입구를 나서는 린궈둥이 보였다. 그는 시동을 걸고 천천히 뒤를 쫓았다.

린궈둥이 자신을 기억할지 확신할 수 없었다. 그래서 모험을 할 엄두는 못 내고 멀리서 뒤따라갈 뿐이었다. 린궈둥은 단지를 나와서 오른쪽으로 몇 백 미터 정도 걸어가더니 좁은 골목으로 돌아 들어갔다.

뤄사오화는 거리 표지판을 힐끔 보고 욕을 하며 길가에 차를 세웠다. 그곳은 춘후이루春暉路 새벽시장이라 차량은 진입할 수 없었다. 차 문을 잠그면서 린궈둥이 벌써 자신을 발견한 건 아닌지 파악했다. 다시 빠른 걸음으로 시장에 진입해 린궈둥을 찾았다. 그는 멀지 않은 곳에서 천천히 시장 구경을 하고 있었다.

린궈둥은 직장을 잃은 지 오래되어 아내가 집안을 먹여 살리는 전업주부 남편처럼 채소 노점을 하나둘 지나가면서 물건을 하나하나 꼼꼼하게 살펴보았다. 열심히 가격도 물어보고 구약나물이나 죽순 같은 걸 집어서 몇 번이고 들여다보았다. 시장에 있는 모든 물건이 신기한 듯했다.

뤄사오화는 최대한 몸을 숨기며 그의 일거수일투족을 유심히 관찰했다. 처음에는 린궈둥의 이상한 행동들을 보고 어리둥절했다. 하지만 곧 그가 왜 그런 행동을 했는지 이해가 되었다. 정신병원에서 20년을 넘게 보낸 사람이라면 이 세상 모든 것이 낯설게 느껴질 터였다.

순간 쾌감을 느꼈다. 눈앞에 보이는 저 사람이 전기 충격기, 구속복과 함께 인생의 거의 절반을 살았고, 이제는 죽순조차 알지 못하는 폐인으로 변해 버렸기 때문이다.

하지만 곧 자신이 린궈둥을 보통 '사람'이라고 생각했기 때문에 방금 그의 행동이 이상해 보였다는 걸 깨달았다.

아침 해가 뜨고 석양이 지는 걸 보는 것, 추운 겨울과 여름비, 봄이 가고 가을이 오는 걸 경험하는 것, 단층집이 즐비하던 도시가 빌딩 숲을 이루기까지 빠르게 발전하는 모습을 눈으로 목격하는 것, 월급 인상을 남몰래 기뻐하고 물가 상승에 분노하는 것을 린궈둥도 자신과 똑같이 경험한 것처럼 착각한 것이다.

이는 마치 뤄사오화가 자주 느끼는 환각과도 같았다. 어두운 거리에서 그보다 더 어두운 구석을 응시할 때 자신을 돌아보고 있는 두 눈이 항상 느껴지던 것처럼.

사실 린궈둥은 한 번도 그를 떠난 적이 없었다.

린궈둥은 새벽시장을 나와 곧장 맞은편에 있는 버스 정류장으로 향했다. 고개를 들고 정류장 팻말을 보더니 가만히 버스를 기다렸다. 이미 차로 돌아갈 타이밍을 놓친 뤄사오화는 노점 뒤에 숨어서 그를 주시했다.

116번 버스가 느릿느릿 정류장으로 들어왔다. 린궈둥은 장바구니를 든 노인들 뒤에 줄을 서서 차에 타더니 차량 중앙 쪽으로 걸어가 손잡이를 잡고 섰다. 버스가 정류장을 벗어나는 걸 보면서 뤄사오화는 다급하게 택시를 잡고 버스 뒤를 쫓아갔다.

기사에게 "앞에 116번 버스 좀 따라가 주세요"라고 말한 뒤 핸드폰으로 해당 버스의 운행 노선을 조회했다. 린궈둥이 내릴 만한 정류장 몇 개를 추려낸 뒤 핸드폰을 내려놓자 기사가 자신을 계속 예의주시하고 있다는 걸 알아차렸다.

"저기 어르신, 혹시……."

뤄사오화는 "경찰입니다. 사건 처리 중이에요"라는 말이 거의 입 밖으로 나올 뻔했다. 대신 그가 내뱉은 말은 "손자가 말도 없이 학교를 빠져서요. 어느 PC방으로 가나 좀 보려고요"였다.

그 말에 기사는 말문이 터지더니 아이 교육부터 시작해서 PC방 단속 문제까지 쉴 새 없이 이야기했다. 뤄사오화는 예의상 몇 마디 대꾸하면서 버스를 주시했다. 네 정거장을 지나 창장제長江街에서 린궈둥이 하차했다. 기사에게 버스 앞쪽에서 멀지 않은 곳에 차를 세워 달라고 했다. 그러고는 린궈둥이 창장제 입구로 들어가는 걸 본 뒤 택시에서 내렸다.

창장제는 가게들이 즐비한 보행자 거리였다. 이때가 대략 오전 9시쯤이라 대부분의 가게가 벌써 영업 중이었다. 뤄사오화가 기억하기로 창장제는 개혁 개방 이후 줄곧 이 도시의 주요 상업 단지 중 하나였다. 개중에는 20년이 넘는 역사를 자랑하는 비즈니스 빌딩도 몇 개 있었다. 린궈둥이 여기서 내린 이유를 깨달았다.

기억의 공백을 메우기 위해서였다. 상가는 새로워진 도시에 대해 배울 수 있는 가장 좋은 창구니까.

린궈둥은 입구 중앙에 서서 고층 빌딩들을 둘러보았다. 매서운 바람이 불자 통이 큰 바지가 다리에 딱 붙으면서 굴곡진 형체가 드러났다. 이 시간대의 거리에는 썰렁하니 지나다니는 사람이 별로 없었다. 바쁘게 이동하는 사람들 중, 촌스러운 옷차림으로 호기심 가득한 표정을 짓고 있는 노인을 주목하는 사람은 아무도 없었다. 린궈둥은 잠시 주위를 살펴보다 가장 가까운 빌딩 안으로 들어갔다.

그는 느릿느릿 걸으면서 주변에 있는 모든 것이 흥미로운 듯 좌우를 두리번거렸다. 잠시 후 린궈둥은 빌딩 로비에 있는 자판기에 시선을 빼앗겼다. 한참을 살펴보던 그는 현금 뭉치에서 5위안짜리 지폐 한 장을 꺼내 슬롯에 넣었다. 진열된 병과 캔을 보며 고민하다 결국 아랫줄에 있는 코카콜라 버튼을 눌렀다. '쿵' 하는 소리와 함께 콜라 캔 하나가 배출구에 떨어졌다. 깜짝 놀란 린궈둥은 어디서 소리가 난 건지 모르는 사람처럼 자판기 주위를 몇 바퀴 둘러보았다. 여전히 영문을 모르겠다는 표정이었다.

옆에서 어묵 노점을 지키고 있던 여자가 입을 가리고 웃기 시작하더니 자판기 아래쪽에 있는 배출구를 가리켰다. 린궈둥은 그제야 알아차리고 콜라 캔을 꺼냈다. 빨간색 캔을 이리저리 돌려 자세히 보던 그는 또다시 자동판매기를 쳐다보았다. 큐브를 완성한 아이처럼 그의 얼굴에는 기쁨이 가득했다.

콜라를 따서 조심스럽게 한 모금 마셨다. 처음에는 인상을 찌푸리더니 맛이 굉장히 만족스러운 듯 쩝쩝 입맛을 다셨다.

린귀둥은 콜라를 한 모금씩 마시며 쇼핑몰을 천천히 둘러보기 시작했다. 1층에는 주로 각종 보석, 손목시계 브랜드 매장이 있었다. 매장을 하나씩 구경하면서 가끔 다른 고객과 점원의 대화를 엿듣기도 했다. 얼굴에는 사람 좋은 미소를 내내 유지하고 있었다. 너무 집중해서 이야기를 들어서 그런지 다이아몬드 반지를 고르고 있던 젊은 커플이 그를 쳐다보았다. 젊은 남성은 경계하듯 린귀둥을 살폈고, 젊은 여성은 가방을 앞쪽으로 가져와 꼭 움켜쥐었다. 린귀둥은 개의치 않는 듯 웃으며 유유히 자리를 떠났다.

위층으로 올라가려던 린귀둥은 또 한 번 작은 문제에 부딪혔다. 에스컬레이터를 보면서 주저하며 앞으로 나가지 못하고 있었던 것이다. 결국 한쪽으로 비켜선 뒤 다른 손님들을 지켜보았다. 한참 망설이다가 에스컬레이터 계단에 조심스럽게 발을 올렸다. 올라가는 순간 균형을 잃고 비좁은 발판 위에서 허우적대다 겨우 손잡이를 붙잡고 중심을 잡았다. 2층에 도착할 때 즈음 린귀둥은 집중하며 발판이 서서히 사라지는 걸 숨죽여 지켜보더니 홀쩍 뛰어올랐다. 하마터면 미끄러운 대리석 바닥에 넘어질 뻔했다.

신기하게도 꼭 쥐고 있는 콜라 캔에서는 콜라가 한 방울도 떨어지지 않았다.

2층에는 주로 여성복을 판매하고 있었다. 린귀둥은 여전히 여유로운 모습으로 매장들을 구경했다. 뤄사오화는 멀리서 그의 뒤를 따라갔다. 기둥, 카운터, 다른 고객들을 방패삼아 자신의 몸을 숨겼다. 한 시간이 넘어가자 슬슬 인내심의 한계를 느꼈다. 계속 이렇게 린귀둥을 미행할 필요가 있는지 의심이 들기 시작했다. 지금 린귀둥은 병을 앓고 난 노인의 모습이나 다름없었다. 온화하고 어수룩하며 연약한 데다 다른 누구에게도 위협이 되지 않는 그런 상태였다. 심지어 불쌍해 보이기까지 했다.

불쌍하다?

이 네 글자가 머릿속에 떠오르자 뤄사오화는 즉시 방심하면 안 된다고 스스로를 채찍질했다.

현혹되면 안 돼. 다시는. 만회하고 보상할 수 있는 23년이란 시간은 이제 더는 존재하지 않으니까.

그는 정신을 가다듬고 커다란 포스터 뒤에 숨어 고개를 내밀었다. 그때 뤄사오화의 눈이 순간 휘둥그레졌다.

린궈둥이 사라진 것이다.

이마에 식은땀이 가득 맺혔다. 뤄사오화는 재빨리 주위를 두리번거렸다. 그는 지금 두 줄로 죽 늘어선 가게들 사이에 서 있었다. 전부 다양한 여성복 브랜드 가게들이었다. 마지막으로 린궈둥을 본 것이 앞쪽 우측에 위치한 아마스AMASS, 중국 여성복 브랜드라는 걸 기억하고 안으로 들어가 봤지만 린궈둥은 없었다. 가게 안에는 트렌치코트와 긴바지를 고르고 있는 여성 손님 몇 명뿐이었다.

여자. 젠장! 여자?

지금은 낮이고 여긴 사람들로 북적이는 쇼핑몰이잖아. 설마…….

또 다른 가능성도 있었다. 뤄사오화의 정체가 노출된 것.

미행한 지 고작 몇 시간 만에 상대방에게 들키고 따돌려지기까지 한 것이다. 뤄사오화는 스스로를 욕했다. 일선에서 물러나자마자 이렇게 퇴물이 되나?

가게 몇 곳을 연달아 들어가 봤지만 린궈둥은 여전히 보이지 않았다. 소방 통로를 뒤져야 하나 고민하며 가게 모퉁이를 막 도는데 뤄사오화의 시야에 린궈둥이 나타났다. 린궈둥은 멈추거나 고개를 돌리지도 않고 앞쪽에 있는 가죽옷 할인판매 코너로 곧장 걸어갔다. 그는 남성용 가죽점퍼 쪽으로 비집고 들어가 옷 하나를 집어 자기 몸에 대 보았다. 그러고는 가쁜 숨을 애써 억누르며 뒤로 돌더니 어느 여성복 가게 입구를 보았다.

린궈둥은 아까 그 콜라 캔을 여전히 들고 있었다. 그는 뤄사오화를 등지고 쇼윈도에 있는 어떤 사물을 가만히 주시하고 있었다. 시야가 가려져서 린궈둥이 보는 게 사람인지 전시품인지 알 수 없었지만, 꽤 오랫동안 바라보고 있었다.

목석처럼 꼼짝 않고 있던 린궈둥이 갑자기 움직이기 시작했다. 그리고 이상한 행동을 했다. 아래턱을 들고 어깨를 위로 으쓱하더니 뒤쪽으로 힘껏 스트레칭을 하며 두 팔을 서서히 벌렸다…….

허리를 이완시키는 것 같기도 하고, 몸을 완전히 펴서 오랫동안 억압되어 있던 무언가를 내보내려고 하는 것 같기도 했다.

몇 초 동안 이 동작을 유지하던 린궈둥은 맨 처음 때와 마찬가지로 갑자기 긴장을 풀더니 비틀비틀 자리를 벗어났다.

마침내 그가 계속 주시하던 것이 무엇인지 똑똑히 알게 된 뤄사오화는 순간 간담이 서늘해졌다.

린궈둥은 꼬박 하루를 거리에서 보냈다. 중간에 라오야펀쓰탕老鴨粉絲湯, 난징(南京)의 대표 요리로 오리뼈 육수에 당면, 오리 간, 유부 등을 넣어 먹는다과 타이완식 치킨커틀릿도 먹었다. 저녁 식사 시간이 되자 KFC에 들어가 세트 메뉴 하나를 주문했다.

햄버거, 치킨, 프렌치프라이는 린궈둥에게 낯설고 신선했다. 린궈둥은 포장지를 뜯어 닭고기와 상추가 들어 있는 빵을 자세히 살폈다. 궁금한 듯 하나씩 들어내더니 네온 간판에 나오는 전시품을 확인했다. 광고와는 다른 실제 햄버거에 굉장한 의구심이 드는 듯했지만 그렇다고 그의 식욕이 줄지는 않았다. 린궈둥은 한 입 베어 물더니 매우 만족 스러운 표정을 지었다.

KFC 맞은편 조명 기둥 뒤에 숨어 있던 뤄사오화는 배가 고파서 위가 다 쓰릴 지경이었다. 하지만 배를 채우러 자리를 비울 엄두가 나지는 않았다. 린궈둥이 사라질까 봐 걱정되었기 때문이다. 날은 이미 어두워졌는데 거리는 네온 간판 불빛들로 백주대낮처럼 환했고, 사람들 행렬 역시 끊임없이 이어졌다. 퇴근 후 이곳을 찾은 젊은이들의 모습에 낮보다 더 북적이고 활기찼다. 밤의 어둠에 각양각색의 조명, 떠들썩한 사람들 소리가 더해져 묘한 분위기가 거리를 물들였다.

린궈둥에게 검은 밤은 아편과 같아. 황홀경에 빠지게 하지만 그만큼 위험하지. 뤄사오화는 이렇게 생각했다.

그는 말없이 KFC에 있는 린궈둥을 지켜보았다. 린궈둥은 이미 프렌치프라이를 먹기 시작했다. 다른 손님을 보고 따라 해 케첩을 찍어 먹었다.

린궈둥은 천천히 집중해서 음식을 먹었고, 버리기 아까운 귀중품이라도 되는 듯 콜라 캔은 여전히 그의 손에 있었다. 사실 콜라는 이미 다 마시고 없었다. 하지만 그는 마치 콜라 캔을 이 세상과 자신의 거리를 좁혀 주는 상징물처럼 여기는 것 같았다. 비록 그 캔이 자신을 음료수병을 줍는 노숙자처럼 보이게 해도 말이다.

긴 저녁 식사가 마침내 끝이 났다. 린궈둥은 모든 음식을 깔끔하게 먹었다. 심지어 음료수에 들어 있는 얼음까지 잘게 부수어 꿀떡 삼켜 버렸다. 그는 입을 깨끗하게 닦은 뒤 빈 콜라 캔을 들고 일어나 자리를 떴다.

뤄사오화는 뒤로 돌아 맞은편 상점 쇼윈도를 바라보았다. 린궈둥이 KFC 입구에 서서 두리번거리더니 길 어귀에 있는 버스 정류장으로 걸어가는 모습이 유리에 비쳤다.

뤄사오화는 안도의 한숨을 내쉬고는 쥐 죽은 듯이 조용하게 뒤를 밟았다.

30분 정도 지나 린궈둥은 뤼주위안 단지 22동 4구역으로 들어갔다. 뤄사오화는 맞은편 건물 구석에서 다급하게 바지 지퍼를 내렸다.

오줌을 콸콸 쏟아내자 금방이라도 터져 버릴 것 같던 방광이 마침내 편안해졌다. 위에서 뭔가 타는 듯한 느낌이 들었다. 배를 쓰다듬으며 501호 창문을 뚫어져라 쳐다보았다. 금세 창문 너머로 불빛이 켜졌다. 린궈둥의 그림자가 보였다 안 보였다 했다. 옷을 벗고 있는 것 같았다. 몇 분 뒤 린궈둥은 창문에서 잠시 사라졌다가 금방 다시 나타났다. 수건으로 머리카락을 열심히 닦는 것 같았다. 잠시 후 실내 조명이 갑자기 어두워졌다. 스탠드를 켜고 전등을 끈 것이다.

뒤이어 창문 안쪽으로 불빛이 흔들리더니 어두웠다가 밝았다가 했다. 뤄사오화는 린궈둥이 TV를 보고 있다고 추측했다. 잠시 망설이던 그는 단지 밖으로 뛰어나갔다.

춘후이루 입구까지 곧장 달려갔다. 짙은 남색 산타나가 여전히 길가에 주차되어 있었다. 밤이 깊어 온도가 내려가니 차체에 얇은 서리가 덮여 있었다. 차 키를 꺼내 문을 여는 동시에 주차 위반 딱지가 붙어 있는 걸 발견했다. 짧게 욕을 뱉은 뒤 딱지를 뜯어 주머니에 쑤셔 넣고 운전석에 앉았다.

뤄사오화는 한 손으로 핸들을 쥐고 조수석에 있는 배낭을 향해 다른 한 손을 뻗었다. 배낭에서 기다란 빵을 꺼내 한 입 베어 물었다.

빵을 씹으면서 액셀을 세게 밟아 금방 뤼주위안 단지로 돌아왔다.

501호에는 아직 불이 켜져 있었다. 실내 불빛이 불안하게 흔들리는 걸 보니 여전히 TV를 보고 있는 것 같았다. 눈에 띄지 않는 곳에 차를 세우고 천천히 빵을 먹었다.

하루 종일 추위에 노출되어 있었더니 빵이 딱딱하게 얼어서 꼭 나무토막을 씹는 느낌이었다. 갈수록 입안이 텁텁하고 목구멍이 턱턱 막혔다. 배낭에서 물병을 꺼냈지만 꽁꽁 얼어 있었다. 병에 있던 물이 얼음덩이로 변한 것이다.

젠장!

뤼사오화는 무의식적으로 차 키에 손을 가져다 댔다. 히터를 틀어서 최대한 빨리 얼음을 녹이고 싶었다. 하지만 501호에 아직 불이 켜져 있는 걸 보고는 다시 손을 내려놓았다.

추위, 배고픔, 갈증, 초조…….

마음속에 차오르던 갖가지 불쾌한 감정이 결국 분노로 폭발하고 말았다. 차창을 내리고 물병을 밖으로 냅다 던져 버렸다. 돌덩이처럼 굳은 물병이 벽에 부딪히면서 둔탁한 소리를 내더니 4구역 문 앞에 있는 센서등에 불이 들어왔다. 예상치 못한 갑작스런 불빛에 뤼사오화는 냉정을 되찾았다. 운전석에 앉아 씩씩 가쁜 숨을 몰아쉬면서 입으로는 기계적으로 음식을 씹고 있었다. 마침내 입안 가득 담겨 있던 빵부스러기가 촉촉해지면서 겨우 목구멍으로 넘어갔다.

개자식, 얌전히 지내는 게 좋을 거야. 안 그랬다가는…….

마침 501호에서 불이 딱 하고 꺼졌다. 불 꺼진 창문이 마치 감긴 애꾸눈 같았다.

짐승이 드디어 동면에 드려나. 온 세상이 잠든 것 같은 고요한 밤이었다.

순간 강렬한 피로감이 올라오더니 온몸의 뼈와 근육을 삽시간에 덮쳤다. 집에 있는 침대와 따뜻한 이불이 몹시 간절해졌다. 하지만 여전히 긴장을 늦추지 않고 어두컴컴한 창문을 예의주시했다.

30분이 지나도록 501호에는 아무런 기척이 느껴지지 않았다. 복도 입구를 드나드는 사람도 없었다. 한숨을 쉬며 점점 뻣뻣해지는 목을 푼 후 차에 시동을 걸었다.

뤼주위안 단지를 벗어나 시간을 확인했다. 벌써 밤 10시 반이었다.
그는 잠시 망설이더니 핸드폰을 꺼내 어딘가로 전화를 걸었다.

―사오화?

"네. 지금 어디세요?"

―집인데.

"뭐 하고 계셨어요?"

―축구 보고 있었어. 유럽챔피언스리그.

"아, 네."

한동안 침묵이 이어지다가 상대방이 떠보듯이 입을 열었다.

―술 마셨어?

"아뇨. 운전 중이에요."

―이 시간에? 무슨 일 있어?

"아뇨, 없어요."

―무슨 일 있으면 얘기해.

"없어요, 그런 거. 언제 날 잡아서 한 번 뭉쳐요. 얼굴 본 지도 오래
됐는데."

―그래. 연락해.

"네."

뤼사오화는 전화를 끊고 액셀을 끝까지 밟았다. 최대한 빨리 집에
가서 체력을 회복해야 했다. 린궈둥을 미행하는 일은 하루 이틀에 끝
나는 게 아니었기 때문이다.

쇼핑몰에서 린궈둥이 자리를 벗어나는 순간 뤼사오화는 쇼윈도에
있는 물건을 확인했다.

회색 캐시미어 코트를 입고 어깨까지 내려오는 가발을 쓰고 있는
마네킹이었다.

앞쪽으로 손을 내미는 도도한 자세, 붉은 입술에 하얀 치아를 가진

마네킹은 쇼윈도 밖을 향해 공허하고 생기 없는 미소를 짓고 있었다.

어둠이 점점 깊어가고 단지 전체가 적막에 잠겼다. 달빛도 없고 별빛도 어두웠다. 이 도시의 구석구석이 어둠으로 완전히 뒤덮였다.
밤에 돌아다닌 적이 없는 사람이라면 끝없이 아득한 허공을 느껴보지 못했으리라.
먹물처럼 걸쭉한 어둠 속에서 갑자기 불빛이 켜졌다. 22동 4구역 501호가 조용히 깨어난 것이다.
잠시 후 미약한 불빛이 또다시 사라졌다. 있는 듯 없는 듯한 소리가 밤의 장막을 조금씩 찢으며 위에서 아래로, 멀리서 가까운 데로 다가왔다. 그리고 4구역 문 앞 센서등에 갑자기 불이 들어왔다.
쏟아지는 조명 때문에 린궈둥의 얼굴이 백지장처럼 하얗게 보였다. 두 눈은 그림자에 묻혀 검은 안개처럼 보일 뿐이었다.
린궈둥은 둥글게 그려진 빛 가운데 선 채로 끝없는 어둠을 가만히 바라보았다. 센서등 불이 또다시 소리 없이 꺼졌다.
린궈둥의 눈이 다시 반짝였다.
그는 어둠을 지나 밖으로 나왔다. 길가에 도착해 빨간색 알루미늄 캔을 정확하게 쓰레기통으로 던져 넣자 경쾌하게 부딪히는 소리가 났다.
단지에서 길가로 나오자 눈앞이 온통 환했다. 눈부신 가로등 불빛에 횡한 노면이 더욱 널찍하게 보였다. 린궈둥은 길을 따라 천천히 걸으며 주위를 두리번거렸다. 그리고 빈 택시를 잡고 뒷좌석에 앉았다.

택시가 한산한 도로 위를 나는 듯이 달렸다. 기사는 이따금 백미러로 말없이 앉아 있는 남자를 보았다. 차가 지나갈 때마다 가로등이 하나씩 켜지면서 남자의 얼굴이 밝아졌다 어두워졌다. 내내 창밖을 바라보며 아무 말이 없는 모습이 무슨 걱정거리가 있는 사람처럼 보였다.

기사는 차 문에 있는 수납칸을 만지작거렸다. 그 안에는 대형 드라이버가 들어 있었다. 손님의 목적지가 아무래도 수상했다. 오늘 밤에 장사가 괜찮았다면 태우지 않았을 사람이었다. 뒷좌석에 앉은 손님을 보니 나이는 오십 줄을 넘어선 것 같고 체격도 보통이었다. 설령 그가 나쁜 마음을 먹고 덤빈다고 해도 상대하기 힘들 것 같지는 않았다. 생각이 여기까지 미치자 기사는 안심하며 액셀을 힘껏 밟았다. 최대한 빨리 손님을 데려다주고 조금이라도 일찍 집에 가서 자고 싶은 생각뿐이었다.

택시는 금세 시내로 접어들었다. 도로 양쪽으로 가로등이 띄엄띄엄 보이더니 결국 완전히 사라졌다. 뒷좌석에 앉은 손님의 모습이 어둠에 완전히 묻혀 보이지 않았다. 택시는 고속 회전하는 혜성이 던진 운석처럼 미약한 불빛 두 개만 남긴 채 멀어졌다. 십여 분을 그렇게 달리는데 택시의 차체가 갑자기 흔들렸다. 기사는 평평한 아스팔트 도로 끝에 다다라 이제부터는 흙길이 시작된다는 걸 알았지만, 상향 전조등을 켜고 변함없이 속력을 유지했다.

택시가 삼거리에 멈춰 섰다. 위쪽 파란색 도로 표지판에 흰색으로 '샤장춘下江村, 2.6킬로미터'라는 글자가 적혀 있었다.

"다 왔습니다." 기사가 조용히 드라이버를 움켜쥐었다.

"64위안이요."

린궈둥은 약간 몸을 일으키더니 칠흑같이 어두운 차창 밖을 바라보며 말했다.

"앞으로 조금만 더 가 주시오."

"안 됩니다." 기사가 단칼에 거절했다.

"길이 안 좋아서 섀시가 견디질 못해요."

린궈둥은 아무 말 없이 옷 주머니를 뒤졌다. 기사는 바짝 긴장한 채 그의 행동을 지켜보았다.

주머니에서 나온 손에는 위안화 뭉치가 들려 있었다.

"돈은 더 드리리다." 린궈둥이 백 위안짜리 지폐 한 장을 건넸다.

"조금만 더 가 주시오. 부탁이오."

기사는 잠시 망설였다. 나이 들고 몸도 허약한데 돈은 많은 것 같은데. 강도는 아닌 것 같아. 기사는 돈을 받고 다시 시동을 걸었다.

샤장춘 입구에 도착했을 때 린궈둥은 계속 앞으로 더 가 달라고 했지만 기사는 더 이상 사정을 봐주지 않았다. 이번에는 린궈둥도 고집 부리지 않고 차에서 내렸다.

고요한 농가 사이를 지나는 동안 린궈둥은 누구와도 마주치지 않았다. 이곳 촌민들은 해 뜨면 일하러 가고 해 지면 집에 와서 쉬는 습관을 아직 유지하고 있었다. 특히 겨울에는 할 일이 없어 기껏해야 마작 몇 판을 즐기고 금방 잠자리에 들었다. 지금 이 시각이면 마을 전체가 깊이 잠들어 있을 때라 사람들 소리도 들리지 않고 불빛도 새어나오지 않았다. 집 지키는 개들조차 린궈둥의 발소리를 듣고도 나와 볼 생각을 하지 않았다.

린궈둥의 몸에서 땀이 나기 시작했다. 입김이 눈썹에서 얼어 서리가 되었다. 눈을 비벼 가며 발밑을 똑바로 확인하고 걸었다. 십여 분 후 마을을 지나 울퉁불퉁한 오솔길을 밟았다.

겨울철 한풍이 갑자기 매섭게 불어왔다. 얼굴에 난 땀이 금세 식더니 살살 아프기 시작했다. 그는 내내 옆에 있는 드넓은 밭을 바라보고 있었다. 가끔 멈춰 서서 거리를 계산하기도 했다. 마침내 린궈둥은 흰 눈이 덮인 옥수수밭 옆에 서서 남쪽을 보았다. 전부 새카맸다. 걷어낼 수 없는 어둠 속에서 자신의 목표물을 분별하려 애썼다. 하지만 눈앞은 온통 어둠뿐이었다.

입을 삐죽거리며 뒤에 있는 마을 쪽으로 고개를 돌렸다. 커다란 느릅나무를 찾아내자 그의 눈이 반짝였다.

저기다.

린궤둥은 흙길을 내려가 옥수수밭으로 걸어갔다. 이미 수확이 끝난 밭에는 십여 센티미터 높이의 그루터기가 남아 있었다. 그루터기에 발이 찔려 따끔거렸다. 그는 밭두렁을 찾아내 조심스럽게 앞으로 걸어갔다.

가늘고 높은 건물이 어둠 속에서 천천히 윤곽을 드러냈다. 갑자기 숨이 가빠지고 발걸음도 빨라졌다.

마침내 목적지 앞에 도착했다. 시멘트로 만든 급수탑이었는데, 전신에서 차갑고 비릿한 냄새가 뿜어져 나오고 있었다. 손을 뻗어 급수탑의 차갑고 거친 면을 쓸어 만졌다.

만족스러운 탄식 소리가 마음속 깊은 곳에서 터져 나왔다. 린궤둥은 급수탑 주변을 천천히 한 바퀴 돌더니 마지막에는 급수탑 서쪽에 서서 등을 기댔다.

땀으로 젖은 등에 뼛속까지 뚫고 들어오는 듯한 한기가 느껴졌다. 고개를 들고 어두컴컴한 하늘을 바라보던 린궤둥은 냄새를 맡는 듯 끊임없이 코를 움찔거렸다.

비릿하면서 달콤한 이 냄새.

린궤둥은 천천히 눈을 감았다.

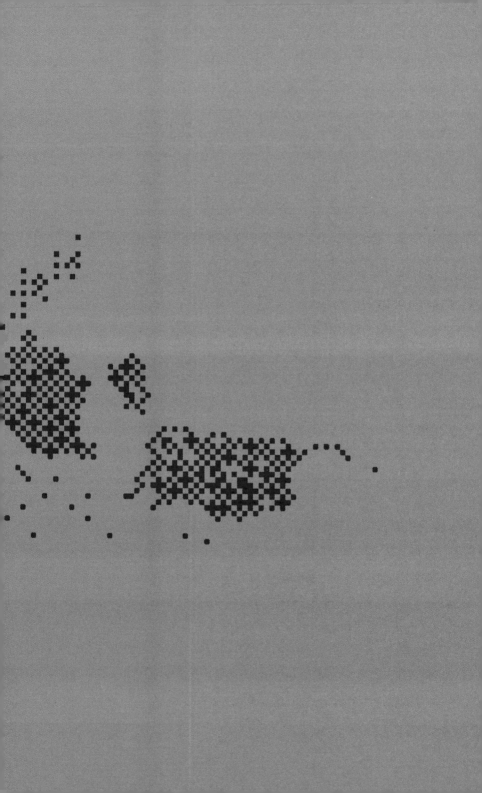

제9장

고택

"그러니까 이렇게 손가락으로 밀어서……."

지첸쿤이 한 손으로는 돋보기를 정수리까지 들고, 다른 한 손으로는 핸드폰 화면을 움직였다. 그런데 아무런 변화도 없이 화면에는 사막에 해가 지는 사진이 계속 떠 있었다.

"겁내실 것 없어요. 또 해도 안 망가져요." 웨이중이 웃었다.

"좀 더 세게 밀어 보세요."

지첸쿤은 다시 한번 시도했다. 그러자 경쾌한 소리가 나면서 화면 잠금이 해제되고 십여 개 정도 되는 앱이 화면에 나타났다.

지첸쿤은 '아' 하고 탄성을 지르며 감탄을 금치 못했다.

"기술이 이렇게나 발전하다니, 대단하다 대단해." 그는 책상 위에 분해된 구식 노키아 핸드폰을 가리켰다.

"저건 통화밖에 안 돼."

"제가 사드린 건 중급 제품이긴 한데, 쓰시기에는 충분할 거예요." 웨이중은 허리를 굽혀 액정을 가리켰다.

"전화 거는 법 알려 드릴게요."

지첸쿤은 몸을 약간 틀어 1인용 침대 옆에 서 있는 여학생을 보고

핸드폰을 사러 간다는 말을 듣고 자진해서 따라나섰다. 그 길로 지첸 쿤에게 핸드폰 사용법을 가르쳐 주겠다며 양로원까지 따라온 것이다. 처음에는 웨샤오후이가 지루해할까 봐 걱정했지만, 즐기는 모습을 보니 웨이중도 마음이 한결 가벼워졌다.

핸드폰 알림음이 들렸다. 액정을 보니 '새로운 메시지가 도착했습니다'라고 떠 있었다.

지첸쿤이 기대하는 얼굴로 웨이중을 바라보고 있었다.

"받았어?"

"네, 받았어요."

웨이중은 핸드폰을 흔들며 열어보더니 저도 모르게 웃음을 터뜨렸다.

고마워 넌 정말 좋은 애야

웨이중이 핸드폰 액정을 지첸쿤 쪽으로 돌렸다.

"중간에 쉼표 하나 넣으시지."

"하하하. 못 찾았어."

지첸쿤도 웃었다.

"괜찮아요. 제가 계속 가르쳐 드릴게요."

"사진이랑 영상 찍는 거부터 가르쳐 줘."

지첸쿤이 핸드폰을 내밀었다.

"알겠어요."

지첸쿤은 아까보다 더 열심히 배웠다. 심지어 노트에 필기도 했다. 얼마 안 있어 어느 정도 감을 잡은 것 같았다.

"일단 한번 해보자."

핸드폰 잠금을 해제하고 카메라 앱을 열었다. 지첸쿤은 핸드폰을 들고 액정을 뚫어지게 보더니 하하 웃음을 터뜨렸다.

"진짜 선명하네."

지첸쿤이 웨이중과 웨샤오후이를 향해 손을 흔들었다.

"자, 두 사람 같이 좀 서 봐. 찍어 줄게."

"네?"

웨이중은 다소 의외라는 듯 웨샤오후이를 보았다.

"왜, 부끄러워?"

웨샤오후이는 오히려 아무렇지 않은 듯 씩씩하게 웨이중 옆으로 가서 팔짱을 끼었다.

"그래, 그래야지."

지첸쿤은 핸드폰을 높이 들더니 조심스럽게 초점을 맞추었다.

"어떻게 아가씨보다 용기가 없어. 찍는다."

'찰칵' 소리가 나더니 플래시가 켜졌다.

사진이 어떻게 찍혔나 보려고 웨이중이 다가오는데 지첸쿤이 인상을 찌푸렸다.

"셔터 소리가 너무 커." 지첸쿤이 핸드폰을 자세히 살펴보며 말했다. "그리고 불이 뻔쩍하는 거 꼭 써야 하나?"

"꺼도 돼요." 웨이중이 핸드폰을 조작한 뒤 다시 건넸다.

"이제 됐어요."

"좋았어." 지첸쿤은 필기한 걸 보고 따라서 액정을 눌러 움직인 뒤 사진첩을 열었다.

"아, 됐다 됐어." 지첸쿤은 핸드폰 화면을 웨샤오후이 쪽으로 돌렸다.

"어때? 그래도 꽤 쓸 만한 실력이지?"

사진 속 웨이중은 어색한 미소를 짓고 있었고, 웨샤오후이가 팔짱을 낀 왼쪽 팔은 완전히 굳어 있었다. 반면 웨샤오후이는 꽃처럼 화사한 미소를 지으며 고개를 살짝 기울여 사랑스러워 보였다.

"하하."

사진을 보던 웨샤오후이는 웃음을 참지 못했다.

"어르신, 애 팔 좀 보세요. 무슨 가짜 팔인 줄. 저한테 좀 보내 주세요. 아, 너무 웃겨."

"응? 어떻게 보내는데? 인화해서?"

지첸쿤은 순간 당황했다.

"간단해요."

웨샤오후이는 핸드폰을 받아 재빨리 화면을 움직였다. 그리고 몇 분 뒤에 다시 지첸쿤에게 건네주었다.

"어르신, 제가 웨이신중국의 모바일 메신저 계정 만들어 드릴게요."

"웨이신? 그게 뭔데?"

지첸쿤은 더 어리둥절해졌다.

장장 십여 분 동안 설명을 들은 뒤에야 지첸쿤은 웨이신이 무엇인지 이해했다. 핸드폰을 한참 만지작거리던 그는 몹시 기뻐했다.

"요거 진짜 물건이네. 꼭 워키토키 같아."

지첸쿤이 고개를 들어 두 사람을 보았다.

"너희들 덕분에 내가 이런 첨단 기술을 다 익혔네."

"당연한 거예요." 웨샤오후이가 빙그레 웃으며 말했다.

"어르신처럼 앞서가는 분이면 이 정도는 쓰셔야죠."

"하하하."

웃음소리가 그치기도 전에 지첸쿤의 핸드폰이 울렸다.

갑자기 울리는 듣기 좋은 벨 소리에 지첸쿤은 안절부절못했다.

"아이고 이거 어떻게 받지? 가만있어 봐, 내가 한번 해볼게……"

지첸쿤은 긴장된 표정으로 액정을 손가락으로 밀었다.

통화가 연결되자 지첸쿤은 스스로에게 만족한 듯 웃으며 전화를 받았다. 그런데 몇 마디 대화를 주고받던 지첸쿤의 안색이 서서히 어두워졌다.

"아, 알겠습니다……. 제가 지금 가죠."

전화를 끊고 지첸쿤은 핸드폰을 움켜쥔 채 잠시 가만히 앉아 있었다. 꽤 심각한 표정이었다. 웨이중과 웨샤오후이는 서로의 얼굴만 쳐다보며 어찌할 바를 몰랐다.

마침내 지첸쿤은 고개를 들며 미소를 쥐어짜냈다.

"저기 가서 옷장 열어보면 안에 가죽 가방이 있을 거야. 좀 갖다 줘."

웨이중이 옷장에서 울퉁불퉁한 검은 구제 가죽 가방을 꺼내 지첸쿤에게 건넸다.

지첸쿤은 가방에서 한참 동안 뭔가를 찾더니 인쇄용지 몇 장을 내밀었다.

"혹시 오후에 수업 있어?"

"아뇨."

웨이중이 고개를 흔들었다.

"왜요?"

"미안하지만 나 대신 어디 좀 갔다 와 줘야겠는데."

지첸쿤은 종이를 건네며 미안한 표정을 지었다.

두청이 핸들을 돌려 시위안췬 단지로 막 들어서는데, 경찰차 몇 대가 4동 앞에 서 있었다. 제복 경찰들이 질서를 유지하고 있었고, 그 주변으로 단지 주민 수십 명이 건물 앞쪽을 계속 두리번거렸다.

차를 세운 뒤 가방에서 파일 하나를 꺼냈다. 몇 장을 들추어보던 그는 씁쓸한 웃음을 지으며 고개를 흔들었다.

차에서 내려 4동 2구역으로 곧장 걸어갔다. 무리를 비집고 들어가는데 경찰이 두청을 가로막았다. 신분증을 보여 주려다가 경찰차 옆에서 담배를 피우고 있는 장전량을 발견하고 다급하게 그를 불렀다.

"전량!"

장전량은 두청을 발견하고 빠른 걸음으로 다가왔다.

"사부님?"

장전량은 제복 경찰에게 들여보내라고 손짓했다.

"우리 쪽 사람이야."

"현장 감식도 끝났는데 아직도 이래?"

"네. 그런데 여긴 왜 오셨어요? 이런 일은 저희 선에서 처리해도 되는데."

"다른 사건 때문에 왔어." 두청이 2구역으로 걸어갔다.

"마약 판매상 두 놈은?"

"위층에 있어요." 장전량도 따라서 복도로 들어갔다.

"분국에서 쉬시라고 하지 않았어요? 그런데 왜 또……."

"오래된 사건이 하나 있는데, 깔끔하게 처리를 못 했더니 영 불안해서 말이야."

두청은 길게 설명하고 싶지 않아 엘리베이터 앞까지 빠르게 걸어가 8층 버튼을 눌렀다. 엘리베이터 안에서 두 사람은 잠시 아무 말이 없었다. 갑자기 장전량이 작은 소리로 말했다.

"토막살인?"

장전량이 열린 가방 틈으로 반쯤 드러난 사건 파일 표지를 들여다보고 있었다.

"그 사건, 맞죠?"

장전량이 두청을 보면서 작은 소리로 물었다.

두청은 잠시 고민하더니 솔직하게 말하기로 결심했다.

"맞아."

"이 건물에 있어요?"

"이 중에 한 집." 두청이 입으로 건물 위쪽을 가리켰다.

"803호."

"대박!" 장전량이 놀라서 입을 쩍 벌렸다.

"무슨 이런 우연이 다 있어요?"

"그러게. 인연인가."

두청이 웃었다.

엘리베이터가 8층에 도착하자 서서히 문이 열렸다. 두청은 803호 문이 열려 있는 걸 발견했다. 문틀에 폴리스 라인이 쳐 있고, 제복 경찰 두 명이 문 옆에 서 있었다.

"다들 어디 갔어?"

장전량이 물었다.

"15층에요."

"알았어."

장전량은 두청을 보며 말했다.

"들어가서 한번 보실래요?"

고개를 끄덕이며 폴리스 라인 밑으로 들어갔다. 다시 몸을 일으켰을 때는 벌써 803호 집 안으로 들어와 있었다.

방 하나에 거실 하나인 주택으로 1990년대 건축 특징이 뚜렷하게 드러나는 구조였다. 실내 인테리어는 단순했다. 2인용 침대, 옷장, 사무용 테이블 전부 오래된 물건들이었다. 순간 1990년대로 온 것 같은 기분이 들었다. 침실에서 거실, 주방, 화장실 안까지 쭉 한 바퀴를 둘러보았다. 꽤 커다란 욕조 안에 물이 마른 흔적을 보고 두청이 뒤돌아서 장전량에게 물었다.

"집주인은?"

"연락했는데 아직 도착을 안 했어요."

장전량이 손목시계를 확인했다.

"이제 곧 올 거예요."

"성이 지凞 씨라고?"

"네." 장전량이 고개를 들었다.

"그런데, 누구예요?"

"피해자 중 한 명 남편."

"아, 네." 장전량은 주위를 살피더니 작은 소리로 물었다.

"뭐 좀 알아내셨어요?"

두청은 고개를 저었다.

"보니까 집주인이 이 집에서 안 산 지 오래된 것 같네."

장전량이 곧바로 핸드폰을 꺼냈다.

"제가 얼른 그 사람 데려올게요."

장전량이 번호를 누르기도 전에 입구 쪽에서 겁에 질린 듯한 목소리가 들렸다.

"그러실 필요 없어요. 도…… 도착했습니다."

문 옆에 긴장된 표정의 남학생 한 명이 서 있었다. 남학생 옆에는 그보다 한결 편안해 보이는 여학생이 신기한 듯 집 안을 두리번거리고 있었다.

"그쪽이 혹시…… 여기 집주인이세요?"

장전량이 적잖이 놀란 듯 물었다.

"아뇨."

남학생은 전보다 더 긴장된 모습이었다.

"집주인분이 거동이 좀 불편하셔서 저한테 대신 가 달라고 부탁하셨어요……."

남학생이 말하면서 신분증과 종이 몇 장을 건넸다.

장전량은 먼저 신분증을 쓱 확인했다.

"지첸쿤."

장전량은 두청을 보더니 신분증을 건넸다.

두청이 기억하는 얼굴이었다. 다만 그가 기억하는 지첸쿤의 모습보다 훨씬 나이가 들어 있을 뿐이었다.

23년 전 두청은 지첸쿤이 해부실에서 아내의 사체 조각을 안고 울다가 혼절하는 모습을 지켜보았다. 매일 분국 복도에 있는 벤치에 앉아서 지나가는 경찰마다 붙잡고 수사 상황을 묻는 모습도 직접 목격했다. 법정 경찰 세 명이 제지하는데도 곧장 피고인 앞으로 달려가던 모습은 더욱 생생하게 기억했다……

두청은 신분증 발급연도를 확인했다. 2001년.

많이 여위고 주름이 늘었지만, 얼굴에 가득한 고통과 증오는 그대로였다.

임대차 계약서를 이미 살펴본 장전량이 두청에게 말했다.

"시기적으로는 일치해요. 마약 판매상 두 놈의 말이 사실이었네요. 2013년부터 이곳에서 마약을 제조하고 판매한 게 틀림없어요. 지첸쿤이란 사람은 공범이 아니고요."

두청은 고개를 끄덕이며 남학생을 위아래로 훑어보더니 물었다.

"그쪽 이름이 어떻게 돼요?"

"네? 웨이중입니다."

"지첸쿤 씨와는 어떤 사이시죠?"

"친구……나 마찬가지예요."

"방금 지첸쿤 씨 거동이 불편하다고 하던데."

두청이 계속해서 물었다.

"왜 그런 겁니까? 그분 지금 어디 사세요?"

"반신불수가 되셨어요." 웨이중이 뒤통수를 긁적였다.

"지금은 양로원에 계시고요."

두청은 장전량과 마주 보았다. 두청은 수첩을 꺼내 양로원 주소를 자세히 적었다. 장전량이 물었다.

"제가 지금 모셔다 드려요?"

"그럴 필요 없어." 두청은 고개를 저었다.

"저 두 사람은 이만 보내."

웨이중은 한숨을 돌리며 뒤돌아서 웨샤오후이를 불렀다. 웨샤오후이는 벌써 안쪽으로 들어가 웨이중을 등지고 있었는데, 무엇을 보고 있는 건지는 알 수 없었다.

웨이중은 장전량에게 애써 웃어 보인 뒤 성큼성큼 침실로 들어가 웨샤오후이를 잡았다. 손가락이 옷소매에 닿는 순간 웨이중은 웨샤오후이가 바들바들 떨고 있다는 걸 알아차렸다. 깜짝 놀란 웨이중이 이유를 채 묻기도 전에 웨샤오후이의 목구멍에서 '꾸르륵' 하고 이상한 소리가 들렸다. 웨샤오후이는 곧바로 입을 막고 803호를 뛰쳐나갔다.

웨이중이 얼른 뒤쫓아가자 장전량과 두청만 덩그러니 남겨졌다.

"살인 현장도 아닌데……."

장전량이 주위를 둘러보더니 이어서 말했다.

"저 아가씨가 대체 뭘 보고 저렇게 놀랐을까요?"

두청은 말없이 엘리베이터 쪽을 바라보고 있었다. 때마침 엘리베이터 안으로 달려 들어가는 여학생과 그 뒤에서 어쩔 줄 몰라 하는 남학생이 보였다.

엘리베이터가 1층에 도착하자마자 웨샤오후이는 건물 밖으로 달려나가 벽을 잡고 구토를 했다.

얼른 뒤따라 나온 웨이중은 단지 입구에 있는 작은 슈퍼마켓으로 부리나케 달려갔다.

웨이중이 생수를 사 들고 돌아왔을 때, 웨샤오후이는 이미 구토를 멈추고 벽에 기댄 채 숨을 헐떡이고 있었다.

"괜찮아?" 웨이중이 물병을 따서 건넸다.

"좀 괜찮아진 거지?"

"응, 고마워." 웨샤오후이는 안색이 창백했고 목소리는 힘이 없었다.

"더러우니까 멀리 가 있어." 웨샤오후이는 물로 입안을 헹군 뒤 이마에 난 식은땀을 닦았다.

"한결 나아졌어. 걱정하지 마."

웨샤오후이가 웨이중을 향해 억지로 웃어 보였다.

"왜 그런 거야? 몸이 안 좋아?"

웨이중이 이번에는 휴지 한 팩을 건넸다.

"나도 잘 모르겠어. 그 방에 들어가자마자 한기가 느껴졌어. 안에서 바깥으로 느껴지는 그런 한기 말이야."

웨샤오후이가 다시 몸을 떨었다.

"추워서 그런 거 아니야?"

"아니. 그 방에서 무슨 냄새가 났는데, 못 느꼈어?"

웨샤오후이가 고개를 흔들었다.

"어?" 웨이중이 잠시 생각하다 대답했다.

"난 냄새 같은 거 못 맡았는데."

"이상하네."

웨샤오후이는 혼잣말을 하더니 입고 있던 패딩을 꼭 여몄다.

웨이중은 그 모습을 보고 웨샤오후이의 가방을 자신의 어깨에 멨다.

"가자. 가서 뜨끈한 것 좀 마시자고."

30분 뒤 웨이중은 웨샤오후이와 피자헛에 앉아 있었다. 과일차를 홀짝이는 웨샤오후이의 혈색이 많이 좋아져 있었다.

"뭐 좀 먹을래? 배고프겠다."

웨이중은 무스케이크가 담긴 접시를 웨샤오후이 쪽으로 밀었다.

웨샤오후이는 케이크를 입에 넣고 천천히 오물거렸다.

"정말 미안해, 괜히 나 때문에. 속도 안 좋은데."

"아냐, 너와는 아무 상관없어." 웨샤오후이가 손을 흔들었다.

"내가 생각해도 좀 이상해. 그런데 라오지는 정말 재미있는 분 같아."

"맞아. 라오지 몸에서 특별한 아우라가 나오는 것 같다니까."

웨이중도 따라 웃기 시작했다.

웨샤오후이가 갑자기 뭔가 생각이 난 듯 물었다.

"저기 말이야, 오늘 꼭 임대차 계약서를 돌려드릴 필요는 없는 거지?"

"응, 다음에 드려도 돼." 웨이중이 시간을 확인했다.

"우리도 이제 학교로 돌아가야 할 시간이라."

"응, 다음에 또 라오지 보러 갈 거면 나도 불러."

"또 가게?"

"응."

웨샤오후이가 과일차를 다 마셨다.

"너 〈일대종사-代宗師〉라는 영화 봤어?"

"왕자웨이王家衛 감독이 찍은 거? 봤지."

"거기에 나오는 대사처럼, 이 세상 모든 만남은⋯⋯."

웨샤오후이가 창밖을 바라보았다. 마침 해가 서쪽으로 지고 있었다. 한산하던 거리에 갑자기 사람들이 물밀 듯이 모여들었다. 낯선 얼굴들이 각자 다른 방향으로 분주하게 움직였다. 이따금 눈이라도 마주치면 재빨리 자리를 피했다.

"아무리 세월이 흘러도 꼭 다시 만나게 되어 있어."

제10장

손자국

1

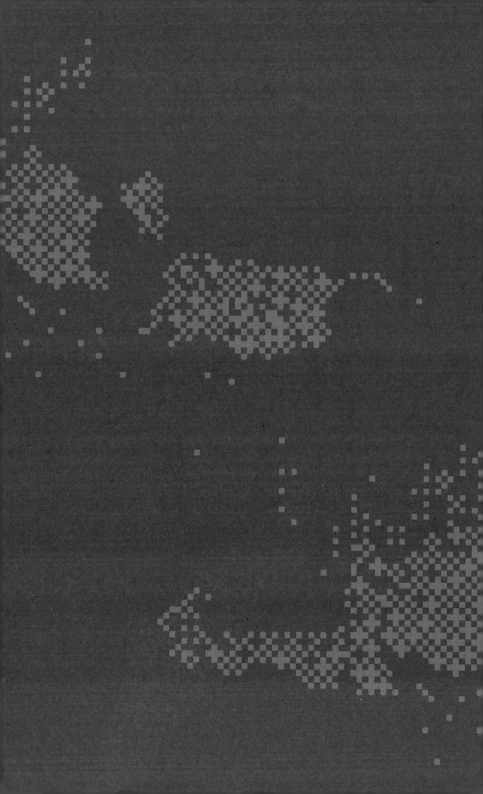

8. 7. 살인 사건 현장 분석

사건 개요

1991년 8월 7일 오전 6시 30분경, 177번 도로(시내에서 양롄전羊聯鎭으로 가는 방향)에서 21킬로미터 떨어진 지점 노반 밑에서 검정 비닐봉투에 싸인 머리(발견된 순서대로 번호를 매김, 1호)와 네 조각으로 잘린 오른팔과 왼팔(2호)을 발견함. 8월 7일 오전 7시 10분경, 허핑다루和平大路 14-7번지 성쓸 건축디자인연구소 직원 사택 단지 문 앞 쓰레기통에서 검정 비닐봉투에 싸인 왼쪽 허벅지(3호)와 왼쪽 종아리(4호)를 발견함. 8월 7일 오전 9시 30분경, 훙허제紅河街 163번지 시공 중인 웨이징維京 비즈니스센터 공사 현장에서 검정 비닐봉투에 싸인 여성의 몸통(5호)을 발견함. 8월 8일 오후 4시 20분경, 양롄전 샤장춘 급수탑 동쪽에서 검정 비닐봉투에 싸인 오른쪽 허벅지(6호), 오른쪽 종아리와 오른발(7호)을 발견함.

현장 감식 상황

1991년 8월 7일 오전 9시 20분경 현장 감식: 양롄전 샤장춘 급수탑 동쪽에서 검정 비닐봉투가 발견되었는데, 손잡이 부분이 십자 모양으로 단단히 묶여 스카치테이프로 봉해져 있었다. 봉투 안에는 오른쪽 허벅지, 오른쪽 종아리, 오른발이 들어 있었는데, 발에 여성용 샌들(은색, 하이힐, 발 사이즈 220밀리미터)이 신겨져 있었다. 봉투 안에서 소량의 혈액 이외에도 동물의 체모 11가닥을 채취했는데, 감정 결과 돼지 털로 밝혀졌다. 봉투 겉면에 인쇄된 글씨는 없었고, 봉투 중간 부분에서 지문 네 개를 채취했다.

두청은 고개를 들어 관자놀이를 누르더니 담배를 꺼내 불을 붙였다. 회전의자 등받이에 몸을 완전히 기댄 채 천장을 바라보며 천천히 연기를 내뱉었다.

밤이 깊은 시각, 비좁은 방 안에는 책상 스탠드 불빛만이 비췄다. 어두컴컴한 천장에 시선을 집중해 보았지만, 주의력을 분산시킬 만한 건 아무것도 없었다. 오히려 몸속의 피가 빠르게 돌아 고막에서 웅웅거리는 소리가 들릴 정도였다.

젠장, 20년도 넘었는데 왜 아직까지 이러고 지랄이냐.

두청은 쓴웃음을 짓더니 다시 자세를 고쳐 앉아 계속 읽어 내려가려고 애썼다.

분석 의견

……본 사건은 '11. 9.', '3. 14.', '6. 23.' 살인 사건과 병합해 수사를 진행했다. 범행 수법을 보면, 시신 조각의 잘린 부위에서 피부판이 거의 보이지 않고 뼈 표면에서 절흔이 발견되지 않은 것으로 보아 범행 능력이 전보다 더 향상되고 숙련되었다는 것을 알 수 있다. 사체 조각을 분산시킨 데에도 나름의 규칙이 있었는데, 팔, 다리, 몸통, 머리를 각각 떨어뜨려 유기한 것으로 보아 냉정하고 침착하게 범행을 저지른 것으로 추정된다……

두청은 한숨을 내쉬었다.

파일을 한쪽으로 미뤄 두었다. 언제라도 가루가 될 것처럼 누렇게 바랜 종이에서 바스락거리는 소리가 났다.

안 되겠다. 그는 도저히 집중할 수도, '8월 8일'이라는 글자에 꽂히는 시선을 다른 곳으로 옮길 수도 없었다.

고개를 돌려 서랍장 위에 있는 액자를 가만히 보았다.

긴 머리 여성이 튤립 꽃밭에 쭈그리고 앉아 땅딸막한 어린 남자아이를 안고 그를 향해 미소짓고 있었다.

입꼬리가 올라가는 동시에 눈앞이 흐릿해졌다.

천천히 서랍장으로 걸어가 액자를 가볍게 쓰다듬었다.

액자에 그의 얼굴이 비쳐 보였다. 창백하고 약간 부은 듯한 얼굴에 아무렇게나 주름이 나 있었다. 나이 든 얼굴이 여전히 젊고 생기 넘치는 사진 속 두 얼굴을 덮었다. 마치 시공간을 끌어당겨 삶과 죽음이 뒤섞인 것 같았다.

두청의 눈빛이 점점 부드러워졌다. 주위에 있는 모든 것이 끝없는 허공 속에 빠져들었다. 어둑한 빛에 둘러싸인 그는 다시 현실로 돌아올 마음이 없었다. 언젠가는 죽음을 맞이하는 인간에게 가장 소중한 것은 추억뿐이었다.

1991년 8월 8일, 오전 7시 10분.

제복 차림의 젊은 경찰이 커다란 비닐봉투 두 개를 들고 C시 공안국 톄둥 분국 문 앞 계단을 다급하게 올라갔다. 그는 유리문을 지나 동쪽 복도를 따라 급히 걸어갔다. 이미 날이 환하게 밝았지만 복도는 어둑어둑했다. 양쪽으로 방문들은 전부 닫혀 있었고 북쪽 끝에 있는 창문에서만 빛이 새어나오고 있었다.

복도는 고요 속에 잠겨 있어 젊은 경찰의 발소리와 비닐봉투가 서로 부딪히는 소리만 들릴 뿐이었다. 동쪽 끝 방에 가까워지자 젊은 경찰은 알 수 없는 한기를 느꼈다. 마치 문 안쪽에서 차가운 바람을 밖으로 내보내고 있는 것 같았다.

문 앞에 도착한 그는 비닐봉투를 왼손으로 옮겨 들더니 잠시 망설이다 문을 두드렸다.

"누구야?"

신경질적인 목소리가 들렸다.

젊은 경찰은 문을 열고 조심스럽게 고개를 반쯤 내밀었다. 지나치게 낮은 실내 온도 때문인지 온몸에 순간 닭살이 돋았다. 왠지 모르게 두려운 냄새가 콧속을 뚫고 들어왔다.

"팀장님." 젊은 경찰은 해부대 위에 있는 창백한 시신을 보지 않으려고 애썼다. 목구멍이 건조해졌다.

"식사 왔습니다."

"회의실에 일단 갖다 놔. 곧 그쪽으로 갈 거야."

마젠이 손을 흔들며 말했다.

젊은 경찰은 짧은 대답 후 부리나케 방문을 닫고 나갔다.

마젠은 두 손을 허리에 대고 해부대에 놓인 시신을 뚫어지게 바라보았다.

벽 모퉁이에 있는 스탠드 에어컨이 분주히 돌아가며 허연 김을 내뿜고 있었다. 실내 온도는 낮았지만 마젠의 이마는 촘촘한 땀방울로 가득했다. 입고 있던 짙은 남색 줄무늬 반팔 셔츠도 땀으로 흥건히 젖어 있었다.

마젠 맞은편에 서서 팔짱을 끼고 있던 두청은 새파래진 얼굴로 미간을 잔뜩 찌푸리고 있었다. 법의학자는 바닥에 쪼그리고 앉아 시신 운반용 부대body bag에서 종아리 하나를 꺼내 자세히 살펴보더니 해부대에 올려놓았다.

"지금으로서는 이렇게밖에 맞출 수 없어요."

그는 한 걸음 뒤로 물러나더니 마스크를 벗었다.

"젠장!"

성인 여성의 사체였는데 머리, 몸통, 각각 두 조각난 오른팔과 왼팔, 왼쪽 허벅지, 왼쪽 종아리까지 총 여덟 조각으로 잘려 있었다. 조각들을 대충 맞춰 보니 피해자의 자세가 굉장히 특이한 데다, 오른쪽 허벅지와 오른쪽 종아리가 없어서 사람처럼 보이지 않았다.

두청은 피해자의 머리 앞쪽으로 걸어가 자세히 관찰했다. 머리카락이 어지럽게 흩어져 있고 고개가 오른쪽으로 기울어져 있었다. 얼굴은 부었고 입은 반쯤 벌어졌으며 두 눈은 살짝 감겨 있고 동공은 흐릿했다.

"사인은?"

"일단은 경부 압박에 의한 질식사로 보여요." 법의학자가 가리킨 부위를 보니 액흔이 선명했다.

"목 졸라 살해했어요." 두청이 마젠을 보았다. 아무 말 없이 이를 악문 마젠의 얼굴 근육이 분노로 씰룩거렸다.

"이따가 독물 분석도 할 건데, 큰 의미는 없을 것 같아요."

법의학자가 담배에 불을 붙였다.

"같은 놈 짓이에요."

"사망 추정 시각은?"

"최소 8시간 전이에요." 법의학자가 장갑을 꼈다.

"구체적인 시각은 위 내용물 검사가 완료되면 알려 드릴게요. 그리고……." 해부대 위에 있는 훼손된 여성의 사체를 가리켰다.

"오른쪽 다리 좀 찾아보세요. 유족들이 이대로 봤다간 졸도할지도 몰라요."

마젠이 길게 한숨을 내쉬었다. 사람이 한순간에 축 늘어져 버렸다.

"노력해 볼게. 그럼 수고 좀 해 줘. 뭐라도 발견하면 즉시 연락하고."

마젠이 두청에게 손을 흔들며 말했다.

"일단 밥부터 먹자."

활짝 열린 창문으로 상쾌한 공기가 회의실 안으로 들어왔다. 약간 서늘하긴 해도 막 해부실에서 나온 마젠과 두청이 느끼기에는 순식간에 엄동설한에서 한여름으로 바뀐 것만 같았다. 무엇보다 두 사람을 더 기분 좋게 한 건 회의실에 가득한 음식 냄새였다. 덕분에 콧속에 남아 있던 시체 썩는 냄새가 싹 가셨다.

회의 테이블에서 아침 식사 중이던 몇몇 동료들이 두 사람을 보더니 하나둘 일어나 자리를 양보했다. 마젠과 두청이 자리에 앉자마자 여기저기서 더우장, 바오쯔包子, 중국식 왕만두, 차예단茶葉蛋, 찻잎과 간장 등을 같이 넣고 삶은 달걀을 두 사람 앞으로 밀어 주었다.

배가 고파 꼬르륵 소리가 났지만 마젠은 식욕이 별로 없었다. 그는 바오쯔 반 개와 더우장 몇 모금만 먹고 담배에 불을 붙였다. 그러고는 한창 식사에 몰두하고 있는 동료들을 둘러보며 물었다.

"어떻게 돼 가?"

땀 자국으로 가득한 반팔 셔츠 차림에 머리카락이 헝클어진 경찰 한 명이 입안에 있는 바오쯔를 삼키고 대답했다.

"신원 확인 중인데 어제 오후에 사람들이 몇 차례 다녀갔습니다. 최근 한 달 새 실종 신고를 했던 사람들이었는데 전부 아니었어요."

그는 바오쯔를 씹으며 자료를 뒤적이더니 불분명한 발음으로 말했다.

"최근에 신고가 접수된 건 8월 6일이에요. 신고자는 성이 지紀 씨인 남자였는데, 아내가 밖에 나갔다가 집에 안 들어왔대요. 신체적 특징이나 외모가 얼추 비슷한 것 같아 연락했는데 곧 도착할 거예요."

마젠은 고개를 끄덕이더니 또 물었다.

"다른 쪽은?"

또 다른 경찰이 대답했다.

"현장 방문 중인데 아직 이렇다 할 단서는 없는 것 같습니다."

마젠이 인상을 찌푸리며 잠시 생각에 잠겼다.

"현장 조사 쪽은 어때?"

"아직 검사 중입니다."

"좀 서두르라고 해!"

방금 대답한 경찰이 바로 일어나 밖으로 나갔다. 동시에 한 여경이 다급하게 들어와 마젠에게 보고했다.

"팀장님, 지 씨라는 분이 시신 확인하러 오셨는데요."

마젠은 두청을 보며 말했다.

"네가 가 봐."

두청은 고개를 끄덕이더니 바오쯔를 연거푸 쑤셔 넣고 입구로 걸어갔다.

마젠은 계속 자기 앞에 서 있는 여경에게 물었다.

"또 무슨 볼일 있어?"

"네. 부국장님께서 20분 뒤에 4층 3회의실에 있는 사건 분석실에서 뵙자고 하십니다."

여경은 긴장한 듯 잠시 머뭇거렸다.

"부시장님과 정법위_{중국 공안, 검찰, 법원, 정보기관 총괄 기구} 서기분도 오셨어요."

마젠은 갑자기 벌떡 일어나더니 손뼉을 치며 큰 소리로 외쳤다.

"다들 서둘러. 20분 뒤에 회의 시작할 거야."

경찰들은 대답 후 식사 속도를 높이기 시작했다. 다 먹은 사람은 이미 자료 정리를 시작해 회의 때 보고할 내용을 준비했다. 마젠은 담배 두 개비를 연거푸 피우며 가만히 생각을 정리했다.

마젠은 준비를 마친 뒤 부하 직원들과 함께 회의실을 나와 엘리베이터 쪽으로 걸어갔다. 몇 걸음을 떼자마자 갑자기 뒤쪽에서 고통스럽게 오열하는 소리가 들렸다.

법의학과 해부실 방향이었다.

걸음을 멈추고 고개를 숙인 채 눈을 감고 두 주먹을 불끈 쥐었다. 뒤따르던 동료들도 멈춰 서서 미세하게 떨리는 팀장의 등을 바라보고 있었다.

바득바득 이 가는 소리가 선명하게 들렸다.

잠시 후 마젠은 다시 앞으로 빠르게 걸어갔다.

회의는 두 시간 넘게 진행되었다. 국장, 부시장, 정법위 서기의 안색이 좋지 않았다. 작년 11월부터 연속으로 여성 네 명이 강간 살해당하면서 도시 전체가 전례 없는 공황 상태에 빠졌지만, 경찰에서 확보한 단서와 수사 진전 상황으로 볼 때 사건을 해결할 기미가 보이지 않았기 때문이다. 회의 분위기는 추도회만큼이나 무거웠다. 강압에 못 이긴 국장은 회의가 끝나갈 무렵, 20일 안에 사건을 해결하지 못하면 책임지고 자리에서 물러나겠다는 군령장을 썼다.

상사가 이렇게까지 입장 표명을 했는데도 마젠과 일선 경찰들은 여전히 부담감을 느꼈다. 회의가 끝나고 마젠은 부하 직원들과 함께 사무실로 돌아왔다. 다들 잠시 아무 말이 없었다. 마젠이 천천히 입을 열었다.

"샤오화는?"

"물증 검사하는 데 갔습니다."

누군가 대답했다.

마젠은 짧은 대답 후 자리에서 일어났다.

"방금 회의 때 들어서 알겠지만 우리에게 주어진 시간은 20일이다. 긴 말 하지 않아도 알 거야. 시간이 별로 없어……."

갑자기 사무실 문이 열리고 웃통을 벗은 남자가 비틀거리며 들어왔다. 그는 들어오자마자 무릎을 꿇고 바닥에 머리를 박았다.

"저기요…… 경찰 여러분."

남자의 얼굴이 땀과 눈물로 뒤덮여 있었다.

"범인 좀 꼭 잡아 주십시오! 제 아내는…… 정말 좋은 여자예요……. 그렇게 가면 안 되는 사람이라고요……."

두청이 뒤이어 들어와 남자를 붙잡으며 달랬다.

"이러지 말고 얼른 일어나세요……."

마젠도 놀라서 부하 직원들에게 함께 부축하라고 했다. 남자는 이마에 피가 나고 먼지와 땀이 뒤섞여 몰골이 엉망이었다. 갑작스럽게 찾아온 엄청난 슬픔에다 바닥에 머리를 찧은 충격이 더해져 제정신이 아니었다. 녹초가 된 남자는 완전히 힘이 빠져 진흙처럼 퍼져 버렸다. 경찰 네 명이 낑낑대며 남자를 복도까지 옮겼다. 울부짖는 남자의 목소리가 여전히 귓가에 선명했다.

마젠은 숨을 헐떡이면서 문밖을 가리켰다.

"옷은 어쩌고 저래?"

"시신 위에 덮었어요." 두청의 안색이 어두웠다.

"죽은 사람이 아내래요."

마젠은 잠시 말이 없더니 손을 흔들어 동료를 불렀다.

"저분 진정되거든 가서 피해자에 대해서 좀 물어봐."

마젠이 두청 앞에 앉아 손가락 두 개를 내밀었다.

"20일이야."

"들었어요." 두청은 고개를 끄덕이며 한숨을 쉬었다.

"이 사건, 어떡하죠?"

"단서가 없어." 마젠이 담배에 불을 붙였다.

"생각해 둔 방법 있어?"

"일단 놈의 활동 범위부터 손을 대 봐야죠."

두청은 사무실 서랍에서 슬라이드 뭉치를 꺼내 마젠에게 건넸다.

손으로 그린 간이 지도였다. 슬라이드마다 날짜가 적혀 있고 몇몇 장소에는 빨간색 마커펜으로 표시가 되어 있었다.

"여긴 어디야?"

"네 번째 사건 시신 유기 장소예요." 두청은 '11. 9.'라고 표시된 슬라이드 한 장을 집어 들었다.

"이게 첫 번째 사건인데요, 여기 보시면……."

그가 빨간색 마커펜으로 표시된 장소들을 가리켰다.

"쑹장제와 민주루 합류점, 허완 공원, 쓰레기 소각장, 시 정형외과 병원이에요."

두청이 검은색 마커펜을 들었다.

"범인은 틀림없이 차를 가지고 있어요. 이 장소들을 연달아 찾아갔다면 아마 이 노선을 따라서 이동했을 거예요."

두청이 지도에 검은색 곡선 몇 개를 그렸다.

마젠이 무슨 말인지 이해하고 물었다.

"교차점을 찾자?"

"네."

두청은 '3. 14.'라고 적힌 슬라이드를 들더니 똑같이 빨간색 표시가 된 장소에 검은 선 몇 개를 연결한 뒤 첫 번째 슬라이드 위에 올렸다. 투명한 필름 두 장이 겹쳐지자 사체 유기 장소는 따로 떨어져 있는 반면, 운행 노선을 나타내는 검은 선은 일부 겹쳤다.

"좋은데!" 마젠이 흥분하며 동료 한 명을 불렀다.

"가서 이 지역 지도 좀 구해와 봐. 클수록 좋아."

몇 시간 뒤, 커다란 지역 지도 한 장이 사무실 벽에 걸렸다. 경찰들은 지도 앞에 서서 표시된 빨간 점 십여 개를 바라보며 살인범의 이동

경로를 분석했다. 짙고 굵은 검정 선 몇 개가 지도 위에 하나둘 늘어났다. 이제는 범인의 출발점이 어디였는지 역으로 추론해 나가기 시작했다.

마젠은 또 한 차례 시뮬레이션을 거친 후 검은 사인펜을 들고 지도 앞까지 걸어갔다.

"지금 상황에서 살인범이 숨어 있을 가능성이 가장 큰 지역은……."

마젠은 지도에 커다랗게 동그라미 두 개를 그렸다.

"톄둥취하고 슈장취漵江區야."

두청은 여전히 무거운 표정이었다. 언뜻 보면 조사 범위가 크게 줄어든 것 같지만, 톄둥취와 슈장취는 둘 다 이 도시의 주요 지역에 거주 인구도 많았다. 이 지역에서 살인범을 찾는다는 건 사막에서 바늘을 찾는 것과 다름없었다.

그런데도 마젠은 혼자 만족해하는 모습이었다. 마젠 입장에서는 복잡한 사건 경위를 파악해 어떻게든 수사 방향을 잡아야 했다. 확실하지는 않아도 아무것도 없는 것보다는 나았다. 마젠이 수사 임무를 배정하는 사이, 입구로 들어오던 뤄사오화가 벽에 걸린 지도를 발견했다.

"헉, 이게 다 뭐예요?"

마젠이 뤄사오화를 보자마자 앉으라고 말했다.

"마침 잘 왔어. 물증에서는 뭐 좀 발견됐나?"

"발견되긴요."

뤄사오화는 종이 몇 장을 건네며 난감한 표정을 지었다.

"지난 사건들과 마찬가지로 지문이 없어요. 비닐에도 상표가 없어서 생산지를 못 찾았고요."

마젠은 언짢아하며 다시 캐물었다.

"족적은?"

"대조 중이에요."

뤄사오화는 테이블에서 물컵을 들어 한 번에 마셔 버렸다.

"라오덩老鄧 말로는 가망이 별로 없대요. 사체 유기 장소도 하나같이 사람들이 밀집한 곳들이라 진즉에 훼손됐을 거라고요."

방금까지 모여 있던 경찰들이 말없이 흩어졌다. 뤄사오화는 지도를 보며 두청에게 물었다.

"뭐 하고 있었어?"

두청이 설명하려는 그때, 사무실 전화가 울렸다. 여경이 전화를 받은 뒤 두청에게 수화기를 건넸다.

"아내분 전화요."

두청은 눈살을 찌푸리며 전화를 받았다.

"무슨 일이야?

— 일하고 있었어?

아내의 목소리가 겁에 질린 듯 조심스러웠다.

— 내가 방해한 거야?

"바쁘니까 무슨 일인지 빨리 말해."

— 미안……. 저기, 량이가 열이 좀 난다길래 방금 학교에서 데려왔거든. 당신……."

"열이 나? 몇 도인데?" 두청이 다급하게 고쳐 앉았다.

"언제 그런 거야?"

— 오늘 오전에. 지금 막 쟀을 때는 38.5도였어."

아내는 최대한 침착하려 애쓰는 듯했다.

— 당신이 좀 와 줄 수 있을까? 의사가 계속 열이 안 떨어지면 병원에 오라고 했거든.

"지금 내가……."

두청은 머뭇거리면서 마졘 쪽을 쳐다보았다. 마졘은 곤란하다는 표정이었지만 그래도 손을 흔들면서 말했다.

"갔다가 내일 다시 와."

두청이 미안하다는 손짓을 하고는 아내에게 말했다.

"알았어. 지금 바로 갈게."

—응.

아내 목소리가 눈에 띄게 밝아졌다.

—뭐 먹고 싶어? 사골 좀 고아 줄까?

"아무거나 먹어도 돼. 번거롭게 그러지 말고."

—알겠어. 그럼 기다릴게.

두청이 전화를 끊고 마젠에게 미안해하며 말했다.

"팀장님, 저……."

"괜찮아, 가 봐." 마젠이 웃었다.

"집에 못 간 지 일주일쯤 됐지? 잘됐네. 가서 씻고 좀 쉬어. 아픈 애 간호도 하고."

"죄송해서."

"얼른 가 인마." 마젠이 손을 흔들었다.

"아들 상태 좀 안정되거든 와. 여긴 다른 녀석들이 지키고 있을 테니까."

"알겠어요!"

두청이 서둘러 입구 쪽으로 걸어갔다. 문을 열자마자 들어오던 경찰과 정면으로 부딪쳤다.

"죄송합니다, 선배님."

경찰은 두청에게 간단히 인사를 건네고는 마젠을 보며 거친 숨을 내쉬었다.

"팀장님, 오른쪽 다리 찾았습니다."

40분 후, 경찰차가 간선도로를 벗어나 울퉁불퉁한 흙길에 들어섰다. 얼굴이 새파랗게 질려 한 마디 말도 없이 앞쪽만 뚫어지게 바라보았다. 두청은 지도를 들고 '양롄전 샤장춘'에 빨간 사인펜으로 표시를 했다. 그리고 '177번 도로', '성 건축설계원 직원 사택 단지', '훙허제紅河街 163번지' 등 몇몇 지점을 보면서 검은 사인펜으로 왔다 갔다 하며 선을 그었다.

차가 계속 흔들거리자 속이 울렁거리기 시작했다. 펜을 내려놓고 창밖을 보았다. 오후 5시밖에 안 되었는데 하늘이 어두워지고 있었다. 스산한 바람이 불고 먹구름이 모여들더니 희미한 번갯불이 번쩍했다.

두청이 앞좌석에 앉은 마젠을 툭툭 쳤다.

"비 오려나 봐요."

깊은 생각에 잠겨 있던 마젠도 정신을 차리고 창밖을 보더니 짧은 욕을 내뱉고는 소리쳤다.

"사오화."

뤄사오화가 무전기를 들고 대답했다.

"애들한테 비 올 것 같으니까 현장 보호하라고 전해."

그러자마자 굵직한 빗방울이 금세 요란한 소리를 내며 차창을 때렸다.

사체 유기 현장은 샤장춘 급수탑 동쪽에 있었는데, 널따란 밭을 가로질러야만 갈 수 있었다. 차로는 갈 수 없어 경찰들은 밭두렁에 차를 주차해 놓고 사람 키만 한 옥수수밭을 한 발 한 발 걸어서 지나갔다. 급수탑이 보일 때쯤에는 전부 땀으로 흠뻑 젖어 있었다.

양롄전 파출소 경찰들이 마젠 일행을 맞이한 뒤 사건 발생 과정을 설명했다. 이 마을에 사는 커플이 급수탑 쪽에서 밀회를 즐기고 있었는데, 여자가 급수탑 동쪽에 버려진 검정 비닐봉투를 발견했다. 당시 비닐봉투 주변에는 파리가 들끓고 악취가 나고 있었다. 남자가 나뭇가지로 비닐봉투를 찔러 구멍을 뚫었다가 찢어진 틈으로 사람 발이 보이자 즉시 경찰에 신고한 것이다.

앞서 도착한 경찰들이 현장에 폴리스 라인을 쳐 둔 상태였다. 폭우가 내려서인지 구경하는 사람들은 별로 없었지만 현장 바깥쪽으로 수많은 발자국이 남아 있었다. 마젠은 인상을 찌푸린 채 사람들이 밟은 질퍽한 진흙땅을 바라보면서 손을 흔들었다.

"통로 확보해."

감식요원들은 큰 의미가 없다는 걸 알면서도 사람들이 지나다닐 수 있도록 나무판 몇 개를 깔았다.

우산을 들고 급수탑에 계속 쭈그리고 앉아 있던 경찰 덕분에 사체 조각이 들어 있는 검정 비닐봉투와 주변 바닥을 보존할 수 있었다. 증거 사진을 찍은 후 현장 감식에 들어갔다.

폭우와 현장 훼손으로 감식이 어려워지면서 봉투에 담긴 사체 조각을 살피는 데 더 많은 에너지를 쏟았다. 오른쪽 허벅지, 오른쪽 종아리와 오른발에서는 이미 부패가 시작되었다. 마젠은 오른발에 신겨져 있는 은백색 하이힐 샌들을 보며 생각에 잠긴 듯했다.

뤼사오화가 마젠에게 가까이 다가와 말했다.

"처음으로 시신에서 뭔가를 건졌네요."

"그러게." 마젠이 고개를 돌려 두청에게 물었다.

"집에 안 가?"

두청은 급수탑을 등지고 저 멀리 시골길을 바라보며 엉겁결에 대답했다.

"안 가요. 일단 여기 일부터 처리하고요."

"집에 전화라도 좀 해 주지 그래?"

"됐어요." 두청이 얼굴에 묻은 빗물을 닦으며 웃었다.

"이골이 났을 거예요."

"하긴. 이번 사건만 처리하면 내가 며칠 휴가······."

마젠은 두청이 남아서 도와주기를 바라는 눈치였다.

"팀장님! 빨리 좀 와 보세요!"

감식요원 한 명이 갑자기 소리쳤다.

마젠이 소리가 난 쪽으로 급히 뛰어갔다.

"왜 그래?"

"찾았어요!" 감식요원의 목소리에서 흥분이 묻어났다.

"이거 보세요!"

감식요원이 가리키는 검정 비닐봉투 밑바닥에서 흥건한 핏물과 털 같은 게 언뜻언뜻 보였다.

"이게 뭔데?"

"아직은 잘 몰라요."

감식요원이 핀셋으로 조심스럽게 털을 끄집어내 자세히 살펴보았다.

"분명히 사람 털은 아니에요."

"얼른 채취해! 망할 놈의 자식이 결국 흔적을 남기긴 남겼네."

마젠이 주먹을 불끈 쥐었다.

"그뿐만이 아니에요."

감식요원은 득의양양하게 뒤에 있는 동료들에게 손을 내밀었다.

"금가루랑 테이프 좀, 빨리."

이어서 그는 비닐봉투 중간 부분을 가리켰다.

"지문이 나왔어요."

채취한 털과 지문은 검사실로 급히 보내졌다. 마젠은 마을 주민을 탐문 수사할 팀원들을 남겨두었다. 한편 두청은 계속 지도를 보며 골똘히 생각에 잠겼다. 살인범이 사건 당일 밤 사체를 유기한 행적이 점차 선명해졌다.

"훙허제 163번지에서 성 건축설계원 직원 사택 단지를 지나 177번 도로를 따라서 양롄전 샤장춘으로 온 거야."

두청은 빨간 마커펜으로 지도에 순서를 표시했다. 마젠은 갖가지 표시로 가득한 지도를 바라보더니 천천히 입을 열었다.

"출발지로 가장 유력한 곳은 아무래도 톄둥취겠네."

뤄사오화가 마젠을 보았다.

"그럼 일단 톄둥취를 중점적으로 수사해 볼까요?"

마젠은 고개를 끄덕였다.

"내가 볼 땐 괜찮은 것 같은데, 네 생각은 어때?"

"혼자 살고 차가 있는 놈이 틀림없어요. 택시기사일까요?"

"기업이나 기관 소속 전임 기사일수도 있고."

"자영업자일 수도 있죠."

뤄사오화가 말했다.

"우선 이런 가능성을 염두에 두고 수사를 진행하자고." 마젠은 잠시 망설였다.

"다른 일은 일단 제쳐둬. 최대한 빨리 놈을 잡는 게 급선무니까."

수사 임무가 떨어지자 다들 신속하게 움직였다. 국장을 찾아가 간단하게 상황을 보고하고 사무실로 돌아오던 마젠은 혼자 남아 있는 두청을 발견했다.

그는 손가락 사이에 담배를 끼운 채 지도 앞에 앉아서 생각에 잠겨 있었다.

"뭐 해, 집 생각 하는 거야?"

두청이 정신을 차리더니 웃었다.

"아뇨."

"집에다 전화 한 통 하라니까. 애 상태도 좀 물어보고."

마젠은 의자 하나를 끌어다가 두청 앞에 앉았다.

"됐어요." 두청의 신경은 확실히 딴 데 가 있었다.

"범인이 어떻게 생겼을 것 같으세요?"

"어?" 마젠이 담배에 불을 붙이려다 말았다.

"무슨 생각 하는 거야?"

"피해자들 전부 머리 왼쪽에 둔기로 맞은 상처가 있었는데 치명상
은 아니었어요. 그리고 제가 방금 지첸쿤 증인신문 기록을 봤거든요?
사건 당일 밤 아내가 회식에 참석했다가 10시 반쯤 헤어졌고, 집에 오
기 전에 지첸쿤이랑 통화를 했대요. 지난 사건들에서도 비슷한 상황이
있었는데, 피해자들이 전부 한밤중에 납치를 당했더라고요."

두청이 천천히 설명했다.

"그러니까, 피해자들은 살인범의 차를 탔고, 살인범이 운전석에서
내리친 흉기에 맞아 정신을 잃은 뒤 끌려가 강간 살해를 당했을지도
몰라요."

"그 늦은 시간에 낯선 사람의 차를 선뜻 탄다는 게…… 적어도 얼굴
이 비호감은 아니라는 얘기네."

마젠은 잠시 생각하더니 다시 두청 쪽을 보았다.

"맞아요. 말투나 태도도 점잖고 피해자들과 자연스럽게 대화를 나눌
만한 상황이었을 거예요."

두청이 지도를 쳐다보았다.

"예를 들면 길을 물어본다거나."

"어느 정도 교육을 받은 사람이고 옷차림은 단정하고 말끔했을 거
야. 사람들에게 신뢰를 주는 그런 이미지 있잖아."

마젠이 눈을 반짝이며 말했다.

"또 알아차리셨는지 모르겠지만……. 범인은 점점 자신감이 붙고 있
어요."

두청은 어느새 재빠르게 머리를 굴리고 있었다.

"뭐?"

"첫 번째 사건 때는 범인의 사체 훼손 수법이 어딘가 서툴러 보이고 안절부절못한 것 같은 모습이었거든요."

두청이 지도에 표시된 빨간 점들을 가리켰다.

"머리와 왼쪽 허벅지, 오른쪽 허벅지와 왼쪽 종아리가 각각 같이 발견됐는데요. 이 사건에서는 사체를 토막 낸 솜씨가 보통이 아니었고 사체도 말끔하게 처리했단 말이죠."

마젠의 머릿속에 이런 장면이 떠올랐다. 살인범이 바닥에 쭈그리고 앉아 노래를 흥얼거리며 사체 조각을 순서대로 검정 비닐봉투에 넣는 모습이 그려졌다.

역겨움에 이어 분노가 끓어올랐다.

"젠장!"

"그런데 아무리 생각해도 이해가 안 되는 게 몇 가지 있어요." 두청은 재떨이에 꽁초를 눌러 껐다.

"계속 뭔가 찜찜한 기분이 든단 말이죠."

"어떤 걸 말하는 거야?"

"이 망할 놈이 처음 범행을 저질렀을 때는 지문도 안 남겼어요. 봉투 안에는 사체 말고 아무것도 없었고요."

두청이 다시 담배에 불을 붙였다.

"그런데 왜 이번에는 이렇게 허술했을까요?"

"털이랑 지문이 나와서? 잘났다고 설치다 그런 거겠지!"

마젠이 더욱 분노했다.

"그것도 나름 말이 되긴 하네요……."

두청이 마젠 쪽으로 고개를 돌리는데 뤄사오화가 사무실 문을 박차고 들어왔다. 서류 몇 장을 손에 쥐고 있었다.

"털이요, 결과 나왔어요!"

뤄사오화가 성큼성큼 마젠 앞으로 다가왔다.

"돼지 털이에요!"

검사 결과, 검정 비닐봉투에 들어 있던 털은 돼지 털로 밝혀졌다. 그리고 비닐봉투 한쪽 중간 부분에서 왼손 네 개 손가락 지문이 발견되었다. 그중 집게손가락 지문에 가로로 잘린 흉터가 있었는데, 범인이 날카로운 흉기에 다친 것으로 추정되었다.

돼지 털이라는 증거를 손에 넣자 사람들은 흥분을 감추지 못했다.

"산 돼지를 도살하거나 판매하는 사람일 가능성이 있어." 마젠이 곧바로 판단했다.

"즉 도살업자라는 거지."

"맞는 것 같아요." 뤄사오화가 마젠의 의견을 지지했다.

"이런 사람들은 대개 소형 화물차를 가지고 있으니까요."

"나이가 어리거나 이 업계에서 일한 기간이 길지 않을 겁니다."

두청이 가만히 생각에 잠겼다.

"기술이 썩 노련하지 않은 것으로 봐서는 길어 봤자 몇 개월 안 됐을 거예요."

"맞아." 마젠의 두 눈이 초롱초롱해졌다.

"집게손가락에 난 상처는 아마 연습하다가 다친 걸 거야."

전담팀이 사건을 논의하고 있는데 샤장춘에 남아 탐문 수사를 벌이던 경찰에게서 또 다른 단서가 도착했다. 한 마을 사람이 8월 7일 새벽 3시경 화장실에 가다가 집 앞을 빠르게 지나가는 차량 한 대를 발견했다. 차량은 마을에 있는 급수탑 쪽을 향하고 있었다. 그러나 차종이 세단은 아니었고 차체가 흰색이었다는 것 말고는 쓸 만한 정보를 얻지 못했다.

시간이 쏜살같이 흘러갔다. 톄둥 분국 회의실에서는 모든 사람이 전

속력을 내는 기계마냥 재빨리 움직였다. 전화벨 소리가 여기저기서 울려대고 모든 사무용 책상 앞은 분주했다. 다양한 생각과 분석들이 공기 중에 소리 없이 부딪히면서 불꽃이 튀고 있었다.

언제 그쳤는지 내리던 비도 더 이상 내리지 않았다.

저 멀리 밝은 빛이 서서히 비치면서 용의자의 윤곽도 갈수록 선명해졌다. 25~35세 남자, 점잖은 외모와 예의 바른 말투, 돼지를 도살하거나 판매하는 일에 종사하며 세단이 아닌 흰색 자동차를 운전하고 C시 톄둥취에 거주하고 있다.

"이제 우리가 할 일이 생겼어." 마젠은 몸을 낮춰 책상 위에 있는 톄둥취 지도를 가만히 응시했다.

"이 지역에 도살장이랑 재래시장은 몇 곳 안 돼. 점잖은 도살업자라니, 특징이 뚜렷하잖아."

"그럼 지금 바로 갑시다."

두청이 꽁초를 버린 뒤 외투를 집어 들었다. "언제 출발해요?"

"급할 거 없어. 날 밝으면 그때 다시 얘기해. 지금은 재래시장 가도 소용없다고."

마젠은 이미 생각해 둔 게 있는 사람처럼 두청을 가리켰다.

"인마, 지금 네가 할 일은 집에 가는 거야!"

"이제 좀 있으면 4시예요." 두청이 시간을 확인했다.

"됐어요, 자는 사람 깨우느니 그냥 안 가는 게 나아요."

"그래도 가서 좀 들여다봐." 마젠이 차 키를 집어 들었다.

"량이 열난다고 하지 않았어?"

두청은 잠시 망설이다가 떠보듯이 물었다.

"그럼…… 가서 좀 보고 와도 돼요?"

"그걸 말이라고 해?" 마젠은 이미 입구 쪽으로 걸어가고 있었다.

"데려다줄게."

30분 후 검은색 산타나가 두청의 집 앞에 멈춰 섰다. 마젠은 옆에서 졸고 있는 두청을 툭툭 깨웠다. 두청은 몽롱한 상태로 눈을 비비면서 물었다.

"다 왔어요?"

"얼른 올라가서 눈 좀 붙여. 애 상태 괜찮으면 내일 내가 데리러 올게." 마젠이 차창 밖으로 고개를 내밀며 웃었다.

"제수씨 참 대단해. 안 자고 깨어 있잖아."

불 켜진 창문을 보며 두청도 웃어 보였다.

"이 늦은 시간까지 미련하게 꾸역꾸역 버티고 있나 보네요."

두청이 들어가는 것을 본 뒤 마젠은 시동을 켜고 분국 쪽으로 내달렸다. 두청의 잠기가 옮았는지 마젠도 금세 눈꺼풀이 무거워졌다. 억지로 눈을 떠가며 아무도 없는 도로에 시선을 고정했지만, 신호를 기다리다가 그만 핸들 위로 엎어져 잠이 들고 말았다.

몇 분이었지만 밤새 잠을 잔 것 같았다. 흐릿하지만 꿈도 꾸었다. 흙을 가득 실은 트럭이 경적을 울리며 옆을 지나가고 나서야 겨우 정신을 차렸다.

정신이 번쩍 들면서 무서움이 가시지 않았다. 목에서 가슴으로 식은 땀이 흘러내렸다. 외투를 벗어 뒷좌석에 던져 놓고 라디오 볼륨을 제일 크게 튼 다음 다시 시동을 걸었다.

외투 주머니에 들어 있는 무선 호출기에서 날카로운 소리가 울리고 있었지만 마젠은 듣지 못했다.

1991년 8월 8일 목요일, 음력 6월 28일, 입추, 폭우.

C시에 사는 펑쥐안彭娟과 아들 두자량杜佳亮이 자택에서 가스 중독으로 숨진 채 발견되었다. 현장 감식 결과, 사고 원인은 가스레인지에

있던 곰탕이었는데, 국물이 넘쳐 불이 꺼져 가스가 누출된 것이다. 게다가 사고 당일 밤 C시에 비바람이 심해 사망자는 빗물이 들어오지 못하도록 문과 창문을 꼭 닫아 두었다. 이로써 타살 가능성은 배제되었다.

다른 C시 주민에게는 모자의 죽음이 짧은 뉴스거리이자 잡담 소재였으며, 잠들기 전에 꼭 가스 밸브를 잠그라는 경종과도 같았다.

하지만 두청에게는 인간 세상으로 통하던 문이 이제는 굳게 닫히고 말았다.

두청은 호적을 말소하고 유품을 정리하며 장례식을 준비했다. 장인과 장모를 위로하고 동료와 친구의 위로를 받았다. 마지막으로 성인한 명과 아이 한 명의 시신이 화장로로 들어가는 모습을 지켜보았다.

모든 것이 백 년처럼 멀게도 느껴지고 눈 깜짝할 시간만큼 짧게도 느껴졌다.

북적이던 좁은 집이 휑하게 변했을 뿐이었다.

20년도 더 된 일이라 당시 기억이 흐릿했다. 모든 기억을 끄집어낸 것처럼 사소한 것들이 하나도 기억나지 않았다. 마치 아내와 아들이 처음부터 존재하지 않은 것 같았다. 원래 혼자였고 지금까지 혼자였던 것처럼 말이다.

마젠은 장례식장에서 두청의 어깨를 꼭 잡았고, 두청은 목석처럼 굳은 채 망연자실한 얼굴로 그를 바라보았다. 마젠은 충혈된 눈을 부릅뜨고 목청이 찢어져라 소리쳤다.

"내가 무슨 일이 있어도 그 새끼 꼭 잡을게!"

이것이 두청이 선명하게 기억하는 유일한 장면이었다.

용의자 쉬밍량許明良, 남자, 24세, 한족, 미혼, C시 호적, 테둥취 쓰웨이루四緯路 87-311번지에 거주, 자영업자로 춘양春陽 재래시장 632번 노점에서 도살용 돼지를 판매하며 생계를 유지함.

일찍이 아버지를 여읜 쉬밍량은 중등 전문학교중졸이나 고졸 학력자를 대상으로 2년간 실무 교육을 하는 학교를 나왔고 C시 직업기술학원을 졸업한 뒤 줄곧 구직 중이었다. 1991년 1월부터 어머니를 도와 춘양 재래시장에서 돼지고기를 팔았다. 쉬 씨 집안은 자가용으로 흰색 소형 화물차 한 대를 소유했고, 쉬밍량은 1990년 6월에 운전면허를 취득했다.

감정 결과 쉬밍량의 왼손 지문과 '8.7 살인 사건'에서 채취한 지문이 일치했고, 쉬밍량의 왼손 집게손가락에 칼에 베인 상처가 있었다.

법정에 출두한 쉬밍량은 범행을 극구 부인했지만, 신문 끝에 결국 자백했다. 본 사건은 이미 C시 인민검찰원으로 송치되었고, 곧 C시 중급인민법원으로 이관될 예정이었다.

1991년 8월 22일, C시 중급인민법원, 형사재판정.

개정 시간은 9시였지만 8시가 지나자마자 재판정 입구는 이미 사람들로 꽉 차 있었다. 취재 기자들뿐만 아니라 소문을 듣고 찾아온 방청객들도 많았다. 하지만 본 사건은 강간과 관련이 있기 때문에 유가족 및 다른 몇몇 사람들만 방청 허가를 받았다.

오전 8시 40분, 법정 경찰의 엄격한 조사를 거쳐 방청원들이 입정했다. 마젠과 뤄샤오화는 자리에 앉자마자 법정 문이 묵직하게 닫히는 소리를 들었다. 마젠은 법정 한쪽에 앉아 있는 피해자 가족들을 보았다. 거의 모든 사람의 얼굴에서 극심한 분노와 복수에 대한 간절한 열망이 드러났다. 마젠의 눈에 뒷줄에 앉아 있는 한 사람이 보였다.

두청이었다.

부쩍 야윈 탓에 광대뼈가 무섭도록 튀어나와 있었고, 거칠고 딱딱한 수염이 볼까지 가득 자라 있었다. 익숙한 표정과 눈빛이 아니었으면 거의 못 알아볼 정도였다.

마젠은 자리에서 일어나 기다란 의자를 따라 두청 옆까지 걸어갔다.

"어떻게 왔어? 공안국에서 휴가 안 줬어?"

그는 두청을 위아래로 살폈다.

두청은 마젠을 한번 보고는 다시 고개를 돌리더니 비어 있는 피고인석을 보았다.

"대체 어떤 놈인지 얼굴 좀 보려고 왔어요."

9시 정각이 되자 법관들이 입정해 개정을 선포하고 피고인이 법정으로 끌려 나왔다.

쉬밍량이 모습을 드러내자 뒤에서 한바탕 욕설이 쏟아지고 셔터 소리가 들렸다. 쉬밍량은 플래시 세례를 받으며 법정 경찰 두 명의 손에 이끌려 법정에 들어섰다.

방청석에서 울부짖음과 욕설이 폭발하듯 터져 나왔다. 거의 모든 피해자 가족이 자리에서 일어나, 고개를 숙이고 비틀거리며 들어오는 쉬밍량에게 달려들었다. 법정 경찰들이 대비를 하고 있었는데도 엄청난 힘과 노력을 쏟은 후에야 겨우 소란을 잠재울 수 있었다.

마젠은 법정에서 자신과 뤄사오화 외에 시종일관 자리를 지키고 있는 두 사람을 발견했다. 두청과 지첸쿤이었다.

법정 신문 과정은 순탄치 않았다. 검사가 공소문을 읽을 때 쉬밍량이 대성통곡을 하기 시작하더니 끊임없이 억울함을 호소했다. 대질 신문 단계에서는 법정 경찰이 제지하는데도 죄수복을 벗더니 경찰이 고문하며 자백을 강요했다고 주장했다.

삐쩍 마른 몸에는 크고 작은 멍들이 가득했다.

재판장은 마젠에게로 시선을 옮겼다. 마젠은 피고인석에 있는 쉬밍량을 무표정하게 응시하고 있을 뿐이었다.

법정 신문은 네 시간 넘게 이어졌다. 쉬밍량은 내내 흐느끼며 모든 기소 사실을 완강히 부인했다. 하지만 법정에 있는 사람들은 직접 증거가 부족해도 피고인의 자백이 있으면 죄를 선고하는 데 아무 문제도 없다는 것을 잘 알고 있었다.

법정에서는 판결을 선고하지 않았다. 서기가 휴정을 선언하자 마젠은 가장 먼저 일어나 법정을 나섰다. 입구에 도착했을 때 마젠의 뒤에서 한바탕 소란이 일었다. 줄곧 목석처럼 앉아 있던 지첸쿤이 의자를 넘어 곧장 복도로 뛰어가고 있었다. 너무 빨라서 법정 경찰도 미처 손을 쓰지 못했다.

쳐요. 죽도록 패 버리세요!

마젠은 말없이 주시하고 있을 뿐 지첸쿤을 말릴 생각이 전혀 없어 보였다.

지첸쿤은 쉬밍량의 어깨를 잡아당겨 자기 쪽으로 몸을 돌리더니 눈물과 콧물로 범벅이 된 그의 얼굴을 똑바로 바라볼 뿐이었다.

제11장

살인범

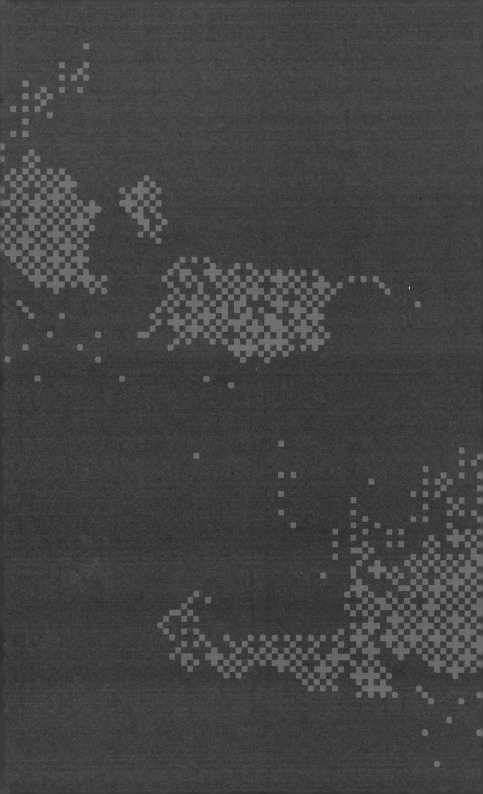

턱을 괸 채 '토지신의 부인'을 바라보던 웨이중은 언제라도 곯아떨어질 것 같았다. 의식이 오락가락하고 있는데 갑자기 핸드폰 진동이 울렸다.

웃으며 속으로 생각했다. 분명 라오지겠지.

핸드폰으로 사진 찍는 법을 배운 지첸쿤에게 웨샤오후이가 이번에는 웨이신 사용법을 알려 준 것이다. 어찌나 신나게 사진을 보내는지, 매일 열 장도 넘는 사진을 받았다. 풍경 사진이나 셀카를 보내기도 했는데, 제대로 찍힌 사진이 거의 없었다. 대부분 초점이 안 맞거나 시커먼 사진들이었다. 하지만 괜히 어르신의 흥을 깨뜨릴 수 없어서 장단을 맞춰 주었다.

대각선 앞쪽에 앉아 있는 웨샤오후이의 모습이 눈에 들어왔다. 몰래 웨이중을 향해 손을 흔들고 있었는데 억지로 웃음을 참고 있는 표정이었다. 웨이중은 눈썹을 올리며 입 모양으로만 물었다.

"왜?"

웨샤오후이는 대답 대신 손에 든 핸드폰을 가리켰다.

핸드폰을 확인해 보니 웨샤오후이가 방금 보낸 웨이신이 와 있었다.

라오지가 보낸 웨이신 좀 봐봐. 진짜 많이 발전하셨다니까.

라오지와 쓰는 채팅방을 열어보았다. 이번에 그가 보낸 건 사진이 아니라 동영상이었다.

핸드폰이 또 한 번 진동했다. 웨샤오후이가 보낸 문자였다.

이어폰 꺼.

'OK'라고 답장한 뒤 몰래 주머니에서 이어폰을 꺼냈다.

20초쯤 되는 짧은 동영상이었다. 지쳰쿤이 산책을 하고 있는 노인들을 찍은 영상이었다. 화면도 안정적인 편이고 소리도 선명했다. 두 번이나 봤지만 특별한 점은 발견할 수 없었다. 그래서 지쳰쿤에게 물음표 한 개를 보냈다.

곧바로 답장이 왔다.

어때 깨끗하게 잘 나온 편이지

웨이중은 몰래 웃었다. 아직도 특수문자 잘 못 쓰시네.

아주 좋습니다, 지 감독님.

하하 그냥 연습 삼아 찍어본 거야

웨이중이 막 답장을 보내려는데 옆에 있던 친구가 그의 팔을 툭툭 밀었다. 고개를 돌려 보니 친구가 한 손으로는 강단 쪽을, 다른 한 손으로는 웨이중의 귀를 가리키고 있었다.

웨이중은 순간 무슨 일인지 깨닫고 얼른 이어폰을 뺐다. '토지신의 부인' 목소리가 들렸다.

"거기 남학생, 내가 방금 어디까지 설명했지?"

수업이 끝난 후 웨이중은 답답한 심정으로 참고할 만한 반성문이라도 인터넷에서 다운 받아야 하나 고민하고 있었다.

"천 자 이상 직접 손으로 작성해서 제출해!"

독한 할망구 같으니. 웨이중은 중얼거리며 강의실을 나섰다. 막 문을 열고 나오는데 웨샤오후이가 복도 히터에 기댄 채 웃는 얼굴로 웨이중을 보고 있었다.

"왜, 내가 벌 받으니까 고소해?"

"아니, 고소한 정도가 아니라 완전 쌤통인데?"

웨샤오후이는 점점 더 신이 나는 것 같았다.

웨이중도 덩달아 기분이 좋아졌다.

"이게 다 라오지 때문이야."

"남 탓하지 마. 바보같이 군 게 누군데." 웨샤오후이는 웨이중과 나란히 식당으로 걸어갔다.

"조심성이 없어도 그렇게 없냐."

"고작 동영상 하나 본 거 가지고 반성문 천 자라니."

"어려울 거 없어. 대충 베껴서 내면 돼." 웨샤오후이가 뒤로 돌아 웨이중과 마주 보고 걸었다.

"내가 도와줄게. 이래 봬도 유경험자야."

"그래, 너도 어느 정도 책임이 있으니까."

웨이중이 웃으며 말했다. 지첸쿤을 원망하는 마음은 없었다. 거동은 좀 불편해도 세상에 대한 호기심이 가득하고, 새로운 사물에 대한 흥미가 남다른 사람이라는 걸 알았기 때문이다. 핸드폰은 그런 지첸쿤에게 신기한 장난감이자 외로움을 달래는 좋은 수단이었다. 웨이중은 그를 이해했고, 언젠가는 꺼질 촛불을 지키려는 마음처럼 그에 대한 동정심이 마음속에 더 크게 자리했다.

"이번에는 인터넷 하는 법 가르쳐 드려야겠다."

웨이중이 발걸음을 빨리 하며 웨샤오후이의 뒤를 쫓아갔다.

"틀림없이 좋아하실 거야."

문이 열리고, 백발이 창창한 노부인이 고개를 내밀며 두청을 위아래로 훑어보았다.

"누구 찾아오셨어요?"

"양구이친楊桂琴 씨 되시죠?" 두청이 경찰증을 꺼냈다.

"경찰입니다."

문을 열 생각이 전혀 없는 노부인이 의심스러운 얼굴로 물었다.

"무슨 일 때문에 그러시는데요?"

"쉬밍량 씨가 아드님 되시죠?" 두청이 웃었다.

"재판 끝나고 그동안 어떻게 지내셨는지 궁금해서 찾아왔습니다."

노부인은 아무런 표정 변화 없이 벌써 문을 닫을 준비를 하고 있었다. 두청은 앞으로 한 걸음 다가가 신발 끝으로 문틈을 막았다.

"상심이 크실 줄 압니다. 따뜻한 위로의 선물이라도 드릴 겸 찾아왔어요."

두청은 등 뒤로 들고 있던 식용유 한 통을 내밀었다.

노부인은 식용유와 두청을 번갈아 보더니 말없이 옆으로 비켜섰다.

집도 작고 안에 있는 가구들은 낡고 단출했다. 왠지 모를 불쾌한 냄새가 나자 두청이 코를 킁킁거렸다. 그 냄새가 벽 구석에 있는 거대한 냉장고에서 난다는 걸 알아챘다.

"정부에서 드디어 우리 생각이 났나 보죠?" 노부인이 식용유를 들고 주방으로 가져갔다.

"범죄자 가족한테도 줘요?"

"네."

두청이 되는대로 둘러댄 뒤 조용히 벽 구석으로 걸어갔다. 구석 냉장고에서 요란하게 모터 소리가 들렸다. 냉장고 겉면에는 검붉은 때가 잔뜩 묻어 있었고, 유리문을 통해 냉장고 안에 가득한 막창, 돼지 간 같은 부산물들이 보였다. 이미 상한 고기들은 암청색을 띠고 있었다.

"먹을 수 있어요." 거실로 나온 노부인이 냉장고를 살피던 두청을 보고 말했다.

"삶아 먹으면 아무 문제 없어요."

"저…… 아직도 돼지고기 파십니까?"

두청은 담배에 불을 붙여 콧속에 남아 있는 이상한 냄새를 떨쳐 버렸다.

"진즉에 접고 가판은 조카한테 넘겼어요. 팔다 남은 건 저한테 갖다 줘요. 저도 먹고살아야 하니까."

노부인은 두청이 물고 있는 담배를 뚫어져라 쳐다보았다.

두청은 노부인의 시선을 알아차리고 담배와 라이터를 건넸다. 노부인은 받아서 익숙하게 입에 물더니 라이터로 불을 붙였다.

"혼자세요?"

"고기 팔이에 살인범 아들까지 낳은 여자를 누가 좋아하겠어요?"

노부인은 둥근 담배 연기를 내뿜으며 담뱃갑을 쳐다보았다.

"나랏일 하는 분이 피우는 거라 그런지 맛이 좋네요."

두 사람은 거실에 서서 말없이 담배를 피웠다. 노부인은 헝클어진 백발을 고무줄로 아무렇게나 묶었고, 이미 색깔을 알아볼 수 없을 정도로 더러워진 스웨터에 검은 때로 반질반질해진 솜바지를 입고 있었다. 얼굴에는 검버섯이 가득하고 눈은 흐리멍덩했으며 눈빛은 냉담했다. 열심히 담배를 빨 때에만 그녀는 만족스러운 표정을 지었다.

"이제 말씀해 보세요. 무슨 일로 오신 거예요?" 노부인이 두 번째 담배에 불을 붙이더니 천천히 입을 열었다.

"량이 일이죠?"

두청이 노부인을 보며 대답했다.

"네."

이번 방문이 가장 힘들고 피할 수 없을 거라는 걸 두청은 잘 알고 있었다. 양구이친의 상처를 다시 들추고 그녀의 심한 적대감과도 마주해야 할지도 모르기 때문이다. 하지만 반드시 해야만 하는 일이었다. 자신이 옳다는 걸 증명해야 하기도 하고, 거대한 수수께끼도 풀어야 했다.

노부인은 거실 북쪽에 굳게 닫힌 방문을 힐끔 쳐다보더니 두청 쪽으로 고개를 돌렸다.

"사람도 죽은 마당에 조사할 게 뭐 있다고 찾아오셨어요?"

두청이 실내를 한 바퀴 돌아보며 물었다.

"앉아서 잠깐 얘기 좀 나눌 수 있을까요?"

노부인은 잠시 생각하더니 고개를 끄덕였다. 그러고는 벽 구석에 있는 낡은 나무 탁자 쪽으로 걸어가 의자를 빼고 앉았다.

두청은 맞은편에 앉아 수첩과 펜을 꺼내 탁자에 올려놓았다. 손가락이 탁자에 닿자 오랫동안 쌓인 먼지와 기름때가 만져졌다.

"쉬밍량 씨 얘기 좀 해볼게요. 아드님은 어떤 사람이었습니까?"

노부인은 한 손으로는 턱을 괴고 한 손으로는 담배를 피우면서 한 구석만 바라보고 있었다. 잠시 후 그녀가 나지막하게 말했다.

"내 아들은 사람을 죽이지 않았어요."

두청은 관자놀이를 문지르며 수첩에 '쉬밍량' 세 글자를 적었다.

노부인은 고개를 비스듬히 하고 종이에 천천히 아들 이름을 써내려가는 검은 사인펜을 바라보다가 갑자기 물었다.

"돼지도 죽인 적 없는 애가 사람을 죽일 수 있겠어요?"

"그게 바로 제가 알고 싶은 부분입니다." 두청은 노부인의 눈을 똑바로 쳐다보았다.

"쉬밍량 씨 판결을 뒤집을 수 있다고 장담할 수는 없지만 진실을 알고 싶습니다."

"판결을 뒤집어요? 전 그런 것 바라지도 않습니다." 노부인은 가볍

196

게 웃으며 담뱃재를 툭툭 털었다.

"사람이 죽고 없는데 판결을 뒤집어서 뭐 하겠어요? 아들이 돌아올 수 있는 것도 아니고. 보상 같은 거 필요 없어요. 어떻게든 먹고살 수 있다고요."

순간 정적이 흘렀다. 노부인은 담배를 피우면서 어지럽게 헝클어진 백발을 문질렀다. 그러다 점점 고개를 떨구더니 결국 팔오금에 머리를 가득 묻었다. 그녀의 어깨가 가늘게 떨리기 시작했다.

두청은 말없이 그녀를 바라보면서 백발 사이로 새어나오는, 꾹꾹 억누르며 흐느끼는 소리를 듣고 있었다.

몇 분 뒤 노부인은 고개를 들고 눈을 쓱 닦더니 담배 한 개비를 또 꺼내 불을 붙였다.

"묻고 싶은 거 있으면 물어보세요." 노부인이 덤덤하게 말했다.

"뭘 알고 싶으신 건가요?"

어릴 적 쉬밍량은 평범한 아이였다. 초등학교와 중학교를 다니는 동안 학급 임원을 한 적도 없고 그렇다고 말썽을 일으킨 적도 없었다. 아홉 살 때 아버지가 병으로 세상을 떠나면서 생계는 오롯이 양구이친의 몫이 되었다. 이 집의 수입은 양구이친이 고기가공처리 공장에서 일하며 번 돈이 전부였다. 어머니의 부담을 덜어주기 위해 쉬밍량은 중학교 졸업 후 고등학교를 가는 대신 직업기술학원에 들어가 요리를 전공했다. 1986년 쉬밍량은 기술학원을 졸업하고 중등 전문학교 학위를 취득했다. 하지만 만성 축농증으로 후각이 감퇴되면서 번번이 구직에 실패하고 식당에서 잡일을 하는 수밖에 없었다. 1988년 쉬밍량은 아예 식당을 그만두고 집에서 다른 일거리를 찾았다. 그 해 양구이친은 톄둥취 춘양 재래시장에서 가판 하나를 임대해 개인 장사를 시작했다. 그때부터 가정 형편이 크게 좋아졌고, 1990년 초에는 흰색 소형 화물차도 구매했다. 양구이친의 설득으로 쉬밍량은 어머니를 따라 고기 가판을 운영하면서 같은 해 6월에는 면허증을 취득했다.

양구이친은 물론이고 이웃이나 주변 가판 상인들이 보기에 쉬밍량은 말 잘 듣고 내성적이며 배려심이 있고 굉장히 부지런한 청년이었다. 일하는 동안 한 번도 고객이나 다른 상인들과 마찰을 빚은 적이 없었다. 그래서인지 그가 체포됐을 때 쉬밍량이 연쇄 강간 살인 사건의 범인이라고 믿는 사람은 아무도 없었다.

하지만 이것이 그가 범인이 아니라는 걸 증명해 줄 수는 없었다. 두 청은 그동안 살인범 중 대다수가 죄상이 드러나기 전에는 일반인과 다를 바가 없었고, 심지어 더 온순하고 예의 바르기까지 했다는 걸 떠올렸다.

"아드님에게 연애 경험은 있었습니까?"

"네?"

노부인이 눈을 크게 뜨며 두청을 바라보았다.

"여자 친구가 있었는지 묻는 겁니다. 사건이 있기 전에요."

"없었을 것 같긴 한데 확실히는 모르겠네요."

생각에 잠긴 노부인은 탁자에 시선을 고정한 채 손가락을 가볍게 두드렸다.

"그때 제가 너무 바빴어요. 돼지 받으러 가면 보통 며칠은 집에 안 들어왔거든요."

"이십 대에 여자 친구가 없었다니 일반적이진 않네요."

"기술학교에 있을 때 여자 친구가 있었을 것 같은데, 얘기하는 걸 들어본 적은 없어요." 노부인은 입을 실쭉거리며 울상을 지었다.

"제가 고기 파는 걸 도와준 뒤로는 활동 반경이 너무 좁아져서 여자를 만날 기회가 없었어요."

"그럼 아드님은 성적인 욕구를 어떻게 해결했습니까?"

"그걸 제가 어떻게 알겠어요?" 노부인이 씁쓸하게 웃었다.

"엄마가 그런 걸 어떻게 물어봐요?"

"이성 친구는 많았습니까?"

"이성은 고사하고 동성 친구도 별로 없었어요."

오래 앉아 있어서 그런지 노부인이 어깨를 주무르기 시작했다.

"말도 잘 듣고 밖에 나가서 잘 놀지도 않고, 장사 끝나면 곧바로 집에 왔어요. 이 일을 좋아하지 않는 건 알았지만 달리 방법이 없었죠."

노부인은 가볍게 한숨을 쉬더니 몸을 바로 세웠다.

"몇 년 착실히 돈을 모으면 이 일은 그만두고 다른 걸 공부하라고 할 생각이었어요. 좋은 색시 만나서 결혼도 하고요."

"다른 걸 공부하다니요?"

"그게 뭐라고 하던데." 노부인이 이마를 가볍게 톡톡 두드렸다.

"맞다, 대학 입학시험이요. 한 번 봤는데 떨어졌어요. 나중에 제가 과외 선생님도 붙여 줬죠."

노부인이 갑자기 의미심장하게 웃었다.

"경찰이 되고 싶어 했어요. 어렸을 때부터 꿈이었거든요."

경찰은 당시 쉬밍량의 집을 수색하면서 간행물을 잔뜩 발견했는데, 탐정 소설이나 실제 사건을 기록한 작품들이 대부분이었다. 이것 역시 쉬밍량의 뛰어난 수사 방해 능력을 인정하게 한 근거가 되었다.

"남편분이 돌아가실 당시 부인 나이가 어떻게 되셨죠?"

"잠깐 생각 좀 해볼게요…… 서른다섯이었네요."

두청은 말없이 노부인을 보았다.

"제가 개인적인 질문을 좀 드려도 되겠습니까?"

노부인은 놀란 표정으로 그의 얼굴을 마주 보았다.

"말씀하세요."

"남편분이 돌아가시고 혹시……." 두청이 할 말을 가다듬었다.

"다른 남성분과……."

노부인이 고개를 돌리며 창밖을 보았다.

"있었죠."

"아드님도 알았던 거 맞죠?"

"네." 노부인이 이번에는 바닥에 시선을 두며 말했다.

"아들이 기술학교 다니던 첫 해에 제가 그 남자랑 그러고 있는데…… 갑자기 애가 집에 온 거예요."

"그래서요?"

"그 길로 다시 학교로 돌아갔죠." 노부인이 웃었다.

"변명하지 않았어요. 그럴 수도 없었죠. 다행히 아무것도 묻지 않더군요. 저도 그 사람이랑 헤어졌고요."

"그 일이 있고 나서 부인을 대하는 아드님의 태도에 변화가 있었나요?"

"아뇨. 어려서부터 원체 말수가 적었어요. 저랑 별로 할 얘기도 없었고요."

"아드님 방을 좀 둘러봐도 되겠습니까?"

두청이 거실 북쪽의 굳게 닫힌 방문을 가리켰다.

"그러시든지요."

노부인은 문 옆으로 걸어가 문을 열어 주었다.

세 평 남짓한 작은 방이었다. 왼쪽 벽에는 서랍장과 옷장, 오른쪽 창문 밑에는 1인용 침대, 그 맞은편에는 책상이 있었다. 책상에 있는 원목 책장에 영어와 수학 교재 몇 권이 가지런히 꽂혀 있었다. 두청은 책상을 손으로 쓱 닦아 보았다. 아주 깨끗했다.

"23년 전이랑 똑같네요."

노부인은 문틀에 기대 서 있었다.

"아들이 깨끗한 걸 좋아했거든요. 그래서 제가 매일 닦고 있어요."

두청은 뒤돌아서 침대를 살펴보았다. 평범한 남색 체크무늬 시트였는데 어느새 색이 바래 있었다. 침대 머리맡에는 각 맞춰 개어진 이불이 놓여 있었다. 침대 옆 벽에는 포스터 몇 장이 붙어 있었는데, 스포츠 스타도 있고 수영복 차림의 여성도 있었다.

"그 또래 남자들은 다 이런 거 보잖아요." 노부인이 두청의 눈빛에서 의도를 읽었다.

"착한 아이였어요."

두청은 아무 말 없이 창밖을 보았다. 이곳은 오래된 단지의 가장 외곽에 위치한 집으로 거리와 가까웠다. 오후 4시쯤 되어 양쪽에 있는 어두웠던 건물들에 조금 생기가 돌았다. 건물 아래에는 작은 시장이 있었는데, 조리된 음식과 길거리 간식을 팔고 있어 연기가 모락모락 피어났다.

"예전에는 이렇지 않았죠?"

두청이 건물 아래를 가리켰다.

"네. 20년 전에는 열병합발전소가 있었어요. 우리 집 맞은편으로 큰 굴뚝 두 개가 보였어요."

노부인이 두 손을 뻗어 원기둥 모양을 그렸다.

"창밖으로요?"

"네. 연기가 나오면 앞에 아무것도 안 보였죠." 노부인이 고개를 갸우뚱하며 납빛이 된 하늘을 바라보았다.

"아들은 자주 침대에 앉아서 넋을 놓고 굴뚝을 봤어요. 뭐 볼 게 있어서 그랬는지는 모르겠지만."

두청은 고개를 끄덕이며 침대 아래쪽으로 빙 돌아서 의자를 빼고 책상 앞에 앉았다. 가만히 책상에 놓인 액자 하나를 보았다.

소형 화물차와 같이 찍은 쉬밍량의 사진이었다. 그는 카키색 반팔 셔츠와 청바지 차림으로 한 손으로 허리를 짚고 다른 한 손은 차 문을 잡고 있었다. 수줍기도 하고 설레기도 한 표정이었다.

그 소형 화물차는 쉬밍량이 여성을 살해하고 사체를 훼손한 현장이
라고 자백한 장소였다. 그는 가는 곳까지 태워 주겠다고 피해자들을
꼬드겨 차에 태운 뒤, 방심한 틈에 쇠망치로 피해자의 머리를 가격했
다. 그 후 으슥한 곳에서 강간 살인 후 사체를 토막 냈으며, 검정 비닐
봉투로 사체 조각을 싼 다음, 시 도처에 유기했다고 진술했다.

확실히 말이 되었다. 사건 현장에서 발견된 검정 비닐봉투는 쉬밍량
가족의 고기 가판대에서 사용한 것과 동일했다. 게다가 쉬밍량은 평소
화물차로 돼지고기를 운송했다. 사체 조각을 비닐에 쌀 때 돼지 털이
섞여 들어간 것이라는 당시 마젠의 판단은 상당히 일리가 있었다.

무엇보다 가장 치명적인 건 직접 증거였다.

"더 물어볼 게 남았나요?"

노부인은 담뱃갑에 남은 마지막 한 개비를 꺼내고 담뱃갑을 둥글게
뭉치더니 거실 바닥으로 던져 버렸다.

두청은 잠시 생각하더니 물었다.

"아드님이 사람을 죽이지 않았다고 생각하십니까?"

"네."

두청은 노부인을 잠시 바라보았다.

"사체 조각을 싸고 있던 비닐봉투에서 아드님 지문이 발견됐습니다."

"돼지고기를 팔았으니까요!" 노부인의 언성이 높아졌다.

"매일 아들이 만지는 비닐봉투가 족히 수십 개는 될 겁니다! 돼지고
기를 팔았던 사람들을 다 조사하셔야 해요!"

"비닐봉투에는 아드님 지문밖에 없었어요."

"장갑!"

노부인은 이성을 잃은 것 같았다.

"살인범이 장갑을 끼지 않았을까요?"

"여름에 장갑을 끼고 돼지고기를 파는 건…… 좀 이상하지 않나요?"

두청이 평온하게 되물었다.

말문이 막힌 노부인은 그저 두청을 바라볼 뿐이었다. 잠시 후 그녀는 이를 악문 채 말했다.

"우리 아들은 사람을 죽이지 않았습니다."

"저도 그렇게 믿고 있습니다."

두청이 고개를 끄덕였다.

"지금은 어떤 약속도 해 드릴 수 없지만, 진실이 뭐든 알아내는 대로 꼭 부인께 알려 드리겠습니다."

가기 전에 두청은 가방에 있는 담배 두 갑을 노부인에게 주었다. 노부인은 말없이 받아 들며 그를 배웅했다. 아래층으로 내려가려는데 노부인이 부르는 소리가 들렸다.

"경관님."

노부인은 현관문을 손으로 잡고 몸을 반쯤 내밀고 있었다. 아까보다 더 나이가 들어 보였다. 마치 두청의 방문 이후로 몇 시간이 아닌 몇십 년이 지난 것처럼.

"혹시 저희 애를 때리신 적이 있나요?"

"아뇨." 두청의 입에서 툭 하고 말이 튀어나왔다.

"제가 체포한 게 아닙니다."

깊게 패인 주름 사이로 서서히 미소가 드러났다.

"고맙습니다."

노부인은 뒤돌아서 가볍게 현관문을 닫았다.

제12장

신세계

뤄사오화는 먹구름이 가득한 하늘을 보더니 욕을 하며 담배 포장지를 뜯었다.

무덥고 습했다. 세 번의 시도 끝에 겨우 담배에 불을 붙였다. 담배 연기를 내뿜으며 힘들게 어깨를 움직였다. 땀으로 젖은 제복 셔츠가 등에 바싹 달라붙은 지 오래였다. 셔츠 옷깃을 붙잡고 부채질을 하면서 경찰모를 벗어 겨드랑이 사이에 끼웠다.

머리카락을 훑자 땀이 목을 타고 옷 속으로 흐르는 게 느껴졌다. 땀이 묻은 손을 바지에 대충 닦은 뒤 전봇대에 기대어 답답한 듯 담배를 피웠다.

가장 밤이 깊은 시간이었다. 주위는 쥐 죽은 듯이 고요했고 거리에는 지나가는 사람이 한 명도 없었다. 야간 택시도 이 거리에서만큼은 자취를 감춘 것 같았다. 뭔가 미심쩍어 꽁초를 버리고 주위를 두리번거렸다. 오랫동안 말없이 건물의 시커먼 창문들을 바라보았다.

바람도 불지 않고 아무 소리도 들리지 않았다. 그가 의지하고 있는 외로운 가로등 하나만이 세상에 남은 유일한 빛인 것만 같았다.

여기가 어디지? 뤄사오화는 자기가 어디에서 어떻게 여기까지 왔는지 전혀 기억이 없다는 걸 문득 깨달았다.

알 수 없는 긴장감이 느껴지면서 본능적으로 손을 허리춤으로 가져갔다. 강광 손전등, 경찰봉, 수갑…… 마지막으로 64식 권총 손잡이가 만져졌다.

그러자 마음이 조금 안정되었다. 무서울 것 없어, 난 경찰이야. 내가 마주해야 하는 건 어두운 밤, 그리고 어둠 속에서 덤벼드는 괴수에 불과해.

뤄사오화는 경찰모를 쓴 뒤 제복을 잡아 펴고 계속 순찰할 채비를 마쳤다. 막 걸음을 떼던 그의 머릿속에 한 가지 의문이 들었다.

순찰?

그래. 난 순찰 중이야. 그런데, 내 파트너는?

또 한 번 주위를 둘러보았다. 가로등이 바닥에 비춰 생긴 빛무리 말고는 여전히 먹물 같은 어둠이었다.

진짜 이상한 밤이네. 뤄사오화가 중얼거렸다. 신경 쓰지 말고 일단 여길 벗어난 다음 다시 생각하자.

그는 좌우를 살피다 결국 오른쪽을 선택했다. 몇 걸음밖에 안 걸었는데 이미 자신의 발끝이 보이지 않았다. 손전등을 켜야 하나 망설이는데 가까운 곳에서 이상한 소리가 들렸다.

"쿵! 쿵!"

즉시 걸음을 멈추고 소리에 귀를 기울였다.

전방 오른쪽에 있는 어느 건물에서 나는 소리였는데, 누군가가 무거운 무언가를 찍어 내리고 있는 것 같았다.

"쿵! 쿵!"

깨고, 자르고, 찢는 소리도 섞여 있었다. 어떤 물건을 더 큰 물체에서 분리해 내려고 하는 것 같았다.

심박수가 빨라지면서 입안도 바짝 말라왔다. 뤄사오화는 이상한 소리가 나는 쪽으로 향했다.

소리를 내는 사람이 누구인지는 모르겠지만 흉기로 사람의 육체를 자르는 소리인 것만큼은 확신할 수 있었다.

강광 손전등을 켜자 어둠 속에 있는 건물이 모호한 윤곽을 드러냈다. 전방을 주시하며 빨리 걷기 시작했다. 수많은 것들이 바짓단을 스쳐 지나가며 종아리에 부딪혔다. 잡초나 쓰레기통일 수도 있고 시멘트 화단일 수도 있었다……. 어디에 부딪혔는지 확인할 마음도, 그럴 시간도 없었다.

누굴까? 뭐 하고 있는 거지? 무엇을 자르는 걸까?

그 건물 근처에 도착했을 때, 뤄사오화의 눈이 점점 더 커졌다.

소리가 사라진 것이다.

뤄사오화는 자신의 귀를 의심하기 시작했다. 이상한 밤, 이상한 고요, 이상한 적막, 이상한 소리. 하지만 이 모든 건 실제로 있던 것들이었다.

이마에 맺힌 땀을 닦고 손전등으로 주위를 두루 비춰보았다. 강렬한 백광이 비치자 백양나무, 녹색 천막이 덮인 자전거 보관소, 시멘트로 만든 벤치, 공공 세면대, 페인트가 얼룩덜룩한 목재 그네가 하나 둘 모습을 드러냈다.

한숨을 돌렸다. 이곳은 지극히 평범하고 고요한 주택 단지였다.

그런데 그가 돌린 한숨은 온전한 한숨이 아니었다. 내뱉던 숨이 중간에 목구멍에서 탁 걸리고 말았다.

바로 뒤쪽에서 또다시 소리가 들리기 시작한 것이다.

부딪히는 소리. 무거우면서 규칙적인 소리였다. 누군가가 묵직한 주머니를 끌고 한 걸음씩 계단을 내려가고 있는 것 같았다.

뤄사오화는 해당 건물의 네 개 구역 문 사이를 두 눈으로 빠르게 훑어보았다. 그의 시선이 4구역에 고정되었다.

시커먼 그림자가 입구에 나타났다.

"누구야?"

뤄사오화는 큰 소리로 외치며 손전등을 비추었다.

걸쭉한 이 어둠이, 말없이 서 있는 이 건물이, 그 사람이, 그가 들고 있는 물건이 바로 지옥이었다.

뤄사오화는 날카로운 소리를 내며 왼손으로는 손전등을 꼭 쥐고 오른손을 허리춤에 갖다 댔다. 눈앞에 있는 어두운 밤이 삽시간에 천지를 뒤덮었다.

"여보, 여보! 정신 좀 차려 봐!"

번쩍 눈을 뜬 뤄사오화는 오른손으로 빈 허리를 여전히 더듬거리고 있었다. 스탠드 불빛 아래에서 아내 진평이 몸을 굽혀 자신을 바라보고 있었다.

악몽이었구나. 그것도 같은 악몽.

뤄사오화는 무겁게 침대에 도로 누우면서 거친 숨을 몰아쉬었다. 진평은 침대에서 내려와 수건을 가져오더니 땀으로 범벅이 된 뤄사오화의 얼굴을 닦아 주었다.

목을 닦아 주는데 뤄사오화가 진평의 손목을 확 잡았다. 주름도 많고 탄력도 떨어진 피부가 뤄사오화의 마음을 한결 편하게 해 주었다. 진평은 가볍게 그의 손을 쓰다듬었다. 뤄사오화의 호흡이 안정되자 그제야 가볍게 한마디를 건넸다.

"좀 더 자."

뤄사오화가 고개를 끄덕였다. 진평은 스탠드를 끄고 침대에 누웠다. 잠시 후 가늘게 코 고는 소리가 들렸다. 아내가 깊이 잠들 때까지 기다렸다가 뤄사오화는 다시 눈을 떴다. 진평을 토닥이면서 창밖을 바라보왔다. 하늘이 점점 밝아오고 있었다.

6시. 여느 때와 마찬가지로 알람이 울렸다. 뤄사오화는 조용히 일어나 옷을 챙겨 입고 살금살금 침실을 나왔다. 거실로 나오자마자 식탁 앞에 앉아 있는 딸 뤄잉이 보였다.

"왜 이렇게 일찍 일어났어?" 지나가는 말처럼 물으며 곧장 주방으로 걸어갔다.

"아침으로 계란면 어때?"

"아빠." 뤄잉이 한 손으로 뤄사오화를 가로막았다.

"잠깐 얘기 좀 할 수 있어요?"

뤄사오화는 뤄잉을 잠시 가만히 바라보았다.

"샹양向陽이 또 찾아왔어?"

샹양은 뤄잉의 전남편으로, 4년 전에 다른 사람과 바람이 나서 뤄잉과 이혼했다. 최근 샹양이 뤄잉에게 자주 연락을 했는데 다시 합치자는 의도가 다분했다. 하지만 뤄잉은 전혀 그럴 생각이 없는 것 같았다.

"아뇨." 뤄잉은 뤄사오화에게 앉으라고 신호를 보내더니 낮은 목소리로 물었다.

"아빠, 요즘 뭐 하느라 그렇게 바쁘세요?"

뤄사오화는 담배를 집으려다 순간 멈칫하고는 한 개비를 꺼내 불을 붙였다.

"별것 아냐."

뤄잉은 뤄사오화를 힐끔 보며 앞에 있는 잔을 만지작거렸다.

"어제 세차하러 갔다가 주행 기록계를 봤어요."

"그래."

"보름 동안 주행 거리가 무려 천 킬로미터가 넘던데요."

뤄사오화는 아무 말이 없었다.

"엄마 몸이 안 좋아지신 지도 오래됐잖아요. 혹시 지치셨거나 다른 분을 마음에 두고 계신 거면 빨리 말씀해 주세요."

뤄잉이 고개를 들어 아버지의 눈을 똑바로 쳐다보았다.

"저 혼자 엄마 모시고 지내도……."

"너 지금 무슨 소리를 하는 거야!" 뤄사오화는 놀라기도 하고 화도 났다가 나중에는 헛웃음을 터뜨렸다.

"대체 네 아빠를 어떤 사람으로 봤길래 이래?"

뤄잉은 웃지 않았다.

"그럼 대체 뭐 하고 다니시는 건데요?"

뤄사오화의 입가에 지어진 미소가 점점 사라졌다.

"물어보지 마."

뤄잉은 인상을 찌푸리며 뤄사오화를 뚫어져라 쳐다보았다. 확실한 대답을 들을 때까지 그만두지 않겠다는 표정이었다.

젠장, 고집스러운 성격은 꼭 나를 닮아가지고.

"공적인 일이야. 제대로 조사해야 할 게 좀 있어서."

뤄사오화가 낮은 목소리로 말했다.

"무슨 일이요? 퇴직하신 거 아니에요?"

뤄잉이 즉각 반문했다.

끝까지 물고 늘어지는 딸의 모습에 화가 치밀었다. 한바탕 소리를 지르려는데 침실 문이 열리더니 외손자 샹춘후이가 걸어 나왔다.

"할아버지."

샹춘후이는 뤄사오화에게 인사를 하고 뤄잉을 보며 말했다.

"엄마, 아침에 뭐 먹어?"

뤄잉은 아무 말 없이 주방으로 들어가 아침을 준비했다. 한숨을 내쉬던 뤄사오화는 관자놀이가 팔딱팔딱 뛰는 게 느껴졌다.

온 집안 식구가 아침 식사를 마쳤다. 아들을 학교에 데려다줄 준비를 마친 뤄잉은 차 키를 손에 쥐고 현관 앞에 서서 뤄사오화를 바라보았다. 두 사람은 그렇게 몇 초간 두 눈을 마주쳤다. 결국 뤄사오화가 먼저 시선을 피하더니 화가 난 모습으로 손을 흔들었다. 뤄잉은 아버지에게 눈을 한 번 흘긴 뒤 아들을 데리고 문을 나섰다.

뤄사오화와 진평 둘만 남았다. 뤄사오화는 주방 정리를 마친 뒤 진평을 챙겼다. 가만히 아내 곁을 지키던 그는 진평이 잠든 듯 눈을 감은 걸 확인한 후 조용히 침실을 나왔다.

집은 고요했다. 거실을 두어 바퀴 돌아봤지만 무엇을 해야 좋을지 몰랐다. 고민 끝에 청소를 시작했다. 전체를 한 번 다 쓸고 나서 구석구석을 두 번이나 닦았다. 가구도 닦고 가스레인지도 닦았다. 화분에 물도 주었다. 모든 일을 마친 그는 담배 두 개비를 피우면서 앞으로 어떻게 시간을 보낼지 궁리하기 시작했다.

점심을 준비하자. 괘종시계를 흘끔 쳐다보았다. 세상에, 이제 겨우 9시밖에 안 됐잖아.

그놈은 지금 뭐 하고 있을까?

순간 이 생각이 뤄사오화의 머릿속에 떠올랐다.

퇴원한 후 지금까지 린궈둥의 생활은 꽤 규칙적이었다. 오전에는 거의 집에 있었고, 오후 1시쯤 밖으로 나와 시내를 구경하다 신문이나 잡지를 구매했다. 오후에 장을 보고 집에 돌아와 밤 10시쯤 잠자리에 들었다. 가끔 저녁에 쇼핑몰을 구경하러 가기도 했지만 물건을 사는 경우는 드물었다. 그래도 이제는 자판기나 ATM기 등을 제법 능숙하게 사용했다. 게다가 막 퇴원했을 때보다 표정이나 태도도 한결 편해 보였다. 린궈둥은 이제 직장을 그만두고 집에서 아무 걱정 없이 지내는 온순한 노인 같았다.

뤄사오화도 가끔 자신의 판단이 의심스러울 때가 있었다. 진짜 '치유'가 된 걸까?

안캉 병원에서 세상과 단절된 삶을 사는 동안 설마 전기 충격기와 구속복이 그놈 안에 있던 괴수를 죽이기라도 한 것일까?

씁쓸한 웃음을 지으며 고개를 저었다. 린궈둥이 사람을 전혀 해치지 않는다는 게 확실해지기 전까지는 절대 방심할 수 없었다.

이런저런 생각에 잠겨 있는데 진펑이 침실에서 천천히 걸어 나왔다.

"깼어?"

얼른 일어나 진펑에게 다가갔다. 고작 몇 걸음 걷는데도 진펑은 전력을 다하기라도 한 것처럼 뤄사오화의 팔에 닿자마자 쓰러지듯 그의 품에 안겼다.

뤄사오화가 부축해 앉히려고 하자 진펑이 두 팔을 벌려 그를 끌어안으며 낮은 목소리로 말했다.

"가만있어."

뤄사오화는 얌전히 그녀를 안은 채 꼼짝도 하지 않았다. 진펑의 이마에서 나는 땀이 자신의 가슴을 적시는 게 느껴졌다. 진펑의 머리카락을 가볍게 쓰다듬었다. 진펑은 뤄사오화의 품에 볼을 더 깊이 파묻으면서 가벼운 신음 소리를 내뱉었.

진펑은 지금 자신을 안고 있는 이 남자가 온전히 자신만의 것이 아니라는 걸 잘 알고 있었다. 뤄사오화의 머릿속은 거리, 어두운 밤, 강철, 붉은 피, 비정상적이고 왜곡된 얼굴들로 가득했다. 그가 제복을 벗고 난 후 한동안 진펑은 드디어 남편을 온전히 차지할 수 있게 되었다고 생각했다. 그날 아침이 되기 전까지는.

진펑은 소파 뒤쪽에 있는 검은색 가방을 보았다. 그녀가 싫어하면서도 한편으론 이해하기도 하는 그 가방은 남편의 일부나 마찬가지였다. 나이가 들어 더는 추격전을 벌이거나 몸싸움을 하지 않고 기꺼이 평범한 일상에 적응하고 있지만, 아직도 그의 혈액 속에 흐르고 있는 무언가가 언제라도 쉽게 깨어날 수 있었던 것이다.

진펑은 고개를 돌려 뤄사오화의 몸에서 나는 향을 한껏 들이마셨다.

"할 일 있는 거지?"

한참이 지나 뤄사오화의 우울한 목소리가 들렸다.

"응."

진펑은 미안함이 잔뜩 묻어 있는 그의 얼굴을 보면서 미소 지었다.

"다녀와."

30분 후 뤄사오화는 뤼주위안 22동 4구역 4층 계단참에서 잠시 가쁜 숨을 고른 뒤 남은 계단을 걸어 올라갔다.

복도는 무척이나 고요했다. 뤄사오화는 501호 입구까지 걸어가 문에 슬며시 귀를 갖다 대었다. 나오바이진腦白金, 건강식품 브랜드 광고가 들렸다. TV를 보고 있는 것이다.

눈썹까지 흘러내린 땀을 닦으며 카키색 방범용 철문의 오른쪽 상단 모서리를 확인했다. 문짝과 문틀을 이어 붙인 투명 테이프가 아직 그대로 있었다. 어제저녁에는 밖에 나가지 않은 모양이었다.

조금 안심하며 아래층으로 내려갔다.

그는 민둥한 나무와 나뭇잎이 다 떨어진 화단을 보면서 난감해했다. 차도 없는 상황이라 안 보이는 곳에 숨어 린궈둥을 감시하기가 상당히 어려워졌다. 주위를 둘러보았다. 잠시나마 몸을 숨길 수 있는 곳은 자전거 보관소 동쪽에 있는 가림막뿐이었다.

힘겹게 자전거 행렬을 통과했다. 마음이 급해서 어린이용 자전거를 뛰어넘다가 핸들에 가랑이가 찔리고 만 것이다. 작게 욕을 하면서 아픈 곳을 문지르던 뤄사오화는 가림막 뒤로 몸을 숨겼다.

파란색 플라스틱 가림막은 몹시 좁아 완전히 몸이 숨겨지지는 않았다. 다행히 눈에 잘 띄지 않는 곳이라 특별히 눈여겨보지 않는 이상,

들킬 가능성은 거의 없었다.

4구역 입구를 바라보며 담배를 꺼내 불을 붙였다.

빠르게 건물을 오르면서 올라간 체온이 차가운 바람으로 금세 떨어지자 땀에 젖은 등이 서늘해졌다. 추위에 몸을 떨며 발을 동동 구르다가 가방에서 보온병을 꺼냈다.

김이 모락모락 나는 커피를 마시자 몸이 따뜻해졌다. 맛을 음미하던 뤄사오화의 얼굴에 미소가 번졌다. 진펑이 말도 없이 가방에 넣어 준 것이었다.

사람 참.

뤄사오화의 마음속에 은근한 기대가 생겨났다. 이 일, 빨리 끝내자. 그런데 어떻게 해야 '끝났다'고 말할 수 있는 거지?

12시 5분, 린궈둥은 아래층으로 내려갔다.

평소대로 먼저 쓰레기봉투를 길가 쓰레기통에 버리고 주위를 둘러보더니 목도리 매무새를 다듬은 뒤 단지 밖으로 걸어 나갔다.

린궈둥의 모습이 건물 뒤로 사라지고 나서야 뤄사오화는 가림막 뒤에서 나왔다. 어기적어기적 걸으며 죽 늘어서 있는 자전거를 지나 그를 쫓아갔다. 찬바람을 맞으며 오래 서 있다 보니 두 다리가 경직되어 처음에는 비틀비틀 걸었다. 다행히 린궈둥의 걸음걸이가 빠르지 않아 단지를 벗어난 뒤에도 쉽게 뒤를 밟을 수 있었다.

오늘 린궈둥은 버스를 타지 않고 대로를 따라 서쪽으로 쭉 걸어갔다. 뤄사오화는 길가에 있는 표지판과 행인들을 방패 삼아 그를 미행했다. 30분이 지나도록 린궈둥이 멈출 생각이 전혀 없어 보이자 왠지 이상한 느낌이 들었다. 저 자식, 오늘 어딜 가려고 저러지? 그렇게 15분 정도를 더 걸어서 린궈둥이 지하철 2호선 훙허제역으로 들어가자 뤄사오화는 그제야 그의 의도를 알아차렸다.

망할 놈의 자식, 유행에 꽤 민감하네.

C시에 있는 지하철 노선은 총 두 개인데, 준공부터 정식으로 운행하기까지 걸린 기간은 불과 3년 정도밖에 되지 않았다. 따라서 린귀둥에게는 완전히 '신문물'이나 다름없었다.

예상대로 린귀둥은 지하철에 굉장한 흥미를 보였다. 계단을 내려간 그는 곧장 역 안으로 들어가지 않고 표 자동판매기와 안전 검색대를 자세히 살펴보았다. 지하철 노선도도 열심히 들여다보았다. 목적지를 정한 다음 자동판매기로 가서 또 한참을 연구한 끝에 표를 사고 개찰구를 통과했다.

뤼사오화는 린귀둥이 게이트로 들어가는 걸 확인한 뒤 조용히 그의 뒤를 따랐다.

지하철역 안은 더 신기한지 린귀둥은 연신 주위를 두리번거렸다. 전광판, 플라스틱 안전펜스, 심지어 열차를 기다릴 때 이용하는 벤치마저도 신기한 듯 한참을 바라보고 있었다. 열차가 들어올 때는 긴장한 기색이 역력했다. 그는 승객들 틈에 끼어 서툴게 열차에 올라탔다.

출퇴근 시간은 아니었지만 열차 칸은 여전히 사람들로 붐볐다. 뤼사오화는 다음 칸과 연결되는 부분에 서서 사람들 틈으로 린귀둥을 조용히 지켜보았다.

린귀둥은 줄곧 창밖을 바라보고 있었는데 가끔 고개를 들어 정거장 정보를 확인했다. 뤼사오화는 그가 어디로 가려는지 속으로 따져보았다. 그런데 종점에 도착해서도 린귀둥은 역에서 나올 생각이 없어 보였다. 그는 반대 방향으로 출발하는 열차로 옮겨 탔다.

왔던 길로 다시 돌아가려고 그러나? 뤼사오화는 답답해하면서도 린귀둥을 따라 열차에 올랐다.

두 사람의 거리는 십여 미터 정도 떨어져 있었는데, 린귀둥은 시종일관 뤼사오화 쪽은 눈길도 주지 않았고, 지극히 평범한 승객처럼 양전히 의자에 앉아 있었다. 열차가 흔들리면 그의 몸도 가볍게 이리저리 흔들렸다.

오는 내내 아무 일도 없이 평안했다. 린궈둥은 2호선 출발역에서 앉아 있다가 또다시 반대 방향으로 가는 열차를 탔다. 이번에는 종점까지 가지 않고 환승역인 런민광창人民廣場역에서 1호선으로 갈아탔다.

이어지는 여정도 이전과 똑같았다. 린궈둥은 1호선의 모든 정거장을 다 섭렵하고 오후 3시쯤 의과대학역에서 내려 밖으로 나왔다.

뤄사오화는 이제 린궈둥의 생각을 어느 정도 파악하고 있었다. 그는 완전히 새로워진 도시 생활에 여전히 적응하는 중이었다. 이 시대와 자신과의 격차를 좁히는 한편, 평범한 사람들의 삶 속에 녹아들기 위해 노력하고 있었다.

린궈둥의 다음 여정은 뤄사오화의 예상이 맞았다는 걸 증명했다.

의과대학은 시에서 가장 큰 규모의 전자제품 시장과 인접해 있었다. 린궈둥은 현대 과학기술의 숨결로 가득한 이 거리를 한 바퀴 둘러보더니 브랜드 전자제품 전문 매장들이 있는 빌딩으로 들어갔다.

매장에 들어가자 린궈둥은 말할 것도 없고 뤄사오화도 눈이 다 어지러웠다. 각양각색의 데스크톱, 노트북, 태블릿PC, 소프트웨어와 하드웨어, 복사기, 스캐너 등 온갖 전자제품들로 가득했다. 수많은 모니터에서 서로 다른 뮤직비디오가 나오고 있었는데, 한데 뒤섞인 현란한 화면과 어수선한 소리에 정신이 하나도 없었다.

상점들 앞에 설 때마다 린궈둥은 당황한 듯 안절부절못했다. 그 나이대의 손님은 직원의 관심을 끌기 어려웠다. 그들은 성의 없이 라디오나 휴대용 MP3 플레이어 같은 제품들만 몇 개 추천하고 말았다. 린궈둥은 대충 한 번 둘러보고 자리를 떴다.

짧은 망설임 끝에 그는 가장 가까운 컴퓨터 전문매장 안으로 직진했다. 뤄사오화는 가게 안에 있는 제품의 브랜드를 보고 속으로 비웃었다. 아니나 다를까, 린궈둥은 한 바퀴를 쓱 둘러보더니 놀라서 후다닥 밖으로 뛰쳐나왔다. 고개를 돌려 네온 간판에 뜬, 한 입 베어진 사과를 보더니 고개를 절레절레 흔들었다.

그는 포기하지 않고 국산 컴퓨터 전문매장으로 들어갔다. 가격표를 보고 괜찮다 싶었는지 차분히 가게 안을 둘러보기 시작했다. 어느새 직원이 다가와 상담 서비스를 제공했다. 뤼사오화는 계산대 뒤에 숨어서 키보드를 고르는 척하며 린궈둥의 일거수일투족을 관찰했다.

린궈둥과 직원의 대화 모습을 보니, 주로 상대방은 질문을 하고 린궈둥은 드물게 대답만 할 뿐이었다. 린궈둥의 어눌한 말과 끊임없이 움직이는 손짓으로 볼 때, 직원에게 자신이 원하는 제품에 대한 요구사항을 설명하고 있는 것 같았다. 그가 원하는 조건이 그렇게 까다롭지 않았는지 직원은 금방 노트북 몇 개를 보여 주고 사용법을 소개했다. 린궈둥은 열심히 설명을 들으면서 고개를 끄덕였다. 노트북을 가리키면서 몇 마디를 했는데, 뭔가 부탁을 하는 것처럼 보였다. 직원은 흔쾌히 대답하더니 자신이 보여준 노트북 중 한 대를 작동시켜 프로그램을 다루었다. 모니터를 보면서 가끔 질문도 던지고 직접 클릭을 해보기도 했다. 얼굴에 비친 조명이 바뀌는 것을 보아 무슨 프로그램을 작동시킨 것 같았다. 굉장히 만족스러웠는지 그 자리에서 현금으로 구매했다.

린궈둥은 기대감에 가득 찬 표정으로 노트북이 담긴 상자를 들고 상점을 나왔다. 이번에는 지하철이 아닌 택시를 탔다. 얼른 집에 가서 새로운 장난감을 가지고 놀고 싶은 모양이었다.

오후 6시 15분, 뤼주위안 22동 4구역 501호로 돌아온 린궈둥은 그날 밤 더는 밖으로 나오지 않았다.

뤼사오화는 건물 밑에서 밤 10시 정도까지 린궈둥을 감시했다. 배고픔에 피로까지 덮쳐 더는 버틸 수 없었다. 그래도 만일의 사태에 대비해 맞은편 건물로 올라가 복도 창문으로 린궈둥 집을 정탐했다. 망원경 너머로 노트북 사용 설명서를 들고 연구하고 있는 린궈둥이 보였다. 앞에 놓인 상자는 열려 있었지만 아직 노트북은 꺼내지 않은 상태였다. 린궈둥은 상당히 끈기있게 설명서와 노트북을 번갈아 보았다.

모범생 나셨네. 뤄사오화는 욕을 하며 망원경을 내려놓았다. 맞은편 건물에 있는 저 노인에게서 위협적인 모습은 조금도 찾아볼 수 없었다. 집에 돌아가고 싶은 충동만 더 강렬해졌다.

오늘은 여기까지 하자. 노트북 가지고 한참 저러고 있겠어.

천천히 건물을 내려왔다. 배가 고프다 못해 아플 지경이었다. 건물에서 나와 곧장 단지 밖으로 걸어갔다. 막 몇 걸음을 떼다 멈춰 선 뤄사오화는 이를 악물더니 뒤돌아 22동으로 걸어갔다.

5층으로 올라가 주위를 살피며 안전한지 확인했다. 손전등을 꺼내 철문 안쪽에서 나는 소리에 주의하며 문틈에서 투명테이프를 떼어냈다. 손전등을 입에 물고 가방에서 롤 테이프를 꺼내 자른 뒤, 자른 부분에 핀으로 조그만 구멍 네 개를 뚫었다. 그렇게 표시를 하고 아까 테이프를 떼어냈던 위치에 붙인 다음 손전등을 껐다.

주변이 다시 어둠 속에 잠겼다. 뤄사오화는 눈앞에 있는 철문을 뚫어지게 쳐다보면서 깊이 숨을 들이마신 뒤 아래층으로 내려갔다.

철문 반대편에는 린궈둥이 있었다. 그는 설명서를 내려놓고 흥분이 담긴 눈빛을 내뿜었다. 상자에서 노트북을 조심스럽게 꺼내 책상 위에 올려놓았다. 다른 부품들도 하나씩 상자에서 꺼냈다.

"좋았어…… 전원선…… 전원 플러그." 린궈둥은 중얼거리며 전원선과 컴퓨터를 연결했다.

"그다음은…… 콘센트." 컴퓨터 전원이 켜지자 그가 마우스를 들었다.

"USB 단자."

처음에는 단자를 노트북에 꽂는 데 실패했다. 평평하고 작은 금속 단자가 아무리 해도 꽂아지지 않았다. 린궈둥은 억지로 꽂을 자신이 없었다. 4천 위안 넘게 주고 산 보물단지가 망가질까 봐 걱정이 되었기 때문이다. 잠시 생각하다 마우스 선을 자세히 들여다보고는 방향을 바꾸어 보았다. 성공!

린궈둥이 손가락을 튕겨 소리를 냈다. 속으로 다음 단계를 헤아려 보는데 이미 잊어버렸다는 걸 깨달았다. 머리를 툭툭 치며 설명서를 다시 살펴보고 노트북 전원 버튼을 눌렀다.

하드웨어가 가동되면서 웅웅 소리가 났다. 모니터가 밝아지면서 듣기 좋은 부팅 음악이 들리고 아이콘들이 죽 화면에 나타났다.

신이 난 린궈둥은 바탕화면에 나열된 단축 아이콘들을 하나씩 열어 보았다. 경쾌한 마우스 클릭 소리를 들으니 마음이 탁 트이고 상쾌해졌다. 정신없이 노트북을 살펴본 후 워드 프로그램을 열었다.

이 순간을 위해서 린궈둥은 오후 내내 한어 병음중국어 발음을 표기하는 알파벳 부호로, 키보드 자판에 알파벳으로 발음을 치면 발음이 같은 한자들이 뜨고, 해당 글자를 클릭하면 중국어가 입력된다을 복습해 두었다. 병음 입력기로 바꿔서 조심스럽게 키보드를 눌렀다. 장장 30초가 걸려서야 텅 빈 워드 문서에 '린궈둥' 세 글자가 나타났다.

그는 감탄하며 웃기 시작하더니 성공의 기쁨을 함께 나눌 사람을 찾기라도 하듯 주위를 두리번거렸다. 금세 자기 혼자라는 걸 알아차렸지만 그래도 자기 이름 석 자를 썼다는 사실은 그에게 큰 힘이 되었다. 그 후 한 시간 안에 그는 《심원춘·설沁園春·雪》마오쩌둥이 1936년 장정 중 직접 쓴 유명한 시을 완벽하게 타이핑했다.

밤이 깊도록 열정은 식을 줄 몰랐다. 내내 노트북을 만지작거리다가 바탕화면에 있는 IEInternet Explorer 단축 아이콘을 바라보았다. 노트북을 충분히 활용하려면 아직도 멀었다는 걸 알고 있었다.

퇴원하고 나서 한동안 TV와 라디오를 통해 인터넷이라는 단어를

배웠다. 인터넷은 그를 인간 세상으로 복귀하게 만드는 '단축 아이콘'
이었다. '윈도우Windows'를 열면 온 세상이 눈앞에 펼쳐졌다.

그는 무한한 애정, 숭배, 존경이 담긴 표정으로 노트북을 바라보았
다. 이 세상의 변화는 그를 복종하게 하며 좀 더 깊은 동경심을 갖게
했다.

이 얼마나 좋은 세상인가!

제13장

새해

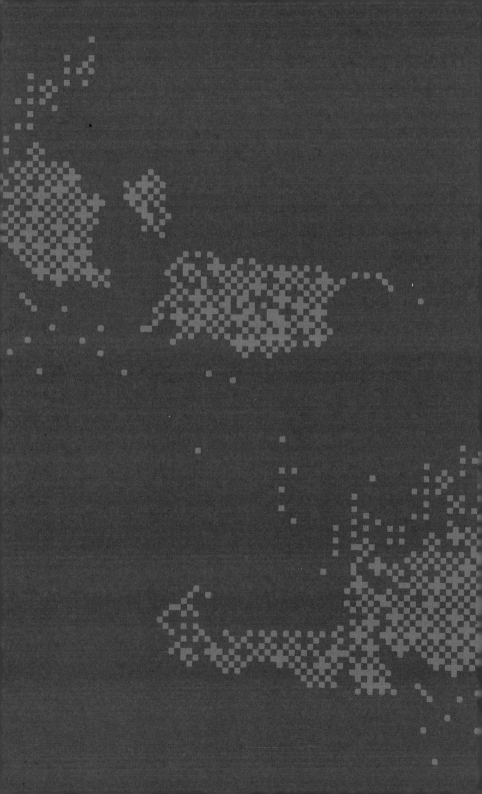

1년 중 가장 추운 시기가 찾아왔다.

웨이중은 손으로 턱을 괸 채 조용히 창밖을 바라보고 있었다. 눈이 내려서 온통 새하얬다. 사이사이에 놓인 회갈색 나무와 저 멀리 희미한 고층 건물이 어우러져 마치 거대한 수묵화 같았다.

점점 떨어지는 기온은 생각만 해도 기분 좋은 춘제春節, 중국 설와 겨울 방학이 다가오고 있다는 걸 알려 주었다.

"시험 종료 15분 전입니다. 답안을 작성하지 못한 학생들은 서두르세요."

시험 감독관의 말에 웨이중은 정신을 차렸다. 시험지를 훑어보고 합격에는 문제없겠다고 판단해 시험지를 제출하고 나갔다.

무척 추운 날씨였다. 기숙사로 돌아오니 룸메이트들 대부분이 짐을 싸고 있었다. 기말고사도 끝났겠다, 외지에 사는 친구들은 하루라도 빨리 집에 돌아가고 싶은 심정이었다. 본가가 이 도시에 있는 웨이중은 친구들이 짐 싸는 걸 도와주었다. 정오가 되어 친구들이 전부 떠나자 텅 빈 기숙사에 웨이중 혼자만 남았다.

다른 방을 둘러봐도 비슷했다. 집에 가지 않고 기숙사에 남은 학생들은 대부분 대학원 입학시험을 준비하고 있었다. 평소 떠들썩했던 남자 기숙사 건물이 고요해졌다. 한 바퀴를 돌아본 뒤 왠지 심심해져 오후에는 집에 가기로 마음먹었다.

짐은 많지 않았다. 옷 몇 벌을 제외하고는 방학 때 읽을 소설책밖에 없었다. 정리를 끝내니 때마침 점심시간이라 식당으로 향했다.

식당에도 사람이 별로 없어서 자리가 거의 텅 비어 있었다. 식판을 들고 자리로 돌아오는데 마라탕麻辣烫을 먹고 있는 웨샤오후이를 한눈에 발견했다. 웨샤오후이도 그를 보더니 앉으라고 손짓했다.

"오전에 시험 본 건 어땠어? 엄청 일찍 내고 나가던데."

어묵을 집어 들던 웨샤오후이가 미소 지으며 물었다.

"대충 봐서 그래. 다행히 과락은 안 할 것 같아."

웨이중이 옆자리에 가방을 올려두었다.

"넌?"

"나도 뭐 비슷해." 웨샤오후이가 웨이중의 가방을 보며 물었다.

"왜, 집에 가려고?"

"응. 오후에." 웨이중이 국물을 마셨다.

"으, 짜. 넌 언제 가게?"

"급할 것 없지 뭐. 어차피 우리 집도 이 근처라." 웨샤오후이가 갑자기 침울한 표정을 짓더니 금세 활짝 웃었다.

"오후에는 콩이 보러 갈 거야."

웨이중은 금방 아메리칸 쇼트헤어 고양이를 떠올렸다.

"사회 실천 수업도 끝났는데 가는구나. 참, 콩이 피부병은 좀 어때?"

"좋아졌어." 웨샤오후이가 웨이중을 보며 웃었다.

"그러는 너는? 너도 아직 양로원 가고 있는 거 아냐?"

그 말을 듣자 지첸쿤 생각이 났다. 지첸쿤을 보러 간 지 벌써 일주일도 넘었다. 어떻게 지내고 계시나 모르겠네.

지첸쿤은 이제 웨이신을 능숙하게 사용하며 가끔 사진이나 동영상을 보내왔다. 웨이중은 그에게 시사, 역사, 법률 관련 웨이신 공식 계정을 구독하는 법을 알려 주었다. 지첸쿤은 신나게 배우면서 모멘트에 게시물을 옮기는 방법을 혼자 터득하기까지 했다. 웨이중이 기말고사 기간을 바쁘게 지내는 동안 지첸쿤은 나름 즐거운 시간을 보내고 있는 것 같았다. 한편 웨이중은 조금 한가해지자 지첸쿤이 어떻게 지내나 궁금해졌다. 그래서 점심을 먹고 웨샤오후이와 같이 버스 정류장으로 갔다. 웨샤오후이를 배웅한 뒤 켄트 담배 한 보루를 사서 양로원으로 가는 버스를 탔다.

　양로원에 도착하니 오후 2시가 다 되었다. 원래는 노인들이 오후 휴식 시간을 즐길 때였는데 오늘따라 뜰에 사람들로 북적였다. 간병인들이 나무 사이에 줄을 걸어 빨간 초롱을 달고 있었다. 또 뜰을 청소하고 복福 자를 붙였다. 뜰을 지나 입구에 정차된 차량까지 부축을 받는 노인들도 더러 있었다. 하나같이 기쁨과 기대가 가득한 표정이었다. 어떤 노인들은 가족들과 함께 떠나는 노인들을 부러움과 질투가 섞인 눈빛으로 보고 있었다.

　지첸쿤은 자기 방 창가 앞에 앉아 바깥을 처다보고 있었다. 웨이중이 노크하는 소리를 듣고도 특별히 놀라거나 기뻐하는 기색은 없었지만 눈에서는 한 줄기 빛이 반짝였다.

　"왔어?"

　"네." 웨이중은 담배를 책상에 올려놓고 창가로 갔다.

　"뭐 보고 계셨어요?"

　지첸쿤이 웃으며 창밖을 가리켰다.

　"저기 봐."

　머리카락이 새하얀 여성이었다. 온몸이 담요로 꽁꽁 쌓여 휠체어를 탄 채로 누군가의 도움을 받아 지프차에 오르고 있었다. 차 문을 닫는 순간 여성의 얼굴이 보였다.

친 씨 할머니였다.

"저분은?"

"가족들이 데리러 온 거야." 지첸쿤이 담담하게 말했다.

"오늘이 음력 섣달 23일이잖아, 샤오녠小年. 설보다 일주일 앞선 날로, '작은 설'이라는 뜻."

"아. 이젠 여기 다시 안 오시는 거예요?"

웨이중은 뜰에 있던 붉은 초롱과 복 자가 생각났다.

"그럼 좋지." 지첸쿤의 안색이 좀 어두웠다.

"설 지나면 가족들이 다시 데리고 올 거야."

웨이중은 아무 말이 없었다. 잠깐 가족들과 함께 지내다가 이 적막
한 곳으로 다시 보내진다니. 그것이 과연 노인들에게 행복일지 불행일
지 알 수 없었다.

지첸쿤은 지프차가 멀어지는 걸 눈으로 배웅하며 뒤돌아서 웨이중
을 보았다.

"그나저나 여긴 어떻게 왔어? 방학한 거야?"

웨이중이 미처 대답하기도 전에 책상에 있는 켄트 담배를 보더니
지첸쿤의 얼굴이 순간 확 피어났다.

"역시 넌 내 구세주라니까!"

지첸쿤은 다급하게 휠체어를 밀어 책상으로 돌진했다.

"이틀 전에 담배가 딱 떨어졌지 뭐야. 답답해 죽는 줄 알았다."

담뱃갑을 뜯어 담배에 불을 붙이고 깊게 빨아들였다. 지첸쿤의 얼굴
에 만족스러운 표정이 드러났다. 그는 웨이중에게 앉으라고 하더니 지
갑에서 2백 위안을 꺼내 내밀었다.

"받아. 나머지 50위안은 차비인 셈 치고."

"저 버스 타고 왔어요."

웨이중이 한사코 50위안을 거슬러 주려고 했다.

"우리 약속했잖아요. 어기시면 안 되죠."

"알았어." 지첸쿤은 사양하지 않고 쿨 하게 거스름돈을 받았다.

"여자 친구는 왜 같이 안 왔어?"

"걘 그냥 학교 친구예요!" 웨이중의 얼굴이 순간 빨개졌다.

"여자 친구니 뭐니 그런 소리 마세요."

"아가씨가 썩 괜찮던데. 잘 한번 생각해 봐."

지첸쿤이 눈을 찡긋했다.

"아 진짜! 그런 사이 아니라니까요." 웨이중이 얼른 화제를 돌렸다.

"핸드폰 써 보니까 어때세요? 좋죠?"

"너무 좋아. 완전 신세계야."

지첸쿤이 핸드폰을 꺼냈다.

"참, 오늘 내가 문자 하나를 받았는데, 이해가 잘 안 돼서. 온 김에 한번 봐 줄래?"

웨이중은 문자를 보고 자기도 모르게 웃음을 터뜨렸다. 데이터 잔량 안내 메시지였다. 데이터량이 2MB도 안 남았다는 내용이었다. 하루 종일 인터넷을 하니 데이터가 빨리 닳는 것도 무리는 아니었다.

웨이중은 차근차근 지첸쿤에게 설명해 주고 새로운 데이터 패키지를 구매해 주었다. 지첸쿤이 떨떠름한 반응을 보였다.

"그럼, 이번 달에 다 쓰든 안 쓰든 이 그…… 뭐라고 했지?"

"데이터요."

"그래, 데이터. 데이터가 월말이면 다 없어진다는 얘기야?"

"네."

"좀 너무한데."

"하하, 그러게요." 웨이중도 따라 웃었다.

"몇몇 대형 통신사에서 요금제 정책을 변경할 거래요. 정 불편하시면 나중에 제가 휴대용 와이파이 하나 연결해 드릴게요."

지첸쿤은 생소한 단어에 어리둥절하다가 설명을 듣더니 곧바로 해
달라고 부탁했다.

"나중에 너랑 친구도 여기 와서 인터넷 내 걸로 써, 얼마든지."

두 사람이 이야기를 나누고 있는데 장하이성이 비닐봉투를 들고 요
란하게 방으로 들어왔다.

"젠장, 힘들어 죽겠네."

장하이성은 웨이중을 보더니 차가운 얼굴로 고개를 끄덕이고는 지
첸쿤에게 물었다.

"이것들 다 어디 둘까요?"

지첸쿤이 벽 구석을 가리켰다. 장하이성은 물건을 정리하면서 시시
콜콜 잔소리를 늘어놓았다.

"너무 더워서 방에는 며칠 못 둬요. 아니면 창턱 밖에 걸어 두고 천
천히 드시든지요."

장하이성은 주머니에서 종이를 꺼냈다. 비뚤비뚤하게 글씨가 적혀
있었는데 계산서 같았다.

"저한테 7위안 더 주셔야 해요."

그는 지첸쿤에게 메모를 건네며 말했다.

"이제 곧 설이라 물가가 올라서 그런지 주신 돈으로는 부족했어요."

지첸쿤은 메모를 보지도 않고 그대로 구겨서 휴지통에 던져 버렸다.
그러고는 바로 10위안을 꺼내 장하이성에게 주었다.

장하이성의 얼굴에 미소가 번지더니 넙죽 돈을 받아 주머니에 넣
었다.

"그럼 얘기들 나누세요. 전 가서 일 보겠습니다."

장하이성이 문을 열고 밖으로 나갔다.

웨이중은 비닐봉투들을 살펴보았다. 대부분 냉동 닭, 냉동 생선 같

은 식재료였다.

"이게 다……."

"곧 있으면 춘제잖아. 명절 음식 좀 준비해야지."

지쳰쿤이 즐거워하며 말했다.

"아무리 혼자라도 명절은 쇠야 하니까."

"양로원에서는 녠예판年夜饭, 섣달그믐날 저녁에 온 식구가 모여서 함께 먹는 음식 준비 안 한데요?"

"하, 여기 음식? 차라리 준비 안 하는 게 낫지. 내가 만든 것보다 맛이 없어."

지쳰쿤이 손을 내저었다.

웨이중은 왠지 마음이 무거웠다. 혼자 녠예판을 만들어 쓸쓸하게 먹는다니, 이보다 더 처량한 일은 없을 것 같았다.

"괜찮아." 지쳰쿤이 웨이중의 표정을 읽었는지 웃으며 말했다.

"20년도 더 돼서 이젠 익숙해."

웨이중이 지쳰쿤을 위로하려는데 주머니에서 벨 소리가 들렸다. 언제 집에 오느냐고 묻는 엄마의 전화였다. 웨이중은 지쳰쿤이 섭섭해할까 봐 급하게 몇 마디 둘러대고 전화를 끊었다.

지쳰쿤은 전혀 개의치 않는 듯했다.

"어머니? 왜 안 오냐고 성화시지?" 지쳰쿤이 무릎을 탁탁 쳤다.

"늦었는데 얼른 가 봐. 부모님한테 안부 전해드리고."

"네. 건강 잘 챙기시고요. 섣달그믐에…… 새해 인사드리러 올게요."

웨이중은 멋쩍어하며 일어나 가방을 들었다.

"웨이신으로 보내. 내 걱정은 말고. 이래 봬도 유능한 늙은이니까."

미소는 여전했지만 쓸쓸함은 더 짙어졌다.

"부모님이랑 좋은 시간 보내. 가족은 다 같이 보여 있는 게 제일 중요한 거야."

이른 아침부터 두청은 노크 소리에 놀라 잠에서 깼다. 옷을 걸치고 침대에서 내려와 문을 열었다. 순간 사람들이 우르르 몰려 들어왔다. 제일 앞선 사람은 똰훙칭이고, 장전량, 가오량, 형사 경찰 팀원 몇 명이 뒤를 이었다. 저마다 뭔가를 손에 들거나 어깨에 메고 있었다.

똰훙칭은 아직 넋이 나가 있는 두청을 옆으로 밀쳐내더니 부하 직원들에게 가져온 물건들을 정리하라고 소리쳤다. 순식간에 쌀과 고기를 비롯한 각종 식재료가 거실 절반을 가득 메웠다.

두청이 정신을 차리고 물었다.

"뭐야? 우리 집에서 장사라도 할 참이야?"

"쓸데없는 소리 하지 말고." 똰훙칭이 조심스럽게 과일 바구니를 지나 두청에게 담배 한 개비를 건넸다.

"명절 복지야."

두청은 무슨 상황인지 잘 알고 있었다. 관례대로라면 명절 때마다 공안국에서 기껏해야 콩기름이나 계란 5킬로그램 정도를 나눠 주었다. 최근 중앙정부에서는 국가기관이 각종 명의로 복지 물품을 제공하는 걸 엄격히 금지했고, 작년 춘제에는 벽걸이 달력조차 나눠주지 않았다. 지금 두청의 거실을 가득 채운 것들은 아마도 똰훙칭과 장전량 외 동료들이 사비를 털어 마련한 선물이 분명했다.

"과해요." 마음은 고마웠지만 괜히 삐딱한 말이 나왔다.

"저 혼자서 먹으면 얼마나 먹는다고."

똰훙칭이 웃으며 아랑곳하지 않았다.

"사부님, 이거 어디 둘까요? 냉장고에는 안 들어가요."

장전량이 주방에서 커다란 생선을 받쳐 들고 물었다.

"베란다 창문 밑에 둬."

두청이 소매를 걷으며 주방으로 걸어갔다.

물을 끓여서 차를 우린 뒤 동료들에게 대접했다.

뒨훙칭은 따뜻한 차를 마시며 두청의 상태를 살폈다.

"얼굴 좋아 보이네. 요즘 뭐 하느라 그렇게 바빠?"

"그냥 여기저기 다녀요." 두청이 얼버무렸다.

"공적인 일 아니니까 걱정 마세요."

뒨훙칭은 두청을 잠시 뚫어지게 바라보았다.

"거 참 말 안 듣네."

"말 잘 듣고 있다니까요." 두청이 히죽거렸다.

"제때 약 챙겨 먹고, 밥도 잘 먹고, 일찍 자고 일찍 일어나고."

뒨훙칭의 안색이 어두워졌다. 그는 동료들을 쓱 둘러보더니 뒤돌아서 두청의 귀에 대고 작게 속삭였다.

"인마, 내 속 좀 그만 썩일 수 없어?"

뒨훙칭을 바라보는 두청의 얼굴에서 조금씩 미소가 사라졌다.

"제가 어떤 놈인지 아시잖아요."

뒨훙칭은 두청을 말로는 납득시킬 수 없다고 생각하는 듯 눈썹을 찡그렸다.

"20년도 더 된 사건이야. 뭣 때문에 이렇게까지 해? 확실하게 조사해서 밝힌다고 뭐가 달라져? 죽은 사람이 살아 돌아오는 것도 아니고, 까딱 잘못하면 너만 처벌받아."

"네, 맞아요. 죽은 사람이 돌아올 순 없죠."

두청이 뒨훙칭의 눈을 똑바로 쳐다보았다.

"처벌받는 건 무섭지 않아요. 어차피 곧 죽을 목숨인데요 뭐. 진짜 걱정해야 할 놈들은 따로 있잖아요. 죗값 치르게 해야죠."

뒨훙칭은 시선을 피하며 두 눈을 꼭 감았다. 그러고는 다시 눈을 뜨며 결연하게 말했다.

"싼야三亞로 가자. 거긴 날씨도 쾌적하고 공기도 좋아. 넌 혼자니까 어디 있어도 상관없잖아. 비용은 걱정 말고. 분국에서……."

"부국장님. 그냥 사부님이 원하시는 대로 하게 해 주세요."

내내 침묵하던 장전량이 갑자기 입을 열었다.

돤훙칭이 놀라며 고개를 들었다. 돤훙칭만이 아니라 자리에 있는 모든 사람이 깜짝 놀랐다. 언제나 성실하고 말 잘 듣기로 유명한 장전량이 처음으로 상사에게 반기를 든 것이다.

침묵이 이어지는 가운데 돤훙칭이 먼저 자리에서 일어나 헛기침을 했다.

"좋아. 푹 쉬고 뭐든 필요한 것 있으면 말만 해."

돤훙칭은 한마디를 툭 던지더니 입구 쪽으로 걸어 나갔다.

동료들도 하나둘 인사를 건넨 뒤 돤훙칭을 뒤따라갔다. 장전량은 문을 나서면서 낮은 목소리로 두청에게 말했다.

"몸조리 잘하세요. 저도 그 사건 조사하고 있으니까 춘제 지나고 한번 봬요."

장전량은 두청의 어깨를 손으로 꾹 누르더니 아래층으로 내려갔다.

두청은 손님들을 보내고 거실로 돌아와 춘제맞이 선물들을 보며 미소를 지었다.

"춘제라……. 그러네, 춘제구나."

큰 비닐봉투 하나를 열어 보았다. 작게 자른 갈비였다. 순간 제대로 음식을 차려 봐야겠다는 생각이 들었다.

두청은 주방으로 걸어갔다. 서랍장을 지나다가 발걸음을 멈춘 그는 액자를 바라보며 큰 소리로 말했다.

"어이! 우리 또 한 살 먹었네!"

중국인에게 춘제는 가장 중요한 명절이다. 갈수록 명절 분위기는 옅어졌지만 가족과 친지 방문만큼은 빠지지 않았다. 하지만 보러 갈 가족도, 만나러 오는 친구도 없는 사람들에게 춘제는 그저 고독한 수많은 나날 중에서도 가장 고독한 하루일 뿐이었다.

1월 31일 음력 섣달그믐 밤.

섣달 28일부터 뤄잉의 휴가가 시작되었다. 그날부터 뤄잉은 명시적으로나 암시적으로 아버지에게 잦은 외출을 삼가라는 경고의 메시지를 보냈다. 뤄사오화는 분했지만 달리 설득할 방법이 없어 얌전히 딸의 말을 듣는 수밖에 없었다. 덕분에 가장 신이 난 사람은 진펑이었다. 움직이는 게 불편하기는 해도 명절에는 그녀가 직접 나서야 했다. 진펑이 날마다 구매 리스트를 작성해 주면 뤄잉이 그것들을 사러 가고 뤄사오화는 기사 노릇을 했다.

썩 내키지는 않았지만 마음이 편하기도 했다. 매일 반복되는 미행에 비하면 장보기는 그야말로 식은 죽 먹기였다. 뤄사오화도 자신이 혼자서 힘겹게 버티고 있는 것뿐이라는 걸 잘 알고 있었다. 공안 기관의 자원과 인력을 동원한다고 해도 한 사람을 장기간 감시한다는 건 굉장히 힘든 일이었다. 무엇보다 뤄사오화는 이제 평범한 시민에 불과했다. 그가 이렇게까지 집요하게 구는 건 대부분 린궈둥에 대한 두려움과 미래에 대한 무지 때문이었다. 하지만 몸과 마음이 지칠 때일수록 그의 머릿속에서 들리는 목소리는 점점 더 커져 갔다.

개과천선한 것 같은데? 봐봐, 온순한 노인네가 따로 없잖아.

특히 린궈둥은 노트북을 구매하고 사흘째 되는 날 집에 인터넷을 설치한 뒤로는 거의 집 밖으로 나오질 않았다. 물건을 사거나 간단히 운동하러 나오는 것 외에는 매일 집에만 틀어박혀 인터넷을 했다.

노트북 앞에서 온 신경을 집중하고 있는 린궈둥을 망원경으로 보면서 가장 먼저 분노가 일었다. 개자식, 네까짓 게 뭐라고 과학기술이 주는 혜택을 누려? 뭘 믿고 평범한 사람처럼 살면서 속성으로 20여 년의 공백을 메우려고 하는 거야?

그다음으로는 안도의 한숨이 나왔다.

새로운 삶에 녹아들고 세상의 아름다움을 느끼기 위해 노력하는구나, 그동안 놓쳤던 것들을 전부 다시 이해하는 중이구나, 하는 안도감.

린궈둥은 이제 더는 자유를 박탈당하거나 죽고 싶지 않을 것이다.

그렇다면 그놈 안에 잠들어 있는 괴수도 영원히 깨어나지 않겠지?

섣달 그믐날, 오후 4시가 넘어 뤄사오화 가족들은 녠예판을 먹기 시작했다. 그런데 온 가족이 모이지 않아 녠예판의 의미가 퇴색되고 말았다. 뤄잉의 전남편인 샹양이 아침 일찍부터 샹춘후이를 자기 부모 집으로 데려가 춘제를 보낸 것이다. 잔뜩 불쾌해진 뤄잉은 주량도 약하면서 뤄사오화와 둘이서 술을 5백 밀리리터나 마셨다. 결국 뤄잉은 밥 한 끼도 제대로 먹지 못하고 정신없이 속을 게워냈다. 뤄사오화는 매정한 전前 사위를 욕하면서 딸 대신 뒷정리를 했다.

즐거워야 할 녠예판이 이런 식으로 마무리되자 마음이 답답했다. 반면 진펑은 별다른 기색 없이 평온한 미소를 띠고 있었다. 8시가 되자 진펑은 TV 앞에 앉아 춘제롄환완후이春節聯歡晚會, 중국CCTV에서 방영하는 춘제 특집 TV 프로그램를 보며 가끔 웃음을 터뜨렸다.

뤄사오화는 진펑이 무슨 생각을 하는지, 그리고 섣달 그믐날 밤 그녀가 한 여자로서 이 가정의 평안함과 즐거움을 유지하기 위해 최선을 다하고 있다는 것도 알고 있었다. 지금 그가 할 수 있는 유일한 일은 그녀 곁에서 얌전히 TV를 보는 것이었다.

하지만 어떤 TV 프로그램을 봐도 마음이 편해지지 않았다. 그는 벗긴 땅콩은 쓰레기통에 넣고 대신 땅콩 껍질을 입에 문 채 선텅沈騰, 중국 유명 배우의 콩트를 멍하니 지켜보았다.

즐거워하던 진펑은 말없이 앉아 있는 남편을 발견하고 서서히 미소가 가셨다. 담배와 라이터를 남편 쪽으로 밀어 주면서 낮은 목소리로 말했다.

"가서 피우고 와."

아내에게 미안하기도 하고 고맙기도 했다.

베란다로 나가자 별처럼 수많은 불빛이 눈앞에 가득했다. 1년 중 가장 떠들썩한 밤이자 가장 사람 사는 것 같은 세상이었다. 담배의 푸른 연기가 더 짙은 불꽃 연기 속에 녹아드는 모습을 가만히 지켜보았다. 알 수 없는 만족감과 나른함이 느껴졌다. 마치 세상의 군주가 되기라도 한 것처럼.

난 살아 있어. 몸속에 피가 솟구치는 걸 느낄 수 있지. 내겐 온전한 가정도 있어. 비록 아내 몸이 좋지는 않지만 매일 아침 난 그녀의 따뜻한 손을 만질 수 있어. 딸이 이혼하기는 했지만 무너지지는 않았어. 귀여운 외손자는 좀 짓궂어도 하루가 다르게 무럭무럭 자라고 있다고.

난 텅 빈 집에서 혼자 살지 않아. 혼자서 새해를 맞이하지도 않지. 웹페이지를 계속 새로 고침하며 끼니를 대충 때우지도 않아. 축복할 사람이 없는 것도, 다른 사람의 축복을 받지 못하는 것도 아니야.

꽁초를 끄면서 뤄사오화의 머릿속에 든 한 가지 의문이 점점 더 선명해졌다.

그놈은 지금 뭘 하고 있을까?

지금 뭐 하고 계실까?

웨이중은 웨샤오후이에게 새해 인사 메시지를 보냈다. 웨샤오후이의 프로필 사진 밑에 라오지의 모습이 보였다. 마지막으로 웨이신을 보낸 게 7일 전이었다.

오늘 양로원에서는 다 같이 모여 음력 새해 제야의 종소리가 울리면 자오쯔餃子, 중국식 만두를 먹는 시간을 갖는다고 들었다. 지첸쿤은 성격상 그런 자리에는 절대 참석하지 않을 것 같았다. 지금쯤 혼자 방에 앉아 본인이 만든 녠예판을 천천히 다 먹었을 것이다.

그런 생각이 들자 웨이중은 왠지 마음이 안 좋았다. 테이블에 가득 차려진 간식, 과일, 음료를 보자 불안감이 엄습해 왔다.

밤 11시가 지나자마자 부모님은 자오쯔를 빚을 준비를 했다. 정신 없는 와중에도 웨이중에게 새 속옷 한 벌을 던져 주는 것도 잊지 않았다.

웨이중은 빨간색 내복 차림인 엄마를 보며 웃었다.

"엄마, 너무 화려한 거 아니에요?"

"번밍녠本命年, 자기 띠와 같은 해를 말하며, 번밍녠이 돌아오면 빨간색 띠를 허리에 두르거나 빨간색 속옷을 입어 액운을 막는 풍습이 있다이잖아."

엄마가 두 손에 밀가루를 묻힌 채 웃으며 말했다.

"행운이 깃들기를 바라는 거지."

"번밍녠이라고요? 마흔 여덟?"

"너 이 자식, 엄마 나이도 몰라?"

엄마가 밀방망이를 들더니 한 대 때리려는 자세를 취했다.

"흠, 생각보다 젊으시네요?"

웨이중이 웃으며 엄마를 피해 침실로 들어갔다. 새 속옷으로 갈아입는데 순간 다른 생각이 번뜩 들었다.

내 기억이 맞는다면, 올해 연세가 예순인 라오지도 번밍녠이네!

어느덧 자정이 되고, 김이 펄펄 나는 자오쯔가 모습을 드러냈다. 웨이중은 아빠와 건물을 내려가 폭죽을 터뜨리며 재물신을 맞이했다. 다시 집으로 올라오는데 새해를 알리는 제야의 종소리가 울렸다. 폭죽 소리는 갈수록 격렬해지고, 하늘에서는 수많은 불꽃이 터지며 도시 전체를 대낮처럼 환하게 밝혔다. 춘제가 클라이맥스에 다다른 것이다.

식구들은 식탁 앞에 둘러앉아 자오쯔를 먹으며 서로 덕담을 나누었다. 부모에게는 건강과 장수를, 아들에게는 학업 성취를 기원했다. 엄마가 한마디를 더 보냈다. 여자 친구 좀 데려와. 웨이중은 얼굴을 붉히며 항의했지만 결국은 흔쾌히 세뱃돈을 받았다.

자오쯔도 다 먹고 춘제 특집 프로그램도 막바지에 이르렀다. 새벽 1시, 폭죽 소리도 점점 잦아들었다. 엄마와 아빠가 방에 들어가 쉴 준비를 하는 동안, 웨이중은 또 다른 일을 계획하고 있었다.

부모님이 잠들자 아빠의 담뱃갑 두 개를 몰래 챙긴 뒤 자오쯔를 가득 담아 현관문을 나섰다.

공기는 차가웠지만 상쾌하지는 않았다. 화약 냄새가 코를 찌르고 진한 연기가 아직 남아 있었다. 웨이중은 바닥을 가득 덮은 폭죽과 불꽃놀이 잔해들을 밟으며 근처에 있는 24시간 편의점으로 직행했다.

여자 종업원은 심야 손님을 전혀 신기하게 생각하지 않았다. 다만 그가 구매한 물품에 대해서는 다소 의아해했다. 젊은 남자가 진열대에서 고르고 고른 물건이 빨간색 남성용 내의와 양말이었기 때문이다. 종업원은 입을 삐죽이며 생각했다. 아버지가 번밍넨인지 까먹었나 보네. 잊을 게 따로 있지 어떻게 그걸 잊냐.

길에 사람들은 드물었고 택시도 많지 않았다. 장장 1킬로미터를 걸어가서야 택시를 잡을 수 있었다. 차를 타고 나서도 흥분이 가라앉질 않았다. 몇 번이나 핸드폰을 꺼냈지만 결국 도로 집어넣었다. 지첸쿤에게 웨이신으로 새해 인사를 아직 보내지 않은 건 깜짝 선물을 해 주고 싶어서였다.

가장 외로운 밤을 보내고 있을 그에게.

양로원에 도착했을 때는 이미 새벽 2시였다. 웨이중은 불빛으로 환한 양로원을 보며 마음속으로 말했다. 제발 잠들지 마세요.

정문을 밀었지만 꿈쩍도 하지 않았다. 2미터가 넘는 철문과 담장을 보면서 어떻게 할지 궁리했다. 결국 담을 넘는 건 포기하고 할 수 없이 문을 두드렸다.

10분 정도 기다리고 나서야 경비원이 비틀비틀 경비실에서 나왔다.

"누구요? 오밤중에."

손전등 불빛이 자신의 얼굴을 직방으로 비추자 웨이중은 손으로 불빛을 가리면서 자신 없는 목소리로 대답했다.

"저예요."

"저가 누군데?" 경비원은 불쾌한 기색이 역력했다.

"이 늦은 시간에 뭐 하러 왔어?"

웨이중은 들고 있는 보온도시락을 들어 보였다.

"자오쯔 가져왔어요. 할…… 할아버지 드리려고요."

"아." 경비원의 화는 조금도 누그러들지 않았다.

"일찍 안 오고 뭐 했어? 지금이 몇 시야? 내일 다시 와."

"제발요, 아저씨." 웨이중은 마음이 급해졌다.

"엄청 멀리서 왔어요, 그리고 이거……."

웨이중은 주머니에 있는 담배가 떠올라 얼른 한 갑을 꺼내 건넸다.

"좀 봐 주세요, 춘제인데."

경비원은 담뱃갑에 '중화中華, 중국 고급 담배'라고 적힌 걸 보고 잠시 망설이다가 한결 부드러워진 말투로 말했다.

"잠깐만 기다려." 그는 경비실로 들어가더니 열쇠를 챙겨 돌아왔다.

"젊은 사람들이 말이야, 평소에 어르신들 자주 찾아뵙고 그래야 해."

경비원이 자물쇠를 열었다.

"그래도 올해는 양로원에서 뭔가 준비하는 흉내를 내긴 했지. 자오쯔까지 준비하고."

"감사합니다, 아저씨."

웨이중은 경비원에게서 진한 술 냄새를 맡았다.

"자오쯔만 전해 드리고 바로 나와. 너무 늦지 않게."

웨이중은 대충 대답한 뒤 후다닥 건물 안으로 들어갔다.

1층 로비를 지나는데 식당에 아직 불이 켜져 있었다. 식탁 정중앙에 있는 LED TV를 노인 몇 명이 긴 의자에 앉아 기운 없이 시청하고 있었다. 한 사람은 스테인리스 식당차에 기대어 꾸벅꾸벅 졸고 있었다.

복도 끝을 향해 걸어갔다.

문 아래 틈으로 불빛이 새어 나오는 걸 보니 지첸쿤이 아직 잠자리에 들지 않은 것 같았다. 문이 잠겨 있지는 않았다. 문을 열자 희뿌연 연기덩어리가 훅 하고 밖으로 쏟아져 나왔다.

실내가 연기로 자욱해서 온통 뿌옜다. 테이블 앞에서 지첸쿤은 한 손에 젓가락을 들고 다른 한 손으로는 담배를 집은 채 웨이중을 바라보고 있었다.

잠깐 바라만 보고 있던 지첸쿤이 그제야 입을 열었다.

"너…… 여긴 어떻게 왔어?"

웨이중은 말없이 숨을 참으며 얼른 창문을 열었다. 건조하고 차가운 공기가 들어와 방 안 가득한 연기와 뒤섞여 훨씬 상쾌해졌다.

"대체 얼마나 피우신 거예요?"

웨이중이 몸 주변을 손으로 휘휘 저었다.

"건강 생각하셔야죠!"

지첸쿤은 그저 웃기만 했다. 그는 웨이중 옆으로 다가가더니 위아래로 자세히 살폈다. 몇 번이고 손을 뻗어 웨이중을 잡으려고 하다 이내 손을 거둬들였다.

지첸쿤이 이렇게까지 안절부절못하는 모습은 처음이었다. 웨이중은 연기 때문에 숨이 막혀 눈물을 줄줄 흘렸다. 제대로 앞을 보려고 애쓰는데 가장 먼저 눈에 들어온 것은 놀람과 기쁨으로 가득한 지첸쿤의 얼굴이었다.

"아휴, 보지 마세요." 웨이중은 지금 자신의 꼴을 지첸쿤에게 들키는 게 부끄러웠다.

"식사 중이셨어요?"

"어?" 지첸쿤이 막 꿈에서 깬 듯 정신을 차리고 대답했다.

"응, 그래 맞아. 넌 먹었고?" 지첸쿤이 얼른 테이블을 가리켰다.

"자자, 와서 같이 먹자."

지첸쿤의 녠예판은 풍성함 그 자체였다. 칭둔지清炖鸡, 삶은 닭에 무, 향신료 등을 넣고 간장으로 양념한 탕, 훙사오위红烧鱼, 생선조림, 주러우둔펀샤오猪肉清炖粉条, 돼지고기당면찜, 쏸타이차오러우蒜薹炒肉, 마늘쫑돼지고기볶음, 쏸차이둔다구酸菜炖大骨, 돼지척추뼈백김치찜에 나물 무침도 있었다. 다만 음식들이 다 식어 있었고 거의 손도 대지 않은 게 대부분이었다.

웨이중은 마음이 영 좋지 않았다. 전국이 명절 분위기로 들썩일 때 혼자 음식 앞에 앉아 줄담배를 피우는 지첸쿤이 머릿속에 그려졌다.

지첸쿤은 웨이중의 기분을 오해하고 이마를 탁 쳤다.

"내가 이렇다니까. 음식이 다 식었는데 어떻게 먹나, 그치?" 그는 입구 쪽으로 휠체어를 밀었다.

"식당에 사람들 있을 거야. 데워 달라고 할게. 금방이면 되니까······."

웨이중이 휠체어 손잡이를 붙잡았다.

"아뇨, 괜찮아요. 제가 자오쯔 좀 가져왔는데 우리 그거 먹어요."

"자오쯔? 그래, 그거 좋다."

웨이중은 보온 도시락 뚜껑을 열고 김이 나는 자오쯔를 지첸쿤 앞에 갖다 놓았다.

"한번 드셔 보세요. 엄마가 직접 만드신 거예요."

지첸쿤은 젓가락을 들고 얼른 하나를 입에 넣었다.

"맛이 어떠세요?"

"음! 맛있다, 아주 맛있어!"

자오쯔를 씹는 그의 입가에 기름이 줄줄 흘러내렸다.

"천천히 드세요."

웨이중은 웃으며 냅킨을 가지러 갔다. 다시 뒤를 돌았을 때 웨이중은 순간 놀라 표정이 굳어졌다.

지첸쿤이 보온 도시락을 받쳐 든 채 어깨를 들썩이고 있었다.

고요한 밤, 수많은 사람이 축복을 안고 꿈나라로 들어간 그 시각, 새해 첫 태양이 뜨기 전 외로운 노인이 소리 없이 흐느꼈다.

지첸쿤처럼 굳세고 낙천적인 사람도 결국 자오쯔 앞에 무장해제된 것이다.

그가 진정될 때까지 기다리다가 냅킨 한 장을 건넸다.

지첸쿤은 몸을 떨며 얼른 냅킨을 받더니 되는대로 얼굴을 닦았다.

"아이고, 맛있는 거 먹어 놓고 내 꼴이 말이 아니네. 하하하." 지첸쿤의 목소리에 울음이 섞여 있었다.

"너무 맛있다. 어머니께 감사하다고 전해 드려."

지첸쿤 앞쪽으로 돌아온 웨이중은 무안할까 봐 일부러 그를 외면했다. 대신 느릿느릿 가방 안을 뒤적거리면서 물었다.

"라오지, 올해 연세가 어떻게 되시죠?"

"응?" 어느새 평소 모습으로 돌아온 지첸쿤이 대답했다.

"올해로 육십이네."

"다행히 제 기억이 맞았네요."

웨이중은 새 속옷과 양말을 꺼내 지첸쿤의 품에 안겨 주었다.

"얼른 입으세요. 복을 불러야죠."

"자식!" 지첸쿤은 눈을 반짝이며 속옷을 가져다가 자세히 살펴보더니 중얼거렸다.

"그래, 내가 육십이구나……. 번밍녠이었어."

웨이중이 재촉하며 말했다.

"자요, 어서 입으세요."

지첸쿤은 기꺼이 스웨터와 셔츠를 벗고 새 옷을 입었다. 옷을 다 갈아입은 그는 숨을 헐떡였다. 웨이중은 바지 벗는 걸 도와주었다. 비쩍 마르고 창백한 두 다리가 드러났다. 처음에는 어색해하던 지첸쿤도 금세 편안한 얼굴로 웨이중이 속바지를 갈아입히도록 맡겨 두었다.

몇 분 후, 지첸쿤은 머리부터 발끝까지 빨간색으로 도배가 되어 있었다. 그는 편안한 모습으로 휠체어에 앉아 웃으며 웨이중을 보았다.

웨이중은 온통 땀범벅이 되었지만 마음만은 즐거웠다. 혈색이 좋은 지첸쿤을 보니 비좁은 방이 한결 환해지는 기분이었다.

지첸쿤은 만족스러운 얼굴로 두 팔을 쭉 뻗었다.

"너무 편하고 좋다. 봐, 나 지금 무슨 훙바오紅包. 세뱃돈이나 결혼식 축의금처럼 좋은 날에 돈을 담아 주는 빨간 봉투 같지 않아?"

두 사람은 큰 소리로 웃기 시작했다. 한참 웃던 지첸쿤이 갑자기 재채기를 하더니 온몸을 부르르 떨었다.

아직 열려 있는 창문으로 찬바람이 들어오고 있었다. 그는 얼른 달려가 창문을 닫았다.

"감기 걸리신 건 아니죠?"

지첸쿤은 바깥 공기가 그립기라도 한 듯 숨을 들이마셨다.

"어이!" 지첸쿤이 웨이중에게 한쪽 눈을 찡긋했다.

"우리 밖에 나가서 좀 걷자."

복도는 여전히 불빛으로 환했지만 한결 더 고요해졌다. 어느새 TV가 꺼져 있고 긴 벤치는 텅 비어 있었다.

뜰에 도착하자 주위가 고요했다. 양로원 전체가 깊은 잠에 빠진 것 같았다. 두 사람은 말없이 빨간 벽돌 길을 빙빙 돌기만 했다.

바람이 불자 공기 중에 있던 화약 연기가 사방으로 흩어졌다. 날은 추웠지만 마음은 편안했다. 크게 숨을 들이마시고 내뱉으며 가볍게 두 눈을 감은 지첸쿤은 한껏 즐기는 듯한 모습이었다.

입구에서 들어오는 불빛을 제외하면 온통 어둠뿐이었다. 웨이중은 행여 휠체어를 넘어뜨리기라도 할까 봐 조심스럽게 걸어갔지만, 지첸쿤은 전혀 신경 쓰지 않는 눈치였다. 그는 눈을 감고 있으면서도 휠체어를 어디서 어떻게 밀어야 하는지 정확히 파악했다.

"왼쪽으로 좀 붙어……. 그렇지."

"앞에 헐거운 벽돌이 있으니까 걸리지 않게 조심하고."

지첸쿤의 기억력에 놀랐지만 곧 20여 년 동안 지첸쿤이 양로원 안에서만 생활했다는 것이 떠올랐다. 그는 산책로에 있는 벽돌 모양 하나하나를 다 꿰뚫고 있을지도 몰랐다.

이런 생각에 잠겨 있는데 마침 정문 앞에 도착했다. 철문 너머 고요한 거리와 여전히 밝게 빛나고 있는 가로등을 바라보면서 마음속에 갑자기 충동이 일었다.

그는 휠체어를 철문 앞에 세워 놓고 지첸쿤에게 속삭였다.

"잠깐만 기다리고 계세요."

웨이중은 조용히 경비실로 걸어갔다.

경비실은 이미 불이 꺼져 있었다. 안에서는 코 고는 소리가 들렸다. 살며시 문 손잡이를 당기자 한 사람이 들어갈 만한 틈이 생겼다.

경비실에는 술 냄새가 진동했다. 웨이중은 아슬아슬하게 문을 통과했다. 긴장감에 심장이 밖으로 튀어나올 것만 같았다. 창밖에서 들어오는 희미한 불빛에 쪽침대에 누워 있는 경비원이 보였다. 두 다리가 바닥까지 늘어져 있는 모습이 제대로 숙면을 취하고 있는 것 같았다. 웨이중은 벽을 더듬으면서 걸려 있는 열쇠 꾸러미를 조심스럽게 손에 넣었다. 짤랑거리는 소리에 숨죽이며 섣불리 움직일 엄두를 내지 못했다. 경비원이 깨어날 기미가 없자 열쇠를 손에 꼭 쥐고 천천히 다시 돌아왔다.

경비실을 나와서야 가까스로 한숨을 내쉬었다. 그는 지첸쿤의 놀라는 눈빛을 보고 얼른 정문 앞으로 와서 자물쇠를 연 뒤 양로원을 빠져나왔다.

거리에 나오자 지첸쿤은 잔뜩 긴장한 듯 두 손으로 휠체어 손잡이를 꼭 붙잡았다. 양로원에서 백 미터 이상 벗어나고 나서야 서서히 긴장을 풀며 주위를 둘러보았다.

아무도 없는 거리에서 두 사람은 시장, 아침 식사를 파는 점포, 이발소, 이동통신 영업점, 정육점을 차례대로 지나쳤다. 초등학교를 지나갈 때 지첸쿤은 웨이중에게 속도를 늦추라고 말했다. 닫힌 교문을 한참 바라보며 직접 다가가 문패를 만져보았다.

"애들 소리가 여기서 난 거였구먼."

지첸쿤은 점점 더 신이 나 보였다. 이제 막 눈을 뜬 갓난아기처럼 눈앞에 있는 모든 것에 호기심이 가득했다. 상점과 가게들이 모두 닫혀 있었지만 그래도 즐거워했다. 가끔 낮은 목소리로 웃을 때도 있었다.

"생각지도 못했어."

지첸쿤은 가로등 불빛에 밝아진 거리를 바라보았다.

"내가 다시 밖에 나올 수 있을 거라고는."

두 사람은 거리 중간쯤에 다다랐다. 앞쪽에 외곽순환도로가 있었는데, 이따금 헤드라이트를 켠 차량이 쏜살같이 지나갔다. 지첸쿤은 더 밝은 곳을 바라보면서 앞쪽을 가리켰다.

"저기 가 보자."

웨이중이 발밑에 힘을 주자 휠체어가 나는 듯이 움직였다.

지첸쿤은 휠체어 손잡이를 꼭 잡고 상반신을 살짝 앞으로 기울였다.

그의 입에서는 끊임없이 하얀 김이 뿜어져 나왔다.

"빨리!" 지쳰쿤의 목소리가 점점 높아졌다.

"좀 더 빨리!"

어느새 이마에 땀이 맺힌 웨이중은 있는 힘껏 휠체어를 밀었다.

속도가 점점 더 빨라졌다. 지쳰쿤의 목구멍에서는 이상한 소리가 나오고 상반신은 꼿꼿하게 세워져 있었다. 마지막에 가서는 그 소리가 무겁고 침울한 울부짖음으로 변해 있었다.

"달려!" 반박은 용납하지 않는다는 듯 지쳰쿤의 말투가 갑자기 사납고 거칠게 변했다.

"달리라고!"

웨이중은 이미 이성을 잃은 것 같았다. 지쳰쿤의 말이 떨어지기가 무섭게 조금도 망설이지 않고 미친 듯이 달렸다.

휠체어가 거리 위에서 격렬하게 요동쳤다. 귓가에는 바람 소리가 지나가고 눈앞으로 흔들리는 불빛들이 보였다. 거친 숨소리와 지쳰쿤의 으르렁 소리가 한데 뒤섞여 고요한 밤하늘을 찢어 버렸다.

휠체어 하나와 미치광이 같은 두 사람이 마침내 거리 끝에 도착했다.

속도가 너무 빨라 외곽순환도로 중간쯤까지 가서야 가까스로 휠체어를 멈출 수 있었다. 지쳰쿤은 질주의 쾌감에서 아직 헤어 나오지 못한 듯 여전히 상반신을 세운 채 전방을 무섭게 노려보고 있었다.

웨이중의 이마에서 땀방울이 흘러내렸다. 점점 가까워지는 헤드라이트를 보고 잠시 주저하다가 천천히 휠체어를 끌어 길옆으로 돌아왔다.

웨이중은 지쳰쿤을 안전한 곳에 두고 나서 가쁜 숨을 몰아쉬었다. 팔과 다리가 심하게 쑤시고 아팠다. 숨을 고르고 힘겹게 몸을 일으킨 다음에야 극도로 흥분했던 지쳰쿤이 시든 꽃처럼 휠체어에 늘어져 있는 것을 발견했다.

"라오지?"

"왜."

"괜찮으신 거죠?"

"괜찮아."

천천히 고개를 돌리는 지첸쿤은 기운이 하나도 없는 것 같았다.

"너무 좋네."

웨이중은 지첸쿤을 방해하지 않는 게 좋겠다고 생각했다. 지첸쿤 뒤에 서서 도로를 말없이 보기만 했다.

가로등 불빛 아래에서 땀을 닦는 청년과 무표정한 노인은 음력 정월 초하루의 풍경과 가장 어울리지 않았다. 귀가하는 사람들이 두 사람 곁을 빠르게 지나가면서 쳐다보곤 했다. 그 사람들에게는 그저 미심적은 몇 초에 불과했겠지만, 지첸쿤에게는 이미 너무나도 낯선 세상이었다.

23번째 차가 먼 곳으로 사라지자 지첸쿤이 천천히 입을 열었다.

"그만 가자."

돌아오는 내내 두 사람은 아무 말이 없었다. 기운이 다 빠진 상태였다. 지첸쿤도 더 이상 거리에 흥미를 보이지 않고 피곤해서 고개를 숙이고 있었다. 하지만 가끔 들리는 탄식 소리에 웨이중은 그가 기분이 별로 좋지 않다는 걸 알 수 있었다.

감정은 한껏 고조된 후 반드시 가라앉는다. 극도로 흥분한 데 따른 대가는 끝없는 공허함이었다. 또다시 감옥 같은 곳으로 돌아가야 하는 지첸쿤의 심정은 공허함 그 이상이었을 것이다.

한편 웨이중은 어떻게 경비원을 대해야 할지 걱정하고 있었다. 양로원이 점점 가까워지자 경비원이 잠들어 있기를 속으로 간절히 기도했다.

시장을 막 지나치는데 양로원에서 불빛이 보였다. 이상하게도 양로원은 아까처럼 고요하지 않았고 약간 시끄러운 소리가 들리기도 했다. 불빛이 어두워졌다 밝아졌다 하면서 탁탁 터지는 소리를 냈다.

저도 모르게 발걸음이 빨라졌다. 양로원 입구에 도착하자마자 눈앞에 펼쳐진 광경에 두 사람은 깜짝 놀랐다.

3층 건물의 창문이 대부분 열려 있고, 노인들은 창밖으로 고개를 내민 채 뜰에서 터지고 있는 불꽃을 쳐다보고 있었다. 웃음 소리와 박수 소리가 귓가에 맴돌았다.

흰색 패딩을 입은 한 여학생이 불꽃놀이 폭죽 더미를 빙 돌아 깔깔대고 웃으면서 경비원을 피해 다니고 있었다. 그녀가 들고 있는 불꽃놀이 막대 두 개에서는 눈부신 불꽃이 뿜어져 나오고 있었다.

경비원이 노발대발하며 말했다.

"어디서 왔어? 대체 여긴 어떻게 들어온 거야!"

웨이중과 지쳰쿤은 끊임없이 추격전을 벌이고 있는 두 사람을 바라보았다.

열심히 도망치던 여학생이 마침 정문 앞에 도착했다. 풀어헤친 검은 머리카락이 어깨까지 내려와 있었다.

여학생이 멈춰 서며 말했다.

"웨이중, 라오지!"

불꽃이 터지면서 웨샤오후이의 웃는 얼굴에 한층 생기가 감돌았다.

"해피 뉴이어!"

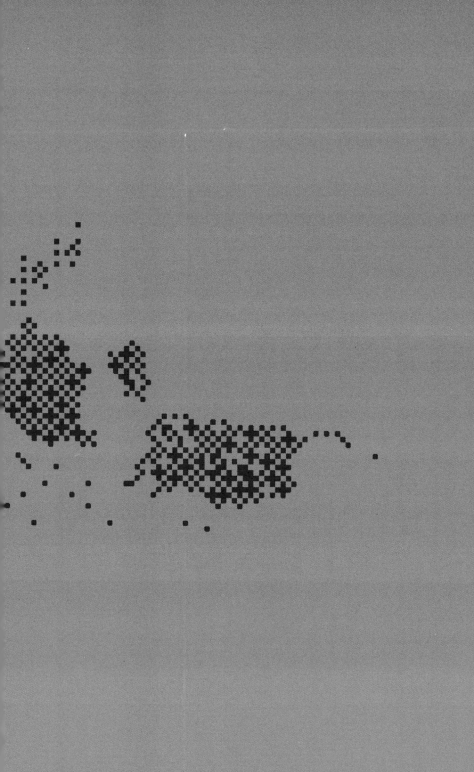

제14장

증명된
거짓

두청이 차를 반쯤 마시고 있는데 장전량이 커다란 종이 가방을 가지고 들어왔다. 두청이 손을 흔들자 장전량이 그를 발견하고는 성큼성큼 다가왔다.

"춘제 잘 보내셨어요?" 장전량이 의자를 빼서 앉았다.

"왜 군이 이런 곳에서 보자고 하셨어요?"

"양일芉日, 음력 정월 초나흗날로, 날씨를 보며 목축업의 성패를 점치는 풍속이 있다 아니냐." 두청이 차를 따라 주었다.

"확 트여서 기분전환도 되고 좋잖아."

"그렇긴 하네요."

장전량이 웃으며 종이 가방을 두청 쪽으로 밀어 건넸다.

가방 안에는 제본된 사건 파일이 들어 있었다. 전부 1990년 연쇄 살인 사건에 관한 자료들이었다. 두청이 확보한 자료보다 더 상세한 내용이 담겨 있었다. 공안국 파일을 제외하고도 검찰원 기소자료와 법원의 법정 신문 기록, 1심과 2심 재판 판결문까지 전부 다 들어 있었다.

"넌 다 봤어?"

"네." 장전량이 피스타치오 한 알을 까서 입에 넣었다.

"틈날 때마다 들춰봤어요."

두청은 담배에 불을 붙이고는 자신의 예전 제자를 바라보았다.

"어떻게 생각해?"

"솔직히요?"

"말이라고."

"당시 사부님이랑 팀원들이 처리했던 이 사건……." 장전량이 입을
삐죽거렸다.

"지금 기준으로 보자면 완전 부실 수사예요."

사실 쉬밍량이 전담팀의 강한 의심을 산 데에 전혀 근거가 없는 건
아니었다. 첫째, 두청이 사체 유기 노선에 따라 한정한 범위 안에 쉬밍
량의 거주지가 있었다. 쉬밍량의 직업과 그가 운전한 흰색 화물차도
전담팀의 추측과 일치했다. 수사 방해 능력에 대해서는 쉬밍량의 집에
서 찾아낸 각종 수사 관련 문학과 르포 형식 작품들이 어느 정도 증명
해 주었다.

둘째, 쉬밍량에게는 편부모 가정 출신, 평범한 학업 성적, 괴팍한 성
격, 좁은 교우관계, 그리고 청년 시절 좌절을 겪었다는 특징이 있었다.
생활고로 어머니는 그에게 소홀했고, 모자간에 필요한 교류나 소통이
적었다. 이로 인해 쉬밍량은 타인에 대한 연민과 동정심이 부족했다.
연애 경험이 없었던 것도 다른 여자와 정상적인 관계를 형성하기 힘
들어서 그랬을 가능성이 있었다. 어머니가 다른 남자와 불륜을 저지르
는 장면을 목격하면서 여성 혐오 심리가 생겼을지도 몰랐다. 범죄심리
학적 관점에서 이런 사람들이 강간과 살인을 저지르는 건 전혀 이상
하지 않았다.

마지막으로 사체 조각을 싸고 있던 비닐봉투에서 쉬밍량의 지문이

발견된 것이 가장 직접적이고 가장 중요한 증거였다. 검찰원의 체포 비준, 기소, 법원의 유죄 판결이 이루어지기까지 전부 이 증거가 결정적인 역할을 했다.

"당시 그런 의심을 한 데에는 물론 나름의 근거가 있긴 했어요." 장전량도 이 점을 부인하지는 않았다.

"저였어도 일단 범인부터 잡고 신문했을 거예요. 그런데……."

"그런데 뭐?"

"직접 증거가 너무 빈약했어요. 지문 말고 아무것도 없었잖아요. 체액이라든가."

"모든 살인 사건에서 체액은 발견되지 않았어. 살인범이 콘돔을 썼으니까."

"쉬밍량 집에서는 콘돔도 안 나왔어요."

"범행 후에 버렸다고 하면 간단하게 설명되잖아."

"그렇게 간단한 게 아니에요." 장전량이 테이블을 툭툭 쳤다.

"사체 처리, 콘돔 사용, 지문 제거까지 완벽하게 한 놈이 사체를 싸다가 그런 실수를 한다고요?"

"당황하면 그럴 수도 있지."

"문제는 당시 그놈이 전혀 당황하지 않았다는 거예요." 장전량이 몸을 똑바로 세웠다.

"네 명을 살해하는 동안 사체를 토막 내는 범인의 수법이 점점 숙련됐어요. 사체를 싸는 작업도 질서 정연했고요. 그리고 굳이 힘들게 사체를 유기하러 다녔어요. 좀 이상하지 않아요?"

"뭐가 이상해?"

"쉬밍량은 도축업자라고요." 장전량이 주위를 둘러보더니 목소리를 낮추었다.

"저라면 사체를 유기하러 가지는 않았을 거예요."

"어째서?"

두청이 장전량을 똑바로 쳐다보며 물었다.

"사람 사체 조각이 돼지고기와 비슷한 거 아시죠? 그래서 우리 테스트할 때 돼지고기 쓰잖아요?" 장전량이 작은 소리로 말했다.

"먼저 머리랑 손발을 잘랐을 거예요. 돼지고기를 찌거나 삶은 다음 머리랑 다리 먼저 자르고 나머지 부분들은 천천히 손질하는 것처럼요. 도축업자인 쉬밍량에게는 유리한 조건이 너무 많았어요. 사체 유기처럼 리스크도 크고 힘도 많이 드는 일을 왜 굳이 하겠냐는 거죠."

"네 말은 쉬밍량이 범인이 아니라는 거야?"

"그건 아니에요. 다만 쉬밍량이 범인이라고 백 퍼센트 확신할 수는 없다는 겁니다."

장전량은 두청 앞에 놓인 찻잔에 물을 가득 채워 주었다.

"지금 기준으로 보면 '합리적 의심을 배제'할 수 있는 단계는 아니라고요."

두청은 웃는 듯 마는 듯한 표정으로 장전량을 바라보았다.

차를 마시던 장전량은 두청을 바라보더니 순간 뭔가 깨달은 것처럼 말했다.

"설마…… 지금까지 저 갖고 놀리신 거예요?"

두청이 하하 웃음을 터뜨렸다.

"처음부터 계획이 다 있으셨던 거죠? 예?"

장전량의 사건 분석은 대체로 두청의 예측 범위 안에 있었다. 몇십 년 동안 형사로 일하다 보니 범죄에 대해서만큼은 본능적인 반응이 나오게 된 것이다. 진짜 살인범은 쉬밍량이 아니라는 게 두청이 내린 첫 번째 판단이었다. 이 판단을 검증할 가장 좋은 방법은 여러 각도에서 생각해 보는 것이기에 장전량을 불러 사건에 대해 이야기를 나눈 것이었다. 만약 쉬밍량이 범인이 아닐 수도 있다는 추론을 장전량이 인정한다면, 두청이 생각한 방향이 정확하다는 걸 의미했다.

그렇다면 다음으로 해야 할 일은 법적으로 이 결론을 확인하는 것이었다.

아니면 진범을 찾아내든지.

"사실 당시 사건을 담당했던 분들 탓만 할 수는 없어요." 장전량도 담배에 불을 붙였다.

"증거 규정이 지금이랑 다르기도 했고 사건 해결 기한도 있었잖아요."

"그건 핑계가 못 돼." 두청은 고개를 숙였다.

"한 사람 목숨이 달린 일이었다고."

장전량은 잠시 말이 없었다.

"사부님?"

"말해."

"왜 이렇게까지 이 사건에 목을 매세요?"

두청이 장전량을 지그시 바라보았다.

"나한테 남은 시간이 이제 얼마 없어."

"알아요." 장전량이 자세를 바로 하고 앉았다.

"그래서 여쭤보는 거예요. 혹시라도 그 전에…… 잘못되기라도 하시면 어떻해요?"

두청이 웃었다.

"나도 그 생각을 안 해본 건 아니야."

"사부님." 장전량은 힘겹게 말을 내뱉었다.

"남은 시간 동안 뭘 하셔도 좋아요. 사부님이 원하시는 일이면 저희가 최대한 이뤄드릴 수 있고……"

"하하, 지금은 이 사건을 조사하고 싶은데."

장전량이 테이블을 보며 말했다.

"아니면 이렇게 해요. 사부님이 쉬고 계시는 동안 제가 대신 조사하는 걸로요. 사부님한테 무슨 일이라도 생기면 제가 어떻게든 이 사건 끝까지 파헤칠게요."

"해결하거든 내 무덤 와서 꼭 전해라, 어?" 두청이 테이블을 사이에 두고 장전량을 툭툭 쳤다.

"이건 내 일이야. 이 사건은 나한테 의미가 남다르다고."

"뭐가 어떻게 다른데요?"

"이렇게 말하면 설명이 되려나." 두청은 장전량의 눈을 똑바로 쳐다보았다.

"이 사건을 해결하기 위해 내게 남은 1분 1초를 전부 올인할 정도?"

두청을 바라보는 장전량의 표정이 점점 굳어졌다. 한참 말이 없던 그가 갑자기 질문을 던졌다.

"1992년 11월에 어디 계셨어요?"

"어? 생각 좀 해보자."

1992년 초, 쉬밍량의 사형이 집행되었다. 1심 판결부터 쉬밍량이 총살될 때까지 일관되게 그의 억울함을 호소하며 바쁘게 뛰어다닌 한 사람이 있었다. 하지만 기계처럼 빈틈없고 치밀한 사법기관 앞에서 개인의 힘은 너무나 보잘것없었다. 비록 그 개인이 기계의 부속품이었다고 해도 말이다.

그 사람이 바로 두청이었다.

그는 처음부터 끝까지 오심 사건이라고 주장했다. 이 일로 두청은 한때 형제나 다름없었던 마젠을 비롯해 동료들과 사이가 틀어져 원수가 되었다. 공안국에서도 상부의 칭찬을 받은 이 철안鐵案, 증거가 확실해 바꾸지 못하는 안건에 잘못이 있다는 사실을 결코 받아들일 수 없었다. 거듭되는 저울질 끝에 두청은 해당 성省 내 가장 외진 현縣 정부 소재지로 전출되었고, 1993년이 되어서야 원래 자리로 돌아왔다.

"그때 난 F시에 있었어. 그건 왜?"

두청이 잠시 생각하더니 물었다.

장전량은 가죽 가방에서 파일 하나를 꺼내 두청에게 건넸다.

"제 예상이 맞았네요." 장전량의 표정이 상당히 엄숙했다.

"기왕에 끝장 보기로 마음먹으셨으면, 이거 보셔야 할 거예요."

"너 이 자식, 뭐 좋은 거라도 숨겨 놨던 거야?"

농담을 던지던 두청은 장전량의 표정을 보더니 장난이 아니라는 걸 알아차렸다.

이번에도 형사 사건 파일이었다. 앞에 몇 장을 살펴보던 두청은 안색이 급변하더니 점점 빠르게 파일을 넘겼다.

"전량." 파일을 덮고 죽일 듯이 제자를 노려보는 두청의 손이 바들바들 떨리기 시작했다.

"이…… 이게 다 뭐야?"

컵라면 그릇을 들고 마지막 한 방울까지 들이켠 린궈둥은 만족스러운 표정으로 입맛을 다셨다.

확실히 간편하고 맛도 좋네. 예전 라면이랑 비교가 안 되는구먼.

주방으로 들어가 컵라면 그릇을 쓰레기통에 넣었다. 물 한 컵을 따르면서 충전 중인 핸드폰을 보았다.

새로 마련한 장난감이었는데, 아쉽게도 반나절을 가지고 놀다가 배터리가 나가 버렸다. 하지만 상관없었다. 배터리가 완충될 때까지 할 수 있는 재미난 일들이 많았으니까.

린궈둥은 다시 노트북 앞으로 돌아와 웹 페이지를 훑어보았다. 모포털사이트에서 제작한 식품 안전에 관한 보도였다. 기사를 보면서 중얼거리다 가끔 고개를 돌려 주방을 쳐다보았다.

그가 방금 먹었던 모 브랜드 라면이 폐식용유를 사용했다고 의심을 받아 웹 페이지에 나열된 식품 블랙리스트에 이름이 올랐던 것이다.

욕을 내뱉었다. 새로운 이 세상에도 아름다운 일만 있는 건 아니네.

그는 자세를 고쳐 앉고 계속 인터넷 서핑을 했다. 무의식중에 지난 보도 제목들이 적힌 링크를 보게 되었다. 링크 목록들 위로 마우스를 서서히 움직이다 마지막에 어느 한 제목에서 커서가 멈춰 섰다.

그는 바로 당신 옆집에 있다 - 중국 연쇄 살인범 파일

린궈둥의 얼굴에 이상한 표정이 나타났다. 최우수학생이 성적표를 보는 것처럼 기대하는 듯하면서도 건방진 표정이었다. 그는 한 손으로 담배를 꺼내 불을 붙이고 나서야 마우스를 클릭했다.

딸깍.

갑자기 모니터 밝기가 낮아지더니 어두운 페이지가 나타났다.

룽즈민龍治民, 산시陝西 출신, 1983년부터 고용 및 숙소 제공을 명목으로 48명을 집으로 유인해 살해함.

왕창王强. 랴오닝遼寧 출신, 1995년부터 강도, 강간, 살인 사건을 수차례 저질렀는데 피해자가 최소 45명임.

양신하이楊新海, 허난河南 출신, 2000년부터 여기저기 휩쓸고 다니면서 범행을 저질러 총 67명을 살해함.

황융黃勇, 허난 출신, 2001년부터 청소년 17명을 집으로 유인한 뒤 제면기를 개조해 만든 '스마트 목마'로 살해함.

……

린궈둥은 해당 페이지의 마지막까지 한 글자씩 꼼꼼하게 읽어 내려갔다. 그가 계속 기다리던 이름은 나오지 않았다. 놀랍기도 했지만 실망감이 더 컸다.

67명, 48명, 45명…… 가장 적게 죽인 사람이 17명.

린궈둥은 씁쓸하게 웃으며 고개를 흔들었다. 그래, 이놈들에 비하면 난 새 발의 피지.

페이지를 닫고 스트레칭을 하며 창밖을 보았다.

정월에는 한밤중에도 명절 분위기가 났다. 폭죽 소리가 간간히 들려왔고, 눈부신 불꽃이 터지는 걸 볼 수 있었다.

최근 열흘 동안 뤼주위안 단지는 조용할 날이 없었다. 이곳은 오래된 주택가이고 주민 중에는 젊은 사람들이 드물었다. 평소에는 적막하니 노인들이 정원을 오가는 모습만 볼 수 있을 뿐이었다. 각지에 흩어져 사는 자녀들은 온 가족이 모이는 춘제에만 이곳을 찾았다.

린궈둥은 창문을 열고 건물에서 서서히 멀어져가는 검은색 세단 한 대를 바라보고 있었다. 친척을 방문했다가 돌아가는 일가족이었다. 의례적인 행사를 치르고 배불리 먹고 마신 다음 "엄마, 건강 잘 챙기시고 시간 되면 또 뵈러 올게요"와 같은 인사말을 건네고 흡족하게 떠나는 것이다.

노부인은 검은색 세단의 미등이 보이지 않을 때까지 꼼짝 않고 그 자리를 지키며 서 있었다.

'시간 되면'이라는 말은 1년 후를 말하는 거겠지.

린궈둥이 웃었다.

그의 등 뒤에는 텅 빈 집이 있었다. 가족도 없고 책임도 없었다. 속에 없는 인사말을 할 필요도, 생필품이 줄어들까 봐 걱정할 필요도 없었다.

나 하나뿐이야. 나 하나만 건사하면 돼.

얼마나 좋아!

찬바람이 훅 하고 실내로 들어오는데도 싫지가 않았다. 고기 냄새가 섞여 있어서 오히려 더 즐거웠다.

건물 아래를 내려다보았다. 열린 작은 창문으로 김이 펄펄 나오고 있었고, 희미하게 왁자지껄한 소리도 들렸다.

아직 끝나지 않은 집안 잔치가 있는 모양이었다.

창문을 닫고 두 손을 드리운 채 침실에 서 있었다. 하지만 고기 냄새가 완전히 흩어지지 않고 집 안에 남아 여기저기 떠다녔다.

코를 킁킁 거렸다. 냄새가 그의 기억 속에 있는 스위치를 건드렸다.

그 애, 이름이 뭐였더라?

뒷짐을 진 채 좁은 방 안을 천천히 배회했다. 기억 속의 그 얼굴이 점점 선명해졌다.

동그란 얼굴에 살집이 좀 있었다. 항상 수줍은 표정에 긴장하면 땀을 흘렸다. 코를 비비는 습관이 있었다. 몸을 옆으로 기울여 침대에 구부정하게 앉아서 책을 암송하곤 했다.

노트북 자리로 돌아온 린궈둥은 능숙하게 검색 엔진을 열어 글자를 입력했다.

순간 수만 개에 달하는 검색 결과가 화면에 나타났다. 앞에 뜬 결과 몇 개를 대충 살펴보았다. 얘가 아니야.

잠시 생각하던 린궈둥은 또 다른 키워드를 입력했다.

C시.

검색 결과가 크게 줄었지만 그가 원하는 정보는 여전히 보이지 않았다.

모니터를 주시하며 두 손을 서로 맞잡았다. 손에 점점 힘이 들어가자 뼈에서 우두둑 소리가 났다.

그는 자신이 무엇을 찾고 있는지 잘 알고 있었다. 마치 곧 기억을 잃게 될 노인이 한밤중에 과거를 기록한 일기를 들춰보는 것 같았다. 이 작업은 그를 다소 움츠러들게 했지만 그보다 더 큰 흥분을 안겨 주었다.

그래, 추억. 이것 말고 나한테 뭐가 더 남아 있나?

린궈둥은 다시 키보드에 손을 올려 마지막 키워드를 쳤다.

살인범

강, 풀밭, 쓰레기통, 급수탑, 비좁은 화장실, 톱, 식칼.

23년 전 일이 린궈둥의 눈앞에 서서히 펼쳐졌다. 그때 그 촉감과 냄새가 린궈둥의 손가락 끝에 선명히 존재했고 주변 공기 속에 감돌고 있었다. 그는 웹페이지를 하나씩 열어보면서 손에 땀을 쥐게 하는 글들을 가만히 읽어 내려갔다. 온몸에 피가 솟구치는 느낌이 들었다.

그때 그 밤들. 그때 느꼈던 쾌감과 전율. 그리고 공포와 흥분.

어느새 땀으로 흠뻑 젖어 있었다.

마지막 웹페이지를 닫고 피곤한 듯 의자에 기대어 코끝까지 흘러내린 땀을 닦았다. 1인용 침대에 시선을 고정했다.

그 여자였다.

천천히 거실로 걸어가 베이지색 체크무늬 천 소파를 주시했다. 한때 그곳에는 검은색 소가죽 소파가 놓여 있었다.

그 여자였다.

고개를 숙인 그는 색이 바래고 페인트 얼룩이 남은 바닥을 보았다.

그 여자였다.

뒤돌아서 현관 통로에 놓인 식탁 옆으로 걸어가 차갑고 반들반들한 대리석으로 된 윗면을 어루만졌다.

그 여자였다.

또다시 온몸이 달아올랐다. 몸 안에서 밖으로 불길이 타오르는 느낌이었다. 모공에서 펄펄 끓는 액체가 스며 나와 피부가 타는 것만 같았다.

고개를 숙이고 천천히 호흡을 하면서 끓어오르는 뇌를 식히려고 안

간힘을 썼다.

몇 분 후 긴 한숨을 뱉으며 땀으로 젖은 셔츠를 움켜잡고 이마를 닦았다. 그는 찬물로 세수를 하려고 화장실로 향했다. 입구에 들어서는 순간, 또 한 번 쾅 하고 뇌가 폭발하는 느낌이 들었다.

유백색 타일 바닥, 누레진 플라스틱 샤워 커튼, 황동 손잡이로 된 샤워기.

얼굴을 덮쳐 오는 달콤하면서도 비릿한 냄새.

그 여자들이었다.

린궈둥은 이미 뇌의 통제를 벗어난 상태였다. 그는 입고 있던 옷을 모두 벗어 던지더니 어느새 딱딱해진 아랫도리를 붙들고 빠르게 손을 놀리기 시작했다.

절정에 다다를 즈음 두 다리가 격렬하게 떨렸다. 결국 다리 힘이 풀려 벽에 등을 기댄 채 미끄러지듯 바닥에 주저앉았다.

목이 쉰 듯한 낮은 신음 소리와 함께 그의 몸이 옆으로 기울며 바닥으로 쓰러졌다.

한참 뒤에 서서히 정신을 차렸다. 눈을 뜬 순간 때마침 땀 한 방울이 눈썹에서 아래로 떨어졌다. 주변에는 끈적한 액체가 흥건했고 눈앞에 있는 모든 것이 이상하리만치 확대되어 보였다.

들끓던 얼굴을 차가운 타일 바닥에 대고 가만히 누워 있었다. 아랫도리는 이미 뒤엉켜 허벅지 안쪽에 붙은 느낌이었다.

머릿속이 텅 비어 아무 생각도 나지 않았다. 몸의 열기가 완전히 식을 때까지 기다렸다가 힘겹게 몸을 일으켰다. 천천히 옷을 입고 허리를 구부린 채 화장실을 나왔다.

노트북 앞에서 린궈둥은 내내 멍하니 앉아 있었다. 절정의 여운 뒤에는 기나긴 공허함과 두려움이 이어졌다. 그는 몸 안의 어느 부분이 깨어나고 있다는 걸 분명하게 의식하고 있었다. 그에게는 거부할 수 없는 유혹이었지만 뼛속 깊이 후회하는 일이기도 했다.

아니, 안 돼. 돌아가면 안 된다고!

하지만 또다시 마음속 깊은 곳에서 그 검은 꽃이 서서히 피어나고 있었다.

린궈둥은 고개를 흔들며 책상에 있던 연필을 집더니 연필심을 손목에 대고 슬슬 힘을 주었다.

연필심이 피부에 박혔다.

쓰린 통증에 정신이 들었다. 다른 손으로는 마우스를 꼭 쥐었다. 주의를 분산시키고 싶었다. 순간 어느 제목에 시선이 꽂혔다.

지난번에 검색해 놓고 살펴보지 못한 웹페이지였다. 제목은 '진범은 아직 잡히지 않았다 – 재현된 살인 사건'.

어느 온라인 게시판에 올라온 글이었다. 웹페이지를 열어보면서 린궈둥은 속으로 생각했다. 이번에는 또 어떤 말도 안 되는 이야기를 지껄여 놨는지 볼까?

단 두세 줄만 읽었을 뿐인데 눈이 휘둥그레지더니 온몸에 힘이 들어갔다.

'뚝' 하는 소리와 함께 연필이 부러졌다.

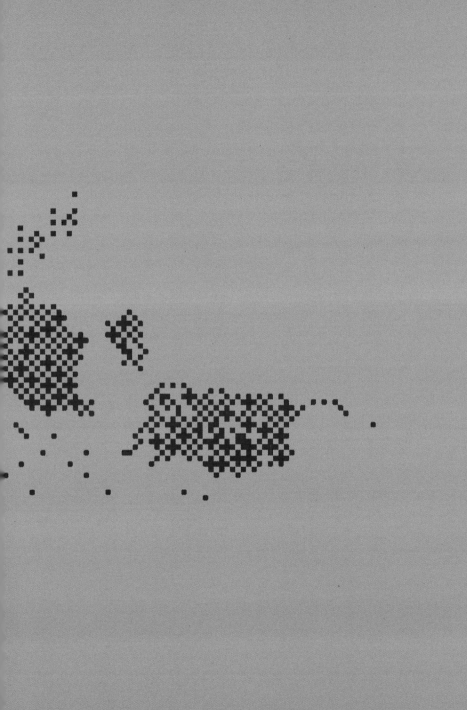

제15장

공모자

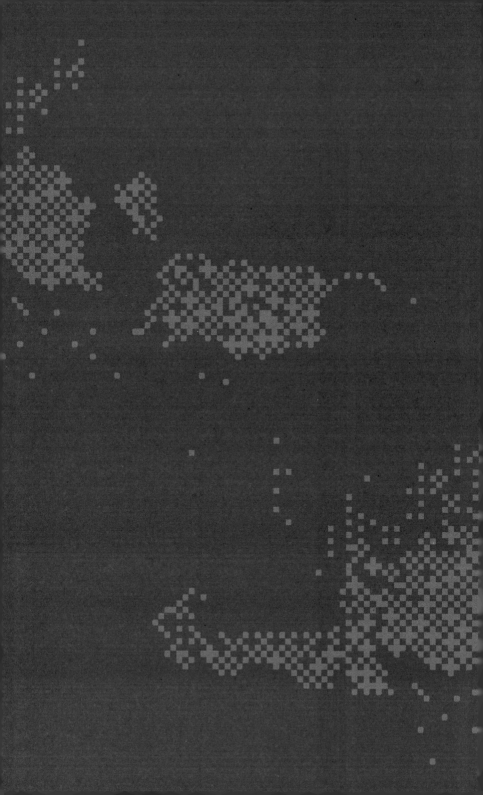

웨이중은 마지막 남은 버터 과자를 먹으면서 가슴 앞에 떨어진 부스러기를 대충 털어냈다. 그 상태로 오전 내내 누워 있다 보니 죄책감이 느껴졌지만 나름 춘제의 여운을 만끽하고 있었다.

옆에는 두꺼운 사법고시 연습문제집이 놓여 있었다. 방학 때 다 풀어 볼 계획으로 학교에서 일부러 가져온 것이었다. 하지만 예전처럼 겨울 방학이 끝나면 이 책은 아마 고스란히 학교로 돌아갈 예정이었다.

핸드폰을 보면서 스스로를 위로했다. 내일 하자. 내일은 열심히 공부하는 거야!

그때 갑자기 문이 열리고 엄마가 들어오더니 침대 시트에 떨어진 과자 부스러기를 단번에 발견했다.

"네가 돼지야?" 엄마가 씩씩 대며 옷장에서 침대 시트를 꺼내 휙 하고 집어 던졌다.

"당장 새 걸로 갈아!"

웨이중이 얼른 일어나 웃는 얼굴로 시트를 갈았다. 기존 시트를 벗기자마자 핸드폰 액정에 불이 들어왔다.

한 손으로 핸드폰을 집어 들고 새 시트를 털어 펼치면서 방금 받은 웨이신을 확인했다.

라오지네. 웨이중이 웃었다. 제야에 한바탕 축제를 벌인 뒤로 웨이중과 웨샤오후이는 양로원 측에 호된 꾸지람을 들었다. 경비원은 경찰에 신고하겠다고 으름장을 놓기도 했다. 다행히 지첸쿤이 중간에서 힘을 써 준 덕분에 대충 마무리가 되었다. 하지만 노인들에게는 잊지 못할 춘제를 선물한 모양이었다. 웨이중과 웨샤오후이가 원장실에서 '풀려 나올' 때, 한 노부인이 웨샤오후이의 주머니에 밀크 사탕을 한 움큼 집어 넣어준 걸 보면 말이다.

그날 이후 며칠 만에 보낸 웨이신이었다.

메시지를 열어본 웨이중은 그 자리에 굳어 버렸다.

지첸쿤이 보낸 건 20초쯤 되는 동영상이었다. 배경인 복도가 어쩐지 낯이 익었다. 양로원 3층 같았다.

화면에는 두 남자가 등장했는데 그중 한 명은 육십 대 정도로 보이는 대머리였다. 양로원에서 그 남자를 본 기억이 났지만 어느 방에 있던 사람인지는 알지 못했다.

또 한 사람은 장하이성이었다.

두 사람은 은밀한 대화를 나누고 있는 것 같았다. 이야기를 하면서 끊임없이 주변을 살폈기 때문이다. 장하이성은 시종일관 손가락에 담배를 끼운 채 고개를 갸우뚱하며 내키지 않는 듯한 모습이었다. 대머리 남자는 장하이성에게 부탁이 있는지 계속 아첨하고 있었다.

동영상 말미에서 대머리 남자는 장하이성의 어깨를 누르며 옷 주머니에 뭔가를 쑤셔 넣었다. 장하이성은 사양하듯 몇 번 밀어냈지만, 시늉만 할 뿐이었다. 결국 못 이기는 척 고개를 끄덕이며 제안을 받아들였다. 대머리 남자는 싱글벙글하며 장하이성과 몇 마디를 주고받더니 서둘러 자리를 떴다. 장하이성도 반대편 복도 쪽으로 걸어가면서 방금 주머니에 들어간 물건을 꺼내 보았다. 숫자를 세는 동작을 보니 지폐가 확실했다.

동영상이 끝났다.

웨이중은 의아했다. 이 동영상에 어떤 의미가 있는 건지 도통 알 수가 없었다. 설마 이 대머리 남자도 장하이성에게 양로원 '반입 금지품'을 사다 달라고 부탁한 건가?

한참 생각하고 있는데 지첸쿤에게서 메세지가 왔다.

받았어

웨이중이 회신했다.

받았어요.

웨이중은 잠시 생각하더니 메시지를 적었다.

그런데 이게 뭐예요?

다 입력하기도 전에 지첸쿤의 메시지가 화면에 나타났다.

빨리 와서 나 좀 도와 줘

5분 후 웨이중은 택시를 타고 양로원으로 향하고 있었다. 지첸쿤에게 전화를 걸었는데 연결되자마자 끊겼다. 다시 걸어 봐도 마찬가지였다.

무슨 일 생기셨나?

갑자기 초조해졌다. 지첸쿤에게 긴급한 상황이 생긴 게 분명했다. 그렇지 않고서야 곧바로 양로원에 와 달라고 할 리는 없을 것이다. 하지만 그가 보내준 동영상만으로는 대체 무슨 일이 일어난 건지 전혀 감을 잡을 수 없었다.

지금 할 수 있는 일은 택시기사를 재촉하는 것밖에 없었다. 절반쯤 달려가고 있는데 지첸쿤이 또 다른 동영상을 보내왔다.

이번 영상은 아까 것보다 더 짧았다. 화면에는 장하이성 혼자만 남아 있었다. 여전히 같은 복도에 서 있었는데, 그는 주위를 한 번 둘러보더니 어느 방으로 들어갔다. 들어가는 순간 장하이성은 주머니에서 약포 같은 걸 꺼냈다. 잠시 후 방에서 나온 그는 방문을 닫고 옷에 손가락을 쓱쓱 닦았다.

몇 번을 돌려보고 나니 오히려 마음이 편안해졌다. 무슨 일인지 대충 짐작이 되었기 때문이다.

지첸쿤은 어떤 상황을 기록으로 남겨둔 것이었다. 무엇보다 동영상을 웨이신으로 보낼 정도면 적어도 지금 그는 안전한 상태였다.

그리고 이 일은 장하이성과 관련이 있었다.

택시가 목적지에 도착했다. 웨이중은 차에서 내려 양로원으로 뛰어 갔다. 입구에 도착해 보니 평소에는 굳게 닫혀 있던 철문이 활짝 열려 있었다. 경광등이 깜빡이는 경찰차 두 대가 뜰 안에 주차되어 있었다. 노인 한 명이 경찰 두 명 사이에 끼여서 고개를 숙인 채 차에 올랐다.

웨이중은 무표정한 얼굴을 보고 그가 동영상에 등장한 대머리 남자라는 걸 알아보았다.

뜰은 이미 구경 나온 노인들로 꽉 차 있었다. 웨이중은 한눈에 지첸쿤을 발견했다. 그는 휠체어에 앉아서 문 옆에 가만히 기대어 어수선한 광경을 주시하고 있었다.

손을 흔들었지만, 지첸쿤은 웨이중을 보고도 말없이 뒤돌아서 건물 안으로 들어갔다.

웨이중은 얼른 뒤따라갔다. 막 건물에 들어서는데 경찰 두 명이 들것을 들고 위층에서 내려오고 있었다. 들것에 실린 사람 위로 흰색 솜이불이 덮여 있었다. 유일하게 밖으로 드러나 있는 머리가 무기력하게 흔들리는 걸 보니 깊은 잠에 빠져 있는 것 같았다. 회백색 머리카락을 보면서 누군가가 떠올랐다. 친 씨 부인이었던 것이다.

경찰이 비키라며 거칠게 명령했다. 얌전히 비켜선 웨이중은 들것이 옆을 지나갈 때 또 한 번 참기름이 섞인 이상한 냄새를 맡았다.

웨이중은 더 생각할 겨를도 없이 어느새 멀리 가 버린 지첸쿤을 쫓아갔다.

곧장 방으로 돌아온 지첸쿤을 따라 웨이중도 안으로 들어갔다. 방에 들어오고 나서야 혼자 남아 있던 장하이성을 발견했다.

두 사람이 들어오는 걸 보더니 장하이성이 긴장한 모습으로 자리에서 일어났다.

"라오지, 저기⋯⋯."

지첸쿤은 장하이성을 거들떠도 보지 않고 창가로 가 담배에 불을 붙였다. 그는 장하이성을 훑어보며 무표정한 얼굴로 물었다.

"볼 일 있어?"

"아, 아뇨. 없습니다." 장하이성이 침대 맡에 앉아서 잠시 생각하다가 또다시 일어났다.

"원장님이 저더러 물어보라고 하셔서⋯⋯ 경찰에 신고하셨어요?"

"그래." 지첸쿤이 고개를 돌려 웨이중을 보았다.

"멍하니 그러고 있지 말고 앉아."

웨이중은 의자를 가져다 테이블 앞에 앉았다.

장하이성은 중간에 서서 두 사람을 번갈아 바라보았다. 초조하기도 하고 난처하기도 한 표정이었다.

"뭐 하러⋯⋯ 남 일에 신경을 쓰세요?" 장하이성이 허리를 반쯤 굽히며 지첸쿤의 표정을 주의 깊게 살폈다.

"경찰까지 오게 하시고."

"남 일이라고?"

지첸쿤이 담뱃재를 툭툭 털면서 장하이성의 눈을 노려보았다.

"이봐, 그건 범죄야. 강간죄라고."

그 말에 장하이성은 벌벌 떨면서 안색이 창백해졌다.

"저기…… 그 친구가 입을 열까요?"

"모르지." 지쳰쿤은 철제 깡통에 꽁초를 눌러 껐다.

"사실 그 사람은 아무 말도 할 필요가 없어."

"네? 그게 무슨 말씀이세요?"

장하이성이 눈썹을 치켜 올리며 물었다.

"친 씨 방에 들어가는 전 과정을 내가 핸드폰으로 다 찍어놨거든."

지쳰쿤은 재미있다는 표정으로 장하이성을 쳐다보았다.

"무엇보다 그 친구가 정액을 남겼어. 확실한 증거지. 그러니 말을 하든 안 하든 그건 아무 의미가 없어."

"영상을 찍으셨다고요?"

방이 덥지도 않은데 장하이성이 땀을 줄줄 흘리기 시작했다. 한참을 우물거리던 그는 지쳰쿤을 보며 억지미소를 지어보였다.

"어디 좀 보여 주시죠."

"경찰한테 넘겼어." 지쳰쿤의 시선이 아래로 향했다.

"나한테 없다고."

"아, 네."

장하이성은 이마에 난 땀을 닦더니 떨리는 손으로 주머니에서 담배를 꺼냈다. 몇 번이고 시도했지만 불이 붙질 않았다. 지쳰쿤은 의미심장한 눈으로 장하이성을 바라보기만 했다.

"괜한 의심하시는 거 아니에요?"

마침내 담배에 불을 붙인 장하이성이 한 모금을 있는 힘껏 빨아들였다.

"서로 원해서 그랬을 수도 있잖아요?"

"누군가 친 씨에게 약을 먹였어."

"수면제요? 친 씨는 그거 매일 먹었어요."

장하이성이 곧바로 반박했다.

"적정량을 초과했어. 그리고 난 누가 그랬는지 알지."

지첸쿤이 웃으며 말했다.

장하이성이 물고 있던 담배가 툭 하고 바닥에 떨어졌다. 그는 어안이 벙벙한 채 지첸쿤을 쳐다보았다. 얼굴색이 창백해졌다가 새파랗게 질렸고, 입술도 부르르 떨렸다.

"라오지…… 농담하지 마세요. 그…… 그것도 찍으셨다고요?"

"웨이중."

지첸쿤은 장하이성에게 시선을 고정한 채 말했다.

"가서 보여 줘."

"네?"

웨이중은 잠깐 멈칫하다가 이내 지첸쿤이 자신에게 보내 준 동영상을 말하고 있다는 걸 알아차렸다. 얼른 핸드폰을 꺼내 동영상을 재생했다.

화면을 보는 순간 장하이성은 핸드폰을 빼앗으려 했지만 지첸쿤이 재빨리 소리쳤다.

"거기 서서 눈으로만 봐!"

장하이성은 다시 움직일 엄두를 못 내고 허리만 좀 굽힌 채로 동영상 두 개를 다 보았다. 어느새 그의 얼굴에 땀이 비 오듯이 쏟아졌다. 웨이중이 핸드폰을 거둬들이자 장하이성은 불의의 일격을 당하기라도 한 듯 제대로 서 있지도 못했다.

장하이성은 낙담한 표정으로 침대에 털썩 주저앉아 두 손으로 얼굴을 감쌌다. 온몸이 격렬하게 떨리기 시작했다.

웨이중은 난처한 얼굴로 지첸쿤을 보았다. 지첸쿤은 평소처럼 태연하게 담배에 불을 붙이더니 천천히 빨아들였다.

한참 뒤에 장하이성은 천천히 고개를 들고 지첸쿤을 노려보았다. 그의 두 눈에는 절망과 원한이 가득 했다.

"개새끼!" 그는 지첸쿤을 향해 목이 쉬도록 소리쳤다.

지첸쿤은 담배 연기를 뱉으며 담담하게 장하이성을 바라보았다.

"나한테 이러는 이유가 대체 뭐야!" 장하이성은 완전히 이성을 잃고 미친 듯이 주변에서 무언가를 찾았다.

"내가 죽길 바라나 본데, 꿈 깨시지!"

그는 테이블에 있던 잉크스탠드를 들어 지첸쿤에게 달려들었다.

웨이중이 본능적으로 일어나 그를 막아섰다. 하지만 지첸쿤의 말 한마디에 두 사람은 그 자리에 얼어붙고 말았다.

"그 동영상 아직 경찰한테 안 넘겼어."

한참이 지나 장하이성이 먼저 정신을 차렸다.

"당신······." 장하이성은 손에 잉크스탠드를 든 채 힘이 빠진 듯 몸이 축 늘어졌다.

"뭐 하자는 겁니까?"

지첸쿤은 두 손을 깍지 끼고 팔꿈치를 휠체어 손잡이에 기댄 채 장하이성을 똑바로 응시했다.

"말해 줄게. 그런데 지금은 때가 아니야." 지첸쿤이 입구 쪽으로 입을 쭉 내밀었다.

"누가 왔네."

말이 떨어지기도 전에 원장이 잔뜩 화가 나 방으로 쳐들어왔다.

세 사람을 보더니 원장은 순간 놀랐다가 금세 무례한 말투로 물었다.

"당신들 지금 뭐 하자는 거야?"

원장은 대답을 듣지도 않고 곧바로 지첸쿤에게 말했다.

"우리 얘기 좀 하지." 원장은 장하이성을 향해 손을 저었다.

"당신은 나가 봐."

장하이성은 잉크스탠드를 제 위치에 돌려놓고 지쳰쿤을 흘끔 한번 쳐다보았다. 그러고는 뭔가 복잡해 보이는 표정으로 아무 말 없이 밖으로 나갔다.

원장은 숨을 헐떡이며 허리에 손을 짚고 웨이중을 보더니 물었다.

"넌 또 누구야?"

"제 친구입니다."

지쳰쿤이 차분하게 대답했다.

"너도 나가!"

원장이 짜증스러운 듯 웨이중에게 손을 흔들었다. 웨이중이 일어나서 나가려고 하는데 지쳰쿤이 가만히 있으라고 손짓했다.

"여기 있어."

언성이 높지는 않았지만 반박할 수 없는 단호함이 느껴졌다.

"할 말 있으면 그냥 하시죠."

원장은 얼굴이 붉으락푸르락하며 이를 악물고 말했다.

"당신 진짜 재주도 좋아."

"칭찬 감사합니다."

"나한테 미리 언질이라도 해 줄 수 있었잖아!"

원장은 지쳰쿤의 웃는 낯을 보고 격노하며 이마가 닿기라도 할 것처럼 코앞까지 돌진했다.

"꼭 그렇게 경찰에 바로 신고해야 속이 후련했나? 지금 양로원이 아주 쑥대밭이 됐어! 여기저기서 날 잡아먹으려고 아주 난리가 났다고!"

"원장님."

지쳰쿤이 고개를 들더니 상대방의 눈을 똑바로 쳐다보았다.

"자식들이 이곳에 친 씨를 보낸 건 요양하면서 오래오래 건강히 지내길 바라서이지, 몹쓸 놈한테 그런 꼴을 당하라고 보낸 게 아닙니다."

원장은 순간 말문이 막혀 지첸쿤을 바라보다가 고개를 끄덕이며 비아냥거렸다.

"아, 예. 관리도 제대로 못 하는 저희 양로원은 그쪽처럼 귀하신 분을 담을 그릇이 못 되는 것 같습니다."

원장은 옆으로 비켜서며 입구를 가리켰다.

"나가."

"전 아무 데도 안 갑니다." 지첸쿤은 휠체어 안에 몸을 움츠리며 세상 편한 자세로 바꾸었다.

"내 집이 여긴데 가긴 어딜 가나."

"나 여기 원장이야!" 원장이 위협하듯 앞으로 한발 다가섰다.

"여기선 내 말이 곧 법이라고!"

"그럼 어디 한번 해보시든지."

지첸쿤은 여유 넘치는 모습으로 담요에 묻은 먼지를 탁탁 털었다.

"'양로원 비리를 폭로한 제보자가 보복을 당해 쫓겨났다.' 내일 아침 각종 매스컴에서 1면 기사로 보게 될 거야."

원장의 표정이 순간 경직되었다. 한참 뒤에 몸을 일으킨 그는 지첸쿤의 코에 대고 삿대질을 했다.

"좋네." 원장의 얼굴이 일그러지더니 삐뚤빼뚤한 치아가 드러났다.

"잘나셨어 아주!"

원장은 문을 쾅 닫고 나가 버렸다.

지첸쿤은 천천히 숨을 내뱉으며 웨이중 쪽으로 몸을 돌렸다. 그는 웨이중이 생각에 잠긴 듯한 얼굴로 자신을 보고 있는 걸 발견했다.

"라오지." 웨이중이 지첸쿤을 바라보며 작은 소리로 물었다.

"대체 무슨 생각이신 거예요?"

지첸쿤이 웃으며 반문했다.

"놀랐어?"

담뱃갑을 챙겨 햇빛 드는 곳으로 자리를 옮긴 지첸쿤은 방 한구석에 시선을 고정한 채 담배에 불을 붙였다.

"방금 네가 입구에서 본 그 사람, 이름이 톈유광田有光이야."

지첸쿤의 얼굴 반쪽이 연기에 가려졌는데 왠지 모르게 걱정이 많아 보였다.

"2년 전쯤 양로원에 온 홀아비인데, 할 일 없으면 맨날 여사들 주변을 뱅뱅 돌면서 집적거리고 그랬어."

지첸쿤은 코웃음을 치며 경멸하는 듯한 미소를 지었다.

"한 3개월 전쯤인가, 톈유광이 장하이성과 부쩍 가까워진 걸 알게 됐지."

웨이중을 바라보는 지첸쿤의 표정이 무거웠다.

"톈유광은 인색하기 그지없는 구두쇠고, 장하이성은 자기 잇속 챙기기 바쁜 이기적인 작자야. 그런 두 사람이 어떻게 가까워졌을까? 아무래도 이상해서 주의 깊게 살펴봤지. 그러다 결국 나한테 비밀이 들통난 거야."

"그러니까 그 둘이 짜고……."

"맞아." 지첸쿤은 입을 삐죽거렸다.

"친 씨는 과거에 무용 선생이었어. 품위도 있고 얼굴도 예뻤는데 알츠하이머에 걸리고 말았지. 이후 가족들 손에 이끌려 이곳 양로원에 오게 됐고."

지첸쿤이 한 손을 내밀더니 다섯 손가락을 펼쳤다.

"한 번에 50위안."

지첸쿤이 웨이중을 향해 손을 흔들어 보였다.

"장하이성은 돈을 받고 친 씨에게 수면제를 두 배로 갖다 줬어. 톈유광이 겁탈하기 쉬우라고 그런 거지. 이 쓰레기 같은 놈이 매번 참기름을 가지고 다니면서 그 짓거리를 했다니까."

웨이중은 마침내 친 씨 몸에서 나던 이상한 냄새의 출처를 알게 되었다. 참기름의 용도를 생각하니 속이 메스꺼웠다.

"친 씨가 참 가엾어. 저도 모르는 사이에 그런 치욕을 당했으니." 지첸쿤이 한숨을 푹 쉬었다.

"친 씨도 대충 알고 있을 것 같단 생각이 들어. 확실히 말을 못 할 뿐이지." 지첸쿤이 힘주어 꽁초를 눌러 껐다.

"춘제 전에 가족들이 친 씨를 데리고 집에 갔잖아. 아이처럼 정말 많이 좋아했어. 그런데 초엿새날 아들이 다시 여기로 데려다주고 돌아가는데, 그때 친 씨 눈빛이 진짜…… 아휴."

대충 짐작할 수 있었다. 잠깐 가족과 함께 단란한 시간을 보내고 나서 또다시 적막하고 외로운 시간을 마주해야 하는 현실이 서글펐으리라.

무엇보다 그녀는 끝없는 모욕과 강간을 견뎌야 했다.

그래서인지 웨이중의 의혹은 점점 더 커져만 갔다.

"라오지." 한참 말이 없던 웨이중이 드디어 입을 떼고 물었다.

"법에 대해 잘 아시죠?"

지첸쿤은 웨이중의 질문을 예상하기라도 한 듯 놀라지도 않고 고개를 끄덕였다.

"응."

"그럼 아시겠네요. 장하이성이랑 톈유광, 둘이 공범인 거 맞죠?"

"맞아."

"그런데 왜 경찰한테 동영상 찍은 거 넘기지 않으셨어요?"

웨이중이 지첸쿤의 눈을 똑바로 쳐다보았다.

"고작 돈 때문에 의식도 없는 사람을 겁탈하게 두다니요! 장하이성이 톈유광보다 더 끔찍한 인간이에요!"

"내가 너한테 동영상을 보낸 건 경찰이 안 봤으면 해서야." 지첸쿤이 그윽한 눈으로 웨이중을 바라보았다.

"믿을 수 있는 사람이 없어, 너 말고는."

"제 질문에 아직 대답 안 하셨어요."

"말하자면 길어."

지첸쿤이 갑자기 긴 한숨을 내쉬었다. 몸을 구부려 두 손에 얼굴을 파묻었다. 잠시 후 고개를 든 그의 두 눈에는 슬픔과 근심이 가득했다.

"그래도 들어볼래?"

"말씀해 보세요."

웨이중이 의자를 가져와 앉더니 지첸쿤을 가만히 바라보았다.

"예전에 아내가 세상을 떠났다고 말한 적 있지?"

지첸쿤은 휠체어에 몸을 움츠린 채로 무릎을 덮고 있는 담요를 시종일관 응시하고 있었다.

"네."

"그게 벌써 20세기 일이네." 지첸쿤이 웃었다.

"1990년부터 1991년까지…… 그때 네가 몇 살이지?"

"태어나기 전이에요. 제가 92년생이라."

"하하. 그럼 모르겠구나." 지첸쿤의 두 눈이 휑했다.

"그 당시 C시에서 네 차례에 걸쳐 연쇄 살인 사건이 발생했어."

"네?" 웨이중의 눈이 휘둥그레졌다.

"지금 그 말씀은?"

"그래 맞아." 지첸쿤이 고개를 떨궜다.

"내 아내가 바로 네 번째 피해자였어."

웨이중은 너무 놀라 겨우 말을 이었다.

"죄…… 죄송해요."

"괜찮아. 벌써 20년도 더 된 일인데 뭐."

지첸쿤이 웨이중의 무릎을 툭툭 치면서 어색한 표정을 지었다. 어느새 그의 눈에는 물기가 어렸다.

웨이중은 차마 지첸쿤의 얼굴을 더 보지 못하고 고개를 숙였다.

"1991년 8월 5일, 아내가 직장 동료 결혼식 뒤풀이에 간다고 나갔어." 지첸쿤은 창밖을 바라보며 혼잣말을 하듯 말했다.

"오후 5시 좀 넘어서 나갔는데, 꽃무늬 원피스 차림에 새로 산 하이힐을 신고 향수까지 뿌렸어. 나비부인이라고, 일본에 간 친구한테 부탁해서 산 향수였어. 그날 아내는 밤새 돌아오지 않았지."

"그다음엔 어떻게 됐어요?"

"경찰에 신고했어. 아내 친구 말로는 밤 10시 넘어서 헤어졌대. 그런데 갈 만한 곳을 다 뒤져 봤지만 어디에도 없었어. 그리고 7일 새벽 경찰에게 전화가 왔지."

웨이중은 아무 말도 못 하고 지첸쿤을 바라보았다.

"강간당한 뒤 목 졸려 숨졌다고 하더라. 시신은 열 조각으로 토막 나서 도시 곳곳에 버려졌고."

지첸쿤의 눈은 서서히 초점이 흐려지고 목소리도 기계처럼 변해 아무런 감정도 담겨 있지 않았다. 마치 자기와 전혀 상관없는 이야기를 하고 있는 사람처럼.

"아내를 보러 갔더니 오른쪽 다리가 아예 없었어."

오히려 웨이중이 벌떡 일어나 지첸쿤의 어깨를 잡으며 물었다.

"사건은 해결됐어요? 범인은 잡았고요?"

지첸쿤의 몸이 웨이중의 동작에 따라 이리저리 흔들렸다. 그는 무기력한 표정으로 웨이중의 눈을 바라보았다.

"잡았어. 재판도 지켜봤고. 사형 선고 받아서 즉결처분됐어."

순간 긴장이 풀린 웨이중은 의자에 털썩 주저앉았다. 가쁜 숨을 돌리는지 가슴이 오르락내리락했다.

하지만 지첸쿤의 얼굴에서 복수의 통쾌함 같은 건 찾아볼 수 없었다. 오히려 더 슬퍼 보였다.

"그런데 경찰이 엉뚱한 사람을 잡았어. 그 사람은 범인이 아니야."

정적이 흘렀다.

웨이중은 말문이 막힌 채 지첸쿤을 보다가 한참 뒤에야 몇 마디를 내뱉었다.

"방금 그게 무슨 말씀이세요?"

"경찰이 잡은 사람은 쉬밍량이라는 도축업자였어." 지첸쿤이 서글픈 웃음을 지었다.

"그 사람 지문도 발견됐고 자백도 받아서 모든 게 맞아떨어졌지. 그런데, 아니었어."

"왜 그렇게 된 거예요?" 웨이중이 정신을 차리고 캐물었다.

"시인했다면서요?"

"그 사람은 절대 아냐. 내가 그 사람 눈을 봤어. 절망과 두려움만 있었지, 어둡고 사악한 느낌은 전혀 없었다고!"

지첸쿤의 눈빛이 매섭게 변했다.

"만약 그 사람이 아내를 죽였다면 분명 어떤 기운이 남아 있었을 거야. 아내의 기운 말이야! 그런데 없었어, 전혀!"

웨이중은 순간 할 말을 잃었다. 잠시 생각하다가 떠보듯이 물었다.

"라오지, 혹시 잘못⋯⋯."

"아니!" 지첸쿤이 웨이중의 말이 끝나기도 전에 딱 잘라서 말했다.

"아내랑 12년을 같이 살았어. 마치 한 사람인 것처럼. 그 사람이 아내를 죽였다면 내가 아무 느낌도 받지 못했을 리가 없어!"

지첸쿤이 지치고 쉰 목소리로 말했다.

"아내 이름은 펑난馮楠이야. 말수는 적었지만 잘 웃는 사람이었지……. 아이를 가지려고 계속 노력했는데……. 살해당했을 때 아내 나이가 고작 서른넷이었어."

다시금 침묵이 이어졌다.

두 사람은 아무 말도 없이 가만히 앉아 있었다. 잠시 후 웨이중은 침대 밑에 있는 책장을 보더니 먼저 침묵을 깼다.

"그래서…… 그 오랜 시간 동안 그 일을 내려놓지 못하셨던 거예요?"

"응. 네가 나였어도 그랬을 거야." 지첸쿤의 얼굴이 너무 슬퍼 보였다.

"난 자주 이런 생각을 해. 아내가 살해될 때 죽을 만큼 아프고 무섭지는 않았을까, 살인범에게 살려 달라고 애원했을까, 죽기 직전에 속으로 내 이름을 부르면서 구하러 와 달라고 간절히 바라지는 않았을까 하는……."

"그만, 그만 하세요……."

마침내 웨이중의 눈에서 왈칵 눈물이 쏟아졌다.

"아내를 죽인 놈이 대체 어떻게 생겨 먹었는지 면상을 보고 싶었지. 직접 물어보려고 했어. 어떻게 다른 사람의 딸이자 엄마인 아내를 농락하고 장난감 분해하듯 산산조각 낼 수 있었는지 말이야!"

"계속 그 사건을 조사하고 계셨던 거예요?"

"그랬지. 교통사고를 당하기 전까지는."

웨이중은 눈물을 훔치며 천천히 질문을 던졌다.

"라오지, 그런데 왜 저한테 이런 말씀을 하세요?"

"네가 나한테 희망을 줬으니까."

지첸쿤이 웨이중을 바라보며 말했다.

"그동안 난 세상과 단절된 채 평생 여기 갇혀서 원한과 응어리를 안고 죽어갈 수밖에 없겠다고 생각했어. 그런데 어느 날 네가 내 눈앞에 나타났지."

"제가 희망을 드렸다고요?"

"그래. 재로 변한 내 마음에 네가 다시 불을 지펴 준 거야."

지첸쿤은 몸을 바로 세우더니 매처럼 날카로운 눈빛을 보였다.

"덕분에 그놈을 찾을 기회를 다시 얻은 기분이 들었지."

"그런데 이게 장하이성이랑 무슨 상관이죠?"

웨이중은 여전히 의구심이 들었다.

"무조건적으로 내 지시를 따라줄 사람이 필요했어." 지첸쿤의 입가에 슬며시 미소가 번졌다.

"여긴 감옥이나 다름없어. 그런데 난 나가야 했지. 장하이성 말고 날 도와줄 사람이 없었어."

웨이중은 말없이 계속 지첸쿤을 바라보았다.

"이 방법이 도덕적이지 못하다는 거 알아. 특히 친 씨한테는 더더욱 부당한 일이고."

지첸쿤은 웨이중의 심정을 알고 점점 더 힘을 주며 말했다.

"약속할게. 내가 말한 사건을 확실하게 조사하고 나면, 제일 먼저 강간 증거와 함께 장하이성을 경찰에 넘기겠다고 말이야. 그런데 지금 난 능력이나 인품 어느 면에서도 장하이성을 백 퍼센트 신뢰할 수가 없어."

지첸쿤은 더 이상 입을 열지 않고 기대에 가득 찬 눈으로 웨이중을 보았다.

웨이중은 무척 심란했지만 지첸쿤의 의도를 확실하게 이해했다. 지첸쿤은 장하이성 말고도 자신을 도와 과거 살인 사건을 조사해 줄 사람이 더 필요했고, 그 사람이 바로 자신이었던 것이다.

그동안 함께한 정을 생각해서라도 지첸쿤을 도와줘야 한다고 생각했다. 그런데 지금은 눈앞에 있는 노인이 왠지 모르게 낯설게 느껴졌다. 여유롭고 세상일에 무관심하며 유머러스했던 노인이, 지금은 언제라도 공격할 태세인 매와 다름없었다. 특히 장하이성을 이용하는 악랄함은 웨이중이 알던 라오지와 전혀 다른 사람인 것 같은 착각이 들 정도였다.

하지만……

웨이중은 펑난이라는 여성, 한쪽 다리가 없는 불완전한 시신, 그 여성이 죽어 가던 그날 밤이 떠올랐다. 그리고 감옥 같은 곳에 갇혀 23년을 보낸 노인, 여전히 법적 처벌을 받지 않고 자유롭게 살고 있는 살인범까지.

웨이중은 뒤돌아서 지첸쿤을 보며 대답했다.

"좋아요."

제16장

유령

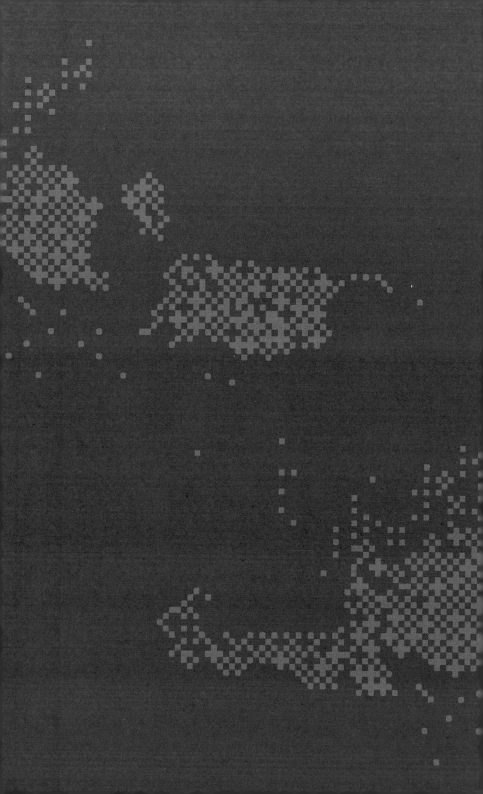

10.28. 살인 사건 현장 분석

사건 요약

1992년 10월 28일 오전 7시 25분경, 둥장제東江街와 옌벤루延邊路 합류점 이동以東 2백 미터 지점의 중심 녹지대에서 검정 비닐봉투에 싸인 오른쪽 허벅지(발견된 순서대로 번호를 매김, 1호)를 발견함. 10월 28일 오전 8시 30분경, 청첸城建 화원 정문 이동以東 150미터 지점 부근 풀숲에서 검정 비닐봉투에 싸인 여성의 몸통(2호)을 발견함. 같은 날 오전 10시 50분경, 난징베이제南京北街와 쓰퉁차오四通橋 합류점에 있는 쓰레기통(동쪽 도로)에서 검정 비닐봉투에 싸인 머리(3호)와 네 조각으로 잘린 오른팔과 왼팔(4호)을 발견함. 같은 날 오후 3시 20분경, 난원허 수로에서 검정 비닐봉투에 싸인 왼쪽 허벅지(5호)를 발견함. 10월 29일 오전 9시 10분경, 베이후北湖 공원 인공 호수에서 검정 비닐봉투에 싸인 오른쪽 종아리(6호)와 왼쪽 종아리(7호)를 발견함.

......

현장 감식 상황

……

검정 비닐봉투 손잡이 부분이 십자 모양으로 단단히 묶여 스카치테이프로 봉해져 있었다. 봉투 안에는 소량의 혈액을 제외하고 다른 내용물은 없었다. 비닐봉투 겉면에 인쇄된 글씨는 없었다. 비닐봉투와 스카치테이프에서 지문은 발견되지 않았다.

……

사망 원인

검시 결과 피해자의 사인은 경부 압박에 의한 질식사였다.

……

범행에 사용된 흉기

법의학자가 검사한 바에 따르면, 각 시체 조각은 잘린 부위의 피부 가장자리가 가지런하지 않고 상처 벽에 피부판이 여러 군데 있었으며, 상처 구멍 안에 조직 간 공백은 보이지 않았다. 일부 열창에서 칼로 끌어당긴 흔적이 보였는데 생활반응은 나타나지 않았다. 이는 날카로운 흉기를 사용해 피해자를 살해하고 시체를 훼손했을 거란 예상에 부합했다.

……

두청은 이 파일을 꺼낸 철제 파일장을 확인했다. 해당 칸에는 전부 미제 사건 파일 자료들이 놓여 있었다.

크라프트지 표지로 된 파일을 내려놓고 담뱃갑을 꺼냈다. 먼지가 잔뜩 묻은 손가락과, 표면이 반질반질해서 사람이 비치는 책상이 서로 닿자 바스락거리는 소리가 났다. 옷에 대충 손을 닦고 담배 하나를 꺼내 불을 붙였다. 기록보관소의 젊은 여성 관리자가 기침을 하며 자리에서 일어나 창문을 열었다.

찬바람이 들어오자 책상에 놓인 파일 종이가 부딪히면서 파다닥 소리를 냈다. 여성 관리자는 몸을 부르르 떨었다. 그 모습을 본 두청은 얼른 담배를 끄고 거듭 사과한 뒤 기록보관소를 나왔다.

복도를 걸으며 잠시 고민하다 형사 경찰 대대大隊 사무실로 향했다.

책상에 앉아서 컵라면을 먹고 있던 장전량이 두청을 보고 얼른 일어나 인사했다.

"언제 오셨어요? 식사는요?"

"아직." 두청은 크로스백을 책상에 던졌다.

"나도 하나 줘 봐."

"사부님한테 이런 거 대접하면 쓰나요."

장전량이 외투를 집어 들었다.

"가시죠. 나가서 우리 좋은 거 먹어요."

"아냐, 됐어." 두청이 의자에 털썩 앉더니 담배에 불을 붙였다.

"라면이면 돼. 너랑 얘기 좀 하려고 왔어."

젊은 남자와 나이든 남자가 머리를 맞대고 뜨거운 라면을 삼켰다. 식사를 마치고 장전량이 컵라면 용기를 정리하는 동안, 두청은 약을 삼켰다. 말없이 그 모습을 지켜보던 장전량은 뜨거운 물 한 잔을 따라 두청 앞에 내려놓았다.

"파일 보러 오셨어요?"

"응." 두청이 파일을 두 사람 사이에 있는 테이블에 올려놓았다.

"이 파일 어떻게 찾았어?"

"사부님이 그 당시에 엉뚱한 사람을 잡았다고 계속 그러셨잖아요. 가만히 생각해 보니까, 진범이 버젓이 돌아다니고 있다면 다시 범행을 저지를 수도 있겠더라고요."

장전량이 파일을 가리켰다.

"그러다 이 파일을 발견한 거죠."

두청이 장전량을 바라보며 물었다.

"무슨 생각이라도 떠오른 거야?"

"적당히 하시죠. 이번엔 안 속아요." 장전량이 거들먹거리듯 의자에 등을 기대고 앉았다.

"사부님 먼저 말씀하세요."

두청이 웃었다.

"이 사건은 1990년에 있었던 연쇄 살인 사건과 아주 유사해."

강간, 액사縊死, 흉기로 토막 낸 사체, 십자 모양으로 단단히 묶인 검정 비닐봉투. 스카치테이프로 밀봉하고 곳곳에 사체를 유기했으며, 지문이나 다른 흔적은 발견되지 않았다.

2년 전 연쇄 살인 사건 수법을 쏙 빼닮은 것이다. 하지만 두청의 마음속에는 여전히 의문이 남아 있었다.

"유사하다고요?"

장전량이 파일을 툭툭 쳤다.

"유사한 정도가 아니라 이건 그냥 그놈이 저지른 짓이에요."

아무 대꾸 없이 담배에 불을 붙이던 두청은 뭔가 생각에 잠긴 듯한 표정으로 파일 겉표지를 보았다.

"사부님만 오케이하시면 지금 바로 공안국에 가서 재수사 신청할게요." 장전량이 목소리를 낮추며 덧붙였다.

"미운 털 박혀도 전 아무 상관없어요. 부국장님도 무조건 반대하시지는 않을 거예요. 게다가 당시 일하시던 분들은 벌써 다 퇴직하셨잖아요. 망신을 당해도 그분들이 당하는 건 아니라고요."

두청이 고개를 저었다.

"아직 의문이 좀 있어."

"의문이요?"

"만약 네가 살인범이라면 자기 대신 감옥에 간 희생양이 있는데 군이 위험을 무릅쓰고 또다시 범행을 저지르겠어?"

"그 새끼는 미친놈이잖아요!" 장전량이 눈을 크게 떴다.

"위기는 넘겼어도 결국 스스로를 주체하지 못하고 또다시 살인을 저지를 거예요. 그런 놈한테는 그게 정상이죠."

"네 추측이 맞는다면 그 후로 20년 동안 왜 C시에서는 유사 사건이 일어나지 않은 걸까?" 두청이 두 손가락을 내밀었다.

"이게 두 번째 의문이야."

장전량은 말문이 막힌 채 두청을 바라보다가 겨우 입을 뗐다.

"혹시 세 번째도 있어요?"

"응." 두청이 파일을 넘기더니 어느 한 페이지를 가리켰다.

"여기 좀 봐."

장전량은 소리 내어 읽기 시작했다.

"……잘린 부위의 피부 가장자리가 가지런하지 않고 상처 벽에 피부판이 여러 군데 있었으며……."

"이게 뭘 의미하겠어?"

장전량은 대답 대신 담배에 불을 붙이더니 무거운 표정을 지었다.

"사체를 토막 내는 수법이 서투르다."

"이게 바로 세 번째 의문." 두청이 파일을 덮었다.

"23년 전 살인범이 네 번째 범행을 저질렀을 때는 잘린 부위가 가지런하고 상처 벽도 매끈했어. 마음먹은 대로 손쉽게 사체를 토막 내는 경지에 이르렀다는 건데, 실력이 퇴보할 수가 있나?"

장전량이 뭔가를 생각하다 갑자기 몸을 부르르 떨었다.

"사부님." 고개를 든 그의 얼굴색이 어느새 창백해지고 있었다.

"지금 그 말씀은 설마……?"

두청은 의자에 등을 기댄 채 의미심장한 표정으로 장전량을 바라보았다.

뤄사오화는 춘제 연휴 내내 얌전히 집에서 가족들과 시간을 보냈다. 덕분에 뤄잉과의 관계도 눈에 띄게 좋아졌다. 딸은 더는 아빠의 행방에 큰 관심을 두지 않았고, 연휴가 끝나는 정월 초파일 아침에는 차 키까지 주었다.

외손자에게 줄 달걀을 까던 뤄사오화가 식탁에 있는 차 키를 발견하고 뤄잉을 쳐다보았다.

"오늘은 운전 안 해?"

"네, 주차할 데가 없어서요." 뤄잉이 시선을 아래로 두며 말했다.

"차 쓰실 일 있으면 쓰세요."

뤄잉은 곧바로 가방을 들고 현관으로 가서 신발을 갈아 신었다. 그러다 다시 돌아오더니 신문을 신발장 위에다 던졌다.

"오늘 신문이요."

뤄사오화는 반쯤 껍질을 깐 달걀을 내려놓고 어느새 다가와 신문을 펼쳐보기 시작했다.

뤄잉은 집중하는 뤄사오화가 의심스럽기도 하고 우습기도 했다.

"하여간 국가 대사에 관심도 많으셔."

뤄사오화가 눈길도 주지 않자 뤄잉은 입을 삐죽이며 문을 닫고 나갔다.

선 채로 1면을 다 읽고 현지 소식 면을 쭉 한번 훑었다. 원하는 정보가 없다는 확신이 들자 신문을 접어 식탁으로 돌아왔다.

이는 최근에 생긴 뤄사오화의 습관이었다. 매일 아침 그는 조간신문이 배달되었는지 가장 먼저 확인했다. 뤄잉은 몇 번이나 그 이유를 물어봤지만, 그때마다 대충 얼버무렸다. 아내 진평은 줄곧 감정을 드러내지 않고 신문을 보는 그의 안색을 주의 깊게 살피기만 했다.

아침 식사 후 설거지를 마치고 진평이 약 먹는 걸 거들어준 다음 외손자의 겨울 방학 숙제까지 도와주었다. 잠깐 TV를 보다가 거실을 빙빙 돈 후 베란다로 가서 담배를 피웠다.

맑고 서늘한 공기. 폭죽을 터뜨린 뒤라 아직 화약 냄새가 미세하게 남아 있었지만 명절 분위기는 어느덧 사라지고 없었다. 짧은 축제를 보낸 도시는 바쁘고 불안한 본모습으로 돌아와 있었다. 삶도 또다시 지금의 날씨처럼 차가운 얼굴을 드러냈다. 꽃 피는 따스한 봄이 아직도 멀리 있는 것만 같았다.

며칠 동안 적막했던 거리도 다시 번화해졌다. 심지어 전보다 교통체증이 더 심했다. 뤄사오화는 줄지어 느릿느릿 움직이는 차들을 바라보고 있었다. 여기저기서 울려대는 경적에 점점 짜증이 밀려왔다.

문틀에 기댄 채 자신을 바라보고 있는 진평을 발견하고 깜짝 놀라며 물었다.

"왜 나와 있어? 바람이 찬데 감기라도 걸리면 어쩌려고?"

뤄사오화는 얼른 진평의 어깨를 붙잡고는 거실로 데려갔다.

진평은 자신을 소파에 앉히고 담요를 가지러 침실로 가려는 뤄사오화를 붙잡았다.

"여보. 우리 얘기 좀 해."

뤄사오화는 순순히 진평의 맞은편에 앉았다.

서로 마주 앉은 부부는 둘 다 아무 말이 없었다. 먼저 침묵을 깬 사람은 진평이었다.

"우리가 같이 산 지 37년 됐나?"

"응. 77년에 결혼했으니까."

"그래. 잉이가 벌써 서른여섯이네."

진펑이 웃었다.

"후이는 열한 살이고."

"이제 곧 열두 살 되네. 4월 지나면."

뤄사오화는 저도 모르게 웃으며 북쪽 침실을 보았다.

"응. 그 오랜 시간 바빴는데도 우리 두 모녀 잘도 보살폈어, 당신."

진펑은 뤄사오화의 무릎에 손을 대고 가볍게 쓰다듬었다.

"내가 몸이 안 좋아서 당신 고생만 시키네."

"부부니까 당연한 거지, 무슨 그런 말을 해?"

"사실 당신한테 고민 있다는 것, 알고 있었어. 걱정하지 마. 나랑 잉이 둘 다 건강도 챙기고 후이도 잘 보살필 수 있으니까. 너무 오랫동안 당신한테 부담만 준 것 같아······."

"당신 지금 무슨 소릴 하는 거야?!" 뤄사오화가 진펑의 말에 담긴 의미를 알아차린 듯 갑자기 고개를 들었다.

"오해야······."

"아니, 오해한 건 당신이지." 진펑은 평온한 얼굴이었다.

"알아. 그동안 당신이 바빴던 건 딴 여자가 생겼다거나 그런 게 아니라는 거."

갑자기 진펑의 입가에 옅은 미소가 번졌다.

"당신처럼 칠칠맞지 못한 영감을 나 말고 또 누가 좋아해 주겠어?"

뤄사오화는 순간 넋을 놓고 있다가 금세 웃음을 터뜨렸다. 그는 때리는 시늉을 하다가 진펑의 얼굴을 가볍게 톡톡 두드렸다.

진펑이 웃으며 얼굴을 피했다. 외손자가 침실에서 고개를 빼꼼 내밀었다.

"할머니, 할아버지. 뭐 해?"

"아무것도 아니야. 그냥 놀고 있었어." 뤄사오화가 짐짓 엄숙한 표정을 지어봤지만 결국 웃음을 참지 못했다.

"얼른 들어가서 마저 숙제해. 안 그럼 나중에 엄마한테 혼나."

샹춘후이는 혀를 한번 내밀더니 침실로 들어갔다.

뤄사오화가 다시 진평 쪽으로 몸을 돌리더니 웃으며 말했다.

"이 여자가 까불고 있어. 외손자도 비웃는 거 봤지?"

진평은 웃으며 아무 말도 안 했지만 표정은 갈수록 진지해졌다.

"당신이 지금 하고 있는 일, 나한테 얘기해 줄 수 있어?"

뤄사오화는 순간 웃음기를 거두더니 고개를 흔들었다.

"아니. 지금은 안 돼."

예상했는지 진평의 얼굴에는 실망한 기색이 전혀 없었다.

"당신한테 중요한 일이야?"

"응, 중요해." 뤄사오화는 생각하다 한마디를 덧붙였다.

"엄청."

"위험한 거야?"

"아니." 뤄사오화가 웃었다.

"내가 무슨 일 하던 사람인지 잊었어?"

"알겠어." 진평은 자세를 고쳐 앉더니 두 손을 다리에 놓고 몸을 지탱하며 길게 한숨을 쉬었다.

"가 봐."

뤄사오화가 고개를 들었다.

"어?"

"가 보라고. 당신한테 중요한 일이면 가서 해. 안 그러면 계속 불안해할 거잖아."

진평은 차 키를 가져다가 뤄사오화의 손에 건넸다.

"잉이한테는 내가 잘 말할 테니 걱정 마. 후이도 나랑 같이 있으니까 문제없을 거야."

차 키를 움켜쥐고 놀란 듯 아내를 바라보던 뤄사오화가 더듬거리며 말했다.

"이 일 마무리 되면 내가 전부 다 얘기해 줄게."

"알았어." 진펑은 여전히 평온한 웃음을 짓고 있었다.

"기다릴게."

한동안 C시는 아무 일 없이 평온했다. 과음이나 폭식으로 병원에 실려 오는 불운한 사람들 아니면 폭죽이 터져서 화상을 입은 아이들 소식뿐이고, 살해당한 사람은 없었다. 악마도 명절을 지낸 것이다.

뤄사오화는 신문을 통해서만 최근 며칠간 C시의 상황을 파악할 수 있었다. 그가 제일 관심을 두는 사건은 일어나지 않아 어느 정도 안심이 되었다. 그래서인지 뤄주위안 단지로 들어서는 발걸음이 전처럼 무겁기는커녕 오히려 여유가 넘쳤다.

22동 앞에 도착해 4구역 501호 창문을 보았다. 낮이라 안에 사람이 있는지 확신할 수 없었다. 뤄사오화는 고민하다 맞은편 건물로 향했다.

6층으로 올라가 망원경을 꺼내 린궈둥의 집 안을 들여다보았다. 집 안 가구 배치는 전보다 조금 어수선할 뿐 예전 그대로였다. 노트북은 닫힌 채로 책상에 놓여 있었다. 사람이 움직이는 낌새는 보이지 않았다.

밖에 나갔나?

망원경을 내려놓고 미간을 찌푸렸다. 방금까지만 해도 홀가분했던 마음이 금세 무거워졌다. 린궈둥이 자신의 감시 범위 안에 있지 않으면 좀처럼 마음이 놓이지 않았다.

벽에 기댄 채 담배에 불을 붙였다. 린궈둥의 최근 생활 패턴을 보면 장을 보러 갔을 확률이 높았다. 그렇다면 한 시간 안에는 집에 돌아올 것이다. 일단은 기다려 보기로 했다.

담배를 피우며 복도에서만 움직였다. 가끔 보온병에 든 물을 한 모금씩 마시기도 했다. 20분마다 망원경으로 린궈둥의 집 안 동정을 살폈다. 건물 밑에서 사람 소리가 들리자 창문 뒤로 몸을 숨긴 채 조심스럽게 정탐을 이어갔다. 하지만 한 시간 반이 지나도록 린궈둥의 집은 여전히 고요했다.

뤄사오화는 자신의 판단을 의심하기 시작했다. 이 망할 자식이 혹시 잠들었나? 아니면 집에서 죽기라도?

그럼 나야 완전 땡큐지. 뤄사오화는 다소 악의적인 생각을 했다. 그는 시큰하고 저린 두 다리를 움직여 직접 확인해 보기로 했다.

패딩 모자를 쓰고 목도리를 칭칭 감았다. 가방을 메고 조용히 건물을 내려와 재빨리 22동 4구역 복도로 들어갔다.

성큼성큼 5층까지 오르자 쌕쌕거리며 숨이 가빠왔다. 계단참에서 잠시 쉰 후 조심스럽게 501호 철문 가까이 다가가 모자를 벗고 문에 귀를 갖다 댄 뒤 숨을 죽였다.

집 안은 고요하니 아무 소리도 나지 않았다. 몸을 일으켜 가만히 철문을 바라보았다. 모험하는 심정으로 문을 살짝 두드렸다.

동시에 몸을 돌려 재빨리 건물 아래로 도망칠 준비를 했다. 하지만 몇 초가 지나도 집 안에서는 아무 반응이 없었다.

긴 한숨을 내쉬었다. 린궈둥이 집에 없는 게 확실했지만 그 한숨은 이내 목구멍에서 턱 하고 걸려 버렸다.

갑자기 마음속에 억제하기 힘든 충동이 솟구쳤다. 이 문 너머는 어떤 모습일까?

린궈둥은 어떻게 살고 있을까?

뤄사오화는 조그마한 창문으로 보이는 풍경을 제외하고 린궈둥의 일상에 대해서 아는 게 거의 없었다. 그가 무엇을 먹고 어디에서 자며 어떤 책을 보고 어느 사이트들을 둘러보는지, 그리고 긴긴 밤에 편히 잠드는지 아니면 뒤척이며 잠 못 이루는지 알지 못했다.

이 궁금증에 대한 답은 바로 철문 안에 있었다.

호흡이 가빠졌다. 이 모든 걸 이해할 수 있다면 린궈둥에 대한 가장 신빙성 있는 판단을 내릴 수 있을지도 몰랐다. 20년이 넘는 감금 생활이 진짜로 린궈둥을 온순한 노인으로 길들인 건지, 아니면 그가 날카로운 이빨과 발톱을 감추고 있을 뿐인지 알 수 있을 터였다.

만약 전자라면 모든 걸 끝낼 수 있었다.

결국 가방을 열고 작은 금속 상자 안에서 철사 두 개를 꺼냈다.

주위를 살핀 뒤 민첩하게 철사를 열쇠 구멍에 넣었다. 몇 번 돌리기도 전에 밑에서 걸어 올라오는 발소리가 들렸다.

동작을 멈추고 가만히 귀를 기울였다. 발소리가 점점 가까워져 철사를 빼고 가방을 챙겨 일단 자리를 피하기로 했다.

아래층으로 내려갈 생각이었다. 만약 6층에 사는 사람이라면 충분히 의심받을 수 있는 상황이었기 때문이다. 절반 정도 계단을 내려가는데 커다란 비닐봉투를 든 남자가 노래를 흥얼거리며 계단을 올라오는 게 보였다.

머릿속에 아무 생각도 나지 않았다.

회색 패딩에 검은색 코르덴 긴 바지를 입고 안감이 털로 된 구두를 신은 린궈둥이 뤄사오화의 어깨를 스쳐 지나갔다. 뤄사오화를 힐끔 본 것 같기도 하고 아닌 것 같기도 했다.

끊임없이 흥얼거리는 노랫소리가 바스락거리는 비닐봉투 소리와 뒤섞여 순식간에 뤄사오화의 귀를 가득 메웠다.

두 사람이 이토록 가까운 거리에서 마주친 것은 23년 만에 처음이었다. 상대방의 어깨에서 전해지는 힘을 느낄 수 있을 정도였다. 옷 너머로 느껴지는 그 힘에는 사방으로 퍼지는 검은 기운과 달콤하고 비릿한 냄새가 담겨 있었다. 걸쭉한 질감이 뤄사오화의 몸을 분명하게 잡아당기는 것만 같았다.

계단에서 아주 짧게 스쳐 지나간 뒤, 한 사람은 위로, 다른 한 사람은 아래로 향했다. 4층으로 내려가던 뤄사오화는 정수리 위쪽에서 전해지는 열쇠 소리를 들었다. 복도 밖으로 공터가 보일 때까지 로봇처럼 걷다가 갑자기 온몸에 힘이 풀린 듯 그대로 주저앉았다.

"그놈이야……." 벌써 입안이 바싹 마른 게 느껴졌다.

"틀림없어……."

그는 다리가 떨리지 않을 때까지 기다렸다가 맞은편 건물로 뛰어들어갔다. 6층 감시 지점에 도착해 숨을 헐떡이며 망원경으로 린궈둥을 감시했다.

린궈둥은 표정이나 행동 모두 평소와 다름이 없었다. 옷을 걸고 차를 우린 뒤 노트북 앞에 앉아 담배를 피우며 전원을 켰다. 평소와 조금 달랐던 점은 그가 가져온 비닐봉투 안에 생필품이 아니라 인쇄용지 묶음이 들어 있었다는 것이다. 무슨 원고 같았다.

원고를 노트북 옆에 놓고 주의 깊게 살펴보았다. 그러고는 재빠르게 글자를 타이핑했다. 가끔 멈추면서 옆에 있는 두꺼운 영중 사전을 펼쳐보더니 계속 똑같은 동작을 반복했다.

뤄사오화는 린궈둥이 문서를 번역하고 있다는 걸 알아차렸다.

일자리를 찾은 것이다.

린궈둥의 모습은 두 가지를 설명해 주는 듯했다. 첫째, 뤄사오화의 미행을 알아채지 못했다는 것이다. 복도에서 스쳐 지나간 상대가 누구인지는 못 알아본 것 같았다. 둘째, 그는 이미 현재 생활에 적응하고 익숙해졌으며 이 생활을 유지할 방법을 강구하기 시작했다는 것이다.

이런 정황들을 보니 지금은 린궈둥이 정말 평온한 여생을 보내고 싶어 하는 노인에 불과한 것처럼 보였다.

하지만 뤄사오화는 이제 자신의 판단을 믿을 수 없었다. 방금 복도에서 우연히 그와 마주친 게 강한 자극을 준 것이다. 자신이 린궈둥의 과거 이미지에 갇혀 헤어 나오지 못한 것인지, 아니면 아직도 범죄에 있어서는 누구보다 예민하게 반응하는 것인지 뤄사오화 스스로도 분간이 되질 않았다. 어느 쪽이든 앞으로도 계속 린궈둥을 예의 주시하기로 했다. 요행이든 오판이든 이제는 더 이상 비극을 만회할 기회가 없을지도 모르기 때문이다.

22동 건물 맞은편 감시 지점으로 돌아갔다. 해가 지고, 뤄잉에게서 전화가 올 때까지 그 자리를 지켰다. 그 시각 린궈둥은 이미 간단하게 저녁을 먹은 뒤였다. 차를 따르고 화장실에 가는 것 말고는 거의 노트북 앞에 앉아 문서 번역에 몰두하고 있었다. 너무 집중한 탓인지 뤄사오화의 체력은 이미 바닥이 난 상태였다. 뤄잉에게 괜한 의심을 사고 싶지도 않아서 몇 번이고 고민하다 결국 오늘의 미행을 마무리하기로 했다.

맞은편 복도에서 그림자가 사라졌다. 망원경 렌즈에 반사된 빛도 더는 보이지 않았다. 린궈둥은 천천히 고개를 들어 어두컴컴한 창문을 바라보았다. 아무도 없었다.

자리에서 일어나 재빨리 주방으로 갔다. 작은 환기창으로 단지 밖에 있는 도로를 볼 수 있었다. 린궈둥은 선반 뒤에 숨어 뤄사오화가 몸을 흔들며 단지 밖으로 나가는 모습을 지켜보았다. 그는 짙은 남색 산타나 세단을 타고 그대로 자리를 벗어났다. 암홍색 미등이 마침내 어둠 속으로 완전히 자취를 감추었다.

린궈둥이 갑자기 크게 숨을 헐떡이기 시작했다. 오후 내내 바짝 신경을 곤두세우고 있던 몸에 긴장이 풀렸다. 그의 가슴이 격렬하게 위아래로 움직였다. 잠시 후 그는 이마에 솟은 미세한 땀방울을 닦고 비틀거리며 방으로 돌아왔다.

포근한 실내등이 켜진 방 안에는 라면 냄새가 남아 있었다. 방금 그가 먹은 저녁 식사였다. 라면을 먹을 때 바른 자세로 앉아 아무 일도 없는 듯 연기하던 자신의 모습이 떠오르자 린궈둥은 속으로 웃었다. 강한 원망과 분노가 일었다.

다시 노트북 앞에 앉아 모니터에 떠 있는 문서를 보았다. 뒤죽박죽 늘어진 문자 부호 속에 영어와 모국어가 섞여 있었다.

What the fuck!

개새끼! 개새끼!

대체 언제까지 날 몰아붙일 셈이야!!!

……

이게 바로 린궈둥이 오후 내내 노트북으로 '작업'한 결과물이었다. 애써 편안한 척했지만 도무지 집중할 수 없었다. 가슴에서 솟구치는 원망이 사나운 문장이 되어 그의 손을 거쳐 입력되었다.

그는 한숨을 쉬며 저장도 하지 않고 페이지를 닫았다. 그러고는 다시 새 문서를 열었다.

퇴원하고 처음으로 구한 일이었다. 오전 면접 때 번역회사 사장은 머리가 희끗희끗하고 옷차림이 추레한 그를 계속 살펴보았다. 사장의 두 눈에는 멸시와 의구심이 가득했다. 하지만 명문대학 학부 졸업장은 아직 꽤 쓸 만했다. 일단 샘플 번역을 내일 오전 10시까지 제출하라는 시용 계약을 체결한 것에 불과했지만 말이다.

번역을 끝내려면 밤을 새야 할 것 같았다. 급여는 낮았지만 일이 필요했다. 지금 생활을 유지하기 위해서이기도 하지만, 무엇보다 중요한 건 '그 사람'이 누구인지 알아야 했기 때문이다.

1992년 10월 27일 밤, C시를 어슬렁거리던 유령 같은 그놈은 대체 누구였을까?

정신을 차린 뒤 다시 원고를 찬찬히 읽어 내려갔다.

중소기업의 경쟁 입찰서였는데, 겉만 번지르르하고 실속 없는 문구와 공허한 약속들로 가득 차 있었다. 린궈둥은 완전한 문장이 떠오를 때까지 네모반듯한 글자들을 영단어로 옮기기 시작했다.

갑자기 그가 옆에 있는 두꺼운 영중 사전을 유리창에 냅다 던졌다!

쨍그랑 소리와 함께 어지럽게 금이 간 유리창이 몇 조각으로 부서졌다.

강하게 불어 닥친 찬바람에 두꺼운 회색 커튼이 둘둘 말렸다. 린궈둥은 휘날리는 회색빛 사이로 깨진 유리창에 비친 자신의 얼굴을 보았다. 극심한 분노로 표정이 잔뜩 일그러져 있었다.

제17장

황혼 속
여자

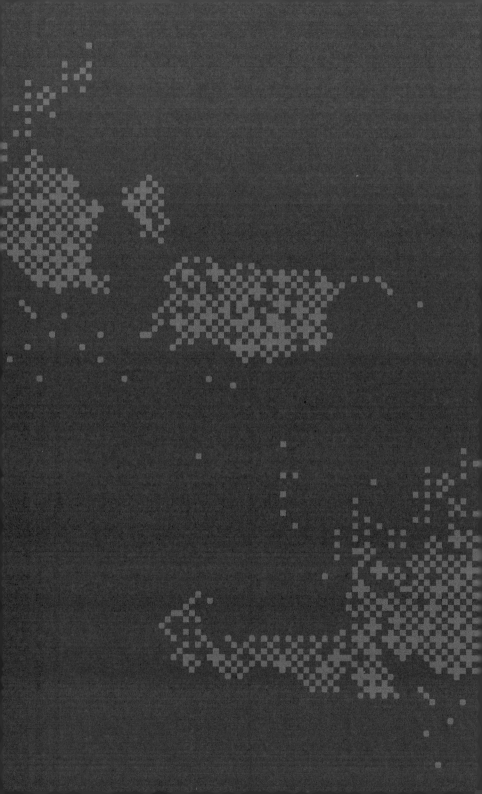

웨샤오후이가 침대 끝에 앉아서 핸드폰 액정에 손가락을 대고 빠르게 뭔가를 처리하고 있었다.

"이 휴대용 와이파이 속도, 빠르고 좋은데요? 그런데 네트워크 이름이 '예순 살 라오지'가 뭐예요, 하하."

"임시로 그렇게 한 거야. 마음껏 써."

지첸쿤은 대강 대답하고는 두꺼운 자료를 보는 데 집중했다.

웨이중이 인터넷에서 당시 연쇄 살인 사건과 관련된 자료를 대거 다운받아 제본까지 떠서 준 것이었다.

지금은 장하이성이 옆에 있어서 웨이중은 양로원을 자유롭게 돌아보고 있었다. 장하이성은 자주 못마땅해 보였지만, 그래도 지첸쿤이 부탁하면 군소리 없이 잘 따랐다. 그 이유를 아는 사람은 웨이중밖에 없었다.

지첸쿤에게 자료를 가져다준 게 이번이 벌써 두 번째였다. 그는 열심히 들여다보면서 가끔 빨간 사인펜으로 표시하기도 하고, 자료를 읽다 말고 웨이중과 토론을 하기도 했다.

"자세하지 않은 자료들이 좀 있네."

열심히 핸드폰을 가지고 노는 웨샤오후이를 보더니 지첸쿤이 목소리를 낮췄다.

"네티즌들이 자기들 마음대로 추측해 놓은 것 같아. 말도 안 되는 얘기들도 있고."

"맞아요. 저도 걸러서 뽑은 거예요. 너무 터무니없다 싶은 내용들은 바로 뺐어요."

웨이중이 갑자기 어색한 웃음을 지었다.

"그렇게까지 조심하실 필요 없어요. 쟤도 우리가 무슨 일 하는지 알거든요."

"어? 네가 얘기했어?"

지첸쿤이 놀란 듯 눈썹을 치켜올렸다.

"네." 웨이중이 겸연쩍은지 머리를 긁적였다.

"사례 찾아서 정리하려고 학교 도서관에 가다가 우연히 마주쳤어요. 아시다시피…… 제가 거짓말을 잘 못하잖아요."

"그랬구나." 지첸쿤이 입술을 삐죽거렸다.

"안 그래도 저 친구를 왜 데려왔나 의아해하던 참이었어."

"몰래 제 뒷담화 하지 마시죠. 다 들린다고요."

웨샤오후이가 여전히 핸드폰에서 눈을 떼지 않은 채 느닷없이 한마디를 던졌다.

지첸쿤과 웨이중이 웃기 시작했다.

"감히 그러려고. 도와주는 사람이 한 명 더 생기면 우리야 좋지."

지첸쿤이 웃으며 안경을 벗었다.

"엄청 유능해요." 웨이중이 자료들을 가리켰다.

"샤오후이가 찾은 것도 많아요."

"고마워. 그럼 샤오후이 학생의 고견을 좀 들어볼까?"

지첸쿤이 웨샤오후이 쪽으로 고개를 돌렸다.

웨샤오후이가 보기 드문 진지한 표정으로 말했다.

"라오지, 정말 그때 잡힌 사람이 진범이 아니라고 생각하세요?"

웨샤오후이를 가만히 바라보던 지첸쿤은 농담하는 게 아니라는 걸 알고 고개를 끄덕였다.

"그래."

"그렇군요. 그럼 그 살인범이 아직 살아 있다고 확신하세요?"

지첸쿤은 순간 멈칫하더니 웨이중을 바라보았다. 웨이중도 똑같이 의심하는 눈빛으로 그를 바라보고 있었다. 지첸쿤이 입을 열었다.

"연쇄 살인범 관련 도서를 국내외 할 것 없이 꽤 많이 읽어 봤어. 연쇄 살인범의 범행 당시 나이가 대개 마흔이 안 되더라고. 그렇다면 살인범은 올해 나이가 60세 정도 됐을 텐데, 죽을 나이는 아니잖아?"

"그럼 살인범이 아직 살아 있다고 가정해 볼게요."

웨샤오후이가 또다시 문제 하나를 던졌다.

"범인이 도시에 살고 있다고 확신하세요?"

지첸쿤은 순간 말문도 막히고 안색도 나빠졌다.

"중국에는 23개 성省, 5개 자치구, 4개 직할시와 무수히 많은 시市와 현縣이 있어요."

웨샤오후이가 두 손을 펼쳐 보였다.

"우리가 무슨 수로 찾을 수 있겠어요?"

실내가 정적에 휩싸였다. 웨이중은 웨샤오후이에게 계속 지첸쿤을 너무 자극하지 말라고 눈짓했다. 웨샤오후이는 웨이중 쪽은 쳐다도 안 보고 처음부터 끝까지 지첸쿤만 바라보았다. 한참 뒤에 지첸쿤이 가볍게 웃으며 천천히 말했다.

"그럼 내가 지금 성공할 가능성이 전혀 없는 일을 하고 있단 소리네?"

"제 말은 그런 뜻이 아니에요." 웨샤오후이는 상반신을 앞으로 기울이며 지첸쿤의 무릎 위에 손을 올려놓았다.

"전 다만 살인범이 남자라는 것 말고 우리가 아는 게 아무것도 없다고 생각했을 뿐이에요."

지첸쿤이 힘겹게 그 사실을 인정했다.

"그건 그래."

"왜 범인이 그 여자들, 그리고 아내분을 죽였는지 생각해 보신 적 있으세요?"

지첸쿤은 이미 웨샤오후이의 생각에 완전히 매료된 상태였다.

"그 얘기는……."

"피해자들에게 살인범을 끌어들일 만한 특별한 뭔가가 있었던 게 분명해요." 웨샤오후이의 눈이 갑자기 반짝이며 생기가 넘쳤다.

"만약 우리가 그걸 알아낸다면 살인범이 어떤 놈인지 역으로 유추할 수 있을지도 몰라요."

"그러니까 네 말은…… 공통된 특징을 찾자?"

웨이중이 중간에 끼어들었다.

"그렇지."

웨샤오후이는 핸드폰 화면을 두 사람에게 보여 주었다.

"저도 연쇄 살인범 자료들을 좀 찾아봤어요. 제리 브루도스Jerry Brudos 같은 경우 그가 선택한 피해 여성들 대다수가 예쁜 신발을 신고 있었고, 테드 번디Ted Bendy는 긴 머리에 청바지나 반바지를 입은 여성을 선호했다고 해요."

웨이중은 지첸쿤을 보며 잠시 망설이더니 물었다.

"라오지?"

지첸쿤의 몸이 떨리면서 눈빛이 흐릿해졌다.

"아내는 긴 머리였고, 살해되던 날 꽃무늬 원피스에 은색 하이힐을 신고 나갔어."

웨샤오후이는 웨이중을 보며 지첸쿤 무릎에 있는 자료집을 가져오라고 눈짓했다. 웨이중이 자료를 가져오자 웨샤오후이는 자료집에서 핑난 살인 사건 자료만 따로 빼놓고 나머지를 삼등분으로 나누었다.

"분업해요."

웨샤오후이가 방금 나눈 자료를 두 사람에게 건네며 말했다.

"이 불쌍한 피해자들에게 대체 무슨 공통점이 있었는지 한번 알아보자고요."

세 사람이 하나씩 사건을 맡아서 살펴보았다. 웨샤오후이는 바로 기록하기 편하도록 노트까지 준비했다. 하지만 반나절을 연구했는데도 노트에 적힌 내용은 단 몇 줄에 불과했다.

27~35세 여성.

괜찮은 외모.

밤에 실종.

세 사람은 맥이 빠진 듯 얼마 안 되는 글자들을 보며 아무 말이 없었다. 지첸쿤이 잠시 고민하다가 한 문장을 덧붙였다.

혼자 있을 때 습격당함.

웨샤오후이가 가까이 와서 확인하더니 지첸쿤을 쳐다보았다.

"법정 신문 자리에 갔었거든. 경찰의 판단에 따르면 범인은 전부 밤길을 혼자 걷던 여성을 노렸어."

지첸쿤은 웨샤오후이의 시선을 피하며 떨리는 손으로 담배에 불을 붙였다.

"피해자를 속여 차에 태운 뒤 둔기로 머리를 가격하고, 장소를 이동해 강간한 뒤 살해한 거야."

웨이중은 한숨을 내쉬더니 지첸쿤의 어깨를 툭툭 두드렸다.

웨샤오후이는 노트에 네 글자를 적었다. 운전 가능.

"아무래도 경찰이 가진 자료가 양도 더 많고 더 자세한 내용이 들어 있을 것 같아요." 웨샤오후이가 노트를 덮었다.

"구할 수 있으면 좋을 텐데."

"말이야 쉽지! 게다가 세월이 너무 많이 흘렀어."

지첸쿤은 고개를 흔들었다.

"방법을 생각해 봐야죠." 웨샤오후이가 얼렁뚱땅 넘어가는 말투로 말했다.

"오래된 사건이라 더 쉬울 수도 있어요."

한창 얘기 중인데 웨샤오후이의 핸드폰이 울렸다. 전화를 받은 웨샤오후이는 '네', '아' 이런 간단한 대답만 할 뿐이었지만 표정은 점점 더 무거워졌다.

"거기가 어디예요? 네, 알겠어요."

마지막으로 웨샤오후이는 상대방에게 질문을 던지고는 바로 전화를 끊었다.

웨샤오후이가 미안한 표정으로 지첸쿤에게 말했다.

"죄송해요. 일이 좀 생겨서 먼저 가 봐야 할 것 같아요."

"괜찮아." 지첸쿤이 얼른 몸을 바로 하고 앉았다.

"어서 가 봐. 도와주겠다고 기꺼이 나서준 것만으로도 이미 너무 고마워."

"저기, 얘도 저랑 같이 가야 할 것 같은데요."

웨샤오후이가 웨이중을 가리키며 말했다.

택시를 탄 뒤로 웨샤오후이는 도와달라는 말 한마디만 건넨 뒤 입을 꾹 닫았다. 가는 내내 차창 밖을 멍하니 바라보기만 했다.

웨이중은 차창에 비친 웨샤오후이의 그림자를 보면서 무슨 일인지 궁금했지만 섣불리 물어볼 엄두가 나지 않았다.

사실 지금 어디로 가는 건지, 구체적으로 무엇을 도와달라는 건지 딱히 관심이 없었다. 그보다 웨샤오후이가 연쇄 살인 사건에 이렇게까지 적극적인 이유가 궁금할 뿐이었다. 웨이중은 텅 빈 도서관 복도에서 지첸쿤의 부탁에 대해 횡설수설할 때, 눈에서 레이저 광선을 뿜어내던 웨샤오후이의 모습이 잊히지 않았다. 보통내기가 아니라는 걸 진즉 알고 있었지만, 지첸쿤의 일에 그녀가 보인 태도는 스릴 있어서라든가 흥미로워서라든가 하는 말로는 설명할 수 없었다.

"자료 찾는 거 도와줄게."

웨샤오후이는 이렇게 말하더니 열람실로 뛰어가 서가를 자세히 훑어보았다.

웨이중은 당시 그녀의 모습을 기억하고 있었다. 변명은 용납하지 않는다는 듯 명쾌하고 단호한 태도였다.

또다시 웨샤오후이를 보았다. 원망스럽기도 하고 지긋지긋하다는 표정이었다. 웨이중은 슬슬 걱정이 되었다. 웨샤오후이가 도와달라고 한 일이 썩 유쾌한 일이 아니라는 게 분명했기 때문이다.

시내로 접어든 택시는 약 30분 정도 지나 융안루永安路에 있는 어느 식당 입구에 정차했다. 웨샤오후이는 차비를 계산한 뒤 웨이중에게 따라오라는 눈치를 주었다.

작은 사천요리 전문점이었다. 웨샤오후이는 앞장서서 손님으로 거의 가득 찬 홀을 지나 별실로 곧장 향했다. 한 중년 남자가 별실 입구에서 기다리다가 웨샤오후이를 발견하고는 얼른 다가와 맞이했다.

"아이고, 왔구나, 왔어!"

웨샤오후이는 고개만 끄덕인 뒤 중년 남자를 지나 문을 열고 들어갔다.

별실에는 50세 전후로 보이는 남자 여섯 명이 있었다. 밤색 스웨터를 입은 남자가 입구를 등지고 큰 소리로 떠들며 한 손으로는 끊임없이 식탁을 두드리고 있었다. 나머지 다섯 남자는 원탁 반대쪽에 다닥

다닥 붙어 앉아서 못마땅한 표정을 짓고 있었다.

웨이중은 들어오자마자 코를 찌르는 술 냄새를 맡는 동시에 발밑에서 나는 요란한 소리를 들었다. 깨진 컵과 접시가 남은 음식들과 뒤섞여 바닥이 온통 난장판이었다. 누군가 곱창볶음 접시를 그대로 바닥에 던진 것 같았다.

웨샤오후이는 인상을 찌푸리며 고성을 지르는 남자에게 다가가 어깨를 툭툭 쳤다.

"아빠, 가요."

남자가 갑자기 매섭게 웨샤오후이를 때렸다.

"신경 꺼. 이 자식들이랑 한창 얘기 중인데……."

맞은편에 있는 남자 한 명이 자리에서 일어났다.

"이봐! 왜 애한테 손찌검을 하고 그래!"

"괜찮아요, 괜찮아." 웨샤오후이가 아픈 곳을 어루만지면서 맞은편에 있는 남자들에게 웃는 얼굴로 말했다.

"아빠 옷은요?"

누군가가 검은색 패딩을 던져 주었다. 웨샤오후이는 아빠의 몸에 패딩을 덮은 뒤 뒤돌아서 웨이중에게 낮은 목소리로 말했다.

"부축하는 것 좀 도와줘."

웨이중은 웨샤오후이가 시키는 대로 했다. 남자의 앞쪽으로 가 처음으로 상대방의 얼굴을 제대로 볼 수 있었다. 수척해진 얼굴에 짧고 빳빳한 수염들이 나 있고 주름이 가득했다. 얼굴이 지나치게 불그스름했는데 오랫동안 알코올에 중독된 것 같았다.

남자는 의자에 기대어 계속 숨을 헐떡였다. 웨이중은 남자를 일으켜 세운 뒤 간신히 별실 밖으로 끌고 나갔다.

웨샤오후이는 연거푸 남자들에게 사과하더니 아까 기다리고 있던 중년 남자를 따라 식당을 나왔다.

가는 내내 중년 남자는 원망을 쏟아내고 있었다.

"춘제도 지나고 해서 친구들 몇 명이 술 한잔하자고 모인 거야. 너도 알겠지만 네 아빠가 술만 마셨다 하면 딴 사람이 되잖아. 그래서 일부러 안 부른 건데, 어떻게 알고 혼자 찾아왔지 뭐야. 들어오자마자 마시기 시작하더니 마시고 욕하고, 부수고……."

길가에 도착하자 중년 남자는 "네 아빠 좀 잘 보살펴 줘"라는 말만 하고 돌아갔다. 웨샤오후이와 웨이중은 축 늘어진 남자를 부축하며 택시를 잡았다.

택시 몇 대가 연달아 멈춰 섰지만 만취한 남자를 보더니 전부 승차를 거부했다. 결국 웨샤오후이는 웨이중에게 남자를 부축해 나무 뒤에 숨어 있으라고 한 뒤 혼자 택시를 잡았다. 금방 택시 한 대가 멈춰 섰다. 웨샤오후이는 차 문을 열고 조수석에 몸을 반쯤 들이밀고 앉은 후 웨이중에게 손을 흔들었다.

도망갈 타이밍을 놓친 택시기사는 가는 내내 무뚝뚝한 얼굴로 차에 토를 하면 차비를 더 내야 한다며 거듭 강조했다. 최대한 빨리 재수 없는 일을 끝내기 위해 기사는 나는 듯이 차를 몰았다. 하지만 급정거를 반복하며 빠르게 방향을 바꾸다 보니 남자는 결국 버티지 못하고 한바탕 속을 게워냈다.

마침내 목적지에 도착하자 웨이중은 시큼한 냄새가 진동하는 택시에서 인사불성이 된 남자를 끌고 내렸다. 기사는 있는 대로 욕을 하며 창문을 열어 환기를 시켰다. 그는 50위안을 더 받아내고 나서야 화가 난 채 자리를 떠났다.

웨샤오후이의 집은 4층이었다. 어렵게 남자를 집으로 데리고 들어와서 소파에 내려놓았다. 웨이중은 지친 나머지 온몸이 다 욱신거렸고 땀을 줄줄 흘렸다.

웨샤오후이는 웨이중에게 잠시 쉬라고 한 뒤 주방에 가 물을 끓였다. 끓인 주전자 물의 반은 차를 우리고 나머지 반은 수건을 적셔 아빠의 얼굴과 머리에 덕지덕지 묻은 토사물을 닦았다.

술 취한 아버지를 보살피는 데 익숙한 것 같았다. 얼마나 자주 했으면 이런 일을 아무렇지 않게 할 수 있는지 가늠이 되질 않았다. 웨이중은 마음이 쓰렸지만 무엇을 해야 할지 몰라 그저 바라만 볼 뿐이었다.

웨샤오후이는 웨이중의 시선을 느꼈는지 미안한 듯 미소를 지어 보였다. 웨이중은 얼른 시선을 돌려 집 안을 살피는 척했다.

방 두 개에 거실 하나로 집이 크지 않았고, 가구와 장식품들도 딱히 유행하는 게 아닌 걸 보아 꽤 오랫동안 사용한 것 같았다. 그래도 깔끔하고 잘 정돈된 편인 데다 사소한 부분에서도 젊은 여성이 사는 흔적을 느낄 수 있었다. 예를 들면 식탁에 놓인 작은 화병, 도라에몽 모양의 알람시계, 곰돌이 푸가 그려진 쿠션 같은 것들을 보면 말이다.

웨샤오후이는 어느새 아빠의 얼굴을 깨끗하게 닦고 더러워진 옷을 다 벗겼다. 아빠에게 차를 마시게 하고 담요까지 덮어 주었다. 남자는 금세 요란하게 코를 골며 잠이 들었고, 웨샤오후이는 일어나 침실로 들어갔다.

곧 웨샤오후이는 편한 옷으로 갈아입고 머리는 포니테일로 묶은 채 방을 나왔다. 그리고 그녀의 발 옆으로 회색 고양이 한 마리가 소리 없이 등장했다.

"너랑 놀아 주라고 불렀어."

웨샤오후이는 웃으며 말하더니 더러워진 아빠 옷을 들고 화장실로 들어갔다. 곧이어 쏴 하고 물소리가 들렸다.

웨이중 앞까지 걸어온 고양이는 호기심 가득한 눈으로 그를 쳐다보았다. 그윽한 남색 빛을 띠는 눈동자가 반짝반짝 빛나고 있었다.

웨이중이 고양이를 쓰다듬으려고 손을 내밀었다. 처음에는 경계하며 물러서던 고양이가 조심스럽게 다가와 웨이중의 손가락 냄새를 맡

왔다. 위험한 사람이 아니라는 걸 감지라도 한 듯이 작은 머리를 들이
밀었다. 천천히 쓰다듬자 기분이 좋은지 눈을 게슴츠레하게 떴다.

웨이중이 화장실에 대고 물었다.

"얘 이름이 뭐랬지?"

물소리가 잠시 멈추었다.

"콩이."

다시 물소리가 들렸다.

"아, 맞다. 콩이."

손바닥에 느껴지는 부드러운 털 뭉치 때문에 저릿하기도 하고 간지
럽기도 했다. 나른하고 편안한 기분이 들었다.

"콩이, 안녕."

말을 알아듣기라도 한 것처럼 고양이가 이리저리 비비다 말고 단정
하게 앉아 웨이중을 물끄러미 쳐다보았다. 꼬리를 몇 번 움직이던 고
양이는 웨이중의 무릎으로 펄쩍 뛰어올랐다.

살집이 있는 작은 발이 허벅지를 밟자 희한한 느낌이 들었다. 고양
이는 웨이중의 품 안에서 몇 바퀴를 돌다가 적당한 위치를 찾아 늘어
지게 기지개를 켠 뒤 편안하게 배를 깔고 누웠다.

고양이가 눕는 순간 웨이중은 거의 본능적으로 가볍게 등을 쓰다듬
어 주었다. 고양이는 좋은 기분을 만끽하며 금방 잠이 들었다.

웨샤오후이가 손에 묻은 물기를 털어내며 화장실에서 나왔다.

"와! 콩이가 너 엄청 마음에 들었나 봐."

"쉿." 웨이중이 소리 내지 말라는 신호를 주며 조용히 물었다.

"보호소에 있던 개 맞지?"

"응." 웨샤오후이는 웨이중 맞은편에 앉아 콩이를 쓰다듬었다. 고양
이는 만족스러운지 골골 거리기 시작했다.

"몰래 데려왔어, 헤헤." 웨샤오후이가 웨이중에게 눈을 찡긋했다.

"얘도 나랑 떨어지고 싶어 하지 않는 것 같아서."

"하여간 대단해."

웨이중이 웃었다.

"피부병이 있는데도 보호소 사람들은 치료할 생각이 없더라고."

웨샤오후이가 고양이의 이마를 가볍게 쓰다듬었다.

"보름 만에 다 나았어."

소파에 있던 남자가 갑자기 고함을 질렀다. 그 바람에 웨이중도 깜짝 놀라고 품에 있던 고양이도 머리를 들었다. 반면 웨샤오후이는 태연한 표정이었다.

남자는 뒤척이며 입맛을 쩝쩝 다시더니 다시 잠들었다.

"괜찮아. 과음한 날에는 한 번씩 저러셔."

웨샤오후이가 웨이중을 보고 웃었다.

"그렇구나. 어머니는?" 웨이중이 주변을 두리번거렸다.

"집에 안 계시나?"

"돌아가셨어."

웨이중은 순간 놀라서 고양이를 쓰다듬다 말았다. 한참 시간이 지나서야 더듬더듬 말을 건넸다.

"미안."

"괜찮아." 웨샤오후이의 얼굴이 홀가분해 보였다.

"한 살도 되기 전에 돌아가셔서 엄마 얼굴도 기억 안 나. 그렇게 슬프지도 않고."

웨샤오후이가 자리에서 일어나며 말했다.

"배고프지? 내가 밥 차려 줄게."

"번거롭게 그럴 필요 없어." 웨이중은 조심스럽게 고양이를 안아 들었다.

"나도 이제 가봐야지."

"그냥 얌전히 앉아 계세요." 웨샤오후이가 다짜고짜 그의 어깨를 꾹 눌렀다.

"금방이면 돼. 오늘 도와주느라 애썼는데 대접을 해야지."

주방에서 달그락 소리가 났다. 웨샤오후이는 민첩하게 냉장고에서 각종 식재료를 꺼내 손질했다. 집중해서 요리하는 웨샤오후이의 볼이 발그레해졌고 코끝에도 미세하게 땀이 올라왔다. 흘러내리는 머리카락을 가끔 귀 뒤로 넘겼지만, 웨샤오후이가 움직일 때면 다시 뺨으로 내려왔다. 요리하는 와중에도 종종 거실에 앉아 있는 웨이중을 보고 미소를 짓기도 했다. 그럴 때마다 웨이중은 시선을 피해 무릎에 앉아 있는 고양이를 쓰다듬는 척했다.

십여 분이 지나고 맛있는 냄새가 주방에서 풍겨 나왔다. 콩이는 코를 킁킁거리며 눈을 크게 떴다. 웨이중의 품 안에서 기지개를 켜더니 가볍게 뛰어내려 꼬리를 바짝 세우고 주방으로 뛰어갔다.

웨샤오후이는 소시지를 자르다가 콩이를 보더니 말했다.

"우리 먹보, 냄새 맡고 깼구나?"

웨샤오후이는 소시지 조각 하나를 집어서 웅크리고 앉아 콩이 입에 넣어 주었다. 콩이는 소시지를 입에 물고 신나게 먹기 시작했다.

웨이중은 몸에 묻은 고양이 털을 툭툭 털어내며 주방으로 걸어갔다.

"뭐 도와줄 것 없어?"

웨이중은 주방 문가에 기댄 채 조리를 기다리는 각종 음식을 바라보았다.

"대박! 뭘 이렇게 많이 했어?"

"별것 아냐." 웨샤오후이는 대충 대답하고 넘어갔다.

"나가 있어. 여기 지금 난장판이야."

웨샤오후이는 밀가루 옷을 입은 황조기 한 마리를 들더니 솥 가장

자리를 따라 미끄러지듯 뜨거운 기름 안에 넣었다. '화르륵' 소리와 함께 기름 연기가 피어올랐다.

웨샤오후이는 능숙하게 나무 주걱으로 생선을 뒤집었다. 그러다 여전히 문가에 서 있는 웨이중을 바라보며 말했다.

"정 도와주고 싶으면 마늘이나 좀 까 줘."

웨이중은 고분고분하게 쓰레기통 옆에 쭈그리고 앉아 마늘을 깠다. 웨샤오후이는 나무 주걱을 이리저리 돌리며 펄펄 끓는 솥 안에 가끔 각종 조미료를 집어넣기도 했다. 다들 그렇게 가만히 환기창에서 나는 요란한 소리를 듣고 있었다. 고양이가 두 사람 다리 사이를 왔다 갔다 하며 신나게 코를 킁킁거렸다. 거실에는 깊은 잠에 빠져 있는 남자가 또다시 몸을 뒤집고는 몇 마디 웅얼거리더니 계속 잠을 잤다.

황조기 조림, 브로콜리 볶음, 콜라에 조린 닭 날개, 소시지와 쑹화단松花蛋, 오리 알이나 계란을 왕겨, 소금 등을 넣고 꽁꽁 묶어 삭힌 것으로, 중국인 대부분이 좋아하는 음식 모듬 요리, 둥과冬瓜 갈비탕까지 저녁 식사가 한 상 가득 차려졌다.

"술 한잔할래?"

웨샤오후이가 그릇과 젓가락을 놓으면서 물었다.

"아니, 괜찮아."

"그럼 이거 마셔." 웨샤오후이가 냉장고 옆 종이 상자에서 사이다 두 캔을 꺼냈다. "술이 많은데 난 별로 안 좋아해서."

웨이중이 등 뒤에 있는 소파를 쳐다보았다.

"아저씨 안 깨워 드려도 돼?"

"됐어." 웨샤오후이는 캔을 따서 웨이중 앞에 놓았다. "아빠 드실 거 좀 남겨뒀어. 일어나면 알아서 드실 거야."

음식이 입에 들어가자 웨샤오후이는 거의 말을 하지 않았다. 발 근처에서 엉기는 고양이를 가끔 만져 줄 뿐이었다. 웨이중은 여자랑 단둘이 밥 먹는 게 처음이라 무슨 말을 해야 할지 몰라 먹는 데만 집중했다. 다행히 웨샤오후이의 요리 솜씨가 좋아서 기분 좋게 식사를 하다 보니 어느새 밥 한 그릇을 뚝딱 비웠다. 웨이중이 맛있게 먹는 모습을 보고 웨샤오후이가 웃으며 밥 한 그릇을 더 채워 주었다.

날이 점점 어두워졌다. 집 안에는 식탁 위에 달린 펜던트 등 말고 다른 빛은 없었다. 웨이중은 어둠 속에 잠긴 소파를 가끔 쳐다보았다. 희미한 윤곽만 보이는 남자가 깨어날 기미를 보이지 않자 웨이중은 조금 안심이 되었다.

"아빠한테 널 어떻게 소개할지 고민 중이야?" 웨샤오후이가 웨이중의 의중을 간파했다.

"솔직히 말하면 되지. 학교 친구라고."

"그러네. 그런데 내가 괜한 일에 끼어들었다고 싫어하시진 않을까?"
웨이중이 난처해하며 말했다.

"괜찮아." 웨샤오후이가 닭 날개 하나를 집어 건넸다.

"깨어나도 방금 일은 기억 못 하셔."

"그럼 다행이고."

웨이중은 계속 밥만 먹었다. 잠시 후 웨샤오후이의 눈길이 느껴져 고개를 들다가 두 눈이 딱 마주쳤다.

"혹시 말이야." 웨샤오후이의 눈에 웃음기가 가득했다.

"우리 아빠가 너를 남자 친구로 오해할까 봐 그런 거야?"

순간 웨이중의 얼굴이 확 달아올랐다.

저녁을 다 먹고 웨샤오후이는 식기를 정리하고 설거지를 했다. 가만히 앉아 차만 마시기 미안했던 웨이중도 거들었다. 한 명은 설거지를 하고 한 명은 물기를 닦았다. 두 사람이 힘을 합친 덕분에 주방이 금세 깨끗해졌다. 웨샤오후이는 행주를 깨끗하게 빨아 베란다에 널었다. 웨이중은 베란다에 서 있는 웨샤오후이에게 다가가 옆에 섰다.

"뭐 보고 있어?"

웨샤오후이가 입으로 앞쪽을 가리켰다.

"저기 좀 봐."

저 멀리 도시에서 태양이 서서히 지평선 아래로 사라지고 있었다. 하늘 위쪽은 찬란한 붉은빛인데 아래로 갈수록 색이 옅어지면서 귤색, 유광 금색, 연노란색이었다가 건물과 거리로 내려왔을 때는 온통 거무스름하게 변했다.

완전히 어두워지기 전 이 도시는 낮 동안의 다채롭고 번화했던 모습을 좀 더 보여 주기 위해서 발버둥 치고 있었다.

조용히 석양을 바라보던 웨샤오후이의 매끈한 볼에 옅은 금빛이 덧칠해지자 솜털 하나하나가 투명해 보였다. 타오르는 불빛 같은 두 눈동자는 바다처럼 깊었다.

한참 시간이 지나 웨샤오후이는 가볍게 한숨을 내쉬며 선반을 더듬거리더니 화분 뒤에서 중난하이 담배 한 갑을 꺼냈다.

담배에 자연스럽게 불을 붙이고 깊이 한 모금을 빨아들였다.

라이터에 불이 켜지는 순간, 웨샤오후이의 두 눈에 있던 불빛이 떨리는 불꽃으로 변하더니 이내 완전히 사라져 버렸다.

태양은 완전히 가라앉았고, 검은 바다에 소리 없는 파도가 넘실대기 시작했다.

"아빠도 예전에는 저러지 않으셨어."

웨샤오후이는 아주 먼 곳에서 전해지는 것처럼 공허한 목소리로 말했다.

"내가 아기 침대에 누워 있을 때 아빠가 엄마랑 번갈아 나랑 놀아 주시던 게 아직도 기억이 나. 가끔 아빠 혼자 올 때도 있었어. 젊고 매끄러운 얼굴, 손가락으로 내 얼굴을 살짝 꼬집던 느낌. 그런데 어느 날 두 분 다 나를 보러 오지 않았어……."

웨이중은 어둠 속의 웨샤오후이와 그녀의 입에서 밝아졌다 어두워졌다 하는 담배를 가만히 쳐다보고 있었다.

어느 샌가 다가온 고양이가 웨샤오후이의 다리에 붙어서 빙글빙글 돌았다.

"하루 종일 누워 있었지. 춥고, 배고프고, 무서워하면서."

웨샤오후이는 고개를 숙이고 발등으로 고양이의 배를 가볍게 쓰다듬었다.

"울거나 잠자는 것 말고는 아무것도 할 수 없었어. 그리고 밤 늦게 아빠가 오셨지. 엄마 없이 혼자서."

고양이는 편안한 듯 몸을 웅크리더니 웨샤오후이의 발 위에 엎드렸다.

"어머니가……."

"사실 이게 다 내 착각은 아니었을까 하는 생각을 자주 해." 웨샤오후이가 가볍게 웃었다.

"한 살도 안 된 아기가 이런 걸 기억하고 있을 리가 없잖아. 한 가지 확실한 건 있어. 그날부터 모든 게 달라졌다는 거."

웨샤오후이는 담배를 입에 문 채 두 손을 머리 뒤로 뻗더니 어느새 헐거워진 머리를 풀어 다시 묶었다.

"아기 침대에 나타난 건 아빠 얼굴뿐이었어. 아빠 얼굴은 점점 야위고 거칠어졌어. 갈수록 불안해 보였지."

웨샤오후이는 짙은 남색 밤하늘을 향해 연기를 후 하고 내뱉었다.

"그날 이후 아빠에게 더 이상 여자는 없었어. 하지만 우리 두 사람의 생활을 제대로 책임지지도 못했지. 그래서 어릴 때부터 난 혼자 밥하고 청소하고 머리 빗고 하는 법을 배웠던 거야."

웨이중을 바라보는 웨샤오후이의 표정이 편안해 보였다.

"초경도 나 혼자 알아서 처리했어."

웨이중은 약간 민망했지만 웨샤오후이의 맑고 빛나는 두 눈 때문에 시선을 피할 수 없었다.

"아빠는 술에 절어 살았어. 취하면 무섭게 돌변했지. 중학교 1학년 여학생이, 술에 취해 어디 쓰러져 있는지도 모르는 아빠를 찾아다니는 모습이 넌 상상이 되니?" 웨샤오후이의 몸 절반 이상이 어둠에 가려진 채 두 눈만 유독 반짝이고 있었다.

"아빠를 찾아도 어떻게 집에 데려올지 생각해야 했어." 웨샤오후이의 목소리는 어딘가 쓸쓸하고 부드러웠다.

"심지어 아빠한테 목욕을 시켜드린 적도 있다니까. 술에 취해서 인사불성이 됐을 때."

웨이중이 목소리를 낮춰 물었다.

"아빠를 원망해?"

"아니." 웨샤오후이가 두 글자를 똑똑히 내뱉었다.

"아내를 잃은 비통한 현실 앞에서 아빠가 할 수 있는 게 아무것도 없었어. 그러니 술에 기대는 수밖에."

술 취한 아빠, 깊이 잠든 아빠, 무감각한 상태로 잠깐이나마 편안함을 누리는 아빠.

"난 그래도 아빠보다 운이 좋은 편이지. 엄마에 대한 기억이 없는 거나 마찬가지니까. 아빠는 아니잖아."

웨샤오후이가 어둠 속에서 천천히 걸어 나오자 가냘픈 몸과 새하얀 얼굴이 조금씩 드러났다. 곧이어 소매를 걷어 올린 팔이 쑥 하고 눈앞에 나타났다.

"고마워." 웨샤오후이의 눈빛이 달빛처럼 부드러웠다.

"오늘 도와줘서 정말 고마웠어."

웨이중도 손을 내밀어 부드럽고 차가운 손을 맞잡았다. 정신을 차렸을 때는 웨샤오후이의 이마가 어느새 그의 가슴에 닿아 있었다.

은은한 샴푸 향이 느껴졌다. 긴 머리가 턱을 스치며 간질이더니 작은 목소리가 들렸다.

"고마워."

제18장

한 배를 탄
사람들

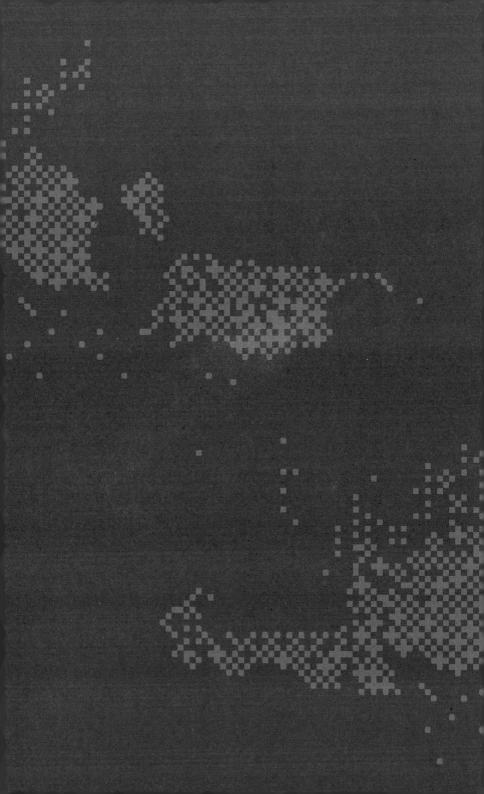

두 번째 살인범.

1990년, 연쇄 살인 사건이 발생했다.

1991년, 무고한 쉬밍량이 살인범으로 몰려 사형되었다. 진범은 오리무중이었다.

1992년, 또 한 명의 여성이 비슷한 수법으로 살해된 뒤 토막 난 채로 유기되었다. 하지만 두청은 동일범의 소행이 아니라고 보았다.

다시 말해 두 번째 살인범이 등장한 것이다.

이후 두 번째 살인범마저 종적을 감추었고, C시에서 더 이상 유사 사건은 일어나지 않았다.

그렇다면 두 번째 살인범의 동기는 대체 무엇일까?

"모방이요." 장전량이 재떨이에 담배꽁초를 눌러 끄며 말했다.

"외국에도 비슷한 선례가 있어요."

그는 자료 뭉치를 뒤적이더니 한 페이지를 펼쳤다.

"1989년에 활동했던 미국 연쇄 살인범 헤리베르토 에디 세다Heriberto Eddie Seda는 사제 권총이나 비수로 사람을 살해했는데, 경찰과 언론에 살인을 예고하는 편지를 보냈어요. 편지에는 알 수 없는 기호들이 적혀 있었고요."

"그놈이 모방한 사람이 그럼⋯⋯." 두청이 미간을 찌푸렸다.

"'조디악 킬러Zodiac Killer'?"

"맞아요." 장전량이 입을 삐죽였다.

"이 미친놈이 제 입으로 '조디악 킬러'에게 경의를 표하기 위해 사람을 죽였다고 진술했어요."

두청은 속으로 욕을 내뱉었다. 당시 미국 전역을 떠들썩하게 하고 언론사들 역시 경쟁적으로 보도하던 연쇄 살인 사건이었다. 항간에 떠도는 근거 없는 여러 의혹도 난무했다. 쉬밍량이 사형된 이후에도 그에 대한 소문은 여전히 끊이질 않았다. 언론의 과장된 보도는 실제로 살인이나 사체 훼손이 주는 쾌감을 느끼고 싶다는 잠재적 범죄자들의 충동을 자극했다.

그런데⋯⋯.

두청은 잠시 생각을 하더니 물었다.

"피해자가 몇 명이야?"

"세 명이요."

피해자 수가 모방 법칙에 부합하자 두청은 고개를 끄덕였다. 에디 세다가 '조디악 킬러'에게 경의를 표하려고 한 거라면, 애초부터 연쇄 살인을 염두에 둔 거라고 볼 수 있었다. 하지만 C시에서 활동한 그 '모방범'은 어째서 단 한 차례 범행만 저지르고 손을 뗐을까?

"저도 그 문제를 생각해 봤어요."

장전량은 확실히 두청의 마음을 읽은 것 같았다.

"대다수 사람에게 강간, 살인, 사체 훼손은 쉽게 할 수 있는 일이 아니에요. 살인범에게 모방 충동은 있었지만 범행 후 자신의 모방 실력이 부족하다는 걸 깨달았을 거예요. 보셔서 아시겠지만, 범인은 굉장히 혼란스러운 상황에서 범행을 저질렀어요. 그리고 그게 마지막이었죠."

두청은 아무 말도 하지 않았다. 이 사건은 그의 생각보다 훨씬 복잡했다. 단순히 오래된 사건 하나를 추적 조사하려던 게 이제는 두 사건으로 늘어났다. 다음 문제는 살인범의 배후에 또 다른 살인범이 존재하는지였다.

이 두 사람 간의 관계는 정말 단순한 모방에 불과할까?

두청은 사건 파일 두 개를 나란히 책상에 올려놓고 번갈아가며 훑어보았다. 그 모습을 지켜보던 장전량은 잠시 망설이더니 두 파일을 하나로 겹쳐 버렸다.

"사부님. 나중에 일어난 사건은 왜 해결하지 못했을까요?"

장전량이 느릿느릿 말했다.

"여러 가지 이유가 있겠지." 두청이 한숨을 쉬었다.

"너도 알다시피 우리가 살인 사건을 처리할 때, 동기를 먼저 파악한 뒤 피해자의 대인관계를 중심으로 조사를 시작하잖아." 두청이 파일을 가리켰다.

"그런데 이 사건의 피해자는 무작위로 선택됐을 가능성이 커. 무동기 살인이니 수사가 쉽지 않은 거야 당연하지."

"다른 이유는 없고요?"

"어?"

두청은 장전량의 의미심장한 눈빛을 보더니 그가 두 파일을 포갠 의도를 알아차렸다.

"저희가 사건에 대해서 내린 모든 분석은 전부 한 가지 가설을 전제로 한 거예요." 장전량이 할 말을 정리했다.

"1990년 연쇄 살인 사건의 진범은 아직 잡히지 않았고, 1992년 살인 사건의 범인은 이전 살인범을 모방했죠."

"계속해 봐."

"사부님이 분석한 내용은 확실히 일리가 있어요. 그런데 동일범일 가능성은 없을까요?"

"동일범?"

"네." 장전량이 피식 웃었다.

"이게 바로 1992년 살인 사건이 미제로 남은 또 다른 이유예요."

두청이 눈을 가늘게 뜨며 물었다.

"알아듣게 설명해 봐."

장전량이 위에 놓인 파일을 가리켰다.

"그 사건을 처리한 사람이 누구인지 보시는 게 좋을 거예요."

린궈둥은 유리문에 적힌 '쌴허三和 번역회사'를 확인한 후 문을 열고 들어갔다.

회사라고는 하지만 자그마한 사무실 하나가 전부였다. 아직 뜯지 않은 인쇄용지와 원고가 무더기로 쌓여 있어서 비좁은 사무실이 더 좁아 보였다. 창가 쪽 자리에 컴퓨터가 여러 대 있고 세 명의 남자, 여자 한 명이 일에 몰두하고 있었다. 파란색 스웨터에 회색 패딩 조끼를 입은 뚱보가 책상 앞에 앉아 자판을 두드리다가 린궈둥을 보더니 물었다.

"어떻게 오셨어요?"

린궈둥은 그가 장張 씨인 걸 기억하고 있었다. 지난번 면접 때 자신을 인터뷰한 사람이라 얼른 웃는 얼굴로 대답했다.

"장 사장…… 장 대표님. 원고 가져 왔습니다."

"아…… 성이 뭐였죠?" 장 대표가 하던 일을 멈추었다.

"아, 린 씨. J대 외국어과 졸업한 사람, 맞죠?"

"네네, 맞습니다."

린궈둥은 연신 고개를 끄덕이며 쇼핑백에서 번역 원고를 꺼냈다.

"제가 번역한 건데 한번 보세요."

왼손에는 원문, 오른손에는 번역문을 들고 자세히 대조하며 검토하던 장 대표의 얼굴에서 어떤 표정도 읽을 수 없었다. 린궈둥은 두 손을 맞잡고 겸손한 표정으로 옆에 서 있었다.

몇 분 뒤, 장 대표가 원고를 내려놓고 목청을 가다듬었다.

"좋습니다. 졸업한 지는 한참 되셨는데 역시 기본 실력은 어디 안 가네요."

린궈둥은 굉장히 뿌듯한 표정으로 고개를 끄덕였다.

"과찬이십니다."

"그럼 계약서 작성합시다." 장 대표가 서랍을 뒤적거렸다.

"출퇴근할 필요는 없어요. 5대 보험이나 장기주택기금 같은 것도 없고요. 일감이 들어오면 연락을 드릴 겁니다. 보수는 천 자당 150위안, 이만하면 잘 쳐 주는 거예요. 천샤오, 천샤오!"

"갑니다, 가요." 베이지색 스웨터를 입은 여자가 손에 묻은 물기를 털어내며 걸어왔다.

"화장실 갔었어요. 무슨 일로 찾으셨어요?"

장 대표가 린궈둥을 가리켰다.

"계약서 한 부 내와 봐."

"종이로 된 건 다 떨어졌는데요." 여자가 입구에 있는 책상 옆에 앉았다.

"한 부 출력해 드릴게요."

"번역료도 계산해서 같이 드려."

말을 마친 장 대표는 다시 장부를 계산하는 데 몰두했다.

린궈둥이 여자에게 고개를 끄덕이며 말했다.

"그럼 잘 좀 부탁합니다. 아가씨."

"뭘요. 그리고 그냥 천샤오陳曉라고 부르세요."

여자가 친절하게 미소 짓더니 모니터를 보며 빠르게 마우스를 움직였다. 프린터가 작동하기 시작하면서 금세 종이 몇 장을 뱉어냈다. 천샤오는 계약서를 집어 린궈둥에게 건넸다.

"성이?"

"린 씨예요."

"린 선생님, 일단 계약서 한번 살펴보세요." 천샤오가 책상 옆에 있는 의자를 가리켰다.

"번역료 계산해서 드릴게요."

고분고분 자리에 앉은 린궈둥은 흰 종이에 적힌 검은 글씨에 집중하지 못했다.

추운 겨울이었지만 실내는 춥지 않았다. 사무실 한구석에 놓인 전기 히터가 천천히 돌아가고 있었다. 입구 쪽으로 방향을 틀 때마다 따뜻한 바람이 서서히 불어오면서 천샤오 책상에 있는 서류들이 가볍게 펄럭거렸다.

린궈둥은 자세를 고쳐 앉은 뒤 코를 킁킁거렸다.

두 장밖에 안 되는 계약서인데도 5분이 넘도록 한 장도 못 읽었다. 호흡이 점점 가빠지더니 이마에 땀까지 맺혔다.

장부를 작성하던 천샤오가 벌게진 린궈둥의 뺨을 보고 물었다.

"겉옷을 벗으시면 어때요?" 천샤오가 쓰던 걸 멈추고 물었다.

"네? 아, 아뇨. 괜찮습니다."

린궈둥은 깜짝 놀란 듯 외투 밑자락을 잡아당겨 두 다리 사이를 가렸다.

"계약서는 다 살펴보셨어요?"

"문제없습니다." 린궈둥이 얼른 계약서를 천샤오에게 건넸다.

천샤오는 웃으며 린궈둥에게 펜을 주었다.

"그럼 서명하세요. 핸드폰 번호도 같이 적어 주시고요."

"네네."

린궈둥은 서둘러 서명을 하고 핸드폰 번호를 적었다. 너무 힘을 주는 바람에 종이에 구멍이 뚫렸다.

천샤오는 계약서를 한번 쭉 살펴보았다.

"되셨어요. 이건 지난번에 작업하신 번역료예요."

천샤오가 린궈둥에게 봉투를 건넸다.

린궈둥은 받자마자 손바닥에 흥건한 땀 때문에 봉투가 젖은 게 느껴졌다.

장 대표가 고개를 들었다.

"다 됐어?"

천샤오가 대답했다.

"네, 계약서 다 작성하셨어요."

장 대표는 책상을 들추더니 투명 파일철에 담긴 원고 네 개를 집었다.

"기획서 세 부, 논문 한 편이에요." 장 대표가 린궈둥에게 파일철을 건넸다.

"기간은 일주일인데, 문제없죠?"

"네, 문제없습니다."

린궈둥이 파일철을 조심스럽게 쇼핑백에 넣었다.

"그럼 이만 가보겠습니다."

"그래요. 무슨 일 있으면 연락하시고요."

린궈둥은 고개를 끄덕였다. 인사를 하고 입구로 걸어가면서 천샤오 옆을 지날 때쯤 발걸음을 멈추었다.

"또 봐요, 천샤오."

"조심해서 가세요."

모니터 뒤에 있는 천샤오가 고개를 들더니 린궈둥을 보며 웃었다.

린궈둥은 복도로 나가자마자 곧장 엘리베이터로 걸어가 아래층으로 가는 버튼을 눌렀다. 엘리베이터를 기다리는 동안 결국 참지 못하고 또다시 고개를 돌렸다.

유리문 너머로 고개를 숙인 채 일하고 있는 천샤오의 모습이 보였다. 전기 히터에서 나오는 뜨거운 바람에 짧은 머리카락이 향기 나는 꽃송이처럼 살랑거렸다.

"인턴?"

수화기 너머로 들리는 멍 교수의 목소리에 의구심이 가득했다.

"이제 막 3학년 된 것 아냐? 인턴하기에는 아직 좀 이르지 않나?"

"올해 사법고시를 볼까 생각 중인데, 실무를 좀 배우고 싶어서요."

"그렇다고 고급 인민법원까지 갈 필요는 없잖아?"

"아무래도 중대하거나 까다로운 사건들을 심리 판결하는 곳이라 대표성이 있다고 생각하거든요."

"실무를 배우고 싶다면서 파일은 봐서 뭐 하게? 재판 몇 번 방청하는 게 더 낫겠구면."

"그렇긴 한데요."

웨이중이 들고 있는 노트를 재빨리 펼쳐보았다. 그 안에 웨샤오후이의 글씨가 적혀 있었다.

"법정 신문 기록을 보면 학습 효과가 더 좋잖아요. 게다가 재판 방청 기회가 많은 것도 아니고, 방청한다고 해도 전형적인 사건을 만날 수 있으리란 보장도 없고요."

웨샤오후이가 써 준 원고를 다 읽고 나서 웨이중은 조용히 멍 교수의 대답을 기다렸다.

"그 말도 뭐 일리가 있네. 자식, 학구열 높은 건 알아줘야 한다니까."

멍 교수가 잠시 생각하더니 말했다.

"추천서 써 줄 테니 내일 오전에 내 연구실로 와. 친구 하나가 고급 인민법원에서 일하거든. 바로 그 친구 찾아가면 돼."

감사 인사를 하고 전화를 끊었다.

"역시 대단해." 웨이중이 웨샤오후이에게 노트를 돌려주었다.

"네가 적어준 대로 말하니까 교수님이 진짜로 믿으시네."

"당연하지." 웨샤오후이가 의기양양한 표정으로 노트를 가방에 집어넣었다.

"멍 교수님이 학구열 높은 학생을 좋아한다는 건 법학과 사람이라면 누구나 다 아는 사실이야."

사실 웨샤오후이는 이 통화를 위해 철두철미하게 준비를 했다. 두 사람의 대화 내용은 대체로 그녀가 예상한 범위 안에 있었고, 멍 교수가 던질 수 있는 모든 질문에 거의 완벽히 대비했다. 예상한 대화 내용을 노트에 적어 두기까지 했다. 웨이중은 대본을 보며 통화를 마친 셈이었다.

"꼭 이렇게까지 해야 해?"

웨이중은 그다음 임무를 생각하자 저도 모르게 긴장이 되었다.

"물론이지." 웨샤오후이의 말투가 상당히 단호했다.

"사건의 세부 내용을 전부 알지 못하면 우리가 할 수 있는 건 아무것도 없어."

웨샤오후이의 태도는 지첸쿤의 모습과 완전 판박이였다.

불과 며칠 만에 웨이중은 자신이 생각했던 이미지와 전혀 다른 웨샤오후이의 모습을 보게 된 것이다. 밝고 친절하며 어딘가 허술해 보이던 웨샤오후이가 단단한 투구를 쓰고 갑옷을 입은 것만 같았다.

홀로 아버지를 돌보던 웨샤오후이.

주방에서 능숙하게 요리하던 웨샤오후이.

담배를 피우던 웨샤오후이.

그녀의 치밀한 생각과 과감한 행동은 웨이중의 상상을 훨씬 뛰어넘었다. 어느새 웨샤오후이, 지첸쿤, 웨이중 세 사람 사이의 관계에서 그녀의 역할은 점점 더 중요해졌다.

웨이중은 웨샤오후이와 베란다에서 서로 기대어 있던 순간이 환상은 아니었을까 생각하곤 했다.

더 미묘한 것은, 약속이라도 한 듯이 그날 저녁때 있었던 일에 대해 서로 입도 뻥긋하지 않았다는 것이다.

다음 날 오전 9시 반, 웨이중은 해당 성省의 고급 인민법원 문 앞에 서 있었다. 그는 추천서 한 장을 손에 쥐고 우뚝 솟은 건물을 바라보며 저도 모르게 벌벌 떨었다.

"뭘 그렇게 쫄았어?" 웨샤오후이가 가볍게 말했다.

"당당하게 들어가. 밖에서 기다리고 있을게."

으, 네가 들어가는 게 아니니까 그렇지!

속으로 중얼거리던 웨이중은 숨을 깊이 들이마신 뒤 전전긍긍하며 대리석 계단을 올라갔다.

진홍색 문 앞에 서자 국가 사법 기관의 위엄이 무엇인지 조금은 알 것 같았다. 피곤해서인지 긴장해서인지는 모르겠지만, 계단을 오르는데 벌써 숨이 가쁘고 다리가 후들거렸다. 땀을 닦으며 좌우를 둘러보았다. 문 앞에 돌 사자 두 마리가 매섭게 자신을 노려보는 느낌이 들었다.

웨이중은 문 옆에 있던 경비의 주목도 끌었다. 경계심으로 가득한 상대방의 눈빛을 피해 핸드폰을 꺼냈다.

5분 뒤, 체격 좋은 남자가 바쁘게 걸어 나와 주위를 둘러보더니 웨이중을 발견했다.

"멍 교수 제자 맞죠?"

"네. 류劉 판사님, 안녕하세요."

웨이중이 얼른 고개를 끄덕이며 인사했다.

"그렇게 예의 차릴 거 없어요. 멍 교수 제자면 내 제자나 마찬가지
니까."

류 판사가 경비를 보며 말했다.

"제 손님인데, 그래도 등록해야 해요?"

경비는 손사래를 치며 말했다.

"아이고, 아닙니다, 판사님."

류 판사는 웨이중을 데리고 엘리베이터 쪽으로 걸어가면서 멍 교수
의 안부를 물었다. 엘리베이터를 타고 5층에 도착하자 류 판사는 웨이
중의 열람 수속을 도와준 뒤 고급 인민법원 기록보관소 입구로 데려
갔다.

먼저 들어간 류 판사가 입구에 앉아 있던 젊은 관리자에게 열람증
을 건넸다. 관리자는 대충 훑어보더니 확인 도장을 찍어 주었다.

"들어가세요."

류 판사가 손을 흔들며 들어오라는 신호를 보내자 웨이중이 얼른
따라 들어갔다. 류 판사는 웨이중에게 서류 보관 선반 사이에 놓인 책
상에 앉으라고 하고 자신은 선반 쪽으로 가서 암홍색 표지로 된 서류
철 두 개를 꺼냈다.

"이 두 개는 최근 피고인이 모두 사형 판결을 받은 사건들이야. 한
명은 살인 사건. 다른 한 명은 마약 판매상이지."

류 판사가 그중 파일 하나를 들춰보더니 목록을 가리켰다.

"여기 보면 1심 판결문, 항소장, 피고인 답변서, 1심 내용 종합 보고
서, 수사관이나 변호사가 사건 파일을 읽으면서 적은 기록 등이 있어.
다른 것보다 재판 기록을 중점적으로 살펴보면 사법고시 준비하는 데
도움이 될 거야."

웨이중이 연신 알겠다고 대답했다.

류 판사가 시간을 확인했다.

"그럼 보고 있어. 난 할 일이 좀 있어서. 무슨 일 있으면 연락하고. 참, 담배 안 피우지?"

"네?" 웨이중이 황급히 고개를 흔들었다.

"아, 네. 안 피워요."

"여기 금연이거든. 멍 교수가 담배는 안 가르쳐서 다행이네."

류 판사가 웃었다.

그는 웨이중의 어깨를 툭툭 치더니 자리를 떠났다.

책상 옆에 앉아서 파일을 보는 척하며 꼼꼼히 기록보관소를 둘러보았다.

기록보관소는 직사각형 형태로 벽을 따라 길게 철제 파일 선반이 놓여 있고, 하드보드지 바인더로 제본된 파일이 가지런하게 정렬되어 있었다. 파일철마다 색인 카드가 붙어 있었다.

심박 수가 갑자기 빨라졌다. 찾아야 하는 파일이 여기 선반 어딘가에 있기 때문이다.

인민법원 소송파일 보관기한 규정에 따르면, 살인 사건 소송파일은 영구적으로 보관해야 한다. 따라서 쉬밍량 살인 사건 파일은 이곳에 있는 게 분명했다. 문제는 어떻게 찾느냐였다.

일반적으로 파일은 형사, 민사, 경제 관련 사건으로 분류해 정리해 두기 때문에 형사 사건 파일을 놓아둔 선반을 찾는 일이 급선무였다.

웨이중은 지금 이 파일을 류 판사가 어느 선반에서 꺼냈는지 기억하고 있었다. 웨이중의 오른편에 죽 늘어서 있는 선반들 전부 혹은 적어도 이 중 한 선반 안에는 형사 사건 파일이 보관되어 있을 것 같았다.

계속 파일을 살펴보는 척했다. 지금은 그저 기다리는 수밖에 없었다. 곧바로 일어나 파일을 찾았다가는 의심을 살 수도 있었기 때문이다.

조용한 기록보관소에서는 관리자가 핸드폰 버튼을 누르는 소리 외에 선반 반대편에서 미세하게 파일 넘기는 소리가 들렸다. 파일을 열람 중인 사람이 웨이중 말고 더 있는 것 같았다. 웨이중은 속으로 다음 행동을 계획하면서 시간을 헤아렸다. 20분 정도 지났을 때 보던 파일을 덮고 일어나 자리를 벗어났다.

선반으로 향하는 순간 주변 시야로 자기 쪽을 바라보는 관리자의 모습이 포착되었다.

애써 태연한 척하며 선반 앞으로 한 발짝씩 걸음을 옮겼다. 들고 있던 파일을 원래 자리에 꽂아 놓으면서 재빨리 색인 카드를 확인했다.

2010 – 2013년도(형)

예상대로 형사 사건 파일을 정리해 둔 선반이었는데 사건 심리 판결연도 순서대로 정렬되어 있었다. 뒷줄에 있는 선반을 쳐다보았다. 저긴 2010년 이전 사건들일 거야.

웨이중은 과감히 뒤쪽으로 걸어갔다. 자신의 등에 꽂히는 관리자의 시선을 분명히 느낄 수 있었다. 다음 선반에 있는 색인 카드를 확인했다.

2005 – 2009년도(형)

내 예상이 맞았어! 자신감이 생겨 앞쪽을 확인하려고 하는데 갑자기 관리자가 소리쳤다.

"저기요, 뭐 하세요?"

"네?" 웨이중은 깜짝 놀라며 다급하게 몸을 돌렸다.

"다…… 다른 파일도 좀 보고 싶어서요."

"류 판사님이 주신 것만 보세요. 다른 파일들은 함부로 보시면 안 됩니다."

관리자가 웨이중을 쳐다보면서 엄격하게 말했다.

"아, 알겠습니다." 웨이중은 얼른 자리로 돌아와 앉기 전에 관리자에게 몸을 굽히며 말했다.

"죄송합니다."

관리자는 고개를 끄덕이더니 계속 핸드폰을 만지작거렸다.

책상에는 이제 파일 하나밖에 남지 않았다. 계속해서 심장이 쿵쾅거렸다.

바로 눈앞에 있는 관리자가 겉으로 보기에는 신경 쓰지 않는 것 같으면서도 자신의 일거수일투족을 감시하고 있으니, 어떻게 파일을 손에 넣는담?

빨리 여기서 도망치고 싶은 마음뿐이었다. 하지만 밑에서 노심초사하며 기다리는 웨샤오후이와 두 사람이 자료를 가지고 돌아오길 바라는 지쳰쿤을 생각하니 또다시 망설여졌다.

이러지도 저러지도 못하고 있는데 조용한 기록보관소에 갑자기 듣기 좋은 음악이 울리기 시작했다. 관리자가 핸드폰으로 온 전화를 받고 있었다.

"여보세요?"

최대한 목소리를 낮추기는 했지만 실내가 워낙 조용해 통화 내용이 선명하게 들렸다. 관리자의 억양과 표정으로 볼 때 꽤 친한 여성에게서 온 전화인 것 같았다. 관리자는 웨이중을 힐끔 한번 쳐다보더니 밖으로 나갔다.

지금이 기회였다.

파일을 들고 뒤쪽 선반으로 빠르게 걸어가면서 계획을 세웠다. 파일을 진열해 둔 규칙을 보면, 한 선반에 거의 4년치 파일을 정리할 수 있는 것 같았다. 그럼 쉬밍량 살인 사건 파일은 못해도 선반 다섯 개는 지나야 하니 최대한 서둘러야 했다.

선반 사이를 지나가며 다른 줄 책상에 앉아 있는 남자를 보았다. 한

시가 급해 남자의 백발과 육중한 체형, 회색 패딩만 눈에 보였다.

남자에게 더 신경 쓸 마음도, 그럴 겨를도 없던 웨이중은 상대방이 자신의 행동을 까발리지 않기만을 바랄 뿐이었다.

다섯 번째 선반 앞으로 걸어가 색인 카드를 확인했다.

1994-1999년도(형)

순간 마음이 들떠 빠른 걸음으로 여섯 번째 선반으로 가 보았다. 예상대로였다.

1989-1993년도(형)

철제 선반 앞으로 가 가장 윗줄에서 파일 한 권을 꺼내 사건명을 확인했다.

안자룽安佳榮 고의 상해(치사) 사건

파일을 다시 넣고 몇 권을 건너 뛴 다음 다른 한 권을 꺼냈다.

바이샤오융白曉勇 납치 살인 사건

곧바로 파일이 한어병음 순서대로 정리되어 있다는 걸 알아차렸다. 그렇다면 쉬밍량쉬의 한어병음은 xu이다. 살인 사건 파일은 가장 아랫줄에 있는 게 틀림없었다.

웨이중은 얼른 쭈그리고 앉아 맨 아래 칸을 살폈다. 네 번째 파일을 꺼냈을 때 '쉬밍량 살인 사건'이라고 적힌 표지가 눈에 들어왔다. 빙고!

속으로 환호하며 재빨리 들고 있던 파일을 꽂아 넣는 척하면서 해당 파일을 숨겨 왔던 길로 돌아갔다.

책상으로 돌아가고 있는데 복도에서 어렴풋하게 관리자의 목소리가 들렸다.

"그래, 그럼 저녁 때 봐."

거의 뛰다시피 걸음을 옮겼다. 덕분에 관리자가 기록보관소 안으로 발을 들이는 동시에 웨이중도 의자에 착석할 수 있었다.

고개를 숙이고 있기는 했지만 웨이중은 여전히 관리자가 자기 쪽을 힐끔거리는 걸 느낄 수 있었다. 수상하게 보이지 않으려고 가쁜 숨을 최대한 억누른 채 평온을 유지하려 애썼다.

관리자는 눈치채지 못한 듯 잠시 웨이중을 주시하더니 다시 책상에 앉아 잡지를 보기 시작했다.

웨이중은 안심하고 슬며시 숨을 뱉었다. 머리카락을 정리하는 척하며 이마에 난 땀을 조심스럽게 닦았다.

앞에 있는 파일은 더 오래되고 두꺼웠다. 종이가 이미 누레지고 바스라지기 시작한 데다 먼지가 수북이 쌓여 있었다. 몇 페이지를 넘겼을 뿐인데 미세한 먼지들이 나풀거렸다. 웨이중은 가방으로 파일을 가린 채 천천히 넘겼다.

목록을 살핀 뒤 앞부분은 건너뛰고 공안권公安卷, 공안이 내린 수사 결론 부분으로 곧장 넘어갔다.

신고 접수 기록, 현장 스케치, 탐문 수사 기록, 현장 감식 기록, 사진, 시신 검사 보고서…….

심장을 조이는 듯한 무서운 내용들, 피가 낭자한 사진들…….

가슴이 답답해졌다. 목구멍을 막고 있는 큰 돌덩이를 뱉을 수도 없고 삼킬 수도 없는 그런 갑갑한 느낌이었다. 마지막에 토막 난 사체 조각을 사람 형체로 맞춰 놓은 여성의 시신 사진을 보고 결국 헛구역질이 나오고 말았다.

얼른 입을 막으며 조심스럽게 관리자를 살폈다. 관리자는 이런 일이 익숙한지 비웃음 가득한 눈빛을 보냈다.

웨이중은 억지로 신물을 삼킨 뒤 가슴을 반복해서 쓸어내렸다. 진정되자 몰래 핸드폰을 꺼내 카메라를 켠 뒤 연신 셔터를 눌러댔다.

사진을 찍으면서 관리자를 주의 깊게 살폈다. 고생한 끝에 필요한 내용을 전부 다 촬영했다. 하지만 파일 끄트머리를 보니 공안권이 아직 더 남아 있었다. 이 파일에는 살인 사건 두 건에 대한 내용만 있었던 것이다.

웨이중은 파일을 덮고 나서야 '쉬밍량 살인 사건' 뒷부분에 '제1권'이라고 적힌 글자를 발견했다.

젠장. 웨이중은 뒤에 있는 선반을 쳐다보았다. 이 사건의 전모를 알기 위해서는 파일 하나를 더 가져와야 했다.

하지만 지금 그가 할 수 있는 유일한 일은 기다리는 것뿐이었다.

웨이중은 가지고 있는 파일을 다시 한번 훑어보면서 아까 그 여성이 다시 관리자에게 전화를 걸어 주기를 기도했다.

당시 큰 사회적 파문을 일으킨 사건이라 그런지 공안 기관이 제작한 파일은 내용이 상당히 자세했다. 웨이중은 어느새 파일을 읽는 데 푹 빠져 있었다. 장면 하나하나가 눈앞에 펼쳐지는 것만 같았다.

깊은 밤. 0도에 가까운 기온. 어둠 속을 달리는 흰색 소형 화물차. 쑹장제. 민주루. 허완 공원. 쓰레기소각장. 정형외과 병원. 소형 화물차가 가다 서다를 반복하고, 길가에 정차할 때마다 검정 비닐봉투가 한 개 또는 여러 개 버려진다. 비닐봉투에는 피비린내를 풍기는 부풀어 오른 사체 조각이 가득 담겨 있다. 아름답고 건강했던 여자들이 그렇게 이 도시 곳곳에 버려진다. 시신이 온전치 못한 그 영혼은 어두운 밤을 떠돌며 자신의 억울함을 하소연하고 있다.

공포와 분노가 뒤섞인 감정이 웨이중의 가슴에 가득 차올랐다. 미간이 점점 좁혀지면서 두 손에 주먹이 쥐어졌다.

대체 어떤 놈이길래 이런 끔찍한 짓을 저지를 수 있는 거지? 자신의 사악한 욕망을 충족하기 위해 무고한 여성들을 납치하고, 몸을 더럽히고, 생명을 앗아가고, 아름다운 몸을 그렇게 토막 내고……. 어떻게 이럴 수 있냐고!

지첸쿤의 심정이 이해가 되었다. 그가 왜 20년이 넘도록 그 참혹했던 사건을 마음에 담아 두고 있는지를.

제3자인 나도 인간 말종의 범죄에 화가 치밀어 오르는데, 아내를 잃은 비통함을 직접 겪은 라오지는 오죽할까.

무슨 일이 있어도 이 짐승 같은 새끼를 찾아내야 해! 반드시 찾아서 본인이 저지른 짓에 대한 대가를 전부 치르게 해야 해!

설령 그게 23년이나 늦은 형벌일지라도!

마침 관리자가 빈 찻잔을 들고 자리를 벗어나는 게 보였다. 정수기가 기록보관소와 얼마나 떨어져 있는지는 모르겠지만, 분명 놓칠 수 없는 절호의 기회였다. 상황이 어찌되었든 위험을 무릅써야 했다.

관리자가 사라지자마자 자리에서 벌떡 일어나 가지고 있던 파일을 챙겨 여섯 번째 선반으로 곧장 달려갔다. 선반 앞에 도착해 무릎을 바닥에 대고 파일을 원래 위치에 넣은 뒤 옆에 있는 파일을 집었다…….

그런데 파일이 꼼짝도 하지 않았다.

손에 이상한 느낌이 들었다. 누군가가 파일 반대편을 잡고 팽팽하게 버티는 것 같았다.

동시에 선반 맞은편에서 '어?' 하는 소리가 들렸다.

당황스러웠지만 다른 생각을 할 겨를이 없었다. 손에 재차 힘을 주었는데 맞은편에서 느껴지던 힘이 순간 사라졌다. 파일을 잡아당기고 있던 웨이중은 순간 균형을 잃고 뒤쪽으로 넘어졌다.

몸이 부딪히면서 선반이 흔들렸다. 웨이중은 놀라서 얼른 선반을 붙잡으려고 했다. 하지만 손을 뻗는 순간 우르르 소리와 함께 파일들이 바닥으로 쏟아졌다.

곧이어 파일에서 떨어진 먼지덩어리가 공기 중에 풀풀 날렸다. 뿌연 먼지 속에서 웨이중은 선반 뒤쪽에서 걸어 나온 백발의 남자를 발견했다. 그는 놀란 얼굴로 웨이중을 바라보고 있었다.

그 순간 웨이중은 그 남자를 언젠가 만난 적이 있다는 걸 깨달았다.

"거기 두 사람…… 지금 뭐 하는 겁니까!"

입구 쪽에서 고함 소리가 들려왔다. 관리자가 뜨거운 김이 펄펄 나는 찻잔을 들고 어안이 벙벙한 채 난장판이 된 현장과 두 사람을 바라보고 있었다.

"별, 별일 아닙니다."

남자가 먼저 정신을 차리고 선반 꼭대기를 가리켰다.

"제가 이 친구한테 위에 있는 파일을 좀 꺼내 달라고 부탁했는데, 균형을 잃어서 그만…… 이렇게 된 겁니다."

남자가 웨이중에게 손을 내밀며 의미심장한 미소를 지었다.

"얼른 일어나요."

웨샤오후이는 의기소침해진 웨이중과 그 뒤로 회색 패딩을 입은 백발의 남자를 놀란 눈으로 바라보았다. 잔뜩 풀이 죽은 웨이중의 모습을 보니 남자의 손에 압송되어 나오기라도 하는 것처럼 보였다.

웨샤오후이는 마음을 가라앉히고 자신에게 눈짓을 보내는 웨이중은 거들떠도 보지 않았다. 그러고는 반쯤 마신 커피를 쓰레기통에 버리고 옷을 가지런히 한 뒤 가슴을 쫙 폈다. 웨이중과 남자가 코앞까지 오자 두 사람이 입을 떼기도 전에 웨샤오후이가 먼저 말했다.

"얘랑은 아무 상관없어요. 제가 시킨 거예요."

남자는 순간 놀라서 얼굴이 굳어졌고, 웨이중은 애매한 표정을 지었다. 남자가 큰 소리로 웃기 시작했다.

"형사 파일을 몰래 찍을 생각을 하다니, 대담한 걸?" 남자가 웨이중의 어깨를 툭툭 쳤다.

"그래도 공범이 꽤 괜찮네. 의리 있어."

영문을 몰라 그 자리에 멍하니 서 있는 웨샤오후이를 뒤로하고 남자는 자기 할 말만 하고 앞으로 걸어갔다. 웨이중은 남자의 뒤를 바짝 쫓으면서 웨샤오후이에게 따라오라고 손짓했다.

남자는 주차장으로 곧장 걸어가더니 구식 팔라딘 SUV을 찾아 차문을 열었다. 그는 두 사람에게 뒷좌석에 타라고 눈짓을 보낸 뒤 시동을 걸고 고급 법원을 빠져나갔다.

SUV는 금세 도시의 차량 홍수 속으로 미끄러져 들어갔다. 남자는 가는 내내 아무 말도 하지 않았다. 차가 점점 먼 곳으로 향하자 웨샤오후이는 호기심 가득한 눈빛으로 웨이중을 보며 입 모양으로만 물었다.

"누구?"

웨이중이 운전석에서 침묵하고 있는 남자를 보더니 작은 소리로 말했다.

"저 분, 우리 한 번 만난 적 있어. 라오지 집에서."

"아."

웨샤오후이가 백미러를 보았다. 남자의 얼굴이 반밖에 안 보였지만 그날 오후를 떠올리기에는 충분했다. 지첸쿤의 주택소유권증과 임대차 계약서를 살펴보던 경찰 중 한 명이 확실했다.

"무슨 일인데?"

웨이중은 난처한 듯 입을 삐죽이더니 30분 전에 있었던 일을 말해 주었다.

기록보관소에서 웨이중과 경찰은 철제 선반 하나를 사이에 두고 동시에 같은 파일을 잡았다. 상대방이 먼저 손을 놓는 바람에 웨이중은 넘어지면서 등 뒤에 있던 선반을 쓰러뜨릴 뻔하기까지 했다. 어수선한 상황을 관리자에게 딱 들켜 버렸지만, 경찰이 적당히 이유를 둘러댄 덕분에 위기를 모면할 수 있었다. 하지만 웨이중을 수상하게 여기는 관리자 때문에 더 이상 그곳에 남아 있을 자신이 없어 대충 핑계를 대고 서둘러 자리를 벗어났다. 그런데 뒤따라온 경찰이 그를 획 하고 붙잡더니 비상 통로로 끌고 들어갔다.

"우리 전에 만난 적 있는데."

경찰은 비상 통로 철문에 기댄 채 담배에 불을 붙였다.

"지첸쿤 씨 집에서, 기억하죠?"

몰래 파일을 챙겨서인지 웨이중은 제 발이 저렸다. 숨기기엔 너무 늦은 것 같아 순순히 고개를 끄덕이며 인정할 수밖에 없었다.

"지첸쿤 씨가 보냈어요?"

"아뇨." 웨이중이 서둘러 부인했다.

"제가 사법고시를 준비 중이라 공부도 할 겸……."

경찰은 그의 말을 전혀 안 믿는 눈치였다.

"지난번에 만났을 때 지첸쿤 씨가 지금 양로원에 있다고 했죠?"

경찰이 담배를 한 모금 빨아들였다.

"나랑 같이 좀 갑시다."

"라오지는 정말 아무 상관도 없는데……."

"학생이 가져가려던 게 쉬밍량 살인 사건 제2권. 목표가 아주 확실하던데?"

경찰이 웨이중의 말을 끊더니 매섭게 돌변했다.

"지첸쿤 씨 부인이 쉬밍량 살인 사건 피해자 중 한 명인데, 그래도 사주 받고 온 게 아니에요?"

경찰은 담배꽁초를 발로 비벼 끄더니 비상 통로 문을 열고 단호하게 말했다.

"갑시다."

웨샤오후이가 잠시 아무 말이 없다가 갑자기 큰 소리로 말했다.

"라오지가 시킨 게 아니라 우리가 도와드리고 싶어서 벌인 일이에요."

웨이중은 웨샤오후이가 경찰이 들으라고 하는 말인 걸 알아차렸다. 하지만 상대방은 아무런 대답 없이 다른 질문을 던졌다.

"펑첸제風前街 초등학교 옆에 있는 그 단풍 양로원 맞죠?"

웨이중과 웨샤오후이 모두 대답이 없었다. 경찰도 더는 캐묻지 않고 계속 운전에만 집중했다.

40분 뒤 양로원 입구에 도착했다. 경찰은 차를 세우고 웨이중과 웨샤오후이가 우물쭈물하며 차에서 내리는 걸 진득하게 기다렸다. 두청은 두 사람을 따라 양로원으로 들어갔다.

가는 동안 웨이중은 파일을 몰래 열람한 자신의 행동이 불법으로 국가 기밀을 획득한 행위에 해당하는지 반복해서 따져 보았다. 아무리 생각해 보아도 해당 사항이 없었다. 그렇다면 경찰을 양로원에 데려와도 지첸쿤에게 피해가 가지는 않을 것 같았다. 계산이 끝나자 웨이중은 더 이상 반항하지 않고 곧장 지첸쿤의 방으로 향했다.

지첸쿤은 평소와 다름없이 창가에 앉아 책을 읽고 있었다. 두 사람이 들어오는 걸 보더니 얼른 휠체어를 돌려 물었다.

"어떻게 됐……."

말을 다 하기도 전에 지첸쿤은 두 사람 뒤에 서 있는 경찰을 발견하고 순간 얼어붙었다.

웨이중과 웨샤오후이가 서로 마주 보며 주저하고 있는데 지첸쿤이 먼저 입을 열었다.

"구면이네요."

지첸쿤의 표정이 금방 평온해졌다.

"두청 경관님."

고개를 끄덕이던 두청의 시선이 지첸쿤의 휠체어로 향했다.

"다리는 어쩌다 그렇게 되신 겁니까?"

"교통사고를 당했어요. 두 다리를 못 쓰게 됐죠."

두청은 지첸쿤의 방을 둘러보기 시작했다. 머리맡에 있는 책장에 그의 시선이 한참을 머물렀다.

"여기서 얼마나 계셨습니까?"

"18년 됐습니다."

지첸쿤이 갑자기 웃었다.

"많이 늙으셨네요."

두청은 지첸쿤을 뚫어지게 보더니 같이 웃으며 말했다.

"만만치 않으신데요."

얼어 있던 분위기가 금세 부드러워졌다. 지첸쿤은 웨이중에게 찻잎에 끓인 물을 부어 달라고 한 뒤 두청에게 담배를 건넸다. 그렇게 두 사람은 마주 보고 앉아 담배를 피우면서 의례적인 대화만 나누었다.

물이 끓고 차가 다 우려졌다. 네 사람은 각자 생각에 잠겨 있었다. 웨이중은 핸드폰에 저장된 파일 사진을 생각하고 있었고, 웨샤오후이는 지첸쿤과 두청의 관계에 호기심이 생겼는지 끊임없이 두 사람을 살폈다.

차 한 잔을 다 마신 뒤 지첸쿤이 먼저 입을 열었다.

"어쩌다 세 사람이 만나게 된 겁니까?"

두청이 웃으며 웨이중을 가리켰다.

"이 친구한테 물어보시죠."

얼굴이 새빨개진 웨이중은 기록보관소에서 있었던 일을 처음부터 끝까지 다 털어놓았다. 지첸쿤은 이야기를 다 듣더니 다소 무거워진 표정으로 망설이다가 정색하며 두청에게 말했다.

"제가 시킨 겁니다. 파일을 몰래 열람한 건 쟤들하고 상관없는 일이에요."

두청은 별로 신경 쓰지 않는다는 듯이 손을 저었다.

"그건 제 소관이 아닙니다. 그런데……."

두청은 지첸쿤에게 다가가 눈을 가늘게 뜨고 그의 얼굴을 보았다.

"왜 23년 전 파일을 보려고 하신 겁니까?"

"그걸 몰라서 묻습니까?" 지쳰쿤은 전혀 위축되지 않고 두청을 마주 보았다.

"당신들이 그때 사람을 잘못 잡았잖아요! 제 아내를 죽인 살인범은 지금도 멀쩡히 살아서 돌아다니고 있다고요."

두청은 무표정한 얼굴로 시종일관 지쳰쿤을 주시하고 있었다.

"그래서요?"

"제가 잡을 겁니다."

지쳰쿤의 눈빛이 반짝였다.

두청이 자세를 바로 하고 앉더니 담배에 불을 붙인 뒤 지쳰쿤의 다리 쪽으로 시선을 옮겼다.

"포기를 못하시는 겁니까?"

"한 번도 포기한 적 없습니다."

지쳰쿤이 웃었다.

"그쪽도 마찬가지 아닙니까? 아니면 왜 저 친구랑 같은 파일을 봤겠어요?"

두청은 껄껄 웃음을 터뜨렸다.

"맞습니다. 포기가 안 되더군요."

두청은 자신의 무릎에 시선을 고정한 채 웃으며 고개를 흔들었다.

"경관님한테는 그래도 감사한 마음이 있어요."

지쳰쿤이 몹시 간절한 말투로 말했다.

"당시 판결을 뒤집으려고 하다가 동료들과 사이도 틀어지고, 결국 외진 현 정부 소재지로 전출되셨다고 들었습니다."

"그건 그냥 정상적인 인사이동이었을 뿐이에요. 감사 인사 받을 만한 게 아닙니다."

두청이 손을 흔들었다.

"아뇨, 받을 만합니다."

지첸쿤이 탄식했다.

"저야 가족이 변을 당한 거지만 경관님은 다르잖아요. 20년이 넘도록 포기하지 않고 계속 조사하시는 건 단순히 경찰로서 느끼는 책임감 때문에……."

"지첸쿤 씨, 저 그렇게 위대한 사람 아닙니다."

두청이 차분한 표정으로 중간에 말을 끊었다.

"암이라네요."

순간 실내가 더할 나위 없이 고요해졌다.

"30년 넘게 경찰로 일하면서 해결하지 못한 유일한 사건입니다."

두청은 시선을 아래로 내리며 느릿느릿한 말투로 말했다.

"저한테 이제 남은 시간이 얼마 없어요. 그래서……."

두청이 어깨를 으쓱하더니 웃었다.

"아쉬움을 남긴 채 떠나고 싶지는 않습니다."

지첸쿤은 한참 동안 두청을 바라보더니 나지막하게 물었다.

"제…… 제가 뭘 도와드릴 수 있을까요?"

"그건 제가 드릴 질문인 것 같은데요?"

두청이 웃으며 반문하더니 웨이중과 웨샤오후이를 쳐다보았다.

"뭐 좀 알아냈나요?"

"진전이 전혀 없어요. 진전이 있었다면 저 친구들이 그렇게 큰 위험을 무릅쓰고 파일을 몰래 훔쳐 보진 않았겠죠."

지첸쿤의 안색이 어두워졌다.

"그래도 대단해요."

두청이 웨이중의 주머니를 가리켰다.

"꽤 많이 찍었더라고요."

웨이중은 난처한 표정으로 지첸쿤을 보며 고개를 끄덕였다.

지첸쿤의 눈이 순간 반짝였다. 만약 그 자리에 두청이 없으면 웨이중에게 당장 보여 달라고 했을 정도로 기대하는 눈빛이었다.

"그런데 1권밖에 못 봐서."

두청은 마음을 다잡는 듯 잠시 생각하다 등 뒤에서 가방을 꺼냈다.

"이걸로 보세요."

두청은 가방에서 두꺼운 파일 몇 개를 꺼내 지첸쿤에게 건넸다.

"이게 전체 파일입니다."

몇 페이지만 들춰봤을 뿐인데 지첸쿤의 두 손이 벌벌 떨리기 시작
했다. 뜻밖의 선물이 믿기지 않는 듯했다.

"어떻게 이걸……."

"별것 아닙니다." 두청은 지첸쿤을 보다가 웨이중과 웨샤오후이에게
시선을 돌렸다.

"이 사건에서만큼은 이제 우린 한 배를 탄 거나 마찬가지니까요."

제19장

참새

최근 린궈둥의 생활 패턴은 상당히 규칙적이었다.

일주일 정도 미행을 하면서 뤄사오화는 린궈둥이 일자리를 구했다는 확신이 들었다.

이삼일에 한 번씩 새벽시장에 가서 먹을거리나 생활용품을 사고 그 후로는 거의 집 밖으로 나오지 않았다. 매일 컴퓨터 앞에 바르게 앉아서 원고를 열심히 번역했다(이는 그가 자주 영중사전을 뒤적이는 걸 보면 검증할 수 있는 부분이었다). 자리에서 일어나는 건 화장실을 갈 때나 찻잔에 뜨거운 물을 채워올 때뿐이었다. 점심에 잠깐 쉬면서 밥도 먹고 쪽잠을 자기도 했다. 뤄사오화는 그가 버린 쓰레기봉투를 몰래 뒤진 적도 있는데, 특별히 이상한 점은 없었다.

뤄사오화는 날이 밝기도 전에 일어났다. 어제 미행으로 알아낸 사실 때문이었다. 린궈둥은 노트북 앞에 앉아 장시간 키보드를 두드리는 대신 웹 서핑에 더 많은 시간을 할애하고, 가끔 골똘히 생각하며 글자를 입력하기도 했다. 번역을 어느 정도 마무리하고 최종 검토 및 수정을 하는 것이다. 그렇다면 오늘 원고를 제출하러 갈 가능성이 컸다. 린궈둥이 외출하기 전에 그를 지켜보다가 어디에서 일하는지 확인할 생각으로 서둘렀던 것이다.

뤄사오화는 옷을 입으면서 한탄했다. 퇴직 전이었다면 린궈둥의 거취를 확인하는 건 일도 아니었을 것이다. 하지만 지금은 상황이 달라져 미행이라는 가장 단순한 방법을 쓸 수밖에 없으니 아쉬울 따름이었다.

시간이 일러 아침 노점들도 영업을 시작하기 전이었다. 뤄사오화는 전날 밤에 끓여 놓은 죽과 바오쯔 몇 개를 데우고 반찬 두 개 정도를 준비할 생각이었다. 전기밥솥 버튼을 누르고 바오쯔를 찜통에 넣은 뒤 가스레인지 위에 올렸다.

뤄사오화는 셴단咸蛋, 절인 달걀 혹은 오리알 두 개를 잘라 놓고 시금치를 데칠 준비를 했다. 물이 끓는 동안 담배를 피우며 정신을 차릴 겸 거실로 향하는데 뤄잉이 잠옷 차림으로 식탁에 앉아 있었다.

"왜 이렇게 일찍 일어났어?" 뤄사오화가 담뱃갑을 집어 들고 벽에 걸린 괘종시계를 확인했다.

"지금이 몇 신데?"

손으로 물컵을 빙빙 돌리는 뤄잉의 눈가가 어두운 것이 잠을 설친 것처럼 보였다.

"아빠, 좀 앉아 보세요." 뤄잉이 맞은편 의자를 가리켰다.

"상의 드리고 싶은 게 있어요."

뤄사오화는 자신이 아침 일찍 나갔다가 저녁 늦게 들어오는 걸 따지려는 줄 알고 순간 가슴이 철렁했다. 사실 춘제 이후 진평이 뤄사오화 대신 뤄잉에게 변명 아닌 변명을 해 주었고, 아빠 일에 간섭하지 말라고 주의를 주기도 했다. 뤄잉은 반신반의하면서도 더는 그가 하는 일을 캐묻지 않았다. 그럼 아침 댓바람부터 무슨 얘기를 하려고 부른 거지?

마음속에 물음표를 그리며 순순히 의자에 앉았다. 뤄잉은 물 한 잔을 따라주고 재떨이를 가져다가 뤄사오화 앞에 놓았다.

"무슨 일인데?"

"그게 있잖아요……." 뤄잉이 우물쭈물하며 말했다.

"샹양이 찾아와서는 저랑…… 다시 합치고 싶다고."

"뭐? 네 생각은 어떤데?"

"모르겠어요." 뤄잉은 무척 심란해 보였다.

"그 여자랑 끝냈대요. 다시는 안 그러겠다고, 정신 차리겠다고 하는데 아빠 생각은 어때요? 버릇을 고칠 수 있을까요?"

고치긴 개뿔. 이불에 오줌 싸는 거, 욕 하는 거, 물건 훔치는 거, 심지어 마약 중독도 고칠 수 있다지만, 고칠 수 없는 일도 있는 법이다.

순간 린궈둥이 떠올랐다. 고칠 수 있을까? 22년간 병원 '수감' 생활을 거친 그는 이제 어두운 밤이 찾아와도 평온한 마음으로 이 세상을 마주할 수 있을까?

린궈둥의 재범 가능성은 지난 몇 개월 동안 뤄사오화를 가장 괴롭히던 문제였다. 미행이 습관이 되고, 감시가 일상이 되고, 뤄주위안 단지 14동 6층 감시 지점이 가장 익숙한 장소가 되자 뤄사오화는 맨 처음 먹은 생각이 무엇이었는지 잊기 시작했다. 마치 린궈둥과 그 일이 뤄사오화의 삶의 중심이 되어 버린 것만 같았다. 하루하루 반복되는 감시는 기계적으로 변해가고, 심지어 본능적인 반응이 되어 버렸다. 뤄사오화는 마치 남은 인생을 이 일에 다 바치려는 것처럼 보였다.

린궈둥이 아직 흑심을 품고 있다는 걸 증명하고 싶은 건지, 아니면 새사람이 되었다는 걸 확인하고 싶은 건지 뤄사오화 본인조차도 확실하게 대답할 수 없었다.

"아빠?"

딸이 부르는 소리에 정신을 차렸다. 담배를 입에 가져가던 그는 담뱃재가 어느새 길게 늘어져 있는 걸 발견했다. 결국 견디다 못한 담뱃재가 살짝 흔들리더니 식탁 위로 떨어졌다.

"일단은…… 좀 두고 보자." 뤄사오화가 담뱃재를 떨었다.

"네. 오늘 저녁 같이 먹기로 했어요."

뤄잉은 좀 망설이는 표정이었다.

"저 가요 말아요?"

"너는 어떻게 하고 싶은데? 이건 나나 네 엄마가 대신 결정해 줄 수 없는 일이야. 네가 어떻게 하고 싶은지를 생각해야지."

뤄잉은 식탁에 엎드린 채 손을 뻗어 아빠의 손 위에 포갰다.

"아빠, 저 어떡해요."

뤄사오화의 마음에 강렬한 보호본능이 샘솟았다. 삼십 대가 된 여성이 어린 소녀로 돌아간 것 같았다. 성적이 안 좋다고 아빠한테 하소연하거나 어느 대학에 지원할지 조언을 구하는 십 대 소녀처럼.

"한 번 만나는 거야 상관없잖아." 뤄사오화가 잠시 생각하더니 입을 열었다.

"이혼했다고 해서 원수처럼 지낼 필요도 없고. 만나서 아들 얘기를 해도 좋겠네. 다시 합칠지 말지는 샹양의 진심을 잘 살펴보고 결정해."

"네."

뤄잉은 팔오금에 머리를 묻은 채 낮은 목소리로 말했다.

"후이가 다 컸을 때 아빠가 없으면 애한테 좋을 게 없어서."

뤄잉이 갑자기 고개를 들었다. 원망과 기대가 뒤섞인 눈빛이었다.

"흥, 한번 시험해 봐야겠어요. 재결합하자고 하면 내가 좋다고 바로 해 줄 줄 알았나, 웃겨 진짜!"

뤄사오화는 속으로 가벼운 한숨을 내쉬었다. 딸이 그 남자에게 완전히 미련을 버리지 못한 것이 눈에 보였기 때문이다.

"그럼 가서 만나 봐."

뤄사오화가 딸의 손을 톡톡 쳤다.

"예쁘게 차려 입고. 헤어졌어도 잘 살고 있다는 거 그놈한테 보여 줘야지."

뤄잉은 기왕에 마음을 정한 만큼 금세 대답하더니 또 물었다.

"아빠, 뭐 입으면 좋을까요?"

"엄마한테 물어봐. 그쪽으로는 내가 아는 게 없잖아."

뤄잉이 진평을 보러 침실로 가는 동안 뤄샤오화는 주방에 돌아와 시금치를 데쳤다. 아침 식사 준비가 어느 정도 끝나자 외출복으로 갈아입고 가방을 챙겨 침실 문을 열었다.

모녀 둘이서 오늘 저녁 약속 때 뤄잉이 입고 나갈 옷에 대해서 이야기를 나누고 있었다. 뤄잉은 베이지색 V넥 캐시미어 스웨터를 입어 보는 중이었고, 침대 위에는 커피색 양가죽 코트가 놓여 있었다.

"아빠, 이 옷 어때요? 괜찮아요?"

"응, 예쁘다 예뻐."

뤄샤오화가 진평에게 시선을 돌리며 말했다.

"나갔다 올게. 약 먹는 거 잊지 말고."

"응, 걱정 마."

진평은 뤄잉의 옷차림을 살피고 있었다.

"조심히 다녀와."

뤄샤오화는 알겠다고 하며 문을 나섰다.

뤄잉과 대화하다 늦게 나온 탓에 얼마 못 가 극심한 교통체증에 갇히고 말았다. 틈이 생기면 재빨리 비집고 들어가기는 했지만 도저히 빠져나갈 수 없었다.

힘겹게 뤄주위안 단지에 도착해 단지 안으로 뛰어 들어갔다. 오전 9시가 다 된 시각이라 린궈둥을 미행하는 건 이미 가망이 없었다. 예상대로 22동 4구역 501호 입구에 도착해 보니 방범문과 문틀 연결

부분에 붙여둔 스카치테이프가 떼어져 있었다.

린궈둥은 벌써 외출하고 없는 것 같았다. 그래도 뤄사오화의 마음속에 조금이나마 기대감이 남아 있었다. 새벽시장에 장을 보러 간 걸 수도 있잖아?

확인하기 위해서 뤄사오화는 22동을 나가 맞은편 14동으로 향했다. 그에게 너무나 익숙한 6층 감시 지점에 도착했다.

감시를 위한 모든 준비 과정이 차례대로 진행되었다. 오른편에 있는 장독 뒤쪽에 가방을 쑤셔 넣었다. 왼쪽 구석에 있는 빈 화분에서 벽돌 두 개를 꺼낸 뒤 창턱 밑에 받쳤다. 이렇게 하면 맞은편 건물 5층을 관찰하기도 좋고 차가운 시멘트 바닥에서 오랫동안 서 있을 필요도 없었다. 망원경을 내려놓고 바오쯔를 꺼내 복도에 있는 스팀 파이프 위에 올려두었다. 음식을 따뜻하게 데울 수도 있고 남들 눈에도 띄지 않는 장소였다. 설령 계단을 오르내리는 사람이 있다고 해도 즉시 망원경을 챙겨 신속하게 자리를 벗어날 수 있었다.

모든 준비를 마치고 린궈둥의 집을 망원경으로 살폈다. 젖혀진 커튼 너머로 침대 위에 가지런히 정리된 침구가 보였다. 작은 책상 위에 놓인 노트북은 닫혀 있었고 그 옆에 가득 쌓여 있던 원고는 보이지 않았다. 원고를 제출하러 갔을 가능성이 커 보였다. 뤄사오화는 시간을 확인했다. 새벽시장은 대개 9시 반쯤이면 문을 닫았다. 린궈둥이 10시 전까지 돌아오지 않으면 번역회사로 간 게 분명했다.

망원경을 내려놓은 뤄사오화는 김이 좀 빠졌다. 지난 몇 개월 동안 미행하면서 한 가지 배운 것이 있었다. 끈기 있게 기다리는 것. 스팀 파이프에 있는 음식용 봉투를 집어 들었다. 안에 들어 있던 바오쯔를 먹으면서 보온병을 꺼내 따뜻한 물을 두어 모금 마셨다. 허기가 어느 정도 가시고 얼어 있던 몸도 사르르 녹는 것 같았다. 담배에 불을 붙이고 수첩을 꺼내 오늘 감시를 시작한 시각과 린궈둥의 상황을 기록했다. 지난 기록들을 들추어보니 최근 한 달 동안 린궈둥의 외출 횟수가 현저히 줄었다. 바깥 세계가 더 이상 그의 흥미를 끌지 못하는 것처럼 보였다. 자유를 되찾은 생활에 완전히 적응한 모양새였다. 뤄사오화가 예상했던 것보다 훨씬 빨랐다. 게다가 린궈둥은 일감도 찾았고 열심히 하기까지 했다. 더 이상 자멸의 길로 들어설 생각이 없는 것 같았다. 진짜 남은 생을 평범하고 평온하게 살기로 마음먹은 걸까?

뤄사오화는 뤄잉의 질문이 떠올랐다. 버릇을 고칠 수 있을까?

뤄사오화의 사위였던 샹양의 생각은 대다수 남자들의 갈망에 해당했다. 다른 여자와 바람을 피우면서도 한편으로는 화목하고 안정적인 가정도 놓치고 싶지 않은 것이다. 밖에서는 호방한 바람둥이 행세를 하고 집에 돌아와서는 충직한 남편과 좋은 아빠로 변신하는 것이다. 하지만 나이가 들면서, 특히 정력과 재력을 계속 유지하기 힘들어지면, 남자는 소위 여자의 아름다움이라는 것이 별 게 아니며, 침대 옆에서 들리는 익숙한 숨소리와 이른 아침에 마시는 따뜻한 물 한 잔이야말로 가장 소중한 것임을 깨닫게 될 것이다.

하지만 린궈둥은 달랐다.

어쨌든 그가 저지른 일은 절대다수의 남자들이 생각조차 해 본 적 없는 일이니까 말이다.

이런저런 생각을 하다 보니 벌써 10시 10분이었다. 다시 린궈둥의 집을 감시했다. 실내는 전과 다를 바가 없었고, 린궈둥은 여전히 보이지 않았다. 아무래도 원고를 제출하러 간 것 같았다.

뤄사오화는 장독 뒤를 보더니 가방을 꺼내 아래층으로 내려갔다.

22동 4구역 501호 입구로 돌아와 주변의 동태를 먼저 살핀 뒤 안전하다는 걸 확인하고 가방에서 작은 철제케이스를 꺼냈다. 한참을 고르다가 가늘고 긴 철사 두 개를 집었다.

철사를 열쇠 구멍에 넣고 가볍게 돌렸다. 눈을 반쯤 감고 손의 촉감에 집중했다. 철사를 힘껏 걸어 돌리자 '찰칵' 하는 소리와 함께 문이 열렸다.

뤄사오화는 약간 우쭐했다. 퇴직했지만 실력은 아직 안 죽었네.

재빨리 공구들을 정리하고 집 안으로 들어갔다.

거실을 마주한 순간 숨이 턱 막혔다. 23년 전 모습이 눈앞에 펼쳐지는 것 같았다.

몸이 휘청거리는 바람에 문틀을 붙잡고 간신히 버텼다.

침착하자, 침착해.

린궈둥이 언제 돌아올지 모르니 서둘러야 했다.

뤄사오화는 반복해서 스스로를 타일렀다. 가방에서 장갑과 발싸개를 꺼내 착용한 뒤 거실부터 천천히 살폈다.

예전에는 입구에 밤색 목재 구두걸이가 있었는데 지금은 이케아 철제 구두걸이가 그 자리를 대신하고 있었다. 그 위에 천 슬리퍼가 한 쌍밖에 없는 걸 보니 최근 린궈둥의 집을 방문한 사람은 없는 것 같았다. 거실 서쪽 벽에는 베이지색 격자무늬 천 소파가 있었는데 커피색 소파 커버가 많이 낡아 있었다.

바닥은 여전했다. 색이 다 벗겨지고 페인트칠이 얼룩덜룩한 데다 걸을 때마다 삐걱삐걱 소리가 났다. 예전과 같은 것은 하나 더 있었다. 윗면이 대리석으로 된 식탁이었다. 뤄사오화는 침실 문 옆에 있는 서랍장의 서랍을 하나씩 다 열어 보았지만 특별한 건 없었다. 고개를 들어 보니 서랍장 위에 액자 하나가 있었다. 백발이 창창한 노부인 사진이었는데 웃는 모습이 어딘가 어색했다. 뤄사오화는 사진 속 노부인의 얼굴, 애원하던 표정과 자신의 옷깃을 붙들던 손을 기억하고 있었다.

그녀가 세상을 떠난 지도 벌써 10년이 더 넘었다.

거실 동북쪽은 화장실이었는데 접이식 문이 반쯤 열려 있었다. 뤄사오화는 문을 건드리지 않으려 애쓰며 간신히 안으로 들어갔다.

화장실에 습기가 남아 있었다. 세면대 안에도 물때가 껴 있고 세면대 위로 양치컵과 비누 케이스가 가지런히 놓여 있었다. 한 바퀴 빙 둘러보던 뤄사오화의 시선이 창문 아래 구식 스테인리스강 욕조에서 멈췄다.

욕조 내벽을 가만히 응시했다. 새것처럼 깨끗하기도 하고 핏물이 흥건하기도 했던 곳이었다. 뤄사오화는 루미놀 용액의 형태를 똑똑하게 기억하고 있었다. 흘러내린 흔적, 사방으로 튄 흔적…….

개자식. 속으로 욕을 내뱉었다. 어떻게 여기서 태연하게 세수를 하고 양치를 할 수 있지?

사방을 둘러보았지만 이상한 점은 없었다. 뤄사오화는 왔던 길을 따라 나와 북쪽 침실 입구로 걸어갔다. 문을 밀어 봤지만 잠겨 있었다. 몸을 굽혀 손잡이를 자세히 살펴보니 얇은 먼지층이 보였다. 잠시 망설이다가 문을 열고 들어가는 걸 포기했다. 이 방은 린궈둥 어머니의 침실인데 오랫동안 닫혀 있어 조사할 가치가 없다고 판단한 것이다.

남쪽 침실로 방향을 틀던 그는 방문이 살짝 닫혀 있는 걸 발견했다. 문을 열자 형언하기 힘든 냄새가 얼굴을 덮쳤다.

사람 몸에서 나는 냄새, 지난밤에 먹은 음식 냄새, 세면용품 냄새가 뒤섞여 있었다. 뤄사오화가 맡은 건 이뿐만이 아니었다.

녹 냄새, 흙냄새, 초겨울 수초 냄새, 한여름 폭우 냄새…….

뤄사오화는 한숨을 내쉬며 정신을 가다듬고 실내를 살피기 시작했다.

크지 않은 방에 가구가 많지는 않았다. 1인용 침대를 제외하면 옷장과 책걸상이 전부라 오히려 넓어 보이기까지 했다. 모든 가구가 다 오래된 스타일로 23년 전과 다를 바가 없었다. 베개 커버와 이불 커버에 사용된 천, 무늬와 색상조차도 유행이 한참 지난 것들이었다. 현대적인 색채를 띠는 것은 노트북과 프린터뿐이었다.

뤄사오화는 몸을 숙이다 마우스 표면이 닳아 반들반들해져 있는 걸 발견했다. 노트북을 상당히 자주 사용한 것 같았다. 잠시 고민하다 노트북을 열고 전원 버튼을 눌렀다.

노트북이 소리 없이 작동하기 시작했다. 윈도우 시작 알림음이 울리고 윈도우XP 배경화면인 푸른 잔디와 푸른 하늘이 나타났다. 뤄사오화는 안도의 한숨을 내쉬었다. 린궈둥은 노트북에 비밀번호를 설정하는 법을 아직 모르는 것 같았다. 잠금 상태였다면 잠금을 푸는 데만 많은 시간을 들여야 했을 것이다.

하드웨어 문서를 살펴보았지만 딱히 발견한 건 없었다. 이번에는 인터넷 익스플로러를 열어 검색 기록을 확인했다. 린궈둥은 최근 며칠간 뉴스, 온라인 번역, 전문용어를 조회할 수 있는 사이트들을 방문했다. 날짜별로 살펴보았다. 춘제 연휴 동안 가장 많이 웹 서핑을 했는데, 그가 시간을 보낼 수 있는 유일한 방법이 인터넷 서핑인 것 같았다.

뤄사오화는 사이트들을 살펴보고 싶었지만 바로 마음을 접었다. 린궈둥이 언제 돌아올지 모르는 상황이라 시간적 여유가 없는 데다가 검색 기록을 지운다고 해도 그가 검색 기록을 보는 법을 알고 있다면 누군가 손을 댔다는 게 탄로 날 수 있었기 때문이다. 고민 끝에 뤄사오화는 핸드폰으로 지난 며칠 간 기록에 남은 웹페이지를 촬영했다. 노트북을 닫고 마우스를 제자리로 돌려놓은 뒤 시간을 확인하고 철수하기로 했다. 침실을 나와 입구로 향하는데, 손잡이에 닿는 순간 문 너머 복도에서 갑자기 발소리가 들렸다. 도어스코프를 통해 들어오던 빛도 순간 어두워졌다.

얼른 한쪽으로 몸을 피해 바깥 동정에 귀를 기울였다. 거의 동시에 발소리도 사라졌다.

숨을 죽이고 빠르게 머리를 굴리기 시작했다.

린궈둥이 돌아온 건가? 그렇다면 정면충돌을 피할 수 없었다. 솔직하게 다 털어놓을 것인가, 아니면 도망칠 것인가? 아무래도 도망치는 쪽이 더 현실적이었다. 린궈둥이 뤄사오화가 몰래 자기 집 안으로 들어왔다는 걸 알고 한바탕 소동을 벌이면, 그 후의 상황은 수습하기 힘들 게 뻔했다.

유일한 선택지는 린궈둥이 들어오면 기습해서 쓰러뜨린 뒤 빠져나가는 것이었다. 뤄사오화는 마음의 결정을 내리고 스웨터 옷깃을 세운 뒤 입과 코를 막았다. 가방에서 경찰봉을 꺼내 자세를 잡고 린궈둥이 들어오기를 기다렸다.

그런데 시간이 지나도 열쇠 소리와 문 여는 소리가 들리지 않았다. 오히려 문밖에서는 비닐봉투가 미세하게 흔들리는 소리만 나더니 다시 발소리가 이어지고 점점 작아지다 끝내 사라졌다.

뤄사오화는 함부로 움직일 엄두가 나지 않았다. 원래 자세를 유지하며 문 밖에서 나는 아주 작은 소리라도 포착하기 위해 온 신경을 집중했다. 잠시 기다려 보았지만 복도는 쥐 죽은 듯이 고요했다. 결국 참다 못해 위험을 무릅쓰고 도어스코프로 밖을 몰래 살펴보았다.

복도에는 아무도 없다.

안도의 한숨을 내쉬었다. 아래층으로 내려가는 주민이 낸 소리였던 것 같았다. 자물쇠를 열고 고개를 내밀어 주변을 살핀 뒤 아무도 없는 걸 확인하고 빠져나왔다.

성큼성큼 22동 4구역을 벗어나 건물 사이 공터를 지나서 맞은편 14동으로 내달렸다. 6층 감시 지점에 도착한 뒤에야 크게 숨을 몰아쉬었다.

바짝 긴장해 빨리 움직이다 보니 말할 수 없이 피곤했다. 30분 정도 충분히 쉬고 나서야 겨우 기력을 회복할 수 있었다.

이번에 린궈둥의 집을 '수색'하면서는 아무런 소득도 얻지 못했다. 린궈둥을 판단하는 데 도움이 되지도 않았다. 뤄사오화가 할 수 있는 일이라고는 계속 기다리고 감시하는 것뿐이었다. 초저녁부터 시작된 이 기다림은 밤이 깊어질 때까지 이어졌다. 밤 9시가 넘었는데도 린궈둥의 집 창문은 여전히 어둠 속에 잠겨 있었다.

이렇게까지 늦게 귀가하지 않는 건 최근 린궈둥의 행동 패턴과 맞지 않았다. 뤄사오화는 그가 어디 있는지 모르기 때문에 행적을 쫓을 방법도 없었다. 어쩔 수 없이 이쯤에서 오늘 감시를 마무리 짓기로 했다. 그는 조용히 아래층으로 내려가 차를 몰고 집으로 향했다.

집에 들어서자마자 린궈둥이 둘러본 사이트들을 살펴볼 생각으로 곧장 뤄잉의 침실로 갔다. 문을 여니 한창 숙제 중인 외손자 샹춘후이의 모습이 보였다.

"엄마는?"

"아직 안 왔어." 샹춘후이가 펜을 내려놓았다.

"할머니가 그러는데 엄마 오늘 저녁 먹고 온대."

"뭐?"

뤄사오화는 그제야 뤄잉이 오늘 밤에 샹양과 만나기로 한 것이 생각났다. 벌써 10시가 다 된 시각이었다.

"엄마한테 전화 왔어?"

"아니." 샹춘후이가 입을 삐죽거렸다.

"시험지에 엄마 서명 받아야 해서 기다리고 있는데."

뤄사오화의 미간이 일그러졌다. 뤄잉의 인간관계는 단순한 편이라 외출하는 일은 거의 드물었다. 갑자기 회식 자리가 생겨도 일찍 집에 오곤 했다. 오늘 밤에 샹양과 약속이 있다고는 했지만 이렇게까지 늦게 들어올 일은 아니었다. 진펑이 초조한 얼굴로 문을 열고 들어왔다.

"안 그래도 당신한테 전화하려고 했어."

진펑이 핸드폰을 꼭 쥐었다.

"잉이가 아직 집에 안 와서."

"알아."

뤄사오화는 얼른 진펑을 부축해 앉혔다.

"전화해 봤어?"

"벌써 몇 번이나 해 봤지." 진펑이 핸드폰을 흔들어 보였다.

"그런데 계속 안 받아."

뤄사오화의 의구심은 더욱 커졌지만 일단 진펑을 안심시켰다.

"걱정 마. 둘이 밥 먹고 영화 보러 갔을지도 모르잖아."

"그래, 그럴 수도 있겠네."

진펑은 이내 표정을 풀고 뤄사오화의 저녁을 준비했다. 뤄사오화는 사이트를 살펴볼 기분이 아니었다. 대신 침실에서 몰래 샹양에게 전화를 걸었다.

열 번 넘게 신호가 간 뒤에야 샹양이 겨우 전화를 받았다.

— 여보세요, 장인어른?

"잉이랑 같이 있어? 왜 아직도 집에 안 들어와?"

뤄사오화가 단도직입적으로 물었다.

— 네?

샹양은 뤄사오화보다 더 놀란 듯했다.

— 그럴 리가요. 7시 좀 넘어서 헤어졌는데요.

"그렇게 일찍?" 뤄사오화가 놀라며 캐물었다.

"바래다 준 거 아니었어? 대체 뭐가 어떻게 된 거야?"

— 그게…… 얘기하다 서로 감정이 상해서…….

샹양은 상당히 난처해하는 말투였다.

— 그 사람 성격 잘 아시잖아요. 그냥 혼자서 가 버리는 바람에…….

뤄사오화가 중간에 말을 끊었다.

"두 사람 만난 데가 어디야?"

— 화푸華府 빌딩 4층에 있는 일식집이요. 장인어른, 실은 제가…….

뤄사오화는 샹양의 말을 끝까지 듣지도 않고 전화를 끊어 버렸다.

화푸 빌딩은 집에서 5킬로미터도 채 떨어지지 않아서 걸어서 와도 진즉에 도착하고 남았다. 샹양이랑 얘기가 잘 안 풀린 모양이네. 답답한 마음에 어디 가서 술 한 잔 하고 있을지도 몰라.

이런저런 생각을 해 보았지만 아무래도 마음이 놓이질 않아 뤄잉에게 다시 전화를 걸었다. 오랫동안 받지 않아 끊고 다시 걸어 보려 하는데 갑자기 전화가 연결되었다.

뤄사오화는 순간 안심했다.

"너 지금 어디야?"

이상하게도 수화기 너머로 휙휙 바람 소리만 들렸다. 어느 드넓은 바깥에 있는 것 같았다.

"거기 어디냐니까!"

뤄사오화는 핸드폰을 귀에 바짝 갖다 대었다.

여전히 바람소리만 들렸다. 시간이 지나면서 뤄사오화는 바람소리에 섞여 있는 누군가의 평온하고 느릿느릿한 숨소리를 들을 수 있었다. 막 입을 떼고 물으려던 찰나 갑자기 웃음소리가 들렸다.

— 하하.

낮게 깔린 남자 목소리가 들렸다.

— 뤄 경관, 안녕하신가.

핸드폰을 꼭 쥔 뤄사오화의 손이 부들부들 떨렸다. 누군가에게 심장이 단단히 붙들리기라도 한 것처럼 얼어붙어 있던 그는 겨우 목이 메는 소리로 물었다.

"당신 누구야?"

— 내가 누군지 알 텐데.

빠르지도 느리지도 않은 말투였다.

— 딸 찾고 있나 봐?

"잉이 지금 어딨어?"

뤄사오화는 자리에서 벌떡 일어나 분노에 찬 목소리로 물었다.

"너 이 새끼 내 딸한테 무슨 짓 했어?"

— 당신 딸은 지금 전화를 받을 수 있는 상황이 아니야.

남자가 또 웃었다.

— 내가 무슨 짓을 했는지 진짜 알고 싶어?

뤄사오화가 떨리는 목소리로 말했다.

"경고하는데, 내 딸한테 손가락 하나라도 까딱했다간……."

— 내 손이 지금 당신 딸 가슴에 있는데 말이지, 어후, 좋아.

남자는 뤄사오화의 협박에 전혀 아랑곳하지 않고 계속 말했다.

— 검은색이네. 딱 좋아하는 스타일이야. 섹시하고 새끈하고…….

"건드리기만 해! 내 손에 죽을 줄 알아!"

뤄사오화가 마침내 고함을 질렀다.

갑자기 조용해졌다. 잠시 후 한층 차가워진 남자의 목소리가 들렸다.

— 20분 뒤 지하철 2호선 춘양루春陽路역, 스지청世紀城 방향. 혼자 와.

남자는 할 말만 하고 바로 전화를 끊었다.

뤄사오화는 욕을 퍼부으며 뤄잉에게 다시 전화를 걸어 보았지만 이미 전원이 꺼져 있었다.

더 이상 지체할 수 없어 방을 뛰쳐나가다가 때마침 안으로 들어오는 진평과 정면으로 부딪혔다.

"무슨 일이야?"

진평이 놀란 얼굴로 분노에 찬 뤄사오화를 바라보았다.

"방금 당신이 소리 지르는 걸 들어서."

뤄사오화는 진평을 옆으로 세우더니 "집에서 기다리고 있어"라는 말만 남기고 밖으로 뛰어나갔다.

벌써 10시 반이 다 되어 도로에는 차가 많지 않았다. 하지만 뤄사오화는 여전히 차가 더 빨리 달리지 못하는 것 같아 답답했다. 운전석에 앉은 그의 손에는 핸들을 꼭 쥐어 손마디가 선명하게 드러났다. 그는 자기 차 앞에 선 모든 차량을 향해 미친 듯이 경적을 눌러댔다. 빨간 신호등도 안중에 없었다.

잉이, 우리 딸!

춘양루역 입구에 도착했을 때는 상대방이 지정한 시간까지 5분이 남은 상태였다. 뤄사오화는 가방을 집어든 뒤 역 안으로 돌진했다. 지하철 노선도를 대충 훑어보았다. 2호선은 도시 남북 방향으로 운행하는 노선으로 남쪽 종점이 C시 의과 대학, 북쪽 종점이 스지청이었다. 뤄사오화는 바로 매표소로 향했다. 뒤에서 욕하는 사람들을 무시하고 새치기를 해서 스지청 방향으로 가는 표를 구매했다.

플랫폼으로 뛰어가면서 시간을 확인했다. 아직 3분이 남아 있었다. 짧긴 해도 생각을 정리하기에는 충분한 시간이었다.

춘양루역에서 스지청 종점까지는 일곱 정거장 차이가 났는데, 그 사이에 부동산 빌딩, 노동 공원, 시 정부 광장, 쓰후이제四會街, 난후南湖, 다시루大西路 전자시장과 융칭永淸 재래도매시장을 지나갔다. 여기로 오라고 하는 것을 보면 뤄잉을 데리고 왔을 가능성은 크지 않았다. 그보다 뤄사오화에게 지하철로 어느 역까지 오라고 지시할 가능성이 컸다.

놈의 의도가 무엇인지, 뤄잉이 어쩌다 놈의 손아귀에 들어가게 된 건지는 뤄사오화의 관심사가 아니었다. 지금 가장 시급한 일은 뤄잉의 소재를 파악하는 것이었다. 놈과 오래 있을수록 그만큼 위험해졌다. 그 위험은 감히 상상조차 할 수 없는 일이었다. 그는 상대의 수단과 추진력을 너무나 잘 알고 있었다.

뤄잉의 핸드폰을 받은 사람이 바로 린궈둥이었기 때문이다.

통로를 미친 듯이 달려 춘양루역 플랫폼에 도착했다. 열차를 기다리고 있는 승객들이 숨을 헐떡이는 백발 노인을 놀란 눈으로 바라보았다. 린궈둥은 보이지 않았다. 전광판을 보니 다음 열차가 역에 진입하기까지 1분 정도 시간이 남아 있었다.

뤄사오화는 한숨 돌리면서 뤄잉의 핸드폰에 전화를 걸어 봤지만 여전히 꺼져 있었다. 젠장. 플랫폼 기둥에 기대어 주변 사람들을 계속해서 살폈다. 열차를 기다리는 승객들 대부분 야근을 한 직장인이거나 데이트가 끝나고 돌아가는 커플들이었다. 남쪽 종점은 교외 지역이고, 북쪽 종점은 주거단지가 밀집된 지역이었다. 뤄사오화가 있는 쪽 플랫폼은 반대편에 비해 사람들이 바글바글했다. 열차가 도착하기 직전에는 모여드는 승객들로 플랫폼이 붐볐다.

인파 속에서 점점 초조해졌다. 약속 시간이 벌써 지났는데 핸드폰은 여전히 잠잠했다.

지금 어디 있을까, 아…… 아직 살아 있을까?

덜컹 소리가 희미하게 들려오더니 플랫폼도 미세하게 흔들리기 시작했다. 승객들이 하나둘 스크린도어 앞으로 모여들기 시작했다. 열차가 곧 들어올 예정이었다.

흰색 열차가 플랫폼에 멈춰 서고 스크린도어가 열렸다.

뤄사오화는 빈번하게 오가는 사람들 때문에 이리저리 치여서 제대로 서 있기 힘들었다. 열차 문들을 바쁘게 살폈다. 린궈둥이나 뤄잉은 여전히 보이지 않았다. 핸드폰은 여전히 깜깜무소식이었다.

이 자식 대체 뭘 어쩔 생각인 거지?

계속 여기서 나를 바보처럼 기다리게 할 셈인가?

열차 문이 닫히고, 스크린도어도 서서히 닫혔다. 열차가 역을 벗어났다. 뤄사오화는 서서히 움직이는 열차를 무기력하게 바라보았다. 마음이 초조하고 의심이 차올랐다. 열차가 점점 빨라지면서 차창 너머로 수많은 얼굴들이 빠르게 지나가더니 끌려가는 광점光點처럼 변해 버렸다.

뤄사오화는 홀로 플랫폼에 남겨졌다. 그때, 갑자기 한 사람이 등장했다.

맞은편 플랫폼에 있는 벤치에서 뼈가 앙상한 형체가 느릿느릿 일어나고 있었다.

순간 뤄사오화의 입이 벌어지고 눈은 휘둥그레졌다. 린궈둥이 플랫폼 끝으로 천천히 걸어가더니 스크린도어 앞에 서서 두 손을 주머니에 꽂고 뤄사오화를 향해 의미심장한 미소를 짓고 있었다.

왜 저기서 나타난 거지? 뤄잉은 또 어디 있는 거야? 우리 딸 지금 살아 있는 건가? 린궈둥 저 자식 대체 뭘 어쩔 셈이지?

한순간에 수많은 질문이 머릿속에 떠올랐다. 어느새 사고 회로가 멈춘 그는 본능적으로 맞은편을 향해 돌진했다. 하지만 그와 린궈둥 사이에는 철로와 성인 키만 한 스크린도어가 있었다.

"내 딸은?"

뤄사오화는 스크린도어를 연신 두드리며 고함을 질러댔다.

"내 딸 지금 어딨어!"

린궈둥은 실성한 듯한 뤄사오화를 바라보며 말없이 조소를 지었다. 속수무책이었다.

딸의 생사를 손에 쥔 사람이 불과 몇 미터 밖에 있는데 조금도 앞으로 나아갈 수 없었다.

어두운 터널 안에서 또 한번 우레와 같은 소리가 어렴풋하게 들리더니 모퉁이에서 불빛이 나타났다. 불빛은 점점 가까워지고, 플랫폼 안에서 점점 더 강한 공기의 흐름이 느껴졌다.

지금 뤄사오화가 할 수 있는 유일한 일은 맞은편에 있는 린궈둥을 죽일 듯이 노려보며 무의미한 고함을 지르는 것뿐이었다.

갑자기 린궈둥이 오른손을 들더니 집게손가락을 세워 입가에 갖다 대며 소리 내지 말라는 표시를 했다.

뤄사오화는 순간 소리 지르는 건 멈추었지만, 몸은 여전히 스크린도어에 구부린 채 린궈둥의 일거수일투족을 살피고 있었다.

그때, 린궈둥이 주머니에서 왼손을 빼더니 '탁' 하고 스크린도어를 때렸다.

스크린도어에 핏빛 손자국이 나타났다.

피. 선홍색 피가 뚝뚝 흘러내렸다.

머리를 얻어맞은 듯 마지막 남아 있던 실낱 같은 이성의 끈마저 끊어지고 말았다.

잉아!

뤄사오화는 온 힘을 다해 스크린도어에 몸을 부딪쳤다. 한 번, 두 번. 스크린도어가 흔들리기 시작하더니 손가락 하나만큼 틈이 벌어졌다. 가방에서 경찰봉을 꺼내 틈 안에 끼워 넣어 힘껏 비틀어 눌렀다…….

"지금 뭐 하시는 겁니까?"

지하철 보안요원 두 명이 달려왔다.

하지만 뤄사오화에게는 아무 소리도 들리지 않았다. 그의 눈에는 오로지 조금씩 열리는 스크린도어와 맞은편에서 계속 흘러내리는 피 묻은 손자국만 보였다.

잉아! 내 딸!

갑자기 눈앞에 있는 모든 것들이 일그러지고, 스크린도어와 핏빛 손자국이 오른쪽으로 90도 회전했다. 뤄사오화가 제압되어 바닥으로 쓰러진 것이다.

두 사람의 무게가 그를 짓누르자 꼼짝도 할 수 없었다. 하지만 오랜 시간 경찰 생활로 다져진 숙련된 몸놀림과 린궈둥을 향한 격분이 그를 재빨리 일으켜 세웠다. 그는 지하철 보안요원 두 명을 금세 때려눕혔다. 일어나 맞은편 플랫폼을 바라보는데, 린궈둥의 모습이 잠깐 보였다가 때마침 지나가는 열차에 가려 보이지 않았다.

남쪽 종점 행 열차가 들어온 것이다.

뤄사오화는 더욱 초조해졌다. 열차 칸에서 승객들이 쏟아져 나오면서 맞은편 플랫폼이 순식간에 인파로 북적였다. 린궈둥을 찾으려고 애를 써봤지만 아무 소용이 없었다.

그때, 제압당한 두 보안요원이 이를 악물며 일어났다. 그중 한 명은 뤄사오화를 노려보며 한 판 붙고 싶어 안달이 난 듯했고, 다른 한 명은 무전기로 다른 보안요원을 부르고 있었다.

뤄사오화는 분한 듯 이를 악물며 에스컬레이터를 뛰어 올라갔다.

방금 있었던 격투 덕분에 오히려 이성을 되찾았다. 혼자 힘으로는 도저히 뤄잉을 구할 수 없을 것 같았다. 그 어떤 고민도 뤄잉의 목숨 앞에서는 아무런 가치가 없었다.

그 피는 잉이 피였을까?

더는 생각할 자신이 없었다. 뛰어가면서 핸드폰을 꺼내 어딘가로 전화를 걸었다. 잠시 후 수화기 너머로 두청의 목소리가 들렸다.

─뤄사오화?

"지금 어디야?"

─집인데.

두청은 뤄사오화의 연락이 굉장히 뜻밖이라는 반응이었다.

─무슨 일 있어?

"내가 지금 번호 하나 보낼 테니까 핸드폰 위치 추적 좀 부탁해. 최대한 빨리!"

뤄사오화는 이미 맞은편 플랫폼에 진입한 상태였다. 주변을 둘러봤지만 플랫폼에는 아무도 없었다. 짧게 욕을 뱉고는 두청에게 전화번호를 불러주었다.

"알아내는 즉시 연락 좀 해 줘."

두청은 잠시 망설였지만 금방 대답했다.

─알겠어. 전량한테 지금 전화해 볼게.

뤄사오화는 전화를 끊고 출구로 뛰어나갔다. 자동 개찰기에 도착하기도 전에 보안요원 여러 명이 그를 에워싸며 막았다.

"비켜!"

뤄사오화가 고성을 질렀다. 매서운 기세에 겁을 먹은 보안요원들이 주춤하는 사이 자동 개찰기를 뛰어넘어 역 밖으로 내달렸다.

거리로 나와 재빨리 주위를 살폈다. 도로에는 몇몇 행인뿐이었고 차도 거의 다니지 않았다. 여전히 린궈둥은 보이지 않았다. 숨이 가쁜데도 아랑곳하지 않고 곧장 차를 세워 둔 곳으로 뛰어갔다.

막 시동을 거는데 두칭에게 전화가 왔다.

— 찾았어. 바이八– 공원 근처. 위치가 계속 그대로야.

"알았어."

뤄사오화는 한 손으로 핸드폰을 들고 다른 한 손으로는 급하게 핸들을 꺾으며 강하게 액셀을 밟았다.

— 잉이 핸드폰 번호로 위치 추적한 거야.

두칭의 목소리가 상당히 다급했다.

— 도대체 무슨 일인데?

"만나서 얘기해."

뤄사오화는 지금 두칭에게 설명할 시간이 없었다.

"사람 몇 명만 데리고 와 줘. 부탁해!"

— 알았어. 지금 출발할게.

수화기 너머로 두칭의 발소리가 들렸다.

— 핸드폰 켜 놔. 계속 연락 유지하고.

뤄사오화는 알았다고 한 뒤 바이 공원으로 질주해 들어갔다.

도시 남쪽에 위치한 바이 공원은 춘양루 지하철역에서 7킬로미터 정도 떨어져 있었다. 뤄사오화는 5분도 안 되어 공원 입구에 도착했다. 차를 세우자마자 팔라딘 SUV 한 대가 쏜살같이 들어오는 게 보였다. 두청은 차에서 내려 뤄사오화를 향해 뛰어갔다.

"전량이랑 애들도 이미 도착했어."

두청의 얼굴이 땀으로 반짝거렸다.

"공원에서 지금 수색 중이야."

뤄사오화와 두청은 몇 년 동안 얼굴도 보지 못했고 심지어 그 사이에 말 한마디 나눈 적이 없었다. 그런데도 이유도 묻지 않고 선뜻 도와주겠다고 나서는 두청을 보니 중요한 순간에 의지할 수 있는 건 옛 동료뿐이라는 생각이 들었다.

뤄사오화는 두청에게 고맙다는 인사만 건네고 공원으로 뛰어갔다.

뤄잉의 핸드폰 전원이 꺼져 있기는 했지만, 대략적인 위치는 파악할 수 있었다. 그렇다면 총 세 가지 가능성이 있었다. 핸드폰이 아직 린 귀둥 손에 있다, 핸드폰이 뤄잉에게 있다, 린귀둥이 다른 곳에 버렸다. 첫 번째 가능성은 배제할 수 있었다. 핸드폰을 추적했을 때 위치 변화가 없었기 때문이다. 린귀둥이 한 자리에 머무르며 뤄사오화가 찾아오기를 기다릴 가능성은 없었다. 그렇다면 두 가지 가능성이 남는데, 뤄사오화는 두 번째 가능성에 더 무게를 두었다. 린귀둥이 드넓은 실외에 있는 것 같았기 때문이다. 바이 공원은 이 특징에 확실히 부합했다. 뤄잉도 이 공원에 있을 가능성이 컸다. 공원 밖에 있었다면 금방 누군가에게 발견되었을 테니까 말이다. 장전량 일행도 이 점을 염두에 두고 먼저 공원 안을 수색하기로 한 것이다.

그런데 찾더라도 과연 살아 있을까?

뤄사오화는 강광 손전등을 켜고 어두컴컴한 공원을 뒤지기 시작했다. 이미 자정이 다 되어 공원에는 사람이 거의 없었다. 입구부터 인공

산 뒤편과 나무 밑까지 샅샅이 살폈다. 하지만 시간은 속절없이 흐르고, 음침한 곳에서 밀회를 즐기는 커플들만 있을 뿐 뤄잉의 흔적은 찾을 수 없었다. 뤄사오화는 점점 더 조급해졌다. 현재 기온이 약 영하 15도인 데다, 다쳤을지도 모르는 상황에서 뤄잉이 얼마나 오래 버틸 수 있을지 알 수 없었기 때문이다.

이런저런 걱정을 하는 사이, 앞쪽에서 손전등 불빛이 빠르게 움직이더니 뒤이어 다급한 발소리가 들렸다. 두청이 그를 향해 달려오고 있었다.

"어떻게 됐어?"

"이쪽엔 없어. 사오화, 내가 왼쪽 가서 볼 테니까 자넨 오른쪽으로 가 봐."

뤄사오화는 옆에 있는 갈림길로 달려갔다. 조각상 뒤쪽에 손전등을 비춰 봤지만 아무것도 없었다.

나무다리 밑과 관목 숲을 살펴도 역시나 없었다.

공원을 거의 다 수색한 거나 마찬가지였는데, 여전히 뤄잉은 보이지 않았다. 뤄사오화의 발걸음이 점점 더 무거워지고 눈앞이 갈수록 흐릿해졌다. 더 이상 뛸 수 없었다. 원래는 나무에 기대어 숨을 돌릴 생각이었지만 그전에 두 다리가 완전히 풀리고 말았다.

나무 밑에 주저앉자 엉덩이 아래가 딱딱하고 차가웠다. 하지만 그보다 더 차가운 건 그의 마음이었다. 점점 짙어지는 절망감이 치밀어 올랐다. 뤄잉은 어쩌면 이 공원에 없거나 이미 살해됐을지도 모른다.

코가 시큰하고 명치가 답답해졌다. 결국 그는 칠흑 같은 공원을 바라보며 울음을 터뜨렸다.

"잉아, 어딨어?"

뤄사오화는 겁에 질린 아이처럼 주위를 둘러보았다.

"빨리 좀 나와 봐, 아빠가……."

갑자기 뤄사오화의 주머니에서 핸드폰이 울렸다. 얼른 눈물을 닦고 핸드폰을 확인했다. 두청이었다.

"여보세요?"

— 자네 딸 찾았어. 분수 옆 벤치야. 어떤 남자랑 같이 있어.

뤄사오화가 분수에서 십여 미터 떨어진 곳을 지날 때쯤, 남자 몇 명이 벤치를 에워싼 채 손전등으로 고개 숙인 여성을 비추는 게 보였다. 그 옆에는 한 남자가 두 손으로 머리를 감싸고 쭈그려 앉아 있었다.

뤄사오화는 벤치에 있는 여자를 향해 그대로 돌진했다. 뤄잉이었다. 뤄잉의 뜨거운 입김에서 진한 술 냄새가 났다. 순간 온몸에 힘이 쭉 빠졌다. 살아 있어.

뤄잉의 몸에는 파란색 패딩이 덮여 있었는데, 그가 흔드는 대로 상반신이 무기력하게 흔들렸다. 갑자기 핏빛 손자국이 떠올라 얼른 패딩을 걷고 뤄잉의 상태를 확인했다.

"방금 대충 살펴봤는데, 멀쩡해요."

장전량이 다가와 말했다. 뤄잉은 겉옷 없이 스웨터만 입고 팔로 두 어깨를 감싼 채 벌벌 떨고 있었다.

"정신을 못 차리는 걸 보니 술을 많이 마신 것 같아요."

뤄사오화는 그래도 안심이 안 되는지 위아래로 자세히 살폈다. 뤄잉의 옷도 온전하고, 몸 어디에도 핏자국은 없었다. 뤄사오화는 자리에서 일어나 서 있는 남자들을 바라보았다. 두청과 장전량 외에 나머지 사람들은 형사 경찰팀 소속 후배들이었다.

"같이 있던 남자는?"

"저쪽에." 장전량이 쭈그리고 앉아 있는 남자를 턱으로 가리켰다. "뤄잉을 찾았을 때 저 자식이 몸을 더듬거리고 있더라고요."

뤄사오화가 손전등으로 남자를 비추었다. 머리카락은 지저분하고 형클어져 있는 데다 낡은 솜저고리 차림인 걸 보아 노숙자인 것 같았다.

뤄사오화가 다가가 머리채를 쥐고 남자의 얼굴을 들어 올리자 남자가 "아이고" 하며 고함을 질렀다.

린궈둥이 아니었다.

마음속에서 분노가 끓어올랐다. 화가 난 뤄사오화가 남자에게 발길질을 하자 남자는 바닥에 주저앉아 큰 소리로 울부짖었다.

"됐어, 그만해."

시종일관 잠자코 있던 두청이 뤄사오화를 막으며 말했다.

"잉이 데리고 일단 병원부터 가."

제4인민병원 복도에서 두청, 장전량, 뤄사오화 세 사람은 뤄잉의 소식을 기다렸다. 각자 이런저런 고민에 빠져 있었다.

당시 두청은 쉬밍량이 살인범이 아니라고 강하게 주장하며 여러 차례 재수사를 요구했다. 그러다 결국 마젠, 뤄사오화를 비롯한 동료들과 반목하게 되었다. 두청이 다른 도시로 전출되었다가 돌아온 뒤에도 세 사람은 여전히 서먹했다. 마젠과 뤄사오화가 연이어 퇴직한 뒤로는 두청은 이들과 거의 연락이 끊어지다시피 되었다. 상황이 그렇다 보니 뤄사오화가 갑자기 도움을 요청한 것이 두청에게는 굉장히 의외였다.

이에 대해서 뤄사오화도 확실히 설명할 수 없었다. 왠지 그 순간에는 뤄잉의 위기 상황을 두청보다 더 잘 이해할 수 있는 사람이 없을 것 같았다. 설령 린궈둥의 존재가 두청에게는 털어놓을 수 없는 영원한 비밀일지라도 말이다.

뤄사오화는 시종일관 고개를 숙인 채 호기심 어린 두청의 눈빛을 피할 수밖에 없었다.

의사가 진료 차트를 살펴보면서 다급하게 뤄사오화 일행 쪽으로 다가왔다.

"뤄잉 씨 보호자분?"

뤄사오화가 벌떡 일어났다.

"접니다. 상태가 어떻습니까?"

"급성 알코올 중독이라 크게 걱정하실 건 없습니다."

의사가 진료 차트를 덮었다.

"일단 수액을 맞고 경과를 지켜본 다음, 별일 없으면 바로 퇴원하셔
도 좋습니다."

뤄사오화는 의사에게 연신 감사 인사를 했다. 큰 짐을 내려놓은 것
같은 표정이었다.

두청이 뤄사오화를 보며 물었다.

"잉이한테 무슨 일 있었어?"

"전남편 만난다고 나갔는데 얘기가 잘 안 풀렸나 봐. 답답해서 혼자
술 마시러 갔던 모양이야."

뤄사오화가 억지로 미소를 지었다.

"다들 너무 고생 많았어. 자넨 좀 어때? 안색이 누런데, 어디 안 좋아?"

두청은 그가 화제를 돌리려는 걸 알고 간단하게 대답했다.

"별것 아냐. 신경 쓰지 마."

장전량이 다가와 두청의 안색을 살피더니 밖으로 밀어내며 말했다.

"사부님, 가서 쉬세요. 제가 여기 있을게요."

"됐어." 두청이 장전량을 옆으로 가볍게 밀쳤다.

"사오화랑 잠깐 얘기 좀 할게."

"아, 네."

장전량이 고개를 돌려 뤄사오화를 보더니 자리를 피했다.

두청은 뤄사오화 옆에 앉아 잠시 생각하다가 낮은 목소리로 말했다.

"우리 둘 다 이 일한 지 수십 년도 더 된 사람들이야. 군이 감출 필요
없잖아. 대체 잉이한테 무슨 일이 생긴 거야?"

"술을 많이 마신 것뿐이야. 전화를 안 받으니까 걱정이 돼서 그 난리를 친 거고. 방금 의사가 한 말 못 들었어?"

뤄사오화가 두청의 눈빛을 피했다.

"20년도 전에, 그러니까 잉이 중학생일 때 기말고사 망치고 집에 가기 무서워서 이틀 동안 친구 집에서 잔 적 있지?" 두청이 뤄사오화의 표정을 살피며 말했다.

"그때도 오늘처럼 이렇게까지 초조해하지는 않았다고. 자네 목소리들었을 때 잉이가 납치라도 당한 줄 알았다니까."

뤄사오화의 몸이 떨렸다.

"나이 들어서 걱정만 늘어난 거지 뭐. 눈앞에 안 보이면 초조해서 정신을 못 차려."

"내가 볼 때 자넨 그런 걸로 걱정할 사람이 아니야." 두청은 뤄사오화 발밑에 있는 가방을 발로 툭툭 쳤다.

"단순히 잉이가 전화를 안 받아서 그런 거면, 경찰봉이랑 망원경은왜 챙긴 건데?"

뤄사오화는 가방 틈으로 경찰봉 손잡이와 망원경이 삐져나와 있는걸 발견했다.

사실 그는 두청에게 도움을 요청한 이유를 확실하게 답하기 어려웠다. 뤄잉이 살해당했을지도 모른다는 생각이 들자 가장 먼저 두청이떠올랐다. 뤄사오화의 잠재의식 속에 어떤 믿음이 있었는지도 몰랐다. 20년이 넘도록 힘겹게 진범의 행적을 쫓던 오랜 친구만이 린궈둥이얼마나 위험한 놈인지 알아줄 것이라는 믿음. 하지만 지금 이 순간 그는 일의 자초지종을 설명할 수도, 그럴 방법도 없었다. 어떤 이유나 핑계로도 두청을 속일 수 없다는 걸 잘 알았다. 하지만 이 일을 절대 노출할 수 없었다. 그럴 마음이 있었다면 린궈둥의 전화를 받자마자 즉시 옛 동료들에게 도움을 요청했을 것이다.

린궈둥의 존재가 드러나면 모든 사람이 치명적인 비극을 맞이하게 될 터였다. 그가 뤄잉을 납치해 위협하는 모험을 감행한 것은 뤄사오화가 혼자 올 거라는 확신이 있었기 때문이었다.

뤄사오화는 자신이 줄곧 매미를 잡는 사마귀라고 생각했다. 그런데 매미인 줄 알았던 린궈둥이 사실은 사마귀를 잡는 참새였을 줄이야!

"자네 대체 뭘 하고 다니는 거야?" 두청이 뤄사오화를 뚫어지게 보면서 계속 물었다.

"이 일, 잉이랑 무슨 관련 있는 거지?"

뤄사오화는 마음이 얼음장처럼 차가웠다. 한숨을 내쉬며 두청 쪽으로 몸을 돌린 그의 눈은 무척이나 공허했다.

"그런 거 없어. 아무 일도 없고."

제20장

향수

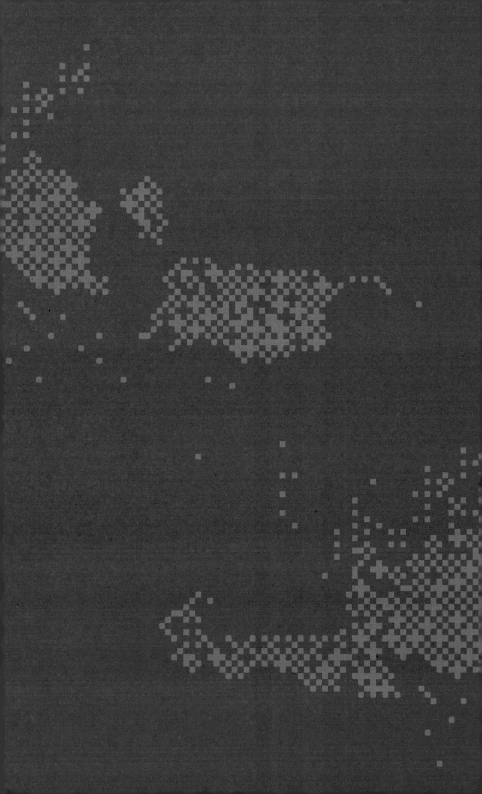

장하이성은 뒤로 몇 걸음 물러서 화이트보드 위치를 조정했다. 그러고는 마지막으로 벽에 못을 몇 개 박았다.

"됐어요?"

"응, 된 것 같네."

지첸쿤은 웨이중 앞에 놓인 종이컵에 뜨거운 물을 따르며 당부했다.

"바도 설치해."

장하이성은 어두운 표정으로 지첸쿤을 한 번 보더니 아무 말 없이 바를 화이트보드 위쪽에 설치하기 시작했다.

한쪽 설치가 끝나고 그는 침대에 앉아 있는 웨샤오후이에게 통명한 목소리로 말했다.

"아직 다 안 됐어?"

"다 됐어요, 금방 끝나요."

웨샤오후이가 매듭을 지은 흰색 천을 장하이성에게 건넸다.

장하이성은 흰 천을 바에 걸고 나머지 한쪽을 마저 설치했다. 몇 번 손을 본 다음 망치를 공구함에 던져 넣었다.

"설치 끝났어요."

"응, 이제 나가서 일 봐."

지첸쿤은 사진을 정리하면서 장하이성은 보지도 않고 말했다.

"무슨 일 있으면 다시 부를게."

장하이성은 퉁탕거리며 공구함을 챙긴 뒤 문을 쾅 닫고 나가 버렸다. 웨샤오후이는 그런 장하이성을 눈으로 배웅하면서 웨이중을 보고 혀를 내밀었다.

웨이중은 멋쩍은 듯 웃어 보였다. 웨샤오후이는 지첸쿤이 왜 이렇게까지 장하이성을 부려먹는지 모르고 있었다. 하지만 그 이유를 설명해 주기도 곤란한 상황이었다.

지첸쿤은 휠체어를 밀면서 두 사람을 불렀다.

"와서 이 사진들 좀 화이트보드에 붙여 봐."

두 사람이 움직이고 지첸쿤은 지휘했다. 화이트보드 절반이 금세 사진으로 빽빽하게 덮였다. 비좁은 방 안이 꼭 공안국 회의실처럼 보일 정도였다.

사진은 총 네 부분으로 나뉘어 붙어 있었다. 전부 현장과 검시 사진들이었는데, 네 건의 살인 사건을 발생 순서대로 배열한 것이었다. 웨이중은 잠시 살펴보더니 지첸쿤에게 물었다.

"현장 안내도도 붙일까요?"

지첸쿤은 바로 대답하는 대신 네 번째 사건 현장 사진을 넋 놓고 바라보고 있었다. 아내 펑난의 사체 조각들이 퍼즐처럼 맞춰져 괴이한 자세로 해부대 위에 놓여 있는 사진이었다.

웨이중과 웨샤오후이는 말없이 지첸쿤을 지켜보았다.

지첸쿤은 다시 정신을 차리고 화이트보드를 가리켰다.

"그럼 좋겠네. 한눈에 볼 수 있고."

지첸쿤의 말이 끝나기도 전에 두청이 문을 열고 들어와 벽 쪽에 모여 있는 세 사람을 발견했다. 그는 사진이 가득 붙어 있는 화이트보드를 보고 크게 놀란 눈치였다.

"이게 다 뭡니까?"

"마침 잘 오셨네요." 지첸쿤이 두청을 불러 자리에 앉게 했다.

"어때요, 꽤 그럴듯하죠?"

"꽤가 아니라 엄청 그럴듯한데요. 본인 아이디어예요?"

"네. 이렇게 하면 사진 보면서 분석하기 좋잖아요. 그리고……."

지첸쿤이 벽 쪽으로 가더니 흰 천의 한쪽 끝을 잡아당겨 화이트보드를 가렸다.

"평소에는 이렇게 가려 둘 수 있어서 다른 사람이 보고 놀랄 일도 없어요."

"세심하게 준비하셨네요. 뭐 좀 알아낸 게 있습니까?"

세 사람은 서로를 바라볼 뿐 아무도 입을 열지 않았다.

두청이 제공한 자료는 사건의 전모를 이해하는 데 도움을 주기는 했지만, 그 안에 담긴 단서나 생각의 갈피를 잡는 건 능력 밖의 일이었다. 이들이 한 건 짐작이나 아무 근거 없는 추측이 대부분이었다.

"경관님."

지첸쿤이 잠시 생각하다 입을 열었다.

"저희가 한 편에 설 수 있었던 건 쉬밍량이 살인범이 아니라는 걸 믿어서잖아요?"

"네."

두청이 바로 인정했다.

"아니면 제가 이렇게까지 오랫동안 그 사건을 붙들고 있진 않았겠죠."

"그렇다면 우리가 출발점은 일치하는 셈이네요."

지첸쿤이 고개를 끄덕였다.

"그런데 진도는 확연히 달라요. 경관님이 저희보다 훨씬 앞서가고 계시거든요."

"꼭 그렇지도 않습니다." 두청이 화이트보드를 가리켰다.

"사건 발생 시점은 무려 20여 년 전이에요. 당시 사건 관계자들을 만나 보고 있는데, 얻은 정보가 확실하다는 보장이 없어요. 기억이 잘 못되었을 수도 있고, 개인의 주관적인 억측일 가능성도 있고요."

"그럼 지금 집중적으로 조사하고 계신 게 뭡니까?"

두청은 지첸쿤을 잠시 바라보았다.

"먼저 말씀해 보세요."

지첸쿤이 웃었다.

"저를 완전히 믿지는 못하시나 봅니다?"

"네. 제게 어떤 도움을 주실 수 있는지 확신할 수 없는 상황이라서요."

두청은 자신의 관점과 의도를 전혀 감추지 않았다.

"전 죽은 피해자의 남편입니다." 지첸쿤의 말투가 순간 날카롭게 변했다.

"저한테는 진실을 알 권리가 있어요."

"직접 진실을 파헤칠 필요는 없죠."

두청이 마찬가지로 날을 세우고 말했다.

"제가 결론을 알려 드리면 그만이니까요."

"그럼 왜 저한테 파일을 주신 겁니까?"

"저를 제외하고 살인범을 찾고 싶어 하는 유일한 사람이 바로 당신이니까요."

두청이 좀 더 강한 말투로 말했다.

"유일한 사람. 어쩌면 당신이 내가 모르는 정보를 제공해 줄 수도 있을 것이라고 생각했습니다."

지첸쿤의 눈썹이 위로 올라갔다.

"네?"

"사람들은 대부분 그런 비극을 겪으면 잊는 쪽을 선택해요. 제가 만난 당사자들도 다 그랬죠. 쉬밍량의 모친까지도요."

두청이 지첸쿤의 눈을 똑바로 쳐다보며 말했다.

"당신은 아니잖아요. 여전히 23년 전 기억 속에 머물러 있죠. 어쩌면 당신에게 잔인한 선택일 수도 있지만, 난 그래도 당신이 이 일을 해야 한다고 생각해요. 그래야만 제가 원하는 걸 찾아낼 수 있을 테니까요."

지첸쿤은 두청을 멍하니 바라볼 뿐 순간 아무 말도 할 수 없었다.

"그러니까 당신은 옳은 선택을 한 겁니다."

갑자기 웨샤오후이가 끼어들었다.

"그럼 솔직하게 말씀드려도 되겠네요. 경관님이 오시기 전에 살인범이 왜 그 피해 여성들을 선택했을까 의논하고 있었어요."

"같은 생각을 하고 있었네."

두청이 웨샤오후이를 살피며 물었다.

"그래서 결론은?"

웨샤오후이가 웨이중을 바라보자 그는 머리를 긁적이며 난처한 얼굴로 입을 열었다.

"그게 아직은⋯⋯."

두청은 입을 삐죽거렸지만 실망한 기색은 없었다.

"확실히 어떤 공통점이 있는지는 발견하지 못했어요."

지첸쿤이 화이트보드를 가리켰다.

"첫 번째 피해자 장란, 33세, 사건 당일 검은색 모직 코트, 자홍색 터틀넥 스웨터, 청바지 차림에 앵클부츠를 신었고 길고 검은 웨이브 머리였어요. 두 번째 피해자 리리화李麗華는 27세로 사건 당일 짙은 남색 면 코트, 검은색 스웨터와 검은색 바지, 갈색 롱부츠를 신었고 검은색 단발머리였어요⋯⋯."

"세 번째 피해자 황위黃玉. 29세, 사건 당일 빨간색 반팔 티셔츠, 검은색 반바지, 흰색 운동화를 신었고 긴 갈색 생머리였죠."

두청이 이어서 대답했다. 모든 피해자의 상황을 훤히 꿰뚫고 있는 게 분명했다.

"네 번째 피해자 핑난, 꽃무늬 원피스를 입고 은회색 하이힐을 신었어요. 길고 검은 웨이브 머리였고요."

"몸매가 좋고 밤에 혼자 다니다 변을 당했다는 게 피해자들의 공통점이에요."

웨이중도 가까이 다가왔다.

"이것 말고는 옷차림이나 외모에서 비슷한 점이 전혀 없어요."

"범인은 밤에 차를 운전하고 돌아다니다가 늦게 귀가하는 여성들을 꽤 많이 만났을 겁니다."

지쳰쿤은 고개를 숙이더니 어두운 목소리로 말했다.

"범인이 왜 아내를 범행 대상으로 고른 건지 모르겠어요."

"저도 계속 생각하던 문제입니다."

두청이 지쳰쿤에게 다가가 어깨를 툭툭 쳤다.

"사건 발생 시기가 겨울, 봄, 여름에 다 걸쳐 있어요. 피해자의 키도 다르고 머리카락 길이나 색도 달라요. 대체 어떤 점이 놈을 자극했을까요?"

"성욕?" 웨이중은 한마디 끼어들더니 금세 어색해하며 웨샤오후이를 보았다.

"욕망을 주체 못한 범인이 사냥감을 찾으러 밖으로 나갔고, 무작위로 목표물을 선정했다면요?"

"그렇게 단순한 이유는 아닐 거야. 범인의 경제 형편이 그렇게 나쁘지는 않았던 것 같은데, 단순히 성욕을 채우기 위해서였다면 성매매를 하면 되니 굳이 살인을 저지를 필요는 없지 않았을까?"

두청은 화이트보드 앞으로 걸어가 사진 몇 장을 가리켰다.

"강간이 성적인 것과 관련 있는 건 확실해요. 그런데 살인하고 시신을 토막 내는 건, 빌미를 없애려는 의도도 있지만 피해자들에 대한 원한을 나타낸 걸로도 볼 수 있어요. 여성을 소유하고 싶은 마음과 증오심이 공존하는 거죠."

줄곧 말이 없던 웨샤오후이가 갑자기 물었다.

"경관님, 당시 이 사건을 수사했던 분들이 전부 남자였죠?"

"어? 그런데. 그건 왜?"

"어쩐지."

웨샤오후이가 웃었다.

"여러분들이 한 가지 놓친 게 있어요. 여자에게는 옷차림, 외모, 헤어스타일 말고도 눈에 보이지 않는 게 하나 더 있어요, 남자를 자극할 수 있는."

세 사람이 동시에 물었다.

"그게 뭔데?"

웨샤오후이가 자신의 옷을 가리켰다.

"향기요."

두청이 가장 먼저 반응을 보였다.

"향수?"

"네. 제가 자료를 조사해 봤는데, 여자 향수가 어떤 남자들에게는 성욕을 자극하는 촉매제 역할을 한대요. 어떤 향기가 범인의 성적 충동을 자극했을지도 몰라요."

두청은 즉시 지첸쿤 쪽으로 고개를 돌렸다. 지첸쿤은 잠시 생각하더니 긍정적인 답변을 내놓았다.

"그래, 맞아. 펑난이 그날 분명 향수를 뿌렸어. 나비부인이라는 향수."

향수. 두청의 머리가 빠르게 돌아가기 시작했다. 첫 번째 피해자 장란의 남편과 대화하던 장면이 눈앞에 그려졌다.

당시 남편 원젠량은 손가락 사이에 담배를 끼운 채 계속 창밖을 주시하면서 느릿느릿한 말투로 이렇게 말했었다.

"검은색 모직 코트, 자홍색 터틀넥 스웨터, 청바지를 입고 앵클부츠를 신었는데, 온몸에서 향기가 났어요. 그때는 제가 놀리면서……."

두청은 테이블에 있는 두꺼운 파일을 빠르게 넘겨보았다.

첫 번째 사건에서 피해자 장란은 동창 모임에 간다고 나갔다가 귀가 도중 살해되었다.

두 번째 사건에서 피해자 리리화는 쇼핑을 갔다가 집에 왔는데, 값비싼 액세서리를 샀다는 이유로 남편과 다투고 홧김에 집을 나갔다가 살해되었다.

세 번째 사건에서 피해자 황위는 야간 조깅을 하다 살해되었다.

네 번째 사건에서 피해자 펑난은 동료의 결혼식 뒤풀이 자리에 갔다가 돌아오는 길에 살해되었다.

펑난과 장란은 모임에서 술을 마셨을 테고, 황위는 야간 조깅을 하면서 땀을 많이 흘렸을 것이다. 그렇다면 체온이 올라가 향기가 잘 퍼져서 더 진하게 느껴졌을 것이다. 리리화는 쇼핑몰에서 향수를 구매했거나 테스트로 뿌려 봤을 가능성이 있었다.

피해자들이 모두 같은 향수를 쓴 건 아닐까?

황위와 리리화의 상황은 좀 더 확인해 볼 필요가 있었다. 만약 이 추론이 성립된다면, 한 가지 결론을 도출할 수 있었다.

"조사하러 가 봐야 할 것 같습니다."

두청이 잠시 망설이더니 뒤돌아서 눈을 반짝이며 지첸쿤을 보았다.

"살인범을 자극한 요인이 향수라면 쉬밍량은 억울한 누명을 쓴 게 확실합니다."

지첸쿤이 긴장된 표정으로 두청을 마주 보았다.

"어째서요?"

"쉬밍량은 만성 축농증으로 후각이 감퇴됐거든요."

두청의 말투에서 들뜬 기분이 느껴졌다.

"피해자들이 몸에 바른 게 향수든 보디로션이든 쉬밍량에게는 아무 의미가 없다고요."

"그것 봐요! 내 말이 맞다니까!"

지첸쿤이 흥분해서 휠체어를 탁 하고 쳤다.

"아직 기뻐하긴 일러요. 황위와 리리화가 향수를 사용했는지, 사용했다면 어떤 브랜드 제품을 썼는지 확실히 알아봐야 해요. 그나저나······."

두청이 웨샤오후이를 가리켰다.

"대단한데?"

"감사합니다."

얼굴은 웃고 있었지만 웨샤오후이의 눈빛에서는 강한 위압감이 느껴졌다.

"이제 경관님 차례예요."

"어?"

두청은 웨샤오후이가 자신이 중점을 두고 있는 조사 내용을 묻고 있다는 걸 알아차렸다.

"내가 주목하는 건 지문이야."

"네 번째 사건에서 발견된 거요?"

웨이중이 물었다.

"맞아." 두청이 네 번째 사건 사진을 가리켰다.

"살인범은 그전까지 범행 과정에서 어떤 흔적이나 물증도 남기지 않았어. 사체 유기 현장과 사체 조각을 싸고 있던 비닐봉투 어디에서도 발견된 게 없었단 말이지. 그런데 네 번째 사건 때 허점을 드러낸 거야."

지첸쿤이 바로 이어서 말했다.

"돼지 털과 지문이었죠."

"맞습니다."

두청이 고개를 끄덕였다.

"비닐봉투에서 쉬밍량의 지문이 나왔고, 마침 또 쉬밍량이 돼지고기 파는 일을 하다 보니 경찰이 그를 살인범으로 확신한 겁니다."

지첸쿤이 말했다.

"고기 사러 온 손님 중에 살인범이 있었던 건 아닐까요? 당시 경찰들이 추정한 게 꼭……."

"비닐봉투에는 쉬밍량의 지문밖에 없었어요."

두청이 한 손을 내밀었다.

"사건은 한여름에 발생했어요. 무더운 날씨에 장갑을 끼고 고기 사는 사람을 본다면 이상하단 생각이 들지 않겠어요?"

"그건 그러네요."

지첸쿤은 순순히 인정했다.

"그리고 사체 조각을 담은 봉투 안에서 신발 한 짝이 발견됐어요."

두청이 인상을 찌푸렸다.

"저희가 발견한 유일한 피해자 물품이었죠. 그렇게 참을성 있고 꼼꼼한 사람이, 사체 훼손 수법도 갈수록 숙련되고 범행을 저지를 때도 점점 냉정함을 잃지 않던 사람이 어떻게 그런 초보적인 실수를 저질렀을까? 제가 이해할 수 없는 게 바로 이 점입니다."

"사체를 훼손할 때 어떤 돌발 상황을 마주했을지도 모르죠." 웨샤오후이가 끼어들었다.

"그래서 당황한 나머지 실수를 저지른 거고요."

"가능성 있는 얘기야." 두청이 아래턱을 어루만졌다.

"하지만 그것도 지문을 남긴 상황을 설명하기엔 어딘가 부족해."

"꼭 그렇지만은 않아요."

웨이중이 잠시 망설이더니 천천히 말했다.

"만약 범인이 쉬밍량의 손님이 아니라면요?"

"무슨 뜻이야?"

"지금 이런 상황인 거잖아요."

웨이중이 생각을 하면서 말을 이어갔다.

"우리는 쉬밍량이 범인이 아니라고 생각해요. 그런데 사체를 유기할 때 쓴 비닐봉투에서는 쉬밍량의 지문이 발견됐죠. 이건 쉬밍량이 봉투를 만졌다는 뜻이고요, 맞죠?"

"그래, 맞아." 두청이 웨이중을 보며 말했다.

"계속해 봐."

"쉬밍량은 돼지고기가 든 봉투를 누군가에게 건넸는데 상대방이 봉투를 아예 건드리지도 않았거나, 만졌어도 맨손으로 만진 게 아닐 수 있어요."

웨이중이 뭔가를 건네는 시늉을 했다.

"그럼 이런 가능성도 생각해 볼 수 있지 않을까요? 고기를 직접 판 게 아니라 배달을 한 건 아닐까요?"

두청은 미간을 찌푸렸다. 지첸쿤과 웨샤오후이도 영문을 모르겠다는 표정이었다.

"무슨 말인지 잘 모르겠네."

"휴!"

웨이중은 상황을 직접 연기하기로 했다.

"이를테면 이런 거예요. 쉬밍량이 봉투를 들고 어느 집으로 가요. 집에 들어가서 이렇게 말하는 거예요. 아무개야, 내가 돼지고기 좀 가져왔어, 라고요. 고기를 내려놓고 몇 마디 대화를 나눈 뒤 두 사람은 헤어져요. 그 후로 상대방이 장갑을 끼고 봉투를 들었는지 아닌지는 쉬밍량은 전혀 모르는 거죠."

웨이중의 연기가 우스워서 나머지 세 사람은 웃음을 참을 수 없었다. 두청도 깔깔대고 웃다가 머릿속에 뭔가가 번뜩 떠올랐다. 웨이중의 추측이 어떤 기억을 끄집어낸 것만 같았다. 하지만 그 느낌은 금방 사라져 버렸다. 잡으려고 할 때는 이미 흔적도 없이 사라진 뒤였다.

두청은 방금 놓친 생각을 다시 떠올리려고 정신을 집중했다. 그때 갑자기 핸드폰이 울렸다.

발신자가 가오량이라 얼른 전화를 받았다.

— 저한테 부탁하셨던 거요, 알아냈어요.

두청은 전화를 받고 놀라는 듯하다가 잠시 의심하더니 생각에 잠겼다. 세 사람은 그런 두청의 모습을 지켜보았다. 그는 그저 "응", "아"와 같은 대답 정도만 하더니 마지막에 질문 하나를 던졌다.

"어디야?"

그러고는 바로 전화를 끊고 가방을 들고 일어났다.

"미안합니다, 여러분. 먼저 가 봐야 할 것 같습니다."

린궈둥은 천샤오의 맞은편에 앉아서 그녀가 가늘고 긴 손가락으로 지폐를 세는 걸 지켜보았다. 천샤오의 손은 매끈하고 하얘서 푸르스름한 혈관이 선명하게 보였다.

린궈둥은 자세를 고쳐 앉아 가볍게 한숨을 내쉬었다.

천샤오가 린궈둥의 눈을 주의 깊게 보면서 웃었다.

"걱정 마세요, 안 틀려요."

천샤오가 지폐를 린궈둥 손에 건네주었다.

"한번 세어 보세요."

"네? 아닙니다."

린궈둥은 멋쩍어하며 돈을 대충 주머니에 쑤셔 넣었다.

천샤오는 책상에서 파일 하나를 꺼내 린궈둥에게 건넸다.

"논문 세 편, 광고 카피 두 개예요. 기한은 열흘인데, 괜찮으세요?"

"일단 한번 볼게요."

린궈둥이 원고를 꺼내 살펴보았다.

"경제학 논문이라 찾아볼 전문용어가 많네요."

"그럼 2주로 하죠."

"네, 그러면 될 것 같습니다."

천샤오가 자리에서 일어나 외투를 입고 가방을 정리했다. 어느 정도 정리가 끝나서 가려는데 린궈둥이 여전히 자리에 앉아 원고를 살펴보고 있었다.

"린 선생님, 저 점심 먹으러 갈 건데…… 같이 가실래요?"

천샤오가 떠보듯이 물었다.

"네?" 린궈둥은 얼른 원고를 챙기며 대답했다.

"좋아요."

천샤오는 린궈둥의 반응이 의외였지만 뱉은 말을 다시 주워 담을 수는 없었다. 가만히 생각하다가 그냥 밥 한 끼 같이 먹는 것이라며 대수롭지 않게 받아들이기로 했다.

두 사람은 나란히 사무실을 나왔다. 천샤오는 회사 문을 잠그고 곧장 엘리베이터로 향했다. 엘리베이터를 기다리는 동안 두 사람은 억지로 대화를 이어갔다. 린궈둥은 긴장한 듯 허리를 꼿꼿하게 펴고 계속해서 바뀌는 엘리베이터 층수를 뚫어지게 바라보고 있었다.

천샤오는 몰래 속으로 웃었다. 나이도 꽤 있으신 분이 아직도 이런 순수한 면이 있으시네.

엘리베이터가 도착했다. 점심 시간이라 엘리베이터 안이 붐볐다. 두 사람은 비집고 들어가서 천샤오는 입구 앞에, 린궈둥은 천샤오 뒤에 나란히 섰다.

엘리베이터가 내려가기 시작했다. 천샤오가 훈툰을 먹을지 마라탕을 먹을지 고민하고 있는데 갑자기 목 뒤쪽에서 숨결이 느껴졌다. 누군가 뒤에서 가쁜 숨을 몰아쉬고 있는 것 같았다.

천샤오는 인상을 찌푸리며 앞쪽으로 반걸음 걸어 나왔다. 그러자 뒤쪽에서 거의 알아차리기 힘든 소리가 들렸다.

탄식 같기도 하고 신음 같기도 한 소리였다.

5분 뒤, 린궈둥과 천샤오는 건물 앞 작은 골목에 서 있었다. 거리 양쪽으로 각양각색의 간판들이 죽 늘어서 있었다. 전부 가격이 저렴한 식당들이었다.

"훈툰, 마라탕, 뉴러우몐牛肉面 중에 어떤 거 드실래요?" 천샤오가 린궈둥에게 물었다.

"제가 살게요."

"아뇨. 여자한테 사라고 하는 법이 어디 있습니까?" 린궈둥이 좌우를 살피며 말했다.

"좋은 거 먹읍시다. 골라 봐요."

"그럼 너무 죄송한데."

"사양할 거 없어요. 좀 전에 돈 받았잖아요?"

린궈둥이 주머니를 툭툭 쳤다.

결국 두 사람은 가물치 훠궈를 먹으러 갔다. 식당에 들어가 창가 자리를 잡았다. 천샤오가 외투를 벗자 담황색 스웨터가 드러났다.

린궈둥은 천샤오를 위아래로 몇 번이나 훑어보더니 손을 흔들어 메뉴를 요청했다.

"샤오 씨가 골라요. 본인이 좋아하는 걸로."

린궈둥이 메뉴판을 천샤오에게 건네며 말했다.

"그럼 린 선생님 주머니 좀 거덜 내 볼까요?"

말은 그렇게 했지만 천샤오는 적당한 가격대의 음식 몇 개와 린궈둥이 마실 맥주 한 병을 주문했다.

술과 음식이 금세 차려지고 두 사람은 먹고 마시기 시작했다. 뜨끈뜨끈한 훠궈가 두 사람 사이에서 김을 뿜어대고 있었다. 천샤오는 얼굴에 땀이 나고 두 볼이 빨갛게 달아올랐다.

"정말 맛있어요."

천샤오가 스웨터 옷깃을 쥐고 부채질했다.

"옷에 냄새 배일까 봐 걱정은 되지만요. 다 먹고 바람 좀 쐬다 가야겠어요."

린궈둥은 음식은 거의 먹지 않고 맥주를 홀짝이며 코를 벌름거리고 있었다.

"린 선생님, 메일주소 하나 만드세요."

천샤오가 생선 조각을 하나 집었다.

"나중에 메일로 원고 보내드릴게요. 번거롭게 회사로 직접 안 나오셔도 돼요."

"괜찮습니다. 나이가 많아서 운동하는 셈 치고 가는 건데요."

"나이 안 많아요."

천샤오가 눈앞에 있는 음식들을 열심히 먹으며 말했다.

"요즘은 린 선생님처럼 중년 아저씨 스타일이 인기라고요."

"하하, 정말요?"

린궈둥이 웃기 시작했다.

"혹시 더우면 맥주 한잔할래요?"

"좋아요."

천샤오는 시원시원하게 잔을 내밀었다. 그러다 술병을 쥐고 있는 린궈둥의 손에 거즈가 감겨 있는 걸 발견했다.

"어머, 어쩌다 이런 거예요? 다치셨어요?"

"별것 아닙니다."

린귀둥이 천샤오의 잔에 술을 가득 따라주고는 자신의 손바닥을 보았다.

"사마귀 한 마리 잡으려다 실수로 그랬어요."

"사마귀요?"

천샤오는 의아하기도 하고 우습기도 했다.

"이 계절에 무슨 사마귀가 있어요?"

린귀둥은 천샤오의 동그랗게 뜬 두 눈과 발그레한 뺨을 바라보면서 숨을 깊이 들이마셨다. 그러고는 웃으며 말했다.

"있더라고요, 사마귀가."

제21장

진실

마젠은 찻집에 들어가 카운터 직원에게 무언가를 묻더니 2층 끝에 있는 별실로 안내받았다. 안에 들어가자 뤼사오화가 소파에 웅크리고 앉아 눈앞에 있는 찻잔을 멍하니 바라보고 있었다.

"사오화, 무슨 일인데 그렇게 급하게 날 찾아?"

마젠이 외투를 벗고 맞은편에 앉았다. 뤼사오화를 자세히 살피던 그는 놀라서 그만 얼어 버렸다.

"헉, 상태가 왜 이래?"

머리카락은 어지럽게 헝클어져 있고 눈 주위는 시퍼랬다. 두 눈에는 실핏줄이 가득하고 얼굴에는 칼로 그은 것처럼 깊게 주름이 나 있는 게 꼭 마약 중독자 같았다.

"너 혹시 마약하고 그런 건 아니지?"

"어디까지 끌어내릴 참이에요?"

뤼사오화가 슬픈 듯한 웃음을 지었다.

"요즘 어떠세요? 잘 지내요?"

"그냥 그렇지 뭐. 매일 하는 일 없이 늘어져 있다 보니 살이 좀 붙긴 했지만, 그것만 빼면 괜찮아."

마졘이 배를 두드리며 말했다.

뤄사오화가 그를 한번 살펴보더니 잔에 차를 가득 따라주었다.

"먹을 것 좀 시킬까요?"

"됐어, 방금 먹고 와서."

마졘이 뤄사오화를 자세히 보았다.

"저번에 나한테 오밤중에 전화를 다 하길래 뭔가 이상하다 싶었지. 말해 봐. 대체 무슨 일이야?"

뤄사오화가 길게 한숨을 내쉬더니 소파에 털썩 주저앉아 두 손으로 얼굴을 감쌌다.

"말하래도!"

마졘은 뤄사오화가 계속 꾸물거리자 짜증이 밀려왔다.

"뭔데 자꾸 미적거려!"

뤄사오화는 어떻게 말을 꺼내야 좋을지 모르는 사람처럼 침묵하고 있었다.

"말 안 할 거야?"

마졘이 화가 나서 일어나 옷을 입으려 했다.

"할 말 없으면 그냥 가고."

"팀장님."

뤄사오화가 마침내 용기를 냈다.

"쉬밍량 사건 기억하시죠?"

"당연히 기억하지."

마졘이 자리에서 일어서다 중간에 멈춰 섰다. 어정쩡한 자세로 뤄사오화를 바라보던 그의 미간이 점점 일그러졌다.

"갑자기 그 얘긴 왜 꺼내?"

"당시 우린 그 사건을 깔끔하게 처리했다고 생각했죠. 두청만 우리가 사람을 잘못 잡았다고 주장했어요."

뤄사오화는 담배에 불을 붙이더니 이마가 거의 무릎에 닿을 정도로 고개를 숙였다.

"사실, 두청 말이 맞았어요."

마젠은 여전히 뤄사오화를 뚫어지게 보았다. 한참 뒤에 그는 이를 악물고 쥐어짜내듯 말했다.

"그게 무슨 소리야?"

"살인범은 따로 있다고요."

고개를 든 뤄사오화의 표정에는 공포와 절망이 뒤섞여 있었다.

"그놈이 돌아왔어요."

"살인범이 누군데? 어떻게 알았어?"

마젠은 더는 못 참고 뤄사오화의 먹살을 잡았다.

"그놈이 돌아오다니, 이건 또 무슨 소리야?"

마젠이 흔드는 대로 뤄사오화의 몸이 무기력하게 흔들렸다. 뤄사오화는 억지 미소를 지으며 말했다.

"말하자면 좀 길어요."

1992년 10월 28일.

늦가을 새벽, 0도에 가까운 기온이었다. 날은 이미 밝았지만 풀잎 위에 내려앉은 서리는 아직 남아 있었다. 녹지대에서 발견된 검정 비닐봉투를 바라보는 뤄사오화의 마음은 돌덩이가 내려앉은 듯 점점 더 무거워졌다.

둥장제와 옌볜루가 만나는 길목이었는데, 경찰이 쳐 놓은 폴리스 라인으로 완전히 봉쇄된 상태였다. 도로가 좁아져서 일시적으로 교통 체증이 발생했다. 천천히 이곳을 지나던 차량들이 호기심에 창문을 열고 경찰들에게 무슨 상황인지 물었다.

현장 감식이 진행 중이었다. 감식요원들이 지면을 수색하고 있었다.

법의학자가 쪼그리고 앉아 무거운 표정으로 검정 비닐봉투를 주시했다. 녹지대 가장자리 부근에서 한 미화원이 경찰 두 명에게 사체 발견 과정을 긴장된 모습으로 설명하고 있었다.

카메라 플래시가 계속 번쩍거렸다. 감식요원의 분명하고 간단한 주문과 대답들이 계속해서 뤄사오화의 귀에 들렸다. 그는 말라 버린 입으로 쩝쩝 소리를 내더니 통로로 만들어 놓은 발판을 조심스럽게 밟으며 현장 중심부로 들어갔다.

비닐봉투는 관목 숲에서 발견되었다. 옆에 있던 잔디에 쏠린 흔적이 있는 것으로 보아 범인이 길 왼편에서 던진 것 같았다. 비닐봉투가 관목 가지에 긁혀 구멍이 났고, 그 구멍으로 창백한 사람의 피부가 드러났다. 신고자는 발견 당시 안에 무엇이 들어 있는지 가까이 다가가 살펴보다가 피부에 난 상처를 보고 사람인 걸 알게 되었다고 진술했다.

뤄사오화는 봉투 입구에 칭칭 감겨 있는 노란색 테이프를 보고 있었다. 그러다 마젠의 침울한 눈빛과 마주쳤다.

증거품 채집과 촬영이 모두 끝났다. 법의학자는 핀셋으로 조심스럽게 테이프를 풀고 봉투에서 사람의 사체를 들어올렸다. 그는 자세히 살펴보더니 마젠 쪽으로 고개를 돌리며 말했다.

"오른쪽 허벅지예요."

마젠은 아무 말 없이 감식요원에게 비닐봉투를 검사하라는 신호를 보냈다. 감식요원들은 봉투 안에 불빛을 비추어 이리저리 여러 번 살폈다. 봉투를 들어 올려 반복해서 관찰하더니 마젠을 보며 고개를 흔들었다.

"육안으로 봤을 때 손자국은 없어요. 제가 가서 다시 자세히 조사해 보겠습니다."

마젠이 잠시 침묵하더니 낮은 음성으로 말했다.

"일단 채취해 봐."

그때, 젊은 경찰이 마젠 앞으로 곧장 달려왔다.

"팀장님, 청젠 화원 정문에서 검정 비닐봉투가 또 하나 발견됐습니다." 그가 침을 꿀꺽 삼킨 뒤 말했다.

"몸통 같습니다."

마젠이 눈을 질끈 감았다가 번쩍 뜨더니 뤄사오화 쪽을 보며 손을 흔들었다.

"가자."

피해자 량칭윈梁慶蕓은 29세 여성으로 이 도시 최대 규모인 백화점 영업사원이었는데, 1992년 10월 27일 밤 9시경 퇴근 후 실종되었다. 이튿날 새벽, 피해자의 오른쪽 허벅지는 둥장제와 옌볜루 합류 지점에서, 나머지 사체는 도시 곳곳에서 연달아 발견되었다. 피해자는 죽기 전에 성폭행을 당했고 사인은 경부 압박에 의한 질식사였다. 발견된 사체는 전부 노란색 테이프로 둘둘 감긴 검정 비닐봉투에 들어 있었다. 현장에서 피해자의 옷이나 신발은 발견되지 않았고, 손자국이나 족석 역시 남아 있지 않았다.

'10. 28 살인 사건' 경위 분석 회의가 오후 내내 이어졌다. 회의 후 마젠은 국장실로 불려가 은밀한 대화를 나누었다.

30분 뒤 마젠이 어두운 표정으로 국장실을 걸어 나왔다. 입구에서 오랫동안 기다리고 있던 뤄사오화가 얼른 다가와 물었다.

"뭐라세요?"

"당분간 정보 새어 나가지 않게 조심하고 언론 인터뷰 요청도 거절하라고."

"그게 다예요?"

"그게 다라니?"

마젠은 무척 성가시다는 표정으로 사무실을 향해 걸어갔다.

"뭘 더 기대한 거야?"

"그놈 짓일까요?"

"아니."

마젠은 단칼에 부정하더니 그대로 성큼성큼 앞만 보고 걸었다.

"왜 아니라는 말이에요?"

뤄사오화는 조급한 마음에 마젠을 붙들었다.

"그게…… 수법이 완전 똑같잖아요!"

"아니야!"

마젠은 뤄사오화의 손을 뿌리치고 계속 앞으로 걸어갔다.

"범인은 이미 사형됐어."

"팀장님!"

뤄사오화가 잰걸음으로 마젠을 따라잡았다.

"우린 지금 우리뿐만 아니라 다른 사람들까지 속이고 있다고요!"

마젠이 갑자기 걸음을 멈추고 고개를 숙이더니 눈을 질끈 감았다.
두 볼의 근육이 부들부들 떨렸다. 감정을 억누르려고 무진 애를 쓰고
있는 것 같았다.

"팀장님."

뤄사오화가 주변을 살피더니 소리를 낮춰 말했다.

"두청 말이 맞을지도 몰라요. 우리가 정말 엉뚱한 사람을……."

"글쎄 아니라니까!"

마젠이 갑자기 고함을 지르며 뤄사오화의 멱살을 잡아 벽 쪽으로
힘껏 밀어붙였다.

"우리는 틀리지 않았어. 쉬밍량이 바로 범인이야!"

"그럼 이 사건은 어떻게 설명하실 건데요?"

뤄사오화는 숨이 막혀 얼굴이 시뻘게졌다.

"강간 후 살인, 경부 압박에 의한 질식사, 검정 비닐봉투, 노란색 테이프…….."

지나가던 경찰 몇 명이 호기심 어린 눈빛으로 두 사람을 바라보았다.

마젠은 경찰들을 보고 손을 내리더니 거친 숨을 몰아쉬었다.

"모방 범죄야."

마젠의 목소리에서 가쁜 호흡이 느껴졌다.

"쉬밍량 사건을 언론에서 시끄럽게 떠들어대는 바람에 모방 범죄가 생긴 거야. 이번에 입 단속하라는 것도 다 그런 이유 때문이고."

뤄사오화는 구겨진 옷깃을 펴고 마젠을 노려보았다. 가슴이 위아래로 격렬하게 움직였다.

"그러니까 최대한 빨리 놈을 잡아야 해."

마젠은 손을 허리에 대고 바닥을 보며 말했다.

그러다 갑자기 달려들더니 뤄사오화가 방금 폈던 옷깃을 또다시 틀어쥐었다.

"알아들었어? 우리가 그 새끼 잡아야 한다고! 최대한 빨리!"

마젠은 난폭한 야수 같은 눈빛으로 부득부득 이를 갈았다.

"잡아 보면 우리가 틀린 건지 아닌지 알 수 있겠지!"

똑같은 검정 비닐봉투, 지문, 흰색 소형 화물차, 차량에서 발견된 혈흔, 쉬밍량의 자백.

경찰이 검찰원에 이송한 주요 증거들이었다. 좀 더 자세히 따져보면, 검정 비닐봉투는 가정에서 흔히 볼 수 있는 물건이었다. 차량에서 발견된 혈흔은 깨끗이 닦인 상태였지만 돼지 피가 섞여 있었다. 혈흔의 존재를 증명한다고 해도 오염되었기 때문에 이미 증거로서의 가치를 상실했다. 쉬밍량의 자백을 받아낸 경위는 뤄사오화가 누구보다 잘 알고 있었다.

아무리 생각해도 지문을 제외한 다른 증거들은 전부 쉬밍량이 살인범이라는 걸 입증할 만한 직접 증거가 될 수 없었다.

그런데 왜 시신을 싸고 있던 비닐봉투에 쉬밍량의 지문이 나타난 것일까?

두 가지 가능성이 있었다. 첫째, 살인범은 쉬밍량이다. 둘째, 살인범은 쉬밍량과 만난 적이 있는 사람이다. 이 중 쉬밍량에게 돼지고기를 샀던 손님들의 혐의가 가장 컸다.

쉬밍량이 일하던 춘양 재래시장은 대형 주택 단지와 인접했기 때문에 그에게 돼지고기를 사 간 사람은 수천 명에 달할 것이다. 그 사람들을 다 조사하기에는 마젠과 팀원에게 주어진 시간이 고작 20일뿐이었다.

이런 이유로 마젠은 첫 번째 가능성을 선택했다. 하지만 뤄사오화의 마음속에는 두 번째 가능성에 점점 더 무게가 실렸다.

노점을 벌인 사람은 양구이친이 아니었다. 한 이십 대 청년이 가판대 뒤에서 한창 갈비를 자르고 있었다. 뤄사오화가 다가가 물었다.

"양구이친 씨는요?"

"안 나오세요."

청년이 식칼을 내려놓았다.

"이제 제가 여기서 장사해요."

"양구이친 씨한테 무슨 일이라도 생겼습니까?"

"편찮으신지 거의 1년이 다 돼 가요."

청년이 호기심 가득한 표정으로 뤄사오화를 살펴보았다.

"어느 식당에서 오셨어요? 앞으로 고기 사실 때 저한테 말씀하시면 돼요. 같은 데예요."

뤄사오화는 말없이 경찰증을 꺼내 흔들어 보였다.

"경찰이셨구나. 형 사건은 이미 다 끝난 거 아니에요?"

청년이 다시 식칼을 집어 들었다.

"쉬밍량이 그쪽 형입니까?"

뤄사오화가 또 한 번 질문을 던졌다.

"양구이친 씨와는 관계가 어떻게 되시죠?"

"제가 외조카예요."

청년은 뤄사오화에게 강한 적대감을 보이며 칼로 강하게 갈비를 내리쳤다.

뤄사오화는 비뚤비뚤하게 잘린 갈비를 보더니 자리를 떠났다.

15분 뒤 뤄사오화의 차가 쉬밍량의 집 앞에 멈춰 섰다. 라이트를 끄자마자 복도에서 양구이친이 비틀거리며 나오고 있었다.

못 본 사이에 양구이친은 많이 야위어 있었다. 은발만 몇 가닥 섞여 있던 머리카락이 어느새 하얗게 세었다. 얼굴에는 어지럽게 주름이 나 있어 열 살은 더 들어 보였다. 아직 겨울도 아닌데 벌써 두꺼운 패딩에 모자와 목도리까지 장착하고 있었다. 바람이 조금만 불어도 쓰러질 것처럼 연약한 모습이었다.

손에는 보따리를 들고 있는데, 상당히 버거워 보였다. 몇 걸음도 못 가 보따리를 바닥에 내려놓고 잠시 쉬었다 가기를 반복했다.

양구이친의 목적지는 버스 정류장이었다. 그때, 버스 한 대가 느릿느릿 정류장에 정차하고 있었다. 몇몇 승객들이 하차한 뒤 버스는 문을 닫고 떠날 준비를 마친 상태였다. 양구이친은 마음이 급해져 뛰어가 버스를 잡을 생각이었지만 그만 균형을 잃고 바닥으로 세게 넘어지고 말았다.

뤄사오화가 얼른 달려가 부축했다. 고마운 마음에 고개를 들고 인사하려던 양구이친은 뤄사오화를 보자마자 미소를 싹 거뒀다.

"여긴 웬일이에요?"

양구이친이 뤄사오화의 손을 뿌리쳤다.

"사람도 죽었고 돈도 배상한 마당에 뭐 하러 또 찾아왔어요?"

뤄사오화는 아무 말 없이 바닥에 떨어진 보따리를 들다가 안에 있는 책들을 발견했다.

"어디 가시던 길입니까?"

"그게 당신이랑 무슨 상관이에요?"

양구이친이 뤄사오화의 손에서 보따리를 빼앗다시피 들고 오더니 뒤돌아 걸어갔다. 그런데 계속 숨을 헐떡거렸다. 뤄사오화는 얼른 쫓아가 보따리를 뺏어 들고 그녀를 부축했다.

"제가 모셔다 드리겠습니다."

뤄사오화는 양구이친을 데리고 길옆으로 향했다.

"이 상태로는 얼마 못 가 쓰러지세요."

양구이친은 여전히 발버둥을 쳤지만 뤄사오화는 다짜고짜 그녀를 차에 태웠다. 차 문을 닫고 안전벨트를 채워 준 뒤에야 양구이친은 체념한 듯 못마땅한 표정으로 가만히 앉아 있었다.

"가시려는 데가 어딥니까?"

뤄사오화가 차에 시동을 건 뒤 양구이친을 보며 물었다.

"아들 과외해 주던 선생님 댁이요."

양구이친이 앞쪽을 바라보며 쌀쌀맞게 말했다.

"선생님이 책을 몇 권 우리 집에 두고 갔어요. 밍량이 유품 정리하다 발견해서 갖다 주려고요."

뤄사오화가 울퉁불퉁한 보따리를 보며 말했다.

"저렇게 무거운 걸 어떻게 혼자 들고 갑니까?"

"돌려줄 건 돌려줘야죠!"

양구이친은 창밖으로 고개를 돌렸다.

"우린 빚지고는 못 살아요!"

사람을 죽이면 목숨으로 보상하고, 빚을 지면 돈으로 갚아야 했다. 피해자 네 명의 유가족들은 형사 부대 민사소송범죄로 입은 손해와 관련해 형사 절차에서 배상을 청구하는 것을 제기해 십여 만 위안이나 되는 거액의 배상금을 요구했다. 양구이친은 그동안 모은 돈과 트럭을 판 돈으로 가까스로 배상금을 전액 지급했다.

뤄사오화는 완강한 양구이친의 태도를 보더니 속으로 한숨을 내쉬며 액셀을 밟았다.

목적지는 쉬밍량의 집에서 멀지 않았는데 위치상 같은 톄둥취 안에 있었다. 뤄사오화는 운전하며 양구이친을 주시했다. 노부인은 가는 내내 말 한마디 없이 주먹을 꼭 쥐고 있었다. 뼈가 앙상한 얼굴이 모자와 목도리에 가려져 표정은 보이지 않았다.

"아드님은 평소에 누구와 자주 만났습니까?"

양구이친은 대답하지 않았다.

"가판에 자주 고기 사러 오던 사람 중에 기억하는 사람들이 몇 명이나 됩니까?"

양구이친은 뤄사오화를 한번 쳐다보더니 다시 고개를 돌렸다.

"그런 건 왜 물어요?"

이번에는 뤄사오화가 대답할 말이 없었다. 잠시 생각하다 다른 질문을 던졌다.

"외조카라는 분, 그러니까 가판을 넘겨받은 청년 말입니다. 쉬밍량과 사이가 어땠습니까?"

"걔를 찾아갔어요?"

양구이친이 갑자기 폭발했다.

"우리 아들이 이미 목숨으로 죗값을 치렀는데, 또 뭘 어쩌려고 이래요? 구족이라도 멸할 작정이에요?"

뤄사오화는 더 묻지 않고 운전에만 집중했다. 그 청년에게는 사촌형을 대신해 사회에 복수하려는 동기와 가능성이 있었다. 하지만 청년과 쉬밍량의 관계를 모른다고 해도 그럴 가능성은 극히 미미해 보였다. 갈비를 자르는 청년의 솜씨를 봤을 때 그가 사체를 잘 잘랐을 리가 없었다. 그보다 더 중요한 점이 하나 있었다. 청년의 눈에서 깊이를 알 수 없는 그런 사악함은 찾아볼 수 없었던 것이다.

10분 뒤 두 사람은 뤄주위안 단지에 도착했다. 뤄주 조미료공장 직원 사택이라 거주자들 중에는 공장 직원이 많았다. 뤄사오화는 '선생님'이라는 신분에 대해 생각하고 있었다. 양구이친은 이미 차에서 내려 뒤도 안 돌아보고 앞으로 걸어갔다.

뤄사오화는 얼른 뒤쫓아가 보따리를 빼앗아 들었다. 양구이친은 뤄사오화의 고집스러움을 겪어 봐서인지 실랑이를 하지 않고 천천히 그의 뒤를 따라 걸어갔다.

양구이친의 지시를 따라 뤄사오화는 22동 4구역 앞에 도착했다. 양구이친은 한참 뒤에서 한 발자국씩 걸음을 옮기고 있었다. 책이 가득 담긴 보따리가 결코 가볍지는 않았다. 나이 들고 몸이 약한 양구이친은 말할 것도 없고 뤄사오화조차도 보따리를 드는 게 힘에 부쳤다. 좌우를 살피던 그는 건물 앞에 서 있는 둥펑東風 자동차 흰색 픽업트럭 한 대를 발견했다. 수화물칸에 보따리를 내려놓고 차체에 몸을 기댄 채 양구이친을 기다렸다.

갑자기 픽업트럭 운전석 문이 열렸다. 한 중년 남자가 운전석 밖으로 고개를 내밀고 인상을 찌푸리며 뤄사오화를 쳐다보았다.

"잠깐만 둘게요. 저분 오실 때까지만요."

뤄사오화가 양구이친을 가리켰다.

중년 남자가 알았다며 차 안으로 다시 고개를 집어넣었다.

뤄사오화는 5층으로 가라는 양구이친의 말을 듣고 다시 보따리를 챙겨 성큼성큼 올라갔다.

501호 철문은 굳게 잠겨 있었다. 몇 번 두드렸지만 아무 반응이 없었다. 고개를 돌려 보니 양구이친이 힘겹게 올라오고 있었다.

"집에 아무도 없어요."

"있어요."

양구이친의 얼굴이 어느새 땀으로 범벅이 되어 있었다.

"제가 여기 오기 전에 전화했거든요."

양구이친은 집 앞으로 걸어가 문을 두드리며 말했다.

"자오_쮀 씨, 저 밍량이 엄마예요."

문이 열리고 한 노부인이 몸을 반쯤 내밀었다. 잔뜩 경계하는 표정이었다.

"구이친, 어서 들어와요."

노부인은 양구이친 뒤에 서 있는 뤄사오화를 발견했다.

"이분은?"

"여기까지 데려다주신 분이에요."

양구이친은 더 이상 설명할 기력이 남아 있지 않은 것 같았다. 그래서인지 뤄사오화에게 한마디만 건넸다.

"그것 좀 가지고 들어와 줘요."

집 안에 들어서자 노부인의 기분이 한결 편안해 보였다. 노부인은 양구이친을 부축해 소파에 앉힌 뒤 따뜻한 물을 대접했다.

"사람 참."

노부인이 양구이친 옆에 앉아 손을 꼭 잡으며 말했다.

"기껏해야 책 몇 권인데 뭐 하러 굳이 직접 가지고 왔어요. 나중에 귀둥이한테 가져오라고 하면 될 것을."

"린 선생님 많이 바쁘실 텐데 어떻게 그래요."

양구이친이 힘없이 웃었다.

"우리 집에 둔 게 벌써 1년도 더 넘었잖아요. 괜히 린 선생님 작업하시는 데 방해된 거 아닌가 모르겠네."

"그런 거 아니에요, 괜찮아."

"그래도 저한테 뭐라고 하지 마세요."

양구이친의 눈에서 눈물이 흐르더니 목소리도 떨리기 시작했다.

"아들 물건을 볼 자신이 없었어요. 머릿속에 온통 그 애 생각뿐이었거든요. 1년 넘게 질질 끌다가 겨우 유품을 정리한 거고요⋯⋯."

노부인이 얼른 양구이친의 어깨를 감싸며 연신 위로의 말을 건넸다.

뤄사오화는 거실에 서서 묵묵히 두 사람의 대화를 듣고 있었다. 두 사람의 대화에서 양구이친이 이 집을 방문한 목적이 점차 분명해졌다. 고기 파는 일이 싫었던 쉬밍량은 2년 전 대학 입학시험을 봤지만 영어 실력이 부족해 낙방했다. 하지만 쉬밍량은 낙심하지 않고 1년 더 착실히 준비해 다시 시험을 치르기로 마음먹었다. 양구이친은 아들의 선택을 응원하며 옛 동료의 아들, 그러니까 '린 선생'이라는 사람을 쉬밍량의 과외선생으로 붙여 주기까지 했다. 그녀가 여기 온 목적은 당시 린 선생이 아들에게 빌려준 참고서를 돌려주기 위해서였다.

두 노부인은 지난 1년 동안 양구이친이 어떻게 지냈는지에 대해 이야기했다. 아픈 이야기를 하게 되자 양구이친이 또다시 눈물을 줄줄 흘렸다. 일어나 수건을 건네던 노부인은 그제야 입구에 계속 서 있는 뤄사오화를 발견했다.

"아이고, 제가 여쭤본다는 걸 깜빡했네요."

노부인이 얼른 뤄사오화에게 들어오라고 하며 물었다.

"누구시라고요?"

뤄사오화가 자신을 어떻게 소개해야 좋을지 몰라 머뭇거리는데 양구이친이 먼저 입을 열었다.

"이만 가보세요. 집에는 제가 알아서 갈게요."

"기다리겠습니다."

뤄사오화가 시간을 확인했다.

"이제 곧 퇴근 시간이라 버스에 사람 엄청 많을 겁니다."

"글쎄 그냥 가시라고요!"

양구이친이 갑자기 언성을 높였다.

"뭘 또 조사하려고 이래요? 린 선생님까지 조사할 작정이에요?"

노부인은 그 자리에 가만히 서서 양구이친과 뤄사오화를 번갈아 보았다. 의심스럽기도 하고 어쩔 줄 몰라 하는 눈빛이었다.

뤄사오화는 "알겠습니다"라는 말과 함께 자리를 떠날 수밖에 없었다. 막 문을 나서는데 밖에 있는 사람과 정면으로 몸을 부딪쳤다.

"자오 씨! 역시 집에 있었구먼!"

한 중년 남자가 노발대발하며 뤄사오화를 밀치고 안으로 들어왔다.

노부인이 순간 성난 얼굴로 변했다.

"여긴 왜 또 왔어요?"

"내가 안 오게 생겼어?"

중년 남자가 영수증들을 흔들면서 말했다.

"백 위안도 넘는 기름값을 지금 나더러 내라는 거야?"

뤄사오화는 그 사람이 누군지 알아보았다. 바로 건물 앞에 서 있던 흰색 픽업트럭 기사였다.

"내가 몇 번을 말해요. 그걸 우리 아들이 썼다는 걸 누가 증명하느냐고요!"

노부인은 뒤에 있는 양구이친을 신경 쓸 겨를이 없었다.

"내가 지금 사기라도 치고 있단 소리야? 당신 아들이 운전한 차를 내가 모를 것 같아? 지금 건물 앞에 세워뒀으니까 정 못 믿겠으면 귀둥이더러 확인하라고 하든가!"

중년 남자가 당황한 듯 말했다.

"선생이란 놈이 어떻게 이런 짓을 할 수가 있어?"

"목소리 좀 낮춰요!"

노부인은 이웃이 다툼 소리를 들을까 봐 신경 쓰는 듯했다.

"할 얘기 있으면 들어와서 해요."

노부인이 철문을 밀어 열었다.

철문 너머로도 노부인과 중년 남자가 큰 소리로 다투는 소리가 들렸다. 심지어 더 격렬해지고 있었다. 보아하니 양구이친도 금방 나올 것 같아 아래층에서 기다리기로 했다.

담배를 입에 물고 계단을 내려가다 2층 계단참에 멈춰 섰다.

뤄사오화는 노부인이 양구이친, 중년 남자와 나누던 대화 내용을 생각했다. 뭔가 그의 신경을 건드리는 정보가 있는 것만 같았다.

시간이 흐르면서 전혀 상관없을 것 같은 몇 가지 일들의 윤곽이 점차 뚜렷해졌다.

린 선생(린귀둥)은 쉬밍량의 과외선생이었다.

흰색 픽업트럭.

린귀둥도 흰색 픽업트럭을 운전한 적이 있었다.

뤄사오화는 위층을 한번 흘끔 보고 빠른 걸음으로 계단을 내려갔다.

흰색 픽업트럭은 아직 건물 앞에 서 있었다. 뤄사오화는 차를 빙 돌면서 상태를 살폈다. 둥펑자동차 제품으로 연식은 오래되지 않았지만 오래 방치된 것처럼 차체에 먼지가 덮여 있었다. 차 앞부분에 서서 지극히 평범한 픽업트럭을 뚫어지게 응시했다.

경찰이 샤장춘 사체 유기 현장에서 탐문 수사를 진행할 때 이런 단서를 얻은 적이 있었다. 마을 사람 한 명이 사건 발생 하루 전날 밤, 현장 근처에서 '세단'이 아닌 흰색 자동차 한 대를 봤다는 것. 당시 경찰은 이를 근거로 범인이 사체를 유기할 때 쉬밍량의 흰색 소형 화물차를 사용했다고 단정 지었다.

마을 사람이 봤다는 차가 흰색 픽업트럭이라면?

뤄사오화의 심장이 미친 듯이 뛰기 시작했다. 차 뒤쪽으로 가서 화물칸 난간을 잡고 올라가려고 시도했다. 누군가 외치는 소리가 들렸다.

"이봐요, 지금 뭐 하는 겁니까?"

중년 남자가 의심 가득한 얼굴로 바라보고 있었다.

뤄사오화는 경찰증을 꺼내 남자에게 들이밀었다.

"경찰입니다."

"네?"

중년 남자가 고개를 갸우뚱하며 경찰증과 뤄사오화를 번갈아 쳐다보았다.

"저 곳에 무슨 일이라도 있으십니까?"

뤄사오화가 501호 창문을 가리켰다.

"마침 잘됐네요. 경찰이시니까 어느 쪽 말이 맞는지 판단 좀 해주쇼!"

중년 남자는 금세 감정이 격해져 말했다.

"무슨 이런 경우가 다 있습니까!"

류주劉柱라는 이 중년 남자는 조미료 공장 차량 보수반원으로 린궈둥의 모친과 친분이 있었다. 2년 전 운전을 배우고 싶다는 린궈둥을 위해 그의 모친이 류주에게 차를 빌려달라고 부탁했다. 류주는 정에 이끌려 린궈둥에게 놀고 있는 픽업트럭 한 대를 운전 연습용으로 빌려주었다. 겉으로는 차량 손실을 확인할 수도 없고 주행 기록계도 몰래 손을 쓸 수 있었기 때문이다. 지난 2년 동안 린궈둥은 십여 차례 차를 빌렸다. 빌릴 때마다 류주에게 무언가 도움을 주면서 서로 잘 지냈는데, 기름 소모만큼은 감추거나 덮을 수 없었다. 몇 개월 전 조미료 공장에서 차량 사용 상황 통계를 냈는데, 린궈둥이 백 위안이 넘는 휘발유를 쓰고도 비용 결제를 하지 않아서 어쩔 수 없이 류주가 사비로 손실을 메웠다. 나중에 린궈둥의 모친에게 돈을 청구했지만 계속 발뺌하자 린궈둥이 휘발유를 썼다는 증거를 가지고 온 것이다.

"그 자식이 차를 쓸 때마다 제가 다 기록을 했다고요."

류주는 돈을 받기 전에는 절대 물러나지 않겠다는 표정이었다.

"게다가 2년 동안 그 차를 쓴 건 궈둥이뿐이에요. 그러니 그놈 아니면 누가 기름을 썼겠습니까? 잡아떼려고……."

"잠시만요!"

뤄사오화가 류주의 말을 끊더니 두 눈을 반짝였다.

"방금 그 차가 계속 놀고 있었다고 하셨죠? 린궈둥 씨 말고는 쓴 사람이 없었다고."

"맞아요. 그래서…… 이봐요, 지금 뭐 하시는 거예요?"

뤄사오화는 어느새 수화물 칸에 올라가 자세히 내부를 살피고 있었다. 류주의 말이 사실이라면, 2년 동안 사용한 적이 없는 차에 아주 작은 단서라도 남아 있을 가능성이 컸다.

하지만 샅샅이 살펴봐도 수화물 칸에서 혈흔이나 모발 같은 건 발견되지 않았다.

뤄사오화는 아래로 뛰어내려 곧장 류주에게 손을 내밀었다.

"키 줘 보세요."

류주는 미심쩍어하면서도 순순히 차 키를 건넸다.

차 문이 열리자마자 뤄사오화는 조수석에 올라타 앞뒤로 살피기 시작했다.

경찰에 따르면, 살인범은 피해자를 속여 차에 태운 뒤 무방비 상태일 때 둔기로 머리를 가격하고, 저항능력을 상실했을 때 어딘가로 끌고 가 강간 및 살인을 저질렀다. 만약 피해자 머리에 개방형 상처가 생겼다면, 차량 내부에 혈흔이 남아 있을지도 몰랐다.

한번 쭉 살펴보았지만 조수석 쪽 바람막이용 유리 부근, 바닥, 차 문, 좌석, 머리 받침 어디에서도 흔적은 발견되지 않았다.

하지만 뤄사오화는 이상하다고 생각하지 않았다. 살인범은 세심하고 신중한 사람이라 범행 후에 운전석 내부를 점검하고 깨끗하게 뒤처리를 했을 것이다. 그런데 정말 조금도 흔적을 남기지 않았을까?

운전석으로 자리를 옮긴 뒤 텅 빈 조수석을 응시했다. 흐릿한 그림자가 차츰 눈앞에 나타났다.

긴 머리에 생김새가 불분명한 여성이 가방을 손에 쥐고 말없이 조수석에 앉았다.

뤄사오화는 오른손을 들어 가볍게 주먹을 쥔 뒤 여성의 머리를 향해 휘둘렀다.

보이지 않는 쇠망치가 공기를 갈랐을 뿐인데 흐릿한 그림자가 움직였다. 긴 머리가 춤을 추듯 공중에 흩날리고, 수많은 검은 점들이 사방으로 튀면서 바람막이용 유리, 차 문, 좌석에 떨어지더니 금세 사라져버렸다.

앞쪽 바람막이용 유리 근처를 바라보았다. 검은 점 하나가 오른쪽 햇빛 가리개 윗부분에 달라붙었다. 진득한 액체가 방울져 햇빛 가리개 뒷면으로 떨어졌다. 곧이어 눈에 보이지 않는 손 하나가 햇빛 가리개 윗부분에 묻은 검은 점을 닦아냈다……

천천히 손을 뻗으면서 햇빛 가리개를 뒤집었다.

햇빛 가리개 오른쪽 하단에 흑갈색의 작은 점 하나가 선명하게 보였다.

그는 햇빛 가리개를 떼어 조심스럽게 품 안에 넣었다. 차창 밖에서 류주가 그의 일거수일투족을 지켜보고 있었다. 아까보다 의심이 짙어진 얼굴이었다.

"이봐요, 경찰 양반. 그걸 그렇게 떼 가면 내가 회사에다 뭐라고 얘길 합니까?"

"일단 다른 것으로 대충 바꿔 끼워 두세요. 아니면 새로 하나 사셔서 저한테 비용 청구하셔도 되고요. 제가 좀 쓰고 돌려드리겠습니다."

"린궈둥 그 자식이……." 류주가 두려워하는 기색을 보였다.

"전 신경 안 씁니다. 그 자식이 무슨 죄를 저질렀든 전 기름값만 받으면 되니까요, 에이!"

그가 갑자기 소리를 지르더니 단지 입구 쪽을 가리켰다.

"저기 오긴 오네요!"

삼십 대로 보이는 검은색 코트 차림 남자가 다갈색 가방을 들고 걸어왔다.

류주가 뛰어가 남자의 팔을 꽉 붙들며 고함을 질렀다.

남자는 류주의 갑작스러운 등장에 상당히 놀란 듯했다. 그는 팔을 흔들며 류주의 손아귀에서 벗어나려고 하면서 눈으로는 흰색 픽업트럭을 바라보고 있었다.

뤄사오화와 남자의 두 눈이 서로 마주쳤다.

남자의 얼굴이 순간 창백해지더니 몸을 떨었다. 그는 더 이상 발버둥 치지 않고 류주 쪽으로 몸을 돌려 작은 소리로 말했다.

"아저씨, 일단 진정하세요. 제가 올라가서 돈 가져올게요."

류주는 흔쾌히 알았다고 말하며 앞장서서 복도로 걸어 들어갔다. 조용히 그 뒤를 따르던 남자는 건물 입구에 들어서는 순간 또다시 뤄사오화 쪽을 쳐다보았다.

두 눈에 원망과 공포가 가득했다.

이내 남자가 문 뒤로 사라졌다.

뤄사오화는 몸을 부들부들 떨었다. 심지어 치아가 딱딱 부딪치는 게 느껴질 정도였다. 차에서 뛰어내려 망연자실하게 주변을 둘러보았다.

아무 생각도 나지 않았다. 방황하던 그의 시선이 단지 입구에 있는 매점에 멈췄다. '공중전화' 간판을 발견한 뒤에야 겨우 정신이 돌아왔다.

매점으로 뛰어갔다. 시멘트 계단을 올라가 수화기를 들고 톄둥 분국 전화번호를 눌렀다. 하지만 숫자 하나만 남겨 두고 버튼을 누르던 그의 손이 멈췄다.

뤄사오화는 뒤로 돌아 22동 4구역 501호 창문을 바라보며 수화기를 내려놓았다.

린궈둥, 1961년 출생, 미혼, 대졸, 103중학교 영어 교사. 톄둥취 뤼주위안 단지 22동 4구역 501호에 거주. 부모는 모두 뤼주 조미료 공장 직원이고 부친은 4년 전 병으로 세상을 떠났다. 린궈둥은 1990년 말부터 쉬밍량의 과외선생이었는데 주로 영어 과목을 지도했다. 품행 불량으로 징계를 받았다거나 전과 기록이 있지는 않았다.

류주는 뤄사오화에게 린궈둥의 차량사용내역서를 넘겼다. 1990년 7월부터 린궈둥은 총 17회에 걸쳐 둥펑자동차 흰색 픽업트럭을 빌렸다. 하루 또는 이틀로 사용 기간은 매번 조금씩 차이가 있었다. 뤄사오화는 차량사용내역서에서 날짜 몇 개를 뽑아냈다.

1990년 11월 7일, 1991년 3월 13일, 1991년 6월 22일, 1991년 8월 5일.

연쇄 살인 사건 발생일은 각각 1990년 11월 9일, 1991년 3월 14일, 6월 23일, 8월 7일.

다시 말해, 모든 사건 발생일 하루나 이틀 전에 린궈둥이 해당 흰색 픽업트럭을 몰고 도시를 돌아다닌 것이다.

뤄사오화는 차량사용내역서를 서랍에 넣고 법의학실로 향했다.

법의학자 라오정老鄭이 새로운 기구를 만지작거리고 있었다. 신문물에 푹 빠져 있어서인지 뤄사오화가 들어오는 것도 모르는 눈치였다.

"검사 결과 나왔어?"

"어, 책상에 봐 봐."

라오정은 자기 책상을 가리키더니 하던 작업을 계속했다.

"사오화, 이것 좀 볼래?"

그의 말동무가 되어줄 마음이 없던 뤄사오화는 무성의하게 대꾸한 뒤 검사 보고서를 들고 결론부터 읽었다.

햇빛 가리개에서 채취한 혈흔 분석 결과 혈액형은 B형이었다.

"무슨 사건인데?"

라오정은 이미 새 장비 설치를 마친 상태였다.

"뭔데 그렇게 비밀스럽게 굴어?"

"고의 상해." 뤄사오화는 검사 보고서를 주머니에 넣고 억지로 웃어 보였다.

"집안일이야."

"아참, 지금까지는 검사하면 혈액형만 나왔는데 앞으로는 더 대단한 것도 할 수 있어."

라오정도 더 캐묻지 않고 뒤에 있는 기기를 가리켰다.

"이제는 DNA 분석도 가능하다, 이 말씀! 혈흔 주인이 누구인지까지 나온다니까. 자네 사건부터 해보면 어때?"

"정말 그게 가능해?"

뤄사오화는 순간 흥미가 생겼다.

"그렇다니까." 라오정이 DNA 분석기 앞에 앉았다.

"자네 팀에 가서 의뢰서 하나만 받아 와."

뤄사오화의 안색이 변했다.

"의뢰서까지 받아야 해? 됐어 그럼."

뤄사오화는 라오정에게 고맙다고 한 뒤 법의학실을 나왔다.

사무실에서는 마젠이 팀원들을 소집하고 있었다. 마젠은 뤄사오화가 들어오는 걸 보고 급히 그를 불렀다.

"사오화, 얼른 가서 장비 챙겨, 출발하게."

"무슨 일이에요?"

뤄사오화가 바쁘게 뛰어가는 동료들을 보며 물었다.

"사건 터졌어요?"

"응, 마약 사건." 마젠이 뤄사오화의 어깨를 툭툭 쳤다.

"세 개 성窗 연합작전인데, 우리가 실력 발휘 좀 해야지!"

"아, 네." 바짝 곤두서 있던 신경이 느슨해졌다.

"전 빠질게요. 몸이 좀 안 좋아서."

마젠이 깜짝 놀라며 낮은 소리로 말했다.

"이거 공안부에서 감독하는 사건이야. 공을 세울 절호의 기회인데, 그래도 안 갈 거야?"

"네, 안 가요." 뤄사오화가 마젠의 어깨를 쳤다.

"몸조심하시고요."

마젠이 인상을 찌푸리며 뤄사오화를 잠시 쳐다보더니 "병원에나 가봐"라는 말만 남기고 급히 뛰어나갔다.

시끌벅적하던 사무실이 순식간에 조용해졌다. 뤄사오화는 책상에 앉아 보고서를 처음부터 끝까지 자세히 읽어보았다. 곧이어 담배에 불을 붙여 말없이 빨아들였다.

진실은 이제 막 상연을 앞둔 연극처럼 두꺼운 은막 뒤에 감춰져 있었다. 이 은막이 뤄사오화의 눈앞에서 서서히 걷히고 있었다.

남자 주인공의 얼굴이 점차 선명해졌다. 린궈둥이 범행을 저질렀을 가능성이 급격히 커졌다.

린궈둥은 쉬밍량과 직접적으로 접촉한 사람이었다. 점잖은 외모에 고상한 말투의 중학교 선생님이라면 피해자들은 경계심을 풀고 차에

타기 쉬웠을 것이다. 사건 발생 전에 흰색 픽업트럭을 몰았고, 그 픽업
트럭 조수석 햇빛 가리개에서 혈흔이 발견되었다…….

게다가 '3.14 살인 사건' 피해자 리리화의 혈액형이 바로 B형이었다.

이 모든 게 우연이라면, 정말 말도 안 되는 우연 아닐까?

뤄사오화는 건물 앞에서 자신을 보던 린궈둥의 마지막 눈빛을 잊을
수 없었다. 당황해서 어찌할 바를 모르는, 증오와 공포가 뒤섞인 그런
눈빛이었다.

손목시계로 시간을 확인한 뒤 담배꽁초를 끄고 가방을 들었다.

이제 한 가지만 더 확인하면 우연인지 아닌지 알 수 있었다.

뤄사오화는 뤼주위안 단지 22동 4구역 501호 현관 앞에 서서 자물
쇠를 연 공구들을 정리한 뒤 집을 둘러보았다.

린궈둥은 학교로 출근한 상태였고 모친도 조미료 공장에 있었다. 현
재 시각은 오후 4시 30분. 뤄사오화에게 주어진 시간이 많지 않았다.
침실 두 개와 거실을 재빨리 살폈다. 특히 남쪽 침실을 주의 깊게 조사
했다. 물건들을 보니 린궈둥의 방 같았다. 침대와 옷장을 제외하면 책
상 하나밖에 없을 정도로 가구들이 단출했다. 책꽂이에는 대부분 영어
책이 꽂혀 있고 소설책도 몇 권 있었다. 그중 책싸개가 있는 책이 그의
흥미를 끌었다. 열어 보니 인체해부학 책이었다.

뤄사오화는 미간을 찌푸리며 린궈둥의 1인용 침대를 보았다. 가지
런하게 정리되어 있는 침구를 옆으로 치워 놓고 침대 커버를 자세히
들여다보았지만 아무 흔적도 발견되지 않았다. 바닥에는 아직 새것인
들메나무 마루 바닥재가 깔려 있었다. 얼굴을 바닥에 갖다 대었다. 침
대 머리맡에서 입구까지, 심지어 바닥 틈새 하나하나까지 놓치지 않고
살펴보았지만 여전히 아무것도 건지지 못했다.

이상할 건 없었다. 만약 린궈둥이 살인범이고 침실에서 여성들을 성

폭행했다면, 대부분 살아 있는 상태였을 테니 개방형 상처가 있어도 반드시 과다 출혈이 생기지는 않기 때문이다.

사체를 토막 낸 현장은 다른 곳인 게 분명했다.

뤄사오화는 곧장 화장실로 향했다.

화장실은 창문이 없는 나무문에 면적은 1.5평이 채 되지 않았다. 큰 거울이 있고, 아래쪽에는 세면대와 수납장이 있었다. 수납장에는 평범한 생활용품이 들어 있었다. 수납장 밑에서는 철제 물건이 만져졌다. 공구상자였다.

상자는 손쉽게 열렸다. 그 안에 드라이버, 펜치, 쇠망치, 스패너 등 공구들이 질서정연하게 배열되어 있었다. 눈에 띈 것은 작은 톱이었다. 톱을 들어 위아래로 자세히 살펴보았다. 톱날은 날카로웠지만 몇 군데가 심하게 마모되었고 이가 빠진 부분도 있었다. 꽤 자주 사용한 것 같았다. 하지만 겉보기에는 깨끗하게 씻은 것처럼 반들반들했다. 톱을 코에 가까이 가져가서 냄새를 맡았다. 쇠녹 냄새 말고 특별히 나는 냄새는 없었다. 그는 잠시 생각하다가 쇠망치를 꺼내 톱과 같이 바닥에 내려놓았다.

화장실 창문 아래에 블라인드가 설치되어 있었다. 그 밑에는 스테인리스 욕조가 있었는데 역시나 새것처럼 표면이 반들거렸고 물때 하나 없었다.

뤄사오화는 욕조를 위아래로 살폈다. 1인용 욕조라 한 사람이 들어가 누우면 딱 좋은 크기였다. 사체를 자르기에 이보다 더 적합한 장소는 없었을 것이다.

욕조 안으로 들어가 보았다. 안에서 흔적을 찾으려고 했지만 역시나 아무것도 건지지 못했다. 욕조 근처 타일 벽도 깨끗하게 닦여 있어 의심스러운 흔적은 눈곱만큼도 찾아볼 수 없었다.

아무래도 최후의 수단을 쓸 수밖에 없을 것 같았다.

블라인드를 내린 다음, 입구 쪽으로 가서 나무문을 꼭 닫았다. 화장실 안이 금세 어두컴컴해졌다. 실내에 진열된 물품들도 희미한 윤곽만 보일 뿐이었다. 가방을 열어 마스크를 꺼내 썼다. 분무기를 꺼내 벽, 욕조, 바닥, 톱과 쇠망치 위에 골고루 분사했다.

루미놀 용액 냄새가 번지기 시작했다. 분사 작업이 끝나자 실내 온도가 급격히 올라갔다. 뤄사오화는 답답함에 분무기를 내려놓고 나무문을 열어 그 틈으로 환기를 시켰다.

호흡이 편안해지자 다시 마스크를 쓰고 화장실 문을 닫은 뒤 돌아섰다. 그 순간 그의 눈이 튀어나올 듯이 커졌다.

방금까지만 해도 어두웠던 실내가 지금은 벽 위, 욕조 안, 바닥 할 것 없이 푸른색 형광빛으로 도배가 되어 있었다. 마치 캄캄한 밤에 조용히 피어나는 기이한 색깔의 꽃송이들처럼.

차이가 있다면 이 꽃송이들은 모양이 규칙적이지 않고 형태가 기이했다. 사방으로 튄 형태, 뚝뚝 떨어진 형태, 비비고 쓸린 형태, 넓게 퍼진 형태…….

이 꽃들은 사람의 마음에 감동을 주는 향기를 내뿜지도 않았다. 뤄사오화가 맡은 건 갈수록 더 진해지는 피비린내뿐이었다.

허리를 구부려 톱을 집어 들었다. 톱날 끝에서 푸른색 형광빛이 그를 비웃기라도 하듯 반짝였다.

뤄사오화는 몸을 휘청이더니 문에 기대어 크게 숨을 헐떡거렸다.

이게 바로 진실이었다.

형광빛 속에서 흐릿한 사람의 형체가 나타났다. 몸에 실오라기 하나 걸치지 않은 남자였다. 욕조 안에 쭈그리고 앉은 남자가 여자의 다리 한쪽을 들어 무릎 관절에 대고 톱질을 하고 있었다…….

갑자기 실소가 나왔다. 젠장, 무슨 이런 경우가 다 있냐. 연쇄 살인 사건이 이딴 식으로 해결된다고? 남에게 알리지도 못하는 상황에서,

마치 도둑질이라도 하는 모양새로, 법정 절차에 전혀 부합하지도 않는 방법으로 이렇게?

그때 시간을 조금 더 들였더라면, 조금 더 인내심을 가졌더라면, 조금 더 단서를 수집했더라면, 혐의 대상자들을 조금 더 많이 물색했더라면…….

쉬밍량은 그렇게 절망적으로 형장의 이슬이 되지는 않았을 것이다.

갑자기 밖에서 문을 여는 소리가 들렸다.

뤄사오화는 두려워하거나 숨을 곳을 찾지 않았다. 오히려 그 반대였다. 전례 없는 광분이 솟구쳐 올랐다.

놈이 문밖에 있다! 악마가 바로 저 문밖에 있어!

뤄사오화는 즉시 문을 열고 뛰쳐나갔다.

린궈둥이 현관에서 신발을 벗고 있었다. 그는 허리를 굽힌 채 눈앞에서 마스크를 쓰고 두 눈이 시뻘게진 사람과 마주쳤다.

시간이 그대로 굳어 버린 것만 같았다.

해가 지고 늦가을 하늘은 점점 더 황혼으로 물들었다. 도시 곳곳에서 연기가 피어오르고, 등불이 하나둘 켜지기 시작했다. 까마귀 떼가 '깍깍' 소리를 내며 창밖을 지나갔다.

어둑어둑한 거실에서 두 남자가, 한 명은 꼿꼿하게 서 있고 한 명은 허리를 구부린 채 말없이 서로를 바라보고 있었다.

얼마나 지났을까, 시간의 강물이 다시 용솟음치기 시작했다.

뤄사오화는 한 손으로 마스크를 내리고 다른 한 손으로 허리춤을 더듬거렸다.

린궈둥은 여전히 같은 자세로, 마스크를 벗자 드러나는 뤄사오화의 얼굴을 지켜보았다.

사실 그가 마스크를 벗지 않았어도 린궈둥은 화장실 입구에 서 있는 사람이 누구인지 알고 있었다. 그 사람이 화장실 문 너머에서 무엇을 발견했는지도.

조만간 이런 날이 올 줄 알고 있었다.

똑똑 문 두드리는 소리가 들렸을 때 린궈둥은 여자의 시신을 들어 막 욕조 안에 넣고 있었다. 갑작스러운 방문에 놀라 어찌할 바를 모르던 그는 금세 마음을 진정시켰다. 어제 영감 집으로 간 엄마가 이렇게 빨리 돌아올 리는 없었기 때문이다. 게다가 엄마에게는 집 열쇠가 있어서 문을 두드릴 필요가 없었다.

아니나 다를까 문밖에서 엄마가 아닌 쉬밍량의 목소리가 들렸다.

"선생님, 계세요?"

두 손에 낀 장갑을 제외하고 온몸에 아무것도 걸치지 않은 린궈둥은 조심스럽게 문가에 숨어 문밖의 동정에 귀를 기울였다. 쉬밍량은 몇 번 문을 두드리고는 더 이상 아무 말이 없었다. 바스락거리는 소리가 나더니 복도에서 발소리가 서서히 사라졌다.

쉬밍량이 물건만 입구에 두고 간 것 같았다.

린궈둥은 도어스코프에 눈을 대고 바깥을 살폈다. 복도에 아무도 없는 걸 확인한 뒤 문틈으로 바닥을 보았다. 빵빵한 검정 비닐봉투 한 개가 문 옆에 놓여 있었다.

손만 내밀어 비닐봉투를 챙긴 다음 얼른 현관문을 잠갔다.

비닐봉투가 꽤 무거운 것으로 보아 쉬밍량이 또 돼지고기를 챙겨준 것 같았다. 역시나 먹기 좋은 크기로 썰어둔 갈비가 들어 있었다.

린궈둥은 쉬밍량이 참 좋았다. 내성적인 성격에 말주변은 없지만 예의 바르고 속엣말을 잘했다. 과외비도 매달 제때 주었고 돼지고기를 들고 찾아와 감사의 뜻을 전할 때도 많았다. 무엇보다 두 사람에게는 아버지를 일찍 여의고 홀어머니가 애인이 있다는 공통점이 있었다.

린궈둥은 더 생각하고 싶지도 않았고 시간도 얼마 없었다. 비닐봉투를 주방으로 가져가 갈비를 꺼내 대야에 담갔다. 빈 봉투는 둥글게 뭉쳐서 쓰레기통 옆에 던져 놓았다.

벌써 저녁 7시 반이 다 된 시각이었다. 자정 전에는 여자를 처리해야 했다.

고무장갑을 잡아당기며 성큼성큼 화장실로 걸어갔다. 점점 능숙해지기는 했지만 한 사람을 여러 개로 조각내려면 시간이 필요했다.

그에게는 참 즐거운 과정이었다.

오로지 그 향기만이 그의 욕정을 끓어오르게 할 수 있었다. 억지로 넣어야만 정복하고 점유했다는 느낌이 들었다. 그의 손아귀에서 여자들의 목덜미가 축 늘어져야만 복수의 쾌감을 만끽할 수 있었다. 여자들의 사체를 훼손할 때 이 모든 감정이 절정에 달했다.

넌 내 꺼야. 난 네 몸을 지배할 수 있고, 너의 두려움과 너의 생사까지도 통제할 수 있어.

넌 더 이상 나를 해칠 수 없어. 하지만 난 너를 내가 원하는 모양으로 만들 수 있지.

샤오진曉瑾, 넌 내가 얼마나 너를 사랑하는지 몰라.

얼마나 너를 증오하는지도.

밤 10시경 린궈둥의 작업은 어느 정도 마무리되었다. 이 여성의 사체는 대부분 검정 비닐봉투에 담겨 노란색 테이프로 단단히 밀봉되었다. 욕조에 남은 건 세 조각으로 잘린 오른쪽 허벅지, 오른쪽 종아리, 오른발뿐이었다. 은백색 하이힐 샌들이 골치였다. 이 여성을 더 늘씬하게 보이게 해 그의 욕망을 들끓게 했지만, 발버둥 치고 발길질을 해대는 통에 하이힐의 걸쇠가 망가졌고, 발이 부풀어 올라 벗겨내는 게 여간 힘들지 않았다.

톱과 식칼로는 힘들 것 같고 가위를 써야 할 것 같았다. 린궈둥은 검정 비닐봉투를 들다가 근처에 물건이 하나도 없는 걸 알아차렸다.

별 수 없네. 린궈둥은 자리에서 일어났다. 오랫동안 쭈그리고 앉아 있었더니 두 다리가 저리고 피에 물든 피부가 바싹 조이는 느낌이 들었다. 주방에 가서 새 비닐봉투와 가위를 챙겨 다시 화장실로 향했다.

그런데 화장실 입구에 도착하자마자 문을 여는 소리가 들렸다.

엄마가 돌아온 것이다!

벌거벗은 몸 전체에 피가 가득 묻어 있어 있고, 화장실 안에는 사체 조각을 담은 비닐봉투와 여성의 다리 한쪽이 남아 있었다. 린궈둥은 주방 입구로 돌진해 검정 비닐봉투를 집어 화장실로 뛰어갔다.

화장실 문을 닫는 순간 현관문이 열렸다.

"아들, 자니?"

수도꼭지를 틀고 미친 듯이 남은 사체를 비닐봉투에 쑤셔 넣으면서 떨리는 목소리를 최대한 억누르며 말했다.

"저 지금 씻고 있어요."

"그래."

거실에서 신발을 벗고 가방을 내려놓는 소리가 들렸다.

"옷 좀 가지러 왔어. 탕唐 아저씨가 아파서 엄마가 며칠 가서 돌봐주려고."

"알겠어요."

린궈둥은 대꾸하면서 노란색 테이프로 비닐봉투 입구를 재빨리 둘렀다. 다 싸고 나서 비닐봉투를 욕조 안에 던진 뒤 공구상자를 발로 차 욕실 수납장 아래로 밀어 넣었다.

수도꼭지를 잠그고 욕조로 들어가 샤워 커튼을 친 다음 샤워기를 틀었다. 샤워기에서 분사되는 차가운 물이 검은 비닐봉투를 때리며 타닥타닥 소리를 냈다. 린궈둥은 소리가 나지 않도록 찬물을 몸으로 막으며 검정 비닐봉투를 욕조 구석으로 밀었다.

린궈둥은 샤워 꼭지 밑에 서서 몸에 묻은 혈흔을 씻어냈다. 담홍색 물이 흘러 발 주위에 서서히 고였다가 소용돌이치며 하수구 안으로 사라졌다.

그때, 화장실 문을 두드리는 소리와 함께 엄마의 목소리가 들렸다.

"다 씻었어?"

"아직이요."

"커튼 치고 해. 엄마 들어가서 물건 좀 챙겨야 해."

린궈둥은 샤워 커튼을 열었다가 다시 쳤다.

"됐어요."

문이 열리고 화장실에서 발소리가 울렸다.

"내 샴푸가…… 아, 여기 있네."

욕실 수납장 여는 소리가 났다.

"그런데 이게 무슨 냄새지?"

"밍량이가 갈비를 또 가져 왔길래 작게 좀 잘랐어요."

린궈둥은 욕조 구석에 움츠리고 있었다. 얇디얇은 샤워 커튼을 사이에 두고 한쪽에는 그의 모친이, 다른 한쪽에는 토막 난 여성이 있었다.

모친은 이상한 낌새를 전혀 눈치채지 못한 것 같았다.

"그럼 엄마가 가져가도 될까? 고아서 아저씨 좀 먹이게."

"그러세요."

린궈둥은 손으로 벽을 지탱하며 겨우 똑바로 서 있었다.

"주방에 뒀어요."

엄마는 알았다며 화장실을 나갔다. 몇 분 뒤 거실에서 엄마 목소리가 다시 들렸다.

"간다. 시간 날 때 엄마가 와서 밥 해 줄게."

"네."

신발을 신고 겉옷을 챙겨 입는 소리에 이어 문 닫히는 소리가 났다.

린궈둥은 거실의 기척에 귀를 기울였다. 엄마가 나가고 없다는 걸 확인하자 두 다리에 힘이 풀렸다. 욕조 바닥에 주저앉아 크게 숨을 몰아쉬었다.

오늘 밤에 연달아 두 번씩이나 예기치 못한 일들이 생기면서 린궈둥은 불안감이 증폭되었다. 쉬밍량과 모친의 잇따른 방문은 방 두 개 거실 하나인 이 집, 그의 마음대로 할 수 있는 이 자유의 왕국을 한순간에 위기가 곳곳에 도사리고 있는 위험천만한 장소로 바꾼 것만 같았다. 그는 이런 침입자들을 물어뜯거나 쫓아낼 수 없었다. 린궈둥은 영토를 수호하는 굶주린 이리가 아니라 해롭지 않은 순한 양이었기 때문이다.

적어도 평소에는 그런 척을 해야만 했다.

린궈둥이 지금 할 수 있는 유일한 일은, 그의 날카로운 이빨과 발톱을 까발릴 수 있는 이 검정 비닐봉투들을 최대한 빨리 처리하는 것이었다.

그의 마음속에서 점점 더 강한 예감이 들었다. 조만간 회색빛 거죽을 드러내고 모든 사람을 향해 무시무시한 이빨을 드러낼 날이 올 거라는 예감이.

권총을 빼 들어 '찰칵' 하는 장전 소리와 함께 린궈둥의 이마에 총구를 겨누었다.

죽이자. 손가락 하나만 당기면 돼.

죽이자. 이놈은 여기에서 여자 다섯 명의 목숨을 앗아갔고, 사체를 도시 곳곳에 쓰레기 버리듯 내다 버렸어.

죽이자. 이놈 때문에 무고한 청년이 억울하게 사형당하고, 죽어서도 살인범의 누명을 씻지 못하게 됐잖아.

죽이자. 나와 동료들이 평생 치욕을 입고 감옥에서 썩게 생겼으니까.

하지만, 그럴 수 없었다.

린궈둥은 자신을 겨눈 총구를 죽일 듯 노려보고 있었다. 눈앞에 있는 경찰에게서 점점 더 강해지는 살기를 분명하게 느낄 수 있었다. 공기 중에 시커먼 기운이 둘둘 휘감기다 순간 자신을 덮쳐 오는 것만 같았다.

저 경찰은 날 죽일 것이다. 가장 간단하고 직접적이며 냉혹한 방식으로.

이렇게 죽는 것도 뭐 나쁘지 않네. 체포되어 오랫동안 갇혀 있을 필요도 없고, 도살될 날을 앞둔 어린 양처럼 재판을 참아낼 필요도, 속내를 털어놓을 필요도 없으니까. 어느 새벽 차가운 바닥에 무릎을 꿇은 채 뒤통수에서 노리쇠 당기는 소리를 들을 필요도 없잖아.

그래, 죽어.

린궈둥은 구부정한 자세로 눈을 감았다.

하지만 린궈둥이 기다리던 총성은 들리지 않았다. 그 대신 다급한 발소리가 들리더니 얼굴 쪽에서 바람이 휙 하고 지나가는 게 느껴졌다.

미처 반응하기도 전에 머리를 세게 가격당했다.

뤄사오화는 대번에 린궈둥을 제압한 뒤 매섭게 발길질을 해댔다.

린궈둥은 몸을 웅크리면서 본능적으로 팔을 들어 얼굴을 보호했다. 빗방울처럼 몰아치는 구타를 견디면서 문득 두 가지 사실을 깨달았다.

이 경찰은 몰래 내 집에 들어왔다.

게다가 혼자다.

뤄사오화의 구타는 얼마간 계속되었다. 여전히 분노가 가시지 않아 잠시 숨을 고른 뒤 또다시 발로 몇 번 걷어찼다.

린궈둥은 바닥에 누워 피하지도 않고 소리를 지르지도 않은 채 그저 구타를 견디고 있었다.

뤄사오화는 다시 총을 들고 거친 숨을 내쉬며 소리를 질렀다.

"일어나!"

린궈둥의 코는 시퍼렇고 얼굴은 부어오른 데다 입가와 콧구멍에서는 피가 나고 있었다. 그는 얼굴을 막고 있던 팔 틈으로 뤄사오화를 쳐다보았다. 잠시나마 자신을 때리지 않을 것 같았다. 그는 팔을 내려 천천히 엉덩이를 대고 앉더니 얼굴에 난 피를 닦으며 낮은 목소리로 말했다.

"당신은 나 못 잡아."

린궈둥의 말투에 격분한 뤄사오화가 또다시 그의 가슴에 발길질을 했다.

"뭐?"

뒤로 넘어진 린궈둥이 명치를 부여잡고 심하게 기침을 해댔다.

"내가 왜 너 같은 새끼를 못 잡아?"

뤄사오화가 린궈둥의 몸을 발로 밟았다.

"말해! 왜 못 잡느냐고!"

"절차를 어겼으니까!"

린궈둥은 죽을힘을 다해 뤄사오화의 발을 치우려고 애쓰며 목청껏 소리쳤다.

"무단 가택 침입에 혼자서 불법 증거 수집까지, 이런 게 법적 효력이 있을 것 같아?"

"너 이 새끼, 그런다고 도망칠 수 있을 줄 알아?"

뤄사오화가 발에 더 힘을 주며 말했다.

"여기서 나가는 즉시 압수수색영장 신청할 거야. 요즘엔 기술이 좋아져서 혈흔 조사하면 어떤 놈 짓인지도 금방 알 수 있거든!"

"잘됐네!"

린궈둥이 눈을 크게 뜨고 고함을 질렀다.

"그럼 가 봐! 여기서 딱 기다리고 있을 테니까!"

갑자기 린궈둥은 몸에 힘이 풀리면서 바닥에 등을 대고 눕더니 낄낄대고 웃기 시작했다.

"나도 알아, 내가 죽일 놈이라는 거."

린궈둥이 눈을 가늘게 뜨고 뤄사오화를 노려보았다.

"감옥에 갈 사람이 나 혼자가 아니라는 것도."

뤄사오화는 그만 멍해졌다.

린궈둥의 말대로 그를 체포해 재판에 넘기면 억울하게 죽은 쉬밍량은 누명을 벗을 수 있다. 하지만 뤄사오화를 비롯한 관계자들은 엄청난 대가를 치러야 했다. 확정된 사건이 뒤집힌다면 명예를 잃는 건 물론이고, 공안국에서 얼굴을 들고 다닐 수 없을 만큼 창피를 당할 게 뻔했다. 더 중요한 것은 마젠이 어떤 식으로 쉬밍량에게 자백을 받아냈는지 너무 잘 알고 있다는 점이다. 이 일이 발각되면 그들은 징계처분이 아니라 형사책임까지 추궁당할 수도 있는 상황이었다.

한순간 수치스럽고 초라한 죄인 신세로 전락하는 것이다.

뤄사오화가 망설이는 걸 간파한 린궈둥의 눈이 반짝였다. 린궈둥은 힘겹게 몸을 일으키더니 뤄사오화의 무릎을 꾹 누르며 말했다.

"당신이 누군지 알아. 성이 뤄 씨, 맞지? 신문에서 본 적 있어. 가슴에 빨간 꽃 달고 나온 사진 말이야."

뤄사오화가 괴로운 듯 눈을 감았다. 린궈둥이 말하는 사진은 전담팀이 표창 수여식에서 상을 받을 때 찍힌 것이었다.

"입 닥쳐."

린궈둥은 뤼사오화의 안색을 살피면서 자신의 명치에 있는 그의 발을 바닥으로 옮겼다. 그러고는 뤼사오화 앞에 무릎을 꿇었다.

"저 좀 봐 주세요. 오늘 일은 없던 것으로 하자고요, 네?"

린궈둥의 눈빛에는 애원과 협박 둘 다 담겨 있었다.

"그러면 우리 전부 다 무사하잖아요, 안 그래요?"

"꿈도 꾸지 마!"

넋이 나가 있던 뤼사오화의 눈빛이 다시 원래대로 돌아왔다. 그는 린궈둥을 죽일 듯이 노려보았다.

"사람을 다섯이나 죽여 놓고 이런 식으로 대충 넘어갈 수 있을 줄 알았어?"

린궈둥은 뤼사오화가 쉬밍량도 피해자에 포함했다는 걸 깨달았다.

"저 진짜 개과천선했어요. 이젠 완전히 딴 사람 됐다니까요!"

린궈둥이 뤼사오화의 다리를 껴안았다.

"제발 저 좀 믿어 주세요. 다시는 안 죽일게요. 진짜 다시는 제가……."

"꺼져 이 새끼야!"

뤼사오화는 린궈둥을 발로 걷어차면서 균형을 잃고 신발장에 기대 거친 숨을 몰아쉬었다.

못 믿어. 절대 믿을 수 없어. 며칠 전 살해된 여성의 시신이 아직 영안실에 있으니까. 하지만 오심 사건을 추궁당해 해직되고 감옥까지 가게 되면, 영광을 한 몸에 누리던 영웅들은 오늘부로 평생의 치욕을 안고 살아가게 될 것이다. 이 대가를 감당할 수 있을까?

각자의 고민을 안고 있는 두 사람 사이로 무거운 침묵이 흘렀다.

한 명은 바닥에 무릎을 꿇고 안절부절못하며 판결을 기다리고 있었다. 그의 마음에는 희망과 절망이 섞여 있었다.

또 한 명은 신발장에 기댄 채 정의와 무사평안 사이에서 갈등하고 있었다. 완전히 상반된 이 두 갈림길은 서로 다른 결말을 가리키고 있었다. 제3의 길은 정말 없는 것일까?

경찰학교를 다닐 때 형법 교수가 "형벌은 박탈적 고통"이라는 말을 한 적이 있다. 자격, 재산, 자유, 심지어 생명까지 박탈하는 고통이라고.

그런데 생명을 박탈하는 것이 정말 자유를 박탈하는 것보다 더 고통스러울까?

뤄사오화는 스스로를 설득시킬 수 있는 이유가 필요했다.

그는 서서히 고개를 들며 이를 악물었다.

제3의 길을 찾은 것이다.

"두 가지 선택지를 줄게."

린귀둥은 순간 몸을 일으켜 엄청 기대하는 눈빛으로 뤄사오화를 바라보았다.

뤄사오화는 바로 답하지 않고 담배를 몇 번 들이마신 뒤 안달이 난 린귀둥을 응시했다.

"첫째, 내가 지금 여기서 널 데리고 공안국으로 가는 거야. 결과가 어떨지는 본인이 더 잘 알겠지."

뤄사오화의 목소리에서 흔들림 없는 결연함이 느껴졌다.

"우린 사건을 잘못 처리했고 엉뚱한 사람을 잡았어. 인정해. 한 가지 확실한 건, 우리가 감옥에 갈 때쯤 넌 이 세상에 없을 거라는 거야."

순간 린귀둥의 얼굴이 잿빛으로 변하더니 맥이 풀린 듯했다.

"두…… 두 번째는 뭔데요?"

"둘째, 내가 널 정신병원에 데려다주는 거야. 넌 평생 거기서 썩는 거지."

뤄사오화는 손으로 담배꽁초를 껐다.

"난 너 같은 새끼들을 믿을 수가 없어. 너를 이 사회에서 영원히 격리해야만 다시는 살인을 저지르지 않는다는 보장이 되지."

린궈둥은 넋이 나간 듯했다. 이 경찰이 '양쪽을 다 만족시킬 수 있는' 방안을 생각해 내리라고는 전혀 예상하지 못했던 것이다. 비록 목숨을 보전할 수는 있어도 남은 생을 병실에서 보내야 한다는 뜻인데, 이게 감옥살이와 다를 게 뭐야?

"죽을지 살지, 네가 결정해."

뭐사오화를 매섭게 노려보는 린궈둥의 눈 속에 원망이 점점 짙어졌다. 음흉한 경찰 새끼. 뭐사오화가 생각해 낸 방법은 자신은 무사평안하면서 상대방에게는 쓰린 대가를 지불하게 하는 교묘한 수였다. 앞으로 정신병원에서 어떤 생활을 하게 될지 상상조차 할 수 없었지만, 길고도 괴로운 시간이 될 거라는 것만큼은 분명했다. 이런 삶이 어떻게 죽는 것보다 나을 수 있단 말인가?

하지만, 또 다른 선택지가 있나?

갑자기 철문이 열리더니 린궈둥의 모친이 집 안으로 들어왔다. 막 현관에 들어서던 그녀는 대치 중인 두 사람을 발견했다.

"당신은 그……."

린궈둥의 모친이 뭐사오화를 가리키면서 크게 놀란 듯 보였다. 이윽고 온몸이 먼지와 피로 범벅이 된 아들을 발견했다.

"세상에, 너 어쩌다 이랬어?"

노부인은 장바구니를 얼른 내려놓고 린궈둥을 일으켜 세웠다. 린궈둥의 시선은 바닥에 엎어진 장바구니로 향했다.

돼지고기, 미나리, 펀피粉皮, 얇은 녹말묵, 달걀.

갑자기 린궈둥이 손발로 기어서 생돼지고기를 입안에 쑤셔 넣고 우적우적 씹기 시작했다.

"얘가 미쳤어! 너 지금 뭐 하는 거야?"

깜짝 놀란 노부인이 린궈둥의 입에 든 돼지고기를 억지로 빼내려다 손등을 물려 피가 났다.

"아들, 대체 왜 이래?"

노부인은 정신병자처럼 구는 린궈둥을 붙잡았다.

"말 좀 해 봐. 나 엄마야! 알아보겠어?"

린궈둥은 모친을 옆으로 밀치고 장바구니 앞으로 몸을 던지더니 이번에는 또 생달걀을 입안에 쑤셔 넣었다.

아작아작 달걀껍데기 씹는 소리와 함께 흰자와 노른자가 섞인 달걀물이 그의 입가를 타고 주르륵 흘러내렸다.

살 거야. 살 수만 있다면.

린궈둥은 굶주린 야수처럼 바닥에 엎드려 고개를 들었다. 충격에 빠진 모친과 어두운 표정의 뤄사오화를 보고 실성한 듯 웃기 시작했다.

뤄사오화의 설명이 끝나고 아주 긴 시간 동안 마젠은 아무 말이 없었다. 그는 다 타들어 간 담뱃재가 떨어져 손가락이 뜨거워질 때까지 뤄사오화를 멍하게 바라보고만 있었다.

마젠은 새 담배에 불을 붙여 몇 모금을 빨아들인 뒤 낮은 목소리로 물었다.

"그래서, 그 20년이 넘는 시간 동안……."

"네." 뤄사오화가 앞에 놓인 찻잔을 응시하며 말했다.

"안캉 병원에 있던 주 선생님 기억하시죠?"

"응, 예전에 우리 사법 정신 감정 도와주신 적 있잖아."

"제가 그분께 린궈둥 치료감호를 부탁드렸어요. 그런데 한 4년쯤 전인가 주 선생님이 퇴직하시고 차오 선생이라는 사람이 린궈둥을 맡았는데, 매달 제가 가서 그놈 상태를 체크했죠. 가끔 과격한 행동을 할 때는 있었지만 금방 고분고분해졌고 상태가 괜찮은 편이었어요."

"그럼 된 거 아냐?" 마젠의 안색이 조금 부드러워졌다.

"그렇게 계속 병원에 있게 하면 되겠네."

"그게 바로 제가 팀장님을 찾아온 이유예요." 뤄사오화의 눈빛에 끝없는 두려움이 담겨 있었다.

"그놈이 병원에서 나왔어요."

마젠의 눈이 순간 휘둥그레졌다.

그 후 뤄사오화는 린궈둥이 퇴원한 후 자신이 그를 미행하고 감시한 일에 대해 설명했다. 마젠의 감정은 의심에서 경악으로, 그러다 다시 분노로 바뀌었다. 특히 뤄잉이 납치되었던 일을 들었을 때는 더는 분노를 참지 못하고 찻잔을 바닥에 집어 던지기까지 했다.

뤄사오화는 마젠의 분노를 이해했다. 뤄잉은 그날 밤 자신에게 있었던 일을 어느 정도 기억하고 있었다. 샹양과 이야기 도중 내연녀에게서 전화가 와 샹양에게 재결합을 요구했다. 샹양의 애매한 태도에 화가 치민 뤄잉은 자리를 박차고 나갔다. 답답한 마음에 아무 술집에 들어가 혼자서 술을 마셨고, 술에 취한 뒤로는 전혀 기억을 하지 못했다.

그런 일이 일어난 이유는 누구보다 뤄사오화가 잘 알고 있었다. 그날 자신이 몰래 린궈둥의 집에 들어간 것을 들킨 것이다. 실제로 문밖에서 인기척이 들리기도 했다. 그가 자신의 미행과 감시를 진즉에 눈치챈 건 말할 필요도 없었다. 게다가 린궈둥 역시 뤄사오화 자신과 가족들의 상황을 손바닥 보듯 훤히 꿰고 있었던 게 틀림없었다. 20여 년만에 뤄사오화가 또다시 무단 침입을 하자 분노가 폭발했던 것이다. 뤄잉을 미행하고 납치했지만 다치게 하지는 않았다. 지하철에서 스스로에게 상처를 내면서까지 피로 물든 손자국을 남긴 건 뤄사오화에게 경고하기 위해서였다.

난 이미 자유를 되찾았어. 어느 누구도, 어떤 일도 날 막을 수 없어.

무엇보다 뤄사오화를 더 두렵게 한 것이 있었다. 바로 자신이 당시의 일을 공개하지 못할 거라고 린궈둥이 확신해 반격을 가한 점이었다. 이제 앞으로 린궈둥은 또 무슨 짓을 할 수 있을까?

종업원이 들어와 깨진 찻잔을 정리하고 나가는 동안에도 마젠의 분노는 여전히 사그라들지 않았다. 소파에 앉아 한참이나 거칠게 숨을 몰아쉬더니 이번에는 또 뤄사오화에게 화살을 돌렸다.

"그 당시에 왜 나한테 보고 안 했어?"

"팀장님을 위해서요." 뤄사오화가 씁쓸하게 웃었다.

"알면 뭐가 달라져요? 이 사실을 아는 사람이 한 명 더 늘어난다는 건 법을 어긴 사람도 하나 더 늘어난다는 말인데, 그냥 저 혼자 감당하는 게 낫죠."

"그럼 왜 이제 와서 나한테 알려주는 건데?"

마젠은 고맙게 생각하기는커녕 테이블을 강하게 내리쳤다.

"순사왕법죄徇私枉法罪, 경찰을 포함해 수사나 재판을 담당하는 사람들이 사리사욕이나 정에 이끌려 법을 어긴 죄 추소시효가 15년이야. 한참 전에 지났는데 뭐가 무서워서?"

"젠장! 그럼 가만히 보고만 있으라고요?"

뤄사오화도 화를 냈다.

"그 새끼가 또다시 사람을 죽일 거예요!"

마지막 말에 오히려 진정이 된 듯 마젠이 뤄사오화를 보며 목소리를 낮춰 물었다.

"확실해?"

"네." 뤄사오화가 가방에서 꺼낸 자료를 마젠에게 건넸다.

"린궈둥이 봤던 웹페이지 기록을 좀 살펴봤어요."

뤄사오화가 자료를 가리켰다.

"여기 적힌 사이트들은 로그인 횟수가 특히 더 많았고요."

일부 웹페이지를 인쇄한 자료들이었다. 주로 강간, 살인, 사체 훼손 현장과 관련된 것이었다.

마젠이 인상을 팍 쓰면서 자료를 테이블 위로 던졌다.

"젠장, 이게 다 뭐야?"

"해외 사이트들은 정신이상자들을 대상으로만 자극적인 소스를 제 공하고 있어요." 뤄사오화가 콧방귀를 끼며 말했다.

"그 새끼 얄보지 마세요. 나온 지 불과 몇 개월 만에 VPN을 통해서 우회 접속하는 법까지 배웠다고요."

마젠은 찻잔만 멍하니 바라보다가 한참 뒤에 긴 한숨을 내쉬었다.

"젠장, 퇴직하면 몇 년은 맘 편히 지낼 수 있을 줄 알았더니."

"팀장님 곤란하게 하려고 이러는 게 아니에요. 정말 어떻게 해야 좋 을지 몰라서 그럽니다."

또다시 침묵이 이어졌다. 마젠은 일어나 겉옷을 챙겼다.

"넌 신경 쓰지 마. 내가 방법을 생각해 볼게."

"팀장님……."

뤄사오화가 얼른 일어나 그를 말렸지만 마젠은 뭔가 결심이 선 듯 한 모습이었다.

"일단 그렇게 알고 있어."

마젠은 겉옷을 입고 별실 밖으로 걸어 나갔다.

찻집 맞은편 길가에 차창이 굳게 닫힌 구식 팔라딘 SUV 한 대가 서 있었다. 그 대각선 방향으로 도로를 가로질러 혼다 CRV를 타고 떠나 는 마젠의 모습이 보였다. 몇 분 뒤 혼이 나간 듯한 얼굴로 뤄사오화가 찻집에서 걸어 나오더니 택시를 잡아 반대 방향으로 떠났다.

팔라딘 SUV 차창이 천천히 내려가면서 생각에 잠긴 듯 심각한 표 정을 짓고 있는 두청의 얼굴이 드러났다.

제22장

나비부인

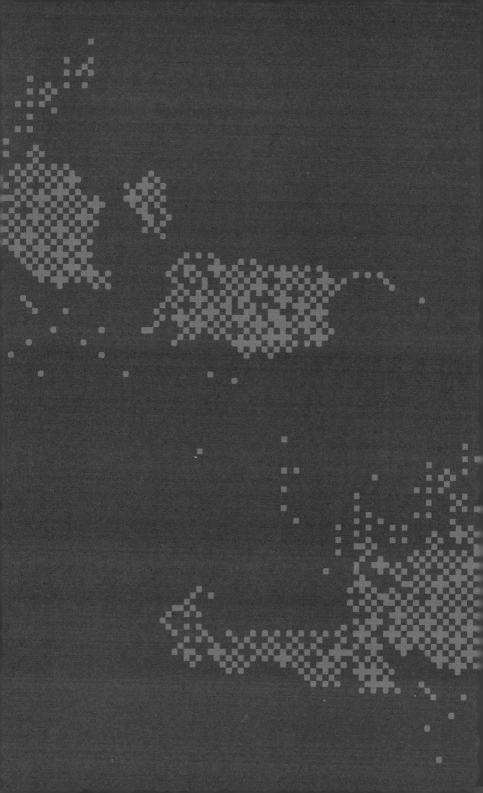

쥐웨卓悅 쇼핑몰 1층, 웨샤오후이가 프랑스 화장품 브랜드 겔랑Guerlain 판매대 앞에서 유리병 하나를 가리키며 웨이중에게 말했다.

"이거야."

웨이중은 고급스러운 작은 유리병과 그 안에 담긴 담황색 액체를 이리저리 살펴더니 병에 적힌 알파벳을 힘겹게 읽었다.

"미츠코Mitsouko, 이게 나비부인이라는 뜻이야?"

"어." 웨샤오후이가 놀리듯 웃었다.

"그럼 뭐 마담 버터플라이Madame Butterfly라도 되는 줄 알았어?"

웨이중이 민망한 듯 머리를 긁적였다.

"내가 이런 쪽은 잘 몰라서."

웨샤오후이가 득의양양해하며 말했다.

"향수도 꽤 심오한 분야란다." 웨샤오후이는 향수병을 열고 냄새를 맡았다.

"역시 클래식한 향이네."

점원이 다가왔다.

"겔랑의 클래식 향수예요. 탑 노트향수는 발향 단계에 따라 탑 노트, 미들 노트, 베이스 노트로 구분하는데, 탑 노트는 향수를 뿌린 직후 나는 첫 번째 향을 가리킨다는 시트러스, 레몬, 귤껍질, 복숭아향이고요, 미들 노트는 로즈, 재스민 등이 포함된 플로럴 계열의 향인데…….”

웨이중은 도통 무슨 말인지 몰라 얼떨떨했다. 반면 웨샤오후이는 연신 고개를 끄덕이며 마지막에는 손목에 향수를 살짝 뿌려 웨이중의 얼굴 앞에 가까이 가져갔다.

“어때, 향이?”

새하얀 손목이 갑자기 눈앞에 나타나자 웨이중은 본능적으로 뒤로 물러섰다. 그 와중에도 은은한 과일 향 같은 게 느껴졌다.

“복숭아향인가?”

“후각이 꽤 예민하네.” 웨샤오후이가 웃으며 점원에게 말했다.

“포장해 주세요.”

487위안이었다. 웨이중이 지갑을 꺼내려고 하자 웨샤오후이가 단호하게 제지했다. 마치 여자 친구와 쇼핑하면서 돈 한 푼도 내지 않는 짠돌이 남자 친구가 된 것 같아 조금 민망했다. 웨샤오후이는 전혀 개의치 않고 향수병이 포장된 작은 쇼핑백을 들고 유유히 앞서 걸어갔다.

“이제 가는 거야?”

“아니.” 웨샤오후이가 종이 한 장을 꺼내 웨이중에게 흔들어 보였다.

“테스트해 볼 향수가 아직 많이 남았잖아.”

두청은 남은 피해자 세 명의 유가족을 찾아가 피해자들에게 향수를 뿌리는 습관이 있었는지 중점적으로 조사했다. 예상대로 세 피해자 모두 사건 발생 당일에 향수를 뿌렸거나 그럴 가능성이 있었다. 다만 피해자 장란의 남편인 원졘량만이 아내가 나비부인이라는 향수를 썼다고 정확히 말했을 뿐, 다른 두 피해자 유가족들은 잘 알지 못해 대략적인 것만 알려 주었다. 이 브랜드 목록 중에서 나비부인과 향이 비슷한 향수를 찾아내는 것이 바로 웨샤오후이와 웨이중의 임무였다.

목록에 있는 향수 브랜드들은 쇼핑몰에서 다 찾을 수 있었지만, 몇몇 향수는 생산이 중단되어 비교할 방법이 없었다. 웨샤오후이는 잠시 고민하다가 점원에게 이 향수들과 원료 배합이 비슷한 제품들을 소개해 달라고 했다. 소개받은 제품 중 하나를 골라 다른 손목에 뿌린 뒤 웨이중에게 판별을 부탁했다.

화장품 코너 전체에서 풍기는 향 자체가 워낙 진하다 보니 웨이중은 머리가 다 어질어질했다. 그래서인지 향이 다 비슷한 것 같았다. 별 도움이 되지 않자 웨샤오후이는 웨이중에게 옆에서 잠자코 기다리라고 했다. 몇 번 테스트하더니 그 향수도 제외했다. 웨이중이 이유를 물었지만 웨샤오후이에게 "미들 노트가 달라"라는 말만 듣고 옆으로 쫓겨났다.

몇 가지 브랜드 제품을 계속 테스트하는 동안, 웨이중은 웨샤오후이의 능숙한 동작과 집중하는 태도를 보면서 이 임무는 여자들만이 완수할 수 있다고 생각했다. 자신은 느긋하게 즐기면서 얌전히 뒤만 졸졸 따라다니면 되는 이런 상황이 그리 나쁘지만은 않았다.

최종적으로 웨샤오후이가 모 브랜드의 향수 하나를 선택했다. 웨샤오후이는 계산한 뒤 향수병을 조심스럽게 쇼핑백에 넣고는 웨이중에게 이만 가자고 신호를 보냈다.

"맞게 고른 것 같아?"

"응, 맞아. 앰버 향."

웨샤오후이가 목록을 가리켰다. 세 번째 피해자 황위 유가족들이 준 브랜드 목록에 들어 있던 것이었다.

돌아오는 버스 안에서 웨샤오후이는 거의 입을 다물고 오늘 구매한 향수 두 개를 살펴보기만 했다. 그러더니 두 향수를 각각 양쪽 손목에 뿌렸다. 양로원에 도착할 즈음 갑자기 두 손을 내밀더니 웨이중에게 다시 한번 냄새를 맡게 했다. 콧속에 가득하던 향기가 어느새 말끔히 사라져서인지 이번에 맡았을 때는 두 향수의 향이 비슷하다는 게 확연히 느껴졌다.

신비롭지만 왠지 우울한 느낌. 마치 얇고 가벼운 천을 몸에 두르고 해변에 서 있는 젊은 여성이 연상되는 향기였다.

"이게 두 향수의 베이스 노트몸에 가장 오래 머무는 향야."

웨샤오후이는 다소 지친 기색으로 희미하게 미소 지었다.

"피해자들은 다 향수를 뿌리고 어느 정도 시간이 지나서 살인범을 만났어. 내 생각에는 가장 마지막에 남은 향이 살인범을 자극한 게 아닐까 싶어."

"그럼 굳이 살 필요는 없었던 거네."

웨이중이 결국 내내 마음속에만 간직했던 의문을 제기했다.

"라오지가 사라고 시키신 것도 아니잖아."

"내가 좀 쓸 데가 있어."

웨샤오후이는 창밖을 바라보며 무심하게 대답했다.

방에서 자료를 살펴보던 두청과 지첸쿤은 웨이중과 웨샤오후이가 들어오자 두 사람에게로 나란히 시선을 옮겼다.

"어떻게 됐어?"

"찾았어요." 웨샤오후이가 쇼핑백을 높이 들어 보였다.

"나비부인이랑 비슷한 향수가 하나 있었는데, 황위 씨가 썼을 가능성이 있어요."

"적어도 피해자 중 세 명이 사건 발생 당일에 향수를 뿌렸다는 소리네."

지첸쿤이 들뜬 모습을 보였다.

"리리화는 살해되던 날 쇼핑몰에서 향수를 구매했을 가능성이 커요.

안 샀더라도 최소 착향 정도는 해봤을 거예요."

두청도 흥미가 생겼는지 쇼핑백에서 향수병들을 꺼냈다. 뚜껑을 열고 냄새를 맡더니 연달아 두어 번 재채기를 했다.

웨샤오후이는 웃음을 터뜨리며 두청의 손에서 향수병을 낚아채 팔을 높이 들었다. '칙칙' 향수를 뿌리자 안개처럼 고운 입자들이 공중에서 서서히 내려왔다. 순간 갑작스레 피어오른 향기에 빙 둘러싸였다.

전신을 감싸는 향을 음미하는 듯 다들 아무 말이 없었다. 잠시 후, 두청이 코를 벌름거리며 입을 열었다.

"향이 엄청 좋네. 이 향 때문에 사람을 살해한다는 게 이해가 안 될 정도야."

웨이중이 지첸쿤을 쳐다보았다. 지첸쿤은 휠체어에 가만히 앉아 두 손으로 손잡이를 꼭 쥐고 있었다. 고개는 약간 내리고 눈은 반쯤 감은 모습이 마치 어떤 기억 속에 흠뻑 빠져 있는 것만 같았다. 세 사람은 서로의 얼굴을 바라보며 조용히 그를 지켜보았다.

마침내 지첸쿤의 정신이 돌아왔다. 그는 고개를 들어 세 사람을 바라보더니 멋쩍은 듯 웃어 보였다.

"맞아, 이 냄새였어." 지첸쿤이 지갑을 꺼냈다.

"얼마야? 정산해 줘야지."

"괜찮아요, 제가 쓰려고 산 거라서." 웨샤오후이가 손을 내저었다.

"그나저나 방금까지 두 분 무슨 얘기 하고 계셨어요?"

"양구이친 씨, 그러니까 쉬밍량 엄마를 또 만나고 왔어." 두청이 테이블에 있는 자료를 가리켰다.

"명단을 하나 받았는데, 쉬밍량이랑 가깝게 지낸 사람들 이름이 적혀 있어. 쉬밍량한테 돼지고기를 받은 사람들이란 소리지."

두청이 웨이중을 향해 턱을 들어 올렸다.

"네가 추측한 대로 말이야."

웨이중의 얼굴이 홍당무가 되었다.

"그냥 한번 얘기해 본 건데요."

"아이디어가 좋더라고. 다른 가능성을 배제할 수 있다면 아무리 믿기 힘든 경우가 남는다고 해도 결국 그게 진실이거든."

두청이 웃으며 지첸쿤 쪽으로 고개를 돌렸다.

"어린 친구들이 여러모로 일을 참 잘하네요."

"그러게요."

지첸쿤이 웨이중과 웨샤오후이를 부드러운 눈빛으로 쳐다보았다.

"제가 운이 좋은 거죠."

웨이중은 이어지는 칭찬에 점점 더 몸 둘 바를 몰랐지만 웨샤오후이의 정신은 줄곧 자료들에 쏠려 있었다.

"사람들이 그렇게 많지는 않네요?"

"응, 생전에 쉬밍량의 인간관계가 단순한 편이더라고."

두청도 테이블을 쳐다보았다.

"명단을 좀 추려 봤어. 그중 두 명은 이미 사망했는데, 둘 다 자연사야. 사건 발생 당시 나이가 거의 60이라 용의선상에서는 제외된다고 봐야지."

"다른 사람들은요?"

웨샤오후이가 엄청 집중하는 얼굴로 두청을 보았다.

"운에 맡기는 수밖에."

두청이 명단을 들고 표시가 되어 있는 글씨를 살폈다.

"이 중 한 명은 다른 도시로 이사했는데, 동료들한테 조사해 달라고 부탁하면 돼. 나머지 몇 명은 아직 여기에 거주 중이고."

"그럼 언제부터 조사 시작하실 거예요?"

"바로 해야지. 어린 사람부터 조사해 볼 생각이야." 두청은 갑자기 뭔가 생각난 듯 웨샤오후이를 쳐다보았다.

"왠지 라오지보다 네가 더 적극적인 것 같네."

"네?" 웨샤오후이가 자세를 고쳐 앉았다.

"아, 저희 곧 있으면 개강하잖아요."

"수업에는 지장 안 가게 해. 안 그러면 내가 너무 미안해지니까."

지첸쿤이 끼어들었다.

"괜찮아요. 어차피 일고여덟 명 정도잖아요. 오래 안 걸릴 거예요."
웨샤오후이가 머리카락을 찰랑거렸다.

"그죠, 경관님?"

두청은 웨샤오후이를 바라보기만 할 뿐 아무 말도 하지 않았다.

"엄청 깔끔하게 사시네요. 집이 조금 오래되기는 했지만요."

천샤오가 외투를 벗어 소파에 올려두었다.

"혼자 사는 데는 지장 없어요."

린궈둥도 야상을 벗어 천샤오의 옷 위로 던졌다.

"편하게 둘러봐요. 뭐 마실래요?"

"차 주세요. 술 좀 깨게요."

천샤오가 발그레해진 볼을 감싸며 그를 보고 웃었다.

린궈둥은 주방으로 가서 물을 끓였다. 깨끗한 찻잔 두 개를 꺼내 찻잎을 넣었다. 이번이 세 번째 만남이었다. 조금 전에 점심을 먹으면서 맥주를 마셨던 게 지금 신호가 왔는지 방광이 터질 것 같았다. 물이 끓는 동안 화장실에 가서 볼일을 보았다. 세면대 앞에 서서 흐르는 물에 손을 씻었다. 창문 밑에 있는 스테인리스 욕조를 쳐다보던 린궈둥은 순간 온몸이 뜨거워지는 걸 느꼈다.

몇 분 뒤, 린궈둥이 찻잔을 들고 주방에서 걸어 나왔다. 그런데 천샤오가 거실에 없었다. 린궈둥은 코를 벌름거리며 냄새를 맡더니 곧장 침실로 향했다. 아니나 다를까 천샤오가 책상에 앉아 책을 펴 보고 있었다.

린궈둥이 들어오는 걸 보고 천샤오가 책을 내려놓으며 말했다.

"여기가 선생님이 매일 작업하시는 곳인가 봐요?"

"네. 그런 셈이죠."

린궈둥이 천샤오에게 찻잔을 건넸다. 천샤오가 고맙다는 인사를 하더니 차를 홀짝였다. 린궈둥은 찻잔을 손에 받쳐 들고 어슬렁거리며 창가로 걸어가 건물 아래쪽을 둘러보았다.

오늘 기온은 어제보다 조금 높았다. 대지에 봄이 찾아오는 기운이 느껴졌다. 창턱에 쌓여 있던 눈은 반쯤 녹아 오후 햇빛을 받아 미세한 김이 올라왔다. 단지 바깥쪽 모퉁이를 보니 도로가 텅 비어 있었다. 맞은편 14동으로 시선을 옮겼다. 6층 계단 창문 너머가 어두컴컴한 걸 보니 아무도 없는 게 확실했다.

뤄사오화에게 경고한 날 이후로 빌어먹을 미행자는 더는 보이지 않았다. 문 끝에 붙어 있던 투명테이프도 점성이 사라져 어느새 조용히 바닥으로 떨어져 있었다. 스스로 손바닥에 그은 상처도 점차 회복되고, 따뜻해진 날씨 속에서 린궈둥의 마음도 서서히 깨어나고 있었다.

등 뒤에서 갑자기 '띵' 하는 알림음이 들렸다. 뒤돌아보니 천샤오가 어느새 침대에 앉아 있었다. 그녀는 바지 주머니에서 핸드폰을 꺼내 한번 확인하더니 무표정한 얼굴로 침대 한쪽에 던졌다.

"남자 친구?"

"네, 그냥 안부 인사예요."

"베이징에서는 얼마나 더 일해야 한대요?"

"모르겠어요." 천샤오는 린궈둥을 보지 않고 두 다리를 쭉 펴더니 복사뼈를 서로 겹쳤다. "무슨 모바일 연애하는 것 같아요."

린궈둥이 웃음 띤 얼굴로 차를 마시며 천샤오를 살폈다.

천샤오는 검은색 터틀넥 스웨터와 진한 색 청바지를 입고 있었다.

굴곡 있는 몸매에 다리는 가늘고 길었다. 얼굴은 술기운에 홍조를 띠었고, 따뜻한 차가 들어가서인지 생기가 도는 것 같았다.

린궈둥은 천천히 천샤오에게 다가가 침대 옆에 나란히 앉았다. 침대 매트리스가 움푹 들어갔다. 그 바람에 천샤오의 몸이 기울며 린궈둥에게 기대는 것처럼 되었다. 천샤오는 피하거나 자세를 고쳐 앉지 않고 자기 팔이 린궈둥에게 닿도록 내버려 두었다.

두 사람은 말없이 각자 잔을 들고 차를 홀짝였다. 천샤오는 왼손으로 침대를 누른 채 눈앞에 있는 벽에 시선을 고정했다. 가끔 팔을 들어 차를 천천히 입안에 흘려 넣었다. 린궈둥은 천샤오 주변의 공기를 전부 빨아들이기라도 할 것처럼 끊임없이 코를 벌름거렸다.

차향이 향긋했다. 첫맛은 씁쓸했지만 음미할수록 뒷맛이 달콤했다. 그런데 이상하게 차를 마실수록 목이 말랐다. 마치 콧속에 여자의 몸에서 나는 향기가 아니라 활활 타오르는 불덩이가 들어 있어서 순식간에 찻물을 싹 다 증발시키는 것만 같았다. 그는 조용히 침대 머리맡에 지탱하고 있던 오른손을 천샤오 쪽으로 천천히 가져갔다.

린궈둥의 손끝이 마침내 따뜻하면서 매끄러운 또 다른 손가락에 닿았다. 호흡이 거칠어지고 심장도 빠르게 뛰었다. 린궈둥은 차를 마시는 척, 조심스럽게 곁눈질로 천샤오를 흘끔 쳐다보았다.

천샤오는 여전히 텅 빈 벽을 계속 바라보고 있었다. 호흡도 편안해 보였다. 린궈둥은 천천히 젊은 여자의 매끈한 손가락을 느꼈다. 음미하듯 감질난 접촉에 만족하지 못하고 다시 손가락을 움직여 천샤오의 매끄러운 손등을 타고 올라갔다.

그런데 천샤오가 벌떡 자리에서 일어나 린궈둥을 외면하듯 책상에 찻잔을 올려놓았다.

"선생님, 이제 그만 가봐야겠어요. 원고는요?"

"네?" 린궈둥은 당황하며 얼른 자리에서 일어났다.

"아, 그게…… 책상에."

그는 가득 쌓여 있는 원고를 뒤적이더니 몇 장을 빼서 정리했다. 천샤오에게 원고를 건넸을 때는 격정이 진정된 상태였고 표정도 처음처럼 돌아와 있었다.

천샤오도 평온한 표정으로 원고를 받았다.

"제가 장 대표님한테 잘 전달할게요. 문제없다고 하시면 번역료 받으러 오시라고 연락드릴게요."

린궈둥은 알겠다고 대답했다. 천샤오는 거실로 나가 외투를 입고 린궈둥에게 웃으며 인사를 했다.

"점심 잘 먹었어요. 차도 잘 마셨고요. 고맙습니다."

천샤오는 린궈둥에게 의미심장한 웃음을 짓더니 가벼운 발걸음으로 계단을 내려갔다.

린궈둥은 그녀가 복도 모퉁이로 사라질 때까지 눈으로 배웅한 뒤 돌아서 현관문을 닫았다. 고요한 거실에 서서 천샤오의 손가락 감촉을 되새기며 미소를 지었다. 그러다가 고개를 절레절레 흔들며 소파 위의 겉옷을 들었다.

린궈둥의 겉옷에 천샤오의 향기가 배어 있었다. 소파에 누워 겉옷을 덮은 그는 은은하게 남은 향기를 킁킁거리며 바지를 벗고 하체 쪽으로 손을 뻗었다.

제23장

웨샤오후이의
비밀

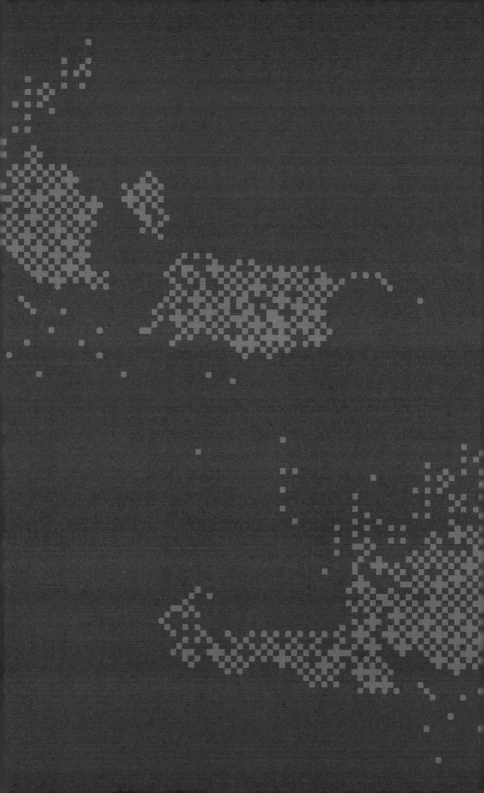

C시 공안국 톄둥 분국, 3층 복도 끝.

"아니죠?" 두청을 바라보던 가오량의 눈이 휘둥그레졌다.

"윗선 뒤라도 캐시려고요?"

"인마, 목소리 좀 낮춰!"

장전량이 가오량을 엘리베이터 쪽으로 잡아당겼다.

"내가 무슨 위치 추적해 달라는 것도 아니고, 통화기록 하나 조회해 달라는 것뿐이잖아."

"지난번에 사오화 선배 통화기록 조회한 건만 해도 벌써 규율 위반이에요. 그걸 또 하라고요?" 가오량은 불만이 가득한 얼굴이었다.

"마젠 선배가 퇴직 전에 그래도 분국 부국장까지 하신 분인데, 이건 좀 아니지 않아요?"

"가오량, 내가 지금 무슨 사건 수사하는지 알아?"

두청이 물었다.

"어느 정도는요."

가오량이 장전량과 두청을 번갈아가며 쳐다보았다.

"20년도 더 된 그 사건…… 설마 마젠 선배랑 관련 있는 거예요?"

"나도 확실하진 않아. 그래서 네 도움이 필요해." 두청이 가오량의 어깨를 툭툭 쳤다.

"나한테 정말 중요한 사건이야. 내가 편히 눈 감고 세상을 뜰 수 있을지 없을지는 이 사건 해결에 달렸어."

"아, 진짜. 늙은이 같은 소리 좀 그만하세요."

가오량은 입으로는 구시렁거리면서 마음은 조금 부드러워졌다.

"가오량, 이 형님이 평소에 너한테 어떻게 하든?" 장전량이 가오량에게 담배 한 개비를 건넸다.

"부탁해도 안 될까?"

"알았어요, 알았어."

가오량이 담배에 불을 붙이며 손을 흔들었다.

"못 당하겠네요 진짜. 나중에 연락드릴게요. 제가 도와줬다는 말은 절대 하지 마시고요!"

두청과 장전량이 연거푸 고개를 끄덕였다. 가오량은 두 사람에게 눈을 흘기더니 자리를 떴다. 가오량이 멀어지는 걸 보더니 장전량이 목소리를 낮춰 물었다.

"사부님, 진짜 사오화 선배랑 마젠 선배가……."

"그래, 아마 그 둘은 본인들이 죄 없는 사람을 잡았다는 걸 진즉 알고 있었을지도 몰라."

두청이 고개를 끄덕이며 말했다.

"네 덕분에 깨달았어."

장전량은 1992년 '10. 28. 살인 사건'을 처리한 담당 경찰이 마젠과 뤄사오화라는 점을 눈여겨보라고 두청에게 알려 주었다. 이 말은, 이 사건이 미제로 남은 이유가 진범이 잡히면 그전에 있었던 연쇄 살인 사건이 전부 진범의 소행이었다는 게 밝혀질 가능성이 크기 때문임을 암시했다. 이렇게 되면 절대 뒤집힐 리 없다고 생각한 쉬밍량 사건이 오심 사건이었다는 게 드러난다. 모든 사람이 감당할 수 없는 결과였다. 따라서 사건을 방치하는 쪽을 선택한 것이다.

물론 이는 처음부터 끝까지 살인범이 한 명이라는 전제하에 세운 추측이었다. 이에 대해 두청은 여전히 유보적인 입장이었다. 그는 1992년 '10. 28. 살인 사건'에 의문점이 너무 많고, 이전의 연쇄 살인 사건과 엮기는 힘들다고 보았다. 그런데도 두청이 뤄사오화와 마젠에 대한 조사를 계속 고집하는 데는 다른 이유가 있었다.

"저도 그냥 추측이에요." 장전량이 손을 내저었다.

"또 조사해 보니까, 당시 분국 전체가 마약 사건에 매달리고 있었대요. 그러니 다른 일을 할 겨를이 없었을지도 몰라요."

"여기까지 조사한 이상 모든 가능성을 다 고려해야 해."

두청은 벽에 몸을 기댄 채 통증으로 고통스러운 복부를 있는 힘껏 펴고 있었다.

"사오화가 그날 밤 나를 찾아왔었는데 뭔가 좀 이상하더라고. 그리고 바로 마젠을 만나러 가더니 한참을 얘기했어. 오래된 친구랑 회포를 푸는 것처럼 그렇게 간단한 문제는 절대 아니란 뜻인데, 그러니까 더 이상한 거야."

"당시 사건이랑 관련 있다고 생각하시는 거예요?"

"모르겠어. 그런데 사오화가 그 당시에 우리 모르게 뭔가를 벌인 것만큼은 분명해."

"가방에 망원경을 들고 다니던데, 누군가를 감시하는 것 같았어요." 장전량이 고개를 끄덕였다.

"게다가 그 감시 대상이 위험한 놈인가 보더라고요. 그게 아니면 경찰봉까지 챙길 일이 뭐가 있겠어요."

"그러네. 또 이해가 안 되는 게, 알고 지내는 예전 동료들도 많으면서 왜 하필 나한테 연락을 했을까?" 두청이 인상을 찌푸렸다.

"우리 둘 다 그동안 연락을 끊고 지냈거든."

"같이 전 사위를 상대하려고?"

"그런 건 아닐걸." 두청이 웃었다.

그러자 또 한 번 복부 통증이 밀려왔다.

"사오화가 단순히 사위를 손보려고 한 거라면 왜 굳이 우리한테까지 도움을 요청했겠어?"

장전량도 본인의 추측이 얼토당토않다는 생각에 헛웃음을 터뜨렸다. 그 와중에 그는 두청의 안색이 점점 나빠지는 걸 눈치챘다.

"많이 안 좋으세요?" 장전량이 다가서며 두청을 부축했다.

"제 사무실에 가서 좀 쉬세요."

"됐어. 아직 할 일이 남아서."

두청이 억지로 웃어 보였다.

"좀 쉬고 계세요. 제가 대신 다녀올게요."

"넌 네 할 일 해. 분국에서 가오량이 잘 살펴 주는 것만으로도 충분하니까."

두청이 어쩔 수 없다는 표정을 지으며 말했다.

"오늘 일은 네가 도와줄 수 없는 거야. 일단 내가 데리러 가야 할 친구들이 있어."

30분 뒤 두청은 시안차오西安橋 밑에 있는 버스 정류장에서 웨이중을 태운 뒤 곧장 웨샤오후이 집으로 향했다. 두청은 뒷자리에 어색하게 앉아 있는 웨이중을 백미러로 보더니 속으로 웃었다.

양구이친이 준 명단에 있는 사람들을 조사하려고 준비할 때, 웨샤오후이가 같이 하겠다고 나섰다. 두청은 단칼에 거절했다. 차라리 지첸쿤 옆에서 단서를 찾게 하는 편이 낫다고 판단했던 것이다. 웨샤오후이가 향수를 꺼내 두청 앞에서 흔들어 보일 줄은 예상하지 못했다.

"경관님이 이런 걸 뿌리면 이상하지 않겠어요?"

두청은 즉시 그 말뜻을 알아차렸다. 만약 살인범이 향수 냄새에 자극받아 살인을 했다면, 20여 년이 지난 지금 이 냄새를 맡아도 여전히 반응할 터였다. 후각으로 저장된 기억이 가장 오래 남아 있기 때문이다. 만약 사람들을 방문할 때 향수 냄새가 나면 살인범이 정체를 드러낼지도 몰랐다.

웨샤오후이에게 향수를 뿌리게 하면 상대의 허를 찌르는 효과를 거둘 수도 있다. 두청은 고민 끝에 웨샤오후이의 동행을 허락했다. 하지만 젊은 아가씨를 데리고 사건을 조사하러 가는 건 아무래도 불편할 것 같아 아예 웨이중까지 데리고 가기로 했다.

약속 장소에 도착했는데 웨샤오후이가 아직 오지 않았다. 웨이중이 두 번 정도 전화해 재촉하고 나서야 겨우 모습을 드러냈다.

웨샤오후이는 "오래 기다리게 해서 죄송해요"라는 말만 한 뒤 더는 입을 열지 않았다. 한껏 풀 죽은 얼굴이 며칠 전 들떠 있던 모습과는 전혀 딴판이었다.

두청이 백미러를 보며 코를 킁킁거리더니 물었다.

"향수 가져왔어?"

웨샤오후이는 창밖만 바라보며 우울한 목소리로 대답했다.

"네."

"그럼 지금 뿌려."

두청이 차에 시동을 걸고 도로에 들어섰다.

"마지막에 남은 향이 살인범을 자극했을 가능성이 가장 크다며? 우리 도착하려면 20분 정도 더 가야 하니까."

"향수가 아닐 수도 있어요." 웨샤오후이가 갑자기 우물쭈물하기 시작했다.

"혹시 제 예상이 틀린 거라면요?"

웨이중이 놀란 눈으로 웨샤오후이를 바라보았다.

"너 왜 그래?"

웨샤오후이가 웨이중을 쳐다보지도 않고 말했다.

"뭘."

말없이 차를 몰던 두청이 한참 뒤 낮은 목소리로 말했다.

"뿌려 봐. 사람들 만날 때 분위기라도 좋게 만드는 셈 치고."

웨샤오후이는 동의도, 반대도 하지 않았다. 곧 가방에서 향수병을 꺼내 서너 번 뿌렸다.

순식간에 진한 향기가 차 안에 퍼져 나갔다.

첫 번째 방문 대상은 춘양루 공상행정관리소 직원으로, 23년 전 춘양 재래시장 관리책임자로 일했다. 양구이친의 말에 따르면 쉬밍량은 잘 좀 봐달라며 그에게 자주 돼지고기를 갖다 주었다. 웨이중의 추측이 성립한다면, 쉬밍량의 지문이 묻은 비닐봉투를 받았을 가능성이 있었다.

하지만 그를 방문한 시간은 그리 길지 않았다. 아직 회사에서 근무 중이고 모 부서장으로 승진한 사람이었는데, 마주한 순간부터 웨이중도 그가 살인범이 아니라는 생각이 들었다. 오랫동안 행정기관에서 일하다 보니 교활하고 능글맞은 느낌은 있었지만 위험 요소는 전혀 찾아볼 수 없었다. 향수 냄새가 진동하는 웨샤오후이에게도 눈에 띄게 관심을 주지도 않았다.

두청도 이 사람에게 큰 흥미가 없는지 몇 가지 질문만 던지고 말았다. 특히 2002년에 운전면허를 취득했다는 이야기를 듣고는 바로 대화를 종료한 뒤 헤어졌다.

두 번째 방문 대상은 양구이친의 외조카였다. 46세 왕쉬王旭는 이혼남으로, 모친과 같이 살다가 지금은 외지 여성과 동거 중이었다. 사촌

지간인 왕쉬와 쉬밍량은 어려서부터 사이가 돈독했다. 1990년 초, 쉬밍량이 운전면허시험을 보러 갈 때 왕쉬가 동행했다. 쉬밍량이 체포되고 사건이 재판에 부쳐지기 전까지 왕쉬는 같은 재래시장에서 생선을 팔며 생계를 꾸렸다. 두 사람은 평소 친하게 지냈기 때문에 생선과 돼지고기를 자주 주고받았다. 연쇄 살인 사건이 발생하고 양구이친은 더는 장사할 생각이 없어 가판을 왕쉬에게 넘겼다.

왕쉬에게는 의문점과 함께 용의선상에서 배제될 가능성도 있었다. 첫째, 왕쉬는 쉬밍량이 챙겨주는 돼지고기를 자주 받았기 때문에 그가 사용한 검정 비닐봉투에 쉬밍량의 지문이 남아 있을 가능성이 있었다. 그리고 평소 생선을 잡고, 죽이고, 가를 때 장갑을 착용한 점도 웨이중의 추측에 부합했다. 하지만 당시 왕쉬의 작업 솜씨가 생선을 분해하는 정도여서 사람의 몸을 토막 내는 건 아무래도 어려워 보였다.

왕쉬와 직접 만나 이야기를 나눠보는 게 가장 좋은 방법 같았다.

왕쉬는 두청의 방문을 몹시 짜증스러워했다. 그는 담배를 입에 문채 작은 단위로 자른 돼지고기를 던지듯 분쇄기에 집어넣었다.

"둘째 이모님 만나지 않았어요? 왜 저한테까지 찾아와서 이럽니까?"

"별것 아니고, 잠시 얘기를 좀 나누고 싶어서요."

두청이 주위를 한번 살피더니 가판 밑에서 의자를 빼고 앉았다.

왕쉬는 때가 얼룩덜룩 묻은 가죽 앞치마를 집어 올려 대충 손을 닦았다. 그러고는 가슴 앞주머니에서 다시 담배를 꺼내 불을 붙였다.

그는 가판에 비스듬히 기대서서 두청을 고압적인 자세로 쳐다보았다.

"사람이 죽은 지 벌써 20년도 넘었는데 무슨 할 얘기가 남았다고."

두청이 고개를 들어 왕쉬를 살폈다.

"형이랑 많이 닮으셨네요."

"사촌이니까 당연하죠." 왕쉬가 코웃음을 쳤다.

"어릴 때 형이랑 같이 나가면 쌍둥이로 오해받기도 했어요."

두청이 고개를 끄덕였다.

"쉬밍량 씨가 지금까지 살아 있었다면 아마 왕쉬 씨 같은 모습이었 겠네요."

"말도 안 돼요."

왕쉬가 쓸쓸한 웃음을 지으며 고개를 흔들었다.

"형이 돼지고기 좀 팔았다고 우습게 보지 말아요. 훨씬 목표가 높은 사람이었다고요."

"당신들이 체포하지 않았으면 형은 당신들보다 더 높은 사람이 됐 을 겁니다."

두청은 쉬밍량이 꿈을 이루기 위해 성인 대입 시험을 보려고 했다 는 양구이친의 말이 떠올랐다.

"경찰이 되고 싶어 했었죠?"

왕쉬가 마지막 담배 연기를 내뿜더니 담배꽁초를 던졌다.

"가판에 나와서도 짬날 때마다 책을 보고 과외선생한테 과외까지 받을 정도로 열심이었어요. 그랬던 형이 사람을 죽일 수 있겠어요? 그 쪽들 생각은 어떨지 모르겠지만."

두청은 담담한 표정으로 그를 보았다.

왕쉬가 가판을 다시 빙 돌아가 뾰족한 칼을 들고 고깃덩어리에 붙 은 껍질을 능숙하게 발라냈다.

"이혼하셨죠?"

"5년 전에요."

"왜 이혼하신 건데요?"

"성에 안 찬 거죠." 왕쉬가 무표정한 얼굴로 돼지 껍질을 가판 위에 획 내던졌다.

"제가 가방끈도 짧고 돈도 없다며 집사람이 싫어했어요."

"지금 같이 사시는 여성분은 허베이河北 사람이죠?" 두청이 주위를 두리번거리며 물었다.

"조미료 파는 곳도 시장 안에 있습니까?"

"지금 저 조사하시는 거예요?"

두청이 웃으며 다시 물었다.

"두 분 같이 사는 데는 문제 없습니까?"

왕쉬는 대답 대신 칼끝을 도마에 탁 꽂더니 손잡이에 두 손을 지탱하며 복잡한 표정을 지었다.

"절 의심하시는 겁니까?"

두청도 담배에 불을 붙여 깊게 한 모금 빨아들인 뒤 연기 너머로 왕쉬를 쳐다보았다.

"아직 제가 묻는 말에 대답 안 하셨는데요."

"잘됐네요. 못 믿겠으면 가서 직접 물어보시죠. 216호입니다."

왕쉬가 재래시장 서북쪽을 입으로 가리켰다.

"범인 잘못 잡았다고 생각하는 거죠?"

두청이 가타부타 아무 말도 하지 않았다.

"하! 그 세월을 보내고 나서야 겨우 정신들을 차리셨네!"

왕쉬가 칼을 빼더니 도마 위에 묵직하게 내던졌다.

"제대로 조사하든 대충 조사하든, 저를 조사하든 그런 건 아무래도 상관없습니다. 형이 억울하게 죽었고 누명을 썼다는 게 밝혀지면 꼭 우리 이모님께도 알려 주세요. 그럼 제가 그쪽한테 술이라도 대접하겠습니다!"

두청이 웃었다.

"그러죠."

춘양 재래시장을 나왔을 때는 벌써 오후 1시가 다 된 시각이었다.

두청은 웨이중과 웨샤오후이를 데리고 뉴러우몐을 먹으러 갔다. 식사를 하면서 웨이중이 물었다.

"경관님, 아까 그분한테 혐의가 있다고 보세요?"

"그 사람은 아냐." 두청은 면을 절반 이상 남겼다.

웨이중이 고개를 끄덕였다.

"제 생각도 그래요. 살인범이라면 어떻게든 쉬밍량한테 죄를 떠넘기려고 했을 테니까요. 경관님이 이 사건을 재수사한다는 얘길 들었을 때 엄청 기뻐하는 것 같았어요."

"그렇더군."

두청이 가방에서 약을 꺼내 물과 함께 삼킨 뒤, 냅킨으로 얼굴을 뒤덮은 땀을 닦아 내었다. 웨이중과 웨샤오후이는 약속이나 한 듯 젓가락을 내려놓고 두청을 말없이 바라보고 있었다.

두청은 민망해하며 자료 뭉치를 꺼냈다.

"냄새도 아니었어."

"네." 웨이중이 웨샤오후이를 쳐다보았다. "별로 신경 쓰지 않는 것 같더라고요."

웨샤오후이는 시선을 아래로 두며 아무 말도 하지 않았다.

"내가 말한 건 그게 아냐." 두청이 자료를 넘기며 말했다. "그 당시 왕쉬는 생선을 팔아서 온몸에 비린내가 진동했을 거야. 외모도 쉬밍량처럼 말끔하지 않고. 그런 얼굴로 한밤중에 여자들을 차에 태울 수 있겠어? 우리가 생각한 용의자 상하고는 맞지가 않아."

"그럼 역시 배제해도 되겠네요?"

"응." 두청의 안색이 많이 안 좋았다. 아무리 닦아도 누렇게 뜬 얼굴 위로 계속 땀이 송골송골 맺혔다.

"그것보다 나는 좀 전에 왕쉬가 언급했던 사람한테 관심이 더 가는데."

"누구요?"

웨샤오후이가 고개를 들었다.

"그 과외선생이라는 사람……."

두청은 갑자기 말을 하다 말고 손으로 복부를 누르며 온몸을 떨기 시작했다.

웨이중이 얼른 일어나 두청을 부축했다.

"괜찮아, 괜찮아."

두청은 식탁에 엎드리다시피 하며 가방을 가리켰다.

"약 좀. 파란색 병."

웨샤오후이가 두청의 가방에서 약병을 꺼내 건넸다. 두청은 약을 입에 털어 넣고 웨이중이 건넨 생수병을 받아 한 모금을 마셨다.

웨샤오후이가 약병을 보며 낮은 목소리로 물었다.

"드시던 게…… 진통제였어요?"

"응."

두청이 땀으로 범벅이 된 얼굴을 들며 억지로 웃었다.

"너희 둘 중에 운전할 줄 아는 사람?" 웨이중과 웨샤오후이가 서로 마주 보더니 둘 다 고개를 저었다.

"그럼 조금만 기다려. 약 먹었으니까 좀 있으면 괜찮아질 거야."

두청이 계속 허리를 굽힌 채 말했다.

"경관님, 오늘은 이만 가세요. 나중에 다시 조사해요."

웨이중이 참았던 말을 입 밖으로 꺼냈다.

"안 돼, 나중에 해도 될 만큼 나한테 시간이 많지가 않아." 두청이 무기력하게 손을 저었다.

"게다가 라오지가 지금 우리 소식을 눈 빠지게 기다리고 있잖아."

세 사람이 식탁 앞에 빙 둘러앉아 있었다. 두청은 식탁에 엎드려 한 손으로 주먹을 쥔 채 간 부위를 힘껏 눌렀고 다른 손으로 경련이라도 난 것처럼 허벅지를 주물럭거렸다. 점점 심해지는 고통을 잊기 위해 애쓰는 듯 보였다.

마음이 너무 아팠다. 어떻게 해야 할지 몰라 안타까워하고 있는데, 옆에서 눈물을 글썽이며 두청을 바라보고 있는 웨샤오후이를 발견했다.

대체 무엇이, 금방이라도 쓰러질 것 같은 이 사람을 이렇게까지 포기하지 않도록 만드는 것일까?

20여 분이 지나 마침내 두청이 고개를 들었다. 얼굴에는 여전히 식은땀이 줄줄 흘렀지만, 안색은 아까보다 편해 보였다.

두청이 긴 한숨을 내쉬더니 손을 내밀었다.

"물 좀."

웨이중이 허둥대며 물을 건넸다. 두청은 받자마자 단숨에 들이켰다.

"한결 낫네."

그는 땀을 닦으며 다시 자료를 뒤적였다.

"과외선생이었다는 사람, 만나러 가 보자. 마침 여기에서 103중학교까지 멀지도 않으니까. 그 사람이 이름이 뭐였더라?"

두청이 자료를 뒤적이다 한 장을 뽑아 들었다.

"그래, 린궈둥."

103중학교는 춘제를 지나서 금방 개학을 했다. 겨울 방학 중인 웨이중과 웨샤오후이는 교정을 걸으면서 창문 너머로 들리는 학생들 책 읽는 소리에 옛 생각도 나고 즐거운 마음도 들었다.

세 사람은 곧장 인사처로 가서 린궈둥 선생을 만나게 해달라고 요청했다. 그런데 인사처장이 난감한 표정을 지었다.

"진짜 방법이 없어요. 린 선생님은 벌써 사직하셨거든요."

인사처장이 어쩔 수 없다는 듯 두 손을 펼쳐 보였다.

"언제요?"

"생각 좀 해 볼게요. 22년 전이면, 아! 1992년 11월이요. 제가 일을 막 시작한 지 얼마 안 되던 때라 기억하고 있어요."

인사처장이 대답했다.

"1992년……. 그만둔 특별한 사유라도?"

두청이 인상을 찌푸렸다.

"아마 정신이 헤까닥 했다는 것 같아요."

인사처장이 입을 실쭉거렸다.

"우리도 좀 의아했어요. 전날까지만 해도 멀쩡하게 출근하던 사람이 어떻게 하루아침에 정신병자가 되냐고요."

"파일 아직 남아 있습니까?"

"개인 서류는 린 선생님 어머니가 사직 처리를 하면서 가져가셨고요. 린 선생님이 당시 사람을 못 알아볼 정도라 안캉 병원에서 치료 중이라고 하셨는데, 지금도 아마 퇴원 못 했을 걸요."

인사처장이 두청을 쳐다보았다.

"이력서 같은 건 아직 있을 텐데, 그게……."

"좀 볼 수 있을까요?" 두청이 곧바로 한마디를 덧붙였다.

"고맙습니다."

인사처장은 내키지 않는 표정으로 일어나더니 기록보관소로 향했다. 곧 먼지를 툴툴 털어내며 서류를 가져왔다.

"이게 다예요."

오래 보관되어 있어 다 누레지고 부서질 것 같았다. 전입 증명서, 이력서, 교사 자격증 사본과 예비 간부 등록표였다. 두청은 조심스럽게 자료를 살펴보며 린궈둥의 신상을 파악했다.

린궈둥, 남, 1961년생, C시 사범대학교 외국어학부 영어과를 졸업했다. 학생들도 잘 가르치고 동료들과 관계도 원만했다. 재직 기간에 우수 교사상도 한 번 받았고 징계 기록은 없었다.

이력서에 컬러 증명사진이 붙어 있었는데, 색이 조금 바래기는 했지만 린궈둥이 확실히 '잘생긴' 축이었다는 걸 알 수 있었다. 7 대 3 표준 가르마, 분명한 얼굴선, 넓은 이마, 부리부리한 눈, 마르고 깔끔하게 면도된 얼굴이었다. 다만 미간이 찌푸려지고 입꼬리가 살짝 올라가 있는 것이 전체적으로 그리 선한 인상은 아니었다.

"1989년부터 103중학교에서 학생들을 가르쳤네요. 당시 나이가 벌써 스물여덟이니까 졸업한 지 한참 됐을 땐데, 그전부터 교사를 했었나요?"

두청이 전입 증명서를 보며 말했다.

"네, 맞아요." 인사처장이 흐릿한 글자를 가리켰다.

"45중학교에서 우리 학교로 전근 오신 거예요. 학교에서 린 선생님을 인재로 모시고 왔거든요. 시 중점 학교였던 45중학교에서 왜 일반 중학교로 오겠다고 하신 건지는 잘 모르겠어요."

"결혼은 하셨나요?"

"아뇨. 이혼했는지 아니면 계속 쭉 혼자였는지도 잘 모르겠네요. 당시 린 선생님한테 많은 여자 선생님들이 소개팅을 시켜주고 싶어 했는데, 죄다 거절당했어요."

두청은 고개를 끄덕이며 자료들을 복사한 뒤 가방에 넣었다.

인사처장은 세 사람을 배웅하면서 떠보듯이 물었다.

"린 선생님한테 무슨 일 생긴 건 아니죠?"

두청은 서둘러 고맙다는 인사만 건네고 웨이중, 웨샤오후이와 함께 교문을 나섰다. 차 옆에 도착한 두청은 두 사람에게 약간 상기된 목소리로 말했다.

"45중학교로 가자."

예상대로 45중학교에도 린궈둥을 아는 사람이 거의 없었다. 다행히 린궈둥의 전 동료 교사를 만날 수 있었다. 정년퇴직 후 재고용된 탕湯 선생이 수업 중에 불려 와서인지 두 손이 온통 분필 가루투성이었다. 두청이 찾아온 목적을 밝히자 그녀는 골똘히 생각해 보더니 린궈둥을 기억한다고 말했다.

"린 선생님은 마른 체형에 말수가 적고 에너지가 좋은 사람이었어요." 탕 선생이 호기심 어린 눈으로 두청을 살폈다.

"선생님한테 무슨 일 생겼나요?"

두청이 담배를 빼다가 도로 집어넣었다.

"듣기론 제정신이 아니었다는데요."

탕 선생이 이 말에 별로 놀라지도 않고 오히려 안타까워해서 의외였다.

"휴, 왠지 그럴 것 같았어요."

탕 선생이 탄식하더니 고개를 흔들었다.

"아직도 극복을 못 했나 보네요."

두청이 바로 캐물었다.

"뭘 극복 못 했다는 겁니까?"

남의 개인사를 말하고 싶지 않은지 처음에는 탕 선생도 대답을 주저했다. 두청의 거듭된 부탁에 어쩔 수 없이 케케묵은 옛이야기를 풀어놓기 시작했다.

1988년 여름, 대학을 갓 졸업한 신입 교사 몇 명이 학교로 부임해 왔다. 그중 베이징사범대학교 영어과 출신인 판샤오진潘曉瑾이라는 이 신입 교사가 특히 눈에 띄었다. 예쁘고 성격도 좋은 데다 옷차림이나 화장도 세련되었다. 그래서인지 부임하자마자 쫓아다니는 사람들이 많았다. 린궈둥도 그중 하나였다. 스물일곱 살이던 린궈둥은 그 시대에는 혼기를 놓친 노총각에 속했다. 많은 사람이 그에게 소개팅을 주선했지만 계속 솔로이다 보니 눈이 높다는 소문이 생기기도 했다. 그런 상황에서 난데없이 등장한 판샤오진이 자존심 센 청년의 마음에 불을 지핀 것이다. 구애하는 사람들이 너무 많다 보니 결국 견디다 못한 판샤오진은 미국에서 유학 중인 남자 친구가 있다고 공개적으로 발표했다. 그러자 다른 구애자들은 하나둘 마음을 접었지만, 유독 린궈둥만은 집요하게 그녀를 쫓아다녔다. 판샤오진도 린궈둥의 적극적인 애정 공세가 싫지 않은 듯 보였다. 두 사람은 자주 문학과 음악에 대해 토론하고, 가끔 단둘이 영화를 보러 가거나 공원을 산책하기도 했다. 다른 동료들도 두 사람을 이상하게 보지 않았다. 어쨌거나 잘생기고 능력 있는 인재와 아름답고 세련된 여성이 만난, 누가 봐도 잘 어울리는 선남선녀 커플이었기 때문이다. 판샤오진에게 분명 애인이 있었지만 아무래도 멀리 떨어져 있으면 아침저녁으로 같이 붙어 있는 사람을 당해 내기 힘든 법이었다. 모두가 조만간 두 사람이 공개 연애를 선언할 것이라고 생각할 즈음이었다. 그해 가을밤, 흐트러진 옷차림에 머리를 풀어헤친 판샤오진이 학교 보안처로 달려와 린궈둥이 여교사 기숙사에서 자신을 강간하려고 했다고 말했다. 판샤오진을 따라 기숙사로 향한 보안 담당자들은 속옷만 입은 채 판샤오진의 침대에 멍하니 앉아 있는 린궈둥을 발견했다. 판샤오진은 린궈둥을 공안기관에 넘겨야 한다고 계속 고집을 부렸지만, 그녀의 행태가 어딘가 수상했는지라 보안처 사람들은 그를 밤새 구금하고 날이 밝자 학교 지도부에 인계했다.

학교 지도부는 난감했다. 이 일이 공개되면 학교 체면이 땅에 떨어지는 것은 물론 기대를 한 몸에 받았던 린궈둥도 철창 신세를 지게 되기 때문이었다. 무엇보다 린궈둥 본인이 이 일에 대해서 입을 꾹 다문 채 변명도 하지 않고 그날 밤 정황에 대한 설명도 거부하고 있었다. 거듭된 회의 끝에 학교 측은 일단 판샤오진과 상담을 시도했다. 설득에 설득을 거쳐 판샤오진은 더 이상 책임을 추궁하지 않는 데 마지못해 동의했다. 린궈둥은 한 달간 수업 정지, 연간 상여금 미지급, 우수 교사 자격 취소 처분과 함께 내부적으로 깊은 자숙의 시간을 가지라는 명령을 받았다. 하룻밤 사이에 전도유망한 우수 교사에서 사람들이 경멸하는 강간 미수범으로 전락한 것이다. 많은 여교사가 그와 단둘이 있는 상황을 기피했다. 1988년 말 판샤오진은 사직서를 내고 미국으로 건너가 남자 친구와 결혼식을 치렀다. 린궈둥도 겨울 방학이 지나 전근을 신청했다. 결국 그는 1989년 봄, 시 중점 중학교인 45중학교에서 일반 중학교인 103중학교로 옮기게 되었다.

탕 선생의 이야기를 다 듣고 두청은 잠시 뜸을 들이다 질문을 던졌다.

"요즘도 판샤오진 씨와 연락하십니까?"

"출국한 뒤로는 연락이 끊겼어요." 탕 선생이 입을 삐죽거렸다.

"린 선생님이 너무 성급했어요. 하루라도 빨리 관계를 확실하게 하고 싶어서 그랬겠죠……. 사실 판 선생님이 너무 괜찮은 사람이었어요. 출국 전에 자기가 가지고 있던 향수나 화장품을 전부 주고 갔어요……."

"향수요?" 두청이 중간에 말을 끊었다.

"혹시 어느 브랜드 제품이었는지 기억하십니까?"

"네. 저한테는 반쯤 남은 향수를 줬었는데, 꽤 비싼 거였죠."

탕 선생이 눈을 깜빡이며 말했다.

"이름이 '나비부인'이었어요."

두청은 차로 돌아와 생각을 정리했다. 린궈둥 역시 쉬밍량과 접촉한 사람이었다. 중학교 선생님이던 그는 외모가 준수하고 말투도 점잖아 여자들의 신뢰와 호감을 사기 쉬웠기 때문에 당시 경찰이 추정한 용의자의 조건에도 부합했다. 린궈둥과 판샤오진 간에 얽힌 원한에 대해서는 현재 세부적인 내용을 확정하기는 어렵지만 적어도 한 가지 가능성은 생각해 볼 수 있었다. 린궈둥이 특정 부류의 여자에게 연모와 증오, 소유욕을 느끼면서 동시에 뼈에 사무치도록 미워하는 심리를 느낀다는 것.

이 여자들에게 나타나는 공통된 특징이 바로 판샤오진이 쓴 '나비 부인' 향수를 뿌렸다는 점이었다.

웨이중은 두청의 안색을 살피며 떠보듯이 물었다.

"경관님, 혹시 그 린궈둥이라는 사람이……."

"맞아." 두청이 잠시 생각하더니 대답했다.

"현재로서는 그자가 가장 유력한 용의자야."

"그럼 여기서 기다릴 게 뭐 있어요?" 웨샤오후이가 갑자기 입을 열었다.

"가시죠, 병원에."

웨이중이 놀란 얼굴로 웨샤오후이를 쳐다보았다. 하루 종일 우울하게 축 처져 있던 사람이 점심 식사 후에 갑자기 기운을 차린 것이다. 특히 45중학교에서 나올 때 웨샤오후이는 기분이 한껏 고조되어 얼른 뭔가를 하고 싶어 몸이 근질근질한 모습이었다.

"아니. 오늘은 너무 늦었어. 내일 가."

두청이 차에 시동을 걸었다.

"지금 가요." 웨샤오후이가 핸드폰으로 시간을 확인했다.

"겨우 5시 조금 넘었잖아요. 가는 길도 벌써 찾아 뒀어요. 40분 정도면 도착해요."

웨샤오후이가 핸드폰 내비게이션 화면을 두청에게 내밀었다. 하지만 두청은 쳐다보지도 않고 단칼에 거절했다.

"안 돼. 데려다줄 테니까 오늘은 그만 집에 가."

팔라딘 SUV가 45중학교 주차장을 빠져나가자 스테인리스 전동 접이식 문이 서서히 닫혔다.

"게다가 정신병원은 너희가 갈 만한 곳이 아냐."

가는 내내 웨샤오후이는 입을 삐죽 내민 채 심통이 난 모습이었다. 웨이중은 어떻게 대할지 몰라 가만히 있을 뿐이었다. 두청은 무심하게 정차할 때마다 핸드폰을 확인하기만 했다.

웨샤오후이가 사는 단지 입구에 도착하자 두청이 차를 세우고 말했다.

"린궈둥 일은 일단 라오지한테 알리지 마. 의심이 가는 사람일 뿐이지 아직 충분한 증거가 없으니까. 알아들었지?"

웨이중은 고개를 끄덕이고 웨샤오후이는 줄곧 창밖만 바라보고 있었다.

두청이 웨샤오후이를 보며 물었다.

"같이 밥이라도 먹을래?"

"됐어요."

아직 토라진 듯 차에서 내린 웨샤오후이는 여전히 웨이중을 보고 있었다.

"그래, 그럼."

두청도 더는 권하지 않고 웨이중에게 차 문을 닫으라고 신호를 보냈다. 그때 갑자기 웨샤오후이가 말했다.

"잠시만요!" 웨샤오후이가 웨이중을 가리켰다.

"얘랑 잠깐 얘기 좀 하고 싶은데."

두청은 영문을 모르겠다는 듯 웨이중을 쳐다보았다. 웨이중도 얼떨 떨해했지만, 순순히 차에서 내리며 두청에게 말했다.

"먼저 가세요. 저는 나중에 알아서 갈게요."

갑자기 또 무슨 꿍꿍이지? 두청은 속으로 중얼거리며 고개를 끄덕였다.

"그래. 소식 들어오는 거 있으면 연락할게."

액셀을 밟으려고 하는 찰나 웨샤오후이가 또 두청을 불렀다.

두청은 웨샤오후이가 복잡한 표정으로 자신을 보고 있는 것을 발견했다. 아직 화가 풀리지 않은 것 같기도 하고 걱정이 한가득 담겨 있는 것 같기도 했다.

"경관님……." 웨샤오후이가 입술을 깨물며 미간을 살짝 찌푸렸다.

"댁에 가시면 무조건 푹 쉬세요."

두청은 웨샤오후이를 잠시 바라보더니 미소 지었다.

"알았어, 걱정 마."

웨이중은 웨샤오후이와 나란히 단지 안으로 걸어 들어갔다. 웨샤오후이가 시종일관 말이 없다 보니 웨이중도 말을 꺼내기 어려워 내내 입을 다물고 있었다. 집 앞까지 왔지만 웨샤오후이는 곧장 집으로 올라가지 않고, 모퉁이를 돌아 단지 안에 있는 광장으로 향했다.

웨샤오후이는 광장 옆 슈퍼로 들어가 뜨거운 밀크티 두 잔과 타르 함량이 5밀리그램인 중난하이 담배 한 갑을 구입했다.

그러고는 밀크티 한 잔을 웨이중에게 건넨 뒤 뒤도 안 돌아보고 앞으로 걸어갔다. 영문을 모르는 웨이중은 뜨거운 밀크티를 들고 얌전히 따라갔다.

웨샤오후이는 광장 남쪽에 있는 긴 복도를 지나 나무 벤치에 앉았다. 아무 말 없이 밀크티를 마시며 광장을 둘러보았다. 웨이중은 무슨 말을 해야 할지 몰랐다. 지금은 그저 말없이 옆에 있어 주는 것이 최선이었다.

밀크티를 반쯤 마시고 웨샤오후이가 담배 한 개비에 불을 붙였다. 벌써 어둑어둑해져 어쩌다 보이는 주민들은 하나같이 바쁜 걸음으로 광장을 지나갔다. 아무도 말없이 앉아 있는 커플에 관심을 두지 않았다. 점점 더 어두워지는 하늘에 웨샤오후이의 옆모습도 서서히 희미해졌다. 입가에서 깜빡이는 불빛만이 유난히 눈에 띌 뿐이었다.

"오늘 말이야." 웨샤오후이가 담배꽁초를 눌러 끄더니 길게 숨을 내뱉었다.

"나 이상하지 않아?"

"조금? 오늘따라 기분이 오르락내리락 하는 것 같던데, 왜 그런 거야?"

웨이중이 웨샤오후이를 쳐다보았다.

웨샤오후이가 웃으며 밀크티 잔에든 빨대를 만지작거렸다.

"내가 왜 라오지가 사건 조사하는 거 도와주려고 하는지 알아?"

웨이중은 말이 없었다. 그건 줄곧 알고 싶었던 것이기도 했다. 웨샤오후이가 개성 강한 노인에 대한 호기심, 그녀의 선량함과 동정심 때문에 지첸쿤을 도와준다고 생각했다. 하지만 지첸쿤이 웨이중에게 연쇄 살인 사건 조사를 도와달라고 부탁했다는 사실을 알게 된 뒤로는 웨샤오후이의 태도가 확연히 달라졌다. 광적일 정도로 열성적이었다. 지첸쿤보다 더 살인범을 잡고 싶어 하는 것 같다는 느낌이 들 때도 있었다. 단순히 '스릴 있어서' 또는 '재미있어서'라는 말로는 설명할 수 없었다.

"지난번에 내가 말한 적 있지. 엄마가 일찍 돌아가셨다고."

웨샤오후이가 차츰 어둠에 잠기는 광장에 시선을 고정했다.

"엄마는 당시 시에서 가장 큰 백화점 점원으로 일하셨는데, 매일 밤 9시가 돼야 퇴근했어. 그리고 1992년 10월 27일 밤, 엄마는 집에 오지 않았지."

웨이중이 놀라며 눈을 크게 떴다.

"그럼……."

"다음 날 아침에 엄마 사체가 도시 곳곳에서 발견됐어."

웨샤오후이가 천천히 몸을 돌려 웨이중을 쳐다보았다. 어둠 속에서 웨샤오후이의 두 눈이 반짝거렸다.

"곳곳에서 말이야. 그것도 나체 상태로."

웨샤오후이가 두 집게손가락을 겹쳐 '열 십(十)' 자를 만들었다.

"열 조각이었어. 엄마가 열 조각으로 잘려서 검정 비닐봉투에 담겨 노란색 테이프로 꽁꽁 묶인 거야."

웨이중의 뇌가 순간 쾅 하고 폭발하는 것 같았다. 한밤중에 실종, 강간, 살인 후 토막 난 사체, 검정 비닐봉투, 노란색 테이프…….

"그때 난 갓난아기여서 전혀 기억나지 않아. 아빠는 항상 나한테 엄마가 병으로 돌아가셨다고만 했고."

광장을 바라보며 말하는 웨샤오후이의 목소리가 마치 깊은 물속에서 들리는 것 같았다.

"중학교 2학년 때, 술에 취한 아빠를 데리고 오신 친척분이 무심결에 엄마의 죽음에 대해 얘기하셨어. 그제야 엄마가 병 때문에 돌아가신 게 아니라 누군가에게 살해된 거란 걸 알았지……."

"잠깐만!" 웨이중이 펄쩍 뛰며 웨샤오후이의 말을 잘랐다.

"그러니까 네 말은……."

"맞아. 처음 라오지를 만난 순간 왠지 모르게 나랑 관련이 있을 것 같더라."

웨샤오후이가 또 담배에 불을 붙였다.

"도서관에서 라오지의 부탁에 대해 들었을 때, 그 관련이 뭔지 바로 알겠더라고."

"그런데 연쇄 살인 사건에서 라오지 아내 되시는 분이 네 번째이자 마지막 피해자였잖아." 웨이중이 빠르게 기억을 되짚었다.

"그 사건 발생일이 1991년 8월 7일이고, 네 어머니가 살해되신 날이 1992년 10월 27일이면 설마……."

"맞아. 사실 연쇄 살인 사건에 대해 내가 너보다 훨씬 전부터 알고 있었어." 웨샤오후이가 담뱃재를 털어내며 가볍게 웃었다.

"상상이 되니? 헬로키티 가방을 멘 중2 여학생이, 도서관에 앉아 십여 년 전 신문을 들추며 연쇄 살인 사건을 조사하는 모습이."

"그러니까 넌 쉬밍량이 범인이 아니라는 걸 일찌감치 알고 있었던 거네?"

"응. 쉬밍량은 1991년에 사형당했으니까 우리 엄마를 죽였을 리 없잖아." 웨샤오후이가 시선을 아래로 떨구었다.

"우리 엄마 사건은 미제로 남았어. 어젯밤까지만 해도 난 계속 우리 엄마와 라오지 아내를 살해한 범인이 같은 사람이라고 믿었어. 이젠 내가 왜 라오지를 돕는지 알겠지?"

웨이중은 문득 웨샤오후이의 말에 다른 의미가 숨겨져 있다는 걸 깨달았다.

"'어젯밤까지만 해도'라니? 그게 무슨 뜻이야?"

"그 향수 있지? 난 살인범을 자극한 동기 중 하나가 바로 '나비부인' 이라고 생각했거든."

웨샤오후이가 한숨을 쉬더니 멀리 있는 어느 건물을 바라보았다. 웨샤오후이의 집이 있는 건물이었다. 집 창문은 어두컴컴했다.

"그런데 어젯밤 아빠한테 물어보니까, 아빠한테 향수 알러지가 있어서 엄마는 한 번도 향수를 뿌리지 않았대. 심지어 여름에 그 흔한 모기 기피제도 안 뿌렸다더라."

"네 추측대로 범인을 자극한 요소가 향수라는 건 이미 증명된 거나 마찬가지야."

웨이중이 미간을 찌푸렸다.

"적어도 세 명의 피해자가 '나비부인'이나 그거랑 향이 비슷한 향수를 썼으니까. 현재 가장 유력한 용의자는 린궈둥인데, 당시 그 사람의 지위와 명예를 모두 망가뜨린 여자도 '나비부인'을 뿌렸잖아. 이걸 우연이라고 보기는 힘들지.”

“내 생각도 그래. 라오지 아내와 세 여자를 살해한 범인이 린궈둥이라고 확신해.” 웨샤오후이가 웨이중을 보았다.

“하지만 이건 또 다른 가능성을 의미하기도 해.”

'나비부인'이라는 향수가 자주 등장하는 건 결코 우연이 아니었다. 살인범이 정말 향수에 자극을 받아 피해자들을 강간하고 살인했다면, 린궈둥이 살인범일 가능성이 매우 컸다. 하지만 이런 전제하에 린궈둥이 1992년 11월 이후 정신 이상으로 병원에 입원해 치료를 받았다고 해도 여전히 한 가지 가능성이 남았다.

동일한 수법으로 웨샤오후이의 엄마를 죽인 범인은 따로 있다는 것.

“갑자기 내 판단이 잘못됐다는 생각이 드는 거야. 우리가 완전히 방향을 잘못 잡았다는 생각까지 들었어. 그냥 다 관두고 싶더라고.”

웨샤오후이가 가볍게 한숨을 내쉬었다.

“린궈둥과 관련된 단서를 조사하면서 '나비부인'이 또다시 등장하니까 그제야 다시 희망이 생겼어. 물론…….”

“물론 린궈둥이 네 어머니를 살해한 범인이 아닐 수도 있지만. 이 말 하려던 거지?”

웨이중이 웨샤오후이의 말을 대신했다.

“맞아.” 웨샤오후이가 고개를 숙이고 웃었다.

“린궈둥이 엄마를 죽인 원수인지 아닌지는 정신병원에 가서 조사해 보면 확실해지겠지. 어쨌든 엄마를 죽이고 나서 미쳐 버린 거니까. 그런데 내 생각엔 가능성이 그렇게 크진 않아.”

웨샤오후이가 뒤돌아서 웨이중의 손을 툭툭 쳤다.

“결과가 어떻든 조사는 계속할 거야.”

“어째서?”

"경관님 때문에. 너도 알다시피 경관님은 치료를 포기하시고 진통제로만 겨우 버티고 계시잖아."

웨이중은 조그만 파란색 약병을 떠올리며 고개를 끄덕였다.

"시한부 판정까지 받은 분이 진실을 밝히기 위해서 얼마 남지 않은 목숨을 내던지신 거야."

웨샤오후이가 앞쪽을 바라보며 말했다.

"무엇 때문에 그러시는지는 모르겠지만, 경관님 보면서 그런 생각이 들었어. 우리와 아무 상관이 없어도 할 만한 가치가 있는 일들이 있다는 생각. 넌 어때?"

웨이중은 말없이 그저 건물들을 바라보았다. 저녁놀 사이로 건물에 하나둘 불빛이 들어오기 시작했다. 밤 도시의 풍경이 서서히 펼쳐지고 있었다. 차가운 공기를 타고 왁자지껄한 소리가 느릿느릿 전해져 왔다.

이제 겨우 이십 대 초반인 두 사람은 삶의 고단함은 충분히 알지 못했지만, 이런 게 바로 활기 넘치는 인간 세상이라는 것만큼은 분명히 알고 있었다.

고군분투할 만한 가치가 있는 세상.

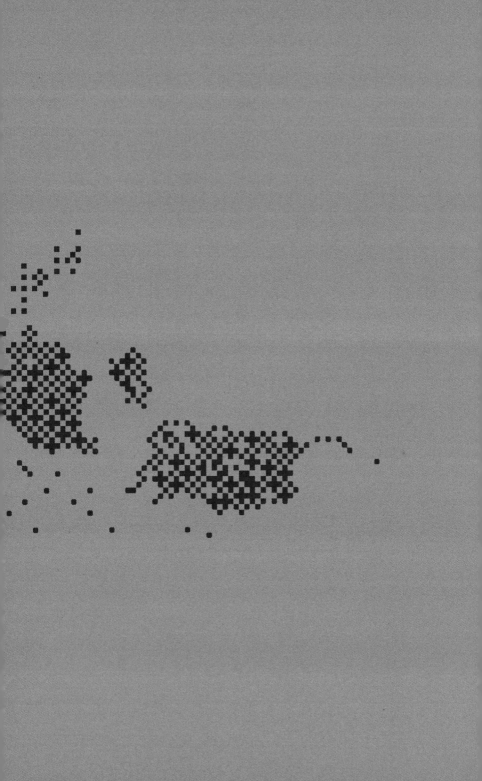

제24장

호스피스

두청은 축축한 공터를 지나 다부진 여간호사의 안내를 받으며 입원
병동 쪽으로 걸어갔다.

봄이 와서 그런지 땅이 물러서 밟을 때마다 푹푹 꺼졌다. 갓 피어난
풀들이 진흙 밑에서 끈질기게 올라오고 있었다. 공터에는 산책하는 환
자들이 보였는데, 환자복 안에 두꺼운 면 메리야스를 입고 있어서 하
나같이 몸이 비대해 보였다. 두청은 벽에다 혼자 중얼거리는 환자를
쳐다보다가 하마터면 마른 나뭇가지로 여기저기 땅을 찌르고 있는 중
년 남성과 부딪칠 뻔했다.

"뭐요?" 중년 남성이 아주 언짢은 말투로 말했다.

"내 작전 지형을 망가뜨리지 마시오!"

"아, 죄송합니다. 하던 거 계속하십시오."

두청은 조심스럽게 중년 남성을 빙 돌아갔다.

두청은 여간호사와 입원 병동에 들어가 꼭대기 층으로 곧장 올라갔
다. 복도를 지나자 그제야 정신병원에 와 있다는 게 실감이 났다. 좌측
으로 병실이 쭉 이어졌는데, 방문마다 불쑥불쑥 나타나는 얼굴들을 최

대한 보지 않으려고 애썼다.

복도 끝 접견실 안에 있는 것이라고는 긴 책상 하나와 의자 몇 개뿐
이었다. 여간호사는 두청에게 따뜻한 물 한 잔을 가져다준 뒤 접견실
을 나갔다.

멀리서 누군가가 고함을 지르고 발버둥 치며 난동을 부리는 소리가
들렸다. 남자들이 호통치는 소리에 여자의 비명이 간간이 섞여 들려왔
다. 끝날 줄 모르는 소리가 한순간 잠잠해지더니 마침내 완전한 고요
가 찾아왔다.

몇 분 뒤 흰 가운을 입은 의사가 접견실로 들어왔다. 의사는 걷어 올
렸던 소매를 내리더니 거친 숨을 몰아쉬었다. 이마에도 땀이 송골송골
맺혀 있었다.

"두 경관님이시죠?" 남자가 테이블 옆으로 와 두청에게 악수를 청했다.

"차오입니다." 두청이 일어나 그의 손을 맞잡았다.

"오래 기다리게 해서 죄송합니다. 발작을 일으킨 환자가 있어서요."
차오 선생은 땀을 닦으며 두청 맞은편에 앉더니 물컵을 쳐다보았다.
두청이 얼른 차오 선생 쪽으로 물컵을 밀었다.

"드세요, 입 안 댄 겁니다."

차오 선생도 거리낌 없이 물컵을 단숨에 비웠다.

"무슨 일로 저를 찾아오신 거죠?"

"어떤 환자에 대해서 좀 여쭤보려고요." 두청이 수첩을 꺼냈다.

"린궈둥이라는 사람인데, 선생님께서 주치의셨다고 들어서요."

"린궈둥 환자분요?" 차오 선생이 입을 닦다 말고 말했다.

"이미 퇴원했는데요."

"압니다. 방금 퇴원 증명서를 봤거든요." 두청이 고개를 끄덕였다.

"최근에 퇴원했나요?"

490

"춘제 전에요."

"그러니까 린궈둥 씨가 정신병원에서 지낸 기간이······." 두청이 속으로 계산했다.

"22년입니까?"

"네. 제가 두 번째 주치의입니다." 차오 선생이 씁쓸하게 웃으며 한 마디를 덧붙였다.

"그전에는 주후이진朱惠金 선생님이 주치의셨어요."

"그렇게 오래 치료를 받아야 할 정도로 린궈둥 씨 병이 심각했습니까?"

"진료 기록상으로는 심인성 정신장애였습니다." 차오 선생은 뭔가 말하려다 마는 것처럼 보였다.

"정신병은 다른 병과 달리 신뢰할 수 있는 검사측정 설비 지표와 매개변수가 별로 없어요. 병을 완전히 떨쳐내기 어려운 경우가 많죠. 재발률이 그만큼 높다는 얘깁니다."

"린궈둥 씨 퇴원을 허가해 주셨다는 건, 이미 완치가 됐다는 뜻입니까?"

"하, 이걸 어떻게 말씀드려야 할지." 차오 선생이 입을 삐죽거렸다.

"제도권 안에 계신 분이니 잘 아시겠네요. 이 나라에서는 너무 성실하기만 해서는 안 되는 일도 있잖습니까?"

"네? 그게 무슨 말씀이신지?"

두청의 눈썹이 위로 올라갔다.

"린궈둥은 뭐라고 평가하기가 아주 힘든 상태예요. 완치됐다고 할 수도, 아니라고 할 수도 없죠." 차오 선생이 책상에 시선을 고정한 채 담담한 말투로 말했다.

"린궈둥 환자 치료비는 그동안 쭉 집에서 부담해 왔어요. 그런데 어머니가 돌아가신 뒤로는 기본 치료비만 지급할 수 있었죠. 시 정신병원은 여기뿐이라 병상이 극히 부족한 상태예요. 그래서 올해 초 병원에서는 크게 위험하지 않다고 판단한 환자들을 전부 퇴원 처리했어요. 병원도 수익을 내야 하니까요."

두청은 속으로 콧방귀를 뀌었다. 확실히 차오 선생의 말대로 현재 전국에 있는 안캉 병원은 단 20여 곳에 불과했다. 정신병자를 수용해 치료하는 일은 지방 정부 입장에서 상당한 골칫거리였다. 치료비를 감당할 능력이 없으면, 정부가 재정 예산으로 지원해 줄 수밖에 없었다. 장기 치료가 필요한 환자의 경우, 정부가 지원금을 지급하지 않으면 병원에서 환자를 '퇴원시키는' 경우도 적지 않았다.

"병원에서 린궈둥 씨는 어땠습니까?"

"뭐 나쁘지 않았어요."차오 선생이 잠시 생각하더니 말했다.

"말을 잘 듣는 편이었으니까요. 어쩌다 정서 및 행동 장애를 보이기도 했지만 통제하면 한결 좋아졌어요."

"통제요?"

"전기 충격기나 구속복 같은 걸 사용하기도 하죠."차오 선생이 대충 대답하며 슬그머니 넘어갔다.

"어쩔 수 없어요. 난동 부리다가 다른 사람을 다치게 하면 안 되니까."

두청은 의사를 잠시 주시하더니 천천히 말했다.

"전문가가 봤을 때, 린궈둥 씨한테 정신병이 있는 게 맞습니까?"

차오 선생의 표정에는 큰 변화가 없었다. 마치 이 질문을 예상한 것처럼 보였다.

"그전에 제가 먼저 한 가지 여쭤보고 싶은 게 있는데요."차오 선생이 잠시 뜸을 들이다 물었다.

"혹시 경무감찰부서에서 오셨습니까?"

"아뇨. 제가 선생님과 나누는 이야기는 철저히 사적인 대화입니다. 조사나 증거 수집이 목적이었다면 혼자 오지 않았을 겁니다. 경찰이라는 제 신분을 아예 무시하셔도 좋습니다."

"무슨 말씀이신지 잘 알겠습니다."

차오 선생은 긴장을 푸는 것 같았지만 여전히 신중을 기하는 모습이었다.

"그럼 질문에 답해 드리죠. 이건 순전히 제 개인적인 의견이지 병원 측 결론이 아니니까 오해하지 말아 주십시오."

"네, 이제 말씀해 주세요."

"몇 년 전, 주 선생님이 퇴직하시고 제가 린궈둥 환자의 치료를 이어서 맡았어요."

차오 선생은 할 말을 숙고해서 가다듬는 듯 느릿느릿 말을 꺼냈다.

"진료 기록을 보니 심인성 정신장애였어요. 이건 대다수 정신병을 포괄하는 광범위한 개념입니다."

그는 의미심장하게 두청을 보더니 계속 말을 이어갔다.

"심인성 정신장애니까 분명 상당한 정신적 충격이나 자극을 받았을 거예요. 그런데 린궈둥 환자 진료 기록에서는 이에 관한 어떤 진술도 찾아볼 수 없었어요. 게다가 제가 관찰한 바로는 린궈둥 환자는 다른 정신병 환자들과 큰 차이가 있었습니다."

"정서 및 행동 장애가 있었다고 하지 않았습니까?"

"하하." 차오 선생이 웃었다.

"이런 곳에 몇십 년 동안 갇혀서 매일 정신병자들과 아침저녁으로 붙어 있다고 생각해 보세요. 경관님이라면 아무렇지 않을 수 있으시겠습니까?"

"무슨 뜻으로 하시는 말씀인가요?"

"아무 뜻도 없습니다." 차오 선생이 곧바로 대답했다.

"경관님이 스스로 판단해 보세요."

두청은 문득 한 가지 일이 떠올랐다.

"아까 저한테 감찰부서 소속이냐고 물으셨죠?" 두청은 차오 선생의 표정을 주의 깊게 살폈다.

"그게 이 일과 관련이 있습니까?"

차오 선생이 잠시 머뭇거렸다.

"이것도 제 추측이라는 점을 말씀드립니다. 일단 저는 린궈둥 씨가 정신병자라는 걸 부정하지는 않습니다. 그런데 이와는 별개로, 린궈둥 환자가 22년이나 여기서 입원 치료를 받은 게, 과거에 그 사람이 저지른 죄에 대한 처벌을 대신한 것일 수도 있겠다는 생각이 들더군요."

"네?"

"제가 예를 하나 들어 드릴게요." 차오 선생이 가까이 다가오더니 목소리를 한껏 낮추었다.

"'피정신병'이라는 말, 들어보셨죠?"

당연히 들어본 단어였다. 피정신병이란 정상인이 정신병원에 보내져 격리 치료를 받다가 인신의 자유를 박탈당하는 상황으로 변질되는 것을 뜻한다. 병원 측에서는 정상인을 병원에 보낸 사람이나 의료비를 제공하는 사람에게만 책임을 질 뿐 소위 '환자'라는 사람에게는 어떤 치료 조치도 취하지 않는 경우가 꽤 있었다. 그런데 관련 법규가 점차 완비되면서 최근에는 이런 '피정신병' 상황이 거의 일어나지 않았다. 이것이 위법행위라는 걸 잘 알고 있었기 때문에 차오 선생은 그동안 답변에 신중한 태도를 보인 것이다. 하지만 경무감찰부서 사람인지 물어보던 그의 질문은 새로운 의심을 불러일으켰다.

"누가 린궈둥을 여기로 보냈습니까?"

"공안기관에서요. 강제치료 목적이라더군요."

차오 선생이 자세를 바로 하고 앉았다.

"시 공안국이요? 아니면 분국인가요?"

두청이 곧바로 캐물었다.

"무슨 분국이라는 것 같았는데, 구체적으로 어디였는지는 기억이 잘 안 나네요."

차오 선생이 어깨를 으쓱하며 말했다.

"알아보려면 알아볼 수 있을 거예요. 경찰 한 분이 매달 린궈둥 상태가 어떤지 살피러 오셨어요. 20년이 넘도록 한 번도 거르지 않고요."

"그 경찰 이름이 어떻게 되죠?"

"뤄사오화요. 성이 특이해서 기억하기 쉽더라고요."

차오 선생이 천천히 말했다.

순간 두청의 눈이 휘둥그레지면서 머리가 빠르게 돌아가기 시작했다. 마치 흩어져 있던 조각들이 연결돼 완전한 퍼즐이 맞춰진 것 같았다.

그때 핸드폰이 울렸다.

가오량이었다.

"여보세요?"

— 저예요.

소방 통로 같은 데 숨기라도 했는지 가오량의 목소리가 낮게 울렸다.

— 마쩬 선배가 저희 부서에 인적사항 조회를 부탁했는데, 그 사람 이름이……

"린궈둥." 두청의 입에서 세 글자가 툭 튀어나왔다.

"맞지?"

— 헉, 어떻게 아셨어요?

가오량은 단단히 놀란 모습이었다.

— 마쩬 선배가 자료 받으러 온다고 하셨으니까 지금 이동 중일 거예요.

마쩬은 톄둥 분국 회의실에 혼자 앉아 따뜻한 차를 마시고 있었다. 직사각형 모양의 회의실 벽에 진열장이 있었는데, 그 안에는 분국이 그동안 받은 각종 트로피, 상장, 표창장들이 있었다. 멀리서도 진열장의 두 번째 줄, 왼쪽에서 네 번째로 있는 것이 단체 2등 공훈 상장이라는 걸 알았다.

'11.9. 살인 사건'을 해결한 뒤, 성 공안청이 전담팀에게 수여한 단체 표창이었다. 예전에 여기에서 회의할 때 항상 그 상장을 몇 번이고 쳐다봤었다. 하지만 오늘 다시 본 상장은 무척이나 눈에 거슬렸다.

마젠은 기분이 서서히 가라앉았다.

회의실 문이 열리더니 가오량이 성큼성큼 걸어 들어왔다.

"선배님, 조금만 더 기다려 주세요."

가오량이 의자를 빼고 마젠 옆에 앉았다.

"자료는 다 인쇄했는데 제본해 오라고 애들한테 시켰거든요. 금방 가져올 겁니다."

"그럴 필요까진 없는데." 마젠이 손을 흔들었다.

"고마워, 가오량."

"별말씀을요. 그리고 이따가 집까지 모셔다 드릴게요." 가오량이 시간을 확인했다.

"부국장님이 지금 회의 중이신데, 오셨다는 얘기 듣고 좀 이따 들르신댔어요."

"괜히 번거롭게 그러지 말라고 해. 바쁜 거 내가 다 아는데." 마젠이 갑자기 초조해했다.

"그러지 말고 가서 제본 좀 서두르라고 해 줘. 자료만 챙겨서 바로 가게. 따로 할 일도 있고."

"네. 일단 앉아 계세요."

가오량은 복도로 나가 핸드폰을 꺼내 보더니 건물 아래 주차장 쪽을 두리번거렸다. 그때 마침 구식 팔라딘 SUV 한 대가 분국으로 들어오는 게 보였다. 가오량은 긴장을 풀며 중얼거렸다.

"노친네, 이제 오셨네."

가오량은 외투를 치켜들고 허리 뒤쪽에서 투명한 파일 하나를 꺼내 회의실로 들어갔다.

가오량이 들어오는 걸 보고 마젠의 시선이 가장 먼저 파일 쪽으로 쏠렸다. 가오량은 파일 안에 들어 있는 자료를 전부 꺼내 책상에 펼쳐 놓았다.

"오래 기다리셨어요." 가오량이 자료를 가리키며 말했다.

"이건 린궈둥 호적 증명서고, 이건 퇴원 증명서……."

마침내 설명이 다 끝나자 마젠은 재빨리 자료를 챙겨 파일 안에 집어넣었다.

"고마워. 부국장한테는 바쁜 일 있어서 먼저 갔다고 전해 줘." 마젠은 파일을 겨드랑이에 낀 채 일어서며 당부했다.

"다른 사람한테는 말하지 말고. 개인적인 일이니까, 알겠지?"

가오량은 연신 알았다고 하며 곁눈질로 회의실 입구를 계속 살폈다.

마젠은 그의 어깨를 툭툭 치더니 일어나 입구로 걸어갔다. 문을 여는 순간 다급하게 들어오던 누군가와 정면으로 부딪쳤다.

그 사람은 내내 뛰어왔는지 거친 숨을 몰아쉬었다. 마젠은 창백하고 살짝 부어 있는, 땀으로 범벅이 된 얼굴을 보면서 순간 얼어붙었다.

"두청?"

두청은 소매로 땀을 닦더니 병색이 완연한 얼굴로 희미하게 미소 지었다.

"오랜만이에요."

"그러게. 분국 지나는 길에 잠깐 들렀어."

마젠은 얼른 제정신을 차렸다.

"어디 아프다고 들었는데, 심각한 거야?"

"간암 말기예요."

두청은 짧게 대답만 하고 놀란 마젠의 표정은 보지 않았다.

"모처럼 왔는데 앉아서 얘기 좀 하다가요."

두청은 의자를 빼서 앉더니 담뱃갑을 꺼내 책상 위에 올려놓았다.

마젠은 가만히 서서 인상을 찌푸린 채 물었다.

"언제 발견한 거야? 수술은 했고?"

그 순간 두청은 마젠의 눈빛에서 자신을 진심으로 걱정하는 게 느껴졌다. 지난 23년 동안 보지 못했던 눈빛이었다. 물과 불처럼 적대적이던 나날들이 비보 하나에 쉽게 용서되기라도 한 모양이었다.

당신들은 살날이 얼마 남지 않은 나를 동정할 수 있겠지만, 난 그때 당신들이 덮었던 일을 그냥 두고 볼 수가 없어.

두청은 시선을 내리깐 채 앞쪽에 있는 의자를 가리켰다.

"앉아요."

"아니, 난 다른 볼 일이 있어서." 마젠이 억지로 웃어 보였다.

"몸 잘 챙겨. 내가 도울 일 있으면 뭐든 말하고."

이 안부를 왜 예전에 형제처럼 지냈을 때는 들을 수 없었을까? 우리는 왜 가장 아름다웠을 시간을 서로 원수처럼 지냈을까?

두청은 눈을 한번 질끈 감았다가 번쩍 떴다.

"앉아서 얘기하는 게 좋을 겁니다."

마젠이 다시 입을 열었을 때는 말투가 차갑게 변해 있었다.

"무슨 얘기?"

그는 마젠이 겨드랑이에 끼고 있는 파일을 가리켰다.

"그 친구 얘기 좀 해 보죠."

"뭐?"

"오늘 여기 그냥 지나가다 들른 거 아니잖아요." 두청이 담배를 빼서 불을 붙였다.

"린궈둥이라는 사람 자료 찾으러 온 거 아닙니까."

마젠은 곧바로 가오량를 쳐다보았다. 가오량은 난처한 얼굴로 "두 분 말씀 나누세요"라는 말만 남긴 채 줄행랑치듯 밖으로 나갔다.

회의실에는 두청과 마젠 두 사람만 남았다. 마젠은 잠시 침묵하더니 입을 열었다.

"개인적인 일이야. 이 사람이 내 친척한테 십만 위안이 넘는 돈을 빌려놓고 종적을 감춰서 지금……."

"마젠!" 두청이 말을 끊었다.

"이제 여기 우리 둘밖에 없어요. 그러니까 솔직하게 말해요. 사오화가 뭐라고 했어요?"

뤄사오화의 이름을 듣자 마젠의 몸이 휘청했다. 곧이어 그의 얼굴이 잔뜩 일그러졌다.

"너 이 자식, 날 미행한 거야?"

"미행한 건 맞는데 당신이 아니라 사오화를 미행했지." 두청이 자리에서 일어나 마젠의 눈을 똑바로 쳐다보았다.

"사오화는 진실을 알잖아, 안 그래? 린궈둥이 살인범이라는 것도 알고, 내 말이 틀려?"

"네가 개새끼야? 왜 이렇게까지 질리도록 물고 늘어져!"

마젠이 포효했다.

갑자기 회의실 문이 열리면서 돤훙칭이 들어왔다. 대치 중인 두 사람을 보더니 돤훙칭의 얼굴이 순간 딱딱하게 굳었다.

돤훙칭은 마젠과 두청을 번갈아 보았다.

"두 사람 지금……."

"1992년에 쉬밍량이 억울하게 누명 쓴 거, 알고 있었던 거지?"

두청은 돤훙칭은 쳐다보지도 않고 마젠에게 위협적으로 조금씩 다가섰다.

"린궈둥을 정신병원에 보내자고 한 게 누구야? 당신이야, 사오화야?"

"난 아무것도 몰라! 네 질문에 답할 의무도 없고!"

이를 악문 마젠의 볼에 근육이 툭 하고 튀어나왔다. 그는 돤훙칭을 한번 노려보더니 뒤돌아서 나가려고 했다.

두청이 마젠의 옷소매를 당겨 세웠다.

"그땐 왜 말 안 했어? 책임지는 게 무서워서? 아님 뭣 같은 부국장 자리 놓칠까 봐?"

돤훙칭이 다가가서 두청을 말렸다.

"두청, 진정해……."

두청이 있는 힘껏 돤훙칭을 뿌리쳤다. 그 바람에 돤훙칭은 휘청거리다 책상을 잡고 겨우 멈춰 섰다.

"사오화가 린궈둥 감시하고 있었잖아, 아니야?"

두청은 마젠의 얼굴에 코가 거의 닿을 정도로 거칠게 먹살을 잡았다.

"그게 너랑 무슨 상관인데!"

이번에는 마젠이 두청의 먹살을 잡았다.

"괜히 사오화까지 끌어들이지 마!"

"그러고도 너희가 경찰이야!"

두청은 노발대발하며 목소리가 갈라졌다.

"경찰이라는 놈들이 자기 욕심에 눈이 멀어서 법을 어겨? 가서 지금 쉬밍량 엄마 상태가 어떤지 똑똑히 봐, 이 자식아!"

"그만들 해!"

돤훙칭이 갑자기 큰 소리를 내며 온 힘을 다해 두 사람을 떨어뜨렸다. 그들은 돤훙칭을 사이에 두고 거친 숨을 몰아쉬며 서로 죽일 듯이 노려보았다.

언제부터인지 회의실 입구에 경찰들이 옹기종기 모여 있었다. 요양 중인 두청과 전 부국장이던 마젠이 바짝 날을 세우고 있는 모습을 보면서 놀라는 사람도 있고 수군거리는 사람도 있었다.

"무슨 구경났어?" 돤훙칭이 의자를 발로 차서 넘어뜨렸다.

"얼른 가서 일들 안 해!"

격노한 부국장의 명령이 떨어지자 구경하던 경찰들이 뿔뿔이 흩어졌다. 홀로 장전량만이 손깍지를 낀 채 세 사람을 묵묵히 바라보고 있었다.

돤훙칭은 두 손을 허리에 대고 한참을 씩씩대다가 두청을 노려보았다.

"두청, 대체 뭘 하고 싶은 거야? 내가 너한테 뭐라고 했는지 잊었어?"

분노로 가득 찬 돤훙칭의 말투에는 가시가 돋쳐 있었다.

"하고 싶은 거 아무것도 없어요." 두청은 마젠에게 머물던 시선을 돤훙칭에게로 옮겼다.

"전 그냥 진실이 알고 싶은 것뿐이에요."

"진실이 뭐가 그렇게 중요해?"

돤훙칭의 태도는 마치 말이 통하지 않는 편집광을 대하는 것만 같았다.

"벌써 20년도 더 지난 일을 기억하는 사람이 누가 있어? 네가 그렇게까지 생고생하면서 진실을 밝히는 게 대체 무슨 의미가 있냐고!"

"있어요, 의미. 제가 기억하고 있으니까요."

두청의 입술이 떨리기 시작했다.

"살날도 얼마 안 남은 자식이 기억한다고 뭐가 달라져! 너한테 남은 시간이 얼마야? 몇 달? 며칠? 몇 시간? 왜 이렇게까지 자신을 몰아붙이는 건데?"

돤훙칭이 더 이상 참지 못하고 분노를 터뜨렸다.

"말씀드렸잖아요." 두청이 돤훙칭과 마젠을 번갈아 보더니 띄엄띄엄 말을 이어갔다.

"저한테 남은 1분 1초까지 진실을 밝히는 데 쓸 거라고요."

"제기랄!"

돤훙칭이 욕을 내뱉더니 책상에 있는 종이컵을 집어 던졌다. 그러고는 두 손으로 책상을 짚고 고개를 푹 숙인 채 온몸을 떨었다.

고개를 든 돤훙칭은 두청을 노려보았다.

"그래, 네가 네 몸이 어떻게 되든 안중에도 없는 거, 다 좋다 이거야."

돤훙칭이 갑자기 두청의 옷깃을 잡아 진열장 앞까지 끌고 갔다.

"여기 좀 봐. 이것들이 뭔지 똑똑히 보라고."

돤훙칭이 트로피와 상장들을 가리켰다.

"이게 다 형제 같은 동료들이 피땀 흘려 모은 거야. 목숨이랑 맞바꾼 것들이라고!"

돤훙칭이 트로피 하나를 들어 바닥에 냅다 던져 버렸다. 금빛 찬란했던 트로피가 순식간에 산산조각이 났다.

"이젠 필요 없잖아, 아니야?" 돤훙칭이 두청에게 고래고래 소리를 질렀다.

"너한테 명예 이딴 거 다 필요 없단 소리잖아, 내 말이 틀려?"

돤훙칭이 이번에는 상장을 찢으려고 하자 장전량이 얼른 달려와 말렸다. 그러고는 이미 귀퉁이가 찢겨 나간 상장을 돤훙칭의 손에서 억지로 빼냈다.

돤훙칭은 아직 분이 풀리지 않았는지 장전량을 밀치며 두청에게 삿대질을 했다. 손가락 끝이 떨렸지만 정작 입에서는 아무 말도 나오지 않았다. 한참 만에 이를 악물고 겨우 입을 연 돤훙칭의 말투에는 어느새 간절함이 조금 묻어 있었다.

"다들 오랫동안 경찰 일 하면서 위험하고 힘든 상황 다 겪어 봤잖아. 이제야 좀 마음 편하게 살고 있는데……."

돤훙칭은 마젠을 바라보았다. 전임 부국장은 어두운 표정으로 고개를 돌렸다.

"두청, 내가 이렇게 부탁할게." 좐훙칭이 다시 두청과 마주 보았다.

"이 일, 그냥 이 정도에서 끝내면 안 되겠어?"

"안 됩니다! 당시 전 이 사건을 조사한다고 가족을 죽음으로 내몰었어요! 아내랑 아들은 제가 죽인 거나 마찬가지라고요!"

두청이 고개를 들고 두 눈을 부릅떴다.

좐훙칭은 그만 할 말을 잃었다.

"너⋯⋯."

"20년이 넘도록 그 사건이 여기에 턱 하니 박혀 있어요!"

두청이 옷깃을 벌려 자기 목을 가리켰다. 목소리가 가슴속에서 터져 나오는 것 같았다.

"삼킬 수도 없고 뱉을 수도 없어요! 매일 밤 아내랑 아들이 저에게 말해요. 여보, 아빠, 범인 좀 잡아 줘. 무슨 일이 있어도 꼭 잡아야 해!"

말할수록 입에서 피 맛이 강하게 났지만 두청은 전혀 자각하지 못한 채 야수처럼 계속 소리를 질러댔다.

"무슨 직책을 바라서가 아니라 전 그냥 저 자신을 위해서 진실을 밝히려는 거예요! 제 아내랑 아들을 위해서라도 해야 하는 일이고요!"

두청은 좐훙칭에게 바짝 다가서며 그의 눈동자에 비친 자신의 일그러진 얼굴을 보았다.

"죽은 사람들이 억울한 채로 그렇게 가도록 놔둘 수 없어요. 그 사람들한테 반드시 알려 줄 겁니다. 당신들의 죽음은 결코 헛되지 않았다고. 그 사건, 제대로 조사해서 진실을 밝히고 말 거라고요!"

두청은 좐훙칭 뒤에서 두 주먹을 불끈 쥔 채 마졘을 보고 있었다. 차오르는 눈물 때문에 눈앞이 점점 흐릿해졌다.

"말씀하신 대로 살날도 얼마 안 남았는데 그냥 놔둘 순 없어요? 이제 곧 죽을 사람, 마음이라도 편히 가게 봐 줄 순 없는 거냐고요, 예?"

귀청이 울릴 정도로 포효하던 두청은 결국 좐훙칭의 얼굴에 피를

뽑고 말았다. 돤훙칭은 얼어붙어 입가가 피범벅이 된 두청을 바라보며
말 한마디 하지 못했다. 얼굴에서는 피가 뚝뚝 떨어졌다.

"사부님!"

장전량이 부리나케 달려가 두청을 부축했다.

두청도 당황했다. 입가를 닦자 손바닥 전체가 피로 물들어 있었다.

"젠장, 이거 왜 이래?"

두청이 휘청거리며 중얼거렸다. 고개를 들어 피로 얼룩진 돤훙칭의
얼굴을 보면서 멋쩍은 미소를 지었다.

"죄송해요, 부국장님."

두청은 자신을 부축하는 장전량을 뿌리치고 돤훙칭의 얼굴에 묻은
피를 닦아 주려 앞으로 다가섰다. 하지만 한 걸음을 내딛자마자 그대
로 바닥에 쓰러지고 말았다.

제25장

살인의
그림자

"그다음에는요?"

천샤오가 고개를 들고 린궈둥을 보았다. 미간은 살짝 찌푸린 채 두 눈에는 관심과 걱정이 가득 담겨 있었다.

"침대에 한참을 앉아 있었어요. 왼쪽 뺨이 얼얼한 상태로요."

린궈둥이 천샤오의 머리카락을 가볍게 쓰다듬었다.

"1분 전까지만 해도 살을 맞대던 사람이 왜 갑자기 돌변한 건지 모르겠더군요. 분명히 날 좋아했거든요. 아니면 저랑 같이 영화도 보고 배 타러 가지도 않았겠죠. 왜 그 여자는 그랬을까요?"

"다시 돌아오기는 했어요?"

"네. 보안 담당자 세 명이랑 같이요."

"네?" 천샤오가 손으로 입을 막더니 놀란 듯 작게 비명을 질렀다.

"그렇게까지 할 필요는 없잖아요?"

"그렇게 하더라고요." 린궈둥이 씁쓸하게 웃었다.

"절 강간 미수로 몰았어요."

천샤오가 린궈둥의 품에서 빠져나와 놀란 얼굴로 물었다.

"체포되셨어요?"

"아뇨." 린궈둥이 다시 천샤오를 끌어안았다.

"전 영문도 모른 채 밤새 갇혀 있다가 풀려났어요. 그 후엔 수업도 중지당하고 상여금도 못 받았어요. 우수 교사 자격까지 상실되었죠."

천샤오가 그의 손등을 가볍게 쓰다듬었다.

"저런."

"이해가 안 됐어요. 계속 쭉 이해가 안 됐죠."

린궈둥의 눈길이 거실 반대편 쪽으로 향했다. 화장실 문이 반쯤 열려 있었다.

"저한테 왜 그렇게까지 한 걸까요? 사람들이 이상한 눈으로 쳐다봤어요. 뒤에서 수군댔고요……. 그건 절 그냥 사지로 모는 거나 다름없었어요."

"간단해요. 그 여자는 선생님을 사랑하지 않은 거예요."

"사랑한 게 아니라고요? 그럼 왜 제가 초대할 때마다 거절하지 않았는데요?"

"심심하니까 그랬겠죠." 천샤오가 가볍게 웃었다.

"남자 친구랑 멀리 떨어져 있었으니 아무도 없잖아요. 그런데 가까이에 선생님처럼 젊고 잘생긴 데다 능력 있는 사람이 자신을 좋다고 쫓아다니고 있죠. 저라도 흔쾌히 갔을걸요? 나랑 같이 시간 보내줄 사람이라고 생각하고요."

"저랑 포옹하고 키스까지 했는데……."

"그런 건 아무것도 아니에요. 여자는 포옹만으로도 위로를 받아요. 그런데 선생님은 그 이상을 원하셨으니 여자 입장에서는 도망가는 게 당연하죠."

린궈둥은 잠시 말이 없더니 고개를 흔들었다.

"여자가 정말 무서워요."

천샤오가 린궈둥의 품 안에 머리를 파묻었다.

"그래서 그렇게 오랫동안 혼자셨던 거예요?"

"네." 린궈둥은 손으로 천샤오의 등을 쓰다듬었다. 브래지어의 위치가 선명하게 느껴졌다.

"잊히지 않더라고요. 연애할 엄두도 안 났고요."

"바보." 천샤오가 눈을 감더니 속삭였다.

"모든 여자가 다 그런 건 아니에요."

두 사람의 몸이 딱 붙어 있었다. 체온이 올라가면서 여자의 몸에서 진한 향기가 풍겨 나왔다. 린궈둥은 호흡이 가빠지고 코끝에 진땀이 나기 시작했다. 고개를 숙여 천샤오의 이마에 가볍게 입을 맞추었다. 곧이어 더 아래쪽으로 내려가 천샤오의 입술을 찾았다. 천샤오는 살짝 고개를 들어 사랑스럽게 그의 입술을 맞이했다. 마주한 두 입술은 진하게 서로 엉겨 붙었다.

여자. 부드러운 여자. 촉촉한 여자. 사람의 혼을 쏙 빼놓는 향기를 지닌 여자.

린궈둥이 여자의 허리에서 손을 빼 위로 서서히 올라가 가슴에 닿으려고 할 때, 또 다른 손 하나가 그를 단호하게 제지했다.

천샤오가 린궈둥의 손을 치우더니 몸을 돌려 자리에 앉았다.

"이제 그만 가야겠어요."

천샤오가 헝클어진 머리카락을 정리하고 스웨터를 당겨 내렸다.

린궈둥은 다가가 또 한 번 입을 맞추려고 했다. 이번에는 천샤오가 고개를 돌리며 그를 밀어냈다.

"이러지 마세요."

몸을 낮추고 키스하려던 린궈둥의 자세가 어색하게 굳어 있었다. 잠시 후 서서히 몸을 바로 세운 그의 안색이 창백해지기 시작했다.

"왜 그래요?"

"전 남자 친구가 있잖아요. 이러면 안 돼요."

"하지만 방금 전에는……."

"선생님을 좋아해요. 좋은 친구가 되고 싶고요. 물론 일반적인 친구보다는 좀 더……. 친밀한 사이기는 하지만 그래도 이건 좀……. 무슨 뜻인지 아시죠? 아무튼 죄송해요."

천샤오는 소파에 있는 겉옷을 챙겨 입구로 걸어갔다.

린궈둥은 멍하니 선 채 천샤오를 바라보았다.

천샤오는 그의 시선이 느껴지자 마음이 약해져 애써 미소 지었다.

"내일 회사 오실 거죠?"

린궈둥은 아무 말이 없었다. 그의 표정에 서서히 그늘이 지기 시작했다.

천샤오는 갑자기 온기를 잃은 듯한 야윈 남자를 바라보면서 왠지 모를 공포를 느꼈다. 고개를 숙이고 "내일 봬요"라는 말만 남긴 채 황급히 자리를 떴다.

린궈둥은 부동 자세로 한참 동안 텅 빈 거실을 노려보았다. 그는 두 손을 바지 주머니에 찔러 넣더니 거실 전체를 한 바퀴 빙 둘러보았다. 마지막으로 시선이 화장실로 향했다.

너도 그 여자랑 똑같아.

웨이중은 병실 호수를 확인한 뒤 가볍게 문을 열었다.

두청은 두 눈을 꼭 감은 채 누렇게 뜬 얼굴로 병상에 누워 있었다. 예전에 지첸쿤의 집에서 본 적 있는 경찰이 침대 옆을 지키고 있다가 웨이중을 보더니 즉시 의심스러운 눈초리를 보냈다.

웨이중은 두청을 가리키며 입 모양으로만 말했다.

"이분 뵈러 왔어요."

경찰이 고개를 끄덕이며 의자에 앉으라고 눈짓했다.

웨이중은 과일 바구니를 내려놓고 의자를 끌어다가 침대 옆에 앉왔다.

"상태는 좀 어떠세요?"

경찰은 어두운 표정으로 고개만 흔들었다.

웨이중은 병상에 있는 두청을 쳐다보았다. 완전히 이불에 덮여 있었는데, 못 본 사이에 얼굴은 부쩍 야위었고 배만 볼록 튀어나와 있었다. 악몽을 꾸는지 호흡이 불안정했다. 가끔 인상을 찌푸리기도 하고 이를 악물기도 했다.

경찰이 웨이중을 살피며 작은 소리로 물었다.

"그런데 누구세요?"

웨이중은 순간 말문이 막혔다. 두청과 자신의 관계를 어떻게 설명해야 할지 고민하다 결국 이렇게 대답했다.

"친구예요."

그때 두청이 긴 한숨을 내쉬었다. 바로 이어서 입술을 핥으며 낮은 목소리로 말했다.

"전량, 물 좀."

장전량은 협탁에 있는 물컵을 얼른 가져다가 빨대를 두청의 입 쪽으로 가져갔다.

물을 몇 모금 마신 뒤 천천히 눈을 뜬 두청은 옆에 있는 웨이중을 발견했다.

"어떻게 왔어?"

"편찮으시다고 들어서요." 웨이중이 애써 웃어 보였다.

"라오지는 거동이 불편하셔서 제가 대신 왔어요."

"괜히 마음 쓰시지 말라고 그래." 두청이 장전량에게 침대를 세워 달라고 신호를 보냈다.

"난 괜찮아. 내 몸은 내가 제일 잘 알아. 라오지한테 린궈둥 얘긴 안 했지?"

"네. 그 사람에 대해서 뭐 좀 알아내셨어요?"

"그놈이 범인이야."

두청은 문득 뭔가가 떠올랐는지 장전량 쪽으로 고개를 돌렸다.

"마젠이랑 사오화 쪽에서 무슨 움직임 있었어?"

"아직까지는 잠잠해요. 사부님이 이틀 동안 혼수상태로 계실 때 병원에 오긴 했었어요."

장전량은 주머니에서 편지봉투 두 개를 꺼냈다.

"위로금이라고 주고 갔는데, 돌려보낼까요?"

"됐어, 그냥 둬." 두청이 히죽거리며 웃었다.

"그건 그거고 이건 이거지. 아무리 사이가 틀어졌어도 아픈 사람한테 병문안 오는 거야 인지상정 아니겠어?"

장전량도 웃었다.

"배는 안 고프세요?"

"좀 고프긴 하네. 자오쯔 좀 사다 줘."

두청이 입맛을 다셨다.

"알겠어요." 장전량이 잽싸게 자리에서 일어나 입구로 걸어갔다.

"잠시만 기다리세요. 금방 올게요."

장전량이 나가는 걸 보더니 두청이 옷걸이에 걸린 자신의 외투를 가리키며 웨이중에게 말했다.

"오른쪽 주머니에서 담배 좀."

웨이중이 망설였다.

"몸도 편찮으신데……."

두청은 안달이 난 모습이었다.

"쓸데없는 소리 그만하고, 얼른!"

웨이중은 어쩔 수 없이 시키는 대로 했다. 잠시 후 두청은 담배를 물고 흐뭇하게 즐기고 있었다. 웨이중은 종이컵으로 재떨이를 만들어 두청 앞에 갖다 놓았다.

두청은 순식간에 담배가 짧아질 정도로 연거푸 빨아들였다. 그는 담배꽁초를 손에 쥐고 웨이중을 쳐다보았다.

"이제 말해 봐. 여긴 무슨 일로 온 거야?"

"네?"

"그냥 단순히 병문안 온 거 아니잖아. 그랬다면 샤오후이도 같이 왔겠지." 두청이 입을 쭉 내밀며 입구 쪽을 가리켰다.

"너 얘기하기 편하라고 일부러 내보낸 거야."

웨이중은 얼굴이 빨개지더니 속으로 중얼거렸다. 눈치 한번 빠르시네.

"저희한테 주셨던 사건 자료 말이에요……. 다 주신 거 아니죠?"

"뭐?" 두청의 눈썹이 위로 올라가더니 담배를 집으려던 손이 도중에 멈췄다.

"그건 왜 물어?"

"1992년 10월 말에도 한 차례 살인 사건이 있었더라고요." 웨이중은 용기를 내어 두청의 눈을 똑바로 마주 보았다.

"이전에 있었던 연쇄 살인 사건과 굉장히 비슷해요."

두청은 웨이중을 잠시 응시하더니 인상을 찌푸렸다.

"그 사건을 네가 어떻게 알아?"

"인터넷에서 자료 검색하다 봤어요."

웨이중은 거짓말을 하기로 했다.

"난 그 두 사건의 범인이 동일인이 아니라고 생각해서 라오지한테 자료를 안 준 건데, 네 생각은 어때?"

두청이 담뱃갑에서 담배를 또 하나 꺼냈다.

"제 생각도 같아요."

웨이중은 저도 모르게 말을 뱉고 곧바로 후회했다. 그 말을 듣자마자 두청이 의미심장한 미소를 지었기 때문이다.

"너 말이야." 두청이 여유로운 모습으로 담배에 불을 붙였다.

"뭐 아는 거 있지?"

웨이중은 속으로 자신의 경솔함을 탓했다. 이미 엎질러진 물이라 솔직하게 털어놓을 수밖에 없었다.

"1992년 10월 말에 있었던 그 사건이요. 피해자가 샤오후이 어머니셨어요."

두청은 씁쓸한 웃음을 지으며 고개를 흔들었다. 믿기 힘들다는 표정이었다.

"무슨 이런 우연이 다 있냐?" 두청이 혼자 중얼거렸다.

"샤오후이가 왜 그렇게 이 사건에 매달렸는지 이해가 되네."

두청이 또다시 웨이중을 보았다.

"뭐 부탁할 거 있어?"

"그 사건에 대해 제대로 좀 알았으면 좋겠어요." 웨이중이 잠시 말을 멈추었다.

"만약 가능하다면, 샤오후이 어머니를 죽인 범인을 찾아내고 싶고요."

"왜? 좋아해서?"

두청이 웃으며 말했다.

"아뇨." 웨이중은 웃지 않고 진지하게 답했다. "향수 알러지가 있는 아버지 때문에 어머니가 한 번도 향수를 뿌리신 적이 없대요. 그러니까 린궈둥은 샤오후이 어머니를 죽인 범인이 아니라는 거죠."

"계속해 봐."

"샤오후이는 라오지를 도와도 자신의 원수를 갚지 못한다는 걸 잘 알아요. 그래도 계속 조사하겠대요. 그럴 가치가 있는 일이라고 생각해서요."

웨이중의 표정이 전보다 더 의연해 보였다.

"그럼 샤오후이를 위해서 뭔가를 해 줄 사람도 있어야겠네." 두청이 미소를 거두고 웨이중을 보더니 옷장을 가리켰다.

"검은색 가죽 가방 안에 파일 하나 있을 거야."

웨이중은 시키는 대로 파일을 찾아 꺼냈다. 형사 사건파일이었는데 겉봉투에 '1992. 10. 28. 살인 사건'이라고 적혀 있었다. 갑자기 몸이 뜨거워지는 걸 느꼈다.

"어떤 사건의 진상을 밝혀내는 건, 네가 생각하는 것만큼 그렇게 간단치가 않아."

웨이중을 바라보는 두청의 표정이 어두워졌다.

"린궈둥을 잡아서 법정에 세울 때까지 내 몸이 버틸 수 있을지 모르겠다. 많이 못 도와줄 수도 있어."

"괜찮아요. 오래전 사건인데 그렇게 금방 진상이 밝혀지겠어요?"

두청을 바라보는 웨이중의 미소에서 부드러우면서도 강한 의지가 느껴졌다.

"경관님들이 할 수 있는 거, 저도 할 수 있어요."

웨샤오후이가 노크한 뒤 '들어와' 하는 지첸쿤의 목소리가 들리자마자 방으로 들어갔다.

테이블 옆에 앉아 자료를 보고 있던 지첸쿤은 웨샤오후이를 보고 미소를 지으면서 그녀의 등 뒤를 쳐다보았다.

"웨이중은 같이 안 왔어?"

"전 여기 와 있는 줄 알았는데."

웨샤오후이가 핸드폰을 흔들어 보였다.

"어딜 간 건지 모르겠어요. 전화해도 안 받고."

웨샤오후이가 외투를 벗으면서 백팩을 침대에 올려둔 뒤 지첸쿤 곁으로 다가갔다.

"뭐 보고 계셨어요?"

지첸쿤에게 가까이 다가가자마자 진한 기름 냄새가 코를 찔렀다. 웨샤오후이는 미간을 찌푸리며 손으로 부채질을 했다.

"라오지, 머리 감으신 지 며칠이나 됐어요?"

"어?" 지첸쿤이 머리카락을 잡아당겨 냄새를 맡더니 난처한 표정을 지었다.

"요 며칠 머리 감을 생각을 못 했네."

웨샤오후이는 지첸쿤을 위아래로 쭉 살펴보았다. 첫 만남 때와는 많이 다른 모습이었다. 예전에는 정갈하게 뒤로 빗어져 있던 백발이 지금은 기름지고 어지럽게 헝클어져 있었다. 얼굴은 수척해지고 두 볼은 움푹 들어갔으며 뺏뺏한 수염이 턱 전체를 뒤덮고 있었다. 입고 있는 셔츠와 울 스웨터도 기름때가 얼룩덜룩해 꾀죄죄한 할아버지가 따로 없었다.

웨샤오후이는 옷장에서 깨끗한 속옷을 찾아 지첸쿤의 몸 위로 던졌다.

"갈아입으세요."

지첸쿤이 놀라며 눈을 크게 떴다.

"지금? 여기서?"

"네."

"안 돼!" 지첸쿤이 단칼에 거절했다.

"아무리 그래도 다 큰 아가씨 앞에서 어떻게……."

"쓸데없는 소리 그만하시고요." 웨샤오후이는 못 참겠는지 얼른 다가와 다짜고짜 지첸쿤의 스웨터를 벗겼다.

"우리 아빠보다 연세도 많으신데요. 전 아빠한테 목욕도 시켜 드린 사람이라고요."

머리가 스웨터에 걸려 지첸쿤의 목소리가 코맹맹이 소리처럼 들렸다.

"장하이성한테 도와달라고 하면 되니까……."

말이 떨어지기도 전에 웨샤오후이는 이미 셔츠까지 다 벗겨 버렸다. 그러고는 쭈그리고 앉아 담요를 걷어 솜바지를 휙 하고 벗겨냈다.

노인의 몸에는 이제 위아래 내복만 남아 있었다. 지첸쿤은 웨샤오후이가 더는 자신의 몸에 손대는 걸 한사코 거부했다.

"잠시 나가 있어!" 지첸쿤의 얼굴이 새빨개졌다.

"다 갈아입으면 그때 들어와!"

웨샤오후이는 웃음을 참으며 눈을 부릅뜨고 위협하듯 말했다.

"꼭 갈아입으세요! 안 그러면 몸에서 쉰내 나요!"

복도로 나간 웨샤오후이의 얼굴에서 순간 미소가 사라졌다. 깨끗하고 점잖았던 지첸쿤 같은 사람도 지금은 몸가짐에 전혀 신경을 쓰지 않는 사람으로 변해 버렸다. 20년 가까이 계속된 기다림 끝에 그는 마침내 아내 살인 사건의 진실에 다가갈 수 있는 기회를 얻었다. 지금 지첸쿤에게 전심전력으로 몰두할 수 있는 건 오직 이 일 하나뿐일 것이다. 물불 안 가리고 앞만 보며 달리는 그의 모습은 존경과 존중을 넘어 동정심을 불러일으켰다. 이는 웨샤오후이가 그를 도와 이 사건을 제대로 파헤쳐야겠다고 결심한 이유이기도 했다.

지첸쿤의 목소리가 들려왔다.

"다 됐어, 들어와."

방에 들어가 보니 위아래를 빨간 속옷으로 갈아입은 지첸쿤이 어색하게 휠체어에 앉아 있었다.

"갈아입으니까 좋잖아요."

웨샤오후이는 땀으로 범벅이 된 지첸쿤을 발견했다. 속옷을 갈아입느라 상당히 애를 먹은 모양이었다. 웨샤오후이는 수건을 건네준 뒤 옷장에서 깨끗한 스웨터와 솜바지를 꺼냈다.

지첸쿤은 한 손으로는 땀을 닦으며 다른 한 손으로는 갈아입은 속옷을 더러운 옷 사이에 숨기려고 했다. 웨샤오후이는 화가 나기도 하고 우습기도 해 그 속옷을 뺏어다가 돌돌 뭉쳐서 세면대에 던졌다. 그후 옷장에서 새 옷을 꺼내 지첸쿤에게 입혀 주었다.

모든 일을 다 끝낸 웨샤오후이는 보온병과 세숫대야를 들고 밖으로 나갈 준비를 했다. 지첸쿤이 또다시 소리쳤다.

"세탁소에 갖다 주면 되니까 그냥 놔둬."

웨샤오후이는 뒤도 안 돌아보고 알겠다고 하더니 문을 열고 나갔다. 다시 돌아왔을 때는 찬물이 반쯤 담긴 세숫대야와 뜨거운 물 한 병이 손에 들려 있었다.

지첸쿤의 표정은 의아함보다 두려움에 더 가까웠다.

"또 뭐 하려고?"

"머리 감겨 드리게요."

웨샤오후이는 손을 넣어 수온을 맞추고 수건을 지첸쿤의 목에 둘렀다. 양손으로 온수를 떠서 머리를 감기기 시작했다.

처음에는 긴장해서 뻣뻣하게 휠체어에 앉아 있던 지첸쿤도 웨샤오후이의 부드러운 손놀림 덕분인지 서서히 긴장을 풀며 얌전히 몸을 내맡겼다. 마지막에는 눈을 반쯤 감고 편안하게 즐기기까지 했다.

거품을 물로 헹구자 기름지고 헝클어져 있던 머리카락이 어느새 단정해졌다. 웨샤오후이는 수건으로 머리를 털어 주고 빗어 주었다. 세수까지 하고 나니 아까와는 달리 한층 더 생기 있어 보였다.

"보세요, 씻으니까 얼마나 좋아요."

웨샤오후이가 한 걸음 뒤로 물러서며 만족스러운 표정으로 지첸쿤을 살펴보았다. 지첸쿤은 쑥스러운 미소를 지으며 말했다.

"애썼어."

"별말씀을."

웨샤오후이가 전혀 개의치 않는다는 듯 머리카락을 찰랑거리더니 이번에는 수염이 가득 나 있는 지첸쿤의 턱에 시선을 고정했다.

지첸쿤은 웨샤오후이가 방금 내린 소매를 다시 걷어 올리는 걸 보면서 다급하게 말했다.

"이건 내가 알아서 할게!"

웨샤오후이는 벌써 보온병을 챙겨 나가고 있었다.

몇 분 뒤, 지첸쿤은 얼굴에 따뜻한 수건이 덮인 채 편안한 자세로 휠체어에 반쯤 드러누워 있었다. 웨샤오후이는 면도 크림을 저으면서 구식 면도칼을 이리저리 살폈다.

"요즘도 이런 걸 쓰는 사람이 있는지 몰랐어요."

"전동은 영 익숙지가 않아서." 얼굴에 수건이 덮여 있어 금방이라도 잠들 것처럼 지첸쿤의 목소리가 나른했다.

"건전지도 자주 갈아 줘야 하고."

"뭔가 되게 멋져요."

웨샤오후이가 면도칼을 펼쳤다. 칼날에 엄지손가락을 살짝 대 봤는데 상당히 날카로웠다.

지첸쿤에게서 수건을 치웠다. 살짝 눈을 치켜 뜬 지첸쿤의 얼굴이 아까보다 발그레했다. 웨샤오후이는 지첸쿤의 턱을 만지며 면도 크림을 고르게 펴 발랐다.

칼날이 피부를 미끄러지듯 지나갈 때 미세하게 수염이 잘려나가는 소리가 들렸다. 칼날이 지나간 자리는 깨끗하고 매끄러워졌다. 웨샤오후이는 지첸쿤 옆에 반쯤 무릎을 꿇고 앉아 조심스럽게 면도를 했다. 가끔 면도 크림과 수염이 묻은 면도칼을 티슈로 닦기도 했다.

지첸쿤은 꼼짝 않고 가만히 앉아 있었다. 면도칼의 날카로움과 여성의 손가락에서 전해지는 부드러운 감촉이 느껴졌다.

"샤오후이."

"네?"

"좀 전에 아버지 목욕도 시켜드렸다고 했지?"

"네."

"아버지도…… 거동이 불편하신가?"

"그런 건 아니고요. 술에 취해서 인사불성 되실 때가 많았어요."

웨샤오후이가 웃었다.

"어머니는 뭐 하시고 왜 네가……."

"일찍 돌아가셨거든요." 웨샤오후이가 온 신경을 집중하며 지첸쿤의 아래턱에 난 수염을 보았다.

"그래서 집에 저랑 아빠밖에 없었어요."

"그랬구나."

지첸쿤은 더 이상 아무 말도 하지 않았다. 잠시 후 웨샤오후이는 자신의 머리를 천천히 쓰다듬는 손길을 느꼈다.

순간 온몸이 떨리면서 웨샤오후이가 손을 삐끗했다. 그 바람에 지첸쿤의 턱에 작은 상처가 나고 말았다.

"죄송해요, 진짜 죄송해요."

웨샤오후이는 얼른 면도칼을 내려놓고 티슈로 상처 부위를 꾹 눌렀다.

"괜찮아."

지첸쿤은 거울에 턱을 비춰 보더니 상처가 크지도 않고 피도 멎은 걸 보며 말했다.

"하던 거 계속해."

"못하겠어요." 웨샤오후이는 미안해서 어쩔 줄을 몰라 했다.

"또 상처 낼까 봐서요."

"괜찮아. 원래 이 면도칼로 하면 자주 베이고 그래." 지첸쿤이 면도칼을 집어 손잡이를 웨샤오후이 쪽으로 돌려 건넸다.

"난 널 믿어."

웨샤오후이는 망설이며 면도칼을 받아들었다. 지첸쿤은 웃으며 고개를 든 뒤 눈을 감았다.

웨샤오후이는 쭈그리고 앉아 지첸쿤의 턱에 면도칼을 대었다.

볼이 금세 말끔해졌다. 목에 난 짧은 턱수염을 정리하기 시작했다. 늘어난 피부에 손이 닿자 힘차게 뛰는 경동맥이 느껴졌다. 인후 쪽 수염을 깎을 때는 잠시도 한눈팔지 않고 면도칼에 시선을 고정한 채 천천히 목젖 부분을 면도했다. 푸른빛을 띤 흰 피부에 조금씩 닭살이 돋아났다. 지첸쿤은 편안하게 호흡하며 두 손을 복부에 가볍게 얹어 놓았다.

마침내 면도가 끝났다. 지첸쿤은 맨들맨들해진 턱을 문지르며 아주 만족스러운 표정을 지었다.

"개운하다."

웨샤오후이가 면도칼을 닦으며 지첸쿤을 쳐다보았다.

"면도 실력은 영 꽝이었는데요."

"훌륭했는데 뭘." 지첸쿤이 턱에 난 상처를 보며 말했다.

"예전에 우리 집사람도 내 수염을 깎아 주곤 했지. 면도하는 게 재밌다나 뭐라나. 다 끝나면 내 얼굴이 아주 반창고 천지였다니까."

"하하. 진짜 너무 웃겨요."

웨샤오후이가 소리 내어 웃었다.

웨샤오후이는 수건을 급수실로 가지고 가 깨끗하게 빨았다. 다시 방으로 돌아왔을 때 지첸쿤은 담배에 불을 붙이고 창가에 앉아 넋을 놓고 있었다.

깨끗하게 머리도 감고 옷도 싹 다 갈아입으니 완전 딴 사람처럼 보였다. 쓸쓸한 표정은 그대로였는데, 어째서인지 아까보다 더 쓸쓸해 보였다.

웨샤오후이는 그가 또 아내 생각을 하고 있다는 걸 깨닫고 그 옆에 말없이 앉았다.

지첸쿤은 담배 한 대를 다 피우더니 새 담배에 또 불을 붙였다. 점점 더 짙어지는 연기가 지첸쿤 주변을 감쌌다. 한참이 지나 연기 속에서 그의 낮은 목소리가 들려왔다.

"샤오후이."

"네."

"넌 범인이 어떤 사람일 것 같아?"

웨샤오후이는 두청이 한 당부를 떠올렸다. 잠시 고민하다 당분간은 린궈둥 일을 지첸쿤에게 알리지 않기로 마음먹었다.

"경관님하고 샤오웨이랑 같이 쉬밍량 어머니가 건네준 명단 속 사람들을 조사했어요. 용의선상에서 배제된 사람도 있고 아직 조사 중인 사람도 있고요." 웨샤오후이가 지첸쿤의 무릎을 툭툭 쳤다.

"전 이 일에 있어서만큼은 두 경관님을 전적으로 신뢰해요."

웨샤오후이는 식탁에 엎드린 채 죽을힘을 다해 고통을 견디던 두청이 생각났다.

"어쩌면 라오지보다 경관님이 더 하루라도 빨리 범인을 찾고 싶어 할지도 몰라요."

"그래, 나도 그 점은 의심치 않아." 지첸쿤이 고개를 숙이며 웃었다.

"정말 그런 날이 온다면 반드시 그놈을 직접 만날 거야. 대체 어떤 놈이 아내를 그렇게 만든 건지 꼭 좀 알아야겠어."

저도 그래요. 대체 어떤 놈이 1992년 10월 27일 밤, 엄마를 그렇게 만든 걸까요.

웨샤오후이는 기분이 착잡해지자 창턱에 있는 담뱃갑에서 담배 하나를 꺼내 불을 붙였다. 놀란 지첸쿤은 이내 말없이 담배꽁초가 담긴 재떨이를 웨샤오후이 쪽으로 밀어주었다.

여대생과 노인이 창가에 앉아 납빛 하늘을 보며 말없이 담배를 피웠다.

웨샤오후이는 순간 지쳰쿤에게 질투를 느꼈다. 정작 본인은 모르고 있지만, 두청과 웨이중의 도움으로 그의 아내를 죽인 범인의 윤곽이 서서히 드러나고 있었기 때문이었다. 비록 두청이 정신병원에서 조사한 결과가 어떤지는 아직 알 수 없지만, 지쳰쿤의 바람이 이루어지는 것은 시간문제였다.

그럼 나는?

동기도 없고 흔적도 없다. 남아 있는 건 그림자뿐. 엄마의 죽음은 지금까지도 그녀의 삶에 씻을 수 없는 상처를 남겼다.

서랍장에 놓인 엄마의 사진.

매일 술을 마시는 아빠.

책가방에 담긴 채소와 간장병.

볶음 요리를 하다 데여서 생긴 물집.

혼자 초경을 겪으면서 느꼈던 두려움과 당황스러움.

웨샤오후이와 아버지의 삶은 그날 밤에 완전히 무너졌다.

범인을 찾아내야 한다. 그날 밤낮으로 도시 상공을 떠돌던 영혼에게 안식을 주어야 했다. 난폭하게 찢긴 그 상처를 아물게 해 줘야 했다. 자신과 아버지가 더 이상 과거에 얽매이지 않고 각자 남은 인생을 담담하게 맞이할 수 있도록 해야 했다.

웨샤오후이는 담배꽁초를 재떨이에 버리고 길게 한숨을 내쉬었다. 내 나이가 이제 겨우 스물셋이야. 두고 봐. 반드시 찾아내고 말 테니까.

고개를 돌리던 웨샤오후이는 부드러운 눈빛의 지쳰쿤과 두 눈이 마주쳤다.

순간 웨샤오후이는 자신의 머리카락을 쓰다듬던 그의 손길이 떠올랐다.

따뜻하면서도 위험한 느낌이었다.

제26장

기회

"그런 것도 할 줄 안다고?"

두청은 물컵을 입으로 가져가다 말고 놀란 눈으로 장전량을 쳐다보았다.

"ATM기, 노트북, 핸드폰, 인터넷 다 사용할 줄 알아요."

장전량이 수첩을 덮으며 의자에 기대앉았다.

"그 자식 학습능력 한번 기똥차네." 두청이 잠시 생각하다 물었다.

"대인관계는?"

"거의 집에만 틀어박혀서 사람도 잘 안 만난 것 같아요." 장전량이 책상에 있는 약을 가리켰다.

"일단 약부터 좀 드세요. 물건 사러 나갈 때 빼고는 외출을 거의 안 했더라고요. 최근에 일자리를 구했나 봐요. 번역회사에서 일해요."

두청이 고개를 끄덕이며 물과 함께 약을 삼켰다. 물이 반쯤 사라진 컵을 손에 들고 생각에 잠겼다.

"전량, 우리가 가진 기술로 증거를 충분히 확보할 수 있을까?"

"정말 린궈둥이 범인이라고 확신하시는 거예요?"

장전량이 두청의 손에 있는 컵을 가져가더니 뜨거운 물을 채워 주었다.

"네 생각은 어때?"

"저도 뭐 거의 맞는다고 봐요."

장전량은 잠시 망설이다 말을 이었다.

"사부님이 탐문 조사로 알아내신 내용을 보면 동기나 여러 가지가 들어맞아요. 그리고 저번에 분국에서 마젠 선배랑 크게 다투셨을 때 말이에요. 뒤가 구린 게 아니라면 선배가 그렇게까지 한 발 물러서지 않았겠단 생각이 들더라고요."

"지금 가장 골치 아픈 건 바로 증거야."

"어렵네요. 당시 채집한 물증들이 남아 있긴 한데, 린궈둥이랑 관련 있는 게 하나도 없어서 아쉬워요."

장전량이 입을 삐죽거리며 말했다.

"아직도 찾아야 할 게 산더미네." 두청이 손에 든 물컵을 뚫어지게 쳐다보았다.

"놈이 사용했던 차, 강간하고 시신을 절단한 장소, 흉기……."

"차량과 흉기는 찾기 힘들 거예요." 장전량이 유감스럽다는 말투로 말했다.

"린궈둥은 입원하기 전에 차를 구매한 적이 없더라고요. 범행 당시 사용했던 차가 빌린 거라면 흔적이 남아 있을 가능성은 없다고 봐야 해요. 흉기야 더 말할 것도 없죠. 찾을 확률은 거의 제로예요."

"집은?"

"그것도 생각해 봤는데요. 1990년부터 1992년 사이에 린궈둥 모친이 탕 씨라는 남자와 거의 반 동거하다시피 지내서 어쩌다 한 번씩 집에 왔다고 해요. 그러니 그 시기에 린궈둥은 혼자 생활한 거나 다름 없죠."

"그럼 강간, 살인, 시신 훼손 현장이 자기 집이었을 가능성이 크네."

두청의 눈이 순간 반짝였다가 금세 어두워졌다.

"시간이 20년도 더 지났어. 리모델링을 한 적이 없더라도 거기서 뭔가를 찾아내기는 힘들 거야."

"네."

장전량이 기운 없이 대답했다.

"젠장!"

두청이 갑자기 주먹으로 침대를 힘껏 내리쳤다.

"뤄사오화 이 자식은 진실을 아는 게 틀림없어!"

"하지만 사부님한테 절대로 말 안 할걸요." 장전량이 잠시 생각하다 말을 이었다.

"사오화 선배는 당시 린궈둥이 범인이라는 걸 알아냈을 거예요. 그런데 놈을 잡으면 자신과 마젠 선배가 사건을 잘못 처리한 책임을 물게 되니까 린궈둥을 정신병원에 보내는 쪽을 선택한 거죠. 만약 이 일이 알려지면 순사왕법죄 추소시효는 지났더라도 남은 생을 떳떳하게 살지는 못할 겁니다."

"그런데 사오화가 이 일을 마젠에게 털어놨고 마젠은 린궈둥의 자료를 조사하러 갔어. 벌써 린궈둥에게 손을 썼을지도 몰라."

"그게 정당한 수단은 아닐 테고요. 두 분 다 이미 퇴직하신 데다, 대놓고 손을 쓰면 본인들도 굴비처럼 엮여 들어갈 게 뻔하잖아요. 그런 점에서 우리보다 그쪽이 더 수동적일 수밖에 없어요." 장전량은 주변을 살피더니 두청 곁으로 가까이 다가와 작은 소리로 물었다.

"사부님 생각은 어때요? 린궈둥이 또 살인을 저지를까요?"

두청은 곧바로 대답하지 않았다. 현재까지 린궈둥이 보여 준 모습을 보면, 그는 퇴원 후 새로운 삶에 열심히 적응 중이고 자기 힘으로 생활할 능력도 충분해 보였다. 나쁜 짓을 저지를 기미는 보이지 않았다. 하지만 잠들어 있는 악마를 깨울 만한 자극제, 예를 들면 향수 같은 유인

誘因을 만나게 된다면…….

두청은 순간 장전량의 의도를 알아차렸다.

"너 지금…….."

장전량을 바라보는 두청의 미간이 점점 일그러졌다.

"경찰로서 이런 말 하면 안 되는 거 알지만……." 장전량이 복잡한 표정으로 두청을 마주 보았다.

"어쩌면 그게 저희한테는 유일한 기회일지도 몰라요."

뤄사오화는 샤워기를 잠그고 축축한 머리카락을 짜내면서 다시 한 번 목욕탕을 빙 둘러보았다. 마젠은 여전히 보이지 않았다.

이상하게 찜찜한 기분이 들었다. 대체 무슨 속셈이지?

오늘 아침 낯선 번호로 진펑에게 전화가 왔다. 상대방은 진펑에게 뤄사오화와 통화하고 싶다고 말했다. 영문도 모른 채 전화를 받은 뤄사오화는 그제야 익숙한 목소리를 듣고 마젠이라는 걸 알아차렸다. 그가 뤄사오화에게 이 목욕탕에서 만나자고 한 것이다.

탈의실로 돌아와 마젠에게 전화를 하려던 뤄사오화는 손목에 걸고 있는 열쇠를 빼자마자 사물함에 꽂혀 있는 쪽지를 발견했다. 마젠의 글씨였다.

쉼터, 옥 사우나.

쉼터에는 옥 사우나가 총 네 칸 있었다. 사우나실마다 몇몇 사람들이 각기 다른 방향으로 누워 있었다. 한 명씩 살펴보면서 네 번째 칸까지 왔지만 마젠은 없었다. 막 자리를 뜨려고 하는데 문가에 누워 있던 사람이 갑자기 다리를 걸었다.

발에 걸려 순간 비틀거린 뤄사오화는 화가 나서 버럭 소리를 지르려고 했다. 다리를 건 사람이 얼굴에 덮고 있는 수건을 치우자 마젠의 얼굴이 드러났다.

"지금 대체……."

마쩬이 뤄사오화에게 소리 내지 말라고 눈짓하더니 옥 침대에서 일어나 곧장 사우나실 안에 있는 작은 부스로 걸어갔다.

온몸이 땀으로 젖은 뤄사오화는 부스에 들어가자마자 저도 모르게 몸을 떨었다.

"대체 무슨 생각이세요?"

마쩬은 조심스럽게 부스 문을 닫더니 뒤돌아 물었다.

"너 뒤에 누구 따라붙은 사람 있어?"

"뒤를 따라붙어요? 누가요?"

뤄사오화는 영문을 몰라 어리둥절했다.

"누구긴 누구야, 경찰이지." 마쩬이 코웃음을 쳤다.

"두청이 네 뒤를 밟은 지 좀 된 것 같던데, 눈치 못 챘어?"

"두청이요? 두청이 다 알아요?"

"그래. 벌써 린귀둥까지 알아냈어."

마쩬이 그늘진 얼굴로 고개를 끄덕였다.

"젠장!" 뤄사오화가 나무 벽에 수건을 냅다 집어던졌다.

"망할 자식, 재주도 좋네!"

뤄사오화는 두 손으로 허리를 잡고 씩씩거리더니 낮은 목소리로 물었다.

"그럼 이제 우리 어떡해요?"

"두청이 우리보다 정황을 더 많이 파악하진 않았을 거야." 마쩬은 잠시 망설였다.

"린귀둥을 알아냈다고 해도 당분간은 어떤 행동을 취하거나 하지는 못 테고."

"두청이 우릴 고발할까요?"

"아니." 마쩬이 냉소를 지으며 고개를 흔들었다.

"린궈둥이 살인범이라는 걸 증명할 수 있다면 또 모를까."

뤄사오화는 마젠의 판단이 옳다고 생각했다. 당시 사건을 잘못 처리한 책임을 추궁하려면 전제 조건으로 린궈둥이 유죄라는 걸 먼저 증명해야 했다. 증거도 없이 두청의 증언만으로 고발하면 누구도 믿지 않을 게 뻔했다. 하지만 그렇다고 해도 앞으로 남은 하루하루를 마음 졸이며 살아야 한다는 사실에는 변함이 없었다. 한 가지 문제만 해결된다면 달라질 수 있겠지만…….

"팀장님. 두청 보셨어요?"

"아니, 대신 전해 달라고 전량한테 돈만 쥐어 줬어. 얘기 들어보니까……."

마젠은 순간 뒤로 돌아 뤄사오화를 보았다. 그의 말에 담긴 속뜻을 알아차린 것 같았다.

"너 지금 무슨 생각하는 거야?" 마젠의 얼굴에 노기가 가득했다. "아무리 그래도 우리한테 형제나 다름없던 놈이야!"

"아뇨. 두청이 죽기를 바라는 게 아니고요."

뤄사오화가 얼른 해명했다.

"전 그냥……. 하, 이미 팀장님까지 끌어들였는데 더 이상은……."

"그만 얘기해!"

마젠은 마음이 복잡한지 손을 흔들었다.

"설령 두청이 어떻게 되더라도 그 자식 부하 있잖아. 전량이 계속 조사하지 않으리란 보장도 없어."

뤄사오화는 두 손으로 얼굴을 감싼 채 벤치에 털썩 주저앉아 한동안 아무 말이 없었다. 그러다 길게 한숨을 쉬더니 떨리는 목소리로 말했다.

"그냥 제가 증거를 제출하면 어때요? 당시 린궈둥이 차량을 대여한 기록이랑 혈흔 묻은 햇빛 가리개 아직 갖고 있어요. 전에 물어보니까

이젠 DNA도 검출된다고 하고, 린궈둥한테 자백받는 데만 좀 더 공을 들이면 증거는 충분할……."

"너 인마 제정신이야?" 마젠이 눈을 크게 떴다.

"감옥살이는 면한다고 해도 얼굴은 어떻게 들고 다닐래? 평생 형사로 살아온 우리한테 명예 빼면 대체 뭐가 남아?"

"그럼 어쩌라고요!"

뤄사오화의 목소리에는 어느새 울음이 섞여 있었다.

"린궈둥이 계속 살인하는 걸 보고만 있어요? 언제 폭로될까 무서워서 매일 마음 졸이며 살아야 하냐고요!"

"그래서 오늘 널 보자고 한 거야."

뤄사오화는 마젠을 바라보다 한참 만에 더듬더듬 입을 열었다.

"그게 무슨 말씀이세요?"

"무슨 일이 있어도 린궈둥을 없애야 해. 안 그럼 머지않아 사달이 나고 말 거야." 마젠의 얼굴에서 미소가 사라지고 눈빛이 매섭게 변했다.

"두청이 움직이기 전에 우리가 먼저 선수 쳐야 해."

뤄사오화는 여전히 마젠의 말을 완전히 이해하지 못하는 것처럼 보였다.

마젠은 핸드폰에 저장된 사진 한 장을 뤄사오화에게 보여 줬다.

이십 대로 보이는 사랑스러운 외모의 여자 사진이었는데, 음료 판매점에서 밀크티를 사는 모습이었다.

마젠이 화면을 넘기자 같은 여자 사진이 차례대로 나타났다.

버스 정류장에서 버스를 기다리는 모습.

사무실 책상에서 문서를 정리하는 모습.

길거리 가판대에서 머리핀을 사는 모습.

마지막 사진을 본 뤄사오화의 눈이 순간 휘둥그레졌다. 여자가 훠궈_{火鍋} 식당에서 남자와 마주 앉아 대화하는 사진이었는데, 그 남자가 다름 아닌 린귀둥이었던 것이다.

"이 여자가 누구……?"

"천샤오라고 린귀둥이 일하는 번역회사 경리야." 마젠이 핸드폰을 거둬들였다.

"며칠 뒤를 밟아보니까 린귀둥이랑 꽤 가까운 사이더라고. 린귀둥이 자기 집에 데려간 적도 있고."

"사귀는 사이예요?"

"사귀어?" 마젠이 코웃음을 쳤다.

"린귀둥은 여자랑 정상적인 관계를 맺을 수 없는 놈이야. 이놈 눈빛 못 봤어?"

"눈빛이 왜요?"

마젠이 의미심장한 눈으로 뤄사오화를 바라보았다.

"야수가 먹이를 보는 눈빛이잖아."

"린귀둥이 이 여자를 죽일 수도 있단 말씀이세요?"

뤄사오화가 주저하는 듯한 말투로 말했다.

마젠이 웃으며 시선을 내리깔았다.

"그때가 바로 놈을 해치울 수 있는 절호의 기회야."

"그치만……."

"그치만은 무슨 그치만이야." 마젠이 순간 단호하게 변했다.

"넌 이미 린귀둥한테 정체가 탄로 났으니까 당분간은 나서지 마. 내가 주시하면 돼. 20년도 더 지났으니 내 얼굴은 기억 못 할 거야."

"어, 어쩌시려고요? 무슨 계획이라도 있으세요?"

뤄사오화는 여전히 마음이 놓이지 않았다.

"넌 신경 꺼. 필요하면 부를 테니까. 부르면 바로 튀어나올 수 있게 대기타고. 내가 시키는 대로만 하면 돼."

마젠은 마치 형사팀장이던 시절로 돌아가 막내 팀원을 대하는 듯했다.

그는 뤄사오화의 어깨를 툭툭 치다가 힘을 주어 꾹꾹 눌렀다.

"사오화, 이번 일만 끝나면 너, 나, 그리고 두청까지 여생을 편안하게 보낼 수 있어."

맑고 화창한 날씨였다. C시 기온은 영상 2도로, 기상 관측 이래 이 도시에서 같은 시기 최고 온도를 기록했다. 예년보다 일찍 이 도시에 봄이 찾아온 것 같았다.

휴일인 데다 날씨까지 포근해지자 베이후 공원을 찾은 여행객들이 평소보다 많았다. 겨우내 한적하던 공원이 마침내 한해 중 가장 번화한 시기를 맞이한 것이다. 가족 단위 여행객들이 대부분이었고, 데이트를 즐기는 커플들도 있었다.

사실 봄놀이를 즐기기에는 시기적으로 이른 감이 있었다. 고목 나뭇가지에 아직 새순이 피기 전이었고, 풀들도 대부분 시들어 누런 상태였다. 쌓인 눈이 다 녹지 않은 곳도 있었다. 하지만 이런 것들은 여행객들의 들뜬 기분에 전혀 영향을 주지 않았다. 드넓은 공원 안에 와자지껄 떠드는 소리가 끊이지 않았고, 사람들은 곳곳에서 기념사진을 찍었다.

공원의 핵심은 베이후라는 인공 호수였는데, 돌다리가 호수를 가로지르고 회랑과 정자들이 그 위를 장식하고 있었다. 쉬면서 호수 경치를 감상할 수도 있어서 예전부터 붐비는 장소였다.

웨이중은 회랑 난간에 기대어 잔잔한 호수를 응시하고 있었다. 방금 이곳에서 사진을 찍었던 젊은 커플이 그의 곁을 지나갔다. 여자는 유난히 웨이중 쪽을 힐끔거리더니 남자 친구에게 뭐라고 속삭였다. 얼핏 '실연당했나 봐', '자살하려는 건 아니겠지'와 같은 말을 듣고 저도 모르게 실소를 터뜨렸다.

혼자 공원을 어슬렁거리는 게 확실히 조금 이상해 보이기는 했다. 게다가 그가 바라보고 있는 이 호수는 실제로 죽음과 관련이 있었기 때문이다.

1992년 10월 27일 시내 제일의 백화점 점원이던 량칭원이 강간 살해되었다. 다음 날 여러 조각으로 토막 난 사체가 도시 곳곳에서 발견되었다. 그중 종아리 두 개가 지금 웨이중의 발밑에 있는 이 호수에 둥둥 떠 있었다.

'쉬밍량 살인 사건'과 동일 수법으로 여자를 살해한 것이다. 현재 확신할 수 있는 건 린궈둥이 이 사건의 범인이 아니라는 점이고, 좀 더 명확히 해야 할 부분은 '범인의 동기'였다.

"동기." 두청은 침대에 앉아 넋을 놓고 바닥을 쳐다보면서 두 글자를 내뱉었다.

"동기가 뭔지 파악 못 하면 우린 눈뜬 장님이나 다름없어."

"그렇게나 중요해요?"

"당연하지." 두청은 의심이 가득한 표정을 짓고 있는 웨이중을 보며 웃었다.

"살인 사건의 경우는 특히 그래. 복수나 치정에 의한 살인인지 아니면 돈을 노리고 죽인 건지, 범인의 동기를 정확하게 파악해야 용의자의 범위를 좁힐 수 있거든. 이게 파악이 안 되면 사막에서 바늘 찾기나 다름없다고."

"무슨 말씀이신지 알겠어요." 웨이중은 고개를 끄덕이며 손에 들린 파일을 보았다.

"살인범이 왜 샤오후이의 엄마를 죽였는지를 알아야 한다는 거군요."

"너의 그 패기는 높이 산다만, 사건 처리는 그렇게 생각 없이 덤빈다고 되는 게 아냐." 두청은 웨이중에게 병실 문을 닫으라고 눈치를 준 뒤 담배에 불을 붙였다.

"게다가 넌 경찰이 아니라서 제한이 많아. 그러니 일단은 살인범의 동기부터 고민해 봐. 내가 파악한 정황은 전부 그 안에 들어 있으니까."

두청이 파일을 가리켰다.

22년이란 시간을 뛰어넘어 한 사람의 속을 헤아리는 게, 과연 가능할까?

"제가 알아낼 수 있다고 생각하세요?"

웨이중은 웨샤오후이를 위해 복수하겠다는 자신의 원대한 바람이 그저 어리석은 충동에 지나지 않는다는 생각에 내심 마음이 흔들리고 있었다.

"그럼!"

"그런데 전 아는 게 하나도 없어요."

"지금 너의 최대 결점은 경험이 없다는 거야." 두청의 입가에 담배 연기가 흩날려 표정을 읽을 수 없었다.

"그게 너의 최대 강점이기도 하고."

웨이중이 놀라며 눈을 크게 떴다.

"나는 내 경험 때문에 틀에 갇힌 생각을 하게 돼. 그래서 이런 비상식적인 사건을 대할 때 스스로를 막다른 골목으로 몰아붙이기 십상이지. 그런데 넌 달라. 내가 전혀 생각지도 못한 걸 떠올릴 수 있거든. 지문 건만 해도 벌써 큰 역할을 해 줬잖아."

웨이중의 얼굴이 빨갛게 달아올랐다.

"그건 진짜 제멋대로 추측한 거였어요."

"네 추측이 맞을 수도 있다는 건 이미 증명된 거나 마찬가지야. 안 그랬으면 우리가 린궈둥까지 알아내지도 못했겠지." 두청이 웨이중의 어깨를 툭툭 쳤다.

"뜬구름 잡는 거 아닐까 걱정하고 그러지 마. 전혀 감을 못 잡을까 봐 걱정하는 거면 몰라도."

두청의 말을 듣고 웨이중은 서서히 자신감을 회복했다.

"그럼 제가 먼저 조사하고 있을까요?"

두청이 고개를 끄덕였다.

"그래. 내 도움이 필요하면 힘닿는 데까지 도와줄게. 지금은 내가 린 귀둥한테 좀 더 신경을 써야 할 것 같아. 이 자식 사건부터 해결하고 샤오후이 엄마 사건 조사하는 데 힘을 보탤게. 아무리 생각해 봐도 두 사건에 뭔가 관련이 있는 것 같단 말이지."

두청의 안색이 어두워지다가 밝아졌다. 두청이 웨이중에게 눈을 찡 긋했다.

"내가 그때까지 버텨야지. 우선은 자네가 수고 좀 해 줘!"

정오의 햇빛을 받아 호수면 위로 뭉게뭉게 수증기가 피어올랐다. 웨 이중은 탁한 카키색 호수의 바닥을 들여다보기 위해 허리를 숙였다.

깨진 술병, 작은 동물 사체 말고도 저 진흙 속에 더 많은 비밀이 들 어 있을까?

그렇다면 알려 줘. 22년 전, 대체 누가 검정 비닐봉투를 호수에 던 져 평온한 호수를 휘저어 놓은 건지.

예전에 장전량은 '10. 28. 살인 사건'의 범행 동기가 모방이라는 의 견을 제시했었다. 모방 범죄라는 가능성 말고는 이렇게까지 복원도가 높은 사건을 더 그럴듯하게 해석할 수는 없는 것 같았다. 경찰 조사 당 시 량청원은 대인관계가 단순했고 누군가와 원수진 적도, 금전적으로 다툰 적도 없었다. 남녀 관계의 문제로 살해되었을 가능성도 배제할 수 있었다. 두청은 모방이라는 가능성을 부정하지는 않았다. 다만 문 제는 살인범이 왜 모방을 했는가였다.

심리학적 관점에서 볼 때, 모방의 기능 중 하나는 겉으로 드러나지 않은 잠재적인 행동을 발현하는 것이었다. 그렇다면 이런 가능성이 존재했다. 원래 내재적으로 살인 충동이 있던 사람이 쉬밍량 살인 사건에 자극을 받거나 영감을 얻어 범인의 수법을 모방해 한 여자를 살해하고, 이로써 총살당한 '살인범'에게 경의를 표했다는 가능성.

살해하는 순간 그는 어쩌면 자신을 '그'라고 생각했을지도 몰랐다.

하지만 두칭이 보기에 이 가능성은 배제할 수 있을 것 같았다. 1990년대 초반에 중국인의 가치 관념은 상대적으로 단일했다. 우상 숭배의 초기 단계 모습이 보이기 시작했지만, 반사회적인 범인을 숭배 하는 사람은 극히 드물었다. 만약 범인이 정말 살인을 통해 마음속에 오랫동안 감춰두었던 악의를 표출할 작정이었다면, 연쇄 살인 사건으로 발전했을 가능성이 컸다. 게다가 경찰이 아직도 이 사건을 해결하지 못하고 있다는 사실이 재범행에 대한 범인의 자신감을 부추겼을 수도 있었다. 하지만 이 사건 후 20여 년 동안 C시에서는 더 이상 유사 사건이 발생하지 않았다.

다시 말해 범인은 량칭원을 살해한 뒤로 완전히 종적을 감추었다는 뜻이었다.

범인에 대한 경찰의 프로파일링은 기본적으로 쉬밍량 살인 사건의 기존 경험을 바탕으로 작성되었다. 30~40대 남자, 깔끔한 외모, 점잖은 말투, 운전면허 소지자, 자가용을 소유했을 가능성이 있었다. 용의주도한 성격에 수사에 혼선을 줄 정도의 지식을 갖추고 있으며, 살인과 시신 훼손을 해본 적 없는 초범일 가능성이 컸다. 쉬밍량 살인 사건과 수법이 놀랍도록 유사한 점으로 미루어 보아, 범인은 쉬밍량 사건의 세부사항을 훤히 꿰뚫고 있을 것으로 추정되었다.

이런 결론은 사실 용의자를 수색하는 데 큰 도움이 되지는 않았다. 당시 언론 매체가 지금처럼 발달하지는 않았어도 대중들은 재판 방청과 같은 다양한 루트를 통해 이 사건의 상세한 내용을 파악할 수 있었기 때문이다.

영락없는 '사막에서 바늘 찾기'였다.

웨이중은 어느새 시큰해진 허리를 쭉 펴고 회랑 아래 있는 혼탁한 호숫물을 다시 바라보았다. 22년 전, 여성의 종아리 두 개가 검정 비닐봉투에 싸여 이 호수에서 잠겼다 떠올랐다를 반복했다.

이번에는 호숫가 쪽으로 시선을 옮겼다. 호수 주변에 크고 작은 자잘한 돌들이 여기저기 흩어져 있었는데, 몇몇 여행객들이 돌멩이를 주워 잔잔한 호수 위로 물수제비를 뜨기도 했다.

웨샤오후이 엄마의 오른쪽 허벅지는 둥장제와 옌벤루 합류점 이동 2백 미터 지점의 중심 녹지대에서 발견되었다.

몸통은 청젠 화원 정문 이동 150미터 지점 부근 풀숲에서 발견되었다.

머리와 두 팔은 난징베이제와 쓰퉁차오 합류점에 있는 쓰레기통에 버려져 있었다.

왼쪽 허벅지는 난위허 수로에서 발견되었다.

두 종아리는 베이후 공원에 있는 인공 호수에 둥둥 떠다니고 있었다.

이 장소들은 전부 시내에 있었고, 인적이 드물지 않았다. 따라서 사체를 유기해도 금방 사람들의 눈에 띨 수도 있었다. 베이후 공원 인공 호수만 해도, 만약 살인범이 사체를 훼손해 흔적을 없앨 생각이었다면 비닐봉투 안에 돌을 채우면 간단하게 끝날 일이었다. 사체가 호수 바닥 깊이 가라앉으면 단기간에 범행이 발각되기는 어려울 테니까 말이다.

하지만 범인이 그렇게 하지 않았다는 건 범행을 감출 의도가 없었다는 뜻이다. 심지어 경찰이 하루라도 빨리 량칭원의 살해 사실을 발견해 주길 바랐다고도 볼 수 있었다.

대체 무슨 생각이었을까? 도전, 과시, 아니면 또 다른 무언가?

범인은 자신을 '그'로 여긴 것이다.

갑자기 이런 생각이 떠오르자 웨이중은 스스로에게 깜짝 놀라면서도 생각을 멈출 수 없었다.

범인은 '그'가 저지른 범행의 세세한 부분까지 전부 모방했다.

범행 시 자신이 '그'인 것처럼 감정이입을 했다.

경찰이 2년 전과 똑같은 이 살인 사건을 발견해 주길 바랐다.

범인이 증명하고 싶었던 것은 어쩌면⋯⋯,

악마가 아직 인간 세상에 살아 있다는 사실일지도 몰랐다.

한기가 엄습해 왔다. 난간에 기댄 채 온몸을 부들부들 떨었다. 어렵게 마음을 가라앉히고 핸드폰을 꺼내 어딘가로 전화를 걸었다.

— 웨이중?

"경관님, 당시 쉬밍량 사건 때 수사에 참여하셨던 거 맞죠?"

— 응.

두청의 목소리에서 강한 의구심이 느껴졌다.

— 알고 있었던 거 아냐?

"맞아요." 웨이중이 두려움을 애써 억누르며 말했다.

"한 가지 여쭤보고 싶은 게 있는데요. 용의자 거주 가능 범위는 어떻게 확정해요?"

— 전화상으로는 자세히 설명하기 힘들어.

두청은 잠시 망설였다.

— 시간 내서 한번 와. 설명해 줄게.

"그럴게요."

— 왜, 뭐 좀 알아낸 거야?

"아직은요." 웨이중이 마른 입술을 할짝거렸다.

"아직은 아무것도 없어요."

전화를 끊고 웨이중은 자신이 어디에 있는지 잊어버린 채 웃으며 지나가는 사람들을 망연히 바라보았다. 정오의 햇살이 비추고 있었지만 웨이중의 눈앞은 온통 어둠뿐이었다.

천지를 뒤덮는 새까만 어둠.

제27장

물거품

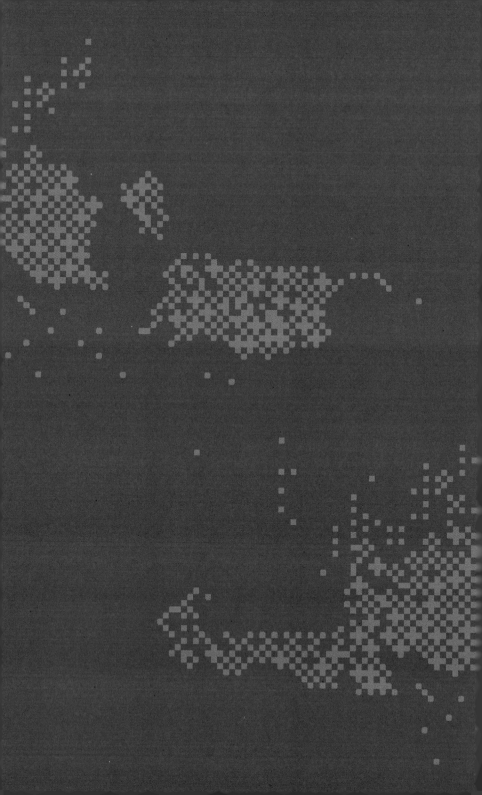

천샤오는 사무실 문을 잠그고 시간을 확인했다. 벌써 밤 9시 7분이었다. 사무실 건물 전체가 텅 비어 복도가 온통 어두컴컴했다. 핸드폰의 희미한 불빛에 의지해 엘리베이터 쪽으로 빠르게 걸어갔다.

센서 등이 켜지자 조금 마음이 놓였다. '땡' 하는 소리와 함께 엘리베이터 문이 열렸다. 천샤오를 태운 엘리베이터는 천천히 1층으로 내려갔다.

거리로 나오자 몰인정한 대표를 욕하면서 어떻게 저녁을 해결할지 생각했다. 고민하다 편의점에서 샌드위치로 끼니를 때우기로 했다.

회사 근처에 있는 편의점에 도착하자 뒤에서 누군가 자신을 부르는 소리를 들었다.

"천샤오."

린궈둥이 다소 딱딱한 표정으로 천샤오를 바라보고 있었다.

"린 선생님? 어떻게 여기 계세요?"

천샤오가 놀라며 물었다.

"산책 나왔다가 저도 모르게 여기까지 왔네요. 이제 퇴근해요?"

린궈둥이 웃으며 말했다.

천샤오는 얼굴이 약간 달아올랐다.

"네, 야근했어요."

"아직 식사 전이죠?"

"네." 천샤오가 옆에 있는 편의점을 가리켰다.

"샌드위치 사러 가던 길이었어요."

"샌드위치요? 그것만 먹어서 되겠어요? 그걸로는 배가 안 찰 텐데."
린궈둥이 인상을 찌푸리며 말했다.

"괜찮아요. 어차피 혼자서 끼니만 때울 생각이라."
천샤오가 고개를 숙이며 가방끈을 만지작거렸다.

"그러지 말고 우리 집에 가서 같이 밥 먹을래요?" 린궈둥이 떠보듯
이 말했다.

"사실 오늘 음식을 몇 개 했는데, 혼자 먹으려니 영 안 땡겨서요."

천샤오가 고개를 들었다. 린궈둥의 몸 절반 정도가 가로등 그늘에
가려져 있고 눈빛만 반짝거렸다. 가까이 다가가고 싶지만 선뜻 걸음을
내딛지 못하는 것 같았다. 안 그래도 야윈 그의 모습이 더 어눌하고 온
순해 보이면서 동정심마저 일었다.

저 아저씨를 진짜 어쩌면 좋아.

천샤오가 입술을 깨물었다.

"그래요."

린궈둥의 눈빛이 밝아졌다. 갑자기 찾아온 기적에 몸 둘 바를 모르
는 것 같은 모습이었다.

"피…… 피곤할 텐데 제가 가서 택시 잡을게요."

천샤오는 길가로 달려가 한 손을 휘휘 젓는 린궈둥을 보면서 뤼주
위안 단지에 있는 작은 집에서 벌어질 일에 살짝 기대감이 차올랐다.
혼자 수많은 밤을 지내며 천샤오는 자기 마음속에 채워지지 않은 무
언가가 있다는 걸 잘 알고 있었다. 그럼 오늘 밤은 맛있는 식사 한 끼

와 따뜻한 남자로 그 빈자리를 한번 채워 볼까.

뤄사오화는 단지를 한 바퀴 다 돌아보고 나서야 어느 봉고차 뒤에서 마젠의 혼다 CRV를 발견했다. 차 앞으로 걸어가 유리창을 두드리려고 하는데 차 문이 먼저 열렸다.

"타." 마젠은 핸들에 몸을 기댄 채 22동에 시선을 고정하고 있었다.

"물건은 챙겼어?"

뤄사오화는 대답하며 조수석에 타더니 경찰봉을 건넸다.

"그래. 이거면 충분하겠네."

뤄사오화는 고개를 돌려 뒷자리를 살폈다. 작은 종이 상자 안에 어렴풋하게 장갑, 발싸개, 포승줄이 보이고 알루미늄 야구방망이가 그 위에 가로로 놓여 있었다.

"이게 다……." 뤄사오화가 핸드폰을 꺼냈다.

"문자로는 같이 술 마시자고 하셨잖아요."

"맞아." 마젠이 입으로 창밖을 가리켰다.

"오늘 밤 우린 저 옆에 있는 차오산潮汕 식당에서 밥 먹고 술 마신 거야. 그리고 차 가지러 뤄주위안 단지에 왔다가 우연히 살인 사건을 목격하게 된 거지."

"그게 무슨……?" 뤄사오화가 놀란 듯 말했다.

"그러니까 린궈둥이……."

"그래. 오늘 밤이야."

마젠은 22동 4구역 501호 창문을 가리켰다. 두꺼운 커튼이 처져 있었지만 새어나오는 불빛을 볼 수 있었다.

"그 여자를 집에 데리고 들어갔어."

"놈이 살인할 거라고 어떻게 확신해요?" 뤄사오화는 마음속 의문이 조금도 가시질 않았다.

"지금 차도 없는데 어떻게 사체를 처리하겠어요?"

"내가 요 며칠 놈을 미행했는데 말이야. 그저께 공구상자, 톱, 비닐 랩이랑 압력밥솥을 사더라고." 마젠이 평온한 말투로 이야기하며 뤄사오화를 바라보았다.

"그것도 대형 사이즈로."

마젠을 바라보던 뤄사오화는 한참 만에 더듬거리며 물었다.

"그래서 뭘 어쩌시려고요?"

"우선 내가 하는 얘기 잘 기억해 둬."

마젠이 뤄사오화를 뚫어지게 쳐다보면서 띄엄띄엄 이야기했다.

"오늘 밤 9시 30분에 너는 나랑 차오산 식당에서 술을 마신 거야. 식당 쪽이랑 이미 얘기 다 된 거니까 걱정 안 해도 돼. 거기서 우리는 내 아들 취직 문제랑 당뇨병에 대해 대화를 나눴어. 술 마신 후에는 대리운전을 불렀고. 22동 건물 1층에서 볼일을 보다가 무심결에 4구역 501호 창문 너머로 수상한 장면을 목격한 거지. 이상하다 싶어 위층으로 올라간 우리는 집에서 여자를 강간하고 살해한 린궈둥을 발견했어. 린궈둥을 제압하려고 시도하는데 상대방이 칼을 들고 덤볐고."

뤄사오화가 잠시 말이 없다가 캐물었다.

"그다음에는요?"

마젠은 아무런 감정도 느껴지지 않는 말투로 말했다.

"칼을 들고 사람을 해치는 것처럼 생명 안전에 심각한 위해를 끼치는 폭력범죄가 일어나는 현장에서는 말이야. 정당방위를 행사하다 상대방이 중상을 입거나 사망하더라도 과잉방위에 해당하지 않기 때문에 형사책임을 지지 않아."

뤄사오화는 몸을 떨며 안색이 창백해졌다.

"이래도…… 괜찮을까요?"

"사오화, 우린 40년 가까이 형사로 밥 벌어 먹고살았어. 정당방위 현장이 어떤 건지 우리보다 잘 아는 사람은 없다고." 마젠은 담배에 불을 붙여 깊이 빨아들인 뒤 천천히 연기를 내뱉었다.

"우리가 맞는다면 맞는 거야."

뤄사오화는 온몸의 근육이 긴장되는 것을 느꼈다.

"그럼 우리 이제 뭐 하면 돼요?"

마젠은 운전석에 등을 기대고 앉아 린궈둥 집 창문과 커튼 뒤로 새어나오는 불빛을 주시했다.

"기다려야지."

천샤오가 침대에 쓰러질 때 입안에는 아직 와인 향이 남아 있었다. 머리가 어질어질했지만 린궈둥의 두 손이 자신의 몸을 더듬으면서 동시에 옷이 하나씩 벗겨지는 걸 느낄 수 있었다.

천샤오는 반항하는 체할 뿐 두 팔을 벌린 채 침대에 누워 린궈둥에게 몸을 맡기고 있었다. 마음속에 있던 불꽃들이 타오르기 시작했다. 금세 온몸이 뜨거워지고 두 볼이 빨갛게 달아오르는 것을 느꼈다.

저도 모르는 사이에 여자의 몸에는 속옷밖에 남아 있지 않았다. 린궈둥은 여자의 가슴에 머리를 묻고 야수처럼 파고들었다. 천샤오는 마르고 단단한 그의 머리카락을 쓰다듬며 목구멍을 비집고 나오는 신음 소리를 억누르려 애썼다.

그런데 갑자기 린궈둥의 동작이 서서히 멈추고 뜨겁게 달아오르던 그의 몸도 점차 식어갔다. 천샤오는 우습기도 하고 실망스럽기도 했다. 아직 정식으로 시작도 하지 않았는데 벌써 끝나 버린 건 아니겠지?

린궈둥은 천샤오의 몸에 엎드린 채 강아지처럼 이리저리 냄새를 맡았다.

"혹시 향수 바꿨어요?"

린궈둥은 두 손으로 침대를 누른 채 천샤오를 내려다보았다.

"네? 그게 무슨……."

천샤오가 영문을 모르겠다는 표정으로 물었다.

"향수요! 바꿨습니까?"

무서울 정도로 거친 태도였다.

"네." 갑자기 무서워진 천샤오는 린궈둥의 팔 밑으로 빠져나왔다.

"전에 쓰던 향수를 다 써서요……."

린궈둥은 순간 절망하고 분노했다. 그는 상반신을 벗은 채 침대에 앉아 두 팔을 무릎에 대고 얼굴을 손으로 감싸 문질렀다.

천샤오는 무슨 상황인지 전혀 알 수가 없었다. 그녀가 확신할 수 있는 유일한 일은 오늘 밤 거사가 물 건너갔다는 것이었다. 천샤오는 침대와 바닥 여기저기에 흩어져 있는 옷가지를 재빨리 챙겨 입었다.

마지막으로 청바지 지퍼를 채우고 나서도 린궈둥은 여전히 처음 자세 그대로 꼼짝 않고 앉아 있었다. 방금까지만 해도 활화산처럼 뜨거웠던 남자가 지금은 고요한 빙하 같았다.

린궈둥은 내키지는 않았지만 겨우 몇 마디 내뱉었다.

"가세요."

어색하고 민망해하던 천샤오는 이내 화가 치밀었다.

"무슨 뜻이에요?"

"가라고요." 좀 더 명확하고 차가운 문장이 백발 남자의 입에서 튀어나왔다.

"그 냄새가 아닙니다."

천샤오의 얼굴에 굴욕과 원한의 감정이 가득 담겨 있었다.

"완전 미친놈 아냐!"

천샤오는 겉옷과 가방을 챙겨 문을 박차고 나갔다.

3분이 족히 흐른 뒤에야 린궈둥은 천천히 자리에서 일어나 흐트러진 침대시트와 바닥에 널브러진 자신의 옷을 물끄러미 바라보다 일어나 침실 밖으로 나갔다.

거실을 지나면서 주방 가스레인지 위에 새로 산 압력밥솥을 힐끔 쳐다보았다. 바로 이어서 화장실로 들어갔다.

세면대에 공구상자가 놓여 있었다. 좌변기 뒤쪽으로 톱의 나무 손잡이가 보였다. 욕조 옆으로 다가가 샤워 커튼을 걷어 욕조 바닥에 깔린 반투명 비닐랩을 뚫어지게 쳐다보았다.

갑자기 호흡이 거칠어지더니 두 주먹을 불끈 쥐었다. 마치 점점 부풀어 오르는 풍선이 금방이라도 터질 것처럼 위태로웠다.

린궈둥은 비닐랩을 잡아 뜯어 둥글게 뭉친 뒤 냅다 벽에 던져 버렸다.

좁은 운전석 안이 담배 연기로 가득했다. 마젠이 먼저 몇 번 콜록거리고 나자 뤄사오화도 격렬하게 기침하기 시작했다. 두 사람의 기침 소리가 운전석 안에서 번갈아가며 울려퍼졌다. 결국 마젠은 욕을 뱉으며 선루프를 열었다.

"이 망할 자식이 어지간히 바쁜 모양이네."

뤄사오화가 차창을 내리고 팔을 내밀어 담배꽁초를 털더니 손목시계를 확인했다.

"두 시간이 다 돼 가는데요." 뤄사오화가 마젠을 보며 물었다.

"계속 기다려요?"

마젠이 린궈둥 집 창문을 보며 잠시 고민하다 말했다.

"아니면 가서 어떤 상황인지 볼까?"

뤄사오화가 고개를 끄덕였다.

마젠은 뒷좌석에서 장갑과 발싸개를 꺼내 주머니에 넣고 야구방망이를 들어 보더니 경찰봉을 집었다.

마젠은 차에서 내리면서 말했다.

"좀 이따 내가 문을 두드릴 거야. 놈이 누구냐고 물으면 아직 손쓰기 전이란 소리겠지. 문을 안 열면 네가 자물쇠를 열어서⋯⋯."

마젠은 순간 뤄사오화가 조수석에 앉아 꼼짝도 않고 있는 걸 알아차렸다.

"뭐 하고 있어? 서둘러!"

뤄사오화는 마젠의 소리에 정신이 든 것처럼 보였다.

"팀장님, 우리 지금 뭐 하고 있는 거예요?" 뤄사오화의 목소리가 잠겨 있었다.

"그냥 이렇게 저 아가씨가 살해될 때까지 기다린다고요?"

마젠은 차 문을 잡고서 뤄사오화를 응시하더니 천천히 뒤로 돌았다.

"사오화, 세상에는 너랑 내가 막을 수 없는 일도 있는 법이야." 마젠의 목소리에서 깊은 피로감이 배어 있었다.

"무엇보다, 이제 와서 네 마음이 변했다고 해도 이미 늦었을 가능성이 커."

뤄사오화가 몸을 떨며 무릎에 머리를 대더니 자기 머리카락을 쥐어뜯었다.

"우리한테는 이게 유일한 기회야. 오늘 밤이 지나면 모두가 편안해질 수 있어."

마젠은 가만히 차 옆에 서서 뤄사오화가 내리기를 기다렸다.

한참 뒤에 뤄사오화가 한숨을 내쉬며 차에서 내렸다.

"가요."

두 사람은 앞뒤로 나란히 서서 고요한 단지 복도를 지나 조용히 22동으로 걸어갔다. 4구역 정문 앞에 도착해 올라가려고 하는데 갑자기 호통치는 소리가 들렸다.

"거기 서!"

깜짝 놀란 두 사람이 멈춰 서자 가로등에도 뒤이어 불이 들어왔다. 마젠과 뤄사오화는 쏟아지는 불빛에 백지장처럼 창백해졌다. 그들은 두려움에 떨며 불빛 너머 어둠이 있는 곳을 향해 두리번거렸다.

바스락거리는 발소리와 함께 두청과 장전량이 잇따라 어둠 속에서 모습을 드러냈다.

두청은 진회색 패딩 차림이었는데, 목둘레 부분에 파란색과 흰색이 섞인 환자복이 드러나 있는 걸로 보아 병원에서 바로 온 것 같았다.

"두 사람 뭐 하려고요?"

누렇게 뜬 두청의 얼굴에는 땀이 송골송골 맺혀 있었고, 가라앉은 목소리에서 가쁜 숨이 느껴졌다.

"여긴 왜 왔어?"

마젠은 두청을 노려보며 겨우 몇 마디 내뱉었다.

"네가 어떻게 여길 왔냐고!"

"술 마시자고 사오화 선배 불러내셨죠?" 장전량이 인상을 찌푸렸다.

"처음엔 저도 크게 개의치 않았는데, 알고 봤더니 그 식당이 뤄주위 안 단지 옆이더라고요."

마젠이 격노하며 말했다.

"너 이 자식, 같은 경찰한테 그딴 수를 써?"

장전량은 코웃음을 치며 고개를 돌리더니 대꾸하지 않았다.

두청은 마젠을 위아래로 훑어보고는 갑자기 한 걸음 다가서며 그의 주머니에서 장갑을 꺼냈다.

"이걸로 뭐 할 생각이었어? 제정신이야?"

두청이 마젠이 들고 있는 경찰봉을 가리켰다.

"린궈둥을 죽이기라도 하게?"

마젠이 장갑을 낚아채며 말했다.

"너랑 상관없는 일이야!"

"미친놈 상대하느라 당신까지 미친 거야?" 두청이 마젠의 뒤에 있는 뤄사오화 쪽으로 시선을 옮겼다.

"둘이 지금 무슨 짓을 하고 있는지 알기나 해?"

뤄사오화는 고개를 숙이고 이를 악문 채 아무 말도 하지 않았다.

네 사람은 복도 입구에 서서 서로 쏘아보고 있었고 복도의 센서등이 조용히 꺼지더니 금세 다시 켜졌다.

경쾌한 발소리가 복도에 울려 퍼졌다.

네 사람은 복도 쪽으로 나란히 고개를 돌렸다. 한 젊은 여자가 계단에 서서 입구를 막고 서 있는 사람들을 놀란 얼굴로 바라보고 있었다.

두청은 여자를 위아래로 살펴보더니 순간 뭔가 떠올랐는지 마젠과 뤄사오화 쪽을 쳐다보았다.

충격적이고 실망스러우며 이해가 안 된다는 표정이었다.

두 사람도 같은 표정이었다. 다른 점이라면 뤄사오화가 큰 짐을 덜어낸 것처럼 한숨을 내쉬었다는 것뿐이었다.

갑자기 두청의 머릿속에 번개처럼 어떤 생각이 스치고 지나갔다. 그는 순간 마젠과 뤄사오화가 이곳에 온 진짜 목적을 알아차렸다. 이윽고 그의 얼굴이 심하게 일그러지더니 부득부득 소리가 날 정도로 이를 악물었다.

여자는 긴장된 표정으로 입구를 바라보면서 쭈뼛대며 계단을 내려가 네 사람 사이를 가로질러 가려고 했다. 마젠은 오랫동안 간절히 바랐던 답을 찾으려고 애쓰는 것처럼 매섭게 여자를 노려보고 있었다.

여자는 전전긍긍하며 다가와 네 사람을 쳐다볼 엄두도 내지 못했다. 두청의 옆을 지나면서 어깨를 한껏 움츠린 모습이, 최대한 빨리 이상한 남자 네 명에게서 벗어나고 싶은 것 같았다.

두청이 지나가는 여자의 팔을 확 붙잡자 여자가 꽥 하고 비명을 질렀다.

"전량, 이 분 모시고 나가 있어!"

두청은 여전히 마젠과 뤄사오화를 쏘아보면서 여자를 장전량 쪽으로 밀었다.

장전량은 발로 때리고 차는 여자를 붙잡아 단지 밖으로 끌고 나갔다.

"지금 뭐 하자는 거야?"

마젠은 얼굴색이 싹 변하면서 버럭 하고 손을 뻗어 장전량을 가로막아섰다. 막자마자 두청이 주먹을 날렸다.

비틀거리며 거의 넘어질 뻔한 마젠은 뤄사오화의 부축으로 겨우 똑바로 설 수 있었다. 다시 고개를 들었을 때는 그의 얼굴이 분노에 가득 차 있었다.

"쓰레기 같은 새끼!" 두청이 몸을 떨며 마젠에게 삿대질을 했다.

"네가 그러고도 경찰이야? 니들이 사람 새끼냐고!"

마젠도 눈에 핏발을 세우며 맞서려고 했지만 뤄사오화가 죽을힘을 다해 말리는 바람에 허공에 주먹을 날리며 두청에게 소리만 질러댔다.

"지금 내가 나만 좋자고 이러는 것 같아?" 마젠이 두 눈을 부라리며 자신의 허리를 감싼 뤄사오화의 손을 뿌리치려 안간힘을 썼다.

"사오화는 그 자식 감시한 게 무려 22년이야, 22년! 그리고 너는? 넌 살날도 얼마 안 남았잖아! 이젠 다 같이 남은 인생 좀 편히 살아 보자는데, 그게 뭐가 나빠!"

"개소리 집어치워!" 두청이 단지 밖을 가리켰다.

"사람이잖아! 멀쩡히 살아 있는 사람이라고! 네 목표 이루자고 지금 저 여자를……."

"그만들 좀 해!"

뤄사오화가 크게 한번 고함을 치더니 이내 통곡하기 시작했다.

언성을 높이며 다투던 세 사람은 뤄사오화의 느닷없는 울음소리에 놀랐다. 욕을 퍼붓던 두청도 입을 다물고, 마젠도 몸싸움을 멈추었다.

"싸우지들 좀 마. 제발……."

뤄샤오화는 얼굴이 온통 눈물범벅이었다.

"내 탓이야. 다 내 잘못이라고……."

마젠의 허리를 감싸고 있던 손이 힘없이 풀리며 스르르 밑으로 떨어졌다. 마젠은 온몸을 들썩이며 우는 뤄샤오화를 말없이 바라보며 한 손으로 그의 어깨를 지그시 눌렀다.

두청은 한때는 수사자처럼 사나웠지만 지금은 비루한 늙은 개처럼 변한 두 사람을 아무 말 없이 바라보며 더할 나위 없는 비애를 느꼈다.

"가 봐." 두청이 한참 만에 긴 한숨을 내뱉으며 말했다.

"오늘 일은 없던 걸로 해."

마젠은 뒤돌아서 복잡한 표정으로 두청을 보았다. 그러다 결국 고개를 끄덕이며 한없이 울고 있는 뤄샤오화를 부축해 주차해 둔 곳으로 걸어갔다.

두청은 혼다 CRV가 어둠 속으로 사라지는 모습을 보면서 그 자리에 잠시 서 있다가 이내 고개를 들어 501호 창문을 보았다. 불은 아직 켜져 있고 두꺼운 커튼은 조금도 움직이지 않았다. 집 앞 건물에서 벌어진 격렬한 충돌을 린궈둥은 모르고 있는 게 분명했다.

그래 자라, 자. 두청의 입가 주름이 차갑게 굳었다. 네놈이 이런 평온한 밤을 누릴 날도 이제 며칠 안 남았으니까.

장전량과 여자는 차오산 식당에 앉아 있었다. 두청이 들어오는 걸 보더니 장전량이 다가와 그를 맞이했다.

"식당에 확인했더니 앞뒤가 딱딱 들어맞아요." 장전량이 카운터 쪽을 입으로 가리키며 낮은 목소리로 말했다.

"마젠 선배가 작정하고 빈틈없이 준비한 것 같아요."

두청은 잔뜩 긴장하고 있는 여자에게로 시선을 옮겼다.

"누군지 좀 알아봤어?"

"이름은 천샤오고 번역회사에서 일한대요."

장전량이 웃으며 말했다.

"린궈둥이 일하는 그 회사요."

"둘이 아는 사이였어?"

두청이 눈썹을 치켜올렸다.

"네. 저분이 오늘 밤 9시 좀 넘어서 퇴근길에 우연히 린궈둥을 만났는데, 집에서 같이 저녁 먹자고 해서 온 거래요." 장전량의 얼굴에서 서서히 미소가 사라졌다.

"마젠 선배가 어떻게 알고 온 건지는 모르겠지만, 정확히 판단한 것 같아요. 린궈둥은 천샤오를 절대 '우연히' 만난 게 아니에요. 어쩌면……." 그가 말을 잠시 말을 멈추었다.

"린궈둥이 오늘 밤 진짜로 살인을 하려고 했었어요."

두청은 고개를 끄덕이며 천샤오에게 곧장 걸어갔다.

천샤오는 두청이 다가오는 걸 보더니 컵을 제대로 쥐지 못하고 떨고 있었다.

두청은 천샤오 맞은편에 앉았다.

"죄송합니다. 저희가 너무 무례했습니다."

천샤오는 가타부타 말이 없었다.

"저흰 경찰입니다."

"네, 알아요." 천샤오가 입을 열었다.

"방금 저 경관님이 알려 주셨어요."

두청이 천샤오의 눈을 똑바로 쳐다보며 물었다.

"린궈둥과는 어떤 사이십니까?"

천샤오의 얼굴이 순간 발그레해졌다.

"그냥 동료 사이예요."

"그냥 동료인데 야밤에 집에 가서 밥을 먹습니까?"

"어쩌다 보니 그렇게 됐어요."

천샤오가 불안해하며 몸을 배배 꼬았다.

"퇴근길에 회사 근처에서 우연히 만났거든요."

두청이 천샤오를 뚫어지게 쳐다보았다.

"린궈둥이 그쪽한테 무슨 짓 했습니까?"

"아무것도 안 하고 그냥 밥만 먹었어요."

물을 마시던 천샤오는 순간 사레가 들렸다.

두청은 담배에 불을 붙이더니 기침을 해대는 천샤오를 편안하게 바라보았다. 그의 시선은 그녀가 기침을 멈추고 호흡이 편안해질 때까지 집요하게 이어졌다.

"밥만 먹은 거라면 말이죠." 두청이 천샤오의 왼발을 가리켰다.

"굳이 양말을 벗을 필요가 있었을까요?"

천샤오는 깜짝 놀라며 고개를 숙였다. 청바지 밑단과 운동화 사이에 갈색과 흰색이 섞인 양말목이 드러나 있었다.

"양말 뒤집어 신으셨어요." 두청이 담담한 얼굴로 천샤오를 바라보았다.

"말씀해 보세요. 어떻게 된 일입니까?"

천샤오는 상당히 난처해하며 한참을 우물거리다 낮은 목소리로 말했다.

"저흰…… 뭐라고 해야 하지……. 사실 저도 린 선생님이랑 제가 무슨 사이인지 잘 모르겠어요."

천샤오가 고개를 들어 두청을 보았다. 두청은 아무 대답 없이 계속 말해 보라고 손짓했다.

"린 선생님은 저한테 참 잘해 주셨어요. 저한테 호감이 있다는 건 알았지만 제가 거절했죠."

천샤오가 고개를 숙이며 손가락을 꼼지락거렸다.

"그런데 오늘 퇴근하고 우연히 만났을 때, 왠지 인연인 것 같다는 생각이 들었어요."

두청은 조용히 듣고 있었다.

"남자 친구가 곁에 없어서 평소에는 혼자 지내거든요."

천샤오가 쓸쓸하게 웃었다.

"그래서인지 가까이에 저를 아껴주는 사람이 있으니 좋더라고요."

"혹시 두 사람 벌써……."

"아뇨." 천샤오가 단호하게 부정하며 민망한 표정을 지었다.

"원래는…… 그럴 뻔했는데, 도중에 갑자기 관두더라고요."

"네?"

여자가 인상을 찌푸리며 곤혹스러운 표정을 지었다.

"그게, 무슨 냄새가 다르다면서……."

두청은 순간 멍해졌다. 그러다 갑자기 벌떡 일어나 테이블을 사이에 두고 천샤오의 옷깃을 잡아당겨 냄새를 맡았다.

천샤오는 본능적으로 물러서며 몸을 숨겼다.

"지금 뭐 하시는 거예요?"

"평소에 향수 뿌리고 다니십니까? 어느 브랜드 쓰세요?"

두청이 심각한 표정으로 물었다.

"'나비부인'이요. 남자 친구가 선물로 줬거든요."

천샤오가 놀라기도 하고 두렵기도 한 표정으로 말했다.

"그런데 다 써서 오늘은 다른 걸 뿌렸어요."

두청은 가래가 끓는 듯한 목소리로 말했다.

"알겠습니다. 댁까지 모셔다드리죠."

장전량은 천샤오에게 따라 나오라고 눈짓했다.

천샤오는 자리에서 일어나 나가다 말고 주저하며 물었다.

"경관님, 린 선생님은······."

테이블에 시선을 고정하고 넋을 놓고 있던 두청은 천샤오의 물음에 한 글자씩 또박또박 말을 건넸다.

"다시는 린궈둥이랑 엮이지 마십시오."

놀란 천샤오의 얼굴을 보면서 한마디를 덧붙였다.

"오늘 밤 아가씨는 죽다 살아나신 겁니다."

제28장

마지막
소원

노크 소리에 지첸쿤은 파일 더미에서 고개를 들더니 '들어와요'라고
말했다.

웨이중이 몸을 반쯤 내밀며 들어왔다.

"저예요."

지첸쿤이 웃었다.

"어서 와."

웨이중은 방문을 잡더니 바로 들어오지 않고 입구에 서서 지첸쿤을
위아래로 훑어보았다.

"왜 그러고 섰어?"

지첸쿤이 의아해하며 말했다.

"앉아."

웨이중은 천천히 침대로 다가와 앉았다. 지첸쿤은 돋보기를 벗고 창
가에 있는 전기 포트를 가리켰다.

"알아서 차 우려 마셔. 나도 한 잔 주고."

웨이중은 순순히 지첸쿤의 말을 따랐다. 몇 분 뒤 두 사람은 서로 마
주 보고 앉았다. 지첸쿤은 잔에 떠 있는 찻잎을 후후 불면서 뜨거운 찻

물을 홀짝이며 물었다.

"요새 뭐 하느라 그렇게 바빠? 며칠 통 얼굴을 못 봤네."

"운전면허 시험 준비하거든요." 웨이중이 머리를 긁적였다.

"연습하는데 정신이 하나도 없더라고요."

"하하, 처음 배울 때는 다 그래."

지첸쿤은 찻잔을 받쳐 들고 웃으며 웨이중을 바라보았다.

"제일 힘든 게 뭐야?"

"경사 코스요." 웨이중이 쑥스러운 듯 웃었다.

"자꾸 시동이 꺼져요. 어제는 강사님한테 엄청 깨졌어요."

"그거 생각보다 간단해."

지첸쿤이 잔을 내려놓고 손동작으로 설명했다.

"경사로 올라가서 일시정지 후에 클러치와 브레이크를 밟고, 클러치를 살살 떼면 차가 약간 덜덜거리거든? 그때 브레이크에서 발을 떼면 차가 천천히 올라가고……."

"대단해요, 라오지. 이렇게까지 운전에 대해 잘 아실 줄은 몰랐어요. 나중에 또 못 하는 거 생기면 라오지한테 여쭤봐야겠다."

"얼마든지. 이래 봬도 왕년에 베스트 드라이버였다고."

지첸쿤이 으쓱해하며 말했다.

웬일인지 웨이중은 어두워진 안색으로 말없이 지첸쿤을 보았다. 무척 낯선 눈빛이었다.

지첸쿤이 인상을 쓰며 물었다.

"너 오늘따라 좀 이상하다? 무슨 일 있어?"

"아뇨, 아무 일 없어요." 웨이중은 금세 평소 모습으로 돌아왔다. 그는 창가로 걸어가 커튼을 걷고 창밖을 보았다.

"라오지."

"응?"

"오늘 날씨 좋네요."

웨이중은 커튼을 놓고 뒤돌아서 지첸쿤을 보며 웃었다.

"우리 산책 나갈까요?"

지첸쿤에게 옷과 모자를 입혀 주는 데 꽤 힘이 들었다. 휠체어를 밀고 복도로 나왔을 때 웨이중의 얼굴은 이미 땀으로 흥건했다. 십여 미터 정도 걸었을 즈음 웨이중이 갑자기 멈춰 섰다.

"저 방에 좀 다녀와야 할 것 같아요. 핸드폰을 가방에 두고 와서."

"그래, 갔다 와." 지첸쿤은 허리에 있는 열쇠꾸러미를 건네며 눈을 찡긋했다.

"왜, 샤오후이 연락 못 받을까 봐 걱정돼?"

"그런 거 아니에요."

웨이중은 얼굴을 붉히며 열쇠를 받아 방으로 뛰어갔다.

구름 한 점 없는 하늘에 햇빛이 쨍쨍한 날씨였다. 얼굴에 와닿는 바람에서 온기가 느껴졌다. 뜰을 몇 바퀴 도는 동안 모자를 벗고 목도리를 풀어헤친 지첸쿤은 따사로운 햇빛을 만끽하며 촉촉한 공기를 한껏 들이마셨다.

뜰 안에 쌓인 눈은 이미 다 녹아 있었다.

복숭아나무를 지나갈 때 지첸쿤이 웨이중을 멈춰 세웠다. 그는 두꺼운 나무줄기를 쓰다듬다가 힘껏 툭툭 쳤다.

"좀 있으면 꽃 피겠다. 나무에 분홍 꽃이 가득하면 정말 예뻐."

지첸쿤의 뒤에 서서 말없이 그의 백발을 바라보던 웨이중은 한참 만에 그에게 물었다.

"그 오랜 세월을 어떻게 견디셨어요?"

지첸쿤이 뒤를 돌아보았다.

"갑자기 왜 그런 걸 물어?"

"경관님이 하신 말씀이 떠올라서요." 웨이중은 휠체어를 계속 밀며 말했다.

"다 잊고 앞으로 나아가는 대신, 여전히 23년 전 기억 속에 머물고 계시잖아요."

"그래, 잊지 못하지. 그걸 어떻게 잊겠어."

지쳰쿤의 목소리는 잠겨 있었다.

"쉬밍량이 총살당한 후에 상고 신청하셨어요?"

"사실 1심 판결 후에 항소장을 제출했었어. 쉬밍량은 절대 범인이 아니라고 확신했으니까." 지쳰쿤이 한숨을 쉬었다.

"하지만 감감무소식이었고 내 말을 믿어 주는 사람은 아무도 없었어."

"교통사고 당하시기 전에도 이 사건을 조사하고 계셨던 거예요?"

"응."

지쳰쿤이 고개를 돌려 담장 밖을 바라보았다. 옆에 있는 초등학교에서 아이들이 왁자지껄 떠드는 소리가 들려왔다.

"그런데 진전이 전혀 없었어. 너도 알겠지만 평범한 일개 시민이 국가가 마무리한 사건을 재조사해서 진실을 밝힌다는 게 얼마나 어려운 일이냐."

"경찰이 개입하지 않으면 라오지 혼자서는 할 수 있는 게 아무것도 없어요."

"맞아." 지쳰쿤이 고개를 숙였다.

"그래서 공안국을 수도 없이 찾아가서 재수사해 달라고 빌고 빌었지. 그때마다 미친 사람 취급받고 쫓겨나기 일쑤였어."

"다른 방도가 없으셨겠네요."

"다른 방도가 없었어." 지쳰쿤이 한 번 더 웨이중의 말을 반복했다.

"아내를 죽인 범인이 이 도시 안에 있다는 걸 너무 잘 아는데도 내 손으로 잡을 방법은 없었던 거야."

"그 후론 어떻게 됐어요?"

웨이중은 산책로 끝에 휠체어를 세우고 지쳰쿤 옆에 몸을 낮췄다. 지쳰쿤의 눈을 똑바로 쳐다보며 물었다.

"그 후엔……. 교통사고를 당했고 여기서 계속 이렇게 살고 있지."

지쳰쿤은 웨이중을 마주 보며 웃었다.

웨이중은 시선을 떨구며 다시 자리에서 일어나더니 휠체어를 돌려 왔던 길로 천천히 걸어갔다.

"교통사고는 언제 당하신 거예요?"

"1994년 6월 7일, 봄에서 여름으로 넘어가던 시기였어. 교통사고 이후 1년 반을 혼수상태로 있다가 1996년에 여기로 왔어. 더 물어보고 싶은 거 있어?"

지쳰쿤이 담담한 말투로 말했다.

웨이중은 잠시 멈춰 섰다가 다시 지쳰쿤의 휠체어를 밀며 앞으로 나아갔다.

"그 뒤로 계속 기다리셨던 거예요?"

"기다리다니, 뭘?"

"기회요. 아니면 저 같은 사람이 나타나는 순간을요."

지쳰쿤은 대답 없이 한참을 있다가 천천히 입을 열었다.

"웨이중."

"네."

"내가 널 이용했다고 생각해?"

"아뇨." 웨이중은 계속 천천히 걸어갔다.

"다만 지금의 라오지는 맨 처음 봤을 때처럼 그렇게 단순한 분은 아니라는 생각이 들어요."

지쳰쿤은 또다시 침묵했다.

"장하이성 일 얘기하는 거야?"

웨이중에게 아무 반응이 없자 지첸쿤은 한숨을 쉬며 읊조리듯 말을 이어갔다.

"나로선 어쩔 수 없는 선택이었어. 여기에서 자유롭게 활동하려면 장하이성 없이는 힘드니까. 나한테 시간이 많은 것도 아니고. 계속 이렇게 가다가는 미치거나 죽거나 둘 중 하나겠지."

지첸쿤은 점점 가까워지는 건물을 보았다.

"그놈을 찾으려고 무려 23년을 보냈어. 살아서 아내의 원한을 풀지 못하면 죽어서도 편히 눈감을 수 없을 거야."

"그렇게 잔인하게 여자를 살해한 놈은, 그게 무슨 목적이었든 반드시 대가를 치르게 될 거예요."

웨이중은 휠체어를 건물 입구에 세웠다.

"라오지, 걱정 마세요. 그날이 곧 올 거예요. 이제 얼마 안 남았어요."

"어? 그게 무슨 뜻이야?"

웨이중이 휠체어 손잡이를 누르며 앞바퀴를 계단에 걸쳐놓았다.

"우리 그만 방으로 돌아가요."

웨이중이 지첸쿤의 방을 입으로 가리켰다.

"지금쯤 경관님 도착하셨을 거예요. 라오지한테 하실 말씀이 있으시대요."

두청과 웨샤오후이가 복도에 서 있었다. 지첸쿤은 두 사람에게 인사를 건네며 방문을 열었다. 방으로 들어가 두 사람에게 앉으라고 한 뒤 웨이중에게 창가로 데려다 달라고 했다. 그런데 지첸쿤이 다시 고개를 돌렸을 때 세 사람은 제자리에 서서 가만히 그를 바라보고 있었다.

"왜들 그렇게 심각하신가?"

지첸쿤은 세 사람의 엄숙한 표정을 보자 저도 모르게 실소가 나왔다. 하지만 순간 뭔가를 알아차린 듯 그의 얼굴에서 미소가 싹 사라졌다.

"경관님……."

"라오지."

두청이 웨이중과 웨샤오후이를 쳐다보았다.

"저희가……."

"잠시만요!"

지첸쿤이 갑자기 손을 내밀어 두청의 말을 가로막더니 다른 한 손으로는 뭔가를 찾는 듯 몸을 마구 더듬었다. 웨이중은 침대 머리맡에서 담배와 라이터를 가져다가 지첸쿤에게 주었다.

지첸쿤이 심하게 떨리는 손으로 담배에 불을 겨우 붙인 뒤 크게 한 모금을 빨아들였다. 그의 안색이 어느새 창백해졌다.

"이제 말씀하세요."

두청이 웃었다.

"찾았습니다."

불과 다섯 글자인데도 지첸쿤은 그 속뜻을 이해하는 데 족히 1분이나 걸렸다. 거의 다 타들어가는 담배를 손가락 사이에 끼운 채 멍하니 두청을 바라보다 입을 열었다.

"누굽니까?"

두청은 가방을 열어 사진 한 장을 꺼내 건넸다.

"이름은 린궈둥이고 쉬밍량의 과외선생이어요."

두청은 그동안 향수, 지문, 마젠과 뤄사오화의 수상한 행동 등을 단서로 린궈둥의 존재를 알아낸 전 과정을 상세하게 설명했다. 지첸쿤은 시종일관 사진에서 눈을 떼지 않고 무표정한 얼굴로 듣고 있었다. 두청은 그가 자신의 말을 듣고 있는 건지 의심스럽기도 했다.

설명이 다 끝났는데도 지첸쿤은 여전히 그대로 있었다. 얼마 후 그가 질문을 던졌다.

"그 사람이 확실합니까?"

두청이 고개를 끄덕였다.

"네, 확실합니다."

그전 같았으면 유력한 용의자라고만 대답했겠지만, 그날 밤 마젠과 뤄사오화의 행동 덕분에 두청은 한 치의 의심도 없이 린궈둥이라고 확신했다. 범인의 신분을 지첸쿤에게 알려 주기로 결심한 것도 바로 그 때문이었다.

린궈둥이 뤄사오화 이외에 누군가가 있다는 걸 전혀 알아차리지 못한 상태지만, 이미 그는 상당히 위험한 상황에 처해 있었다. 두청은 마젠의 성격과 수법을 너무 잘 알고 있었다. 물론 마젠이 천샤오를 희생시키면서까지 린궈둥을 처리하려고 했을 줄은 예상하지 못했다. 하지만 그가 린궈둥을 죽일 의도였다는 것만큼은 확인한 셈이었다. 이번에는 실패했지만 결코 이쯤에서 그만둘 위인이 아니었다. 두청에게 목적을 간파당했더라도 마젠은 반드시 동기를 찾아 상대를 죽여 입막음을 하고 모든 걸 해결하려고 들 것이다.

사실 린궈둥 같은 작자는 죽어도 아쉬울 게 없었다. 마젠과 뤄사오화 입장에서 린궈둥은 언제든 터질 수 있는 시한폭탄 같은 존재였다. 당시 오심 사건이 폭로되면 모두가 수치 속에서 남은 반평생을 보낼 수밖에 없었다. 그를 죽여 없애야만 후환을 영원히 없앨 수 있었다. 하지만 두청은 살아 있는 린궈둥이 필요했다.

린궈둥을 피고인석에 세워 법의 심판을 받게 해야 했다. 그래야만 허무하게 떠나 버린 아내와 아들의 기대를 저버리지 않을 수 있었다. 지첸쿤이 지금의 이 감옥 같은 생활을 마음 편히 회상할 수 있고, 쉬밍량이 살인범의 누명을 벗을 수 있었다. 또 도시 상공을 떠도는 억울한 원혼들을 편히 쉬게 할 수 있었다.

따라서 두청은 최대한 빨리 증거를 모아 마젠과 뤄사오화가 손을 쓰기 전에 린궈둥을 체포해야 했다.

지첸쿤은 린궈둥의 사진을 내려놓고 고개를 들었다. 두청, 웨이중, 웨샤오후이를 번갈아 쳐다보는 그는 넋을 잃은 듯한 표정이었다.

웨샤오후이는 지첸쿤 앞에 쭈그리고 앉아 그의 무릎을 가볍게 쓰다듬었다.

"그 사람이…… 왜 아내를 죽인 거지?"

지첸쿤은 초점 잃은 눈으로 잠꼬대하듯 말했다.

"향수 때문이었어요." 두청이 잠시 생각하다 말을 이었다.

"자신에게 상처 줬던 여자가 원인이었어요. 그 여자가 썼던 향수 냄새가 나는 모든 여자에게 강한 소유욕을 느끼고 증오를 품었던 겁니다."

두청이 웨이중과 웨샤오후이를 가리켰다.

"이 사건의 진상을 파헤치는 데 확실히 저 두 친구 공이 컸어요."

눈을 감은 지첸쿤의 얼굴에서 눈물이 흘러내렸다. 그는 고개를 숙이고 두 손을 모아 세 사람을 향해 감사 인사를 했다.

"고마워, 정말 고맙습니다."

"제가 말씀드렸잖습니까. 라오지를 도우려던 게 아니라고요." 두청이 손을 내저었다.

"저 스스로를 위해서 한 일이에요."

웨이중이 지첸쿤의 어깨를 툭툭 쳤다. 지첸쿤은 눈물을 닦고 다시 평온하면서도 강인한 표정을 되찾았다.

"앞으로는 어떡할 생각이십니까?"

두청은 잠시 망설이다 한 걸음 다가서서 지첸쿤에게 말했다.

"린궈둥을 알아냈을 때 제가 바로 알려 드리지 않은 건, 혹시나 라오지가 무작정 들이닥칠까 봐 걱정돼서 그런 겁니다. 괜히 놀라게 했다가 잠수라도 타 버리면 다시 찾기 힘들어지니까요."

두청은 휠체어 손잡이를 손으로 누르며 힘주어 강조했다.

"부탁드립니다. 냉정함을 유지하시고 당분간은 아무것도 하시면 안 됩니다."

지첸쿤은 인상을 찌푸리며 몸을 꼿꼿이 세우더니 이해가 안 된다는 듯이 물었다.

"왜 그래야 합니까?"

"누가 됐든 사적으로 린궈둥 그놈을 처리하려고 하는 건 제가 절대 용납할 수 없으니까요!" 두청은 전혀 타협하지 않을 기세였다.

"전 경찰입니다. 반드시 놈을 법정에 세울 거라고요, 아시겠습니까?"

지첸쿤은 두청을 똑바로 쳐다보더니 잠시 후에 천천히 대답했다.

"알겠습니다. 경관님 말씀대로 하죠."

"좋습니다." 두청이 자세를 바로 하고 섰다.

"지금 가장 필요한 건 린궈둥의 유죄를 입증하는 증거인데, 이 증거를 확보하려면 시간도 그렇고 여러분의 도움도 필요합니다."

"증거요? 그 경찰들도 지금 증거가 없는 겁니까?"

"틀림없이 사오화가 증거를 가지고 있을 거예요." 두청은 씁쓸하게 웃었다.

"그런데 절대로 저한테 넘기지 않을 겁니다."

"어째서요?" 지첸쿤의 얼굴이 잔뜩 일그러졌다.

"그 사람들 경찰 아닙니까? 도대체 왜 그런 살인범을 사형시키지 않는 거냐고요!"

"진정해요, 라오지." 두청이 얼른 그를 위로했다.

"모르는 게 차라리 나은 일도 있는 겁니다……."

"아뇨!" 지첸쿤이 단숨에 내뱉었다.

"무려 23년을 기다렸습니다! 저한테는 진실을 알 권리가 있어요. 모든 진실을 말입니다!"

두청은 어쩔 수 없이 뤄사오화가 린궈둥을 정신병원에 보낸 일을 지첸쿤에게 알려 주었다. 지첸쿤은 점점 말이 없어졌다.

무표정한 지첸쿤은 천천히 휠체어를 움직여 테이블 옆으로 오더니 차를 한 모금 마셨다.

"그렇게 된 거군요."

지첸쿤이 갑자기 웃으며 잔을 빙글빙글 돌렸다.

"그 경찰은 오래전에 이미 범인이 누군지 알고 있었단 소리네요."

두청은 웨이중과 웨샤오후이를 번갈아 쳐다보았다. 세 사람은 서로의 얼굴을 마주 보며 무슨 말을 해야 좋을지 몰랐다.

"제가 억울하다고 그렇게 하소연하고 다닐 때도, 병상에서 혼수상태로 있을 때도, 여기에서 하루를 1년 같이 보내고 있을 때도……." 지첸쿤이 혼잣말을 하듯 차분한 말투로 말했다.

"이 세상에 두 사람이 진실을 알고 있었고, 그중 한 명이 살인범, 다른 한 명은 경찰이었다?"

두청이 인상을 찌푸렸다.

"라오지, 이러지 마세요. 사오화 그 친구도…… 나름의 고충이……."

"당시 그 경찰이 증거를 제출했다면 내가 그렇게……." 지첸쿤은 두청을 전혀 의식하지 않고 계속 혼잣말을 했다.

"그랬다면 모든 일이 일어나진 않았을 텐데."

갑자기 지첸쿤이 찻잔을 바닥에 집어 던졌다.

파편이 날리고 뜨거운 찻물이 사방으로 튀었다. 지첸쿤이 히스테릭하게 울부짖었다.

"이 모든 일이 일어나지 않았을 거라고!"

비좁은 방 안에 여음이 서서히 사라지고 죽음과 같은 정적이 흘렀다. 웨이중은 두 손을 바지 주머니에 넣고 복잡한 심정으로 지첸쿤의 등을 주시하고 있었죠. 웨샤오후이는 여전히 웅크린 채 앉아 있었다.

두청의 표정도 어두웠다. 그는 말없이 방구석에 있던 빗자루와 쓰레받기를 집어 들었다. 깨진 조각을 한데 모으자마자 웨샤오후이가 그의 손에서 도구를 가져다가 묵묵히 바닥을 쓸었다.

지첸쿤은 휠체어에 앉아 바닥에 묻은 얼룩을 뚫어지게 바라보고 있었다. 주먹을 쥔 그의 몸이 가볍게 떨리고 있었고, 얼굴에는 분노와 쓸쓸함이 뒤섞인 표정이 드리워져 있었다.

두청이 한숨을 내쉬며 다가가 지첸쿤의 어깨를 툭툭 쳤다.

"지금 심정이 어떨지 이해합니다……"

"아뇨, 이해 못 합니다!" 지첸쿤이 매몰차게 그의 말을 잘랐다.

"어디에도 하소연할 수 없는 기분을 당신이 압니까? 궁지에 몰리는 게 어떤 기분인지 당신이 알기나 하냐고요!"

"압니다!" 두청이 갑자기 언성을 높였다.

"이 사건 때문에 저도 당신 못지않게 엄청난 대가를 치렀으니까요!"

지첸쿤은 놀란 얼굴로 두청을 바라보았다.

그의 시선을 피하는 두청은 매우 지친 듯한 모습이었다.

"어쨌든 지금 우리가 범인의 정체를 알았다고 해도 이게 끝이 아닙니다. 반드시 놈을 법정에 세워서 법의 심판을 받게 할 겁니다."

두청은 엄숙한 표정으로 지첸쿤을 마주 보았다.

"제발 함부로 움직이지 마세요. 정정당당하게 이 사건을 처리하는 게 죽기 전 저의 유일한 소원입니다. 방해하는 사람은 누구라도, 설령 그게 라오지라고 해도 전 절대 봐줄 생각이 없습니다."

지첸쿤은 눈을 꼭 감았다가 번쩍 뜨며 말했다.

"좋습니다. 약속하죠."

그가 입구를 가리켰다.

"다들 그만 나가 보세요."

양로원 밖에서 두청은 지첸쿤 방 창문을 보았다. 강렬한 햇빛이 반사되어 실내 상황을 제대로 살피기 어려웠다. 두청은 고개를 흔들며 차에 올랐다.

웨이중과 웨샤오후이는 나란히 뒷좌석에 앉았다. 웨샤오후이는 줄곧 두청을 바라보았고, 웨이중은 생각에 잠긴 듯 창밖만 응시했다.

두청은 뒤돌아서 두 사람을 보며 웃었다.

"라오지가 이미 두 사람한테 감사 인사를 하긴 했지만, 나도 개인적으로 다시 한번 고맙다는 말을 해야 할 것 같아."

두청의 말에 웨샤오후이의 얼굴이 발그레해진 반면, 웨이중은 고개만 끄덕일 뿐 금방 시선을 돌렸다.

"이제 두 사람 뭐 할 거야?"

웨샤오후이는 흥분된 표정이었다.

"아까 증거 수집해야 한다고 하지 않으셨어요?"

"응, 그런데 힘들 것 같아." 두청의 안색이 어두워졌다.

"20년도 더 지난 사건이라 증거가 대부분 사라졌거든."

"그럼 어떡해요?"

웨샤오후이가 실망한 말투로 말했다.

"찾아야지. 아무리 힘들어도 찾아야 해."

두청이 두 사람을 쳐다보았다.

"두 사람이 아무래도 생각하는 게 남다르니까 나한테 도움을 줄 수 있을지도 모르지."

웨샤오후이가 잠시 생각하더니 말했다.

"뤄샤오화라는 분을 설득해 보면 어때요? 당시 린궈둥을 찾아낸 사람이니까 틀림없이 증거를 가지고 있을 거예요."

"설득하기 힘들 거야." 두청이 쓸쓸하게 웃었다.

"우리 스스로 찾는 수밖에 없어. 그것도 그 두 사람보다 먼저 찾아야 하고."

웨샤오후이가 눈을 크게 떴다.

"어째서요?"

"그 둘은 린궈둥을 죽이려고 할 테니까."

"네?"

웨샤오후이가 손으로 입을 막으며 작게 비명을 질렀다.

"죽여요?"

"그래."

두청은 잠시 고민하다 그날 밤 마젠과 뤄사오화가 천샤오를 미끼로 린궈둥을 없애려던 일을 말해 주었다.

웨샤오후이와 웨이중은 어안이 벙벙했다. 두 사람이 놀란 건 린궈둥의 악마 같은 본성이 여전하다는 사실, 그리고 마젠과 뤄사오화의 악랄함과 단호함 때문이었다.

"자기 마음 편하자고 그 여자가 살해될 때까지 보고만 있었단 말이에요?" 웨이중은 믿기 어렵다는 표정이었다.

"그게 사람이 할 짓이냐고요!"

두청은 말없이 코웃음을 쳤다.

웨이중보다 먼저 냉정을 되찾은 웨샤오후이가 입을 열었다.

"린궈둥이 다시 범행을 저질러야 잡을 수 있는 기회가 생긴다고 생각한 거군요?"

"맞아." 두청이 고개를 끄덕였다.

"게다가 '합법적'이지. 그놈이 죽으면 증거도 사라지고."

웨샤오후이는 잠시 침묵하더니 입을 삐죽거렸다.

"그렇긴 하네요."

"그래서 지금 우리 입장이 곤란하다는 거야."

두청이 인상을 찌푸렸다.

"린궈둥 집에 증거가 남아 있을지도 모르지만, 가능성이 그렇게 크진 않아. 지금 공개적으로 놈을 조사할 수도 없는 상황이고. 전면에 나섰다간 놈이 어디로 튈지 모르니까."

한참을 고민하던 웨이중이 초조한 말투로 말했다.

"그 말씀은 그러니까 충분한 증거를 찾는 것 자체가 불가능하다는 얘기네요."

"꼭 그렇지만은 않아. 다시 사건을 훑다 보면 실마리나 돌파구를 찾을 수 있을지도 몰라." 두청이 이를 악물었다.

"사오화 쪽은 내가 다시 한번 방법을 생각해 볼게."

"네. 저희도 뭔가 발견하면 바로 연락드릴게요."

"그래."

두청이 차에 시동을 걸다가 갑자기 뭔가 생각났는지 다시 고개를 돌렸다.

"참, 지난번에 내가 가르쳐 준 거주 범위 확정하는 법 말이야……."

웨이중이 곧바로 그의 말을 잘랐다.

"나중에 다시 얘기하시죠." 웨샤오후이가 놀란 눈으로 웨이중을 보다가 다시 두청을 쳐다보았다.

"배가 고파서요."

웨이중이 고개를 돌려 창밖을 보았다.

"더 늦으면 학교 식당에 밥이 다 떨어질지도 몰라요."

세상이 온통 어둠에 잠길 때까지 지첸쿤은 내내 방에 틀어박혀 꼼짝도 않고 있었다.

저녁 식사 시간이라 복도에서 소란스러운 소리와 음식 냄새가 전해졌다. 벽 하나를 사이에 두고 저편에서는 나이 들고 거동이 불편한 사람들이 여전히 먹고살기 위해 분주히 움직이고 있었다. 한편 지첸쿤은 물처럼 새카만 어둠을 가로질러 핸드폰을 집어 들었다.

액정 화면에 불이 들어왔다. 희미한 불빛이었지만 어두운 방 안이라 유난히도 눈부시게 느껴졌다. 백지장처럼 허연 지첸쿤의 얼굴에 칼자국처럼 주름이 선명하게 드러났다.

그는 핸드폰 화면을 움직여 어딘가로 전화를 걸었다. 어렴풋이 들리는 신호음 뒤로 짜증 섞인 목소리가 들려왔다.

ㅡ네, 무슨 일이신데요?

"장하이성."

지첸쿤이 차분한 표정으로 말했다.

"잠깐 좀 와 줘야겠어."

제29장

추모

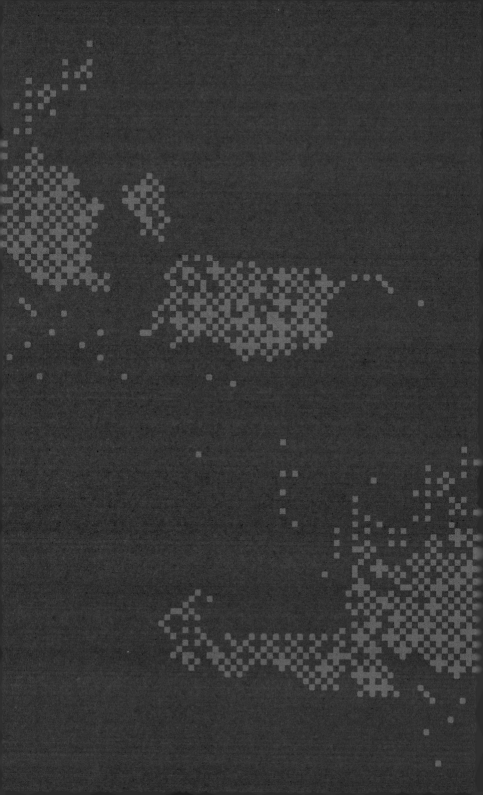

엘리베이터가 8층에 멈췄다. 웨이중은 밖으로 나와 좌우를 살핀 뒤 오른쪽 문으로 걸어갔다.

카키색 방범용 철문 틀에 폴리스 라인이 아직 붙어 있었다. 열쇠 구멍을 보고 새 열쇠를 주머니에서 꺼냈다.

열쇠를 구멍에 넣을 때 굉장히 빽빽한 느낌이 들었다. 아무리 힘을 써도 열쇠가 돌아가지 않았다. 주변의 동태를 살피면서 열쇠 각도를 반복해서 조정했다. 마침내 '찰칵' 소리와 함께 열쇠가 돌아갔다.

방범용 철문이 열리자 잽싸게 안으로 들어가 현관문을 닫고 집을 둘러보기 시작했다.

창문이 전부 두꺼운 커튼으로 가려져 있어 실내가 어두웠다. 공기 중에 시큼한 냄새가 둥둥 떠다녔다. 인테리어는 조금 촌스러웠고, 가구는 1990년대 스타일로 육중하지만 내구성이 좋았다. 거실에는 소파, 차 테이블, TV장만 있어서 꽤 넓어 보였다. 반면 침실은 훨씬 비좁아 보였는데, 2인용 침대, 서랍장, 옷장으로 꽉 차 있었다.

웨이중은 집을 한 바퀴 둘러본 뒤 주방으로 향했다. 기름때 묻은 주방 도구와 먼지 쌓인 가스레인지를 눈여겨보다 칼집에서 시선을 멈추었다. 가까이 다가가 중식도를 빼서 자세히 살펴보고는 원래 자리에 도로 꽂아두었다.

거실로 돌아와 낡은 소파에 앉았다. 공기 중에 떠다니는 먼지 때문에 코가 간질거렸다. 가방에서 새 켄트 담뱃갑을 꺼내 담배에 불을 붙였다.

조심스럽게 한 입을 빨았다가 곧바로 기침을 해댔다. 흔들리는 몸과 격렬한 호흡 때문에 주변에 있던 먼지들이 휘날렸다. 연달아 재채기를 몇 번 하고 나서야 겨우 안정을 되찾았다.

담배를 또 한 번 빨아들였다. 목구멍 안에 간질거리는 느낌이 남아 있었지만 억지로 참아냈다. 그렇게 담배 한 대를 다 태우고 꽁초를 눌러 끈 뒤 가물거리는 연기 너머로 거실 전체를 다시 한번 둘러보았다. 그러다 화장실에서 시선을 멈추었다.

화장실에는 창문이 없어서 실내가 어두컴컴했다. 전등 스위치를 찾아 눌러 봤지만 반응이 없었다. 웨이중은 고개를 흔들며 문을 끝까지 열어젖혔다.

화장실 안에 들어온 희미한 거실 불빛에 의지해 2평이 채 안 되는 좁은 공간을 훑어보았다. 네 벽면과 바닥에 흰색 타일이 깔려 있고, 천장도 흰색 아크릴판이었다. 타일과 아크릴판 가장자리 색이 누렇게 바래져 있었다. 벽 구석에도 거뭇거뭇 곰팡이가 피어 있었다. 세면대 가장자리에는 비누, 치약, 아무렇게나 방치된 칫솔 두 개가 놓여 있었다. 세숫대야 안에는 물때와 먼지가 섞여 있어 무척 지저분해 보였다. 서쪽 벽 아래쪽에는 세라믹 재질의 1인용 욕조가 있었는데, 그 안에도 물때가 잔뜩 끼어 있는 걸로 보아 안 쓴 지 한참 된 것 같았다. 욕조 안을 자세히 살펴보았다.

화장실을 나와 침실로 들어갔다. 방을 한 바퀴 빙 둘러본 뒤 침대 밑을 살폈다. 두껍게 쌓인 먼지 말고는 아무것도 없었다. 일어나 손바닥을 탁탁 털고 다시 거실로 나갔다.

거실 소파 밑에는 거의 다 먹은 약통뿐이었다. 방 구석구석을 수색하기 시작했다. 가구 배치가 단순해서 금방 마쳤다. 찬장과 옷장 문을 전부 다 열어서 봤는데도 그가 찾는 물건은 코빼기도 보이지 않았다.

집에 들어온 지 벌써 한 시간이 다 되어 갔다. 더는 살펴볼 필요가 없겠다는 생각이 들자 웨이중은 가지고 왔던 물건들을 챙기기 시작했다. 담뱃재를 치우고 담배꽁초를 티슈로 싸서 주머니에 넣은 뒤 입구로 걸어갔다.

복도 쪽은 고요했다. 잽싸게 빠져나와 문을 잠그려다가 순간 손잡이를 잡은 채 멈춰 섰다.

다시 집으로 들어가 곧장 침실로 향했다. 높이 2미터가 족히 넘는 옷장 앞에 서서 위아래로 훑어보다가 다시 거실로 나와 식탁 옆에 있는 의자 하나를 끌고 왔다.

의자 위에 올라갔는데도 여전히 옷장 위까지 손이 닿지 않았다. 까치발을 들고 옷장 위를 이리저리 더듬어보았다. 오랜 세월 켜켜이 쌓여 있던 먼지가 손에 묻어나왔다. 갑자기 웨이중의 눈이 순간 휘둥그레졌다. 기다란 무언가가 만져진 것이다.

신문지에 싸여 양쪽 끝이 노란색 테이프로 감싸져 있었다. 물건을 들어 먼지를 털어내자 덩어리진 먼지가 표표히 내려앉았다. 신문지에 드러난 글씨를 보니 1992년 10월 29일자 〈인민일보〉였다.

신문지는 누렇게 변했고 조금만 건드려도 부서졌다. 차갑고 단단한 금속 재질의 암갈색 물체가 신문지 아래쪽에 모습을 드러냈다. 웨이중의 호흡이 가빠졌다. 조심스럽게 신문지를 벗겨냈다.

톱이었다.

두청은 차를 주차한 뒤 급히 차도를 횡단했다. 고개를 들어 눈앞에 보이는 간판을 확인했다. 레오 카페Leo Cafe. 인도에서 방향을 틀어 입구 쪽으로 걸어가던 두청은 몇 걸음을 채 떼기도 전에 유리창 반대편 끝에 선 뤄사오화를 발견했다.

뤄사오화 앞에는 손도 대지 않은 커피잔이 놓여 있었다. 손가락 사이에 끼워진 담배는 어느새 길게 담뱃재가 늘어져 테이블 위로 떨어졌다. 하지만 뤄사오화는 전혀 알아채지 못한 채 그저 커피잔에서 올라오는 김을 바라보고만 있었다.

두청은 속으로 긴 한숨을 내쉬고 카페 안으로 들어갔다.

두청이 맞은편에 앉자 뤄사오화는 그제야 정신을 차렸다. 두청을 향해 억지로 웃어 보이며 하마터면 손가락을 태울 정도로 짧아진 담배꽁초를 눌러 껐다.

두청은 차 한 잔을 주문하고 뤄사오화를 자세히 보았다.

볼이 움푹 들어갈 만큼 부쩍 수척해진 모습이었다. 거친 수염이 턱을 가득 덮고 있었고, 머리카락도 어지럽게 헝클어져 있었다. 핏줄이 가득한 두 눈만이 형형히 빛나고 있었는데, 경계하는 눈빛으로 주위를 둘러보곤 했다. 어쩌다 두청과 눈이 마주칠 때면 재빨리 시선을 피했다.

"나 혼자 왔어. 녹음기 같은 것도 없고." 두청은 뤄사오화의 마음을 읽었는지 핸드폰을 꺼내 테이블 위에 올려놓으며 말했다.

"안심해."

어색한 미소를 짓던 뤄사오화는 커피잔을 들고 한 모금 마시면서도 여전히 주위를 살펴보고 있었다.

"사오화, 기왕 이렇게 된 거 돌려 말하지 않을게."

두청이 바로 본론을 꺼냈다.

"너도 나도, 린궈둥이 범인이라는 거 잘 알잖아."

뤄사오화는 벌벌 떨며 온몸을 움츠렸다. 잠시 후 그는 고개를 들고 두청을 향해 힘겹게 미소를 지어 보였다.

"그날 밤엔 정말 고마웠어."

"똑똑히 알아둬. 내가 그날 두 사람을 풀어준 건 그딴 짓을 용인하겠다는 뜻이 아니라……"

"우릴 풀어줘서 고맙다는 게 아니야. 막아줘서 고맙다는 거지." 뤄사오화가 또다시 고개를 숙였다.

"그날 팀장님이랑 하려던 일을 다시 생각해 보니까 정말 끔찍하더라고."

두청은 뤄사오화를 바라보더니 한결 부드러워진 말투로 말했다.

"사오화, 네가 그런 짓 할 사람이 아니라는 거 잘 알아."

"그건 중요하지 않아. 한때 경찰이었던 사람이 그런 치명적인 잘못을 저질렀다는 게 중요한 거지."

"이제라도 늦지 않았어. 바로잡으면 돼. 내가 오늘 만나자고 한 이유이기도 하고."

두청이 뤄사오화 쪽으로 몸을 기울이며 간절하게 말했다.

뤄사오화는 잠시 침묵하다가 낮은 목소리로 말했다.

"네가 뭘 원하는지 잘 알아."

"나한테 증거를 넘기면 린궈둥을 법정에 세울 수 있어." 두청이 잠시 멈추었다가 말을 이었다.

"네가 한 일에 대해서는……."

"증거는 넘겨줄 수 없어."

뤄사오화의 표정에는 괴롭고 미안한 마음이 뒤섞여 있었다.

두청은 담담하게 두 번째 제안을 던졌다.

"좋아. 그럼 린궈둥이 살인범이라는 걸 알아낸 과정이라도 좀 알려 줘."

"아무것도 말해 줄 수 없어."

뤄사오화는 이번에도 전혀 망설이지 않고 대답했다.

두청은 할 말을 잃었다. 애초에 뤄사오화가 증거를 넘길 거란 기대는 하지 않았다. 하지만 그가 린궈둥이 범인이라는 걸 알아낸 과정을 이야기해 준다면 증거를 수집하는 데 도움을 얻을 수 있을 거라 기대했다. 뤄사오화의 단호한 태도는 두청의 희망을 물거품으로 만들어 버렸다.

"그럼 그놈이 자유롭게 살도록 놔둘 셈이야? 계속 사람들 죽이고 다니는 걸 지켜보기만 할 작정이냐고!" 두청이 폭발했다.

"고작 너 혼자 마음 편하게 노후를 즐기겠다는 이유로?"

"두청, 난 지난 20여 년 동안 단 하루도 마음 편할 날이 없었어."

뤄사오화가 씁쓸한 미소를 지으며 자신의 머리를 가리켰다.

"그놈 얼굴이 여기에 딱 각인돼 있다고. 쉬밍량, 피해자 얼굴 하나하나가 여기에 다 박혀 있단 소리야."

"그럼 대체 왜 증거를 못 내놓겠다는 건데?"

두청이 자리에서 일어나 테이블을 짚으며 고압적으로 뤄사오화를 내려다보았다.

"자네가 법을 어긴 사실이 확정된다 쳐도 추소시효는 이미 지났잖아. 체면이나 명예 이딴 게 그렇게나 중요한 거야?"

"내가 나 하나 때문에 이런다고 생각해?"

뤄사오화가 고개를 흔들었다.

"이 사건이랑 얽힌 사람들이 많아도 너무 많아. 수면 위로 드러나면 우리 분국, 전 국장과 부국장, 마 팀장님, 그 당시 같이 일했던 동료들, 검찰원, 법원까지 어느 한 명도 무사하지 못해."

"그럼 어쩌자는 거야? 더 큰 잘못으로 이걸 덮어 버리자고?"

두청이 위협적으로 몰아붙였다.

"모르겠어." 뤄사오화가 손으로 얼굴을 감싸며 몸을 떨었다.

"나도 모르겠다고."

뤄사오화의 나약한 모습을 보고 두청은 마음이 조금 누그러졌다. 자리에 앉아 담배에 불을 붙인 뒤 한참 말이 없던 그가 낮은 목소리로 입을 열었다.

"사오화, 린궈둥 그놈이 또다시 살인을 저지를 거란 거, 우리 다 알고 있잖아."

뤄사오화는 말이 없었다.

"23년 전에 죽었어야 할 놈이야. 애꿎은 목숨을 또 희생해야만 놈을 감옥에 처넣을 수 있다는 거야?"

뤄사오화는 영원히 입을 열지 않을 석상처럼 침묵하고 있었다.

"더 이상은 누군가를 죽게 놔둘 순 없어."

두청이 손을 내밀어 뤄사오화의 어깨에 얹었다.

"네가 날 도와줘야 해."

두청이 잠시 멈추었다가 한마디를 덧붙였다.

"부탁하는 셈 치자."

시간이 흘러 두청은 손바닥 밑에서 석상이 꿈틀대는 것을 느꼈다. 그의 마음속에서 희망이 차올랐다. 하지만 마침내 입을 연 석상의 첫마디는 작은 희망의 불씨마저 꺼뜨리고 말았다.

"그만 가 봐."

뤄사오화의 두 눈은 너무나도 공허했다.

"더는 날 몰아붙이지 마."

두청이 떠난 뒤에도 뤄사오화는 자리에 앉아 창밖을 멍하니 바라보고 있었다. 사태가 이미 그의 통제를 완전히 벗어나 있었다. 앞으로 어떤 방향으로 흘러갈지 도무지 알 길이 없었다. 어떤 결말로 이어질지에 대해서는 생각도 하고 싶지 않았다.

뤄사오화가 계산을 하려고 자리에서 막 일어서는데 누군가 손으로 자신의 어깨를 눌렀다. 마젠이 새파래진 얼굴로 자기 앞을 지나 맞은편 자리에 앉는 게 보였다.

뤄사오화가 즉시 반응했다.

"제가 두청이랑 여기서 만나는 거 어떻게 아셨어요?"

"그놈만 날 미행하란 법 있어?" 마젠이 종업원에게 자리를 비켜 달라고 손짓했다.

"두청이 너한테 무슨 말 했어?"

뤄사오화가 시선을 내리며 말했다.

"제가 가진 증거를 요구했습니다."

마젠은 예상했다는 듯이 코웃음을 쳤다.

"넌 뭐라고 했는데?"

"아무 말 안 했어요. 증거 넘길 생각도 없고요."

뤄사오화가 고개를 저었다.

"그래." 마젠이 바로 자리에서 일어났다.

"가자."

"가다니요? 어딜요?"

뤄사오화가 놀란 얼굴로 물었다.

"집에 가자고. 장 보고 요리하고 산책하고, 뭐든 해도 좋아. 넌 그냥 편하게 노후를 즐겨."

뤄사오화를 보며 웃는 마젠의 눈에서 따뜻함이라고는 전혀 찾아볼 수 없었다.

"두 모녀 잘 보살펴 주면서 그동안 못 해줬던 거, 빚 다 갚으라고."

뤄사오화가 그를 바라보았다.

"지금 그게 무슨 뜻이에요?"

"아무 뜻 없어." 마젠이 사람들로 북적이는 창밖으로 시선을 옮겼다.

"이건 내가 알아서 해결할게. 이제부터는 너랑 상관없는 일이야."

C시 교외 지역에 위치한 양룽仰龍 공동묘지는 이 도시에서 죽은 수많은 영혼이 영면하는 곳이었다. 부지는 약 27헥타르로, 산으로 둘러싸여 있고 푸른 초목으로 가득해 아름다운 경관을 자랑했다. 시내에서 30여 킬로미터 떨어져 있긴 하지만 추모객들의 발길이 끊이질 않았다. 평일인데도 묘지 입구에서부터 긴 차량 행렬이 이어져 있었다.

한 남자가 빨간색 택시에서 내렸다. 그는 차 트렁크를 열고 휠체어를 꺼내 펼친 뒤 뒷문 옆에 내려놓았다. 뒤이어 차 문을 열고 백발의 노인을 안아 내리더니 휠체어에 태웠다. 남자가 차 문을 닫자 택시가 재빨리 공원묘지를 빠져나갔다.

남자는 노인이 탄 휠체어와 함께 추모객들 속에 섞여 들어갔다. 영결식장들을 지나 곧장 납골당으로 향한 두 사람은 입구에 있는 매점에서 잠시 멈춰 섰다. 노인에게 지폐 몇 장을 받아 매점으로 들어갔다 나온 남자의 손에는 꽃다발 두 개가 들려 있었다. 노인은 꽃다발을 안았다. 남자는 휠체어를 밀며 납골당 안으로 들어갔다. 혼자 밖으로 나온 남자는 문가에 기댄 채 주위를 두리번거리다가 담배를 피우기 시작했다.

노인은 납골당에서 한참을 머물렀다. 남자는 초조해하며 납골당을 힐끔거렸다. 표정에서 짜증이 묻어났다. 꼬박 한 시간이 지나서야 노인이 느릿느릿 휠체어를 타고 밖으로 나왔다. 고개를 숙인 얼굴에 수심이 가득한 노인은 아까보다 한결 작아 보였다. 남자는 얼른 이곳을 떠나고 싶어 안달이 난 사람처럼 휠체어를 밀며 성큼성큼 출구로 걸어 나갔다.

두 사람의 등 뒤로 한 청년이 회랑 기둥 옆에서 모습을 드러냈다. 그는 말없이 납골당을 한번 쳐다보더니 이내 점점 멀어지는 두 사람의 뒷모습을 보며 복잡한 표정을 지었다.

C시 사범대학교 도서관.

웨샤오후이는 화장실에서 나와 열람실로 향했다. 책상을 지나치던 그녀는 뭔가를 발견한 사람처럼 왔던 길로 다시 돌아가 책상 위에 있는 백팩을 자세히 살펴보았다.

백팩 옆에는 익숙한 텀블러가 있었다. 웨샤오후이는 열람실을 한 바퀴 둘러보더니 뒤돌아 걸어 나갔다.

몇 번이나 열람실을 살펴보았지만 웨샤오후이가 찾는 사람은 여전히 보이지 않았다. 꼭대기층 복도에 서서 가만히 생각하다가 옥상으로 통하는 쪽문 쪽으로 시선을 옮겼다. 계단을 올라가 문을 열어 보니 문이 열렸다.

널따란 공간이 눈앞에 나타났다. 한 남학생이 옥상 난간 옆에 서 있었는데 건물 밑을 내려다보고 있는 것 같았다.

"드디어 찾았네."

웨이중은 웨샤오후이를 보고 깜짝 놀라더니 옆에 있던 벤치로 가 들고 있던 종이들을 두꺼운 파일 봉투 안에 집어넣었다.

"여긴 어떻게 왔어?"

웨이중은 봉투를 깔고 앉으며 어색하게 웃었다.

"무슨 일인데 날 찾았어?"

"너 뭐 하느라 그렇게 바빠? 웨이신에 답장도 안 하고, 전화해도 안 받고."

웨샤오후이는 순간 웨이중이 쥐고 있는 담뱃갑을 발견했다.

"뭐야, 너 담배 피우기 시작했어?"

"그냥 재미로." 웨이중의 표정이 갈수록 어색해졌다.

"한 대 피울래?"

반쯤 남은 켄트 담배였다.

"담배는 배워서 뭐 하게? 건강에 안 좋아. 라오지한테 받은 거야?"

웨이중은 대답 없이 웃기만 하면서 웨샤오후이에게 앉으라고 눈짓했다.

벤치에 닿자마자 웨샤오후이가 펄쩍 뛰며 말했다.

"앗, 차가워!"

웨이중이 얼른 엉덩이 밑에 있는 봉투를 빼서 건넸다.

"이거 깔고 앉아."

웨샤오후이가 봉투를 받아 그 위에 앉았다.

"요즘 뭐 하느라고 그렇게 바쁜 거야? 도통 얼굴을 볼 수가 없네." 웨샤오후이가 담뱃갑을 만지작거렸다.

"오늘 오전 환경법 수업 때도 안 오고."

"그 수업은 영 재미가 없어서 그냥 나왔어."

웨이중은 웨샤오후이는 보지 않고 널따란 옥상과 점점 어두워지는 하늘만 바라보았다. 웨샤오후이는 그런 웨이중의 옆얼굴을 보고 있었다. 볼살은 빠져 있고 턱에는 자잘하게 수염이 나 있었다. 평소처럼 말수가 적었지만 지금 눈앞에 있는 웨이중은 어쩐지 낯설었다.

"경관님한테는 무슨 소식 들은 거 있어?"

"아니, 아직은." 웨이중은 고개를 흔들었다.

"23년 전 증거를 수집한다는 게 워낙 어려운 일이잖아."

"그건 그래. 요 며칠 나도 증거법 교재를 몇 번이나 살펴봤는데, 볼수록 자신이 없어지더라."

웨샤오후이가 갑자기 웃었다.

"그 수업 들을 때 이런 열정으로 공부했으면 만점 받고도 남았을걸?"

웨이중도 웃었다. 그 미소는 금세 사라졌다.

"라오지도 너한테 고마워할 거야."

"나한테 고마워할 게 뭐 있어." 웨샤오후이는 여전히 호탕했다.

"라오지랑 두 경관님, 이 두 분이라면 우리 도움받을 자격 충분하시잖아."

웨이중은 잠시 아무 말이 없다가 돌연 질문을 던졌다.

"어머니 사건도 계속 조사할 생각이야?"

"당연하지, 그걸 말이라고!" 웨샤오후이가 단호하게 말했다.
"그놈이 어디 숨어 있든, 무슨 수를 써서라도 반드시 찾아내고 말
거야!"

"그래. 꼭 찾을 수 있을 거야."

웨이중은 혼잣말을 하는 것 같았다.

"그러니까 라오지를 돕는 건 사실 나 스스로를 돕는 거나 마찬가지
야." 웨샤오후이가 시멘트 바닥을 보았다.

"범인은 틀림없이 린궈둥이랑 관련이 있어."

"뭐?"

"살인범은 린궈둥의 수법을 거의 완벽하게 따라 했잖아. 놈의 동기
가 뭔지는 아직 모르지만, 내가 조만간 밝혀낼 거야."

웨샤오후이가 머리카락을 휘날리며 웃었다.

"라오지랑 경관님을 도우면서 꽤 많은 걸 배웠거든."

웨이중이 웨샤오후이를 보며 말했다.

"나도 도울게."

"그럼 안 도와줄 생각이었어?" 웨샤오후이의 얼굴이 조금 붉어지더
니 눈을 반짝였다.

"우리 나중에 같이 경찰 되는 건 어때?"

웨이중은 적잖이 놀란 모습이었다.

"경찰?"

"나쁜 놈들 싹 다 제거해서 사람들이 편하게 발 뻗고 잘 수 있게 해
주는 거야. 너무 멋지지 않아?"

웨샤오후이가 고개를 약간 기울이며 말했다.

"사람들한테 도움을 주고, 범죄자들도 모조리 잡아넣고."

"너무 먼 얘기하는 것 같은데."

"멀긴 뭐가 멀어. 이제 1년 있으면 우리도 졸업이야."

"멀어. 일단은 눈앞에 닥친 문제부터 해결합시다." 웨이중이 웃으며 자리에서 일어났다.

"이를테면 지금 우리 배 속 상태 같은 거? 식당 가자. 더 늦으면 못 먹어."

"하하, 좋아."

"열람실에서 가방 챙겨 올게. 잠깐만 기다려."

웨이중이 입구로 가면서 말했다.

"알았어."

웨샤오후이는 꿈쩍도 않고 자리에 앉아 있었다.

"간 김에 내 것도 좀 챙겨줘. 네 자리 대각선 뒤쪽 책상에 있어."

웨이중은 짧은 대답 후 쪽문을 지나 2층 열람실까지 곧장 내려갔다. 본인 가방을 챙긴 뒤 웨샤오후이가 말한 책상을 찾았다. 익숙한 보라색 나이키 가방 안에 책과 필기구가 들어 있었다. 웨이중은 그녀의 텀블러까지 챙겨 옥상으로 올라갔다.

웨이중은 순간 뭔가가 떠올라 빨리 걷기 시작했다. 옥상으로 나가는 계단을 오를 때는 거의 뛰다시피 했다.

쪽문을 열어 보니 웨샤오후이는 여전히 의자에 앉아 있었다. 깔고 앉은 봉투도 그대로였다.

발소리를 듣고 웨샤오후이는 다 타기 직전인 담배를 입에서 빼냈다.

어느새 하늘이 어둑어둑해지고 있었다. 살랑거리는 봄바람에 웨샤오후이의 긴 머리가 흩날렸다. 그녀의 얼굴 반쪽이 어둠에 가려지고 두 눈만이 어둠 속에서 반짝거렸다.

웨샤오후이는 미소를 지으며 자리에서 일어나더니 웨이중을 향해 담뱃갑을 던졌다.

"가자, 밥 먹으러."

웨샤오후이가 중지를 튕기자 담배꽁초가 날아갔다. 불꽃들을 흩뿌리며 시멘트 바닥에 떨어진 꽁초는 몇 번 불을 깜빡이더니 이내 꺼져버렸다.

노크 소리를 들은 지첸쿤이 돋보기를 벗으며 입구 쪽을 향해 소리쳤다.

"들어와요."

웨샤오후이가 들어오더니 방문을 닫았다.

"왔어? 어여 들어와." 지첸쿤은 놀란 듯했다.

"웨이중이랑 둘이 무슨 일 있어? 매번 따로따로 다니네."

"쇼핑 나왔다가 지나던 길에 들렀어요." 웨샤오후이가 침대 위에 가방을 올려놓았다.

"온 김에 라오지 보고 가려고요. 왜요, 안 반가우세요?"

"무슨 소리, 당연히 반갑지."

지첸쿤은 보고 있던 파일을 내려놓고 웨샤오후이에게 다가왔다.

"밥은 먹었어? 오늘 갈비연근탕 했는데."

"먹었어요. 신경 안 쓰셔도 돼요."

웨샤오후이가 침대에 앉아 지첸쿤을 위아래로 훑어보았다.

"그새 또 살이 빠지신 것 같아요."

"그래?" 지첸쿤이 자신의 뺨을 어루만졌다.

"요새 잠을 못 자서 그런가."

지첸쿤의 안색이 어두워졌다.

"린궈둥 그놈이 나랑 같은 도시에서 같은 공기를 마시며 살고 있다는 걸 알면서도 내가 할 수 있는 게 아무것도 없잖아."

"그놈은 벌 받게 되어 있어요." 웨샤오후이가 잠시 멈추었다가 말을 이었다.

"죄를 저지른 놈들은 몽땅 다 벌 받을 거라고요." 자신을 바라보는 지첸쿤에게 웨샤오후이가 달콤한 미소로 화답했다.

"면도해 드릴게요. 벌써 수염이 많이 자라셨네."

지난번과 마찬가지로 곧 지첸쿤은 얼굴에 따뜻한 수건이 덮인 채 편안한 자세로 휠체어에 누워 있었다. 귓가에 면도크림을 휘젓는 소리가 들렸다. 이어서 면도칼을 빼는 소리와 슥슥 소리가 들렸다. 웨샤오후이가 엄지손가락으로 면도날을 체크하는 것 같았다.

"그거 아세요? 가끔 라오지 보면 우리 아빠 생각이 나요."

"나랑 연배가 비슷하신가?"

"라오지보다 좀 어리세요."

웨샤오후이의 목소리가 점점 가깝게 들렸다.

"엄마 돌아가신 뒤로 재혼도 안 하시고 혼자서 저를 키우셨어요."

"두 분이 각별하셨나 보다."

"네." 웨샤오후이의 목소리가 더 가까워졌다.

"아빠는 지금도 엄마 유품을 보관하고 계세요. 차마 못 버리시겠나 봐요."

"아휴. 아직 미련이 남으신 게지."

지첸쿤이 한숨을 쉬었다.

"그 미련이 아빠한테 고통만 안겨 줬어요. 끝없는 고통이요."

"어?"

"늘 술에 절어 사셨거든요. 고주망태가 되도록 마셔야만 엄마의 죽음을 잊을 수 있어서 그러셨겠죠."

지첸쿤은 잠시 침묵했다.

"그래도 아빠 옆에는 네가 있잖아."

"소용없어요." 웨샤오후이가 가볍게 웃었다.

"제가 아빠 얼굴을 닮았거든요. 엄마를 닮았으면 좋았을 텐데."

삭삭 옷 스치는 소리가 나더니 뒤이어 수건으로 칼날을 닦는 소리가 들렸다.

"라오지."

"응?"

"사람이 그 정도까지 집착하는 게 정말 가능할까요?"

"가능하지. 나랑 네 아빠가 좋은 예 아니냐."

"스스로를 망가뜨릴 정도로요?"

"그럼."

"다른 사람을 망가뜨리면서까지요?"

지첸쿤은 아무 말이 없었다. 잠시 후 그가 낮은 목소리로 물었다.

"어머니는…… 어쩌다 돌아가신 거냐?"

웨샤오후이는 한참 만에 대답했다.

"교통사고로요."

"아." 지첸쿤이 몸을 돌렸다.

"샤오후이, 수건이 좀 식었는데."

"이런." 웨샤오후이는 막 꿈에서 깬 것 같았다.

"죄송해요. 얘기하는 데 정신이 팔려서."

웨샤오후이는 지첸쿤의 얼굴에 있는 수건을 치우고 면도 크림을 고르게 펴 바른 뒤 인중에 난 수염부터 면도하기 시작했다.

웨샤오후이의 얼굴이 가까워지자 그녀의 뜨거운 입김이 느껴졌다. 지첸쿤은 눈을 감고 면도날이 수염을 밀 때 느껴지는 찌릿하고 간지러운 느낌을 느끼고 있었다.

"라오지."

"응?"

"만약 린궈둥이 지금 바로 눈앞에 있다면 어떻게 하실 거예요?"

"지금?"

"네."

대답하지 않았지만 지쳰쿤의 몸에 바짝 힘이 들어가 있었다. 웨샤오후이는 하던 동작을 계속 이어갔다. 입 주변 면도가 끝나자 면도칼이 뺨으로 이동했다. 날카로운 칼이 닿는 곳에서 노인의 얼굴 근육이 미세하게 튀어나오는 걸 느낄 수 있었다. 지쳰쿤은 이를 악물고 있었던 것이다.

"죽일 거야."

면도칼이 지쳰쿤의 턱에 잠깐 머물렀다가 다시 천천히 움직였다.

"왜요?"

"몰라서 물어?" 지쳰쿤이 눈을 뜨며 두 주먹을 불끈 쥐었다.

"잔인하게 아내를 죽이고 내 인생을 처참하게 망가뜨린 놈인데 당연히 복수해야지, 안 그래?"

"움직이지 마세요. 다치겠어요." 웨샤오후이가 지쳰쿤의 몸을 손으로 눌렀다.

"죄송해요. 제가 괜한 질문을 해서."

지쳰쿤은 긴장을 풀었다.

"괜찮아. 며칠 동안 나도 그런 생각하고 있었어."

"네?"

"20년도 더 넘었으니 경관님도 충분한 증거를 모으긴 불가능하겠지." 지쳰쿤의 목소리가 가라앉았다가 다시 격앙되었다.

"그렇다고 흐지부지 끝나게 두진 않을 거야."

"린궈둥을 죽이면 라오지도 감옥 가요."

지쳰쿤의 뺨 부분도 깨끗하게 정리되고 어느새 면도칼이 그의 목에 가 있었다.

"나도 알아." 지첸쿤이 가볍게 웃었다.

"그런데 복수할 수만 있다면 난 아무래도 상관없어."

"어떤 대가를 치르더라도요?"

"어떤 대가를 치르더라도." 지첸쿤이 웨샤오후이의 말을 반복했다.

"아내가 죽은 뒤로 난 내 인생을 전부 이 사건을 위해 썼어."

목에 남아 있는 수염들을 천천히 잘라낸 면도칼이 마지막으로 지첸쿤의 목젖 윗부분에 머물렀다.

"처음부터 린궈둥을 법정에 세울 생각은 없으셨던 거네요?"

"맞아."

"그러니까 라오지는 그저 린궈둥을 찾아내는 게 목적이었고, 어떻게 놈을 처리할지는 오래전부터 미리 생각해 두셨단 소리잖아요."

웨샤오후이의 목소리가 떨리기 시작했다.

"웨이중, 두 경관님, 그리고 저를 이용하신 거군요."

지첸쿤은 한참을 침묵한 끝에 어렵게 말을 꺼냈다.

"이러는 게 세 사람에게는 불공평하다는 거 알아. 린궈둥이 법적으로 처벌을 받을 수 있다면 난 절대 그런 자멸하는 방식은 선택하지 않을 거야, 믿어 줘……."

지첸쿤은 더 이상 말을 이어가지 못했다. 웨샤오후이도 더는 입을 열지 않았다.

면도칼만 홀로 번쩍이고 있었다.

잠시 후 웨샤오후이의 목소리가 다시 지첸쿤의 귓가에 들렸다.

"라오지, 실수한 적 있으시죠?"

"어?" 지첸쿤은 웨샤오후이가 이런 질문을 할 줄은 예상하지 못한 것 같았다.

"그럼. 당연하지."

"누구에게나 자신이 저지른 잘못을 책임질 기회는 줘야 한다고 생각해요."

목에서 느껴지던 압박감이 순간 사라졌다. 지첸쿤은 그제야 면도칼이 줄곧 자신의 목에 머물고 있었다는 걸 깨달았다.

눈을 뜨자마자 천장이 보였다가 눈앞이 흐릿해졌다. 웨샤오후이가 지첸쿤의 얼굴에 다시 수건을 덮은 것이다.

"며칠만 더 기다리세요." 웨샤오후이의 목소리가 아련하게 들렸다.

"라오지하고 우리가 원하는 거, 곧 손에 넣을 수 있을 거예요."

지첸쿤은 휠체어에 누운 채 웨샤오후이가 계속 이야기하기를 기다렸다. 그런데 주변이 몹시 고요했다. 잠시 후 지첸쿤은 수건을 내리고 자리에 앉았다.

방에는 아무도 없었다.

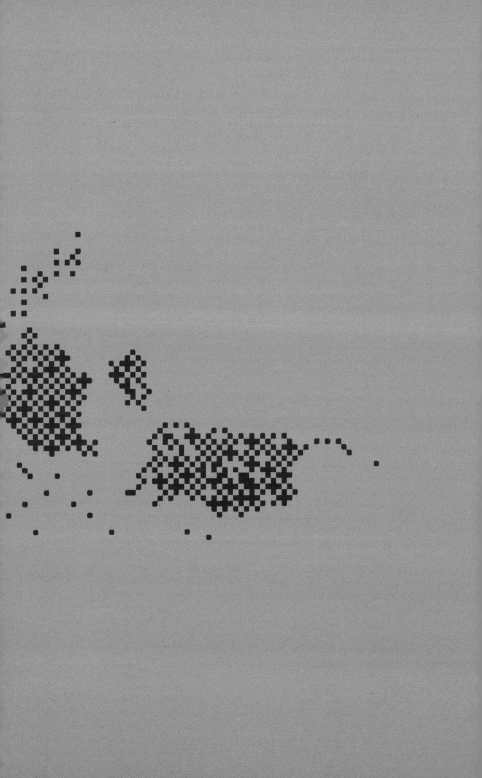

제30장

각성

린궈둥은 건물을 나와 들고 있던 비닐봉투를 쓰레기통에 던졌다. 오늘 밤은 바람이 좀 세고 공기가 습했다. 먹구름이 가득한 밤하늘을 보니 올해 첫 봄비가 내릴 것 같았다.

패딩 주머니에 손을 꽂고 옷깃을 여미며 단지 밖으로 걸어 나갔다.

그날 밤 천샤오를 보낸 뒤로 며칠 내내 집 밖으로 나가지 않았다. 번역회사도 더 이상 갈 수 없게 되었다. 하지만 그전에 받은 쥐꼬리만 한 돈으로는 얼마 버틸 수 없었기 때문에 최대한 빨리 다른 일자리를 구해야 했다. 인터넷으로 십여 군데에 이력서를 보내 봤지만 어디서도 연락이 없었다. 그래서인지 답답한 심정으로 지난 며칠을 보낸 것이다. 오늘 밤 오래간만에 외출한 건 기분전환도 하고 마트에서 마감 세일 음식을 사기 위해서였다.

봄이 오자 사람들은 더 밖으로 나가고 싶어 하는 것 같았다. 저녁 8시가 넘은 시각이었지만 거리는 여전히 사람들로 붐볐다. 린궈둥은 버스 정류장으로 걸어가 사람들을 죽 한 번 둘러본 후 차양막 아래에 서서 차분히 버스를 기다렸다.

그때, 한 여자가 린궈둥 옆에 섰다. 여자는 버스 정류장 안내판을 보더니 핸드폰을 꺼내 만지작거리기 시작했다.

린귀둥은 여자를 힐끔 쳐다보았다. 긴 생머리에 이십 대로 보이는 여성이었는데 보라색 나이키 가방을 메고 있었다. 검은색 라이트다운 패딩을 입고 청바지에 약간 굽이 있는 운동화를 신고 있는 모습이 딱 봐도 요즘 학생이었다.

여학생은 키도 크고 늘씬했다. 그녀는 린귀둥의 시선을 알아챘는지 옆을 쳐다보았다. 두 눈이 마주치는 순간 린귀둥은 휙 하고 고개를 돌렸다.

여학생은 이어폰을 꺼내 음악을 듣기 시작했다. 가끔 리듬에 맞춰 가볍게 몸을 움직이기도 했다.

바람이 불면서 희미한 향기가 린귀둥의 콧속으로 스며들었다. 그는 갑자기 부르르 떨며 향기가 나는 곳을 찾으려는 듯 재빨리 코를 킁킁거렸다. 금세 그 향기가 옆에 있는 여학생에게서 풍긴다는 것을 알아냈다.

린귀둥은 점점 더 강렬해지는 뜨거운 기운이 머릿속에서 뿜어져 나와 온몸을 관통해 아랫배로 모여드는 것을 느꼈다. 몸에 있는 모든 모공이 열리고 그 안에서 강렬한 욕망이 흐르고 있는 것 같았다. 심장이 빠르게 뛰기 시작하고 혈관도 심하게 수축과 이완을 반복했다. 이마에 땀이 송골송골 맺히고 손바닥에도 열이 나고 축축해졌다.

입맛을 다시자마자 쇠 녹처럼 비릿한 맛이 느껴졌다. 위험하고 강렬한 향기가 그를 더욱 흥분시켰다. 조용히 여자 쪽으로 다가가 마약 중독자처럼 그녀의 몸에서 나는 향기를 맡았다.

여자는 린귀둥의 접근을 눈치챈 것 같았지만 피하지 않고 계속 핸드폰을 쳐다보고만 있었다. 그때 버스 정류장에 있는 사람들이 길가를 따라 움직이기 시작했다. 249번 버스가 천천히 정류장으로 들어오는 게 보였다.

여자는 앞쪽으로 이동하더니 주머니에서 버스 카드를 꺼냈다. 린궈둥은 원래 249번 버스를 탈 생각이 없었지만, 여자의 몸에서 나는 향기에 끌려 저도 모르게 버스 쪽으로 향했다.

여자는 여전히 핸드폰에 신경이 팔려 있었다. 그녀는 웨이신 채팅창 하나를 클릭해 누군가에게 동영상 하나를 전송한 뒤, 가방 끈에 있는 망사 주머니에 핸드폰을 집어넣었다. 그러고는 붐비는 버스 안으로 들어갔다.

린궈둥까지 뒤따라 타자 두 사람 등 뒤로 버스 문이 닫혔다.

웨이중은 도서관에 앉아 있었다. 눈앞에는 대학 영어 6급 교재가 놓여 있었다. 같은 페이지를 두 시간째 보고 있었지만 마음이 딴 데 가 있어 전혀 눈에 들어오지 않았다.

창밖을 보니 캠퍼스 가로등이 어두침침한 밤하늘을 밝히고 있었다. 웅웅거리는 바람 소리가 희미하게 들렸다. 무슨 일이 일어날 것처럼 이상하게 마음이 복잡하고 불안했다.

대각선 뒤쪽 책상을 확인했다. 머리에 기름이 진 키 작은 남학생이 고개를 파묻고 고등 수학 연습문제집을 풀고 있었다. 웨샤오후이가 늘 앉던 자리였다. 하지만 벌써 이틀째 그녀의 모습은 보이지 않았다.

어디 간 거지?

웨이중은 핸드폰을 꺼내 웨샤오후이와 나눈 웨이신 대화창으로 들어갔다.

어디야?

메시지를 보내자마자 웨샤오후이에게 답이 왔다. 문자나 음성 메시지가 아닌 동영상이었다.

웨이중은 의아해하며 주위를 둘러보더니 이어폰을 끼고 재생 버튼을 눌렀다.

이어폰 덕분에 잠시 주변 소리가 차단되고 웨샤오후이의 목소리가 또렷하게 들렸다. 무슨 주택 단지에 있는 것 같았다. 뒤쪽으로 광고지들이 붙은 벽과 벽 구석에 아직 다 녹지 않은 눈이 보였다.

웨샤오후이는 밖에서 한참을 서 있었는지 볼이 얼어 빨갰고 무척 지친 표정이었다.

— 이 영상 보면 즉시 두 경관님한테 연락해서 내 핸드폰 위치 추적해 달라고 요청해.

웨샤오후이가 잠시 멈추었다가 말을 이었다.

— 기회가 생기면 나도 실시간으로 너한테 내 위치를 알려 줄게.

웨이중은 의혹이 더 커졌다. 얘가 지금 어디 있는 거지? 대체 뭘 하려는 걸까? 왜 경관님한테 연락하라고 하지?

웨샤오후이가 또다시 말했다.

— 경관님 말이 맞았어. 기존 증거로는 린궈둥을 잡을 방법이 전혀 없어. 그놈이 또다시 살인을 저지르는 것만이 유일한 기회야.

웨샤오후이는 카메라를 보며 미소를 지었지만, 그 미소에서는 긴장감과 초조함이 느껴졌다.

— 놈을 끌어들일 미끼로는 내가 제격이야. 네가 지금 내 옆에 있었다면 바로 알았을 텐데. '나비부인' 향수 뿌렸거든…….

웨샤오후이가 갑자기 말을 멈추더니 어딘가를 쳐다보았다.

— 사실 진짜로 네가 지금 내 옆에 있었으면 좋겠어.

카메라를 바라보던 웨샤오후이는 머리카락을 찰랑이며 다시 처음 모습으로 돌아왔다.

— 설득하려고 하지 마. 설득해도 소용없어. 우리한테 시간이 많지 않잖아. 경관님은 말할 것도 없고 나도 더는 기다릴 수 없어. 최대한 빨리 린궈둥이 사형 선고를 받게 해야 해.

웨샤오후이는 손가락 하나를 세워 보이며 결연한 태도로 말했다.

— 절대로 나한테 전화하면 안 돼. 적당한 때가 되면 린궈둥의 범행 과정을 전부 다 찍을 거야. 너랑 경관님이 할 일은 최대한 빨리 나를 찾는 거고. 어쩌면 내 목숨을 구할 수 있을지도 모르니까.

웨샤오후이가 또 웃었다.

— 솔직히 말하면 나도 죽고 싶지 않아. 만약 기회가 된다면…….

웨샤오후이가 말투에 힘을 주며 진지하게 말했다.

— 내가 왜 이렇게까지 하려고 했는지 너한테 다 설명해 줄게.

그때, 이어폰 너머로 둔탁한 소리가 들렸다. 문이 닫히는 소리 같았다. 웨샤오후이도 소리가 난 방향을 따라 대각선 앞쪽을 바라보았다. 순간 그녀는 긴장한 표정으로 몸을 뒤로 숨겼다.

— 나왔다.

웨샤오후이가 다시 핸드폰 화면을 쳐다보더니 말이 빨라지기 시작했다.

— 이제 가야 할 것 같아. 꼭 내가 시키는 대로 해야 해!

동영상이 끝났다.

웨이중은 잠시 멍해 있다가 곧바로 웨샤오후이에게 전화를 걸었다. 신호음이 울렸다가 이내 끊겼다. 다시 걸어 봐도 마찬가지였다. 웨이중은 가방을 챙겨 열람실 밖으로 뛰쳐나갔다.

급하게 계단을 내려가면서 두청에게 전화를 걸어 웨샤오후이의 핸드폰 위치 추적을 요청했다. 두청이 어리둥절해하며 물었다.

— 왜 그러는데? 나 지금 집에…….

"빨리요, 지금 당장!"

웨이중은 계단을 내려가 홀을 가로질러 도서관 밖으로 내달렸다. 책을 한 아름 안고 있던 여학생은 미처 그를 피하지 못해 세게 부딪치고 말았다. 웨이중은 미안하다는 말만 남기고 교문을 향해 미친 듯이 뛰어갔다.

─지금 바로 알아볼게.

두청은 웨이중이 왜 그런 부탁을 하는지 확실하게 알지 못했지만, 수화기 너머에서 전해지는 어수선한 소리만으로도 더는 지체하면 안 될 것 같다는 느낌이 들었다.

─핸드폰 켜놓고 있어. 무슨 일 있으면 바로 연락하고.

웨이중은 단숨에 교문 밖으로 나가 차량이 가득한 길가에 서 있었다. 택시가 지나갈 때마다 죽어라 손을 흔들어 댔지만 대부분 다 손님을 태우고 있었다. 몇 분이 지나서야 겨우 빈 택시가 멈춰 섰다.

오래 기다리지는 않았지만 속은 벌써 새카맣게 타들어가고 있었다. 택시기사는 땀으로 범벅이 된 웨이중을 호기심 어린 눈으로 보며 물었다.

"어디로 갈까요?"

웨이중은 그제야 자신이 웨샤오후이의 행방에 대해 전혀 모르고 있다는 것을 깨달았다.

"일단 직진해 주세요."

웨이중은 두청에게 다시 전화를 걸었다. 신호음이 몇 번 울리기도 전에 바로 통화가 연결되었다. 두청도 달리고 있는지 무척 숨 가쁜 목소리였다.

"샤오후이 위치 추적됐어요?"

─전량한테 알아보라고 했어.

수화기에서 차량 잠금이 해제되고 문을 여는 소리가 들렸다.

─대체 무슨 일인데 그래?

"샤오후이가 린궈둥을 찾아갔어요."

웨이중의 입술이 떨렸다.

"'나비부인'을 뿌리고요."

두청의 호흡이 순간 멎는 듯하더니 곧바로 속도를 높이는 소리가 들렸다.

— 넌 어떻게 알았어?

웨샤오후이가 보낸 동영상 내용을 설명하자 수화기 너머로 핸들을 둔탁하게 내리치는 소리가 들렸다.

— 너희들 진짜…….

두청이 이를 악무는 소리가 선명하게 들렸다.

— 걔 진짜 미친 거 아냐!

"이제 어떡하죠?"

— 어떡하긴 뭘 어떡해! 사람부터 구하고 봐야지!

두청의 말투가 단호했다.

— 넌 그냥 아무 데도 가지 말고 얌전히 기다리고 있어!

반박하려는데 두청이 벌써 전화를 끊어 버렸다.

택시는 어느덧 사거리에 도착했다.

"계속 그냥 갈까요?"

웨이중은 미간을 찌푸리며 침착하려 애썼다. 웨샤오후이는 동영상에서 "나왔다"라고 말한 뒤 곧바로 자리를 떴다. 나왔다는 사람은 린궈둥이 틀림없었다. 그렇다면 시간상 두 사람은 지금 린궈둥 집 근처에 있을 터였다.

"톄둥취로 가 주세요. 뤼주위안 단지요."

웨이중이 도시 동남쪽을 가리키며 말했다.

"알겠습니다!"

기사는 곧장 방향 지시등을 켜고 톄둥취로 내달렸다.

버스 안은 사람들로 붐볐다. 여자는 기둥 손잡이를 잡고 미동도 없이 창밖을 바라보고 있었다. 린궈둥은 그녀의 뒤에 바짝 붙어 길고 깊게 숨을 들이마시고 내뱉었다. 사람의 혼을 쏙 빼놓는 듯한 향기가 끊임없이 그의 콧속으로 들어왔다. 수많은 미세한 촉수가 그의 심장을 간질이는 것만 같았다.

입안이 점점 메말라갔다. 끊임없이 침을 삼키다 보니 목젖이 계속 위아래로 꿈틀거렸다. 그의 몸 어느 한 부위도 서서히 달아오르고 있었다.

차창에 물기가 생기더니 어느새 밖이 잘 보이지 않았다. 이윽고 굵직한 빗방울들이 차체를 때리며 규칙적인 소리를 냈다.

올해의 첫 봄비가 내리고 있었다.

젖은 도로가 미끄러워 버스가 서행했다. 정류장마다 승객들이 내리고 더 많은 사람이 탔다. 습한 공기가 가득 퍼져나가면서 버스 안이 매우 꿉꿉해졌다.

습하고 서늘한 데다가 끈적끈적한 촉감까지 더해지자 점점 더 흥분되기 시작했다. 차가 흔들거리고 사람들이 붐비는 틈에 여자에게 몰래 한 발 가까이 다가섰다.

여자의 몸은 사람들에게 짓눌려 기둥 손잡이 쪽으로 기울어져 있었다. 린궈둥은 심지어 여자의 가방에 있는 물건까지 훔쳐볼 수 있었다. 여자는 가방에서 핸드폰을 꺼내 몇 번 만지작거리더니 도로 집어넣었다.

뒤돌아서 손으로 가방 안 망사 주머니를 가리며 린궈둥을 쳐다보았다.

두 사람이 처음으로 마주 본 순간이었다. 린궈둥은 얼른 고개를 돌렸지만 잠깐의 눈 맞춤만으로도 마음이 심하게 요동쳤다. 여자는 외모도 괜찮고 피부도 부드러워 보였다. 특히 겉으로 드러난 목 부분은 하얗고 매끄러웠다.

린궈둥의 심장이 미친 듯이 뛰기 시작했다. 저런 목을 손에 쥐면 어떤 느낌이 들까?

여자는 무표정하게 뒤로 돌았다.

빗길에 차들이 정체되었다. 웨이중은 빽빽하게 늘어선 차들을 보며 초조함에 어쩔 줄을 몰랐다. 연신 핸드폰을 확인했지만 누구에게서도 소식이 없었다.

웨샤오후이의 의도는 명확했다. '나비부인'과 자신을 미끼로 린궈둥이 범행을 저지르도록 유도하려는 것이었다. 린궈둥이 천샤오를 없애려고 한 걸 봤을 때 그가 유혹에 걸려들 확률은 매우 높았다. 하지만 웨샤오후이에게도 엄청난 위험이 기다리고 있었다. 만약 린궈둥을 제때 현행범으로 체포하지 못하면 웨샤오후이가 증거를 남긴다고 해도 그녀의 목숨을 대가로 치르는 셈이 될 테니까 말이다.

웨샤오후이가 왜 그런 결정을 했는지 모르겠지만, 설령 그게 라오지나 두청을 위한 일이었을지라도 해서는 안 될 일이다.

웨샤오후이는 린궈둥과 같이 있다. 구체적으로 어디에 있는지, 어떤 상황인지 모르는 상태였다. 지금 급선무는 린궈둥을 체포하는 게 아니라 웨샤오후이를 막는 것이었다. 린궈둥을 법의 심판대에 세울 기회를 놓친다고 할지라도, 웨샤오후이가 죽음으로 내몰리는 걸 가만히 보고만 있을 수는 없었다.

웨이중의 핸드폰 벨소리가 울렸다. 웨샤오후이의 영상 통화 요청이었다.

웨이중은 숨을 죽이고 곧장 '통화' 버튼을 눌렀다.

흔들리는 화면이 나타났지만 웨샤오후이의 얼굴은 보이지 않았다. 차창 사이로 죽 늘어선 사람들의 머리로 화면이 꽉 찼다. 동시에 이어폰에서 불확실한 목소리가 들렸다. 담담한 어조로 말하는 여자의 음성에서 숫자 몇 개를 어렴풋하게 분간해 낼 수 있었다.

웨이중은 순간 웨샤오후이가 버스 안에 있다는 걸 깨달았다. 그는 다급한 목소리로 말했다.

"너 지금 어디야?"

웨샤오후이는 대답이 없었고, 화면도 그대로였다. 몇 초 후, 화면이 급격히 흔들리더니 그 앞으로 모호한 얼굴들이 지나가고 다시 화면이 버스 내부를 비췄다.

웨이중의 눈이 순간 휘둥그레졌다. 한 남자가 웨샤오후이 쪽을 똑바로 주시하다 이내 고개를 돌린 것이다. 동시에 그의 목젖이 빠르게 꿈틀거렸다. 린궈둥이었다.

화면이 다시 움직이다가 영상 통화가 종료되었다.

웨이중의 심장이 미친 듯이 뛰었다. 웨샤오후이가 말을 하지는 않았지만 이 영상을 통해 메시지를 전달하려고 한 게 틀림없었다. 지금 린궈둥과 함께 있는 게 확실하고 상대방이 미끼에 걸려들었다는 것.

그런데 두 사람 지금 어디 있는 거지?

웨이중은 영상에서 봤던 장면과 소리를 기억해 내기 위해 필사적으로 노력했다. 창문만 보고서는 도저히 몇 번 버스인지 알 수 없었다. 게다가 차창에 빗물이 흘러내리고 있어서 창밖이 제대로 보이지 않아 버스가 어디에 있는지 알 길이 없었다. 하지만 방금 이어폰에서 들은 여자 목소리는 정류장 안내 방송 같았고, 가까스로 들었던 숫자는 249 같았다.

─249번 버스를 이용해 주시는 승객 여러분 감사합니다⋯⋯.

버스 노선을 검색했다. 예상대로 뤼주위안 단지 근처에 버스 정류장이 있었다. 웨샤오후이와 린궈둥은 그 버스를 타고 있는 게 확실했다. 둘 중 어느 방향이지?

249번은 도시 남북 방향으로 운행하는 버스였다. 웨이중이 탄 택시는 잠시 뒤면 뤼주위안 단지에 도착한다. 반대라면 웨샤오후이와 점점 멀어지고 있는 것이었다.

주변을 두리번거렸다. 하지만 차창에 물기가 가득한 탓에 창밖이 제대로 보이지 않았다. 창문을 내리려고 손잡이를 잡는 순간 웨이중의 손이 멈춰 섰다.

빗방울.

멍하니 차창을 바라보았다. 유리를 때리는 빗물이 빠르게 흘러내리며 구불구불한 궤적을 남겼다. 방금 화면을 머릿속에 떠올렸다. 빗물이 차창 유리 왼쪽 상단에서 오른쪽 하단으로 흐르고 있었다.

안내 방송이 나오고 있었어. 그 얘기는 버스가 막 출발해서 속도가 빠르지 않았다는 뜻이고, 차창에 남은 빗물 궤적은 버스가 바람을 맞으며 달리고 있다는 걸 의미하는 거야.

여기까지 생각이 미치자 웨이중은 급히 택시기사에게 요청했다.

"잠깐 차 좀 세워 주세요."

택시가 천천히 길가에 멈췄다. 차창을 내리고 창밖으로 내리는 빗물을 가만히 관찰했다. 가느다란 빗줄기가 뒤쪽에서 바람을 타고 날아오고 있었다.

"기사님, 차 돌리세요!"

웨이중은 기사에게 핸드폰을 건네 지도에 표시된 노선을 가리켰다.

"249번 버스 노선 좀 따라가 주세요."

― 이번 정류장은 샹장차오香江橋입니다. 내리실 분은 미리 준비해 주시기 바랍니다……."

안내 방송이 들리자 승객들이 하나둘 하차 문 쪽으로 이동하기 시작했다. 여자도 내내 잡고 있던 기둥을 벗어나 사람들을 따라서 문 옆으로 걸어갔다.

249번 버스가 속도를 줄이더니 느릿느릿 정류장으로 들어섰다. 문이 열리고 승객들이 하차해 뿔뿔이 흩어졌다. 여자는 패딩 모자를 올려 쓰고 천천히 앞으로 걸어갔다.

린궈둥은 두 손을 주머니에 넣고 그녀의 뒤를 따라갔다. 여자의 몸에서 나던 진한 향기가 순간 옅어졌다. 여자는 여전히 그의 미행을 알아채지 못한 듯 그저 편안하게 걸어가고 있었다.

백 미터 가까이 걸었을 때 여자가 방향을 틀어 생활 마트로 들어갔다. 린궈둥은 입구에서 잠시 머뭇거리다가 따라 들어갔다.

물건을 고르고 있는 여자를 한눈에 발견할 수 있었다. 린궈둥은 진열된 칼들을 고르는 척하며 여자를 힐끔힐끔 쳐다보았다. 여자는 여전히 진열대 앞에 있었다. 그는 여자가 계속 고개를 들어 CCTV 모니터 화면을 보고 있는 걸 눈치채지 못했다.

6분할로 나뉜 CCTV 모니터 화면이었다. 린궈둥이 마트로 들어선 순간부터 주방용품 코너에서 보인 모든 행동들이 화면에 선명하게 비취지고 있었다.

린궈둥이 고른 건 가늘고 긴 식칼이었다. 그는 식품 코너에 있는 여자를 보며 계산대로 향했다. 계산을 하고 먼저 밖으로 나갔다. 그 후 길가에 있는 네온간판 뒤에 몸을 숨긴 뒤 입구를 주시했다.

몇 분 뒤 여자도 비닐봉투를 들고 마트를 나왔다. 주위를 두리번 살피던 그녀는 계속 바람을 맞으며 앞으로 걸어갔다.

네온간판 뒤에서 나타난 린궈둥이 조용히 그 뒤를 따랐다.

두 사람과 십여 미터 떨어진 도로 위로 붉은색 택시 한 대가 쏜살같이 지나갔다. 차창 너머로 한 남자가 초조한 표정으로 달리는 버스를 주시하고 있었다.

밤 9시가 넘은 시각이라 거리에 행인들도 점차 줄어들었다. 여자는 여전히 빠르지도 느리지도 않은 걸음걸이를 유지하고 있었다. 몇 분 뒤 오른쪽으로 돌아 좁은 골목으로 들어섰다.

린궈둥은 바짝 뒤를 쫓아갔다. 양쪽이 전부 거주 주택인 일방통행로였다. 가로등이 없었지만 집집마다 창문에서 새어나오는 불빛 덕분에 길이 아주 어둡지는 않았다.

앞쪽을 보았다. 골목 끝에 공사가 중단된 것 같은 어두컴컴한 빌딩 하나가 보였다. 또다시 주위를 살펴보고는 이 골목에 자신과 여자뿐이라는 걸 확인했다.

그는 재빨리 걸으면서 식칼을 꺼내 주머니에 넣었다. 머뭇거리다가는 기회를 놓칠지도 몰랐다. 잠시 후 두 사람의 간격은 한 걸음 정도밖에 차이가 나지 않았다. 여자는 수상한 발소리를 듣고 돌아섰다. 린궈둥은 그녀의 가슴에 칼을 대며 말했다.

"움직이지 마!"

린궈둥은 목소리를 최대한 무섭게 내리깔았다. 겁에 질린 듯 여자는 한 걸음 물러섰다.

"왜…… 왜 이래요?"

"앞으로 쭉 가!" 린궈둥이 여자를 밀었다.

"죽고 싶지 않으면 입 다물고 조용히 있어!"

여자는 서슬 퍼런 칼을 보더니 반항하지 못하고 앞으로 걸어갔다.

린궈둥은 여자의 왼팔을 잡고 칼을 여자의 허리에 갖다 댄 채 주위를 살피며 여자를 건물 안으로 들어가게 했다.

여자는 가방의 망사 주머니에서 핸드폰을 몰래 꺼내 웨이신을 켰다.

웨이중은 정류장에서 내려 재빨리 249번 버스 차량 내부를 살펴보았다. 그중에 웨이중이 찾는 얼굴은 없었다.

버스가 정류장을 떠나고 길가에서 대기 중인 택시에 올라타 기사에게 말했다.

"계속 가 주세요. 다음 차 따라잡게요."

택시가 속도를 냈다. 웨이중은 또다시 두청에게 전화를 걸었다. 연결되자마자 다짜고짜 물었다.

"어디 있는지 찾았어요?"

— 헤이산루黑山路하고 쏭산루松山路 사이 골목에 있어. 난 좀 있으면 도착하고, 전량도 이따가 장비 챙겨서 합류하기로 했어.

두청은 무척 다급한 목소리였다.

— 반드시 찾아낼 거니까 넌 아무 데도 가지 말고 내 연락 기다리고 있어…….

"저 벌써 나왔어요. 샤오후이랑 린궈둥이 좀 전까지 249번 버스에 타고 있었는데, 이미 내린 건지 아닌 건지 잘 모르겠…….".

갑자기 웨이중의 눈이 커졌다. 핸드폰에 웨이신 메시지 수신 표시 아이콘이 뜬 것이다.

웨이신을 클릭했다.

웨샤오후이였다!

채팅창에 실시간 위치 공유 메시지가 와 있었다. 웨샤오후이는 헤이산루하고 쏭산루 사이에 있는 골목에 있었다. 웨이중은 지도를 확대해 골목 이름을 확인했다.

"기사님, 유턴해서 헤이산루 102번 골목으로 가 주세요!"

웨이중이 이번에는 전화기에 대고 소리쳤다.

"헤이산루 102번 골목이에요!"

— 알았어. 금방 도착해!

두청은 이유를 물을 겨를도 없었다.

— 골목 입구에서 기다려. 단독행동 하지 말고…….

웨이중은 전화를 끊고 핸드폰에 뜬 지도를 쳐다보았다.

여자는 린궈둥에게 떠밀려 골목 끝까지 걸어갔다. 골목을 지나가는 사람은 아무도 없었다. 린궈둥은 또 한 번 여자의 몸에서 나는 향기에 심취했다. 건물에서 꽤 멀리 떨어져 있을 때부터 여자의 뒷목에 코를 거의 파묻다시피 하고 걸었다.

골목을 벗어나자 남북을 잇는 도로가 나왔다. 가끔 차들이 빠른 속도로 지나갔다. 린궈둥은 여자의 왼팔을 꼭 잡고 허리에서 등으로 칼의 위치를 옮겼다.

"길 건너. 허튼 짓 했다가는 죽을 줄 알아!"

여자는 천천히 길을 건넜다.

건물은 도로변에 우뚝 솟아 있었다. 여자를 끌고 안으로 들어가자 습하고 찬 기운이 얼굴을 덮쳤다. 린궈둥은 얼굴에 묻은 빗물을 닦으며 앞쪽의 조악한 시멘트 계단을 가리켰다.

"저기로 올라가!"

여자는 어둠 속에서 린궈둥을 쳐다보았다. 순간 냅다 도망치고 싶었다. 완전무장한 경찰들이 이 빌딩을 대거 포위하는 모습을 상상해 보기도 했다. 밤은 여전히 고요했다. 쏟아지는 폭우 속에는 칼을 들이밀고 있는 남자 말고는 주위에 아무것도 없었다.

뒤로 돌아 순순히 계단을 올라갔다. 린궈둥은 여자 뒤에 바짝 붙어서 계단을 올라갔다. 여자는 또 한 번 주머니에서 핸드폰을 꺼내 녹화 기능을 켰다. 최후의 순간이 임박한 만큼 준비를 해야 했다.

위치 공유가 끝나 버렸다.

웨이중은 가장 최근에 뜬 웨샤오후이의 위치를 놓치고 말았다.

택시가 급브레이크를 밟는 바람에 차량 앞 유리에 머리를 부딪쳤다. 아픈 곳을 만질 겨를도 없이 물었다.

"차를 왜 세워요? 들어가세요. 얼른!"

"다 왔어요. 헤이산루 102번 골목입니다." 기사가 도로 표지판을 가리컸다.

"일방통행이라 더는 못 들어가요."

골목은 유난히 길고 어두웠다. 웨샤오후이는 위치 공유가 끝나기 직전에 이 골목으로 걸어가고 있었다. 한시라도 더 빨리 웨샤오후이를 찾아야 했다.

웨이중은 백 위안 지폐 한 장을 던지고 곧장 골목 안으로 내달렸다.

빗줄기가 점점 더 거세졌다. 불과 몇십 미터 뛰었을 뿐인데 금세 흠뻑 젖어 있었다. 그는 양쪽으로 늘어선 주택들을 살피면서 급히 걸었다.

이런 데서 놈이 무슨 짓을 벌였을 리 없어. 더 깊숙한 골목으로 들어갔을 거야.

폭스바겐 티구안 한 대가 웨이중 곁을 쌩 하고 지나갔다. 동시에 바닥에 떨어져 있던 무언가가 날리며 파닥 소리를 냈다.

웨이중은 바닥에 떨어져 있는 것의 정체를 확인했다. 평범한 비닐봉투였는데, 그 안에 물건 몇 개가 들어 있었다. 비스킷 한 상자, 콜라 한 병, 휴대용 티슈 두 개가 있었고, 봉투 바닥에서 담배 한 갑이 발견되었다.

타르 함량이 5밀리그램인 중난하이 담배였다.

웨이중의 심장이 미친 듯이 뛰기 시작했다. 웨샤오후이가 좋아하는 담배였다. 만약 이 비닐봉투에 든 게 웨샤오후이 것이라면, 웨샤오후이가 틀림없이 이 골목을 지나갔다는 것. 그녀에게 예기치 못한 돌발 상황이 생겼다는 것.

다시 말해 지금 이 자리에서 납치를 당한 것이었다.

웨이중의 머리가 빠르게 회전하기 시작했다. 이 골목은 범행을 저지르기 적합한 장소가 아니야. 웨샤오후이를 다른 곳으로 납치한 게 분명해. 시간상 여기서 그렇게 멀지는 않을 거야.

웨이중은 봉투를 버리고 골목 끝을 향해 전속력으로 달리기 시작했다.

몇 분 후 헤이산루 102번 골목을 통과하자 앞이 쑹산루였다. 넓은 도로와 드문드문 지나가는 차량을 바라보던 웨이중은 또 한 번 선택을 해야 했다.

린궈둥에게 납치당해 택시를 탔으면 어쩌지?

웨이중은 얼른 두청에게 전화를 걸었다.

—여보세요, 난 거의 다 왔어. 넌 어디야?

연결되자마자 두청의 초조한 목소리가 들렸다.

"골목 입구요. 그런데 안 보여요."

웨이중이 거의 울부짖다시피 말했다.

"위치 추적 제대로 하신 거 맞아요?"

—안 보인다고? 분명히 102번 골목이랑 쑹산루 합류점으로 떴는데.

두청은 더 조급해졌다.

합류점?

웨이중은 핸드폰을 든 채 주위를 두리번거렸다. 자오퉁交通 은행, 차이나모바일 영업점, 해산물 식당, 쑹산루 초등학교…….

어두컴컴한 빌딩이 눈앞에 우뚝 서 있었다. 마치 빗속에 입을 벌리고 있는 거대한 괴물 같았다.

"앞에 공사 중인 건물이 있어요."

웨이중이 전화에 대고 소리쳤다.

"저 먼저 가 있을게요. 빨리 오세요!"

웨이중은 전화를 끊고 이를 악문 채 거대한 괴물의 입을 향해 뛰어갔다.

7층에 도착하자 여자는 뒤에서 나지막한 린궈둥의 목소리를 들었다.

"멈춰. 들어가."

공사가 중단된 사무용 빌딩의 빈 공간으로 도시의 야경이 한눈에 보였다.

린궈둥은 공터를 한 바퀴 돌아보고 버려진 나무 벤치를 가리켰다.

여자는 시키는 대로 걸어갔다.

린궈둥은 여자에게 칼을 들이대며 말했다.

"위에 옷 벗어, 빨리!"

여자는 몸을 벌벌 떨었다. 천천히 가방을 내려놓으며 가방의 망사 주머니가 나무 벤치로 향하게 했다. 패딩을 벗어 손에 들었다.

"그거 위에 깔아."

여자는 옷자락을 꼭 쥔 채 손을 놓지 않았다. 린궈둥이 한 걸음 다가가 패딩을 낚아채 벤치 위에 대충 깔았다.

"누워!"

여자는 더 공포에 질린 얼굴로 뒷걸음질쳤다.

린궈둥은 여자의 팔을 잡아 벤치 위에 강제로 눕혔다. 여자는 두 손으로 가슴을 가리고 두 다리를 딱 붙인 채 발버둥 쳤다.

린궈둥의 두 눈은 충혈되어 있었다. 그는 여자의 목에 칼을 갖다 댔다. 날 선 느낌에 여자는 비명을 지르며 꼼짝할 수 없었다.

린궈둥이 여자의 몸에 반쯤 엎드려서 봉긋한 가슴 위로 얼굴을 파묻자 익숙한 향이 콧속을 파고들더니 머리 꼭대기까지 쭉 뻗어 올라갔다.

달콤한 향기, 배신의 향기, 성욕을 일으키는 향기, 무자비한 살육의 향기.

린궈둥이 뿜어대는 정념이 여자의 목에 칼처럼 닿았다. 여자의 공포심은 절정에 달했다. 머릿속에 팽팽하게 당겨져 있던 끈이 결국 '탁' 하고 끊어졌다. 여자를 내내 지탱하던 용기와 신념이 처참하게 무너졌다. 모든 결심과 계획이 깡그리 내던져졌다. 여자의 머릿속에는 여자 네 명을 강간하고 살해한 남자가 자신을 덮치고 있다는 사실만 남아 있을 뿐이었다. 자신의 최후도 다르지 않을 거라는 것도.

웨이중, 어디 있어?

경관님, 어디 계세요?

필사적으로 린궈둥을 밀어내며 절규했다.

"살려 주세요! 사람 살려!"

두청은 쑹산루 합류점 옆 102골목에서 웨이중이 말한 공사 중인 빌 딩을 발견했다. 공사가 멈춰서 빌딩 전체가 직사각형 모양의 거대한 시멘트 상자처럼 보였다.

벽에는 평소 인부들과 차량이 드나들었을 것으로 보이는 큰 틈이 있었다. 두청은 그곳을 통과하면서 조수석에 있는 가방을 집어 들었 다. 갑자기 눈부신 불빛과 함께 거대한 그림자가 나타나서 두청의 차 에 요란하게 부딪쳤다.

갑작스러운 충돌로 거의 목이 틀어질 뻔했다. 머릿속이 텅 비는 것 만 같았다. 경추에서 극심한 통증이 느껴졌다.

엔진 소리는 여전히 울리고 있었고 두청의 팔라딘 SUV는 담벼락에 끼어 더는 움직이지 않았다. 혼다 CRV 차 머리가 팔라딘 SUV 왼편에 단단히 박혀 있었다.

충격으로 머리가 아찔하면서도 분노가 치밀었다. 찌그러진 CRV의 보닛 너머로 갑자기 운전석 문이 열리면서 한 남자가 목을 만지며 비 틀대며 걸어왔다.

두청의 눈이 순간 휘둥그레졌다.

마젠이었다.

두청은 상대방의 의도를 알아차렸다. 그는 린궈둥이 이 건물에 있다는 걸 알고 여기까지 왔으며 두청을 차 안에 가두려고 이런 짓을 한 것이다. 그다음에 마젠이 할 일은 불을 보듯 뻔했다.

공포, 분노, 격정, 증오 등 온갖 감정이 바닥에서 용솟음쳤다. 두청은 마젠을 바라보며 궁지에 몰린 짐승처럼 포효했다.

마젠은 두청을 한번 쳐다보고는 경찰봉을 길게 빼면서 건물 안으로 뛰어 들어갔다.

두청은 본능적으로 차 문을 밀었다. 하지만 혼다 CRV가 차 문을 막고 있어 아무리 애를 써도 열리지 않았다. 조수석으로 이동하다 차창 밖을 막고 있는 벽을 보고는 그쪽으로 내리는 걸 포기했다.

안전벨트를 풀고 뒷좌석으로 기어가 뒷문을 열었다. 문이 조금밖에 열리지 않았다. 놀랄 만큼 정확한 곳을 박은 것이다. 혼다 CRV의 차 머리가 앞뒤 차 문 중간을 들이받았다. 문을 열고 빠져나갈 수 있는 가능성은 전혀 없었다.

"젠장!"

두청은 분노를 터뜨렸다. 그는 뒷좌석에 드러누워 두 다리로 뒤쪽 창문을 있는 힘껏 발길질을 해댔다.

빌딩으로 들어가자마자 웨이중은 무언가에 걸려 넘어지고 말았다. 무릎과 팔꿈치에서 찌릿찌릿 통증이 느껴졌다. 상처를 살필 겨를도 없이 계단으로 올라갔다.

2층과 3층 어디에도 사람은 없었다.

숨을 헐떡이며 미친 듯이 달렸다. 주위에는 아무 소리도 들리지 않았고 사람의 그림자조차 보이지 않았다. 내가 잘못 짚은 건가? 웨샤오후이가 벌써 어떻게 된 거면 어떡하지?

4층에도 아무도 없었다.

더는 뛰기 힘들었다. 허리를 굽히고 무릎을 짚은 채 가쁜 숨을 몰아쉬었다. 밤새 바쁘게 뛰어다니고 긴장을 해서 이미 체력이 바닥날 대로 바닥나 있었다. 그는 건물 밖에서 들어오는 희미한 가로등 불빛에 의지해 넓은 홀과 어두컴컴한 입구를 겨우 찾아냈다.

대체 어디 있는 거야?

호흡이 진정되자 귓가에 들리는 소리도 점차 선명해졌다. 갑자기 위쪽에서 맞잡고 싸우는 소리와 비명 소리가 들렸다. 웨이중은 숨죽여 귀를 기울였다. 몸이 가늘게 떨리기 시작했다.

웨샤오후이의 목소리였다.

그는 순간 기운을 차리고 건물 위로 뛰어 올라갔다.

있다!

아직 살아 있어!

벽 구석에 있는 철근 하나를 발견했다. 집어 들려는 순간 엄청난 무게감이 느껴졌다. 철근 한쪽 끝에 시멘트 덩이가 잔뜩 붙어 있었다. 철근을 질질 끌며 위층으로 올라갔다.

여자는 필사적으로 저항했다. 이는 린귀둥의 예상을 빗나가는 일이었다. 두려움에 떠는 여자를 손쉽게 가지고 놀 수 있을 것이라 생각했다. 그런데 지금 온갖 방법을 동원해 여자를 제압해야 하는 상황이었다. 린귀둥은 칼로 사람을 위협하는 데 익숙지 않았다. 몸싸움 끝에 칼에 수없이 긁힌 여자의 몸에서 흘러나온 피가 린귀둥의 손과 얼굴에 묻어 그를 더 초조하게 했다.

치미는 분노는 살의로 이어졌다. 린귀둥은 손으로 여자의 긴 머리를 움켜쥐더니 아래쪽으로 잡아당겼다. 여자의 머리가 한쪽으로 꺾이면서 하얗고 긴 목이 드러났다.

좋아. 피가 솟구치더라도 매력적인 몸이라는 건 변함이 없지. 날 만족시키기엔 충분해.

린궈둥이 칼을 치켜 들었다.

어둠 속에서 분노에 찬 고함 소리가 들렸다. 멀지만 또렷한 소리였다.

"멈춰!"

린궈둥의 손이 허공에 멈췄다. 계단 입구를 보았지만 아무도 없었다. 묵직한 발소리와 '탕, 탕' 규칙적으로 무언가가 부딪치는 소리만 들릴 뿐이었다.

린궈둥은 정체 모를 소리에 몸이 굳어 버렸다.

마른 형체 하나가 7층 입구에 모습을 드러냈다. 희미한 불빛 아래 이십 대 초반 남자가 철근을 들고 있었다.

"린궈둥……." 남자는 거친 숨을 내쉬었다.

"그…… 그 손 못 놔!"

남자가 철근을 질질 끌며 한 걸음 앞으로 다가섰다. 철근 끝에 달린 시멘트 덩이가 바닥에 끌리면서 삭삭 소리를 냈다.

"놓으라고 이 새끼야!"

린궈둥은 의문이 들었다. 저 자식이 내 이름을 어떻게 알지?

남자가 한 걸음 다가서자 윤곽도 뚜렷해졌다. 땀과 빗물로 뒤덮인 그의 얼굴에는 분노로 불타는 두 눈이 강렬한 빛을 내뿜고 있었다.

"웨이중……." 여자가 또다시 발버둥치며 간절하게 울부짖었다.

"나 좀 구해 줘!"

웨이중이 이를 악물고 철근을 들어 올리려는데 묵직한 시멘트 덩이가 쿵 하고 아래로 떨어졌다. 다시 한번 힘껏 들어 올리려던 그때, 갑자기 긴박한 발소리가 들리더니 누군가의 손이 그를 옆으로 밀어냈다.

거구의 형체가 웨이중 곁에 모습을 드러냈다. 두청일 줄 알았는데 낯선 남자였다.

각진 얼굴에 주름이 가득한 백발 남자였다. 남자는 입술을 꼭 다문 채 린궈둥을 죽일 듯이 노려보며 웨이중에게 명령했다.

"넌 뒤로 물러나 있어!"

예상치 못한 상황에 린궈둥은 적잖이 당황한 모습이었다. 그는 본능적으로 여자의 목에 칼을 겨누고 천천히 뒤로 물러섰다.

"가까이 오지 마. 안 그럼 이 여자 죽어!"

"허튼짓 그만하고 얼른 풀어 줘!"

남자의 시선이 린궈둥에서 여자의 목으로 이동했다. 얇은 피부를 뚫고 들어간 칼끝을 잠시 바라보면서 그가 갑자기 웃음을 터뜨렸다.

"간 큰 새끼네."

남자가 앞으로 다가서자 린궈둥은 남자를 어디선가 본 것 같다는 생각이 들었다.

"더 할 말이 있나?"

남자가 손을 있는 힘껏 뒤로 젖히자 경찰봉이 모습을 드러냈다.

"린궈둥."

말이 떨어지기도 전에 남자는 린궈둥에게 돌진하고 있었다.

"가까이 오지 마. 내가……."

린궈둥이 미처 반응하기도 전에 경찰봉이 그에게 날아왔다. 몸을 피했지만 경찰봉이 린궈둥의 어깨를 강타했다.

린궈둥은 극심한 고통을 느끼며 자신이 함정에 빠졌다는 걸 깨달았다. 여자는 어쩌다 마주친 사냥감이 아니라 미끼였고, 잡아 먹힐 운명은 그녀가 아니라 본인이었다는 사실을. 게다가 지금 눈앞에 있는 남자는 쉬밍량 사건을 처리하던 경찰이었다. 그렇다면 그의 목적은 여자를 구하는 게 아니라 자신을 사지로 몰아넣는 것이리라!

경찰봉이 또 한 번 그에게 날아왔다.

린궈둥은 온 힘을 다해 여자를 방패 삼아 연신 뒷걸음질쳤다. 남자는 린궈둥의 머리에 마구잡이로 경찰봉을 휘둘렀다.

머리 위부터 흘러내리는 피 때문에 한쪽 눈은 제대로 뜨지 못했다.

몸을 피하는 순간 린궈둥의 나머지 한쪽 눈에서 갑자기 밝은 빛이 보이더니 차가운 바람이 그의 얼굴을 덮쳤다.

두 사람은 몸싸움을 벌이며 어느새 창가에 다다랐다.

그 순간 깊은 절망감이 생존 본능을 일깨웠다. 여자가 더는 자신의 방패막이가 아니라 짐이었다. 네 놈이 내가 죽기를 바란 이상, 그냥 다 같이 죽는 거야! 너한테 경찰봉이 있으면 나한테는 칼이 있지. 죽더라도 절대 혼자 죽지 않아!

린궈둥은 포효하며 여자의 어깨를 냅다 밀었다. 여자의 몸이 균형을 잃고 크게 비틀거리더니 창밖으로 위태롭게 몸이 기울어졌다.

모든 사람이 슬로우비디오 같았다.

여자의 긴 머리가 어둠 속에서 어지럽게 휘날리고 여자의 두 손은 무언가를 잡으려는 듯 허우적대고 있었다. 등 뒤로 20미터가 넘는 높이의 거대한 허공이 있다는 걸 알고 있었기 때문이다.

여자는 날카로운 비명과 함께 창문 밖으로 넘어가고 있었다.

온몸의 피가 두 다리에 쏠리기라도 한 것처럼 남자는 경찰봉을 던지고 창문으로 돌진했다.

여자의 긴 머리는 어느새 창밖으로 사라지고 없었다. 보이는 건 허공을 휘젓는 그녀의 팔 한쪽뿐이었다. 남자는 힘껏 몸을 던지더니 갈 곳 잃은 여자의 손을 향해 오른손을 뻗었다.

손목에 손가락이 닿는 순간 남자는 본능적으로 가느다란 여자의 손을 움켜잡았다. 뒤이어 그는 명치에서 강한 통증을 느꼈다. 상반신이 창틀에 강하게 부딪친 것이다.

손을 잡는 순간 남자도 창가로 넘어졌다. 그는 재빨리 두 다리를 펴고 거친 시멘트 바닥에 발끝을 걸기 위해 애썼다. 하지만 여자의 무게 때문에 아래로 끌려갔다. 결국 상반신 전체가 시멘트 받침대에 엎드린 꼴이 되었다.

간신히 건물 아래로 떨어질 뻔한 여자를 붙잡았다!

이 모든 것이 순식간에 일어났다. 웨이중은 웨샤오후이가 밑으로 떨어진 건지 아직 몰랐다. 전력을 다해 창문으로 뛰어가니 바닥에 엎드린 남자와 가로등 불빛으로 수놓아진 밤하늘만 보였다. 갑자기 등 뒤로 흔들거리는 검은 그림자가 나타났다. 무언가가 관자놀이를 세게 때리는 것을 느꼈다.

웨이중은 나무판이 깨지는 소리와 함께 그대로 바닥에 쓰러졌다. 입안에는 짭짤하고 비릿한 맛이 가득했다.

나무 의자를 던진 탓인지 린궈둥은 온몸에 힘을 다 쓴 것만 같았다. 허리를 구부리고 크게 가쁜 숨을 몰아쉬던 그는 이 상황이 재미있는지 낄낄대고 웃기 시작했다.

상대방과 사생결단을 할 작정이었다. 그런데 멍청한 경찰이 추락하는 여자를 구하기 위해 먼저 몸을 내던질 줄이야! 지금 경찰과 여자는 창문에서 꼼짝도 못 하는 신세였다. 의자에 맞은 젊은 남자도 바닥에 쓰러져 있다. 아무래도 자신이 판세를 장악한 듯했다. 이제 하나씩 처리하면 그만이었다.

얼굴이 피범벅이 된 린궈둥은 칼을 쥐고 창문에 엎드려 있는 남자를 향해 다가갔다. 끈적한 피에 눌러붙어 잘 떠지지 않던 눈 속에 서늘한 빛이 나타났다.

린궈둥의 웃음소리와 등 뒤로 바스락거리는 발소리를 듣고 남자의 정신이 돌아왔다. 그는 자신의 온몸이 칼을 들고 있는 상대방에게 무방비상태로 노출되어 있다는 걸 잘 알고 있었다. 하지만 그는 아무것도 할 수 없었다. 조금이라도 움직였다가는 자신이 잡고 있는 여자는 물론 본인까지 건물 아래로 추락할 수 있었기 때문이다.

그에게 주어진 선택지는 두 가지였다. 최대한 빨리 여자를 끌어올린 뒤 그녀의 안전을 확보하고 놈을 상대하는 것, 그리고 다른 하나는······.

공중에 위태롭게 매달린 여자가 아래로 추락할 것만 같았다. 생존
본능 때문에 여자는 미친 듯이 남자의 소매를 끌어당겼다. 여자는 차
마 아래를 쳐다볼 엄두도, 20미터 아래 바닥이 얼마나 단단한지 상상
할 엄두도 나지 않았다.

여자의 오른 손목은 남자에게 꼭 붙들려 있고 두 다리는 공중에서
허우적대고 있었다. 그녀는 왼손을 뻗어 자신의 안전을 더 확보하기
위해 애썼다.

남자는 남은 왼손마저 뻗어 여자의 손을 잡으려고 했다. 그런데 두
사람의 손가락이 몇 번이고 부딪쳤지만 서로 잡히지는 않았다.

갑자기 공중에서 내내 발버둥 치던 여자가 동작을 멈추었다. 그녀의
두 눈이 휘둥그레지더니 남자의 뒤쪽을 쳐다보았다.

"빨리요! 빨리!" 여자가 다시 발버둥 치기 시작했다.

"뒤······ 뒤에!"

"조용히 좀 해!"

남자도 왼손으로 다급하게 여자의 손을 잡으려 애쓰고 있었다.

공포가 극에 달한 여자는 두 눈을 크게 뜨고 린궈둥이 칼을 높이 치
켜드는 걸 지켜볼 수밖에 없었다.

푹! 남자의 몸이 뒤쪽으로 멈칫했다. 그의 두 눈이 튀어나올 듯 커
지더니 얼굴 근육이 극심하게 떨리기 시작했다.

"손 놓으세요!" 여자가 소리를 질렀다.

"빨리 손 놓으라고요!"

이것이 그의 두 번째 선택지였다. 하지만 그럴 수 없었다.

여자를 꿋꿋이 바라보는 남자의 얼굴이 일그러지기 시작했다. 그는
왼손을 여자의 오른 손목으로 옮겨 죽을힘을 다해 붙들었다.

또 한 번 푹!

칼끝에 닿아 뼈가 부서지는 소리가 선명하게 들렸다. 린궈둥은 두 손으로 손잡이를 쥐더니 아래로 힘껏 내리눌렀다.

한 번씩 움직일 때마다 남자의 몸이 크게 떨렸다.

공중에 매달린 여자는 발버둥 칠 힘조차 남아 있지 않아 그저 초점을 잃어가는 남자의 두 눈을 바라만 보고 있었다. 갑자기 뜨겁고 끈적끈적한 액체가 여자의 얼굴에 뚝뚝 떨어졌다. 남자의 몸에서 쏟아져 나온 붉은 피가 그의 가슴과 시멘트 받침대 사이로 흘러내리고 있었다.

"이 손 좀 놓으세요, 제발……."

여자는 울음을 터뜨리며 자신의 손을 집게처럼 꼭 움켜쥔 커다란 손을 힘없이 흔들었다.

"죽는다고요. 손 놓으시라고요……."

남자는 울부짖는 여자의 얼굴을 보면서 딱 한 가지 생각뿐이었다. 내가 너 떨어지게 놔두지 않을 거야.

그의 호흡은 어느새 약해질 대로 약해져 있었고 끊임없이 쏟아져 나오는 피 때문에 의식도 점차 희미해져 갔다. 그는 얼마 남지 않은 모든 힘을 내면서 마지막으로 사자후를 내지르듯 소리쳤다.

"두청!"

두청이 4층까지 올라왔다. 자신을 부르는 목소리에 온몸에 전율을 느끼며 창백해진 얼굴로 건물 위쪽을 보았다. 곧이어 미친 듯이 계단을 뛰어 올라갔다.

웨이중은 힘겹게 눈을 떴지만 눈앞에 있는 모든 것들이 여전히 빙글빙글 도는 것 같았다.

남자는 창가에 엎드린 상태로 꼼짝도 하지 않고 있었다. 린궈둥은 그 옆에 반쯤 꿇어앉아 두 손으로 칼 손잡이를 쥐고 남자의 등에 칼을 끝까지 집어넣기 위해 애쓰는 중이었다.

웨샤오후이의 흐릿한 울음소리도 차가운 바람을 타고 전해졌다.

"아—!"

웨이중은 놀람과 공포의 비명을 질렀다. 그는 일어나 나무판을 집어 들고는 린궈둥을 향해 냅다 던졌다.

난데없는 비명에 놀란 린궈둥은 고개를 돌리더니 재빨리 자리에서 일어났다. 웨이중은 린궈둥의 머리를 내리치려고 나무판을 휘둘렀다. 린궈둥이 잽싸게 몸을 피하자 웨이중이 순간 균형을 잃었다. 린궈둥은 기회를 놓치지 않고 웨이중의 허리를 발로 걸어찼다.

바닥에 쓰러진 웨이중의 입가에 피가 줄줄 흘러내렸다. 뒤로 도는 순간 린궈둥이 휘두른 발에 또 한 번 얼굴을 가격당했다.

"날 잡겠다고? 꿈 깨 이 새끼들아!"

린궈둥이 히스테릭하게 고함을 질렀다.

온몸에 붉은 피를 뒤집어쓴 그는 악마처럼 두 눈에 광기 어린 살의를 내뿜고 있었다. 그는 주위를 한 바퀴 둘러보더니 철근을 잡았다. 웨이중의 머리를 향해 철근을 높이 들어올렸다…….

"린궈둥!"

분노에 찬 소리가 계단 입구에서 또 한 번 울려 퍼졌다. 린궈둥은 몸을 떨며 소리가 난 쪽을 쳐다보았다. 한 남자가 어둠 속에서 자신을 향해 돌진해오고 있었다.

"젠장!"

린궈둥은 달려오는 남자에게 철근을 던지고는 반대쪽 계단 입구를 향해 내달렸다.

두청은 잽싸게 철근을 피해 린궈둥을 쫓아갔다. 바닥에서 누군가가 그를 향해 외치는 소리를 들었다.

"놔두시고 일…… 일단 사람부터 구하세요!"

웨이중이 창문 쪽을 가리키며 목이 다 쉬어서 맛이 간 목소리로 말했다.

"빨리요, 저…… 저분이랑 샤오후이……."

두청의 시야에 창가에 엎드려 미동도 없는 마젠이 들어왔다. 그의 등에는 손잡이가 안 보일 정도로 칼이 깊게 박혀 있었다.

두 사람이 힘을 합쳐서 겨우 웨샤오후이를 끌어올릴 수 있었다. 그녀는 올라오자마자 마젠 곁으로 뛰어가 울부짖으며 그의 몸을 흔들었다.

마젠은 얼굴에 혈색이 하나도 없고 입술은 새파랗게 변해 있었다. 두 손은 여전히 웨샤오후이의 손목을 꼭 쥔 채였다.

두청은 마젠을 가로 안았다. 손이 닿는 곳마다 피로 흥건했다. 그는 웨이중에게 소리쳤다.

"119에 전화해, 얼른!"

두청이 이번에는 웨샤오후이를 보며 말했다.

"이게 대체 어떻게 된 일이야?"

여자는 이미 말이 안 나올 정도로 울고 있었다. 바닥에 무릎을 꿇고 왼손으로 얼굴을 가린 여자의 오른손은 여전히 마젠에게 꼭 붙들려 있었다.

두청이 이를 악물며 마젠의 얼굴을 툭툭 때렸다.

"팀장님, 마젠! 정신 좀 차려 봐!"

마젠의 머리가 두청의 움직임에 따라 힘없이 흔들렸다. 서서히 눈을 뜬 마젠은 상대방이 누구인지 알아보려는 듯 두청의 눈을 똑바로 쳐다보았다.

"두청……." 마젠의 얼굴에 긴장이 풀렸다.

"왔구나……."

"그래, 왔어. 그러니까 걱정 마. 다들 무사해."

두청이 얼른 대답했다.

천천히 고개를 돌리던 마졘의 시선이 마지막에 가서는 쉴 새 없이 울고 있는 웨샤오후이에게 머물렀다. 시종일관 꼭 쥐고 있던 마졘의 두 손이 확 풀렸다.

"무사하면 됐어." 그의 목소리는 너무나 미약했다.

"무사하면 됐……."

두청은 마졘의 몸이 점점 무거워지는 것이 느껴졌다. 체온이 급격하게 떨어지고 있었다. 말할 수 없는 두려움이 밀려왔다. 꼭 끌어안은 채 두서없이 그를 위로하기만 할 뿐이었다.

"괜찮아……. 아무 일 없을 거야. 구급차도 곧 올 거고……."

마졘이 가볍게 웃었다.

"이번에는 아무래도 틀린 것 같……."

말이 끝나기도 전에 그는 격렬하게 기침을 해댔다. 촘촘한 핏방울들이 사방으로 튀면서 두청의 몸과 얼굴에 묻었다. 두청은 손에 더 힘을 주었다. 그는 식어가는 마졘의 몸을 안은 채 창밖으로 점점 짙어지는 어둠을 무기력하게 바라보았다.

"내…… 생각이 짧았어……. 원래 계획은 그랬는데……." 마졘은 기침을 멈추고 천천히 한 손을 들어 두청의 옷깃을 붙잡았다.

"그날 밤 린궈둥 집에 가긴 했지만, 사실 그 여자를 죽게 둘 생각은 아니었다고 하면…… 믿어 줄래?"

두청은 고개를 숙였다. 눈물 때문에 마졘의 모습이 점점 흐릿해졌다. 차오르는 눈물을 억누르며 고개를 끄덕였다.

"믿어."

"자식, 고맙다."

마졘은 웃으며 그의 옷깃을 잡고 있는 손을 풀더니 두청의 어깨를 툭툭 쳤다.

그 손은 툭 하고 힘없이 밑으로 떨어졌다.

건물 밑에서 빨간색과 파란색이 섞인 경광등이 깜빡이고 있었다. 다급한 발소리가 건물 안에 울려 퍼졌다. 곧 장전량이 대규모 경찰들을 대동해 7층 홀로 들어왔다. 자신들을 찾는 고함 소리와 끊임없이 흔들리는 손전등 불빛 속에서 두청은 주위의 모든 것들을 보지도, 듣지도 않고 가만히 바닥에 앉아 있었다.

굳어가는 친구의 몸을 끌어안은 채 올해의 첫 봄비를 맞을 뿐이었다.

제31장

두 사람의
비밀

3월 29일 밤 10시경, 톄둥취 쑹산루 117-8번지 시공 중인 웨이징 維景 빌딩 7층에서 살인 사건이 발생했다. C시 사범대학교 법학과 3학년 웨샤오후이는 밤늦게 귀가하던 중 누군가에게 납치되어 웨이징 빌딩 7층으로 끌려갔다. 용의자는 웨샤오후이를 강간하고 살해할 의도였으나, 근처를 지나가던 C시 공안국 톄둥 분국 마젠 전 부국장이 이상한 낌새를 눈치채고 그녀를 구출했다. 몸싸움 끝에 마젠은 건물 밑으로 추락할 뻔한 피해자의 목숨을 구한 뒤 안타깝게도 목숨을 잃었다. 조사 결과 마젠은 칼로 두 군데를 찔렸는데, 그중 하나가 좌심실을 통과하는 바람에 출혈성 쇼크로 사망에 이르렀다. 용의자 린궈둥은 도주했으며 현재 체포 작업이 진행 중이었다.

장전량은 잰걸음으로 복도를 지나면서 핸드폰에 대고 끊임없이 명령을 내렸다.

"여관, PC방, 찜질방 할 것 없이 샅샅이 뒤져. 동원할 수 있는 건 죄다 동원하고……." 그는 거의 포효하듯이 말했다.

"기차역, 시외버스터미널, 고속도로에 전부 인원 배치해서 감시하고, 무슨 일이 있어도 이 새끼 다른 도시로 못 빠져나가게 막으라고, 알겠어?"

전화를 끊은 장전량은 사무실 입구에 도착했다. 잠시 망설이다 문을 열고 들어갔다.

실내 불빛은 어두웠고 연기는 자욱했다. 두청 말곤 사무실에는 아무도 없었다. 장전량은 조심스럽게 두청 곁으로 다가가 의자에 앉았다.

두청은 발소리를 듣고도 노트북 영상을 지켜보고 있었다.

웨샤오후이의 핸드폰에서 수집한 영상으로, 사건 당일 밤 발생한 일의 전 과정이 담겨 있었다.

두청은 왼손으로 턱을 받치고 오른손에는 절반 정도 타들어 간 담배를 끼운 채 화면을 뚫어지게 보고 있었다. 린궈둥은 마젠의 등에 반쯤 엎드려 두 손으로 칼 손잡이를 쥐고 아래로 짓누르고 있었다.

마젠의 두 다리에 경련이 일었다.

노트북 스피커에서 끊임없이 외치는 여자의 고함 소리가 흘러나왔다.

"손 놓으세요! 빨리 손 놓으라고요……."

장전량은 영상을 꺼 버렸다.

두청은 여전히 모니터를 멍하니 바라보고 있었다. 한참 뒤에 고개를 숙인 그는 손에 이마를 대고 팔 안쪽에 얼굴을 파묻었다. 온몸이 미세하게 떨리고 있었다.

장전량은 일어나 뜨거운 물 한 잔을 따라와 두청의 가방에서 약병을 꺼내 앞에 놓아두었다.

"지명 수배 떨어졌어요. 인원 배치도 완료했고요. 린궈둥한테 날개가 있지 않은 한, 도시 밖으로 빠져나갈 수 없을 거예요."

두청은 아무 말이 없었다.

"사부님 차랑 마젠 선배 차, 충돌로 파손이 심각하다면서 현장 감식 쪽에서 무슨 일이냐고 물어보던데, 사실대로 말할까요?"

장전량이 주저하며 말했다.

두청은 고개를 들더니 담배에 또 불을 붙여 몇 모금을 빨고는 천천히 말했다.

"사람 목숨 구하는 게 급해서 둘 다 정신이 없었고, 비가 와서 노면이 미끄러운 탓에 부딪친 거라고 말해."

"네, 그렇게 전달할게요."

"린궈둥 집 압수수색영장은?"

"나왔어요." 장전량이 손목시계로 시간을 확인했다.

"지금쯤 출발했을 거예요."

두청이 담배꽁초를 눌러 끄며 일어났다.

"가자."

뤼주위안 단지 22동 4구역 앞에 경찰차들이 정차했다. 주변에는 주민 십여 명이 서서 501호 창문을 가리키며 수군댔다.

두청은 구역 입구 쪽 시멘트 계단에 잠시 서 있다가 위층으로 올라갔다. 장전량은 아무 말 없이 그 뒤를 따랐다.

501호 입구에는 이미 폴리스 라인이 쳐져 있었다. 몸을 굽혀 안으로 들어가자 기술팀 장리민張利民이 벌써 감식 도구 상자를 정리하고 있었다.

"감식 끝났어?"

"네. 뭐 늘 하던 거잖아요."

장리민이 침실을 가리켰다.

두청은 거실 중앙에 서서 방 두 개 거실 하나인 방을 둘러보았다. 뒤이어 그는 소파 옆으로 가서 모델과 원단을 살펴보았다. 소파가 언제부터 이 자리에 있었는지 대강 추측해 보더니 화장실로 시선을 옮겼다.

욕조가 가장 먼저 눈길을 끌었다. 두청은 화장실을 한 바퀴 둘러보더니 소리쳤다.

"리민, 이리 좀 와 봐." 장리민이 도착하자 두청이 욕조와 벽을 가리켰다.

"여기, 감식 다시 해 줘."

"네?" 장리민은 담배에 불을 붙이려다 말고 놀란 얼굴로 물었다.

"뭐 찾으시는데요?"

"혈흔이 있는지 중점적으로 살펴봐."

두청이 바닥을 밟으며 덧붙였다.

"타일도 검사해 주고. 틈새 하나라도 놓치면 안 돼."

장리민은 의혹이 더 짙어졌지만 두청이 진지하게 말하자 더 캐묻지 않고 작업을 시작했다.

"고마워. 나오는 것 있으면 바로 나한테 알려 줘."

두청이 그의 어깨를 툭툭 치며 말했다.

화장실을 나와 실내를 계속 훑어보았다. 장전량은 입구에서 통화하고 있다가 두청이 나오는 걸 보고 전화를 끊고 다가왔다.

"마젠 선배 형수님이 분국에 오셨대요."

장전량이 두청을 보며 말했다. "사오화 선배도요."

두청은 엘리베이터를 나와 곧장 부국장실로 향했다. 몇 걸음 걷지도 않았는데 뒤에서 누군가 그를 불렀다. 돌아보자 장하이성이 지첸쿤을 태운 휠체어를 밀며 다가오고 있었다.

"여긴 어쩐 일이에요?"

"오늘 아침에 지명 수배 떨어졌다는 뉴스 봤어요."

지첸쿤은 휠체어에 앉아 두청을 올려다보았다.

"린궈둥이 무슨 짓을 한 건데요? 납치됐다던 여대생이 누굽니까? 샤오후이예요?"

두청이 장하이성을 보았다. 장하이성은 눈치껏 몇 미터 밖으로 걸어가 벽에 기댄 채 담배를 피웠다.

"린궈둥……." 두청이 할 말을 가다듬었다.

"린궈둥이 경찰을 죽였어요. 어젯밤 그놈한테 납치된 사람은 샤오후이가 맞고요. 그 녀석이 자기 몸에 '나비부인'을 뿌리고 린궈둥을 꼬드겨서 범행을 유도할 생각이었나 봐요. 현행범으로 체포할 수 있게요."

"지금 샤오후이 상태는 어때요?"

지첸쿤의 안색이 창백해지더니 마치 일어날 것처럼 휠체어 손잡이를 꼭 쥐었다.

"찰과상 정도라 크게 걱정 안 하셔도 돼요. 지금 공안 병원에 있어요."

지첸쿤의 얼굴에서 긴장이 좀 풀렸다. 그는 휠체어를 움직여 장하이성을 불렀다.

"빨리 공안 병원으로 좀 데려다줘."

"제발 아무것도 하지 마세요. 린궈둥이 잡히는 건 시간문제니까요."

두청이 당부하더니 어두워진 표정으로 말했다.

"그놈이 제 동료를 죽였는데, 그 과정을 찍은 영상 증거가 현장에 남아 있었어요. 이번에는 절대로 못 빠져나갈 겁니다."

지첸쿤이 뒤로 돌다가 멈추었다. 그는 고개를 숙인 채 잠시 생각하더니 두청을 보았다.

"그 얘기는 지금 린궈둥이 그 경찰을 죽인 죄목으로 기소될 거란 말입니까?"

"네."

"제 아내를 죽이고 그 여자들을 죽여서가 아니고요?"

"이거나 저거나 다르지 않습니다." 두청이 지첸쿤의 의도를 알아차리고 덧붙였다.

"린궈둥은 사형될 가능성이 커서……."

"그러니까 놈을 법정에 세울 때 제 아내 이름은 언급조차 되지 않는 다는 거잖아요?"

"제 말 좀 들어보세요!" 두청은 더 이상 참지 못하고 말했다.

"우린 지금 합법적으로 린궈둥 집을 수색할 수 있어요. 그런데 20년 도 넘은 사건의 증거가 아직 남아 있을지는 장담할 수 없습니다……."

"법정은 죽은 경찰한테만 관심이 있고 린궈둥이 23년 전에 저지른 일에 대해서는 듣지도 묻지도 않는다……."

"제 동료가 살해됐습니다. 제 친구가요!"

두청이 울부짖으며 다가서더니 휠체어 손잡이를 잡고 지첸쿤의 두 눈을 똑바로 쳐다보았다.

"당신이 어떻게 생각하든 상관없어요. 이 일은 이제 곧 끝날 겁니 다. 그러니까 얌전히 계세요. 린궈둥이 처형당하는 꼴을 보게 해 드릴 테니까!"

"경관님한테나 끝난 거죠." 지첸쿤은 조금도 물러서지 않고 두청을 마주 보았다.

"전 아닙니다."

지첸쿤은 휠체어를 밀고 장하이성 쪽으로 다가갔다.

두청은 엘리베이터로 사라지는 두 사람을 보면서 마음이 답답했다. 그렇다고 어찌할 도리도 없었다. 그는 이를 악물고 부국장실로 들어 갔다.

돤훙칭은 소파에 앉아 흐느끼는 노부인을 위로해 주고 있었다. 소파 반대쪽에는 뤄사오화가 앉아 있었다. 꼭 감은 뤄사오화의 두 눈에서 눈물이 흘러내리고 있었다.

두청이 들어오는 걸 보고 노부인이 일어나 두청의 소매를 붙들었다.

"두청, 두청……." 노부인의 목소리는 애통해하는 것 같기도 하고 간청하는 것 같기도 했다.

"이게 대체 어떻게 된 일이에요. 멀쩡하던 사람이 어떻게 이렇게 갑자기……."

"형수님, 진정하세요." 두청이 노부인을 부축하며 자리에 앉혔다.

"팀장님은 사람을 구하려다 그렇게 된 거예요……. 죽을 때까지 자신이 경찰이라는 걸 잊지 않았어요."

"퇴직하고 나면 하루 종일 마음 졸일 일이 없을 줄 알았는데……." 노부인은 또다시 통곡하기 시작했다.

"그러게 다 늙어서 왜 괜한 일에 나서 가지고."

노부인의 울음소리가 고요한 사무실 안에 울려 퍼졌다. 두청은 그녀 옆에 앉아 주름 가득한 두 손을 꼭 잡아 주었다. 마음속에 차오르는 슬픔과 비통함은 이루 말할 수 없었다. 돤훙칭은 고개를 숙인 채 아무 말도 하지 않았다. 뤄사오화는 여전히 눈물을 흘리고 있었다.

한참이 지나서야 노부인의 울음소리가 잦아들었다. 노부인은 눈물을 닦고 길게 한숨을 내뱉었다.

"이 사람 지금 어딨어요? 제가 가서 좀 봐야겠어요."

"가시지 않는 게 좋을 겁니다." 돤훙칭이 난색을 표하며 말했다.

"본인 몸부터 챙기셔야죠."

"아뇨." 노부인은 단칼에 거절하며 울먹이는 목소리로 말했다.

"그 사람 혼자 외롭게 가게 둘 수는 없……."

돤훙칭이 두청을 쳐다보자 두청이 가볍게 고개를 끄덕였다.

두청은 비서를 호출해 노부인을 장례식장에 모시고 가라고 분부했다.

노부인이 자리를 떠난 뒤 사무실에는 죽음 같은 정적이 찾아왔다. 책상 앞에 한참을 앉아 있던 돤훙칭이 자리에서 일어나 두청과 뤄사오화에게 물 한 잔씩 따라 주었다. 그는 의자를 끌어다가 소파 맞은편에 앉아 두 사람의 얼굴을 번갈아가며 쳐다보았다.

"두청, 이제 얘기해 봐. 어젯밤 대체 무슨 일이 있었던 거야? 마젠은 현장에 왜 간 거고?"

"다들 짐작하고 있잖아요." 두청이 코웃음을 치더니 입으로 뤄사오화를 가리켰다.

"저긴 더 잘 알걸요."

돤훙칭은 뤄사오화를 힐끔 쳐다보았다. 뤄사오화는 마침내 고개를 숙이며 탄식했다.

"내가 웨이징 빌딩에 갈 거란 걸 팀장님이 어떻게 안 거야?" 두청이 뤄사오화를 죽일 듯이 노려보았다.

"네가 정보라도 흘린 거야?"

"그럴 필요도 없었어." 뤄사오화는 무릎에 머리를 대고 불분명한 목소리로 말했다.

"분국에 네 사람이 있듯이 팀장님한테도 있었던 거지." 뤄사오화가 고개를 들었다.

"네 일거수일투족을 다 꿰고 있었어."

"그런데 넌 왜 안 갔어? 넌 왜 안 갔냐니까?"

두청이 일어나 이를 악물었다. 돤훙칭이 얼른 두청을 말리다 옆으로 밀쳐졌다.

두청은 뤄사오화를 똑바로 보며 말했다.

"말해!"

말이 떨어지기가 무섭게 두청이 뤄사오화의 머리를 힘껏 내려쳤다.

뤄사오화의 머리가 한쪽으로 틀어졌다. 고개를 돌려 두청을 마주 보자마자 이번에는 손바닥이 날아와 뺨을 세게 후려쳤다.

"죽어야 할 놈은 너였어!" 두청의 손이 부들부들 떨렸다.

"네놈이 칼에 찔려 죽었어야 했다고!"

뤄사오화는 입가에 피를 흘리며 참담한 미소를 지었다.

"그래, 다 내 잘못이야……."

"애초에 네가 증거를 내놨으면 이 모든 일은 일어나지도 않았어!"

두청이 손바닥을 펼쳐 보였다.

뤄사오화는 시선을 피하며 툭 던지듯이 대답했다.

"안 돼."

"야, 이 새끼야!" 두청이 분노를 터뜨리며 다시 주먹을 휘둘렀다.

"대체 왜 안 된다는 건데!"

돤훙칭은 더는 참고 있을 수만은 없어 두청의 허리를 붙잡고 말렸다.

뤄사오화는 말리고 뿌리치는 두 사람을 무표정하게 바라보면서 또 박또박 말했다.

"네 말대로 이미 세상을 떠난 마당에 팀장님한테 더 이상의 오점을 남길 순 없어."

"그게 무슨 개소리야! 팀장님은 사람을 구하려고 한 거야! 죽을 때까지 경찰이었다고! 그런데 넌? 책임 따위는 안중에도 없는 겁쟁이 새끼 같으니라고!"

두청이 돤훙칭에게 벗어나려고 필사적으로 발버둥 치며 말했다.

뤄사오화는 한참 후 자리에서 일어나 돤훙칭에게 말했다.

"무슨 일이 있어도 최대한 빨리 잡으셔야 합니다. 체포 거부하면 그냥 쏴 죽이세요."

뤄사오화는 몇 번이고 자신에게 달려들 기세인 두청을 보며 말했다.

"내가 저지른 잘못은 내가 책임져."

그는 비틀거리며 밖으로 나가 버렸다.

돤훙칭은 여전히 버둥거리는 두청을 풀어주고 거친 숨을 몰아쉬었다. 잠시 후 재빨리 어디론가 전화를 걸었다.

"분국 전체에 연락 돌려서 지금 하던 거 다 내려놓고 린궈둥 체포하는 데 경찰 병력 전부 투입하라고 해."

돤훙칭은 두청을 가리키며 말했다.

"네가 맡아서 팀 이끌어."

돤훙칭은 부어오른 두청의 얼굴을 보며 이를 악물었다.

"네가 며칠을 더 살든 상관없어. 그렇게 죽어라 버틸 거면 린궈둥 사건 마무리 지을 때까지 버티라고 이 자식아!"

병실 문을 열었는데 웨샤오후이 병상에는 아무도 없었다. 웨이중은 절반 남은 수액병과 허공에 매달려 있는 바늘을 발견하고 간호사실로 향했다.

당직 간호사도 웨샤오후이의 행방을 알지 못했다. 웨샤오후이에게 전화를 걸었지만 받지 않았다.

어쩔 수 없이 층마다 찾아볼 생각으로 발걸음을 옮겼다. 그러다 벽에 붙은 금연 표시를 보고 뭔가 떠오른 듯 병원 밖으로 나갔다.

정원이 크지 않아 화단 옆 벤치에 앉아 있는 웨샤오후이를 금방 발견할 수 있었다. 환자복만 입은 채 무릎을 안고 앉아 담배를 피우고 있었다. 웨이중은 웨샤오후이를 부르며 재빨리 뛰어갔다. 웨샤오후이가 소리가 난 쪽을 바라보며 무표정하게 다시 고개를 돌렸다.

웨이중이 그녀 옆으로 달려와 팔을 잡았다.

"너 미쳤어! 왜 이렇게 얇게 입었어. 이러다 감기 걸려!"

웨샤오후이는 그의 손을 뿌리치고 여전히 앞쪽을 바라보며 담배에 불을 붙였다.

웨이중은 말없이 패딩을 벗어 웨샤오후이의 어깨에 걸쳐 주었다. 이번에는 웨샤오후이도 거부하지 않았다. 그를 외면한 채 흐리멍덩한 눈빛으로 외래 병동을 드나드는 사람들을 바라보았다.

긴 머리를 포니테일로 묶은 웨샤오후이는 목에 두꺼운 거즈를 두르고 팔에는 붕대를 감고 있었다. 웨이중이 낮은 목소리로 물었다.

"몸은 좀 어때?"

한참이 지나 웨샤오후이가 말했다.

"괜찮아. 가벼운 찰과상이래."

웨샤오후이는 고개를 들어 웨이중을 자세히 보다 그의 이마 끝에 붙은 거즈로 시선을 옮겼다.

"넌?"

"나도 괜찮아." 웨이중이 웃었다.

"세 바늘 꿰맸어."

웨샤오후이도 입꼬리를 올렸지만 우는 것도 웃는 것도 아닌 어색한 표정이었다. 그녀는 금세 고개를 숙여 이마를 무릎에 갖다 대었다.

"잠을 잘 수가 없어. 진정제를 배로 맞아도 소용이 없네." 웨샤오후이의 목소리는 깊은 바닥에서 전해지는 것처럼 낮고 흐릿했다.

"눈을 감으면 피가 보여. 천지를 뒤덮는 폭포 같은 피 말이야."

웨이중은 마음속 깊이 한숨을 내쉬며 다가가 웨샤오후이의 어깨를 끌어안았다. 웨샤오후이는 몸을 떨며 본능적으로 뒤로 몸을 피했다. 그러고는 금세 웨이중의 품에 기대었다. 웨이중은 그녀가 떨고 있는 게 느껴졌다. 풍성한 긴 머리 안에서 울음소리가 새어나왔다.

"나 때문이야……. 전부 다 내 탓이라고……."

웨샤오후이의 흐느낌이 끊어졌다 이어졌다를 반복했다. 어떻게 웨샤오후이를 위로해야 할지 몰라 꽉 안아 주기만 했다.

울음소리가 서서히 잦아들었다. 웨샤오후이가 웨이중의 품에서 고개를 들더니 가볍게 그를 밀어냈다.

"미안해."

웨샤오후이는 진정이 됐는지 길게 한숨을 내쉬었다. 소매로 눈가에 남은 눈물을 닦더니 웨이중의 가슴을 가리켰다.

"옷이 다 젖었네."

"괜찮아." 웨이중이 옷을 대충 쓱쓱 닦았다.

"상처 치료하는 데만 집중해. 괜히 이상한 생각 하지 말고."

"생각 안 할 수가 없는걸."

웨샤오후이의 눈 주위가 또 붉어지더니 목소리에 울음이 섞였다.

"내가 너무 제멋대로였어. 나만 아니었으면 그 경찰 아저씨도 날 구하려다 그렇게 되지는 않았을 텐데……."

"마젠 경관님."

"그래. 기억할 거야. 마젠 경관님."

웨이중이 말없이 웨샤오후이를 바라보았다.

"샤오후이."

"응?"

"왜 그렇게까지 한 거야?"

"몰라서 물어?" 웨샤오후이는 놀라며 눈썹을 치켜올렸다.

"린궈둥을 잡고 싶었으니까."

"내가 묻는 건 그게 아냐." 웨이중이 핸드폰을 꺼냈다.

"나한테 동영상 보내면서 네가 그랬지. 기회가 된다면 왜 그렇게까지 하려고 했는지 다 설명해 준다고."

웨샤오후이는 웨이중을 한 번 보더니 고개를 돌려 입술을 깨물었다.

"그게 얼마나 위험한 일인지 너도 알고 있었잖아. 잘못하면 목숨을 잃을 수도 있었다고. 네가 라오지한테 잘하고 두 경관님 때문에 마음 아파하는 거, 린궈둥을 죽일 듯이 증오하는 거 다 이해해. 그런데 이게 네 목숨을 내던질 정도로 중요한 건 아니잖아. 무엇보다 아직 이루지 못한 염원도 남아 있고." 웨이중은 잠시 망설였다.

"아직 네 어머니를 살해한 범인을 못 찾았잖아."

웨샤오후이는 여전히 말이 없었지만 입술이 떨리기 시작했다.

"그러니까 나한테 설명해 줘. 왜 그랬어?"

웨이중이 허리를 굽혀 웨샤오후이와 똑바로 눈을 마주쳤다.

한참 뒤에 웨샤오후이가 낮은 목소리로 말했다.

"왜 그랬는지 말해 줄 수 있어. 그런데 지금은 때가 아냐."

웨샤오후이는 자리에서 일어나 패딩을 벗어 웨이중에게 돌려주었다.

"이만 가야겠다."

몇 걸음 떼자마자 웨샤오후이가 다시 뒤로 돌며 복잡한 표정으로 웨이중을 훑어보았다.

"그거 알아?" 웨샤오후이가 웃었다.

"너, 예전이랑 좀 달라졌어."

웨이중도 웃었다.

"그럴지도."

웨샤오후이는 생각에 잠긴 듯 고개를 갸우뚱했다. 그러더니 웨이중에게 손을 흔들며 입원 병동 쪽으로 걸어갔다.

웨이중은 패딩을 손에 든 채 웨샤오후이가 병동 입구로 사라지는 것을 바라봤다. 벤치에 앉아 두 다리를 쫙 펴고 신발 끝을 넋을 놓고 보았다.

내가 변했나?

그래. 지난 몇 개월 동안 가장 어두운 죄악, 가장 강렬한 감정, 가장 잔혹한 범인, 가장 용감한 경찰을 경험했으니까.

웨샤오후이도 변했어. 혼자만의 비밀이 생겼으니.

사실, 나도 마찬가지야.

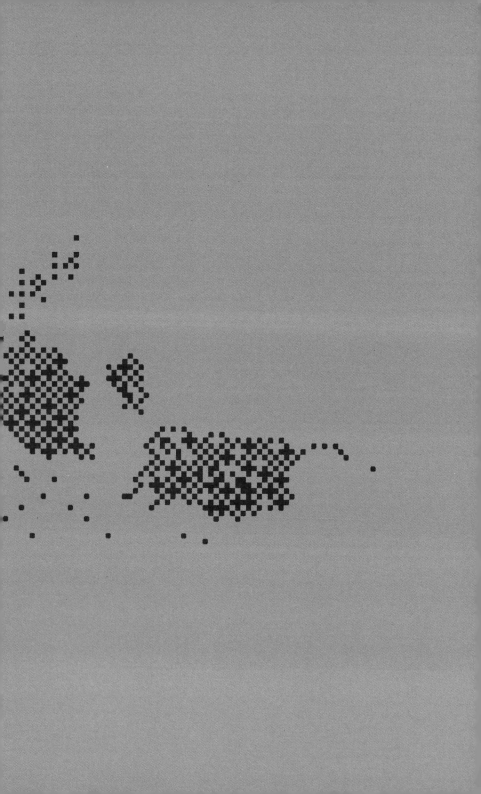

제32장

대역

1

도처에 그가 있었다.

마트 문, 벽, 기차역 매표소, 가로등 기둥, 은행 입구, 지하철.

린귀둥은 음침한 눈빛으로 이 도시를 훑고 있었다.

두청은 시선을 거두고 차창에 머리를 기댔다. 차를 운전하던 장전량이 그를 보며 컵홀더에 있는 텀블러를 건넸다.

"사부님, 약부터 좀 드세요." 장전량이 다시 앞을 보았다.

"한숨 주무세요. 그저께부터 지금까지 거의 눈도 제대로 못 붙이셨잖아요."

"괜찮아." 두청이 물과 함께 약을 삼켰다.

"좀 더 서둘러 줘."

장전량은 알겠다고 하며 액셀을 힘껏 밟았다.

뤼주위안 단지 22동 4구역 501호.

장리민은 두건과 발싸개를 착용하고 있었는데, 마스크를 목까지 내린 채 벽에 기대어 담배를 피우고 있었다. 두청이 성큼성큼 계단을 올라오는 걸 보고 인상을 찌푸리며 담배를 눌러 껐다.

"몸도 성치 않으신 분이 왜 굳이 나오셨어요. 분국에 계시면 제가 전화로 알려 드릴 텐데." 장리민이 다시 장갑을 꼈다.

"그렇게 급한 거예요?"

"급해."

두청은 곧장 501호로 걸어갔다. 통행을 위해 깔아둔 발판이 현관문에서 화장실까지 이어져 있었다. 조심스럽게 발판을 밟고 몇몇 감식요원이 바닥에서 분주히 일하는 모습을 지켜보았다.

"어떻게 돼가?"

"네 번째로 검사 중인데요." 장리민이 지친 목소리로 말했다.

"루미놀 반응이 있기는 한데, 대부분 먼지라서 혈흔 확인이 쉽지 않겠어요."

그가 바닥을 가리켰다.

"요청하신 대로 타일 틈새까지 다 살펴봤어요. 찾으시는 혈흔이 얼마나 오래된 거예요?"

"23년 전 거야."

"대체 무슨 사건을 조사 중이신 건데요? 마젠 선배 일은 그저께 벌어진 거 아니에요?" 장리민이 눈을 크게 떴다.

"혈흔을 찾는다고 해도 오염됐을 가능성이 커요. DNA가 검출될지도 확실하지 않고요."

두청의 안색이 어두워졌다. 그는 장리민에게 수고했다고 말한 뒤 거실로 돌아와 실내를 둘러보았다.

지첸쿤은 내키지 않아 했지만 사실 두청도 마찬가지였다. 마젠을 살해한 린궈둥이 형사책임을 지는 건 마땅한 일이었다. 만약 23년 전 연쇄 살인 사건이 제대로 밝혀지지 않은 채 흐지부지 끝난다면 두청도 홀홀 털어 버리기 힘들 것 같았다. 전에 린궈둥에게 강제 조치를 취하지 않았던 건 증거를 확보할 가능성이 희박했기 때문이었다. 지금은 합법적으로 그의 집을 수색할 수 있지만 여전히 많은 어려움이 있었다.

두청은 소파, 서랍장, 식탁, TV장을 순서대로 살펴보았다. 린궈둥이 여성들을 강간하고 살해한 현장은 이곳이 틀림없었다. 그중 시신을 자른 현장인 화장실에 물증이 있을 가능성이 가장 컸다. 하지만 현장 감식 결과는 썩 낙관적이지 않았다. 그렇다면 이제 또 어디에서 실마리를 찾을 수 있을까?

가구와 물품 대부분은 교체되어 감식할 만한 가치가 전혀 없었다. 오랫동안 사용한 것들이라 증거가 남아 있는 건 거의 불가능했다.

두청은 있는 대로 미간을 구기며 또 다른 발판에 올라섰다. 오래된 바닥은 무게를 견디지 못하고 삐걱삐걱 소리를 냈다. 순간 무슨 생각이 났는지 발밑을 쳐다보았다.

황갈색 들메나무 바닥이 오래돼서 페인트가 얼룩덜룩 남아 있고 이음매가 대부분 갈라져 있었다. 침실로 시선을 돌렸다. 벽 구석에 놓인 1인용 침대가 보였다. 나무 침대는 구식 모델이었는데 침대 시트와 침구는 상대적으로 새것이었다. 두청은 잠시 생각하다 뒤에 있는 장전량을 불렀다.

"침실까지 통행로 좀 연결해 줘."

발판 설치가 금방 끝났다. 두청은 손전등을 켜고 납작 엎드려 침대 밑을 살폈다. 침대 밑바닥은 더 심하게 마모되어 있었고, 바닥 표면에는 두꺼운 먼지층이 쌓여 있었다. 일어나 동료들에게 침대를 옮기라고 손짓했다. 이후 그는 침대 가장자리에 엎드려 바닥을 더 꼼꼼하게 살펴보았다.

먼지가 날숨에 날아가지 않도록 숨을 참고 관찰했다. 점점 그의 이마에 땀이 송골송골 맺히고 얼굴도 새빨개졌다. 그는 갑자기 휘둥그레지더니 바닥에 붙을 정도로 얼굴을 가까이 가져갔다.

두청은 등 뒤로 손을 내밀었다.

"핀셋 좀."

장전량이 얼른 감식 도구 상자에서 핀셋을 꺼내 건넸다. 두청은 벽 구석에 있는 바닥 틈에서 손만 뒤로 내밀어 핀셋을 받았다.

핀셋을 바닥에 가까이 가져가면서 조심스럽게 각도를 맞추었다. 마침내 바닥 틈에서 뭔가를 끄집어냈다.

핀셋을 허공에 들어 올린 채 침대에서 천천히 일어났다. 모든 사람의 시선이 핀셋 끝에 쏠리더니 일순간 실내가 쥐 죽은 듯 고요해졌다.

얼핏 보기에는 먼지덩어리에 불과한 것 같았지만 자세히 들여다보니 그 안에 길이가 다른 털 몇 가닥이 섞여 있었다.

웨이중은 복도를 혼자 걷고 있는 노인 몇 명을 지나 지첸쿤의 방으로 곧장 향했다. 평소와 다르게 문이 완전히 닫혀 있었다. 문을 밀어봤지만 잠겨 있었다.

그와 거의 동시에 당황한 듯 요란한 소리가 방에서 전해지더니 라오지의 목소리가 들렸다.

"누구세요?"

웨이중이 의아해하며 대답했다.

"저예요, 웨이중."

순간 조용해지더니 어렴풋하게 속삭이는 소리가 들렸다. 잠시 후 문이 열리고 장하이성이 고개를 반쯤 내밀었다.

"라오지가 몸이 좀 안 좋으셔. 방금 약 먹고 주무시려고 하니까 다음에 다시 와."

"네?" 웨이중이 인상을 찌푸렸다.

"어디가 안 좋으신데요?"

"감기야." 장하이성의 말투와 표정에서 짜증이 느껴졌다.

"이만 가 봐."

장하이성은 이 말을 끝으로 문을 닫아 버렸다.

방문을 잠그고 뒤돌아선 장하이성은 지첸쿤이 비닐봉투를 하나를 발밑에 던지는 것을 보더니 대경실색하며 말했다.

"좀 살살하실 수 없어요?" 장하이성은 언제라도 도망칠 준비라도 하듯이 문짝에 바짝 기댔다.

"저 아직은 죽고 싶지 않다고요."

지첸쿤이 웃었다. 테이블 위에 비닐봉투, 파이프, 전선 등이 가득 놓여 있었다. 그는 물품들을 하나하나 철저히 점검했다. 빠진 게 없는지 확인을 하다가 아직도 문 옆에 서 있는 장하이성을 발견했다.

"왜 아직도 안 가고 그러고 있어?"

"라오지, 대체 언제까지 절 괴롭히실 작정이에요?" 장하이성은 여전히 공포에 질린 얼굴로 테이블을 쳐다보고 있었다.

"라오지가 절 고발하지 않으셔도 어차피 조만간 감옥에 들어갈 수밖에 없다고요."

"괴롭히다니? 난 돈을 줬는데."

지첸쿤이 휠체어에 등을 기댄 채 의미심장한 눈으로 장하이성을 바라보았다.

"조급해할 거 없어. 이제 곧 끝나니까. 자넨 내가 뭘 하려는 건지 알고 있잖아? 그때 가서 자네나 나나 입 다물고 있으면 죽은 사람은 말을 못 하니 아무도 자네를 어쩌지 못할 거야."

'죽은 사람은 말을 못 한다'는 말을 듣고 장하이성은 슬픈 표정이 아닌 오히려 홀가분한 표정을 지었다. 그는 제자리에 서서 잠시 생각하더니 말했다.

"그…… 그럼 전 가 볼게요."

지첸쿤은 말려 있는 전선을 풀면서 고개도 들지 않은 채 "그래" 하고 대답했다.

"참, 교통비랑 식비 말인데……."

지첸쿤이 주머니에서 3백 위안을 꺼내 던졌다.

"사흘 치 비용이니까 일단 그거 먼저 쓰고 있어."

장하이성은 돈을 주머니에 넣은 뒤 문을 열었다. 그런데 또 지첸쿤이 그를 불러 세웠다.

"내 말 잘 들어."

지첸쿤이 돋보기를 벗고 눈빛을 번득이며 말했다.

"그놈이 나오면 옷차림, 표정, 태도 할 것 없이 전부 다 나한테 보고해. 알아들었지?"

순간 알 수 없는 두려움을 느낀 장하이성은 되는대로 고개를 끄덕인 뒤 허둥지둥 문을 나섰다.

웨이중은 양로원 뜰로 나와 지첸쿤 방 창문을 보았다. 두꺼운 커튼 때문에 방안을 전혀 볼 수가 없었다. 웨이중은 의혹이 가득한 표정으로 양로원 밖으로 걸어 나갔다.

막 철문을 나서는데 누군가가 벽에 기댄 채 서 있는 걸 발견했다. 웨샤오후이였다.

"여긴 어떻게 왔어?"

웨이중은 깜짝 놀라며 그녀를 살폈다. 웨샤오후이의 목에는 여전히 거즈가 덮여 있었고 무척 피곤해 보였다.

"너 여기 있을 줄 알았다." 웨샤오후이가 입으로 건물을 가리켰다.

"라오지 만났어?"

"아니." 웨이중이 고개를 저었다.

"몸이 좀 안 좋으셔서 방에만 계시는 모양이야."

웨샤오후이의 얼굴에서는 아무런 표정도 읽을 수 없었다. 그녀는 철문 입구로 걸어가 멀리서 지첸쿤 방 창문을 바라보며 아무 말도 하지 않았다.

"상처도 다 안 나았는데 밖에는 뭐 하러 나왔어?"

웨이중은 그녀의 손등에서 선명한 바늘 자국을 발견했다.

"병원까지 데려다줄게."

그런데 갑자기 한숨을 쉬던 웨샤오후이가 길가로 나가 택시를 잡았다.

"나 따라와."

가는 내내 웨샤오후이는 한마디도 하지 않았다. 웨이중은 어디로 가는 건지 몇 번이고 물어보고 싶었지만 차마 입을 뗄 수 없었다. 웨샤오후이가 원래 가지고 있는 견고한 무언가가 지금은 거의 뚫을 수 없는 갑옷처럼 더 단단해져 있었다.

30분 뒤 택시가 어느 주택 단지 앞에 정차했다. 웨샤오후이가 먼저 내려 단지 안으로 걸어갔다. 영문을 모르는 웨이중은 뒤를 바짝 따라갈 수밖에 없었다. 웨샤오후이는 단지로 들어가더니 어느 건물 앞에 멈춰 섰다. 그러고는 주위를 살피고 맞은편 주택 건물로 향했다.

건물 입구에 들어간 두 사람은 2층 계단참에 도착했다. 웨샤오후이는 까치발을 들고 창문을 통해 맞은편 건물을 바라보다가 웨이중에게 말했다.

"창턱에 있는 물건 좀 내려줘 봐."

웨이중은 웨샤오후이가 시키는 대로 화분 네 개와 옥수수 알 포대 하나를 바닥에 내렸다. 웨샤오후이는 시종일관 맞은편 건물에서 눈을 떼지 않고 신경을 집중하고 있었다.

웨이중이 더는 참지 못하고 물었다.

"여기가 어디야?"

웨샤오후이는 웨이중을 보지 않고 창밖을 향해 턱을 들어 올릴 뿐이었다.

"저기 5층이 뤄사오화 집이야."

"뭐?" 웨이중이 아까보다 더 놀라며 말했다.

"어떻게 알아냈어?"

"간단해. 우선 신문사 기자를 사칭해서 퇴직 경찰 특집 기사를 준비 중이라고 하면서 톄둥 분국에 전화해 집 전화번호를 받았어. 그다음에는 택배 기사라고 속이고 송장에 적힌 주소가 확실하지 않다면서 집 주소를 알아냈지. 어떤 노부인이 받았는데 아마 뤄사오화 아내일 거야."

웨샤오후이는 웃으며 슬그머니 넘어갔다.

"뤄사오화는 2005년 C시 10대 우수 경찰로 선정됐어. 인터넷에 사진이 있으니 절대 틀릴 수 없지."

웨이중은 한참 생각하다가 또 다른 질문을 던졌다.

"왜 그 사람을 미행한 건데?"

"린궈둥 잡으려고."

웨샤오후이의 눈가에는 이미 눈물이 가득 차 있었다.

"마줸 경관님을 위해서 뭐라도 해야 해."

웨이중은 그녀를 바라보았다.

"그래도 난 잘 모르겠어."

웨샤오후이는 어쩔 수 없다는 듯이 웃었다. 그녀는 고개를 숙이다가 다시 들면서 두 눈을 맞은편 건물에 단단히 고정했다.

"린궈둥이 이 도시를 벗어날 생각이라면 도움 청할 곳은 한 군데뿐이야. 저 사람, 뤄사오화."

"사오화 선배를요?" 장전량이 담뱃재를 떨다가 멈추었다.

"그럴 필요까지 있어요?"

두청이 그를 보며 고개를 끄덕였다.

사건이 발생한 지 벌써 이틀이 지났지만 린궈둥은 여전히 도주 중이었다. 이 도시의 주요 교통로에 경찰들을 배치한 점을 감안하면 린궈둥이 아직 도시 어딘가에 숨어 있는 게 분명했다. 린궈둥 집을 수색한 결과 그의 신분증, 은행 카드, 예금 통장이 전부 남아 있었기 때문이다. 그렇다면 린궈둥이 현재 가지고 있는 현금은 얼마 없을 게 뻔했다. 게다가 신분증이 없기 때문에 기차표, 비행기표, 시외버스표도 살수 없었다. 무엇보다 일단 먹을거리가 떨어지면 살아남는 것도 쉽지않을 터였다.

린궈둥의 성격상 막다른 골목에 몰려도 절대 자수하지는 않을 것이었다. 모든 방법을 다 동원해서라도 도망갈 구멍을 찾을 게 틀림없었다. 시내에 가족도 없고, 거리마다 온통 그의 수배 사진이 붙어 있어그를 도와줄 사람은 아무도 없었다.

그런 그에게 금전적인 도움을 줄 수 있는 사람은 오직 뤄사오화뿐이었다.

두 사람은 철천지원수였지만 뤄사오화는 린궈둥에게 약점이 잡혀있었다. 린궈둥이 체포되면 당시 뤄사오화가 법을 어겼다는 사실을 폭로하지 않으리란 보장도 없었다. 따라서 뤄사오화가 린궈둥의 도주를도우면 둘 다 편안해질 수 있었다. 지금 상황으로 볼 때 린궈둥은 얼마못 버틸 것이다. 어쩌면 조만간 뤄사오화에게 연락해 약점을 쥐고 위협하면서 도주 자금을 받아낼지도 몰랐다.

"일리가 있네요." 장전량이 가오량을 보며 말했다.

"그대로 진행해."

가오량이 지시를 받고 문을 열다가 급하게 들어오던 돤훙칭과 정면으로 부딪쳤다.

"야 인마, 눈은 폼으로 달고 다니냐!" 종이를 손에 쥔 돤훙칭의 얼굴이 초조해 보였다.

"뭐 하러 가는데 그렇게 허둥지둥이야?"

"그게…… 제 일이 아니라……." 가오량은 당황하더니 결국 두청을 가리켰다.

"두청 선배가 저한테 뤄사오화 선배 좀 감시하라고 하셔서요."

"감시 같은 소리 하고 있네!"

돤훙칭이 들고 있는 종이를 탁 하고 책상에 내려놓았다.

"일단 이것부터 수사해." 도시 주민 정보를 출력한 문서였다.

"콴청寬城 분국에서 가져온 사건이야."

돤훙칭의 목소리에서 미세하게 숨이 가쁜 게 느껴졌다.

"어젯밤에 콴청 입체 교차교에서 저우푸싱周復興이라는 사람이 지갑을 뺏겼나 봐. 피해자가 말한 용의자 특징이 린궈둥과 맞아떨어지는 부분이 많아."

가오량의 입에서 말이 바로 튀어나왔다.

"콴청취에 있단 소리네요?"

"중요한 건 그게 아냐." 돤훙칭이 가오량에게 눈을 흘겼다.

"지갑에 있는 건 현금 몇백 위안이 전부였어. 은행 카드 같은 건 린궈둥한테 있어도 쓸모가 없지. 그놈한테 쓸 만한 건 딱 하나야."

그가 손으로 종이를 누르며 말했다.

"신분증."

진펑은 따뜻한 차 한 잔을 들고 서재 문을 가볍게 똑똑 두드렸다. 아무 반응이 없어 한숨을 쉬며 문을 열고 들어갔다.

서재 안은 커튼이 쳐져 있고 어두컴컴한 데다 공기도 탁했다. 스탠드 불빛 아래 뿌연 연기 때문인지 뤄사오화의 형체가 희미하게 보였다. 왼손을 이마에 대고 오른손에 담배를 끼운 채 책상에 앉아 있었는데 그 앞에는 앨범이 펼쳐져 있었다.

진펑은 찻잔을 책상에 내려놓았다. 울고 있는 남편을 말없이 바라보며 그의 어깨를 감싸 안았다.

며칠 내내 그는 예전 물건들을 뒤적였다. 맨 처음 임관할 때 달았던 경찰 계급장, 이제는 폐기된 경찰증, 수갑 열쇠, 가죽 재질의 권총집, 경찰용 비수와 오래된 사진들. 종일 물 한 모금 입에 대지 않고 이 물건들을 보며 줄담배를 피워대고 있었다.

진펑은 뤄사오화를 안고서 앨범에 있는 사진을 바라보았다. 올리브색 제복 차림으로 마젠, 두칭, 뤄사오화가 나란히 서서 찍은 사진이었다. 마젠이 중간에 서서 두칭과 뤄사오화의 어깨에 각각 한 손씩 올려놓고 활짝 웃고 있었다. 두칭은 셔츠 칼라를 풀어헤치고 경찰모도 안 쓴 채 카메라 렌즈를 가리키며 무슨 말을 하고 있었다. 뤄사오화는 반듯하게 제복을 입고 수줍은 미소를 짓고 있었다.

다른 사진에서는 양복 차림으로 만취한 뤄사오화가 가슴 앞에 붉은 꽃을 달고 머리에 꽃가루를 잔뜩 묻히고 있었다. 두칭은 그 뒤에서 뤄사오화의 두 손을 뒷짐 지듯 붙잡으며 익살스러운 미소를 짓고 있었다. 마젠은 뤄사오화 앞에서 맥주병을 들고 그의 두 볼을 잡아 맥주를 입에 들이붓고 있었다. 새빨간 치파오를 입은 사진 속 진펑은 뒤에서 입을 가린 채 장난치는 세 사람을 지켜보고 있었다.

진펑도 마음이 녹아내렸다. 두 사람의 결혼식 날 찍은 사진이었던 것이다.

튼튼한 체격에 강골이던 청년이 지금은 백발이 성성한 노인이 되어 고집스럽게 아내를 등진 채 소리 없이 흐느끼고 있었다.

진펑은 그를 껴안고 계속 쓰다듬었다. 그녀의 품 안에서 뤄사오화는 부들부들 떨고 있었다.

한참 뒤 거실에서 핸드폰이 울렸다. 진평이 핸드폰을 가지러 거실로 나간 사이 뤄사오화가 눈물을 훔치며 얼굴을 닦았다.

진평은 핸드폰을 들고 침실로 걸어가면서 발신자 번호를 작게 읽었다.

"누구 전화야?"

"몰라, 못 보던 번호인데."

뤄사오화에게 핸드폰을 건넸다. 뤄사오화는 핸드폰에 뜬 전화번호를 물끄러미 바라보더니 통화 버튼을 눌렀다.

"여보세요?"

상대방은 아무 말이 없었다. 그저 자동차와 사람 소리, 의도적으로 억누르는 숨소리만이 어렴풋하게 들릴 뿐이었다. 누구인지 분간할 필요도 없었다. 뤄사오화는 숨소리만 듣고도 발신자가 누구인지 알 수 있었다.

"린궈둥, 지금 어디야?"

뤄사오화가 시선을 아래로 내리며 물었다.

이내 가벼운 웃음소리가 수화기 너머에서 들려왔다.

─눈치 한번 빠르네.

거칠고 탁한 목소리였다.

─좀 만납시다.

뤄사오화는 핸드폰 케이스에서 소리가 날 정도로 핸드폰을 꼭 움켜쥐었다.

"좋아."

─내가 돈이 좀 필요해.

"얼마나?"

─지금 가지고 있는 돈이 얼마나 되지?

"2, 3만 위안 정도."

— 좋아, 그럼 다 챙겨 와. 당신 차도.

린궈둥은 순간 멈칫하더니 갑자기 간절한 말투로 변했다.

— 당신도 손해 보는 장사는 아니잖아. 내가 잡히면 당신한테 좋을 게 하나도 없으니까. 다시는 돌아오지 않겠다고 약속하지. 다 같이 말년을 편안하게 보내는 거야."

뤄사오화은 잠시 침묵했다.

"어디서 만나?"

— 싱화베이제興華北街랑 다왕루大望路 합류 지점에 'The One'이라는 카페가 있어. 한 시간 뒤에 보지.

린궈둥이 또 웃었다.

— 누구 달고 오면 안 되는 거, 말 안 해도 알겠지?

뤄사오화는 바로 전화를 끊었다. 사진 속 마젠의 얼굴을 바라보던 그는 그동안 한 번도 느끼지 못했던 평온함을 느꼈다.

저우푸싱의 신분증 도난 사건은 금방 결과가 나왔다. 어떤 사람이 이 신분증으로 진화金華 빌딩 옆에 있는 기차표 대리 판매점에서 4월 2일 15시 36분에 출발하는 랴오닝성 단둥丹東시 행 기차표를 구매한 것이다. 대리 판매점에 설치되어 있던 CCTV 영상을 살펴보니, 4월 1일 오전 9시 23분에 이곳에서 기차표를 구매한 사람이 린궈둥인 것으로 확인되었다.

'3. 29. 살인 사건' 전담팀은 즉시 긴급회의를 열어 린궈둥 체포 작전을 위한 인원과 임무를 다음과 같이 배치했다. 우선 PC방, 찜질방, 펜션 등에 대한 조사를 강화하고, 특히 저우푸싱 신분증이 사용된 장소를 집중적으로 살핀다. 둘째, 철도 공안 분국과 긴밀하게 협조해 출입구, 매표소, 검색대, 대합실 등에 경찰 병력을 배치한다. 셋째, 천망시스템중국의 대규모 사회 감시망, SKYNET SYSTEM 통합관제센터에 전담자를 파견해 린꿰둥의 종적을 발견하는 즉시 체포한다. 마지막으로 린꿰둥이 도주할 것으로 보이는 목적지가 중국과 북한이 맞닿아 있는 단둥시라는 점을 고려했을 때 밀출국할 가능성도 배제할 수 없었다. 전담팀은 즉시 변방邊防관리부서와 출입경변방검사소에 연락해 사전에 적절한 대응조치를 취할 수 있도록 준비시켰다.

옛 상사가 살해된 만큼 분국 직원들은 린꿰둥을 체포할 날을 기다리며 단단히 벼르고 있었다. 하지만 두청만은 시종일관 말없이 생각에 잠겨 있는 듯했다.

회의가 끝나고 각 부서가 발 빠르게 움직였다. 린꿰둥이 열차에 오르기까지 이제 네 시간 정도 남아 있었다.

뤄사오화가 침실로 향하자 의아한 얼굴로 뒤따라가던 진펑은 그가 문을 닫는 바람에 밖에 멀뚱히 서 있게 되었다.

뤄사오화는 침대 가장자리에 앉아 있다가 주먹을 쥐고 무릎을 두어 번 쳤다. 그러고는 침대 밑에서 구식 가죽 상자를 꺼내 열었다. 오래된 옷들을 걷어내고 파일 하나를 꺼냈다.

파일에 적힌 글씨는 흐릿해지고 가장자리도 몇 군데가 파손되어 있었다. 파일을 열자 안에는 비닐봉투로 단단히 싸여 있는 직사각형 모양의 물건이 들어 있었다. 천천히 한 겹씩 봉투를 뜯어내자 햇빛 가리개와 글자가 적힌 종이가 모습을 드러냈다.

햇빛 가리개를 잡고 이리저리 살펴보다가 뒷면에 묻은 흑갈색 얼룩을 오랫동안 바라보았다. 뒤이어 침대 머릿장에서 가위를 꺼내 햇빛 가리개 가장자리를 따라 뒷면에서 부직포 부분 전체를 잘라냈다.

마지막으로 자리에서 일어나 침실을 한 바퀴 둘러보다가 부직포와 종이를 파일에 넣고 침실을 나섰다.

옷을 입고 검은색 털모자를 쓴 뤄사오화는 늘 메던 가방에 파일과 함께 책 몇 권을 집어넣었다. 책상에 있는 옛 물건 중에서 경찰용 비수도 찾아 주머니에 넣었다.

진펑은 거실 소파에 앉아 조용히 뤄사오화의 행동을 지켜보고 있었다. 마지막으로 그가 현관문으로 가서 신발을 신자 더는 참지 못하고 입을 열었다.

"여보!"

자신을 부르는 소리를 듣고 뤄사오화는 온몸을 떨었다. 천천히 신발끈을 묶고 가방을 챙겨 문을 나서려다가 뒤돌아서 진펑에게 다가갔다.

아내 앞으로 걸어와 한참 동안 바라보던 그는 그녀의 뺨을 어루만졌다.

주름이 가득하고 뼛속까지 차가운 손이었다.

"내가 잘못을 저질렀어. 그것도 아주 큰 잘못."

뤄사오화가 부드러운 목소리로 말했다. 목소리에는 피로와 결연함이 담겨 있었다.

"그래서 팀장님이 죽은 거야. 이제는 내가 바로잡으려고 해."

진펑의 눈에서 눈물이 왈칵 쏟아졌다. 그녀는 뤄사오화의 손을 잡고 고개를 저으면서 소리 없이 간청했다.

안 돼. 가지 마. 나랑 식구들 두고 떠나지 마.

뤄사오화는 미동도 없이 그 자리에 서서 그 어느 때보다도 아름다운 아내를 보았다. 정말 좋은 여자와 함께하는 너무 행복한 삶이지만……

진펑은 얼굴에 있던 손이 사라지는 것을 느꼈다. 고개를 들었을 때는 뤄사오화의 옷자락이 현관문을 빠져나가는 뒷모습만 보였다. 철문이 닫히는 소리와 함께 이미 복도로 들어선 뤄사오화는 닫힌 문 너머로 가슴이 찢어지는 듯한 울부짖음을 들었다.

서둘러 건물을 내려오는데 제멋대로 눈물이 흘러내렸다. 지금처럼 마지막 순간이 다가오기 전이라야 잠시나마 스스로 나약해질 수 있는 시간을 허락할 수 있었다. 건물 입구를 나서는 순간 눈물은 이미 닦여 사라진 뒤였고 붉어진 두 눈에는 불타는 증오만이 남아 있었다.

뤄사오화는 라이터로 파일 귀퉁이에 불을 붙인 뒤 통로에 있는 쓰레기통에 버렸다.

마젠의 복수도 하고 그에게 오명을 안길 수 있는 모든 가능성을 불태워야 했다. 파일에 들어 있는 증거들, 그리고 그 사람까지도.

시간을 확인하니 오후 1시 10분이었다. 린궈둥과 만나기까지 40분 남아 있었다.

그는 담배에 불을 붙인 뒤 길가에 세워 둔 산타나를 향해 성큼성큼 걸어갔다.

"어?"

웨이중의 눈이 순간 확 커졌다. 그는 잽싸게 맞은편 건물에 등장한 남자와 핸드폰 속 사진을 대조했다.

틀림없어. 뤄사오화야.

웨이중은 급히 웨샤오후이를 툭툭 밀었다. 웨샤오후이는 과일상자에 앉아 단잠에 취해 있었다.

며칠간 두문불출하던 뤄사오화였다. 혹시 몰라 웨이중과 웨샤오후이는 매일 늦게까지 그를 감시하다가 밤늦게나 학교로 돌아갔다. 그렇게 며칠을 반복하다 보니 점점 체력에 한계가 왔고 아직 상처가 다 낫지 않은 웨샤오후이는 더 말할 것도 없었다.

웨이중이 흔드는 바람에 웨샤오후이가 잠에서 깨어났다. 순간 어지러움을 느끼며 무슨 일이 일어난 건지 알 수가 없었다.

"얼른, 뤄사오화가 나왔어."

그 말을 듣자마자 웨샤오후이는 정신을 차리고 벌떡 일어나 건물 아래를 살폈다. 뤄사오화가 짙은 남색 차량으로 걸어가고 있었다. 웨샤오후이는 웨이중을 끌고 건물 아래로 뛰어 내려갔다.

두 사람이 단지 입구에 도착하자 뤄사오화가 운전석 문을 닫고 금방 도로로 빠져나가는 게 보였다. 웨샤오후이가 택시를 잡는 사이 웨이중은 연기가 피어오르는 쓰레기통이 수상하게 느껴졌다.

택시는 뤄사오화가 운전하는 산타나 뒤를 바짝 뒤쫓아 가면서 최종적으로 싱화베이제와 다왕루가 만나는 지점에 도착했다. 뤄사오화는 길가에 차를 세우고 'The One'이라는 카페로 들어갔다.

웨샤오후이는 십여 미터 떨어진 곳에서 택시에서 내렸다. 웨이중은 조금 전에 웨샤오후이가 택시 기사에게 둘러댄 미행 이유 때문에 여전히 어이없어하고 있었다.

"저기 앞에 가는 사람이 우리 아빠데요. 내연녀가 어떻게 생겨 먹었는지 좀 보려고요."

웨샤오후이는 카페를 보며 흥분된 표정을 지었다.

"커피 마시러 들어갔을 리는 없고, 분명 린궈둥을 만나려는 거야."

웨샤오후이는 도로를 가로질러 카페로 뛰어갈 태세였다. 웨이중이 그녀의 팔을 잡아 멈춰 세웠다.

"왜? 뤄사오화는 우리 본 적도 없는데 무슨 걱정이야?"

웨샤오후이가 놀라며 물었다. 그리고 이내 안색이 어두워졌다.

"오늘은 나 막을 생각 하지 마."

"뤄사오화는 못 봤어도 린궈둥은 너 봤잖아."

웨이중이 카페를 가리켰다.

"너까지 있는 거 알면 틀림없이 도망갈 거야."

웨샤오후이가 잠시 생각하더니 고개를 끄덕였다.

"가만 보니 너도 꽤 쓸모 있다."

웨이중은 쓸쓸하게 웃으며 그녀를 데리고 카페 맞은편에 있는 KFC 로 들어갔다. 창가 쪽 자리를 잡고 나서 말했다.

"우린 여기서 기다리자. 린궈둥이 나타나면 바로 경찰에 신고하는 거야. 절대 함부로 움직이지 마, 알아들었지?"

웨샤오후이는 고개를 끄덕이며 어느새 시선은 카페 입구에 고정하고 있었다.

KFC 2층에서는 린궈둥이 커피를 마시고 있었다.

2분 전, 린궈둥은 갈색 패딩을 입고 검은색 털모자를 쓴 뤄샤오화가 길을 건너 카페로 들어가는 걸 확인했다. 메고 있는 녹색 가방이 빵빵한 걸 보니 현금을 준비해 온 게 분명했다.

시계를 보았다. 오후 1시 40분. 좀 더 주변 움직임을 관찰한 뒤 매복 경찰이 없다는 확신이 들면 그를 만나러 갈 생각이었다.

커피 맛은 그저 그랬지만 요 며칠 그가 마신 것 중 베스트였다. 린궈둥은 입맛을 다시며 몇 시간 뒤면 맛보게 될 맛있는 음식과 자유를 상상했다.

역 입구 옆에서 신문과 잡지 등을 파는 노점상 주인, 매표소 입구에서 검은색 캐리어를 들고 있는 젊은 남자, 역 앞 광장에서 청소 중인 미화원, 숙소 광고판을 들고 호객 중인 여자.

망원경으로 볼 수 있는 장면들이었다. 기차역 밖은 이미 경찰 통제하에 있었다. 눈에 보이지는 않지만 기차역 안에서는 사복 경찰들이 사람들 틈에 섞여서 B5 개찰구를 주시하고 있다는 걸 장전량은 잘 알고 있었다.

그는 망원경을 내려놓고 시간을 확인했다. 오후 2시, 열차 출발 시각까지 아직 1시간 30분 정도 여유가 있었다.

"린궈둥이 그렇게 일찍 오진 않을 거예요." 장전량이 뒤로 돌아 두청을 마주 보았다.

"일단 좀 누워 계세요."

말이 떨어지기 무섭게 그는 그만 당황했다. 두청이 역 앞 경무실 창밖을 바라보면서, 진통제가 담긴 포장을 뜯고 있었다.

안색이 누렇고 얼굴이 심하게 부어 있는 데다, 배는 금방이라도 찢어질 북처럼 부풀어 있었다.

두청은 진통제를 입에 넣고 생수 반병을 단숨에 들이켰다.

장전량은 그를 보며 초조함 반 걱정 반이었다.

"사부님……."

"응?" 두청이 입을 닦으며 입안 가득 담긴 약을 힘겹게 삼켰다.

"방금 뭐라고 했어?"

"아무것도 아니에요." 장전량은 차마 더는 두청을 볼 수 없어 고개를 돌렸다.

"좀 쉬세요."

"됐어." 두청이 담배를 입에 물었다.

"버틸 만해."

"린궈둥은 열차 출발 시각 거의 다 돼서 도착할 거예요." 장전량이 계속 고집스럽게 말했다.

"쉬면서 기운 좀 차리세요. 이렇게 일찍부터 준비하실 필요 없어요. 저희도 있잖아요."

두청은 창밖으로 고개를 돌리더니 연기를 뱉었다.

"그놈이 언제 오는지가 문제가 아니야. 여길 오느냐가 문제지."

아무래도 장사가 썩 잘 되는 카페는 아닌 것 같았다. 웨이중과 웨샤오후이는 맞은편 KFC에서 약 20분 동안 카페를 살펴봤지만 드나드는 손님은 보이지 않았다. 뤄사오화와 상대방의 약속 시간을 모르기 때문에 지금 두 사람이 할 수 있는 건 기다리는 것뿐이었다.

웨이중은 감정을 억누르기 힘든지 핸드폰을 계속 만지작거렸다. 웨샤오후이가 그런 그를 보며 이해가 안 된다는 듯이 물었다.

"너 왜 그래?"

웨이중이 머리를 긁적였다.

"두 경관님한테 연락하고 싶어서."

"그럴 필요 없어." 웨샤오후이가 다시 카페 입구로 시선을 돌렸다.

"경관님이 린궈둥을 잡으면 바로 우리한테 알려 주실 텐데 뭐. 최소한 나한테 용의자 확인을 받으셔야 하니까."

"내 말뜻은 그게 아냐."

웨이중이 고개를 흔들었다.

"아까 뤄사오화가 집에서 내려왔을 때 뭔가에 불을 붙여서 쓰레기통에 버리더라고."

"뭐?" 웨샤오후이가 눈을 크게 떴다.

"그게 뭔데?"

"무슨 파일 같았어."

웨이중이 주저하는 표정으로 웨샤오후이를 쳐다보았다.

"그러니까 경관님한테 도움을 요청하고 싶다는 거야. 경관님이 계속 찾으시던 증거면 어떡해."

"왜 진작 말 안 했어!"

웨샤오후이가 자세를 똑바로 하고 앉아 미간을 찌푸렸다. 웨이중은 순간 당황해 말을 더듬거렸다.

"그때는 뤄사오화 쫓는 데 급급해서……."

"됐어. 지금 가도 이미 다 불타서 흔적도 없을 거야."

웨샤오후이가 생각에 잠겼다.

"불태워 버렸다면…… 뤄사오화는 이제 죽기 살기로 맞서겠다는 뜻이야."

웨샤오후이가 주먹을 불끈 쥐었다.

"뤄사오화가 만나려는 사람은 린궈둥이 확실해, 틀림없어!"

웨이중은 마음이 놓였다. 23년 전 연쇄 살인 사건 증거가 불타 없어지기는 했지만, 린궈둥이 마쩬을 죽인 것만으로도 그를 형장으로 보내기엔 충분했다. 만약 오늘 린궈둥을 잡을 수 있다면 모든 걸 끝낼 수 있었다.

웨이중은 그녀의 배 속에서 나는 꼬르륵 소리를 들었다. 그제야 두 사람이 점심도 안 먹었다는 걸 깨달았다.

"배고프지?" 웨이중이 자리에서 일어났다.

"일단 뭐 좀 먹을래?"

"그래, 난 아무거나 다 괜찮아."

웨샤오후이는 카페를 주시한 채 고개도 돌리지 않고 대답했다.

웨이중이 지갑을 꺼내 카운터로 걸어갔다. 그런데 몇 걸음 가기도 전에 뒤에서 자신을 부르는 목소리가 들렸다.

웨샤오후이가 놀란 얼굴로 자신을 바라보며 손가락으로 창밖을 가리키고 있었다.

"저거 봐!"

손가락 방향을 따라 시선을 옮기던 웨이중은 순간 깜짝 놀랐다.

누군가가 카페 입구에 서서 안쪽을 계속 살피고 있었다. 장하이성이었다.

저 사람이 왜 여기 나타난 거지? 우연인가?

장하이성은 카페 창문을 등지고 서더니 어딘가로 전화를 걸었다. 통화 내용이 뭔지 알 길이 없었지만, 표정으로만 봤을 때는 뭔가를 재촉하는 것처럼 상당히 긴장되어 보였다.

웨이중과 웨샤오후이는 서로를 마주 보았다.

장하이성의 갑작스러운 등장은 명확해 보이던 상황을 복잡하게 만들었다. 저 사람이 뭐 하러 여길 온 거지? 방금 통화한 사람은 또 누굴까? 그는 카페에 있는 누군가를 관찰하고 있는 게 분명했다. 혹시 뤄사오화를 감시하고 있는 건가?

그렇다면 결코 우연이 아니었다.

북부 기차역 앞 경무실.

"사부님, 그럼······." 장전량이 눈썹을 치켜올렸다.

"린궈둥이 안 올 수도 있다는 말씀이세요?"

"그래. 아무래도 좀 찜찜해."

두청이 담배꽁초를 눌러 껐다.

"린궈둥이 속임수를 쓴 거라고 해도 본인한테 득이 될 게 전혀 없잖아요. 지금 가진 돈도 얼마 없어서 여기에 오래 머무를수록 불리한 상황이니까요."

장전량이 인상을 찌푸렸다.

"최대한 이 도시를 벗어나는 게 그놈한테 유리하긴 하지." 두청이 망설이며 말했다.

"이상한 건 린궈둥이 그러지 않았다는 거야."

"네?"

"강도는 절도와 다르게 금품을 빼앗겼다는 걸 피해자가 바로 알 수 있잖아." 두청의 표정이 점점 무거워졌다.

"린궈둥은 3월 31일 밤에 강도짓을 했어. 그런데 그 신분증으로 기차표를 사서 바로 도시를 빠져나가지 않고, 하루가 지나서 그다음 날 오후에 출발하는 기차표를 샀단 말이지. 너무 이상하지 않아?"

장전량도 해당 사건의 미심쩍은 부분을 인식하고 담배를 깊이 빨아들이며 재빨리 머리를 굴렸다. 잠시 후 그는 책상을 세게 내리쳤다.

"우리가 인원 배치할 때까지 그놈이 시간을 벌어 준 거네요!"

"내 생각도 그래." 두청은 소리가 나게 손가락 관절을 꺾었다.

"피해자의 신고, 콴청 분국의 출동, 용의자 특징과 지명 수배 중인 린 귀둥을 대조하고 사건이 이관될 때도, 우리가 놈의 의도를 판단하고 분석해서 인원 배치와 체포 작전을 벌이는 데도 다 시간이 필요하니까."

"그런데 기차를 타지 않고 어떻게 여길 벗어난다는 거죠?"

두청은 아무 말이 없었다. 장전량이 잠시 생각하다 말했다.

"가오량한테 신분증이 사용되는 곳이 있는지 계속 감시하고, 사용 흔적이 발견되면 즉시 연락하라고 할게요."

두청이 자신을 바라보자 장전량이 얼른 해명했다.

"우린 북부 기차역에 잠복하고 있는데, 만에 하나 린귀둥이 남부 기차역에서 출발하는 기차표를 다시 구매하면 손 쓸 방도가 없잖아요……."

"그럴 일은 없어." 두청이 그의 추측을 단번에 부인했다.

"린귀둥은 자신이 어떤 열차를 타는지 우리가 절대 알게 하지 않을 거야. 안 그러면 철도 공안원한테 금방 제압될 테니까. 다시 말해 기차로 도주할 가능성은 없단 소리지."

"비행기나 시외버스를 이용하진 않을까요?"

장전량이 스스로 말이 안 된다는 듯이 고개를 저었다.

"비행기표는 돈이 없어서 못 사고, 시외버스는 신분증이 있어야 표를 사니까 행적이 노출돼서 안 되겠네요." 장전량은 자신의 사고를 막다른 길로 몰아가고 있었다.

"고속도로는요? 톨게이트에도 수배 전단지가 붙어 있으니까 금방 붙잡을 수도……."

두청이 간단하게 두 글자를 내뱉었다.

"국도."

장전량은 금세 어떤 상황인지 깨달았다.

"경찰 병력이 기차역에 총동원된 상태니까 국도 쪽은 지금쯤 다 철수됐겠네요…….. 그런데 그 자식은 돈도 차도 없잖아요. 택시를 타고 목적지에 도착하더라도 돈을 못 내면 빠져나갈 수 없을 텐데."

그래, 지금 린궈둥한테는 돈이나 차가 필요해. 둘 중 하나라도 없으면 날개가 달리지 않는 이상 이 도시를 빠져나갈 수는 없으니까.

두청은 사고 회로를 원점으로 되돌렸다.

"전량, 가오량한테 사오화 핸드폰 위치 추적하라고 해, 지금 당장!"

싱화베이제와 다왕루 합류 지점.

빨간색 택시 한 대가 'The One' 카페 문 앞에 멈춰 섰다. 길가에서 대기 중이던 장하이성이 택시 쪽으로 다가서 먼저 트렁크를 열었다.

그가 트렁크에서 접이식 휠체어를 꺼내는 걸 보고 웨이중은 자신의 예상이 맞아떨어졌다는 걸 알아차렸다.

지첸쿤은 검은색 패딩 차림에 연회색 털모자를 쓰고 검은색 가죽 가방을 메고 있었다. 장하이성은 그를 휠체어에 앉힌 뒤 담요를 덮어 주고 휠체어를 입구까지 밀고 가더니 혼자서 카페 안으로 들어갔다. 지첸쿤은 입구에서 잠시 기다린 뒤 휠체어를 밀고 들어갔다. 그가 유리문을 통과했을 때 웨이중은 어렴풋하게 지첸쿤이 손을 휘두르는 걸 보았다. 어떤 물건을 입구에 있는 화분 안으로 던진 것 같았다.

웨이중이 웨샤오후이를 바라보자 그녀 역시 놀란 눈으로 그를 마주 보았다.

뤄사오화가 만나기로 한 사람이 라오지였나?

일이 종잡을 수 없는 방향으로 전개되었다.

지첸쿤과 뤄사오화는 스쳐지나간 적도 없으니 만난 적이 있을 리만무했다. 그럼 왜 저 카페에서 두 사람이 만나는 거지?

웨샤오후이는 선 채로 핸드폰을 꺼냈다.

"라오지한테 전화해 볼까?"

웨이중이 고개를 흔들었다. 지첸쿤은 얼마 전 자신을 피하고 만나지 않은 데다 요 며칠 전화도 문자도 하지 않았다. 웨이중은 그가 자신과 웨샤오후이가 몰랐으면 하는 일을 하고 있다는 생각이 들었다. 지금 지첸쿤에게 전화를 해도 받지 않을 게 뻔했다. 받더라도 사실대로 말해 주지 않을 것 같았다.

"좀 더 기다려 봐."

그 기다림이 10분은 족히 되었다. 카페 전면창이 다갈색 유리인 데다 햇빛까지 반사되는 바람에 실내 상황이 제대로 보이지 않았다. 뤄사오화와 지첸쿤이 만났는지도 전혀 알 수 없었다. 웨이중과 웨샤오후이의 인내심이 바닥을 보이려던 그때, 카페 문이 열리더니 장하이성이 지첸쿤이 탄 휠체어를 밀고 걸어 나왔다.

지첸쿤은 풀이 죽은 사람처럼 고개를 숙이고 있었고, 휠체어에 몸을 웅크렸다. 높이 세운 옷깃과 연회색 털모자가 그의 얼굴을 거의 다 가리고 있었다. 장하이성은 휠체어를 도로변까지 밀고 나가 택시를 잡았다. 먼저 지첸쿤을 안아 차에 태우고 휠체어를 트렁크에 넣은 뒤 차를 타고 떠났다.

길모퉁이로 사라지는 택시를 바라보면서 두 사람이 마음속에 품은 의혹은 점점 더 커져 갔다.

"혹시……." 웨이중은 생각을 가다듬었다.

"라오지가 뤄사오화에게 증거를 내놓으라고 하신 걸까?"

"가능성 있는 얘기야. 그런데 라오지 상태를 보니까 뤄사오화한테 거절당한 모양인데."

웨샤오후이가 입을 삐죽거렸다.

"받아들일 수가 없지. 증거가 죄다 불탔을지도 모르는데."

"뤄샤오화가 태운 게 증거가 맞는다면 라오지를 만나러 올 필요가 전혀 없잖아."

"그거야 모르지. 얼굴 보고 사과하면서 경제적인 보상 같은 걸 해 주겠다고 했을 수도 있고."

웨샤오후이는 린궈둥 체포 계획이 수포로 돌아간 것 같아 실망스럽기도 하고 초조하기도 했다.

"이제 어쩌지?"

웨이중이 잠시 고민했다.

"방법이 없네. 뤄샤오화가 나올 때까지 기다렸다가 계속 미행하는 수밖에."

웨샤오후이는 무척 못마땅한 듯했다. 하지만 지금으로서는 더 나은 선택이 없어 알았다는 듯 고개를 끄덕였다.

두 사람은 미리 짐을 챙겨 나갈 준비를 마쳤다. 뤄샤오화가 카페를 나오면 즉시 택시를 잡아 미행할 생각이었다. 하지만 뤄샤오화는 좀처럼 나오질 않았다. 웨샤오후이는 더 이상 참지 못하고 자리에서 벌떡 일어났다.

"이젠 뭐가 됐든 상관없어. 대체 저 사람이 무슨 수작을 부리는 건지 봐야겠다고!"

웨이중이 말렸지만, 웨샤오후이는 단단히 결심한 듯 그의 팔을 뿌리치고 입구로 성큼성큼 걸어 나갔다. 달리 어쩔 도리가 없어 웨이중은 그녀를 바짝 쫓아 KFC를 나섰다.

두 사람이 도로를 가로지를 때였다. 린궈둥은 마지막 남은 커피를 한 모금까지 다 비우고 주머니에서 명함 한 장을 꺼내 길모퉁이에 있는 공중전화 박스를 쳐다보았다.

호텔 입구에서 챙긴 명함인데, 그 번호로 전화하면 대리운전을 예약할 수 있었다. 린궈둥은 천천히 계단을 내려가 공중전화 박스로 향했다.

그는 카페 주변에 잠복한 경찰이 없는 걸 이미 확인한 상태였다. 게다가 그는 이 도시의 경찰 병력 대부분이 현재 북부 기차역을 지키며 자신이 제 발로 그물에 걸려들기를 기다리고 있다는 걸 잘 알고 있었다. 국도에서 검문소를 설치해 제지하는 경찰들은 얼마 되지 않았다. 대리운전 기사는 차를 운전해 자신을 데리고 도시를 벗어나기만 하면 되었다. 린궈둥은 뒷좌석에서 술에 취해 머리에 뭔가를 뒤집어쓰고 자는 척하면 도망칠 수 있었다.

린궈둥은 공중전화 박스에 들어가 수화기를 들었다. 핸드폰은 경찰을 죽인 그날 밤 버렸기 때문에 지금은 연락을 취할 방법이 이것뿐이다. 주머니에서 동전을 찾는 느낌은 그를 분노하게 했다. 얼마 남지 않은 전 재산이었기 때문이다. 하지만 뤄사오화의 두둑했던 녹색 가방을 떠올리자 다시 기분이 좋아졌다.

린궈둥은 음도 맞지 않는 노래를 흥얼거리며 숫자 버튼을 눌렀다.

카페에는 손님이 적었다. 웨이중과 웨샤오후이는 카페 중앙 홀에 앉아 있는 뤄사오화를 한눈에 알아볼 수 있었다. 갈색 패딩, 검은색 털모자.

웨이중은 웨샤오후이에게 눈짓을 보낸 뒤 그녀를 데리고 문 옆자리에 가서 앉았다. 종업원이 다가오자 따뜻한 코코아 두 잔을 주문했다.

두 사람은 서로 마주 보고 앉아 카페 인테리어를 구경하는 척하면서 뤄사오화를 힐끔거렸다.

그는 2인 좌석에 가만히 앉아 있었다. 그 앞쪽 테이블 위에는 녹색 가방이 놓여 있었다. 웨샤오후이는 가방을 보더니 순간 뭔가가 떠올랐다.

"방금 라오지가 나올 때 말이야……." 웨샤오후이가 웨이중에게 가까이 다가가 낮은 목소리로 물었다.

"검은색 가방 가지고 있는 거 봤어?"

"어?" 웨이중이 잠시 생각하다 대답했다.

"못 본 것 같은데."

그는 인상을 찌푸렸다. 지첸쿤이 가죽 가방을 뤄사오화한테 남겨두고 간 건가? 그렇다면 그 가방 안에는 뭐가 들었을까?

웨이중은 뤄사오화의 테이블을 쳐다보았다. 막 뒤로 돌아보자마자 귓가에 웨샤오후이의 낮은 목소리가 들렸다.

"돌아보지 마!"

그리고 그와 거의 동시에 웨이중의 등 뒤에서 딸랑, 하는 소리가 들렸다.

유리문을 열고 누군가가 들어왔다.

웨이중은 얼른 바로 앉아 고개를 숙였다. 잠시 후 고개를 드니 웨샤오후이가 얼굴을 테이블 쪽에 고정한 채 곁눈질로 자신의 측면 뒤쪽을 보고 있었다. 안색은 창백했다.

등 뒤에서 발소리가 들리더니 뤄사오화가 있는 방향으로 걸어갔다.

발소리가 멈추자 웨샤오후이는 카페 전면창 쪽으로 얼굴을 돌린 뒤 낮고 분명한 목소리로 말했다.

"린궈둥이야!"

이 말에 웨이중의 심장이 빠르게 뛰기 시작했다. 그가 낮은 목소리로 물었다.

"확실해?"

웨샤오후이는 왼손으로 얼굴을 가리며 고개를 끄덕였다.

웨이중은 이를 악물고 다시 천천히 뒤로 돌아 뤄사오화가 있는 테이블을 힐끔 쳐다보았다.

웨샤오후이 말대로, 뤄사오화 맞은편에 앉으려는 사람은 다름 아닌 린궈둥이었다.

순간 온몸이 경직되는 걸 느꼈다. 그는 다시 웨샤오후이를 보며 나지막하게 말했다.

"경관님한테 전화해, 얼른!"

웨샤오후이가 몰래 핸드폰을 꺼내 잽싸게 통화목록을 뒤졌다.

바쁘게 손을 움직이던 웨샤오후이가 갑자기 화면에 시선을 고정한 채 탄성을 내뱉었다. 통화목록을 닫고 네트워크 설정 페이지로 들어갔다.

"뭐 하고 있어?"

웨샤오후이는 대답 대신 믿기 힘들다는 표정으로 웨이중에게 핸드폰을 건넸다.

사용 가능한 네트워크 목록에서 두 줄이 선명하게 눈에 들어왔다.

예순 살 라오지.

연결됨.

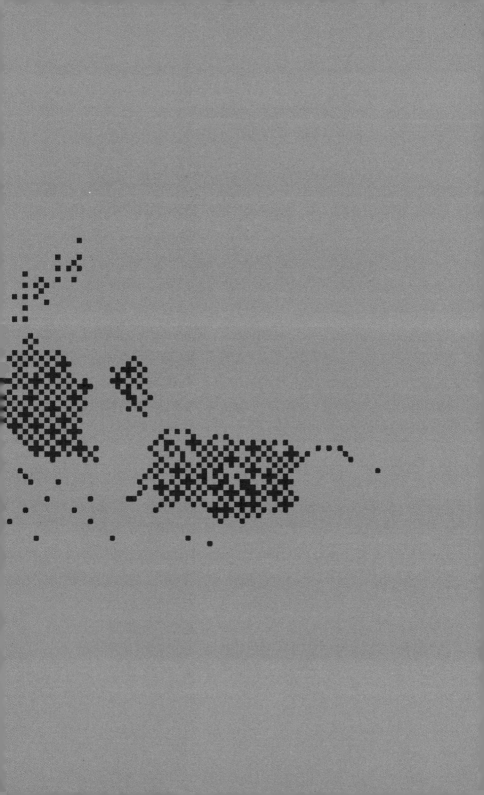

제33장

집념

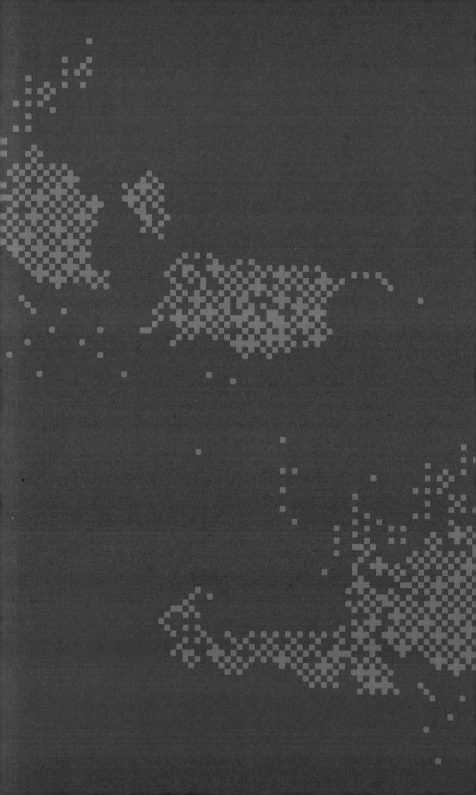

린궈둥은 뤄사오화의 맞은편으로 걸어가 의자를 빼고 앉았다.

"차 키……."

한마디를 채 끝내기도 전에 린궈둥은 그만 얼어붙었다.

갈색 패딩을 입고 검은색 털모자를 쓴 사람이 고개를 들었다. 육십 대 정도로 연배는 비슷한 사람이었지만 뤄사오화가 아니었다.

"미안합니다. 제가 사람을 잘못 봤네요."

린궈둥이 얼른 자리에서 일어났다.

"린궈둥 씨." 낯선 사람은 두 손을 테이블 밑에 둔 채 앉으라고 고갯 짓을 했다.

"제대로 찾아오셨습니다."

린궈둥이 눈을 크게 떴다.

"전 그쪽을 모르는데요."

낯선 사람이 웃으며 테이블에 놓인 녹색 가방을 입으로 가리켰다.

"당신이 원하던 거 아닙니까?"

린궈둥은 다시 천천히 자리에 앉았다.

"누구시죠?" 린궈둥이 녹색 가방을 훑어보았다.

"뤄사오화는 어딨습니까?"

"벌써 갔습니다."

낯선 사람의 시선은 줄곧 린궈둥의 얼굴에서 떠나질 않았다.

"당신이 오늘 만날 사람은 바로 접니다."

30분 전.

장하이성은 카페 전면창 앞에 서서 주위를 살피다가 카페 안을 보았다.

확실해. 중앙 홀에 있는 2인석 자리에 앉아서 입구 쪽을 보고 있는 사람이 뤄사오화야.

장하이성은 핸드폰을 꺼내 어딘가로 전화를 걸었다.

"여보세요, 어디쯤이세요? 빨리…… 네. 그 사람 맞아요……. 네? 미쳤어요? 안 됩니다!"

그는 뒤돌아서 카페 안에 있는 뤄사오화를 보았다. 뤄사오화는 심각한 얼굴로 테이블에 시선을 고정하고 있었다. 장하이성은 입구를 배회하며 초조한 말투로 말했다.

"저까지 끌어들일 작정이신 거죠? 네? 그…… 얼마나요?"

"2만 위안. 나중에 딴 말 하기 없기예요!" 장하이성이 한마디를 덧붙였다.

"이번이 진짜 마지막이에요! 앞으로 무슨 일이 생기든 저랑은 상관없는 겁니다!"

전화를 끊고 두 손을 주머니에 찔러 넣은 그는 스스로 용기를 북돋기라도 하듯이 끊임없이 심호흡을 했다.

몇 분 후 빨간색 택시 한 대가 카페 입구에 멈췄다. 장하이성은 휠체어를 트렁크에서 꺼내 펼친 뒤 지첸쿤을 휠체어에 태웠다.

그는 지첸쿤의 검은색 가죽 가방에서 시선을 떼지 않은 채 공포에 질린 얼굴을 하고 있었다.

"됐어." 지첸쿤이 휠체어에 안정적으로 자리를 잡았다.

"먼저 들어가서 그 사람 근처에 앉아 있어."

장하이성은 간단히 대답하더니 또 물었다.

"돈은요?"

"내가 가지고 있어." 지첸쿤은 검은색 가죽 가방을 안고 평온한 표정을 지었다.

"끝나면 줄게."

장하이성은 고개를 끄덕이더니 카페로 들어갔다.

휠체어에 앉아 도로를 마주 보는 지첸쿤은 햇볕을 쬐고 있는 몸이 불편한 노인처럼 차분하고 느긋해 보였다. 5분 뒤 시간을 확인한 뒤 휠체어를 밀고 카페로 들어갔다.

유리문을 통과할 때 그는 주머니에서 노란색 테이프로 둘러싸인 직사각형 종이 가방을 입구 쪽 화분 안에 던졌다.

카페 중앙홀에 앉아 있던 뤄사오화가 고개를 들어 지첸쿤을 보더니 찾는 사람이 아닌지 이내 고개를 숙였다.

지첸쿤은 한눈팔지 않고 뤄사오화가 있는 곳 근처 카운터로 향했다. 뤄사오화의 테이블을 지날 때 그는 갑자기 '아이고' 소리를 냈다. 그의 다리 위에 있던 핸드폰이 테이블 밑으로 굴러떨어진 것이다.

지첸쿤은 휠체어에 앉은 채 힘겹게 핸드폰을 집으려고 팔을 뻗었다. 뤄사오화는 그 모습을 보더니 "제가 주워드릴게요"라고 말하며 핸드폰을 줍기 위해 몸을 숙였다.

지첸쿤은 얼른 흰색 약 한 알을 뤄사오화의 커피잔 안에 넣었다.

뤄사오화가 몸을 일으켜 핸드폰을 지첸쿤에게 건넸다. 지첸쿤은 연신 고맙다고 인사를 했다. 뤄사오화는 노인을 보고 어딘가 낯이 익었지만 어디서 봤는지 기억이 나질 않았다. 지금은 다른 데 신경 쓸 겨를이 없어 고개만 끄덕이며 다시 테이블에 시선을 고정했다.

지첸쿤은 휠체어를 끌고 카운터 앞으로 가서 카페모카 한 잔을 주문했다. 이어서 카운터 옆 책장 안에서 신문 하나를 꺼냈다. 커피를 기다리는 동안 신문을 보면서 가끔 뤄사오화 쪽을 힐끔거렸다.

뤄사오화는 시계를 보며 커피를 한 모금 마시더니 인상을 꽉 썼다. 커피잔 안에 거품이 떠 있는 흑갈색 액체를 바라보면서 갑자기 하늘이 빙빙 도는 것 같은 어지러움을 느꼈다.

지첸쿤은 얼른 신문을 내려놓고 외투, 가죽 가방, 모자를 벗은 뒤 외투 주머니에 있던 물건을 꺼내 바지 주머니에 넣었다. 카운터 쪽으로 고개를 돌리자 종업원이 자신을 등지고 커피머신을 작동시키고 있었다.

지첸쿤은 뤄사오화의 앞쪽 대각선 방향에 앉아서 오렌지 주스를 홀짝이고 있는 장하이성을 보며 고개를 끄덕였다. 장하이성은 테이블에 뻗어 있는 뤄사오화 옆으로 재빨리 이동해 그가 입고 있는 검은색 패딩을 벗겼다.

지첸쿤은 두 사람 옆으로 가 검은색 가죽 가방을 뤄사오화의 좌석 밑에 쑤셔 넣었다. 장하이성은 지첸쿤을 안아 뤄사오화 맞은편 의자에 앉히고, 뤄사오화 옷을 그에게 던진 뒤 의식을 잃은 뤄사오화에게 지첸쿤의 외투를 입히고 모자를 씌웠다.

불과 2분 만에 장하이성은 뤄사오화를 휠체어에 앉혀 담요를 덮는 것까지 끝냈다. 지첸쿤도 뤄사오화와 뒤바뀐 옷차림으로 편히 앉아 있었다.

장하이성은 얼굴이 땀으로 범벅이 된 채 지첸쿤을 향해 고개를 끄덕였다.

"돈은요?"

"내 베개 밑에 있어." 지첸쿤이 웃으며 입으로 입구를 가리켰다.

"얼른 가 봐."

"저번에 말씀하실 때는……."

지첸쿤이 웃음을 거두었다.

"가라고!"

장하이성은 그를 향해 눈을 부라리더니 뤄사오화를 태운 휠체어를 밀며 입구로 걸어갔다.

그때 종업원이 카운터에서 소리쳤다.

"손님, 커피 나왔는데요."

장하이성은 뒤도 안 돌아보고 재빨리 카페를 나갔다.

종업원은 어깨를 으쓱하더니 커피잔을 카운터에 놓아두었다.

지첸쿤은 테이블에 놓인 검은색 털모자를 눌러 쓰고 옷깃을 세워 얼굴을 가렸다. 그때, 테이블에서 녹색 가방을 발견해 열어보았다. 그 안에는 책 몇 권이 들어 있었다. 가만히 생각하던 그는 책의 진짜 용도를 알아채기라도 한 듯 옅은 미소를 지었다.

그는 주머니에서 두 가지 물건을 꺼내 양손에 각각 움켜쥐더니 그 사람이 오기를 기다렸다.

"당신하고는 할 말 없습니다."

린궈둥은 곧바로 녹색 가방을 들어 열어보았다.

지첸쿤이 가볍게 웃었다.

린궈둥의 얼굴이 흙빛으로 변했다. 가방을 뒤집자 안에 들어 있던 책들이 요란한 소리를 내며 테이블 위로 떨어졌다. 포기가 되지 않는지 가방을 연신 흔들어 댔지만 안은 이미 텅 비어 아무것도 없었다.

가방을 냅다 바닥에 던지더니 지첸쿤에게 삿대질을 하며 매섭게 소리쳤다.

"내 돈 어딨어?"

지첸쿤은 당황하는 린궈둥을 보고 꽤 즐거워하는 것 같았다. 마치 노는 재미가 한창 무르익은 늙은 고양이가 다 죽어가는 늙은 쥐를 가지고 노는 것처럼 그의 얼굴에는 미소가 짙어졌다.

상황이 변한 만큼 지체할 수 없었다. 린궈둥은 일어나 자리를 뜨려고 했다. 지첸쿤이 명령하듯 말했다.

"앉아!"

테이블 위에 올린 그의 오른손바닥 안에는 빨간색 버튼이 달린 검은색 직사각형 플라스틱 상자가 쥐어져 있었다.

"네 자리 밑에 한번 봐봐!"

린궈둥은 그를 노려보며 자리에 다시 앉아 좌석 밑을 살폈다.

검은색 가죽 가방이 있었다.

린궈둥은 고개를 들어 맞은편에 앉은 낯선 남자를 보았다.

지첸쿤의 얼굴에서 어느새 미소가 사라지고 없었다. 그는 손에 든 상자를 린궈둥에게 흔들어 보였다.

"내가 이 버튼을 누르기만 하면 넌 뼛조각 하나 남지 않을 거야."

린궈둥이 몸을 떨며 지첸쿤을 똑바로 노려보았다.

"당신 대체 누구야?"

지첸쿤은 바로 대답하지 않고 깊이 숨을 들이마시더니 천천히 내뱉었다.

"1991년 8월 5일 밤, 네놈은 여자 한 명을 납치해서 강간하고 살해했지." 지첸쿤의 표정이 어둡고 차갑게 변했다.

"그리고 그 여자 시신을 열 개로 토막 내서 177번 도로변, 건축디자인연구소 직원 사택 단지 앞 쓰레기통, 훙허제 163번지, 양롄전 샤장춘 급수탑 옆에 유기했지. 맞아?"

지첸쿤은 평온한 어조로, 린궈둥의 뇌를 열어 깊은 곳에 감춰져 있던 유혈이 낭자한 장면을 하나하나 끄집어내 그의 눈앞에 펼쳐 보였다.

린궈둥은 입술이 떨리면서 한마디도 할 수 없었다.

"그 사람 시신이 발견됐을 때는 은회색 하이힐 샌들 한 짝 말고는 아무것도 없었어." 지첸쿤이 계속 말을 이어갔다.

"그 여자 옷은 네가 불살랐을 테지. 그런데 그 여자 지갑에 들어 있는 신분증은 당신도 보지 않았나?"

린궈둥은 사색이 되었다. 지금 눈앞에 있는 사람은 원수를 갚으러 온 악귀였다.

"이름 핑난, 34세, 눈이 크고 잘 웃던 여자."

잠시 말이 없던 지첸쿤은 천천히 또렷한 말투로 말했다.

"내가 그 여자 남편이야."

린궈둥은 두 눈을 꼭 감더니 주먹을 쥐면서 낮은 신음 소리를 내뱉었다. 지첸쿤은 말없이 그를 바라보면서 빨간색 버튼에 엄지손가락을 올려놓고 있었다.

한참 만에 린궈둥이 고개를 들며 물었다.

"원하는 게 뭐야?"

"원하는 게 뭐냐…….'

지첸쿤은 혼잣말하듯 읊조리더니 이내 웃었다.

"23년이나 널 찾아다녔어. 네가 어떤 놈인지 알고 싶었거든."

"어떻게 날 찾아냈지?"

"질문할 사람은 네가 아냐, 나지."

지첸쿤이 고개를 흔들며 말했다.

린궈둥이 죽일 듯이 지첸쿤을 노려보았다.

"대답하지 않겠다면?"

"그냥 이렇게 시간을 흘려보내는 거지."

지첸쿤이 어깨를 으쓱해 보였다.

"23년이나 기다렸는데 이 정도 기다리는 건 나한테 일도 아냐."

린궈둥의 입술을 굳게 다물며 이를 부득부득 갈았다.

"좋아, 말할게."

지첸쿤은 눈을 가늘게 뜨며 몸을 앞으로 기울였다.

"그 사람 왜 죽였어?"

린궈둥은 잠시 생각하더니 대답했다.

"그 여자는 잘못된 시간에 잘못된 장소에 나타나서 나를 만난 거라고밖에는 할 말이 없네……."

그는 느릿느릿하게 말하며 검은색 플라스틱 상자를 쥐고 있는 지첸쿤의 오른손을 계속 곁눈질했다. 그러면서 점점 지첸쿤 쪽으로 자신의 손을 가까이 가져갔다.

"얌전히 있는 게 좋을 거야!"

지첸쿤은 단번에 그의 의도를 파악하고 뒤쪽으로 몸을 빼며 스테인리스 테이블을 린궈둥 쪽에 가깝게 밀었다. 그 바람에 린궈둥의 등이 기둥에 딱 붙었고 그의 몸이 테이블에 고정되어 꼼짝도 할 수 없게 되었다.

"하던 말 계속해!"

낮은 고함 소리에 린궈둥은 더 이상 함부로 행동할 수 없었다. 그때 테이블로 다가오던 종업원이 그 모습을 보고 깜짝 놀랐다.

종업원은 몇 번이고 망설이더니 테이블 옆으로 다가섰다.

"두 분, 주문하시겠어요?"

"아무것도 필요 없습니다."

지첸쿤은 잠시라도 린궈둥에게서 시선을 떼려고 하지 않았다.

"저리 비켜요."

지첸쿤의 강경한 태도에 종업원은 무척 불만스러운 듯 말했다.

"손님, 안 드실 거면 그만……."

"비키라고!" 지쳰쿤이 손을 흔들었다.

"여기 있는 사람들 다 내보내요. 나한테 지금 폭탄 있으니까!"

종업원은 두려워하기는커녕 쟁반을 테이블에 두고 경멸하듯 지쳰 쿤을 쳐다보았다.

"지금 영업 방해하시는 겁니까?"

지쳰쿤이 종업원을 봤다가 다시 린궈둥에게 시선을 돌렸다. 린궈둥도 반신반의하는 얼굴로 지쳰쿤을 바라보고 있었다.

그는 어쩔 수 없다는 듯 테이블 밑에서 왼손을 빼냈다. 손에는 여전히 빨간색 버튼이 달린 검은색 플라스틱 상자가 있었다. 곧 그가 버튼을 눌렀다.

그러자 카페 입구에 있는 화분에서 폭발음이 났다. 파편, 흙, 화초가 사방으로 튀었다. 깨진 유리문으로 차가운 바람이 훅 들어왔다.

순간 정적이 흘렀다. 손님들이 비명을 지르며 카페를 빠져나갔다. 테이블과 의자가 부딪치면서 요란한 소리가 실내를 가득 메웠다.

종업원은 쟁반으로 머리를 보호한 채 허겁지겁 밖으로 달려나갔다. 입구에 도착하자마자 그는 깨진 유리 조각을 밟고 미끄러져 바닥으로 세게 넘어졌다.

얼른 자리에서 일어나 손에 난 상처를 돌볼 겨를도 없이 문 옆 테이블에 있는 젊은 남녀를 향해 소리쳤다.

"얼른 나가세요. 저 미친 노인네가 폭탄을 가지고 있다고요!"

하지만 젊은 남녀는 그저 카페 중앙홀에 마주 보고 앉은 두 사람을 보며 꼼짝도 하지 않았다.

두청은 한 손으로는 핸들을 잡고 한 손에는 핸드폰을 쥐고 있었다. 수화기 너머로 장전량의 다급한 목소리가 들렸다.

— 기차 방금 떠났어요. 사부님 말이 많았어요. 린궈둥은 타지도 않았다고요!

"역사 안은 수색해 봤어?"

— 지금 수색 중이에요. 플랫폼마다 샅샅이 뒤지고 있어요. 혹시 다른 열차에 숨어 들어갔을지도 몰라서 오늘 오후에 출발하는 모든 열차 공안원한테 연락을 취해둔 상태예요.

"알겠어."

— 지금 어디세요?

"곧 도착해. 가오량한테 사오화 전화로 계속 위치 추적하라고 하고, 혹시라도 위치 바뀌면 즉시 나한테 알려줘."

— 알겠어요. 몸조심하시고요.

"걱정 마."

두청은 전화를 끊고 급히 핸들을 꺾어 싱화베이제에서 다왕루로 진입했다. 그런데 모퉁이를 돌자마자 거대한 폭발음이 들렸다.

백 미터 정도 떨어진 도로에서 길가 카페 안에서 짙은 연기가 피어오르는 걸 그저 바라보았다. 'The One'이라는 간판의 알파벳이 또렷하게 보였다. 거칠게 액셀을 밟아 금방 카페 앞에 도착했다. 몇몇 사람들이 날카로운 비명을 지르며 밖으로 뛰어나오고 있었다. 두청은 욕설을 내뱉으며 카페로 곧장 뛰어갔다.

현관 안쪽은 이미 초토화되어 있었다. 쏟아진 흙과 화초가 바닥에 가득했다. 유리문은 깨져서 금속 프레임만 덜렁거리고 있었다. 입과 코를 막고 짙은 연기를 지나 천천히 안쪽으로 들어갔다. 흐릿해진 시야로 엎어진 테이블과 의자, 중앙홀에 마주 보고 앉아 있는 두 사람이 보였다.

등지고 앉은 사람은 확실치 않았지만 옷차림을 보니 뤄사오화 같았고, 맞은편 사람은 린궈둥이었다.

두청은 카페 밖으로 다시 나와 전량에게 전화를 걸었다.

"지금 당장 애들 데리고 싱화베이제랑 다왕루 합류 지점에 있는

'The One' 카페로 와. 린궈둥 여기 있어."

두청은 눈앞을 가로막는 짙은 연기를 흩으려 부채질을 했다.

"폭탄제거반도 불러."

지첸쿤은 두 귀가 멍멍해지는 걸 느꼈다. 맞은편에 앉은 린궈둥은 두 손으로 머리를 감싼 채 테이블에 반쯤 엎드리고 있었는데, 놀란 가슴이 진정되지 않은 채로 입구를 바라보고 있었다.

"저건 소소한 장난감에 불과해."

지첸쿤은 린궈둥 자리 밑에 있는 검은색 가죽 가방을 가리켰다.

"그게 위력이 몇십 배는 될 거야."

린궈둥의 두 눈은 충혈되어 있고 얼굴과 몸은 온통 먼지투성이였다.

"너 이 새끼 미쳤어!"

"이제 우리 둘뿐이네." 지첸쿤은 폭탄을 터뜨릴 수 있는 리모컨을 높이 들었다.

"계속 얘기해 봐."

린궈둥은 히스테릭하게 고함을 질렀다.

"대체 무슨 말을 더 하라는 거야!"

"왜 죽였어?" 지첸쿤도 통제력을 잃었다.

"왜 내 아내를 죽였냐고!"

"라오지!"

등 뒤에서 누군가 자신을 불렀다. 순간 놀라서 할 말을 잃고 말았다.

웨이중과 웨샤오후이가 조심스럽게 그를 향해 다가오고 있었다.

"라오지, 제……."

웨이중이 지첸쿤의 오른손을 계속 주시하면서 말했다.

"제발 진정하세요."

지첸쿤은 이미 심란한 상태였다.

"내가 여기 있는 거 어떻게 알았어?"

"휴대용 와이파이 가지고 오셨죠?"

웨샤오후이는 놀람과 두려움이 가득한 눈빛으로 핸드폰을 흔들어 보였다.

"자동으로 연결됐더라고요."

지첸쿤은 눈을 질끈 감았다가 뜨더니 괴로운 표정을 지었다.

"너희 둘 다 얼른 나가!"

"라오지, 진정해요."

웨이중이 천천히 테이블로 걸어오더니 린궈둥을 가리켰다.

"곧 있으면 경찰 올 거예요. 도망 못 가니까……."

"가라니까!"

조급해진 웨이중이 지첸쿤을 설득하려고 다가가는데, 누군가가 그의 어깨를 단단히 붙잡았다. 두청이었다.

"너희 둘, 얼른 여기서 나가!"

두청이 무거운 표정으로 지첸쿤을 보았다.

"지금 전 린궈둥을 체포할 겁니다. 라오지도 저랑 같이 가 주셔야겠어요."

"저놈은 아무 데도 못 갑니다."

지첸쿤은 두청 쪽을 쳐다보지도 않고 린궈둥에게 계속 시선을 고정했다.

"저도 마찬가지고요."

"사건의 진상이 다 밝혀졌잖아요."

두청이 최대한 부드럽게 말했다.

"이놈한테 응당한 처벌을 받게 하겠다고 약속하겠습니다. 그러니까 굳이 이러실 필요가……."

"어떤 처벌 말입니까? 고의로 인한 살인죄요? 아, 그렇죠. 이놈이 경찰을 죽였으니까."

지첸쿤이 두청의 말을 끊더니 감정이 더 격해졌다.

"그래서 뭐요? 그게 끝입니까? 내 아내는 법정에서 이름조차 언급되지 않을 텐데!"

지첸쿤이 자세를 바로 하고 앉았다.

"그러니까 내 손으로 이놈을 심판해야겠습니다."

그는 자신의 가슴에 대고 손가락질을 했다.

"내 법정에서!"

일순간 카페 안이 조용해졌다. 법관의 표정이 엄숙하고 경건했다. 맞은편에 앉은 피고인은 자리에 틀어박혀 사시나무 떨 듯 몸을 떨고 있었다.

두청은 얼굴이 사색이 되었다. 이를 악물고 허리춤에서 권총을 빼더니 찰칵 소리를 내며 노리쇠를 당겼다.

"저를 몰아붙이지 마십시오!"

"셋이서 지금 날 몰아붙이고 있는 겁니다!" 지첸쿤은 고개를 돌리지도 않고 단호하게 말했다.

"나랑 이놈 둘 사이의 문젭니다, 제삼자랑 상관없는. 그러니 얼른 여길 나가요. 무고한 사람들 다치게 하고 싶지 않으니까."

두청은 욕을 뱉더니 웨이중을 잡아당기며 문밖으로 향했다. 몇 걸음 따라 나가던 웨이중은 웨샤오후이가 계속 그 자리에 있는 걸 발견했다. 그는 즉시 두청의 손을 뿌리치고 웨샤오후이의 곁으로 돌아왔다.

각양각색의 차량이 다왕루와 안화제安華街가 만나는 지점에 죽 늘어서서 교통 신호가 초록 불로 바뀔 때까지 대기하고 있었다. 곧 해당 도로의 통행이 원상회복되었다. 차량 십여 대가 잇따라 정지선을 넘어 빠르게 앞으로 달려나갔다. 그런데 갑자기 차량 행렬 중 택시 한 대가

통제력을 상실한 듯 노면에서 S자 형태로 흔들리기 시작했다. 그 주변 차량이 속속 옆으로 자리를 피하고 분노에 찬 경적이 여기저기에서 시끄럽게 울려 퍼졌다.

문제의 택시는 또다시 지그재그로 몇십 미터를 전진하다가 돌연 멈춰 섰다. 한 남자가 조수석에서 뛰어내리더니 도로 중앙으로 뛰어가 질겁한 얼굴로 택시 안을 살폈다. 곧이어 뒷문이 열리고 검은색 면옷 차림에 연회색 털모자를 쓴 나이든 남자가 내리더니 비틀거리며 차량 뒤쪽으로 돌아서 곧장 운전석에 올라탔다.

그는 털모자를 바닥에 집어 던진 뒤, 택시기사를 끌어내렸다. 그 바람에 벌렁 뒤로 쓰러진 기사는 눈앞에서 남자가 운전석에 올라 시동을 거는 모습을 지켜보는 수밖에 없었다.

황급히 유턴한 택시는 왔던 방향으로 다시 돌아갔다.

카페 입구에는 점점 더 많은 구경꾼이 모여들어 실내 상황을 훔쳐보고 있었다. 사람들은 상황을 구경하며 폭발이 왜 일어난 것인지 이런저런 추측을 해댔다. 빛 독촉 때문이라는 사람도 있고 감정싸움 때문이라는 사람도 있었다. 심지어 어떤 사람은 해외 테러리스트가 도시에 잠입해 건물을 폭파하려던 거라고 단언하기도 했다.

그때 긴박한 사이렌 소리가 점점 가까워졌다. 경찰차 몇 대, 구급차와 소방차가 신속하게 도착했다. 경찰차에서 내린 장전량은 동료들에게 현장 봉쇄를 지시한 뒤 카페로 뛰어 들어갔다.

문에 들어서자 심각한 표정의 두청과 떨고 있는 린궈둥이 보였다.

"사부님!"

테이블 쪽으로 성큼성큼 다가온 장전량은 지첸쿤의 손에 있는 리모컨을 발견했다. 그는 더 생각도 않고 권총을 꺼내 지첸쿤의 머리에 겨눈 뒤 두청을 보았다.

"이…… 이게 무슨 상황이에요?"

"거리 봉쇄하고 사람들 대피시켜." 두청은 장전량의 질문에 대답하지 않고 곧장 명령을 하달했다.

"폭탄제거반, 소방팀, 구조팀은 항시 대기시키고."

"그럴게요."

장전량은 총을 내려놓고 다시 리모컨을 몇 초간 바라보았다.

"사람 불러서 대화 시도해 볼까요?"

"소용없어." 두청이 인상을 찌푸렸다.

"내가 할게."

장전량이 고개를 끄덕였다.

"조심하세요."

입구로 향하던 장전량은 몇 걸음 걷지도 않았는데 갑자기 눈이 휘둥그레졌다.

검은색 면 옷을 입은 노인이 깨진 유리문을 지나 비틀거리며 다가오고 있었던 것이다.

"사오화 선배?" 장전량은 그의 손에 들린 드라이버를 보고 급히 뤄사오화를 제지했다.

"뭐 하시려고요?"

뤄사오화는 눈빛도 흐트러지고 온몸에 힘이 없는 게 언제라도 바닥으로 쓰러질 것만 같았다. 그는 자신의 앞을 막아선 장전량의 팔을 잡고 균형을 잡더니 이내 그를 밀치고 린궈둥에게 돌진했다.

두청이 재빠르게 뤄사오화의 손목을 꺾어 그를 바닥에 눕힌 뒤 드라이버를 뺏었다.

"이게 뭐 하는 짓이야!"

뤄사오화는 두청에게 오른 손목이 잡힌 채로 바닥에 앉아 있었다. 분이 풀리지 않는 듯 린궈둥에게 다가가려고 발버둥 치며 부정확한 발음으로 고함을 질렀다.

"저…… 저놈 죽여야 해……."

두청은 분노와 슬픔이 뒤섞인 복잡한 표정을 지었다. 그는 손을 흔들며 장전량에게 뤄사오화를 끌고 가라고 지시했다.

장전량은 뤄사오화의 겨드랑이에 두 손을 끼운 뒤 그를 끌고 가다시피 데리고 나갔다. 뤄사오화는 여전히 혼미한 상태로 힘없이 바닥에 발길질을 했다. 그의 머릿속에는 한 가지 생각밖에 없는 것 같았다.

"저…… 저 새끼 죽일 거야……."

지쳰쿤은 싸늘한 눈으로 상황을 지켜볼 뿐이었다.

"흥!" 그는 린궈둥을 턱으로 가리켰다.

"오늘 네놈을 끝장내고 싶은 사람이 나 혼자가 아닌가 보네."

말이 떨어지기가 무섭게 자리에 있는 사람들은 모두 갑작스럽게 울리는 핸드폰 벨 소리를 들었다.

지쳰쿤이 미간을 구기며 갈색 패딩 주머니에서 핸드폰을 꺼냈다. 화면을 힐끔 보다가 두청에게 핸드폰을 건넸다.

"뤄사오화 찾는 전화네요."

핸드폰 화면에는 '집사람'이라는 세 글자가 떠 있었다. 그는 방금 밖으로 끌려나간 뤄사오화 쪽을 바라보더니 통화 버튼을 눌렀다.

"여보세요, 두청입니다……. 그런 건 나중에 물으시죠." 두청이 한숨을 쉬었다.

"사오화 별일 없습니다……. 오지 마세요. 진짜 괜찮다니까요……. 네……. 지금 싱화베이제랑 다왕루 합류점에 있어요."

그는 전화를 끊고 몸을 낮춰 지쳰쿤을 보았다.

"제가 지금 가서 사오화랑 얘기해 볼게요. 그 친구가 린궈둥의 살인을 입증할 증거를 가지고 있어요."

두청이 잠시 말을 멈추었다.

"제게 시간을 좀 주세요."

지첸쿤은 입을 파르르 떨며 말했다.

"30분 드리죠."

"네."

두청은 자리에서 일어나 웨이중과 웨샤오후이를 보았다.

"너희들……."

웨샤오후이는 미동도 없이 서 있었다. 웨이중은 그런 그녀를 바라보더니 뒤돌아서 두청을 향해 고개를 흔들었다.

두청은 미리 예상하기라도 한 듯이 딱히 화가 난 표정은 아니었다. 그는 지첸쿤의 어깨를 툭툭 치더니 입구로 뛰어갔다.

카페 안이 다시 조용해졌다. 네 사람은 아무 말 없이 테이블 주위에 서거나 앉아 있었다. 한참 만에 지첸쿤이 부드러워진 말투로 말했다.

"너희들도 자리 잡고 앉아. 좀 멀리 떨어져서."

두 사람은 시키는 대로 했다.

웨샤오후이는 린궈둥 자리 밑에 있는 검은색 가죽 가방을 보고 입으로 가리켰다.

"저거예요?"

"응." 지첸쿤이 웃었다.

"몸이 이러니까 때려눕힐 자신도 없어서 저 방법을 쓸 수밖에 없었어."

웨샤오후이도 웃었다.

"정말이지 보통 분은 아니세요."

긴장된 분위기가 삽시간에 누그러졌다.

지첸쿤은 천천히 자세를 고쳐 앉았다. 온몸의 긴장이 풀리는지 편안한 신음 소리를 내뱉기까지 했다.

웨이중은 그를 부축하며 최대한 편하게 앉을 수 있게 도와주었다.

"고마워." 지첸쿤이 길게 한숨을 내쉬었다.

"너희들…… 오늘 수업 없어?"

"있어요." 웨샤오후이가 입을 삐죽거렸다.

"분명히 한소리 들을 거예요."

"그럼 어떡해?" 지첸쿤이 잠시 생각하더니 물었다.

"경찰이 수배범 잡는 거 도와주느라 빠졌다고 하면?"

"됐어요." 웨이중이 씁쓸하게 웃었다.

"그 말을 누가 믿어 주겠어요?"

세 사람이 전부 피식 웃음을 터뜨렸다.

내내 고개를 숙이고 있던 린궈둥이 눈앞에서 웃고 있는 세 사람을 믿을 수 없다는 듯 바라보았다. 자신이 앉은 자리 밑에는 엄청난 위력의 폭탄이 있고, 가게 입구에는 실탄을 장전한 경찰들이 대거 포진되어 있었다. 이 상황에서 세 사람은 수업을 빠진 이유를 어떻게 둘러댈지를 논의하고 있었기 때문이다.

"이봐!" 린궈둥이 소리를 꽥 질렀다.

"나 배고파!"

세 사람의 웃음소리가 순간 뚝 끊기고 나란히 린궈둥을 쳐다보았다. 마치 그가 자리에 있었다는 걸 이제야 발견하기라도 한 듯했다. 웨샤오후이는 커피잔을 휘젓더니 린궈둥의 얼굴에 끼얹었다.

"입 닥쳐!"

지첸쿤이 제지하려고 했지만 이미 늦은 뒤였다. 하지만 얼굴과 머리에 고동색 액체가 잔뜩 묻은 린궈둥을 보면서 약간의 쾌감을 느끼는 것 같기도 했다. 잠시 생각하던 지첸쿤은 바지 주머니에서 백 위안 지폐 두 장을 꺼내 웨이중에게 건넸다.

"카운터에 가서 먹을 것 좀 사 와. 너희들도 배 많이 고플 텐데."

몇 분 뒤 테이블에 도넛, 케이크, 햄버거, 피자가 가득 놓이고 과일

주스도 몇 병 있었다.

하늘이 점점 어두워지자 카페 실내 불빛도 썩 밝지 않았다. 전면창 밖에서 깜빡이는 경광등이 유난히 눈부셨다. 카페 안에서 바라보니 긴장된 표정의 경찰들이 입구를 에워싼 채 실내 상황을 지켜보고 있었다. 상황을 보고하고 명령을 전달하는 목소리들이 무전기 수신음과 뒤섞여 깨진 유리문을 통해 끊임없이 들렸다.

네 사람은 테이블 주위에 둘러앉아 말없이 먹고 마시고 있었다. 지첸쿤은 느릿느릿 조금씩 먹었고, 웨이중과 웨샤오후이도 도넛 하나씩만 먹고 주스를 홀짝였다. 린궈둥은 음식을 전부 집어삼킬 기세로 두 손으로 한입 가득 먹고 있었다. 음식을 몇 번 깨문 뒤 바로 내던지고 다른 음식을 집어 드는 모습이 게걸스럽고 보기 흉했다. 그렇게 먹다 남긴 음식들이 주변에 여기저기 흩어져 있었다.

시간이 흘러 린궈둥도 더는 먹지 못할 지경에 이르렀다. 그는 거하게 트림을 하고 지첸쿤에게 손을 내밀었다.

"담배 있나?"

지첸쿤은 주머니를 더듬거리더니 담배와 라이터를 찾아냈다. 하지만 그는 린궈둥 쪽은 거들떠보지도 않고 웨이중에게 담배를 건넸다.

웨이중은 무슨 뜻인지 바로 알아차리고 담배 한 개비를 꺼내 린궈둥에게 건넨 뒤 불을 붙여 주었다.

지첸쿤은 시계를 보며 계산하더니 안색이 어두워졌다.

"너희들 이만 가 봐."

지첸쿤이 고개를 들고 두 사람을 향해 웃어 보였다.

"이제 5분 남았어."

웨이중은 더듬거리며 말을 꺼냈다.

"조금만 더 기다리면 안 돼요? 경관님이 어쩌면……."

"안 될 거야." 지첸쿤이 고개를 흔들었다.

"뤄사오화 그 사람이 증거를 내놓으려고 했다면 린궈둥을 죽이러 올 필요는 없었겠지." 지첸쿤이 주머니에서 경찰용 비수를 꺼냈다.

"난 이미 모든 준비가 끝났어." 웨이중은 불에 타던 파일을 떠올리며 마음이 심란했다.

"내 마지막을 함께해 줘서 고마웠어."

지첸쿤이 웨이중의 어깨를 두드리며 인자한 눈빛으로 바라보았다.

"고마워, 이제 난 여한이 없다."

이윽고 그가 린궈둥의 얼굴을 보았다.

"남은 몇 분은 나랑 이놈에게 남겨 줘."

그런데 갑자기 린궈둥이 낄낄대며 웃기 시작했다.

"좋아." 린궈둥이 반쯤 타고 남은 담배에 시선을 고정하며 또 한 모금 빨았다.

"나도 당신한테 할 말이 있어."

나머지 세 사람은 순간 조용히 그를 바라보았다.

"당신 아내가 죽기 전에 어땠는지 궁금하지 않나?"

웨이중의 마음이 서늘해졌다. 고개를 돌려 지첸쿤을 보았다. 지첸쿤은 몸을 떨며 안색이 새파래졌다.

"말해 봐."

"사실 당신 아내가 제일 마음에 들었어."

린궈둥은 히스테릭하게 연기를 내뱉으며 지첸쿤을 흘겨보았다.

"다리도 길고 가슴도 크고 피부는 희고 부드러웠거든. 떡 칠 때 기분이 아주 끝내줬지."

"입 닥쳐!"

웨이중이 소리를 질렀다. 그는 지첸쿤의 얼굴을 볼 엄두가 나지 않았다. 그는 지첸쿤의 이가 서로 부딪치는 소리를 선명하게 들을 수 있었다.

"두 번이나 했어. 도저히 멈출 수가 없겠더라고." 린궈둥은 팔짱을 끼고 눈을 가느스름하게 뜬 채 지첸쿤을 쳐다보았다.

"그러고 나서도 죽일 수밖에 없었어. 자기를 풀어 달라느니 하면서 계속 시끄럽게 굴지 뭐야."

린궈둥은 두 손을 내밀어 다섯 손가락을 펼친 뒤 다시 천천히 주먹을 쥐었다.

"목이 너무 가늘어서 힘도 별로 안 들었어. 하하!"

죽일 듯이 그를 노려보던 지첸쿤은 핏줄이 튀어나올 정도로 리모컨을 세게 움켜쥐었다.

"당신 아내를 죽이고 나서 욕조에 집어넣었지."

린궈둥은 지첸쿤의 반응이 만족스러운 듯 좀 더 가벼운 말투로 또박또박 말을 이어갔다.

"먼저 톱으로 머리를 잘랐어. 목을 잘랐을 때 어땠을 것 같아?"

린궈둥이 얼굴에 미소를 띠고 상반신을 앞으로 기울였다. 기막히게 재미있는 이야기를 하는 것처럼 보였다.

"꿈틀하더라고. 목이 잘렸는데도 글쎄 살아 있더라니까!"

그 순간 웨샤오후이가 자리에서 벌떡 일어나 린궈둥에게 귀싸대기를 날렸다.

"그만해!"

화가 나서 호통을 친 사람은 지첸쿤이었다. 그는 온몸을 부들부들 떨면서 숨쉬기 힘든 것처럼 안색이 어두워졌다.

"두 사람 빨리 나가, 지금 당장!"

"저놈은 지금 라오지를 일부러 자극하는 거라고요!" 웨이중은 마음이 급해져 지첸쿤의 어깨를 꼭 쥐었다.

"넘어가시면 안 돼요!"

카페는 이미 경찰에 겹겹으로 포위된 상태라 린궈둥은 절대로 벗어날 수 없었다. 법정에 서는 것보다 차라리 여기서 저놈이랑 죽는 편이 나아. 저 인간이 완전히 이성을 잃으면 이 일과 전혀 상관없는 청년 두 명까지 같이 매장되는 거고.

내가 손해 볼 건 없어. 이렇게 생각하자 린궈둥은 죽음에 대한 갈망이 더 강해졌다.

그는 눈을 부라리며 입으로 지첸쿤 손에 있는 리모컨을 가리켰다.

"눌러. 머저리 같은 놈. 계속 날 죽이고 싶다고 하지 않았나? 죽여! 죽이라니까?"

"그 입 다물어!"

웨이중이 지첸쿤을 잡고 흔들었다.

"라오지, 제발 진정하시고……."

"나가라는 말 안 들려!"

지첸쿤이 웨이중의 손을 뿌리치며 입구를 가리켰다.

"5초 준다! 오!"

"라오지!" 웨이중은 머릿속이 새하얘졌다.

"이러시면 린궈둥만 좋은 일 시키시는 거라고요!"

"사!"

"죽는 걸로 다 끝내고 싶은 거예요. 넘어가면 안 돼요!"

"삼!"

지첸쿤에게서 리모컨을 뺏으려고 했지만 오히려 그의 손에 옆으로 밀려났다.

"이!"

린궈둥은 사색이 된 얼굴로 눈을 감았다.

웨이중은 욕을 내뱉더니 웨샤오후이를 끌고 밖으로 달려나가려고 했다. 그런데 웨샤오후이가 그의 손을 뿌리치고 린궈둥의 등 뒤에서 소리를 질렀다.

"당신은 이 사람을 죽일 자격이 없어!"

지쳰쿤은 놀라서 순간 멍해졌다. 그 바람에 빨간색 버튼 위에 둔 엄지손가락에 힘이 약간 풀어졌다. 뒤이어 얼굴이 일그러지더니 신경질적으로 소리를 내질렀다.

"나한테 왜 자격이 없어!" 지쳰쿤이 갑자기 린궈둥을 가리켰다.

"저놈이 내 아내를 죽였다고!"

"당신은 내 엄마를 죽였잖아!"

카페 밖 이베코IVECO 경찰차 안.

두청이 한참 애를 써 봤지만 뤄사오화는 여전히 혼미한 상태로 아무 말이나 지껄이고 있었다. 차 안에서 내내 발길질을 해대며 '린궈둥', '죽일 거야'라는 말을 여러 번 되풀이했다. 결국 더 이상 참지 못한 두청이 생수 한 병을 통째로 머리에 붓고 나서야 서서히 안정되었다.

두청은 차에 반쯤 무릎을 꿇은 채 뤄사오화의 턱을 잡아 올렸다.

"사오화, 나 좀 봐 봐!"

뤄사오화는 더는 반항하지 않고 고개를 숙인 채 눈을 감고 알 수 없는 말을 중얼거렸다.

천불이 난 두청은 뤄사오화의 양쪽 따귀를 번갈아가며 때렸다.

뤄사오화의 얼굴이 금세 빨갛게 부어올랐다. 통증을 느껴서인지 마침내 그가 눈을 떴다.

"네가 오늘 린궈둥을 왜 만나려고 했는지 다들 알고 있어."

두청이 뤄사오화의 눈을 똑바로 쳐다보았다. 뤄사오화는 초점을 잡기 힘든 사람처럼 눈빛이 어지럽게 흔들렸다.

"지쳰쿤이라는 사람 기억나?"

지쳰쿤이라는 이름을 듣자 뤄사오화는 정신을 차리는 듯했고 눈빛에도 생기가 좀 돌았다.

"지첸쿤…… 그 사람……."

"그래, 맞아."

두청은 그에게 설명할 시간이 없어 다급하게 말했다.

"지금 그 지첸쿤이 폭탄을 가지고 린궈둥을 위협하고 있는 상황인데, 카페에 두 사람이 더 있어."

뤄사오화는 의심과 공포가 반씩 섞인 눈빛으로 두청을 보았다.

"지첸쿤은 죽은 아내를 대신해 복수하려고 폭탄을 터뜨려서 린궈둥을 죽일 생각이야. 그렇게 되면 상상도 못할 후폭풍이 몰아치겠지. 린궈둥이 네 건의 연쇄 살인 사건 범인으로서 법적 처벌을 받을 수 있다고 지첸쿤이 믿게 만들어야만 이쯤에서 멈출 수 있어."

두청이 자세를 바로 하고 앉더니 분명하게 자신의 뜻을 전했다.

"린궈둥이 그 당시 피해자들을 강간하고 살해한 증거를 나한테 넘겨줬으면 해."

뤄사오화는 한참 만에 두청의 뜻을 이해한 듯했다. 그는 천천히 고개를 들더니 씁쓸하게 웃었다.

"증거, 있지."

두청이 곧바로 캐물었다.

"그게 뭔데?"

"린궈둥이 당시에 흰색 픽업트럭 한 대를 빌렸었는데 나한테 그 차량 사용기록이 있어." 뤄사오화의 목소리는 혼잣말을 하는 것처럼 가늘고 희미했다.

"그 차 조수석 햇빛 가리개 뒷면에서 피해자 혈흔도 발견했고."

그 말을 듣자마자 두청은 기쁨과 분노가 동시에 차올랐다. 린궈둥의 범행 증거를 마침내 찾았다는 기쁨, 그리고 뤄사오화가 무려 23년이나 그 두 가지 증거를 은폐하고 있었다는 데 대한 분노.

"그것들 지금 어딨어?" 두청은 운전석에 있는 젊은 경찰을 툭툭 치며 시동을 걸라는 신호를 주었다.

"집에 있어? 당장 가서 갖고 오자."

"늦었어." 뤄사오화의 눈에서 눈물이 주르륵 흘러내렸다.

"내가 벌써 다 태워 버렸어."

두청은 안전벨트를 메다 말고 뤄사오화를 쳐다보았다. 그리고 한참 만에 이를 악물고 물었다.

"왜?"

"원래는 증거를 없애고 린궈둥을 죽일 생각이었어. 그러면 23년 전 사건을 잘못 처리했다는 걸 아는 사람은 전부 다 사라지는 거니까."

뤄사오화는 울먹이며 말했다.

"난 아무래도 상관없어. 사형 선고를 받아도 상관없다고. 모든 게 다 나 때문에 벌어진 일이니까. 그런데 팀장님이 죽어서도 오명을 쓰게 할 순 없었어."

두청은 순간 마음이 싸늘해졌다. 잠시 후 그는 차 문에 대고 세게 주먹을 휘둘렀다. 손가락 관절에서 전해지는 통증 때문에 얼굴에 심한 경련이 일었다. 동시에 머릿속에서 끊임없이 그를 타이르는 소리가 들렸다. 진정해. 진정해야 해.

약 7분 후면 지쳰쿤은 폭탄을 터뜨려 린궈둥과 함께 생을 마감할 예정이었다.

두청은 운전석에 앉은 젊은 경찰에게 조수석 햇빛 가리개를 떼라고 명령했다. 그리고 가방에서 볼펜을 꺼낸 뒤 수첩에서 종이 한 장을 찢어 뤄사오화 옆에 앉았다.

"차량사용기록표 내용 아직 기억하지?" 펜과 종이를 뤄사오화 품에 들이밀었다.

"적어."

뤄사오화는 무슨 영문인지 알 수 없었다.

"뭐 하려고?"

"가짜 증거라도 만들어서 보여 줘야지."

두청은 젊은 경찰이 건넨 햇빛 가리개를 뒤집은 뒤 경찰용 비수를 꺼냈다.

"일단 지첸쿤이 리모컨만 내놓게 하면 돼."

두청은 비수로 손가락을 찔러 핏방울을 짜낸 뒤 햇빛 가리개 뒷면에 조심스럽게 묻혔다. 뤄사오화는 자기 손에 쥐어진 햇빛 가리개를 보면서 꿈쩍도 하지 않았다.

"멍하니 뭐 하고 있어? 얼른 써!"

"이 햇빛 가리개는 플라스틱제잖아. 내가 가지고 있던 건 뒷면이 부직포로 돼 있었어."

"상관없어. 지첸쿤은 그걸 본 적도 없으니까."

두청이 화를 억누르며 손가락에 묻은 피를 닦더니 다시 한번 재촉했다.

"얼른 쓰래도!"

"린궈둥은 봤잖아. 그놈이 까발리지 않을 거란 보장 있어?" 뤄사오화는 여전히 움직이지 않고 가만히 있었다.

"내가 그놈이라면 법정에 서고 총살당할 때까지 기다리기보다 폭탄과 함께 한순간에 산산조각 나는 쪽을 선택할 거야."

"젠장, 그럼 어쩌라고?"

두청은 참았던 분노를 터뜨리며 뤄사오화의 멱살을 잡고 흔들었다.

"나더러 어쩌라는 거야 대체! 그럼 두 눈 시퍼렇게 뜨고 여기가 폭파돼서 날아가는 꼴을 보고만 있으라는 거야? 어?"

그때 갑자기 경찰차 문이 열리더니 초조한 얼굴의 진펑과 그 뒤를 따라온 장전량이 보였다.

"두청……."

진평은 가방을 품에 안은 채로 두청의 팔을 잡아당기며 말했다.

"그 사람 놔 주세요."

두청은 진평과 뤄사오화를 번갈아 쳐다보았다. 그러고는 뤄사오화를 놔 주고 자신은 그 옆에 앉아 거친 숨을 몰아쉬었다.

뤄사오화는 아내를 바라보면서 중얼거리듯 말했다.

"당신이 여긴 어떻게 왔어?"

진평은 아무 말 없이 손으로 문을 붙잡은 채 남편을 훑어보았다. 그러다 갑자기 힘껏 귀싸대기를 날렸다.

그 동작만으로도 진평은 온 힘을 다 쏟은 듯 몸이 뒤로 넘어갔다. 다행히 장전량이 얼른 다가가 그녀를 부축했다. 뤄사오화도 진평의 옷소매를 붙잡았다.

진평은 그의 손을 뿌리치더니 가슴을 손으로 누르며 숨을 헐떡였다. 호흡이 서서히 안정되자 뤄사오화를 가리키며 떨면서 말했다.

"방금 때린 건 우리 딸이랑 외손자 대신이야. 어떻게 우릴 버려두고 그렇게 갈 생각을 할 수 있어?"

뤄사오화는 눈물이 가득한 채로 진평을 향해 한 손을 뻗었다.

"여보, 내가……."

말이 끝나기가 무섭게 뤄사오화가 또 한 번 뺨을 맞았다.

진평의 입술이 창백해지고 아까보다 숨이 더 가빠졌다.

"이건 팀장님 몫이야. 당신처럼 못난 사람을 형제라고 생각한 팀장님 대신이라고!"

순간 차 안이 고요해졌다.

"전량이 다 말해 줬어."

진평이 한 손을 내밀며 부어오른 뤄사오화의 얼굴을 가볍게 어루만지더니 한결 부드러워진 말투로 말했다.

"잘못을 했으면 인정하면 돼. 겁낼 게 뭐 있어. 팀장님은 사람을 구하려다 정정당당하게 죽음을 맞이했어. '경찰'이라는 두 글자에 먹칠하지 않았다고. 그런데 당신은?" 뤄사오화는 고개를 숙이며 온몸을 부들부들 떨었다.

"여보, 겁내지 마. 책임질 게 있으면 지면 되는 거야." 진평은 뤄사오화의 머리카락을 부드럽게 쓰다듬었다.

"당신 동료들한테 무시당할 짓 하지 마. 몇 년형을 선고받든 나랑 우리 가족들 전부 당신 기다리고 있을 테니까."

마침내 뤄사오화는 두 눈을 감싸고 대성통곡했다.

가슴이 미어지는 듯한 울음소리가 좁은 차 안에 울려 퍼졌다. 분노와 절망, 그리고 깊은 후회 자책이 담긴 울음이었다. 두청은 어두운 표정으로 뤄사오화의 어깨를 두드렸다. 장전량은 시간을 확인하더니 두청을 불렀다.

"사부님……."

두청은 힘든 선택이라도 하는 것처럼 입술을 질끈 깨물었다.

"애들부터 데리고 나와." 두청이 손을 흔들었다.

"저격수 준비시키고."

"그럴 필요 없어요."

진평이 갑자기 뒤로 돌며 가지고 있던 가방을 두청에게 건넸다.

두청은 놀라며 가방을 받아들었다. 그 안에는 가장자리가 탄 파일이 들어 있었다.

두 주먹을 불끈 쥐고 지첸쿤을 노려보는 웨샤오후이의 가슴이 심하게 요동쳤다.

조금 전에 그녀가 내뱉은 말은 예리한 화살처럼 지첸쿤의 심장을 파고들었다. 웨샤오후이를 바라보던 그는 머릿속이 새하얘졌다.

린궈둥도 큰 충격을 받았는지 웨샤오후이를 쳐다보았다.

한참 뒤에 잔뜩 긴장한 웨샤오후이의 몸에서 순식간에 힘이 쭉 빠져 버렸다. 그녀는 얼굴을 감싸며 흐느끼기 시작했다.

"죄송해요, 라오지. 그 말을 하면 안 됐었는데." 웨샤오후이는 고개를 흔들며 슬픈 목소리로 말했다.

"적어도 지금은 말하면 안 됐어요."

지첸쿤은 망연자실한 얼굴로 웨샤오후이를 바라보다가 웨이중을 지나 마지막에는 린궈둥에게서 시선을 멈추었다. 방금 그 말을 실제로 들은 게 맞는지, 아니면 환청인 건지 확인하고 싶어 하는 듯했다.

넋이 나가 있던 지첸쿤은 다시 정신을 되찾았다. 그는 고개를 숙인 채 차마 웨샤오후이의 얼굴을 다시 볼 생각을 하지 못했다. 겨우 힘겹게 입을 열었다.

"그럼 량칭원이……."

"우리 엄마예요." 웨샤오후이가 얼굴을 감싸고 있던 손을 내리자 닭똥 같은 눈물이 주르륵 떨어졌다.

"1992년 10월 27일 밤에 엄마를 살해하셨죠. 그리고 사체를 토막내고 유기했어요."

웨샤오후이가 린궈둥을 가리키며 말했다.

"저 사람이랑 범행 수법이 똑같았죠."

이어서 그녀는 웨이중을 바라보았다.

"미안. 그날 도서관 옥상에서 파일에 든 거 봤어." 지첸쿤도 웨이중을 보았다.

"너……."

"처음에는 라오지를 의심하진 않았어요. 전 단지 샤오후이 엄마를 살해한 범인을 찾아주고 싶었을 뿐이에요."

웨이중이 천천히 입을 열었다.

"그런데 점점 그 범인이 린궈둥의 수법을 모방한 게 어떤 변태적인 이유라기보다 경찰에게 메시지를 보내기 위해서라는 걸 알게 됐어요. 당시 네 명의 여성을 죽인 살인범이 아직 이 세상에 버젓이 살아 있다는 메시지요. 이런 극단적인 방법으로 경찰에게 힌트를 주고 이렇게까지 집요한 사람이 라오지 말고 또 누가 있겠어요?"

지첸쿤은 웨이중을 바라보았다. 마치 한 번도 만난 적 없는 낯선 사람을 보는 것만 같았다.

"사실 제 추측이 맞는지 확인하고 싶지 않았어요. 그런데 경관님이 저한테 방법을 알려 주셨죠. 사체 유기 장소를 바탕으로 살인범이 사체를 유기한 노선을 추론하고, 나아가서 살인범이 거주할 가능성이 있는 지역을 확정하는 방법이요."

웨이중의 표정이 점차 무겁고 진지해졌다.

"라오지 집이 바로 그 범위 안에 들어갔어요."

지첸쿤은 참담한 미소를 지었다.

"그래서 날 떠보려고 온 거였구나?"

"네. 그날 대화하면서 라오지가 운전할 줄 안다는 걸 알게 됐고, 마음속에 얼마나 강한 집념이 있는지 느낄 수 있었어요. 기억하고 계시겠지만, 제가 방에 핸드폰을 두고 왔다며 방에 다시 간 적 있잖아요. 사실 그때 라오지 집 열쇠를 그려서 베꼈어요."

웨이중이 잠시 말을 멈추었다.

"그리고 침실 옷장 위에서 톱을 발견했고요."

지첸쿤은 고개를 끄덕이며 중얼거렸다.

"녀석……."

"언젠가 장하이성한테 부탁해서 양룽 공동묘지 가신 적 있죠. 그때 매점에서 꽃다발 두 개를 사셨어요. 그중 하나는 아내 위패에 놓고, 다른 하나는……." 웨이중이 웨샤오후이 쪽으로 고개를 돌렸다.

"량칭원이라는 여자 위패 앞에 두시더라고요."

지첸쿤은 잠시 침묵하더니 얼굴이 창백해졌다.

"왜 바로 나한테 말하지 않았어?"

웨이중은 주저했다.

"라오지 마음속에 있는 집착이 해결되지 않았으니까요. 당시 제가 라오지를 경찰에 제보했다면 그건 너무…… 너무 잔인하잖아요."

"그래, 집착이야, 집착."

지첸쿤은 '집착'이라는 두 글자를 곱씹기라도 하듯 길게 한숨을 내쉬었다.

"당시 경찰이 재수사를 하게 할 다른 방법이 없었어. 정말 없더라고."

그는 고개를 숙인 채 목소리가 점점 가라앉았다.

"똑같은 방법으로 사람을 죽이는 수밖에 없었어. 그래야 쉬밍량은 무고하고 진범은 따로 있다는 걸 경찰이 믿어 줄 테니까. 그런데 있잖아, 샤오후이……."

지첸쿤이 간절하고 절박한 눈빛으로 웨샤오후이를 보았다.

"네 엄마를 욕보이지는 않았어. 믿어 줘."

웨샤오후이는 울면서 고개를 흔들었다.

"그만하세요……."

"내 죄가 너무 크다는 것 알아. 날 버티게 한 집착이 아니었다면 어쩌면 난 스스로 목숨을 끊었을 거야."

지첸쿤은 고개를 숙여 무감각한 자신의 두 다리를 보았다.

"네 엄마를 죽이고 1년 반이란 시간이 지나도록 경찰 쪽에서는 아무런 움직임이 없었어. 그래서 난 또 어쩔 수 없이……."

"1994년 6월 7일, 맞죠?"

웨이중이 지첸쿤을 바라보며 물었다.

"맞아." 지첸쿤이 고개를 끄덕였다.

"그 여자를 목표물로 정한 뒤 도로를 가로질러 뛰어가는데 뒤에서 화물차가 날 들이받았어."

"그래도 싸지!" 내내 침묵하던 린궈둥이 갑자기 입을 열었다.

"너도 나랑 똑같은 놈이야!"

지첸쿤은 반박하지 않았다. 오히려 고개를 끄덕였다.

"네 말이 맞아. 너랑 나, 둘 다 죽어도 싼 놈들이지."

지첸쿤은 눈물을 닦으며 미소를 지어 보였다.

"너희 둘을 만난 게 인연인지 악연인지는 모르겠지만, 어느 쪽이 됐든 두 사람한테 사과하고 싶어. 그리고 고마워."

지첸쿤은 웨샤오후이에게 살짝 고개를 숙였다.

"두 사람 이제 그만 나가 봐." 지첸쿤은 시선을 내려 린궈둥을 바라보더니 리모컨을 들었다.

"죽어도 싼 우리 같은 놈들이 결판을 낼 때가 됐으니까."

웨이중이 놀라며 멈추라고 하려는 찰나 등 뒤에서 다급한 발소리가 들렸다. 두청이었다.

"라오지, 멈춰요!"

얼굴이 땀으로 범벅이 된 두청의 손에는 가장자리가 그을린 크라프트지 파일이 들려 있었다.

"증거 받았어요."

갑작스러운 소식에 그 자리에 있던 모든 사람이 그만 넋을 잃었다. 린궈둥은 얼굴이 새파래지더니 파일을 뚫어지게 쳐다보았다.

두청은 파일에 있는 물건을 꺼내 테이블 위에 올려놓았다. 색이 바랜 종이 한 장과 부직포였다.

"린궈둥이 사건 발생 시간대에 항상 현장에 있었다는 걸 증명하는 것들이에요. 매번 흰색 픽업트럭을 타고 밤에 목표물을 찾아다녔는데, 그 차에서 피해자 중 한 명의 혈흔이 발견됐어요."

두청이 끊임없이 숨을 헐떡였다.

"제가 린궈둥 침대 밑에서 발견한 머리카락 중에 부인 것도 있을지 모릅니다."

그는 누렇게 부어오른 린궈둥의 뺨을 보며 흐릿하게 미소 지었다.

"샤오화도 증언해 주기로 했어. 넌 이제 끝이야."

종이와 부직포를 멍하니 바라보는 지첸쿤의 눈에 가득 고이던 눈물이 이내 테이블 위로 뚝뚝 떨어졌다.

그는 의자에 등을 기대고 조용히 목 놓아 울었다.

"다들 진짜…… 너무 고마워, 고맙습니다."

분명하지 않은 목소리가 손가락 사이로 새어나왔다.

두청은 마음을 놓고 입구에 서 있던 장전량을 향해 손을 흔들었다.

장전량은 경찰 몇 명과 함께 테이블로 오더니 사색이 된 린궈둥에게 수갑을 채웠다.

"린궈둥, 당신을 납치 및 강도, 강간살해 혐의로 체포합니다."

두청이 린궈둥에게 큰 소리로 고지했다.

장전량과 다른 경찰 한 명이 린궈둥을 끌고 카페 입구로 향했다. 린궈둥은 죽은 개처럼 질질 끌려나갔다. 입구에 도착했을 때쯤 갑자기 린궈둥이 발버둥 치며 지첸쿤 쪽으로 고함을 질렀다.

"버튼 눌러! 이 병신, 살인범 새끼야!"

두청은 린궈둥이 카페 밖으로 끌려나가 폴리스 라인 끝으로 사라지는 모습을 싸늘하게 지켜보았다. 곧이어 그는 온몸에 힘이 빠진 듯 의자에 털썩 주저앉았다.

"라오지."

두청이 이마에 난 땀을 닦으며 지첸쿤에게 한 손을 내밀었다.

"리모컨 이리 내요. 폭탄제거반이 곧 도착할 겁니다."

그런데 지첸쿤은 리모컨을 쥔 손을 숨기더니 입구를 보며 가볍게 고개를 흔들었다.

"경관님, 애들 데리고 나가세요."

지첸쿤은 잠시 말을 멈췄다가 덧붙였다.

"폴리스 라인 밖까지 피하세요. 멀수록 좋습니다."

두청은 혼란스러웠다.

"라오지, 또 뭐 하려고 이러세요?"

지첸쿤은 그를 외면하고 웨샤오후이를 보며 웃었다.

"네 아빠한테는 나 대신 죄송하다는 말 좀 전해 줘. 네 엄마를 그렇게 만들었으니 벌을 받아야지."

두청은 순간 놀라며 안색이 변했다.

"처음부터 그럼……."

두청이 말을 마치기도 전에 웨샤오후이가 그를 제지했다.

그녀는 지첸쿤을 뚫어져라 쳐다보더니 고개를 가로저었다.

"라오지, 죽으면 안 돼요. 최소한 이렇게는 죽으시면 안 된다고요."

웨샤오후이는 뭔가를 결심한 듯 입술을 깨물었다.

"라오지가 죽어야 한다고 생각했다면, 두 번째로 면도해 드렸을 때 벌써 제가 죽였을 거예요."

지첸쿤이 흐느끼기 시작했다.

"샤오후이, 난……."

"제가 왜 린궈둥에게 접근해서 미끼가 되려고 했는지 아세요?"

웨샤오후이는 쭈그리고 앉아 지첸쿤의 무릎에 손을 얹은 뒤 그를 올려다보았다.

"자수시키고 싶어서요."

지첸쿤은 눈물로 시야가 흐릿한 상태에서 그녀를 마주 보았다. 어두운 카페 안에 웨샤오후이의 몸 전체에서 점점 더 강한 빛이 뿜어져 나오고 있었다.

"물론 목숨을 잃을 수도 있었다는 거 알아요." 웨샤오후이가 웃었다.

"그런데도 전 그렇게 하기로 결정했고, 유언도 녹화해 뒀어요."

그녀는 핸드폰을 꺼내 동영상을 재생했다.

화면에는 웨샤오후이가 두 볼이 얼어서 빨개진 채로 벽 앞에 서 있었다.

— 샤오웨이, 경관님, 그리고 라오지.

웨샤오후이는 많이 긴장한 듯 어색하게 웃고 있었다.

— 이 영상을 발견했다는 건 제가 린궈둥 손에 이미 죽었다는 뜻이겠죠.

웨샤오후이는 시선을 아래로 두더니 다시 고개를 들었다.

— 먼저 말해 둘 건 제가 스스로 원해서 한 일이라는 거예요. 그러니 누구도 비난하지 마세요. 가능하다면 아빠랑 콩이 좀 보살펴 주셨으면 해요. 미리 고맙다는 인사 전할게요.

웨샤오후이는 장난스러운 미소를 짓더니 이내 웃음을 거두었다.

— 이제부터는 라오지한테 하는 말이니까 잘 들어주세요.

웨샤오후이는 집중하는 눈빛으로 진지한 표정을 지었다.

— 우리 엄마를 죽인 사람이 라오지라는 것 알아요. 미워하지 않는다면 거짓말이겠죠. 저랑 우리 아빠 인생을 망쳐 버렸으니까요. 지금이라도 당신을 형장에 보낼 수 있다면 기꺼이 그렇게 하겠어요.

웨샤오후이는 갑자기 말을 멈추더니 고개를 돌렸다. 최대한 눈물을 흘리지 않으려고 기를 쓰는 것 같았다. 잠시 후 다시 카메라 렌즈를 마주한 그녀의 목소리에서는 여전히 흐느낌이 느껴졌다.

— 한 가지 약속을 해 주셨으면 해요.

웨샤오후이가 띄엄띄엄 말을 이어갔다.

— 제가 린궈둥 잡는 것 도와드릴게요. 그 오랜 염원이 이루어지면 자수하세요. 이 세상에는 법률과 질서라는 게 있다는 걸 믿으니까요."

웨샤오후이는 말하는 속도를 늦추었다.

— 전 처음부터 지금까지 늘 생각했어요. 라오지한테 과거에 저질렀던 잘못을 마주할 기회를 드려야 한다고요. 도망치는 게 아니라.

웨샤오후이는 천사처럼 순수하고 깨끗한 미소를 지었다.

— 어쩌면 어리석은 생각일지도 몰라요. 그런데 이게 바로 저의 집념이에요.

동영상 재생이 끝났다.

두청과 웨이중은 말없이 웨샤오후이를 보았다. 그녀와 그녀 손에 든 불빛 하나는 어두운 밤하늘을 비추기에 충분했다.

웨샤오후이는 핸드폰을 내려놓고 지첸쿤에게 한 손을 내밀며 따뜻하고 결의에 찬 미소를 지었다.

"라오지, 가요."

· 에필로그 ·

늦봄

양구이친은 갑자기 잠에서 깼다.

그녀는 정신이 얼떨떨한 상태로 소파에서 일어났다. 입이 마르고 피곤해서 테이블에 있던 찻잔을 들어 이미 다 식어 버린 찻물을 한 모금 마셨다.

거실은 불이 꺼져 있고 TV만 틀어져 있었다. 소파에 멍하니 앉아 TV에서 방송 중인 저녁 뉴스에 시선을 빼앗겼다.

"오늘 오후 3시 반쯤 싱화베이제와 다왕루 합류점에 있는 한 카페에서 폭발 사건이 발생했습니다. 현장에서 사상자는 발견되지 않았지만 재산상의 피해가 있었습니다. 경찰이 데리고 나간 사람들 중에는 현재 지명 수배 중인 살인범 린궈둥이 포함되어 있던 것으로……."

양구이친은 리모컨을 들어 TV를 꺼 버렸다. 며칠 전 신문에서 린 선생님의 지명 수배를 보고 마음이 답답했었다. 멀쩡하던 사람이 어떻게 정신병을 얻고 사람을 죽였을까?

그동안 제대로 치료가 안 된 탓이겠지.

노부인은 더는 그에 관한 일을 생각할 마음이 없었다. 담요를 안고 비틀거리며 침실로 걸어가 최대한 빨리 잠들고 싶었다. 방금 꿨던 꿈 때문이었다. 그 꿈이 다시 이어진다면 얼마나 좋을까.

꿈에서 양구이친의 아들, 쉬밍량이 집에 돌아온 것이다.

최고인민검찰원은 23년 전 연쇄 살인 사건 재수사를 승인했다. C시 공안국 톄둥 분국은 전담팀을 구성했고, 돤훙칭이 팀장, 두청이 부팀장을 맡았다. 린궈둥에 대한 수사가 본격적으로 이루어졌다.

전담팀이 부지런히 움직인 덕분에 각종 증거자료가 확보, 취합되었다. 그중 린궈둥의 침대 밑 바닥 틈새에서 머리카락을 채취했고, DNA 검사 결과 이중 두 가닥이 1990년 '11.9 살인 사건' 피해자 장란의 것과 일치했으며, 한 가닥은 1991년 '8.7 살인 사건' 피해자 펑난의 것으로 밝혀졌다. 이 밖에도 린궈둥의 집 거실 소파 근처 벽에서 표백분으로 핏자국을 닦은 흔적이 발견되었고, DNA 검사 결과 1991년 '6. 23. 살인 사건' 피해자 황웨이의 혈흔으로 밝혀졌다.

뤄사오화는 증거 두 개를 제출했다. 그중 하나는 린궈둥이 1990년부터 1991년까지 뤄주 조미료 공장 운송반에서 흰색 픽업트럭을 빌린 내역을 정리한 기록이었다. 총 17번이었는데 그중 4번이 연쇄 살인 사건 발생시간대와 거의 맞아떨어졌다. 픽업트럭은 이미 폐기 처리되어 검증할 길이 없었지만, 당시 운송반 보수반원인 류주가 있어서 당시 차량 대여기록의 진위 여부를 확인해 주었다.

또 다른 증거는 흰색 픽업트럭에 있던 햇빛 가리개였다. 햇빛 가리개 뒷면 부직포에서 채취한 혈흔은 DNA 검사 결과 1991년 '3.14 살인 사건' 피해자 리리화의 것으로 밝혀졌다.

뤄사오화는 린궈둥이 자기 입으로 살인 사건을 저질렀다고 인정한 사실을 증언해 주었다.

뤄사오화는 순사왕법죄를 어긴 혐의로 C시 톄둥취 검찰원에 가서 조사를 받았다. 해당 사건의 추소시효가 지났기 때문에 톄둥취 검찰원에서는 불기소 처분을 내렸다.

4월 2일, 지첸쿤은 1992년 '10. 27. 살인 사건'이 자신의 소행임을 밝히며 경찰에 자수했다. 지첸쿤의 집을 수색하던 경찰은 침실 옷장 위에서 신문지에 싸인 톱을 발견했다. 톱 손잡이에서 지첸쿤의 지문을 채취했다. 손잡이와 톱 연결 부위와 톱날에서 혈흔이 발견되었고, DNA 검사 결과 피해자 량칭위안의 것과 일치하는 것으로 나타났다. 1992년 '10. 27. 살인 사건'은 이렇게 해결되었다.

지첸쿤은 텐유광의 강간을 방조한 장하이성을 경찰에 제보하고 동영상을 증거로 제출했다. 이 사건은 별도로 처리되었다.

용의자 지첸쿤은 장애가 있고 스스로 생활할 수 있는 능력이 없는 데다 건강검진 시 폐에 병변이 발견되어 C시 인민검찰원은 그에게 보석 결정을 내렸다. 이로써 지첸쿤은 보석금을 내고 당분간 C시 제3인민병원에서 치료를 받게 되었다.

5월 8일 C시 중급인민법원에서 린궈둥 연쇄 살인 사건 재판이 열렸다. 피고인 린궈둥은 강간죄, 고의로 인한 살인죄, 강도죄로 기소되었다. 린궈둥은 검찰기관의 공소사실을 시인했다. 법정 신문은 이틀 연속 계속되었고 조만간 판결을 선고하기로 했다.

지첸쿤은 휴정 다음 날 장전량이 보낸 DVD를 받았다. DVD에는 린궈둥의 공판 과정이 전부 들어 있었다. 지첸쿤은 병실에서 빌린 휴대용 DVD 플레이어로 무표정하게 영상을 시청했다. 하지만 그날 밤 건물에 있던 모든 사람이 '펑난'이라는 이름을 밤새 부르짖는 노인의 음성을 들을 수 있었다.

열흘 뒤, C시 중급인민법원은 린궈둥 사건 1심 판결을 내렸다. 강간죄와 고의로 인한 살인죄 죄목으로 사형선고 후 즉결 처형과 정치적권리 영구 박탈, 강도죄로 징역 3년과 3천 위안의 벌금형에 처해 최종 사형 집행이 결정되었다. 린귀둥은 법정에서 항소하지 않겠다는 뜻을 밝혔다. 본 사건 보고서는 이미 최고인민법원에 보내져 검토 중이었다.

쉬밍량의 모친 양구이친이 상고 신청을 하자 J성쓸 고급인민법원은 재심 절차를 진행하고 별도로 합의 법정을 구성해 심리하기로 결정했다. 합의 법정은 본 사건과 관련된 파일과 자료들을 전부 열람하고 상고 신청인, 변호인, 검찰기관의 의견을 청취해 합의 법정 평의評議와 사법위원회 논의를 거쳐 다음과 같이 판결했다. 하나, 본원(1991) J형 종終 제199호 형사 판결과 C시 중급인민법원(1991) C형 초初 제37호 형사 판결을 파기한다. 둘, 원재판 피고인 쉬밍량에게 무죄를 선고한다.

상고 신청인 양구이친은 이미 국가 배상 신청서를 제출했다.

쉬밍량 사건과 관련해 책임추궁절차가 진행되었다. 당시 이 사건을 처리한 공안, 검찰, 법원 책임자들은 조사에 협조하라는 명령이 떨어졌다. 이 중에는 퇴직한 공안과 사법인원이 적지 않았다. 본 사건 수사를 주관한 C시 공안국 톄둥 분국 마젠 전 부국장의 혁명열사 칭호 수여 보고 절차는 중단되었다. 두杜 모 경관은 신문 도중 갑자기 정신을 잃어 C시 제3인민병원으로 이송되었다.

5월 말, 늦봄.

구름 한 점 없이 쾌청하고 햇볕이 좋은 날이었다. 갈수록 높아지는 기온 덕분에 이 도시는 춥고 힘들었던 겨울과 완전히 작별을 고했다. 푸른 풀과 꽃, 그리고 어디서나 볼 수 있는 건장한 체격과 젊은 얼굴들까지 더해지자 이 땅에 갈수록 활기가 넘쳐흘렀다.

지첸쿤은 휠체어를 타고 제3인민병원 뜰을 천천히 산책하고 있었다. 따뜻한 햇빛이 몸에 닿자 포근하고 편안했다. 흙냄새가 섞인 향기로운 풀 내음을 맡자 나른하고 만족스러웠다.

공터에서 환자복 차림의 노인 한 명이 나무 벤치에 비스듬히 기댄 채 졸고 있었다. 손에는 펼쳐진 신문지를 쥐고 있었다.

지첸쿤은 그를 발견하고 휠체어 속도를 높였다.

"두 경관님!"

지첸쿤은 노인 곁에 다가가 상대방의 무릎을 힘껏 두드렸다.

"감기 걸리면 어쩌려고요."

두청은 지첸쿤을 발견하고 웃었다.

"라오지."

그가 힘겹게 기지개를 켜는 바람에 신문지에서 바스락 소리가 났다.

"이젠 진짜 한계예요. 신문 잠깐 봤는데 그냥 잠들어 버리니 원."

지첸쿤은 누레진 그의 얼굴과 전보다 더 부풀어 오른 배를 바라보며 물었다.

"몸은 좀 어때요?"

"괜찮아요. 모레 수술 잡혔대요. 전량이 기어코 수술받아야 한다고 고집을 부려서요. 지금 받아 봤자 아무 소용도 없는데. 라오지는요? 어제 재판이었죠?"

"네. 고의로 인한 살인죄랑 폭발죄 기소중지 처분받았어요."

지첸쿤은 마치 남의 일인 양 평온한 표정이었다.

"반나절 만에 끝났어요."

"장하이성을 고발한 게 유리하게 작용할 수도 있었을 텐데요." 두청이 지첸쿤을 보았다.

"변호사가 그 얘기는 언급 안 했어요?"

"한 것 같은데 제가 열심히 안 들어서."

지첸쿤이 자신의 윗배를 가리켰다.

"폐암이라 집행유예[중화 인민 공화국에만 있는 독특한 제도로, 사형을 판결함과 동시에 사형 집행을 2년간 유예하고 강제 노동에 의한 노동 개조를 실시해 태도를 평가한 뒤 무기 징역으로 감형한다] 받아도 별로

725

의미가 없어요."

두청은 말없이 고개를 숙였다. 잠시 후 갑자기 뭔가가 떠오른 듯이 지첸쿤에게 가까이 다가가 낮은 소리로 물었다.

"그럼 지금 담배 없으시겠네요?"

지첸쿤은 그만 멍해졌다.

"이 양반이, 지금이 어느 땐데 아직도 담배 생각이 나십니까?"

"하하, 저한테 있습니다." 두청이 능청스럽게 주머니에서 담배 한 갑을 꺼냈다.

"아쉽게도 두 개밖에 안 남았어요."

"하나씩 피우면 되겠네요."

두 노인은 마지막 남은 두 개비를 나누어 가진 뒤 마주 앉아 담배를 피웠다.

지첸쿤은 몇 모금을 빨았을 뿐인데 얼굴이 자홍색이 되더니 심하게 기침을 하기 시작했다. 그 모습을 본 두청은 얼른 다가가 등을 두드려 주었다. 지첸쿤은 간신히 기침을 멈추고 가쁜 숨을 몰아쉬면서도 반쯤 남은 담배만큼은 버릴 생각을 하지 않았다.

"거 참, 그냥 버리시지."

두청도 숨이 가빠 식식거리면서 입으로는 장난스럽게 말했다.

"담배만 낭비했네."

"지금 저한테 뭐라고 하는 겁니까?"

지첸쿤은 입가에 묻어나온 피를 대충 쓱 닦더니 계속해서 배를 주무르는 두청의 손을 가리켰다.

"버티기 힘드시죠?"

"네. 좀 있다가 복수 빼러 가야겠어요." 두청이 입을 삐죽거리더니 다시 호흡이 가빠지기 시작했다.

"하루에 일고여덟 번은 하는 것 같아요. 귀찮아 죽겠습니다."

지첸쿤은 조심스럽게 담배꽁초를 한 번 빨더니 천천히 연기를 뱉으면서 뜰을 오가는 사람들을 넋 놓고 바라보았다.

"경관님, 우리 둘 다 살날이 얼마 안 남았네요."

"그러네요."

벤치에 비스듬히 기댄 두청은 방금 동작에 힘을 거의 다 소진한 것처럼 보였다.

"다행히 집념이 해결돼서 아쉬운 게 없어요."

"린궈둥은 어제 사형됐죠?"

"네." 두청의 눈은 희미하게 떠 있었고 목소리도 점점 작아졌다.

"주사로."

지첸쿤이 고개를 끄덕였다.

"경관님, 한 가지 부탁하고 싶은 게 있어요."

"말씀해 보세요." 두청이 눈꺼풀을 올리려고 애쓰며 말했다.

"어제 법정 열렸을 때 웨샤오후이 집에서 부대항소를 제기하지 않았어요."

지첸쿤이 잠시 말을 멈추었다.

"샤오후이랑 그 애 아버지한테 보상을 해야 할 것 같아서요. 샤오후이한테 전 재산을 준다는 유서도 이미 써 뒀습니다. 기회가 된다면 샤오후이한테 꼭 좀 받아 달라고 설득해 주세요."

"그럴게요."

두청의 고개가 점점 아래로 떨어지고 목소리는 희미해졌다.

"살면서 내내 그 집에 제가 너무 많은 빚을 졌다는 생각을 했어요. 금전적인 보상은 아무 의미가 없겠지만 그래도……."

지첸쿤의 눈이 갑자기 커지더니 순간 목소리가 격앙되었다.

"저기 좀 보세요. 쟤들도 양반은 못 되네요."

뜰 저편에서 웨이중과 웨샤오후이가 잔디 사이에 난 대리석을 밟으며 두 사람 쪽으로 걸어오고 있었다.

"샤오후이가 찍었던 동영상 중에 웨이중한테 단독으로 남긴 메시지가 있었을까요?"

지첸쿤이 눈을 가늘게 뜨며 웃었다.

"제 눈에는 두 사람이 썩 잘 어울리는 것 같은데 말이죠. 폭탄이 있다는 걸 알면서도 저 녀석이 샤오후이 곁을 지켰잖아요."

혼자 얘기하는 데 집중하느라 지첸쿤은 자신의 뒤에서 두청이 벤치에 쓰러져 누워 있다는 걸 전혀 의식하지 못했다.

"둘이 졸업하고 공무원 시험 봐서 경찰이 되겠대요. 엄청 잘 어울릴 것 같아요. 쟤들이 없었다면 이 사건은 아마 해결하지 못했을 겁니다. 두 사람이 경찰 제복 입은 모습을 볼 수 있다면 정말 좋을 텐데. 경관님 생각은……."

오후 햇살 아래 지첸쿤은 웨이중과 웨샤오후이가 웃으며 나란히 걸어오는 걸 지켜보았다. 남학생은 여학생이 들고 있는 과일 바구니를 받아들었다. 대리석 발판을 넘을 때마다 남학생은 손을 뻗어 여학생 손을 잡아 주었고, 이후에도 계속 손을 놓지 않았다. 남학생은 수줍어했고, 여학생은 씩씩했다. 여학생은 이마에 난 땀을 닦으라며 남학생에게 티슈를 건넸다. 두 사람을 바라보면서 지첸쿤은 더할 나위 없는 행복과 만족감을 느꼈다. 그의 눈에 비친 청춘 남녀는 그의 머리 위에서 내리쬐는 태양처럼 밝고 뜨거웠으며, 영원히 사라지지 않을 온기와 어둠에 맞서기에 충분한 힘을 가진 존재로 느껴졌다. 마치 사람들에게 기대를 품게 만드는 봄날처럼, 새 생명처럼.

희망처럼.